Candaya Narrativa, 27

ANATOMÍA DE LA MEMORIA

Diseño de la colección: Francesc Fernández
Imagen de la cubierta: Francesc Fernández, a partir de una ilustración de Gaspar Becerra para el libro *Historia de la composición del cuerpo humano* (1556)

Primera edición: marzo de 2014
Segunda edición: junio de 2016
Tercera edición: enero de 2024

Camí de l'Arboçar, 4 - Les Gunyoles
08793 Avinyonet del Penedès (Barcelona)
candaya@candaya.com / www.candaya.com
facebook.com/edcandaya

BIC: FA
ISBN: 978-84-15934-05-9
Depósito Legal: B5215.2014

Este libro se terminó de imprimir en el mes de enero de 2024 en los talleres de Estugraf Impresores SL, en Cienpozuelos (Madrid).

Un jurado formado por los escritores Juan Villoro, Ignacio Vidal-Folch y Lourdes Iglesias concedió por unanimidad a Eduardo Ruiz Sosa la Primera Beca de Creación Literaria convocada por la Fundación Han Nefkens en colaboración con el Máster de Creación Literaria del Instituto de Educación Continua (IDEC) de la Universidad Pompeu Fabra (UPF), con la ayuda de la cual se escribió *Anatomía de la memoria.*

EDUARDO RUIZ SOSA

ANATOMÍA DE LA MEMORIA

EDITORIAL CANDAYA

Para mis dos abuelas
Gloria y Manuela

Para mis padres
Makamen y Rodolfo

Esta edición del décimo aniversario
está dedicada a la memoria viva de Paco Robles
y a Olga y Miqui
que también viven en este libro

Nota preliminar

Entre 1971 y 1974, en el norte de México, un grupo de estudiantes conocido como Los Enfermos llevó a cabo una campaña que pretendía, de alguna manera, instaurar un nuevo orden nacional.

Este libro parte de algunos hechos reales y de algunos hechos imaginados. Su intención no es la de un texto histórico, pero algo de testimonio surca sus páginas.

Por tanto, recordando la nota preliminar de Fernando del Paso en su libro *Palinuro de México*, nadie tiene derecho de sentirse incluido en los hechos que aquí se narran. Nadie, tampoco, tiene derecho de sentirse excluido.

Pero, porque no todos lo entienden bien, declaremos agora la diferencia y distancia que puede aver entre dezir mentira y mentir, y en quántas maneras puede ser, pues Aulo Gelio y otros de más autoridad se preciaron de tratarlo y es cierto que no es siempre todo uno. Y, para mejor entenderse, se sepa primero que mentir es afirmar o negar el hombre algo al contrario de lo que siente o tiene por verdad; y el que ansí no lo hiziere, no se podrá dezir que miente. Passa, pues, desta manera: que puede uno afirmar una mentira, pensando que es verdad; y éste tal dize mentira, pero no miente, porque no haze contra lo que siente y cree.

Pero Mexía
Silva de varia lección

Violento no es solo lo que muestran los muertos,
violento es también lo que ocultamos los vivos.

Los ex misteriosos desaparecedores
"Epílogo para una desaparición"

Sin memoria, sin presencia del no presente, sin la confusa noción inminente de ser otra cosa, sin la negativa medio implícita a definirse a través del momento y de los estados actuales – sin la espera que se une a esa propiedad – sin la imposibilidad de escribir una ecuación finita de uno mismo – la conciencia sería un caos, un dolor inexplicable – un eterno comienzo.

Paul Valery
Cuadernos

La memoria no perfecciona el pasado
sino la soledad del pasado.

Guillermo Sucre

Hasta dónde debemos
practicar las verdades.

Silvio Rodríguez

a los desaparecidos la grandeza de haber sido hombres en el
suplicio y haber muerto cantando

Gonzalo Rojas

I

Cuerpo

del latín *Corpus*

aquello que tiene extensión limitada, perceptible por los sentidos «Este es mi cuerpo, que será entregado por vosotros»

Mateo 26:26-29; *Marcos* 14:22-25;
Lucas 22:19-20; *ICo* 11:23-26

El arte de olvidar
comienza recordando.
Jorge Fernández Granados

El cordero en la piel del lobo. La voz de los que tienen miedo tiembla, porque su corazón se agita. «[...] y es su propio ejecutor, un lobo, un demonio para sí mismo y para los demás» (Secc. I, Miembro I, Subsecc. II)

El porvenir no es un presente futuro,
ayer no es un presente pasado.
Edmond Jabès

¿Qué es lo último que quieres recordar, qué porvenir será tu pasado?

Lo último que vio de la ciudad fue el desgastado monolito por donde pasaba la imaginaria línea del trópico.

¿Qué es lo último que quieres recordar, Juan Pablo, qué porvenir será tu pasado?

Empezó el desierto a llenar los paisajes, a comerse el mundo, a echarse a dormir sobre el País y la memoria; empezó a estirarse el tiempo, a alargarse el camino: la espalda del prehistórico animal de los colmillos y el verano; empezó la espera desesperada, la espera sin paciencia, la turbia madrugada de los asesinos y las víctimas; empezó a gestarse el crimen después del trópico porque el desierto es el clima más propicio para la violencia. Empezó el libro, entonces, cuando empezó el viaje:

Hasta aquí llegan los trópicos, escribió, aquí es donde empieza el cáncer.

El basilisco de su desierto tendría la forma de un cangrejo gigantesco: ése es el lugar de la escritura. Y por la necesidad de olvidar lo anterior supo que había que escribirlo todo.

El libro que Isidro Levi le regaló era lo único que tendría hasta llegar a la frontera. No pudo evitar escribir un poco en las primeras páginas, esas láminas en blanco donde el libro aún no ha comenzado. Después escribiría, ahí mismo, que el libro comienza ya desde antes, afuera del propio libro, y que nos toma por sorpresa cuando encontramos en el mundo, de golpe y frente a nosotros mismos, su vocablo y su historia.

¿Así fue?;

Atrás se quedan los ríos, que apenas ofrecen redención y pavura; se queda su madre, enferma de esa letanía de cangrejo que le floreaba las entrañas; allá atrás se quedan los amigos muertos y los sueños muertos de un País donde ellos, un día, ya no fueran necesarios; se quedan, pues, la esperanza, el aliento, los puentes que cruzan los ríos desde el malecón hasta el Barrio de Almada, desde el Orabá hasta la Plaza de Rosales; se queda aquella muchacha, con el bellísimo arco tensado de la espalda y sus sueños tristes y llenos de árboles; se queda Isidro Levi, que le regaló el ejemplar del libro de Robert Burton donde empezó a escribir todo esto, donde tenía la esperanza de que el porvenir ya no iba a alcanzarlo, donde la historia escondería su cifra definitiva,

atrás se queda la secreta noticia de un crimen, el alma rota de su voluntad de guerra, el amor y su pesada deuda que no espera, la llamada que recibió de Pablo Lezama y que le decía con voz de fantasma:

Están todos muertos;

Pablo Lezama siempre tendrá una voz de fantasma, a veces me habla al oído, y me dice:

Todos están muertos, Orígenes, sólo faltas tú, allá te están esperando, allá estamos todos.

No busque usted en la memoria, ahí sólo hay cadáveres. No me cuente usted lo que no puedo olvidar. Nos están escuchando, no lo olvide: Ellos siempre nos están escuchando. No pierda el tiempo y escape ya, Salomón, Ellos son veloces y nunca olvidan, no se cansan porque no tienen cuerpo, su cuerpo está hecho de muchos cuerpos, eso es la burocracia:

una hidra poderosa;

¿Cómo fue entonces?;

Como si fuera en un barco,

perdido en el cadáver de un mar milenario; como si el desierto se empeñara en un oleaje arenoso y el autobús diera bandazos a babor y estribor azotado por la tormenta; como si nada pudiera ser estable al recorrer el estirado espinazo; como asomado por la borda a un abismo lleno de alacranes y ponzoña; con la espalda encorvada de los que leen algo prohibido, las rodillas juntas para esbozar una mesa, un punto de apoyo, el cuello estirado en la histeria para que nadie leyera sus palabras y esperando que la luz fuera suficiente para no torcer el horizonte de las líneas:

así fue como Juan Pablo Orígenes empezó a escribir,

iba de camino a la frontera y tenía veinte años. Así escribiría el resto de la vida ese libro que nunca podría terminar porque la escritura, lo descubrió mucho tiempo después, es lo que nunca tiene final:

La escritura, leyó una vez, es el momento de la separación, y Juan Pablo Orígenes ya había comenzado a separarse de su pasado, del porvenir de aquel pasado nunca prometido: comenzaba una ausencia que estaría para siempre inacabada.

¿En qué pensaba Orígenes cuando se fue de la ciudad, cuando el autobús echó a andar por el desierto, cuando abrió por primera vez el libro de Burton, cuando lo único que esperaba era que nadie pudiera encontrarlo?;

Nunca pensó en la escritura como en la factura de una carta larguísima, pero un día, en el viaje, descubrió que el libro es toda la escritura que se sucede en torno del libro, que es lo mismo que decir en torno de la vida. Su madre, que se quedaba en la ciudad, enferma de esa constelación celular que crecía desmesurada, estaría sola hasta la muerte:

La peor enfermedad es la soledad, escribió;

luego, debajo de esa línea, muchos años después, con un pulso más firme, escribió:

La peor enfermedad es el libro;

y luego, con los años, con la vejez encima y con el pulso tembloroso de los que esperan la muerte:

La peor enfermedad es el cáncer. Y en lugar del punto agregó una coma y la palabra Madre.

En la juventud, cuando empezó la escritura marginal, no pensaba en un testamento, sino en un testimonio. Se trata de libros distintos, escribió. Hacia el final de su vida, cuando ya no quería escribir más pero no podía evitarlo, anotó que el testimonio es el libro que escriben los vivos contra la muerte, y el testamento es el libro que escriben contra la vida los que están a punto de morir.

Usted, Salomón, está escribiendo su propia muerte. Yo no conocí a Pablo Lezama, yo no lo maté en aquella casa abandonada ni enterré su cuerpo en la misma fosa que él había cavado para mí, yo nunca conocí a ningún Pablo Lezama, yo no le he dicho a usted nada de esto. El libro que usted escribe, Salomón, es el libro que lo va a matar;

¿Los libros pueden matar, Juan Pablo?;

No cabe en el País todo esto, no hay sitio para la Enfermedad ni para los Enfermos. Sólo en el libro hay espacio para lo que en el País ya no tiene lugar, escribió.

Escribió tanto y pensando en tantas personas que no se dio cuenta, sino hasta mucho tiempo después, de que la historia y el crimen estaban ahí, en el libro, entre los fragmentos que había ido escribiendo, bajo la forma de inferencias, breves sospechas, falsas promesas que le hizo a todos aquellos a quienes ya había traicionado. Comprendió que la escritura proviene siempre de las ruinas, de los despojos, de lo que un día se vino abajo. Su vida, ya desde que pensó el viaje como una obligación, era una ruina que nunca podría levantar.

Que me echen encima todas las ruinas, escribió, que me lo den todo a mí, para deshacerme de la memoria como de una urna de ceniza y huesos;

¿Cuándo empezó todo?

Juan Pablo Orígenes nació bajo el signo del trópico. Había soñado con la música y las palabras en la medida en que el calor y la humedad nos permiten soñar en estas latitudes; pero a los veinte años, en la cumbre de la juventud eterna, eligió la pesadilla de la Enfermedad porque creyó, y lo hizo con fe, con esperanza, que la voz es un arma. Conoció a Isidro Levi, a Eliot Román, a Javier Zambrano, a Virgilio Bátiz, a Bento y Roldán Santos,

y con ellos, en las noches ebrias del Sin Rumbo y el Número 23, se contagió de aquel deseo enloquecido que después lo obligaría a marcharse.

Escribir es retirarse, leyó una vez, y cuando se fue, obligado por la persecución y el miedo, no pudo sino recurrir a la escritura como único vínculo con el futuro y el olvido. Su madre, que apenas pudo despedirse de él sin de verdad nunca saber que no volvería a verlo, le enseñó que los acordes en tono menor dicen la melancolía. Su padre, que murió demasiado joven como para todavía recordarlo como algo más que una sombra que camina, nunca supo arrancarse de las manos una vieja guitarra llena de cicatrices. En el viaje lo perdió todo, pero en el regreso perdería lo único que creyó que nadie podría quitarle:

el nombre:

Yo me llamo Juan Pablo Orígenes, cualquiera puede decírselo. Pero ahora, también, me llamo Pablo Lezama, y eso usted no puede decírselo a nadie. Debo ser los dos, para poder ser uno de ellos;

¿Quién era, entonces, Pablo Lezama?;

Pablo Lezama era un nombre,

o ahora es sólo un nombre,

es el recuerdo de uno que vivió hace demasiado tiempo, pero que no quiere irse, que no puede irse porque yo no lo dejo:

su ausencia será mi condena de muerte,

necesito que Pablo Lezama esté muerto, pero que su nombre siga vivo.

Pablo Lezama era una ausencia presente, una línea implícita en el libro que Orígenes había escrito, que es el mismo libro que seguiría escribiendo el resto de su vida en otros libros, en otros volúmenes de papel y tinta. Era una línea inferida apenas, un oscuro gemelo ya muerto, el corazón de un crimen que sucedió décadas atrás: Pablo Lezama era la marca de Caín en su frente, en la frente de este Juan Pablo Orígenes oculto en la piel de aquel Pablo Lezama:

el cordero en la piel del lobo: la víctima había tomado el nombre de su asesino.

¿Así fue?

Pablo Lezama apareció una noche en el Número 23 después de que Virgilio Bátiz, acompañado de aquella agrupación de malos músicos llamada Ciencia Roja, donde Juan Pablo Orígenes tocaba la batería, ofreciera un concierto prodigioso con su guitarra de palo,

entonces alguien, no se sabe quién, lo vio a Pablo Lezama alejarse de su mesa en el único rincón iluminado del lugar y acercarse al teléfono público que nadie usaba nunca. Sin la música, el sonido de la moneda era la señal de un advenimiento:

Ahora lo sé: ésa era sin duda una de las treinta monedas de plata;

quizá fue Roldán quien lo escuchó, con más intención que prudencia, hablar de un secuestro, una muerte, o del sueño alimenticio de una guerra necesaria. Soñábamos con utopías, entonces. Teníamos esperanza, entonces, dijo Orígenes;

¿Así empieza esto, Juan Pablo, así empezó tu pasado?;

Es el porvenir el que empieza. El pasado es una cosa que solamente puede terminar, algún día, quién sabe cuándo. Sólo mediante la duda se llega a la aprehensión de los acontecimientos. Es necesario crucificar el recuerdo para poder enterrarlo en lo más hondo de un pozo al que, obstinados, le otorgamos la propiedad del pálpito y nombramos corazón. Entonces teníamos corazón. Escribíamos cartas, leíamos libros, la música siempre estaba ahí, sonando en torno a todo. Éramos jóvenes y siempre estábamos por decir las palabras más trascendentales, siempre estábamos por sufrir los males más terribles. Pero nadie pensaba en Pablo Lezama. Pensábamos en Ellos, y nunca creímos que Ellos tendrían un rostro. Uno, quiero decir, uno sólo. Pablo Lezama es ese rostro de Ellos, estoy seguro de que lo último que vi de la ciudad fue el desgastado monolito por donde pasa la imaginaria línea del trópico. ¿Qué es lo último que quiero recordar, qué porvenir fue mi pasado? Estamos hablando de que Pablo Lezama soy yo. Juan Pablo Orígenes es un invento del libro. No se confunda, Salomón, lo que Ellos saben es esto:

que Pablo Lezama, después de que los Enfermos intentaron secuestrar a aquel político, Hernández Cabello, cuando todo salió mal porque Lezama era en verdad un enviado de Ellos, porque Lezama era un gemelo de sí mismo, un hombre falso con una historia falsa que traicionó a los que confiamos en él, yo mismo confié en él aún después de que todos murieran,

la confianza, Salomón, nos puede matar,

hablamos de que Pablo Lezama, pues, siguió a Juan Pablo Orígenes, único sobreviviente que pudo escapar, o el único al que Ellos dejaron escapar porque creían que yo sabía algo más, que iría a la frontera a encontrar a los otros y Lezama, que vino por el desierto como yo, mató a Juan Pablo Orígenes, enterró su cuerpo en una casa abandonada y siguió buscando durante años a los que quedaron, a los Enfermos que estaban por ahí, como locos deambulando por las calles y los desiertos del País, desamparados porque no sabían encontrarse;

¿Eso fue lo que pasó?;

Eso fue lo que Ellos saben que pasó.

Pero yo estoy vivo, o vivo en parte porque, para que Juan Pablo Orígenes siga vivo, Pablo Lezama también debe vivir. Ellos saben que Pablo Lezama volvió muchos años después: para la burocracia el tiempo no existe, y desde entonces puede que hayan pasado un par de noches apenas, algunas horas, pero no más de veinte años.

Ellos entienden el mundo así, circular, esférico acaso. No reconocen ni lo simultáneo ni lo lineal. El mundo es lo que está cerca de Ellos, porque si no, si el mundo fuera más grande, ¿cómo iban a controlarlo?,

hablamos de que Ellos saben, ahora, que Pablo Lezama se hace pasar por Juan Pablo Orígenes para vigilar a otro Enfermo, quizás el último de los que quedan,

hablamos también de que Juan Pablo Orígenes mató a Pablo Lezama, pero eso, Salomón, no debemos decirlo en voz alta. Y hablamos de que Juan Pablo Orígenes es ahora Pablo Lezama, ¿entiende? Yo ya no sé cuál de los dos soy en realidad;

¿Quiénes son los Enfermos, Juan Pablo, quiénes eran?;

Los Enfermos son los que sueñan con el hambre, y su pesadilla es este País. Son los que quieren despertar porque la vida lastima y su paso, su peso, los asfixia. Tuvieron esperanza. Soñaban con la esperanza como con una lámpara que alumbra sin desgaste. Tenían una idea del mundo donde la justicia de los que sufren pasa por compartir con todos el sufrimiento. Pero el que espera siempre tiene una semilla de inocencia, un dejo de ilusión pura. Los Enfermos son los que están despiertos cuando todos los demás duermen. Son los que mueren cuando todos los demás viven tranquilamente y no saben que ahí afuera los espera el final de sus días. Son los que leen, en silencio, un libro que nadie ha escrito. Y escriben, por su parte, el libro de un País que nadie leerá. Nadie sabe quiénes son, ni cuántos han sido, a lo largo de los años, contagiados por su palabra. Su palabra es contagiosa. Su palabra es la posibilidad de un arma empuñada en lo más hondo de la noche. Sueñan con Rusia, y una mañana luminosa algunos de ellos despertaron en Corea, en una barraca o en un campo abierto donde les enseñaron a matar en nombre de una justicia a la que llaman Patria. Los Enfermos creían que el porvenir ya estaba escrito por otros, y que había que reescribirlo con una caligrafía doliente de mordedura y balas. Nunca supe si tenían razón.

Mis amigos más queridos, los que están muertos, eran Enfermos. Mi madre estuvo enferma, pero el cáncer fue su muerte. Yo, ahora, ya no soy un Enfermo, pero alguna cosa me estará comiendo por dentro, sindudamente. Duele ser un Enfermo, o en aquel tiempo, al menos, dolía.

¿Con quién estás hablando ahora, Juan Pablo, con Estiarte Salomón, que escribe tu biografía, o con las sombras de aquella habitación con el espejo de Gesell en la que interrogaron a Pablo Lezama tantos años después?;

Con nadie hablo. Nadie escucha a los Enfermos.

¿Quiénes son Ellos?;

Ellos son el País. O quieren ser el País,

Ellos son mis asesinos y mis cómplices,

Ellos están ahí, siempre al otro lado de la mesa, al otro lado del espejo gigantesco de Gesell, en silencio todavía porque son sus actos los que tienen peso, no sus palabras. Ellos son los que cumplen lo que nunca prometen,

son Ellos los que encontraron a Juan Pablo Orígenes muchos años después, cuando por fin volvió a la ciudad, cuando la errancia le había cansado el cuerpo y quiso encontrar, porque era una herida vieja y siempre dolorida, siempre abierta, la tumba de su madre. Son Ellos los que, al encontrarlo, lo confundieron con otro. Son Ellos los que enviaron a Pablo Lezama, los que le dieron vida a ese falso amigo que traicionó a los suyos. Ellos son Pablo Lezama, aunque Pablo Lezama ahora esté muerto.

Son Ellos los que no saben que en el libro está escrito el testamento de Juan Pablo Orígenes, los que preguntan ahora qué pasó con Lezama y creyeron en las cartas que envió desde la distancia porque su naturaleza es el engaño y la mentira, y creyeron que Pablo Lezama seguía vivo cuando ya su cuerpo se pudría bajo la tierra. Son Ellos los que creen que este Pablo Lezama traído por el desierto y el tiempo es aquél que siguió a Orígenes porque había que matarlo. Son Ellos los que no saben que el rostro de Juan Pablo Orígenes es la superposición de dos rostros;

¿Entonces Juan Pablo Orígenes era un Enfermo?;

Hay que hacer la memoria, que es lo único que nos salva. Hay que escribir el libro, porque el libro se ha perdido y sin la escritura la memoria es un murmullo, el rumor de los desaparecidos;

¿Recuerdas el rostro de Pablo Lezama, el sonido de su voz, el arma que guardaba en el cajón de su habitación en aquel hotel al lado del Dragón Rojo, cerca de la frontera?, ¿recuerdas la profundidad de la tumba, el peso del cuerpo, el peso de la tierra que cubrió el cuerpo?

Si Juan Pablo Orígenes no quiere hablar, que hable Pablo Lezama, que hable el asesino, el que vive en el muerto que volvió a su casa, a su predio, a su pasado robado por Ellos. Que hable el que durmió junto a un rémington en el primer cajón de la mesa de noche, el que les dijo dónde encontrar a Hernández Cabello y los llevó a la muerte, a la bahía donde se acumulan los cuerpos de los Enfermos, donde ya no contagiarán a nadie. Si la parte Enferma de Orígenes se murió en la frontera, ¿qué pasó ahí cuando se encontró con Pablo Lezama?

Lo último que vio Juan Pablo Orígenes al irse de la ciudad fue el avejentado monolito que marca la invisible línea del trópico. ¿Cuántas veces había escrito la palabra trópico sin de verdad detenerse a pensar que la etimología, las sucesiones astronómicas y su propio destino eran una misma ciencia? Una cosa sí había reflexionado con el tiempo cuando descubrió que el movimiento estelar le cambiaba el nombre a las geografías que nosotros creemos como verdades escritas en piedra, inamovibles porque su naturaleza astronómica está por encima de cualquier cordialidad a la altura de los cielos:

Ya no es el Cáncer nuestro trópico, escribió al margen del libro, ahora el trópico debería llamarse Géminis;

y se quedó callado cuando escribió eso, como se quedó callado cuando supo que Pablo Lezama no era un camarada fiel, un luchador más, sino uno de Ellos, un infiltrado que dio al traste con todo y que seguramente había tenido que ver con la muerte de algunos amigos muy queridos: un hombre con dos caras, un gemelo de sí mismo:

Eso es un traidor, pensó Juan Pablo Orígenes, eso era Pablo Lezama y eso es lo que soy ahora, un Tropo del Gemelo, un trópico que cambia con la rotación, otro traidor más; pero entonces yo quién soy, Ellos quién creen que soy, qué esperanza puedo tener de que nadie sepa nunca quién he sido y quién seré;

¿Cómo murió Juan Pablo Orígenes?, escuchó que le preguntaron Ellos mucho tiempo después, cuando por fin lo encontraron y creían que él era Pablo Lezama,

todavía escuchaba sus voces como si estuvieran ahí mismo, todo el tiempo vigilándolo, todo el tiempo metidos en su sombra:

Ellos son mi sombra porque Ellos eran la sombra de Pablo Lezama;

Murió cansado, dijo él, la muerte es un trabajo agotador; no supo si eso lo había leído o lo había escrito él mismo alguna vez.

Juan Pablo Orígenes murió para Ellos aquella noche. Pablo Lezama no. Para mí, que soy Orígenes y Lezama, ninguno de los dos murió, ninguno de los dos está de verdad vivo. Pero hay un sólo cuerpo enterrado en aquella casa, y no soy yo, que estoy aquí, Salomón, usted es mi testigo.

Ellos, que muchos años después habían creído encontrar de vuelta a aquel perdido Pablo Lezama, querían saber cómo había muerto Juan Pablo Orígenes, y se lo preguntaron, en aquella habitación con el espejo de Gesell, donde sólo se escuchaba el murmullo de las voces de Ellos, la dudosa voz de Pablo Lezama, hijo pródigo vuelto desde el oscuro ojo de la muerte, desde el oscuro hocico del desierto, años después de matar a Juan Pablo Orígenes, un Enfermo:

Matar a un Enfermo es un trabajo que lleva años, dijo, cuando le preguntaron por lo que pasó aquella noche;

¿Cómo murió Juan Pablo Orígenes?, volvieron a decirle;

Murió en silencio, dijo, y no recibió respuesta. Murió en silencio, sin testigos, quiero decir. Murió en una casa abandonada, sin muebles ni ventanas. Murió tirado en el suelo luego de la última cuchillada. Murió gritando un grito a borbotones. Murió tendido y estirado sobre un pedazo de tierra. Murió al lado de su tumba, que era una tumba sin nombre ni apellido. Murió en secreto, con un montón de palabras en la boca. Murió creyendo que me mataba. Engañado, murió. Esperando otra cosa que no era la muerte, murió. No sé, de verdad, qué esperaba cuando finalmente murió.

¿Así fue?;

Entonces hubo murmullos, palabras tiradas al suelo de la habitación, el rumor de un juicio que Ellos iban tejiendo con la cítara de la especulación y la duda. Orígenes hablaba como si estuviera solo, como si la cinta magnética no estuviera girando en los carretes de la grabadora, como si un transcriptor no estuviera captando todo aquello con el sonido de la máquina de escribir como un golpeteo rítmico que se traslapaba con sus palabras y les infundía ese correr de las cosas de la memoria, ese azar de los recuerdos siempre cubiertos de líquenes y óxido, siempre mitificados por el olvido y la voluntad de no recordar nada:

¿Y el cuerpo?, escuchó que le preguntaban;

¿El cuerpo de Pablo Lezama?;

No;

Ellos le preguntaban por el cuerpo de Juan Pablo Orígenes.

¿Y el cuerpo?;

Él mismo se había hecho esa pregunta tantísimas veces: ¿El cuerpo de quién? ¿El de Pablo Lezama, enterrado en aquella casa abandonada cerca de la frontera o el cuerpo de Juan Pablo Orígenes, enterrado en la memoria de aquella casa abandonada cerca de la frontera?

Las preguntas mueven al tiempo, escribió una vez Orígenes;

¿Y el cuerpo?, ¿dónde está el cuerpo del Enfermo?, le preguntaron a Juan Pablo Orígenes, que recordaba las cosas como Juan Pablo Orígenes pero tenía que enunciarlas como Pablo Lezama, que dormía hecho huesos, que hablaba con la boca llena de tierra, que soñaba desde la muerte que estaba vivo y que se llamaba Juan Pablo Orígenes.

Soy el sueño de un muerto, escribió.

Quizás la pesadilla mortal de Pablo Lezama era todo este repetido desorden de identidades: ser sin estar en ningún lado, estar sin ser él mismo, siendo otro que no es, que tiembla cuando habla, cuando le clava el cuchillo en el pecho, cuando miente y cuando dice la verdad, otro que ocupe su lugar diciendo en voz alta:

Yo soy Pablo Lezama;

pensando, sintiendo en el fondo las verdaderas letras de su nombre:
Me llamo Juan Pablo Orígenes, nunca me mataron, yo fui un Enfermo, yo fui uno de los que perdió la esperanza;
¿Dónde estaba el cuerpo?
Todavía siente en los brazos el peso de aquel arrastrar, de aquel cubrir la tumba que el otro ya había abierto, de aquel hondo cuchillo atravesando el esternón; el ardor de frotarse los brazos para limpiar el lodo, la sangre, el miedo; el bulto de los dos cuerpos, el suyo, todavía vivo, y el de Pablo Lezama, hundido en la tierra hasta los huesos, perviviendo en él como un fantasma: hecho de memoria y mentira;
Se me subió el muerto al cuerpo, decía Orígenes.
El cuerpo estaba bajo la tierra. ¿El cuerpo de su madre? No, el cuerpo podrido de toda la memoria podrida que nunca podría borrarse;
Porque se borran los hechos, escribió en el libro, pero no su influjo,
se olvida la herida, pero no su dolor;
¿Qué vio Juan Pablo Orígenes en aquella casa abandonada en la esquina de Andrade y General Reina?;
Escuchó los jadeos de un trabajo cansado, los embates del metal contra la tierra, esta tierra dura y partida de lagarto, de prehistoria; escuchó la pausa, el descanso, la continuación de todo y pudo ver, entrando apenas un poco por la puerta de madera recién resquebrajada, sin asomarse demasiado porque pensaba que ahí había alguna cosa más, llena de espinas, pudo ver, entonces, que Pablo Lezama estaba cavando una tumba;
¿Estás seguro de que era una tumba?;
Nadie podría negar la posibilidad de una tumba. Nadie, sobre todo, cuando se está siempre a punto de morir;

¿Qué hizo entonces Juan Pablo Orígenes?;
Se fue a su habitación a esperar la llamada de Pablo Lezama según lo acordado la noche anterior, y escribió, en uno de los márgenes del libro de Burton:
Las tumbas son la revelación de nuestra responsabilidad para con los muertos.
Muchos años después, frente a la tumba de su madre, escribió:
Los sepulcros son la crucifixión de los muertos: sin sepulcro la muerte es una idea.
¿Por eso la tumba que cavó Pablo Lezama no tiene marcas?;
Aquella tumba está perdida, como nosotros. Los Enfermos tienen su sepulcro marino en la Bahía de las Águilas, ahí terminaremos todos. Para el Estado, la muerte es una ausencia, y la ausencia de muerte es el olvido. Los que duermen en la bahía no han muerto todavía: siguen desaparecidos: no hay oleaje ni marea que los pueda devolver a nuestra cercanía;
Pero el desierto devolvió a Pablo Lezama;
O a Juan Pablo Orígenes. O a los dos. A ninguno tal vez;
¿Dónde comienza el desierto, Juan Pablo?;
El desierto empieza donde lo encuentras, y luego sigue apareciendo por todas partes, escribió. El desierto, apuntó Orígenes, es el recuerdo lejano de una tierra prometida que siempre está allá, donde termina la llanura rota. Todo es desierto, todo es la enunciación de una promesa,
y este desierto no me lo prometió nadie;
¿Cuál fue la promesa que Pablo Lezama le hizo a Juan Pablo Orígenes?;
La promesa de un día volver a casa;
¿Y Pablo Lezama cumplió su promesa?, ¿cómo lo hizo?;
El teléfono de la habitación de Juan Pablo Orígenes sonó a las once de la noche aquella vez, un poco más tarde que de costumbre. Lezama dijo que había hablado

con algunos conocidos, que podrían cruzar la frontera, pero que necesitaban dinero:

Estuve toda la tarde tratando de convencerlos de que nos llevaran sin pagar, le dijo, pero no fue posible;

entonces Juan Pablo Orígenes supo que le mentía;

La mentira, escribió, es la fundación del País.

Se encontraron, como siempre, en el segundo piso del Dragón Rojo, en la mesa del fondo, cerca de la medianoche. Hablaron poco. ¿De qué hablaron? De cruzar la frontera. De atravesar el desierto. De nada. Hablaron de la Nada. Orígenes escribió, al final de la primera sección del libro de Burton, una nota que puede relacionarse con lo que ocurrió aquella noche:

Entonces se convirtieron en dos extraños: ya no sabían nada el uno del otro: saber que nos mienten es desconocer todo lo que antes nos han dicho.

Hablaron poco, entonces. Juan Pablo Orígenes, de pronto, le diría a Pablo Lezama que estaba pensando en quedarse ahí y esperar, que quería volver a la ciudad, que su madre estaba enferma, que le daba igual todo. Lezama, fumando, se frotaba las manos lastimadas por algún trabajo excesivamente cansado: tenía las uñas llenas de tierra, luego tendría la boca llena de tierra, los ojos, el corazón, todo lleno de tierra seca y pedregosa. Hablaron poco:

ya se habían dicho todo lo que podían mentirse, no hacía falta más consideración entre el asesino y su víctima;

Lezama dijo que irían a buscar a los que habrían de llevarlos al otro lado de la frontera, que tenían que negociar el precio. Orígenes lo siguió sabiendo que en aquella casa en la esquina de Andrade y General Reina había una fosa. La caminata no fue larga, pero iban despacio. Eso era el desierto: la distancia de repente germinada entre ellos dos, la espera del cumplimiento de lo nunca prometido. Y en el camino fueron perdiendo la paciencia, la sangre, el sudor, los pasos que dieron desde el Dragón Rojo hasta la calle General Andrade, las ideas de escapar, la necesidad de volver, el tiempo necesario en todos los relojes para que se acabe la madrugada; y así también fueron perdiendo poco a poco la distancia que se había abierto entre ellos:

cercados, como si ya estuvieran los dos en un mismo sepulcro, entraron en la casa abandonada, primero Lezama, luego Orígenes, y en algún momento, como si aquello estuviera planeado, los dos estaban de pie frente a la tumba:

Aquí no va a venir nadie;

¿Quién dijo eso?;

Lo habrá dicho Lezama, pero lo pensamos los dos;

¿Qué pasó entonces, Juan Pablo?;

Uno mató al otro. Sin hablar, sin mediar palabra porque no se necesitan las palabras para reventarle el alma a alguien, para atravesarle el cuello por la carótida, para meterle una bala en el pecho o en el rostro, para romperle la médula de todos los huesos; no se necesitan palabras, pues, para matar a alguien, ni para que lo maten a uno. Sólo sé que en ese momento los dos estaban cercados. Ya lo dije, cercados y juntos, como si fueran hermanos, como gemelos abrazados que mueren juntos, unidos por tendones invisibles, pero no eran gemelos ni hermanos ni morirían abrazados, aunque quizás, muchos años después, morirían juntos. No eran hermanos. No eran el mismo hombre. Yo no estoy loco. Pablo Lezama era uno de Ellos. Juan Pablo Orígenes, que fui yo, era un Enfermo. Tenían que odiarse. No hay muerte posible sin que medie el odio entre el que mata y el que muere. Que nadie crea, Salomón, que yo inventé a Pablo Lezama, o que Pablo Lezama me inventó a mí:

la muerte no es un invento, es el final del libro,
o el comienzo,
la muerte ocurre en los linderos del libro, pero sólo es real para quien no muere, sólo es real para el que permanece y sobrevive llevando consigo la conciencia del morir, el saber de la muerte del otro, que nunca será el saber de su propia muerte.
Estuvieron de pie frente a la tumba, pero luego estuvieron dentro los dos. Cayeron dentro, o entrarían a voluntad para matarse más cerca de donde la muerte reside. Aunque la muerte, escribió Orígenes, no reside en los cementerios, reside ahí, afuera, donde Ellos merodean. Entonces fue que adentro de la tumba se mataron. Porque se mataron los dos. Sólo murió uno, pero ninguno de los dos salió vivo del sepulcro. O porque los dos salieron, unificados en uno sólo, en Juan Pablo Orígenes, es que ninguno está de verdad vivo. No se oyó ni un disparo:
La muerte fue un cuchillo, Salomón, y cuesta tanto atravesarle el pecho a un hombre. Cuesta tanto. Hay que ponerse de rodillas sobre él, sobre Pablo Lezama, apretarle la barriga para que no pueda respirar, darle golpes en la cara, desfigurarle la cara hasta el cansancio, hay que morder y presionar, morderle los dedos y los nudillos para que suelte el cuchillo que sacó de quién sabe dónde porque no tuvo tiempo, de veras no hubo tiempo de sacar el revólver; hay que aplastarle el pecho con las rodillas, golpearle la cabeza contra la tierra, arrancarle el pelo y los ojos, el pelo sudado es una araña múltiple, un asqueroso pulpo, y hay que golpear, clavar las uñas, usar los codos, pero de eso no se muere nadie:
hay que agarrar el cuchillo por la empuñadura, firmemente, decididamente, Salomón, y cerrar los ojos, en esto ya no hay firmeza que valga, no hay distancia suficiente

en un sepulcro para levantar los brazos en alto y que la gravedad más dramática ayude al crimen, hay que poner el cuchillo sobre el pecho y echar encima el cuerpo, que se hunda en la carne y el hueso toda la rabia de los muertos que tenemos encima, todo el odio que viene con la traición y el fraude, toda el agua llena de sangre de la bahía y el desierto,

hay que aplastar el filo y cortarse las manos, desgajarse las manos como una fruta hasta el hueso, hasta la corteza del hueso y más allá, donde la simiente se esconde, donde la memoria cree guardarse segura de que nadie la alcanza:

la muerte nunca deja sin marca al asesino.

¿Así fue?;

Esto es lo que Juan Pablo Orígenes recuerda;

Entonces fue Orígenes quien mató a su asesino;

Es Juan Pablo Orígenes el que lleva encima el nombre de su asesino. Yo soy el cordero que se viste de lobo. Yo soy el que Ellos creen que es Pablo Lezama;

Entonces, ¿y el cuerpo?;

El cuerpo tiene en el pecho un cuchillo fosilizado;

¿El cuerpo de Pablo Lezama?;

Pero Ellos no lo saben;

¿Qué les dijo a Ellos Juan Pablo Orígenes cuando comenzó a hacerse pasar por Pablo Lezama; qué historia hizo él de lo que pasó después del viaje por el desierto, después de llegar a la frontera?;

Yo les conté esto: les dije que el cuerpo de Juan Pablo Orígenes no será encontrado nunca,

y había el silencio detrás de las palabras, el aliento de un eco que no repite nuestras palabras, que se las roba, se las guarda en los bolsillos como monedas sobre la mano del ahorcado. Había el silencio. Había el espejo de Gesell, limpio como pocas cosas limpias había ahí.

Había, como un atento estudiante, el transcriptor que iba pescando los peces del aire, las palabras o los golpes de la máquina y su dentadura alfabética, el pulpo escribiente que atrapaba todas las palabras que saltaban al aire, las que caían al suelo, tímidas, las que se arrastraban entre los pies, escondiéndose, débiles, apenas barnizadas con la saliva mentirosa y blanca de los corderos, las palabras que se lanzaban desde el borde de la mesa al vacío porque nadie las quería, las palabras dormidas de esos recuerdos lejanos, las palabras incompletas que nada dicen, las palabras de odio y de amor si es que en todo esto está permitido el amor tal y como está permitido el odio, y las palabras que iban disparadas hacia Ellos, hacia el monstruoso corazón de esa burocracia inquisitiva, las que decían:

Sí, yo soy Pablo Lezama;

y las que querían decir, pero no lo hacían:

No, yo soy Juan Pablo Orígenes, y soy un Enfermo.

¿Qué pasó con esa transcripción, Ellos también escriben un libro?,

En ese libro Pablo Lezama mató a Orígenes, volvió a la ciudad y sigue vigilando ahora debajo de la máscara del nombre de su víctima. En ese libro yo soy Lezama. En ese libro usted no sabe quién soy, usted escribe sobre el poeta, no sobre el asesino;

¿Qué libro escribió aquel Juan Pablo Orígenes?;

En el libro habría de escribir, entonces, un esbozo de testimonio que terminaría siendo, no mucho tiempo después, el largo testamento de los rencorosos. La heredad, escribió, no es la dádiva del recuerdo, sino la intentona por aligerar la carga en los últimos días: repartir entre los más odiados el peso que nos hunde en el olvido. El libro sería la escritura de un porvenir ya sin pasado.

Entonces supo que la historia es un juego cuyas reglas se han extraviado, y que la memoria tiene un cuerpo que vamos desmembrando con los años hasta dejar solamente la sombra de una idea. Eso es el libro. Pero la memoria restituye solamente aquello que nos desbarata el alma. La memoria es un cuchillo. Deje usted de escribir sobre Pablo Lezama, Salomón;

¿Quiere Juan Pablo Orígenes olvidar a Pablo Lezama?;

Usted también querría olvidarlo. Usted, Salomón, querrá olvidarlo todo, como yo, pero ya será demasiado tarde y no tendrá salvación. La historia nos alcanza, siempre viene detrás y corre con prisa. No le gusta ser pasado a la historia, no le gusta el olvido sino cuando Ellos escriben con su puño y su letra. Siempre hay alguien queriendo hacer la historia hoy, pero es que la historia no tiene tiempo, no tiene ahora. La historia tiene orillas y sus bordes son afilados. Su muerte, Salomón, como la mía, ya está escrita en el libro que Ellos escriben. Usted y yo ya estamos muertos, o quizás haya que decir:

ya estaremos muertos cuando dejemos de hablar,

seguir hablando no nos salvará la vida. A mí me reventará el alma un aneurisma, dirán que fue una muerte tranquila, que estaba dormido y nunca desperté, que me enterrarán con todos los honores con que se entierra a un poeta. Ellos creen que yo he sido un poeta, lo creen porque así lo escribieron en sus libros. A usted, Salomón, quizás lo colgarán de un puente, desnudo, sin nombre, sin esperanza, porque es más fácil hacer pasar su muerte como cosa de las mafias,

yo no estoy hablando con nadie: usted y yo ya estamos muertos. Nuestro presente es mañana mismo, cuando ya no estemos. Pero ahora no, que ahora nadie piense que ya hemos muerto: no está muerto el que sigue hablando,

no está muerto el que vive en el libro: hoy no estamos muertos todavía, todo habrá de ocurrir en ese mañana que nunca esperamos, que nos sorprenderá en el sueño, como nos sorprende el desierto cuando entramos en sus entrañas, como nos sorprende el cáncer cuando viene su mordida lenta, como nos sorprende la bahía cuando estamos a punto de golpear el agua;
¿Así fue?;
Sé que lo último y lo primero que vi de la ciudad fue el viejo y desgastado y roto monolito por donde pasa el cáncer, el trópico, la imaginaria línea de la frontera que nunca de verdad nos separó del desierto y de la muerte,
sí,
creo que así fue.

La Biblioteca Ambulante de Libros Izquierdistas. Por un crimen se conoce a los demás. «La conjunción del error y de la locura llevan igualmente a lo absurdo y lo extraño» (Un Nuevo Demócrito al Lector)

No se pierde sin castigo el pasado
Ida Vitale

UNA VIDA CON, DENTRO, EL RECUERDO de infinitas vidas.

Por eso, le decía Salomón a Bernardo Ritz, la biografía de Orígenes no puede ser un relato simple. Hace falta la polifonía, como en su poesía, como en sus novelas. Y esperaba una señal de aprobación, un gesto, cualquier motivo para seguir adelante sin sentir que estaba torciendo el camino del libro;

pero Bernardo Ritz, que tenía una mente de trazos minuciosos, donde el requiebro ocupaba el mismo lugar que el error, le respondía que no, que aquello era un documento sobre la vida de un escritor, no sobre política ni sobre estudiantes locos ni sobre otros escritores o amigos de la juventud:

Cíñase a la literatura, le dijo, el texto aparecerá en la edición de las obras completas, no es ni siquiera un libro: es parte de un libro que tampoco es suyo.

Siempre tuvo la sensación de que Bernardo Ritz lo trataba como a alguien que llega a la ventanilla de la oficina de reclamación a hacer algún trámite trabajoso y lento, como en esas llamadas telefónicas interrumpidas siempre por otras llamadas telefónicas que se intercalaban cuando Ritz le decía:

Espere un momento;

y el momento podía durar quince, veinte minutos, una hora de espera o incluso no tener fin; o como esas visitas a su oficina en las que nunca dejaba de entrar gente que iba y venía por los pasillos del Ministerio como si no tuvieran dónde sentarse, como si su trabajo fuera ir y venir por los pasillos y las ventanas, y que pasaban sin tocar la puerta interrumpiendo la conversación como si Estiarte Salomón no estuviera ahí, como si fuera parte del mobiliario, y que Bernardo Ritz casi siempre aprovechaba para zanjar los encuentros con un genérico:

Quedamos en eso;

y una mirada que lo echaba a Salomón de aquella oficina con olor de cigarrillo, papelería nueva y betún de zapatos.

Salomón, sin embargo, no hacía caso a los consejos, o exigencias, de Bernardo Ritz: en cambio, seguía buscando Enfermos, concertando entrevistas, llamando a Orígenes, que cada vez era más evasivo; a Isidro Levi, que siempre lo invitaba a su casa y terminaban hablando de otras cosas; a Eliot Román, que le contestaba el teléfono cuando le daba la gana; y aquello que debía ser algo breve, un texto que sirviera de introducción a las obras completas del escritor, se estaba convirtiendo en un tomo independiente, en un volumen incontenible donde aparecían:

los Enfermos, salidos de todos lados, perdidos en cualquier sitio;

las calles de la ciudad de Orabá, donde los pasos de los que huyen se confundían con los pasos de los perseguidores, con el estruendo de los tiros, con las puertas que se abrían y se cerraban;

el río con su cauce de baba lenta y sumisa, con su nombre repetido en el nombre de la ciudad, donde todo regresa;

los volúmenes de la Biblioteca Ambulante de Libros Izquierdistas de Eliot Román, enterrados en algún sitio, llenos de palabras, notas y tierra muerta;
los grafitis en los muros de toda la ciudad, que escribió, en su momento, Juan Pablo Orígenes y, después, el propio Isidro Levi;
el nombre y las diferentes muertes y vidas de un desconocido llamado Pablo Lezama, a quien nadie reconocía ni recordaba, de quien nadie podía ofrecer una descripción, ese fantasma albino que aparecía simultáneamente en todos lados y en ninguno;
el intento de secuestro de algún político, a inicios de aquel último año en que se erradicó la Enfermedad, cuando finalmente Orígenes se fue al norte del País, huyendo hacia su fin del mundo, y donde se mantuvo oculto algunos años;
los Guardias Blancos, que mataban estudiantes o gente cualquiera que se pusiera en el camino, que entraban en las casas rompiendo las puertas, que dejaban caer desde los helicópteros los cuerpos, quizá todavía con vida, de los capturados, en el abismo duro del agua de la Bahía de las Águilas;
la Botica Nacional, donde algunos Enfermos lograron salvar la vida, donde Eliot Román recibió tres o veinte tiros en las piernas y la espalda, sobreviviendo quién sabe de qué modo;
y los versos, las historias, indudablemente, de Juan Pablo Orígenes, de Isidro Levi, que habían hecho de la escritura una especie de culto secreto que a nadie le importaba;
¿Cómo no hacer con eso un libro?, ¿cómo no decirlo todo?
Una vez, cuando habló con Eliot Román, le preguntó:
¿Qué le gustaría que se dijera de todo aquello?;
y Eliot Román le respondió:

Que se sepa;
y se quedó callado, quizás pensando que todo el mundo en Orabá ya lo sabía, pero que nadie nunca pensaba en ellos;
luego le hizo la misma pregunta a Isidro Levi, que le dijo:
El asesino vive mientras haya víctimas;
y Salomón supo de inmediato que estaba citando a Orígenes;
Ya no tenemos veinte años, Salomón, le explicó Isidro Levi, ¿sabe cuánta gente ha venido a preguntarme por los Enfermos en todos estos años, antes de usted? Cada uno que viene, por eso entiendo a Orígenes, a Eliot Román, a todos, cada uno que viene, Salomón, nos revive el miedo que uno siente en la juventud cuando se juega la vida, cuando uno puede jugarse la vida, o cree que puede, o cree que lo hace; yo conocí a muchos que lo hicieron; y a esta edad nuestra tener miedo es un trabajo muy cansado, penoso, que nos revive cosas que ya no podemos hacer, que nos recuerda los nombres y las caras de aquellos a los que tuvimos miedo, y ellos viven porque ustedes, todos ustedes que vienen sin ninguna preocupación, Salomón, nos los devuelven desde el olvido, nos entregan a ellos y a su recuerdo una y otra vez,
¿qué cosa nueva puede decir usted de la Enfermedad, o de aquellos años, o de cualquier cosa de las que ocurren hoy mismo y hay tanta gente hablando?,
¿qué cosa puede decir usted, Salomón, que sea más intensa, más cierta, más alumbradora?;
y Salomón se quedó callado, y en su cuaderno de notas escribió:
La memoria es a veces un incordio.
Lo mismo le preguntó a Orígenes en otra ocasión, una tarde en el Sin Rumbo, y Orígenes, que empezó la respuesta cientos de veces, que ensayó un asomo de enunciado y a veces dejaba escapar un silbido, el aspaviento inicial

de una frase, un seseo leve de globo desinflándose, de pulmón herido, de último suspiro en vida y primera respiración de espectro, le contestó, como si hablara de otra cosa:

Yo quiero salirme de esa memoria, Salomón, no me hace falta recordar, a veces me da vergüenza el pasado;

¿Por qué, Juan Pablo?, le preguntó;

y Orígenes, luego de otro rato, otra pausa, un despacioso aliento de enfermo y cigarrillo, un desparpajado corte en la conversación como si de verdad anduviera pensando en decir todo aquello que siempre quiso decir pero que se quedó guardado como si se hubiera tragado un puñado de alacranes, luego de un silencio así, apretado en el cogote, le dijo:

Sospecho que mi vida es lo que no recuerdo;

y aunque tenía dos cigarrillos encendidos en el cenicero, encendió uno más porque, quizás, el paso del tiempo es lo primero que el olvido nos roba, la aprehensión del paso del tiempo es lo primero que perdemos cuando perdemos la memoria:

Recordar algo que no está aquí, en lo nuestro cercano, o no recordar algo que sí está y que es vecindad irremediable: esto, sin duda, usted puede comprenderlo, Salomón:

tantas cosas hay en la congoja, tantos pesares en el discernir,

no hay acontecimiento que no cifre su permanencia en nosotros bajo la forma de una herida, como una cicatriz rasposa, como la crucifixión de una memoria que no nos salvará, le dijo,

le queda muy poco que ofrecer a mi futuro. Cada noche escucho a Aurora, esto usted no se lo diga a nadie, escucho a Aurora que me dice, cuando estoy quedándome dormido:

Le queda muy poco que ofrecer a tu futuro, Juan Pablo;

y tiene razón, yo también lo sé. Y por eso, Salomón, lo que yo quiero es olvidar. No me importa la justicia.
Pero Salomón, que sí era joven y que creía que se jugaba la vida escribiendo esas palabras, anotó en su cuaderno:
Si la memoria no nos salva, que se salve la memoria.
Y entre paréntesis agregó: (Primera frase del libro).

¿Quién le tiene miedo a la memoria?
Una vez Orígenes le dijo:
Todo lo que ya perdí estará en algún lado.
Quizá fue entonces que Salomón comprendió que la historia de la vida de Juan Pablo Orígenes no estaba solamente en la memoria del escritor, y que sería necesario, para completarla, buscar lo perdido, lo que en todo momento, durante las entrevistas, Orígenes negaba o confundía o mezclaba:
A veces la memoria es una amenaza, Salomón.
La amenaza, tal vez, era Pablo Lezama, o su recuerdo, o la sola evocación de su nombre. Seguía sin saber, Estiarte Salomón, si aquel nombre era un recuerdo real o un recuerdo inventado, si era parte de esas amenazas de la memoria que se atoraban en la voz y que cobraban cuerpo en la forma del desierto, el viaje a la frontera, el regreso a la ciudad, esas latencias olvidadas que persisten como un pulso, como un rumor que viene de lejos, como una voz que de pronto nos habla en los sueños;
Como los Enfermos, decía el poeta.
Cuando le preguntaba por los Enfermos, Orígenes casi siempre terminaba hablando de otra cosa:
¿Cómo fue que usted se acercó a los Enfermos, Juan Pablo?;
y aunque Orígenes sabía, en el fondo, de qué le hablaba Salomón, le decía:

Todo empezó con mi madre, con el cáncer de mi madre, yo nunca conocí a nadie enfermo, luego, con los años, vino la ceguera de Isidro Levi, que la viví muy de cerca, ¿sabe?, hasta que Isidro no pudo más y murió;

Pero Isidro Levi no está muerto, Juan Pablo;

Eso dígaselo a él;

o le preguntaba:

¿Los Enfermos eran comunistas, anarquistas, qué eran?;

A mí me contaron, le decía, que los Enfermos eran unos locos, que escribían en las paredes, que lloraban todo el día;

¿Pero, usted era un Enfermo?;

A veces me duele la espalda, y se me olvidan cosas; lo que pasa es que quien no vivió la historia perdona más fácilmente. Conocí a una muchacha que estaba enferma, se desmayaba a cada rato, era imposible bailar con ella.

Entonces Salomón le contó que la primera vez que él escuchó hablar de los Enfermos, su padre, cuando todavía estaba en vida, en voz alta le dijo:

Querían cambiar el mundo, eran estudiantes, decían que estaban enfermos;

¿Enfermos de qué?;

De lo que han perdido, de lo que otros han perdido, de lo que nadie tiene.

Un día, pensando en Isidro Levi, Orígenes le dijo que los ciegos siempre hablan de la vista porque uno siempre habla de lo que ha perdido:

Así son los Enfermos, siempre hablaban de lo perdido;

y Salomón le preguntó:

¿De qué hablan los Enfermos, Juan Pablo?;

Ya no hablan, ya están muertos todos, contestó.

Pero otro día:

No existe la maldad, existe la manifestación de la maldad, como tampoco existe la memoria, sino la manifestación de la memoria. El libro es el lugar donde la memoria se hace cuerpo. La Enfermedad tampoco existe, Salomón, lo que existe es el cuerpo del Enfermo, donde todo se manifiesta en su dureza y su infección;

luego dijo:

Un Enfermo es un muchacho flaco que esconde una pistola bajo la camisa.

Para cuando Estiarte Salomón habló con Juan Pablo Orígenes por primera vez, con el firme encargo de escribir su biografía, ya sabía que los Enfermos tenían el deseo de un País distinto, que habían soñado con la guerra y despertaron encerrados en sus tumbas, que la bahía estaba llena de sus cuerpos, hundidos como anclas que han perdido su barca, que eran los que imaginaban la utopía sabiendo que no hay utopía que no se cumpla con la herida de la violencia, que los Enfermos son los que arden ante la negligencia y la comodidad, que se prenden fuego espontáneamente y hablan del tiempo como si el tiempo no pasara, como si todo estuviera aquí hoy y no hubiera distancia; que son los que se saben perseguidos y perseguidores, los que sabían que la ciudad es el hospital de los rebeldes, el núcleo encerrado donde se guarda la voluntad en un archivo perdido entre carpetas y formularios, los que nunca supieron que el peor lugar para una revolución no proclamada es, precisamente, la calle, la casa, la ciudad.

Y podría hundirse Estiarte Salomón en cada recuerdo, enterrarse en lo hondo de cada remolino, en el pelaje espeso de la memoria, en la condenada idea de ir y venir haciendo perdedizo el verdadero sentido del recordar, sin volver al comienzo de todo, al principio en donde, a la distancia, Juan Pablo Orígenes pronunciaba unas palabras llenas de pulpa y entraña, una cosa oculta que había que desatorar de la garganta del tiempo y comprender para acercarse, quizás, a la verdad sobre Orígenes, sobre Pablo Lezama:

¿Quién era de verdad Pablo Lezama?;

la primera vez Orígenes le había dicho:

Pablo Lezama es un recuerdo;

un despedazado recuerdo que no agarra forma, pensaba Salomón, o una alevosa manera de contar un secreto sin decirlo,

una especie de albino o un lienzo vacío al que hay que ir poniéndole, prueba y error, unos ojos ¿negros?, una boca que no dice mucho, un sonido respiratorio encajado en la nariz, el pelo quizá desordenado, una palidez que se mueve en la noche porque los crímenes, entonces, siempre eran en la noche, en lo escondido, y porque el nombre de Pablo Lezama tendría que ver con algún crimen.

Cada nombre tiene su historia, le dijo Orígenes, o su hora del día, o su mes del año, o su esquina de una calle, o su canción favorita, o su ojo de la cara, o su diente de la boca. Cada nombre lleva a un lugar específico. El nombre de Pablo Lezama siempre llevaba hacia la noche, o hacia donde la noche era posible.

¿Cómo saber, se preguntaba Salomón, quién era Pablo Lezama?, ¿cómo saber que Orígenes no había inventado todo aquello?

Entonces Orígenes le habló, un día, de los otros Enfermos:

Yo apenas los conocí, Salomón, íbamos a la escuela juntos, pero uno no se imagina que los compañeros de escuela van a ir por ahí robando bancos o quemando autobuses. Conocí a Eliot Román, por ejemplo;

y le habló de la Biblioteca Ambulante de Libros Izquierdistas:

Eliot Román había nacido, dijo Orígenes, en el margen del Orabá cuando el Orabá sale de la ciudad y cambia de nombre, cuando el río deja de ser una corbata pasiva y elegante y se convierte en una soga alrededor de cualquier pescuezo; cuando el río, en lugar de alejarse, se acerca a uno y crece y se desborda siempre, cuando el río es río y no frontera interior, cuando el río es salvaje como los ríos deben ser y come gente y perros locos y caballos tristes, que es lo que comen los ríos de verdad, y no la basura y la mierda que en las ciudades les damos para mantenerlos mansos y que se dejen rasurar y cambiar de curso. En esos márgenes nació Eliot Román, que también fue salvaje;

¿Eliot Román era un Enfermo?;

Usted, Salomón, cree que todos estaban Enfermos. No se equivoque, en aquellos tiempos había de todo, había Enfermos, había Pescados del Partido Comunista, había Morelinos, había Espartacos y Jesuitas, había Guardias Blancos, Halcones del ejército, Orejas de la policía política, Perspectivos y Mafufos, delatores comunes y corrientes, políticos corruptos, como también los hay ahora, izquierdistas, derechistas, Maderistas de los de Ciudad Madera, no de los de la Revolución, y había hijos de puta y cabrones que estaban ahí nomás porque no tenían nada más que hacer, y había periféricos y simpatizantes, antipáticos y apartidistas. No todos estaban Enfermos;

¿Y Eliot Román?;

Ése sí era un Enfermo;

¿Hace cuánto que no lo ves, Juan Pablo?, y quizás en la pregunta había una trampa;

Ya murió, o creo que ya murió, o que ya debería estar muerto de tanto tiro que le dieron en la espalda y en las piernas. No he vuelto a verlo. Pero cuando Eliot Román todavía estaba en vida, en aquellos tiempos, tenía una facilidad insoportable para robar libros. Era muy amigo de Isidro Levi, y a él también le robó un montón de libros. Isidro lo sabía y lo dejaba, decía que eran préstamos sin retorno, y nunca se los reclamó. Llenó un par de maletas, creo que eran verdes, como de piel de dinosaurio, prestaba los libros y a él tampoco se los regresaban, y entonces volvía a robar. A veces en las bibliotecas públicas, a veces en las librerías, a veces en las casas de estudiantes y en las de profesores y a veces robaba el mismo libro varias veces;

Intencionalmente, quizás;

Quizás, o puede ser que no siempre. A veces en un libro había cosas anotadas y procuraba recuperarlo. Eliot Román, porque había nacido en un margen y había vivido en los márgenes, hacía anotaciones en los libros;

Algo importante habría escrito en algún libro;

Eso es lo que siempre creemos, y por eso Eliot Román perseguía libros, porque hay gobiernos que persiguen lectores. Pero nosotros no leíamos tanto;

Y ¿para qué eran los libros, Juan Pablo?;

No me haga recordar, Salomón, no me pregunte si Eliot Román iba de arriba abajo con dos maletas rojas como de piel de manzana, llenas de libros marxistas, leninistas, o de Mao y Trotsky y Ho Chi Minh o si hablaba en voz alta de la guerra de Vietnam o de Laos y Camboya; yo no quiero saber si en aquellos años él iba de una casa a otra cargando los libros, prestándolos y perdiéndolos cuando la policía política encontraba el escondite de algunos compañeros. No me interesa recordar a cuántos una bala les atravesó el pecho luego de atravesarles el libro que llevaban escondido entre los pantalones. No quiero saber, y usted tampoco, que alguna vez, pensando en que era más seguro, enterró las maletas, amarillas de piel de jirafa, en el patio de una casa, debajo de un arrayán y una ceiba pequeña, y que volvió a las semanas y en lugar de desenterrarlos y llevárselos, enterró más y más, y cada tanto tiempo la biblioteca subterránea iba creciendo, y los que querían libros, cuando Eliot Román ya no podía cargar con ellos porque había peligro, o porque él decía que era posible sentir el peligro en la humedad del aire, entonces, cuando ya no podía ir con las maletas llenas ni con los libros metidos en el pantalón y debajo de la camisa, porque así no se puede correr delante de las patrullas y los perros, todo eso, pues, se lo digo, Salomón, escúcheme, era que alguien le decía a Eliot Román:

Quiero leer tal cosa o tal otra;

y Eliot entregaba un mapa de aquel patio con indicaciones de dónde y a qué profundidad se podía encontrar cada libro:

había lecturas menos peligrosas, que estaban enterradas casi a ras de suelo, o incluso entre algún matorral, debajo de una piedra de justo tamaño, o a esa profundidad a la que uno podía llegar con algunos arañazos terrícolas, o luego de un delicado barrer de arqueólogo sobre las ruinas de la ciudad libresca; y había libros que costaban la vida, y que estaban muy profundo, entre las raíces de los árboles, y a los que había que dedicar algunas horas de minería y excavación, donde se descubre que el libro está dentro de un pozo y que cuando uno lee las palabras, lo único que hace es cambiar su lugar por el del libro:

sale el libro del pozo y entramos nosotros,

pero no me pregunte, Salomón, yo no quiero saber nada de eso, yo nunca leí ninguno de esos libros;

Y ¿qué hacías con los libros?;

Eliot Román te diría que todo aquello, la Enfermedad, esos años, los incendios, era producto de las lecturas, que todos los compañeros leían y leían, pero lo cierto, lo que de verdad recuerdo, es que Eliot Román nos perseguía, un día sí y otro también, hablando de guerras y cañas de azúcar, insistiendo en la necesidad de ser comunistas reales, anarquistas reales, estudiantes reales, como si algo de aquello tuviera sentido de verdad, como si no estuviéramos viviendo un sueño. Estoy seguro de que si no fuera porque lo hubieran metido preso habría perseguido a los otros, a los contrarios, a Ellos, con libros adecuados a sus ideologías:

Hay que educar al enemigo, diría Eliot Román;

¿Qué pasó entonces, quién le disparó, qué pasó con la biblioteca?;

pero Orígenes ya no hablaba, o no quería hablar: a veces pasaba que echaba un vistazo a su propio cuerpo y se daba cuenta de que en la mesa había un cigarrillo encendido, en la boca tenía otro más, humeante, y un tercer cigarrillo en la mano a punto de encenderlo: lo que Orígenes veía ahí no era el descuido, sino el cuerpo de la desmemoria; y Salomón, que no quería quedarse con la historia a medias, sabía que era momento de revelarle:

Anoche hablé con Eliot Román;

y mientras apagaba los dos cigarrillos encendidos, y guardaba el tercero, y sacaba un cuarto para encenderlo y empezar de nuevo, Orígenes respondió:

Hablaría usted con su recuerdo, o con su fantasma;

Eliot Román no está muerto, Juan Pablo, y me dijo que usted le devolvía los libros sin leerlos. Dice que era capaz de saber cuándo un libro había sido leído y cuándo no, y que usted no los leía nunca, pero que se los devolvía rayados, subrayados, llenos de notas, llenos de escolios o añadiduras, algunos dibujos tal vez, pero sobre todo palabras, le devolvía libros más llenos de palabras, desbordados de sus propios márgenes, como si a una persona sana se le inyectara más y más sangre hasta que se hinchara como un sapo podrido y el corazón ya no pudiera más. Esos libros que Juan Pablo me regresaba, me dijo Eliot Román, déjeme leerle la transcripción, tenían el corazón despedazado, eran otros, no sabían ya de su identidad, no sabían si eran libros combatientes o libros de poemas, aunque la poesía puede ser un combate, pero esos libros no sabían si eran una historia nacional o una receta de cómo olvidar lo que nadie recuerda, cosas así,

según él, usted era el que escribía en los márgenes;

Los muertos son muy mentirosos, Salomón, usted no lo sabe;

pero el biógrafo continuaba:

Yo le pregunté a Eliot Román:

¿Qué escribió Juan Pablo Orígenes en aquellos libros?;

y Eliot Román respondió:

Orígenes escribió frases sueltas, su caligrafía era reconocible, la tinta siempre azul, una redondez escurrida hacia afuera y hacia arriba; y luego estaban las sentencias: Orígenes era un escritor de versos dados, un hacedor de grafitis, por eso lo reclutaron, por eso algunos me dijeron que había que Enfermarlo, por eso, cuando por fin un día escribió:

Si la Enfermedad es ser revolucionario, no habrá remedio que nos cure,

supimos que Orígenes ya era un Enfermo, y que de los márgenes de los libros debía pasar a los márgenes de la ciudad;

¿Fue entonces cuando Juan Pablo Orígenes comenzó a escribir grafitis?;

¿Qué libro, qué lienzo es más grande que el mundo mismo?,

Salomón leía en voz alta las palabras de Eliot Román:

Él nos ofreció palabras, nosotros le ofrecimos páginas. No importaba si era un poeta o si era un imbécil, lo que importaba es que sabía decir, en unas pocas palabras, lo que todos queríamos decir y nunca logramos condensar: Juan Pablo Orígenes era un condensador. Los muros de la ciudad lo mismo servían para exponer ideas que para exponer el miedo, el miedo que queríamos infundir en los otros, y Juan Pablo lo entendió perfectamente;

¿Todo eso está escrito en los libros de la Biblioteca Ambulante?;

La biblioteca dejó de ser ambulante cuando enterré todos los libros, dijo Eliot Román;

¿Está enterrada la escritura de Orígenes?;

Algo quedará, pero sus mejores escrituras, sus palabras más ardientes, ya fueron borradas. Hay, creo, en lo alto de un muro del mercado, alguna de sus últimas frases, quizá la distracción la dejó ahí olvidada. Pero el olvido es una forma de entierro, o eso decía Orígenes;

¿Cómo empezó todo, Eliot?;

Juan Pablo escuchaba, y encendía el segundo cigarrillo simultáneo;

En aquellos años queríamos hacer la guerra, o creíamos que hacer la guerra era arreglar el mundo. Pensábamos que todo estaba podrido. No logramos nada. Algunos murieron, otros se metieron en política, que yo creo que es lo mismo que morirse: antes pensábamos que la vida era aquello, la Enfermedad, quiero decir, la vida era la Enfermedad,

y había grafitis de todo tipo. Había uno que decía, por ejemplo:

Los vaivenes destruyen creencias;

otro que decía: Nosotros queremos ser raíces, no ramas; y otro más: Somos de aquello que viene del pasado; y más cosas. Pero los muros necesitaban algo diferente, necesitaban incendio, necesitaban gritos, y yo todavía no estaba seguro de que los libros pudieran gritar algo. No sé si ahora mismo lo aprendí. Por eso escribimos las frases de Orígenes, porque nos parecía que sonaban como un grito, o como lo que nosotros creíamos que era un grito:

El mercado es el único espacio para la realización de las libertades, esto estaba en un muro de la Biblioteca Central;

El marxismo no es ideología, es ciencia; y esto quedó en el techo blanco de la catedral, y como el techo blanco de la catedral es una cúpula, la forma más apta de leer era mediante un espejo;

pero también escribimos largos versos, parrafadas eternas que daban la vuelta a la esquina o que pasaban de una casa a otra saltando calles o sorteando ventanas, porque era ésa la manera en que podíamos comunicarnos sin que la policía entendiera nuestros planes;

¿Cuáles eran los planes de los Enfermos?;

Matar el capitalismo, contestó Eliot Román;

Conocer muchachas, le dijo Juan Pablo Orígenes después, y se echó a reír;

pero el poeta, luego de un silencio largo como una novela rusa, le contestó:

En los libros está todo lo que no hemos vivido, Salomón, y todo lo que vivimos en secreto, todo lo que mentimos, todo lo que en silencio se llora sin que nadie nos vea, todo lo que pensamos y guardamos bajo llave, todo, pues, lo que no dejamos que los demás vean. En los libros, Salomón, no lo olvide;

¿Está hablando de la Biblioteca Ambulante de Libros Izquierdistas, Juan Pablo?;

Estoy hablando de que Eliot Román está muerto y usted no lo sabe todavía: aquella vez, cuando habíamos tomado el edificio de la rectoría, desde el techo nos dimos cuenta de cómo iban llegando las patrullas con las sirenas apagadas para que no los viéramos, pero los vimos, y vimos también toda la ciudad, desde lejos:

el Orabá, si usted lo ve por la noche, se detiene, deja de fluir, no corre, descansa, pero nosotros, en aquella altura, no podíamos descansar, y Ellos nos rodearon, y alguno, no sé, sacó un arma, yo nunca tuve un arma entre las manos, y hubo disparos, y cuando pudimos ver hacia atrás yo corría por la calle ¿Hidalgo?, ¿Sexta?, usted sabe, esa calle con casas viejas donde cada cinco pasos hay una zapatería o una cantina, ¿Anaya?, ¿Aragón?, el caso es que se oían tiros a lo lejos, y yo vi, delante de mí, que Eliot Román corría y corría dificultosamente, que se le iban cayendo los libros que llevaba metidos en el pantalón, que se detenía, el muy pendejo, y tropezó, y yo venía detrás de él esquivando los libros y los balazos, podía sentir el aire surcado por los tiros, se escuchaban gritos y carreras por todos lados, pero Eliot Román se detuvo, no sé todavía si se cansó, si le dieron el primer tiro mientras corría, si se puso a leer un libro que se le cayó abierto de par en par, porque esas cosas las hacía, siempre fue un imprudente, y yo no pude parar, no miré atrás, los sentía muy cerca, Salomón, se escuchaban ya los motores de las patrullas, y pasé de largo a su lado y supe que se iba a morir, yo siempre supe que Eliot Román se iba a morir, pero no se lo dije a nadie, y cuando estuve lejos, o cuando creí que estaba lejos, volteé hacia atrás y vi que Eliot Román se quiso meter en aquella farmacia o zapatería o casa de vidrio toda oscura, era de noche, ¿se lo dije ya?, era de noche, y no lo dejaron entrar, yo sabía, y creo que él también, que por ahí se podía entrar porque siempre tenían la puerta abierta, podía uno ocultarse un rato y más tarde saltar la barda y salir por la calle de atrás, pero a Eliot Román no le abrían la puerta, y golpeaba y gritaba y no lo dejaban entrar, y al otro extremo de la calle, Salomón, venían las brigadas, con las pistolas en las manos, y yo me di vuelta y seguí corriendo porque no quería que me mataran, luego doblé en una esquina y me metí en un portal abierto, era de noche, se lo digo, y desde ahí, que de verdad no era tan lejos, escuché los tiros que mataron a Eliot Román. Usted no sabe nada, Salomón;

Le digo, Juan Pablo, que ayer mismo hablé con Eliot Román;

Habló usted con un fantasma, uno no sale vivo de estas cosas;

Usted está vivo;

Eso es un decir, Salomón, usted cree que la vida es una cosa y yo difiero porque Eliot Román está muerto. Yo no lo vi morir, pero lo recuerdo así, que lo mataron a tiros justo afuera de la Botica Nacional.

Sistema periférico de la melancolía. El libro sin orillas. Tú mismo eres el tema de mi discurso «[...] pronto te darás cuenta de que todo el mundo está loco, melancólico, y que delira, que está hecho como la cabeza de un loco» (Un Nuevo Demócrito al Lector)

El único al que el autor permite sobrevivir
enloquece después de atroces torturas
Paul Eluard

EN SUS NOTAS, ESTIARTE SALOMÓN dejó escrito que la memoria también es algo que ocurre en el presente.

En este caso es así: el recuerdo es la isla sin orillas.

Ya la memoria se le estaba haciendo un manojo de preguntas, también a él:

Primero Pablo Lezama.

Luego Eliot Román.

¿Después?

Quizás hubo, en el principio, una muerte:

una muerte real y desconocida, y no todas las muertes que la memoria le inventa al escritor;

una muerte en el principio de qué;

Salomón había pasado tantas horas interrogando a Orígenes, metido en aquel matorral de la memoria del poeta, que ya sólo podía escuchar preguntas y respuestas, voces sueltas, pedacería de un mundo inasible que se va perdiendo cada vez que se evoca:

Cuando algo se evoca en la memoria, le había dicho Orígenes, es que ya lo perdimos irremediablemente; la lucha del Ser, continuó, es la constante revoltura de los hechos; sin esa mentira asumida así, por la buenas, nadie puede sobrevivir;

entonces supo que no sólo la memoria de Juan Pablo Orígenes estaba hecha pedazos, rota por todas las coyunturaciones, supo que también la historia del País estaba perdiéndose entre tanta versión y desvarío:

un día Orígenes dejó de hablar de literatura y empezó a hablar de historia,

¿no era lo mismo?,

ya una vez había hablado con el escritor Isidro Levi, que le dijo que la historia y la literatura son un mismo relato donde la gente tiene nombres diferentes. Pero lo que Estiarte Salomón tenía por deber era la escritura de un libro de historia, la biografía de un poeta, el relato, sí, de una vida, pero de una vida real. Lo real, le dijo una vez Isidro Levi, que aún conservaba una memoria robusta y bien referenciada, lo real, pues, echa mano de lo inventado para rellenar sus huecos: uno va componiendo el rostro de la gente, sus nombres, sus edades, porque el tiempo es inclemente y va borrando esa vida que se fue para dejarnos la tarea de darle cuerpo a lo que vamos olvidando, sin ese cuerpo nadie tiene asidero.

Habría que completar la memoria de Orígenes con la memoria de otros, por eso buscó a Isidro Levi, que lo conoció a Juan Pablo desde la juventud, y que fue quien le aclaró el asunto:

No, Eliot Román no está muerto; No, Javier Zambrano no está muerto; No, yo tampoco estoy muerto, le dijo Isidro Levi. Pero cuando le preguntó por Pablo Lezama no supo qué decirle: no conocía a ninguno con ese nombre, y le repitió que quizá la memoria de Orígenes ya no se conformaba con la traición, y que inventaba personajes, les hacía una historia, una forma de ser, una manera de masticar la comida o de subir las escaleras, una participación en el mundo, pero él, Isidro Levi, insistió:

Nunca conocí a un tal Pablo Lezama;

y luego:

Le aseguro, Salomón, que no estoy muerto.

Dicen que en el pasado están perdidas las respuestas que explican el presente, pero Salomón ya dudaba de todo: porque es un enredo la mente, un raudal la memoria, qué esperanza de no perderse, de poder salir de aquel prodigio como si se tratara de una casa o una selva abierta de par en par a machetazos. Habrá quienes se queden perdidos en la memoria, sin remedio, porque la memoria también está hecha de omisiones:

La memoria es más omisión que recuerdo, anotó Salomón; la memoria de Orígenes: quiero decir que una biografía es la historia de muchas vidas.

Pero el nombre de Pablo Lezama se había convertido en una obsesión, un nombre vacío, tal vez, para situar en el recuerdo a todos los que no tuvieron nombre, o a todos aquellos cuyos nombres había olvidado. Por ejemplo, Pablo Lezama había muerto asesinado en la frontera, una vez, a manos de Orígenes; luego, otro con el mismo nombre había pedido a Eliot Román libros donde los Enfermos escribían sus palabras y sus mensajes secretos; uno más se escondió en una casa del centro de Orabá que tenía la puerta abierta y conoció a una muchacha y se enamoró de ella; otro Pablo Lezama había matado de un disparo a un policía; y había tantos más: todos los desconocidos se llamaban Pablo Lezama. ¿Qué posibilidades había de que aquel Eliot Román, que Orígenes creía asesinado a tiros en el portal de la Botica Nacional, fuera en realidad el verdadero Pablo Lezama?

El libro es la ortopedia de la memoria, le dijo Orígenes, sin libro no hay memoria, sin memoria no hay presente. O la periferia, porque el libro siempre está en torno de la memoria, en sus lindes: nunca podrá ser el libro la memoria misma. Siempre hay trampas en la escritura.

El problema de la memoria es el mismo problema del libro:

el orden,

la estructura,

el cuerpo.

El libro de Estiarte Salomón empezaba hablando con Juan Pablo Orígenes, que le mencionó el nombre de Pablo Lezama y le contó de los Enfermos y de una muerte posible; continuaba con Eliot Román, que hablaba siempre sobre la Biblioteca Ambulante de Libros Izquierdistas, enterrada en las vísceras de la ciudad de Orabá; luego escuchaba la voz de junco quebrado de Isidro Levi, que sólo hablaba de la ceguera y la memoria, y seguía con Javier Zambrano, que le habló de la Botica Nacional, de las casas donde se ocultaban los Enfermos y de los modos en que el tiempo cambia a las personas sin que a veces se den cuenta:

Javier Zambrano, llamado el Flaco, antiguo Enfermo, le dijo:

Muchas veces había que salir corriendo,

al principio, cuando no éramos más que unos muchachos protestando por cosas que nos quedaban muy lejos, o por cosas que eran muy simples pero que teníamos muy a la mano, o por la historia más reciente de otros que eran como nosotros y hacían las cosas que nosotros hacíamos o queríamos hacer, el jueves de Corpus, el dos de octubre, usted sabe, tragedias, todos esos crímenes, toda esa mierda, y por eso, porque al principio no éramos más que unos muchachos sin experiencia, muy verdes, teníamos que correr cuando llegaba la policía:

despavoridos, desesperados, con el Jesús en la boca corríamos,

pero de correr uno se cansa, y en las casas del centro, también al principio, había muchas puertas abiertas por donde podíamos meternos y estar escondidos hasta que pasara todo:

imagínese usted:

salir como locos cuando llegaban las patrullas y saber que por más rápido que uno pudiera correr no tardarían en cerrar las calles del centro con policías y militares y no iba a ser posible escaparse, entonces dábamos algunas vueltas por las calles cercanas a la Plaza de Rosales y en la primera puerta abierta nos metíamos, cerrábamos y nos quedábamos ahí por si llegaba alguien más, algún compañero:

muchas veces yo entraba corriendo en una casa, esas casas viejas que empiezan con un pasillo estrecho y se abren en una sala grandísima y luego se cierran en otro pasillo y así por pasillos y habitaciones uno llegaba hasta el patio, enorme y lleno de árboles, y pasaba al lado de la mesa del comedor, donde la familia estaba cenando o escuchando la radio y uno pasaba corriendo hecho el diablo y decía Buenas noches o Buenas tardes o Buenos días, y se metía en el patio como si aquello fuera una selva, porque eran patios llenos de arrayanes y limoneros y mangos y guayabos y palmas, muchas palmas que hacían una sombra rayada sobre la tierra, y uno seguía corriendo y a veces se quedaba ahí en el patio, en algún rincón, en una de esas habitaciones que siempre hay en el fondo de los patios de esas casas y donde duerme alguna mujer anciana que apenas se mueve, que tose como para recordarse que está viva y que cuando uno entra en la habitación, sin verla porque lo único que uno puede ver en ese momento es la corretiza que estalló cuando llegó la policía a la Universidad, pero detrás de nosotros está ella, imagínesela, Salomón, acostada en la cama, apenas un poco más gruesa que las sábanas, apenas un poco más de carne que un perro flaco, con el pelo gris amarrado en una trenza que seguramente le llegará hasta la cintura y esa voz que uno no sabe cuando recién la escucha si es de hombre o de mujer porque es una voz rasposa que nos llega por la espalda y uno, Salomón, acuclillado al lado de la puerta, con las manos en el picaporte para que no entre nadie, escucha esa voz de tierra seca y lo que quiere hacer es salir corriendo, pero lo único que puede hacerse es girar la cabeza, sin soltar el picaporte, y ver a la mujer medio sentada en la cama diciendo:

Escóndete debajo de la cama,

y uno no sabe qué hacer en ese momento, Salomón, y entonces, porque ella insiste, hay que acercarse a la cama, había que hacerlo así, en aquel tiempo, y cuando uno llega a la orilla se da cuenta que debajo de la cama se asoman un par de pantuflas, y telarañas, y un rechinar de resortes y metales, y en ese momento, quién sabe por qué, la mujer levantaba la sábana y decía:

Aquí, escóndete aquí,

o en otras ocasiones seguir corriendo después de atravesar la casa y atravesar completo el patio y saber, o ver de reojo, que por la ventana de la habitación se asoma la anciana que estaba esperando que uno, yo o cualquier otro, entrara en la habitación y se acostara a su lado, pero entonces uno llega hasta el fondo del patio y se trepa con un par de brincos en lo alto de la tapia, esquivando las ramas de un ciruelo o de un guamúchil espinoso, para saltar al otro lado donde hay un terreno baldío, o un taller mecánico que parece un terreno baldío, y aparecer de pronto en la calle de atrás, libre, para llegar, por ejemplo, a la casa que tenían algunos compañeros y donde no nos iban a poder encontrar,

y recuerdo muy bien una casa, en la calle Hidalgo, creo, donde uno veía nomás al entrar que en la pared había un cangrejo enorme disecado, con todas las patas extendidas como una gigantesca araña marina, y había que detenerse ante aquello, era obligado, y entonces se prestaba atención a un montón de animales de taxidermista, un montón de frascos de cristal con cosas blandas dentro y una vitrina con cajas y recipientes y piedras antiguas y todas las puertas de la casa cerradas y uno decía Buenas tardes, como esperando que saliera alguien, pero con miedo también a cualquier presencia; yo no me quedé mucho ahí, me daba una congoja grande:

nunca vi a nadie,

y después se contaba que ahí vivía un coleccionista y que en una de las habitaciones había encerrado a un hombre como si fuera un animal, no sé,

así era, Salomón, nosotros éramos, más que estudiantes, más que luchadores sociales o como quiera llamarle, corredores, escapadores, desaparecedores, pero luego hubo armas, y todo cambió,

y cambió más con los años, muchos años después, cuando empezamos a hacernos viejos y llegó esa gente que cree que puede cambiar las cosas escribiendo una canción o un libro porque de verdad no saben nada, no entienden nada, como usted mismo y toda esa gente que cree que parados y en silencio en medio de una calle, en medio de una plaza creen, pues, que así, con no hacer nada y diciendo que no hacen nada, el mundo los escucha y se detiene y cambia: yo ya estuve ahí y hubo muertos y desaparecidos y al final no pasó nada, nunca pasó nada y estamos aquí usted y yo hablando de lo que nunca pasó, ¿qué le parece eso?,

Ellos son sordos, y mudos, le estoy hablando del gobierno, no escucha a nadie,

y nosotros estamos solos, de verdad solos,

pero la Botica Nacional era un lugar diferente:

uno no entraba por la puerta abierta de la casa, uno entraba, primero, por la puerta del local, y se encontraba, si no era muy de noche, con la mujer que estaba detrás del mostrador:

entonces podían pasar varias cosas:

si había tiempo, uno pasaba por debajo del mostrador, una pequeña puerta de madera, y se colocaba en el fondo del lugar, donde estaba el almacén, adentro de un viejo refrigerador desconectado,

o bien, podía otro esconderse detrás de las cajas de medicinas y refrescos, y la boticaria, sin decir otra cosa que Agacha más la cabeza, o Ponte ahí en la esquina, iba tapando el espacio visible con más y más cajas, y ahí, de pronto, ya no había un Enfermo escondido,

o bien, había una puerta pequeña en la pared del fondo, una puerta como para que sólo un niño pudiera pasar, que comunicaba con una especie de bodega o una especie de pasillo donde tranquilamente podían caber hasta cinco Enfermos, y que, mediante otra puerta pequeña, comunicaba con el interior de la casa de la boticaria,

pero si los perseguidores venían cerca, o si había ya uno o dos muchachos en el refrigerador, y otros tantos detrás de las cajas del fondo, o unos diez o doce emborucados en el pequeño corredor que comunicaba con la casa, entonces la boticaria, que era una mujer mayor que tenía la cara de un rezo, tomaba del brazo al muchacho en cuestión, me pasó a mí más de una vez, y lo ponía del otro lado del mostrador, de cara a la puerta de entrada, le daba una especie de bata blanca de médico o de boticario, y lo ponía a despachar a los clientes:

si llegaban los policías y entraban en la Botica Nacional veían a una boticaria y a su ayudante, que sudaba o temblaba de miedo, y que, muchas veces, se quedaba durante el resto del día trabajando y se iba a casa con el sueldo correspondiente;

¿Y la boticaria todavía vive?, le preguntó Salomón al Flaco Zambrano;

Supongo que no, pero la botica sigue ahí, en la calle Escobedo;

¿No era la calle Colón?;

Quizás, pero yo recuerdo que era la calle Escobedo,

y por último, déjeme terminar, por último, uno podía llegar a la botica por la noche, cuando no estaba abierta al público pero sí estaba abierta para los Enfermos, porque nosotros necesitábamos escondite y cura a cualquier hora del día, y la puerta siempre estaba abierta, y uno podía quedarse a dormir ahí, y una vez, no le miento, empujé la puerta y la puerta no se abrió, y lo volví a intentar y seguía cerrada y pensé que me iban a caer encima los Pescados, porque en aquella ocasión era un pleito con los Pescados, y eché a correr hasta que no pude más,

me quedó el pendiente de saber qué había pasado esa noche, pero no me aparecí por la Botica Nacional sino hasta otra ocasión en que arranqué corriendo,

yo corría mucho, siempre tuve miedo de que me dieran una paliza o que me pegaran un tiro, siempre me dio miedo la muerte,

el caso es que un día volví a la botica, empujé la puerta, y estaba abierta: entré en lo oscuro con la desconfianza de la última vez, y me acomodé detrás del mostrador, donde ya no se veía nada:

es posible distinguir entre una mano que le avisa a uno de algo, que le señala una cosa o que busca llamar la atención ante el peligro o la sorpresa o la casualidad, y una mano que lo que pretende es más bien una caricia o una pausa o la quietud:

yo pienso todavía que aquello era una caricia,

y lo primero que me vino a la mente es que se trataba de la boticaria, pero fui capaz de percibir dedos más cortos y menos clínicos, un ánimo más parecido a la curiosidad o a la desconfianza, hasta que escuché la voz, más bien segura:

Espera,

y era una voz como la mano que me había tocado, una voz como encharcada, es decir, sin hondura, es decir, que no se puede esconder, y yo escuché que esa voz se levantaba y echaba el cerrojo en la puerta de la botica, y que volvía y se me ponía enfrente, de rodillas porque yo estaba sentado en el suelo, y que me acercó su cara a mi cara y lo único diferente que escuché en medio de todo aquello fue que alguien jaloneó la puerta para entrar, pero yo ya había descubierto que la voz era una muchacha y no supe más,

entendí que quizás pasaba lo mismo aquella noche cuando yo quise entrar y la puerta estaba cerrada, pero no quise entender más;

¿Quién era la muchacha?, le preguntó Salomón;

Yo supongo que era la hija de la boticaria, o la nieta quizás.

A veces volvía, aunque no me persiguiera nadie, y la puerta estaba cerrada, y a veces la puerta estaba abierta.

Un día le dije mi nombre y ella me dijo el suyo:

se llamaba Lida,

y su nombre me pareció pequeño, algo menos que un nombre,
demasiado poco para ser un nombre tal vez,
muchas veces nos encontramos ahí,
pero nunca la vi en otras circunstancias.

A VECES PARECE QUE TODO OCURRE EN EL PASADO, porque el libro está escrito sobre lo que ya fue, sobre lo que se recuerda como algo ya perdido,
pero luego resulta que el libro despierta aquello que dormía en nosotros y nos lleva a actuar, a hacer algo hoy, o mañana, y se actualiza y nos saca a la calle, enloquecidos, como si de verdad creyéramos en el futuro,
o eso pensaba Salomón, pero el Flaco Zambrano le dijo otras cosas;
¿cómo era posible, pensaba Salomón, que cada uno de ellos, de los Enfermos, tuviera una idea tan diferente de lo que pasó en aquellos años, o de lo que debería decirse de aquellos años, o de lo que significa decir algo sobre la historia, sobre lo que se presume como un hecho indiscutible?
Orígenes decía que el libro es el sustento del pasado;
Isidro Levi decía que el libro es desde donde mana el futuro;
Javier Zambrano, que no era escritor como Orígenes o como Isidro Levi, decía que el libro, sobre todo el libro que habla de la Enfermedad, no sirve para nada.
Y es que Salomón llegó tarde al libro:
llegó cuando ya algunos de aquellos muchachos habían muerto, o estaban a punto de morir, o estaban queriendo olvidarlo todo, o haciendo un esfuerzo monumental por no olvidar,
llegó cuando la ciudad de Orabá era una cosa muy distinta, aunque él había crecido ahí desde siempre,

llegó treinta o cuarenta años después,
llegó cuando muchos de los Enfermos ya estaban curados, o cuando muchos de ellos, al menos, ya no tenían síntomas visibles,
llegó, pues, en el momento en que la historia se confundía con el olvido.
¿Qué pasaba en Orabá hace cuarenta años; qué pasaba ahora, tanto tiempo después?
Se dio cuenta, en su empeño de escribir el libro, de que la historia de los Enfermos no podía contarla él solo, que tenían que contarla ellos mismos porque quizá nunca habían tenido la oportunidad de hacerlo con sus propias voces, y se dio cuenta de que ya no solamente estaba escribiendo la biografía del poeta Juan Pablo Orígenes, sino la biografía de los Enfermos, la vivisección de sus recuerdos, de los recuerdos de la ciudad de Orabá, que tenían que ser, quizás, sus propios recuerdos.
El libro debe sangrar, leyó Estiarte Salomón en alguna de las entrevistas hechas a Juan Pablo Orígenes;
Pero los que sangran, escribió él, son los que viven en el libro.

La primera entrevista con Orígenes. Cambiando el nombre, el cuento habla de ti. «La melancolía, en este sentido, es una característica inherente al hecho de ser criaturas mortales» (Secc. I, Miembro I, Subsecc. V)

¿Por qué escribo tanto si cada vez recuerdo menos?
Juan Antonio Masoliver Ródenas

UNA MUERTE ANTES de todo,
antes de cualquier cosa.
¿Qué importa estar lejos si ya nos han olvidado?
El olvido es el verbo cuya materia desconocemos, escribió Orígenes.
Entonces, el libro,
es aquí
donde se abre el mundo como un árbol una carnívora flor un inesperado río que se desborda el pedregal arrastrado de la llanura y el desierto aquel recuerdo de una vida lejana el vendaval con sus raíces de la ceiba aéreas como el humo del pulmón en la pupila el brillo el dolor opaco y agorero del cáncer, el cangrejo constelar, la estrella y el trópico y todas las personas del mundo que no recuerdan lo que olvidan ni tienen ningún dolor en el corazón por aquellas cosas que han perdido y que olvidaron un día a alguna hora cuando hablaban con alguien tomándose un café o paseando al lado del Orabá como si nada sucediera en otro lugar,
pero siempre pasa algo más allá,
¿más allá de qué?,
del recursivo ir y venir del recordar que la vida no es más que la continua sucesión de interrogantes: el amor es la

constante duda del amor; la vida es la constante duda de lo posible, de lo imposible, de la muerte; el ayer es la constante duda del mañana, de lo que se olvida, porque también el futuro, que vamos construyendo sin que ocurra, se nos olvida con el tiempo;

lo que no se olvida, después de todo, es el olvido mismo;

el cáncer, diría Orígenes, es lo que no se olvida, porque es la extensión de la carne, de la memoria, de la enfermedad: lo que se extiende por la memoria es el cáncer y no se puede pensar en nada más porque mismamente el olvido se extiende por la memoria como un cáncer, y lo diría, entonces sí, pensando en su madre, que murió de cáncer, sola y lejos; y lo diría él mismo solo y lejos, pensando también en el libro:

el libro, sí, es metástasis.

Y el libro, o la historia del libro, o la histología del libro, hace metástasis, se extiende, rizoma oscuro por los recodos internos del cuerpo de la memoria, y se manifiesta, sin que otros puedan saberlo, por ejemplo, sin que Estiarte Salomón pueda saberlo, en el cuerpo de Eliot Román, que después de hablar por teléfono con Salomón, después de confirmarle una y otra vez, como lo hizo Isidro Levi, que él no estaba muerto, que sí, que él había sido el encargado de la Biblioteca Ambulante de los Enfermos, que sí, que los Enfermos seguían vivos pero que no seguían Enfermos, que no, que no quería hablar más con él, Porque a usted no le importa y punto, después de todo esto, pues, Eliot Román, solo en su casa donde vivía sin nadie, se sentó en el escritorio frente a los pocos libros que se había decidido, muchos años antes, a conservar, y que habían formado parte del itinerante acervo de la Biblioteca Ambulante de Libros Izquierdistas. Ya no leía. Y no era porque no tuviera tiempo, o porque los ojos cansados se le cerraran al mundo y las palabras: no leía porque ninguno de esos libros, y quizá ningún otro, le decía ya nada sobre lo que a él de verdad le importaba:

A cierta edad uno ya no quiere recordar, le decía siempre a Isidro Levi. A cierta edad, también, uno ya sabe que la libertad es la libre elección de nuestra cárcel.

Ya no quería, Eliot Román, que la cárcel fueran aquellos libros. Lo había deseado mucho tiempo antes, cuando pasó lo de Norma Carrasco, la hermana de su madre.

Abrió entonces un libro y repasó las páginas, le olfateó la entrepierna de papel, como si entre las páginas hubiera un perfume que pudiera reconocer, que le señalara un camino, y dejó el libro en su sitio. Volvió a hacerlo varias veces con todos los volúmenes, y cuando no encontró nada, los revisó todos otra vez:

A veces se pierden cosas y se pierden definitivamente, pensaba,

pero luego de esculcar cada página, una a una, encontró la fotografía, en blanco y negro, que retrataba la juventud de Norma Carrasco.

Las fotos no son retratos nuestros, son retratos de un determinado tiempo en nosotros, de una determinada falta o ausencia. Lo peor de la libertad, pensó, es que no permite rebeldía. Y volvió a tomar el teléfono y a llamar a Estiarte Salomón para decirle que hablaría con él, que le concedería otra entrevista pero que iban a hablar de lo que él quisiera, que no iban a hablar de Orígenes, que iban a hablar de los Enfermos:

Si usted quiere lo hacemos así, si no, no me interesa;

y colgó el teléfono,

y se le vino encima, otra vez, la eterna idea latente del suicidio, casi en la misma forma en que se le había presentado durante aquella juventud que cada vez era más lejana y más absurda, donde todo dolía más, donde todo era inconmensurable y excesivo.

Eliot Román siempre pensó en la posibilidad de inventar un pasado que de tanto repetir como un rezo modificara el presente: cerraba los ojos, los apretaba con fuerza como cuando saltaba, de niño, desde la orilla de una piedra hasta las aguas del Orabá, y salía lleno de agua oscura y barro, y al abrirlos podía ver en la orilla el cuerpo de Norma Carrasco que estaba acostada sobre una toalla larguísima y verde cuidándolo para que no se ahogara; luego los abría en el presente, despacio, como si la lentitud ayudara a la conformación de ese presente modificado en el que ella, la tía Norma, estaba igual de joven que en los otros años, vigilándolo para que no se ahogara con el humo de los cigarrillos, con el dolor de los pulmones, con el tiempo que se le hacía bulto en el pecho, un llanto de humo, un enfisema de añoranza,

pero Norma Carrasco sólo podía existir en otro mundo: en el recuerdo, que es otro país, muy diferente de éste, donde Eliot Román la extraña y sólo puede evocarla como era en aquellos tiempos, antes de que un día, luego de lo que pasó cuando corría por la calle Colón, ¿o era la calle Escobedo?, lleno de libros el cuerpo, esos libros que casi le cuestan la vida y que lo tropezaron para que las balas, echadas y escupidas así, al vuelo, a ciegas, a lo pendejo, le alcanzaran las piernas y la espalda justo afuera de la Botica Nacional, donde intentó entrar y la puerta estaba cerrada, luego, entonces, de salir del hospital para entrar en la cárcel, Norma Carrasco, emborronada por el tiempo y la memoria, ya no apareció por ningún lugar.

Si lo pensé, si lo recordé, no hace falta decirlo.

Cuando Isidro Levi decidió unirse a los Enfermos, Juan Pablo Orígenes iba de camino a la frontera, huyendo:

Me están buscando, le dijo, y le pidió que cuidara a su madre.

Entonces,

así lo contó Orígenes,

le entregó el ejemplar del libro de Robert Burton, como si aquello lo fuera a salvar de algo. No volvió a saber de él en muchos años. Le escribió cartas que no supo a dónde enviar, que nunca envió, que guardó durante un tiempo y luego tiró a la basura y luego sacó de la basura y quemó en el patio de la casa.

Si lo pensé, pensó.

Entonces los Enfermos ya no eran Enfermos, o ya no quedaban muchos de ellos, o los pocos que quedaban se agruparon en la Liga Comunista, e Isidro Levi, que reconoció que ya no podía mantenerse al margen, se acercó a ellos para continuar con lo que Orígenes había dejado a su marcha: los grafitis.

Había empezado a escribir mucho tiempo antes, nunca supo por qué:

La escritura, le dijo a Salomón, es como una manifestación de la pasión, y lo que está lleno de pasión es lo que nos aterra, es aquello de lo que normalmente tratamos de huir. Pero la pasión no es hoguera, queremos llamarla hoguera, fuego intenso, lumbre y expansión repentina, y queremos que se apague de golpe bajo una lluvia torrencial. Pero la pasión es lo que perdura y, por ello, es ocultable, puede guardarse y puede ignorarse, hacerse a un lado. La pasión no es lumbre, es mar, o se parece más al mar que al fuego.

Ahora estaba ciego, o medio ciego, que es lo mismo, o casi lo mismo, porque no importaba si podía ver bultos y sombras: siempre, desde hacía tiempo, lo trataban como si por donde caminara hubiera bordes imperceptibles que desembocaban en un precipicio mortal, como si en torno suyo el suelo estuviera lleno de cosas rotas, como si todo a su alrededor estuviera en su contra. No tardó casi nada en sentirse paranoico. Y por eso casi no salía de la casa, por eso había dejado de encontrarse con Orígenes en el Sin Rumbo, y se había mudado, en sus escasos paseos, a La Ceiba, que estaba más cerca de su casa, a donde se mudaron también Eliot Román, Javier Zambrano y Salvador Rubín, los amigos de aquellos años que no estaban muertos, o que seguían interesándose en él por alguna razón.

Dejó de ver a Orígenes porque también Orígenes dejó de salir a la calle:

A uno puede fallarle la vista, le decía Isidro Levi a Estiarte Salomón, y no pasa gran cosa, soy capaz de decir dónde vivo, llamar por teléfono o saber dónde estoy, porque con los ciegos la gente tiene ciertas condescendencias, una especie de lástima que los hace cruzarnos la calle, darnos cosas del suelo, preguntar, así de repente, si estamos solos: incontables veces, decía Isidro Levi, alguien desconocido que me encontraba afuera del Sin Rumbo me tomaba de la mano y me hacía cruzar hasta el otro lado de la calle, cuidándome de los automóviles y de las bicicletas, luego me preguntaba si estaba bien, y se marchaba, y unos minutos después alguien más hacía lo mismo y me devolvía al punto de origen, hasta que Teresa llegaba y me encontraba quizá tres o cuatro calles más allá del lugar donde había empezado mi aventura. A veces llegaba a casa con los bolsillos llenos de monedas, llaves, encendedores, paquetes de cigarrillos, infinidad de cosas que no eran mías: todo lo que está en el suelo cerca del perímetro del ciego ha de pertenecer al ciego, piensan algunos. Otras veces alguien se quedaba a mi lado, esperando a que Teresa llegara a buscarme, como si estuvieran resguardando a un niño perdido en el mercado a la espera de sus padres. Podía imaginar siempre la sonrisa de esas personas amables, sin prisa, cuando llegaba Teresa y me entregaban, como si se pasaran una correa imaginaria diciendo: Casi se escapa, pero aquí lo tengo. Y sin embargo, continuaba Levi, soy más autónomo que uno que no sabe qué le ha pasado a su memoria. A uno le puede fallar la vista, pero la memoria es otra cosa.

Ciertamente, Isidro Levi había cambiado el Sin Rumbo, aquel bar de toda la vida, por La Ceiba, que estaba más cerca de su casa, y donde se sentía más cómodo porque menos gente lo reconocía; pero en cambio, Orígenes había dejado por completo de salir a la calle:

Si él se suelta de la correa, bromeaba Isidro Levi alguna vez con Estiarte Salomón, no hay manera de recuperarlo, es como un niño que no sabe decir su nombre, ni la calle donde vive;

¿Por eso dejaron de verse?, le preguntó Salomón;

Cuando dejé de ir al Sin Rumbo, respondió Levi, todos vinieron a La Ceiba, y esperamos que Orígenes también lo hiciera. Nunca apareció. Quizá se olvidó de nosotros, quizá por eso insiste en que estamos muertos.

SALOMÓN SE QUEDÓ DE PIE EN EL UMBRAL y lo que vio fue a Juan Pablo Orígenes, allá a lo lejos en un mundo que no era éste, con varios libros abiertos de par en par:

Leer es como ir abriendo ventanas, dijo un día Orígenes;
y quizás en ese mismo momento lo dijo por primera vez;
Vengo a preguntarle por su vida;
y Salomón seguía de pie, al lado de la puerta;
Orígenes, que todavía estaba entre el miedo y la desconfianza, le respondió:
A mí ya no me gusta recordar.
Una vez Salomón había leído un libro de un escritor llamado Juan Pablo Orígenes: al leerlo supo que en aquellas palabras se escondía algo: una torpeza humana, una lumbre poderosa, el quebranto de una voluntad que esperaba algo distinto y se encontró con la vida: la mordedura de una rabia ya mansa, ya apaciguada y tibia. Cuando Bernardo Ritz, venido de la nada, le propuso la escritura de la biografía de Orígenes, Salomón no pudo negarse: escaparía de los horóscopos, del régimen diario, del burdo corregir ortografías y páginas que acababan al día siguiente en la basura. Quería una especie de esencia, algo perdurable. Dijo que sí, que él escribiría la biografía de Orígenes. Y creyó que sería feliz. No había escuchado, todavía, el nombre de Pablo Lezama,
o cualquier otro de los nombres de la historia del poeta.
Hubo en el principio una llamada telefónica: la voz de Aurora Duarte, la esposa de Orígenes; la voz de Aurora, secreta y escondida, y el recuerdo de un poema con aquellos versos que quizás hablaban de ella, lejano alegato sobre la existencia de un pasado propio y perdido que sobrevive en alguien más; luego el silencio, porque Aurora habría dejado el teléfono sobre alguna mesita mientras llamaba a Orígenes que fume y fume no podía dejar de escribir: seguramente, cuando tomó el teléfono con la zurda, la derecha le temblaba como un péndulo acelerado, como un garabato incansable:

Es el Párkinson, decía a lo lejos Aurora;
Son las palabras, decía Orígenes;
Qué palabras, es el Párkinson, decía ella con esa voz de calmar estampidas;
y él, quizá más viejo de repente:
Pues será que el Párkinson son las palabras;
y al contestar el teléfono parecía que Orígenes ya estaba anunciado de aquella llamada: sí, se verían pronto, sí, en el Sin Rumbo, sí, lo que usted quiera, dijo; como un vasallo que consentía caprichos, como un animal bien amaestrado con otra cosa distinta que no era ni el Párkinson ni el cansancio de la edad ni la rodilla izquierda dolorida por algún paso en falso ni la cadera reventada y operada tres o cuatro o cinco veces ni la tos del cigarrillo que ningún médico logró quitarle hasta el último día de su vida ni el recuerdo de algún amor perdido o la sobria resignación de una muerte cercana, quizá demasiado cercana;
Las palabras son el desgaste, escribió Orígenes;
¿Las palabras hacen al escritor?, le preguntó Salomón;
No, ni siquiera las palabras hacen al libro. Las palabras son lo que deshace el mundo. Sin palabras el mundo es intocable: cuando empezamos a tocar el mundo empezamos a afectarlo, a desgastarlo en tal medida que luego nos harán falta palabras para recomponerlo y hacer otro mundo que ya no será aquél que el azar del carbono y la luz nos dio una vez;
¿Entonces el libro no comienza en las palabras?;
El libro no comienza: es una continuación del mundo;
¿Y cómo empieza usted un libro, Juan Pablo?;
Todos los libros ya empezaron antes. Es cierto que el libro comienza, es cierto que hay un momento en el cual el libro empieza a contarse, pero es más intenso aún

cuando el libro continúa, cuando el libro sigue escribiéndose: Ése es nuestro trabajo, Salomón, nuestro destino es continuar el libro de los otros, no dejar que se borre con el viento, que nadie lo borre, Salomón, ese libro cuenta nuestra vida: si el libro desaparece, usted y yo no hemos existido, porque si renunciamos al libro renunciamos a la vida,

tengo, dijo Orígenes, una insoportable intolerancia hacia lo perdido, hacia la lactosa, hacia los globos de colores que suben y suben porque un niño despreocupado los soltó, hacia los libros sin sangre, hacia la gente sin sangre:

una persona sin sangre, dijo, es como un huevo muerto.

Pero entonces Estiarte Salomón, al despedirse aquella vez, cuando Aurora Duarte apareció entre las sombras del Sin Rumbo para llevarse a Orígenes porque Es muy tarde ya, dijo ella, la apartó, la tomó del brazo como si entre ellos hubiera una confianza dulce pero autoritaria, y le preguntó, sin miedo porque no sabía Salomón dónde empezaba el peligro:

¿Quién es Pablo Lezama?;

y siempre recordará el gesto de Aurora Duarte, ese abrirse los ojos del búho, esa aceleración gravitatoria de los pómulos, la boca que de sonrisa se convierte en cuchillada entre el mentón y la nariz, el silencio de los que inventan la respuesta, el silencio de los que saben que tienen que mentir, ahora lo sabe él, era ese silencio el que respondió a la pregunta diciendo:

Será el personaje de alguna novela, creo que ya me habló de él alguna vez;

y echó una mirada al jalón con el que ella quería desprenderse del brazo de Salomón que todavía la sostenía esperando algo más, una revelación más intensa, un candor diferente de la ficción y el despilfarro de letras. Volvió la sonrisa al rostro de Aurora, como si antes nada hubiera, como si la tristeza fuera un recuerdo de algo leído y fugaz, y se acercó a Orígenes, que seguía sentado, que se había puesto de repente a escribir, como un niño al que se le dice:

Nos vamos, deja de jugar ya,

y en un descuido vuelve a tirarse al suelo arrastrando los codos en la tierra soñando acaso con un castillo que se derrumba junto a un lago. Así estaba Orígenes, escribiendo en lo más cercano que encontró, el cuaderno de notas de Salomón, porque acaso, sí, el Párkinson era ahora el temblor que traía el hormiguero de palabras que avanza sobre la mesa:

Vamos, Juan Pablo, le dijo ella, y lo tomó del brazo, enérgica, y el poeta la miró reconociendo en ella el sopor de un analgésico, y se levantó, en silencio, y se marchó sin decirle más a Salomón, que ya se ocupaba de leer las palabras que Orígenes dejó tiradas en el cuaderno sobre la mesa:

La muerte del otro me remite a mi propia muerte, a la posibilidad de mi propia muerte, por eso mi libro no puede partir de la nada: antes ya había otros libros en mí, otros libros antes de mí, y es desde ahí desde donde comienza mi historia;

y había llenado la página, en apenas unos segundos, con la misma frase repetida, cambiando la palabra libro por la palabra vida, la palabra vida por la palabra muerte, la palabra muerte por la palabra memoria, la palabra memoria por el verbo decir, el verbo decir por el verbo amar, el verbo amar por la palabra desierto, el desierto por el origen, la posibilidad por la certeza, la nada por la mentira, el verbo partir por el verbo ir, la preposición desde y el verbo comienza por la preposición hacia y el verbo termina y la palabra otro por el nombre propio de Pablo Lezama.

TE ESTÁS METIENDO EN UN JARDÍN, y vas solo, le dijo Bernardo Ritz, esto no es lo que se te pidió;
y Salomón recordaba las palabras de Orígenes:
Lo que se prolonga se desgasta, le dijo una vez,
pero también:
Hay una trama que une a todo el mundo, Salomón, y es absurda y necesaria.
Para entonces las palabras de Juan Pablo Orígenes eran una especie de mantra que se repetía constantemente: tenía el cuaderno, varios cuadernos, llenos de frases sueltas, tratando él mismo de reconstruir el supuesto o imaginario o real o imposible ejemplar de *Anatomía de la melancolía* en el que Orígenes había escrito tanto.
Usted pidió una biografía, le respondió Salomón al burócrata, y eso es lo que estoy haciendo, no es nada sencillo;
Esto se escapa de lo pactado, no es posible que el Ministerio se permita una edición más larga, el presupuesto es limitado;
y colgó el teléfono.
A Salomón ya le daba lo mismo: entregaría al Ministerio el documento solicitado y buscaría él, por su cuenta, la publicación de esa biografía extendida del poeta:
es verdad que le parecía que aquello era un jardín:
en las páginas hasta entonces escritas había:
una confesión;
un interrogatorio en una habitación donde dos o tres hombres le preguntan a Pablo Lezama qué pasó con Juan Pablo Orígenes, qué fue de los Enfermos, qué sucedió el dieciséis de enero;

hay una conversación entre Orígenes e Isidro Levi y un par de poemas sin firmar;
hay también la historia de un Enfermo, Anistro Guzmán Zárate, que comía repollo hervido en una prisión preventiva en el tiempo de la guerra sucia;
y había un sepelio, la duda de una traición, un libro anotado en los márgenes, la mención de un asesinato, un secuestro fallido, grafitis sueltos por todas las páginas como sueltos por toda la ciudad, la descripción detallada de un rostro sin nombre que se parecía muchísimo al rostro de Juan Pablo Orígenes, una explicación astronómica sobre la sucesión de los trópicos, un manual para conducir maquinaria pesada, el olor preciso de la bahía y el color amarillo del desierto, el peso de dos maletas llenas de libros y un puñado de lugares en un mapa marcados con la señal de la cruz;
el nombre de Eliot Román; el de Javier Zambrano, llamado el Flaco; el de Lida Pastor y la Botica Nacional, que lo llevaría, poco después, a conocer a Macedonio Bustos.

La trama absurda y necesaria, repitió Salomón en voz alta,
la trama absurda y necesaria.

Digresión sobre la naturaleza de los espíritus, ángeles malos o demonios, y sobre cómo causan la melancolía. «A veces incluso la fuerza de la fantasía causa la muerte» (Secc. II, Miembro III, Subsecc. II)

Es la única diferencia entre los muertos y los que se van, ¿verdad?, los que no están muertos, vuelven
Agota Kristof

Me dijo:
A mi madre la perdí hace años,
pero luego un día fuimos a conocer a su madre,
No hay hija, pensé, que no pierda a su madre constantemente.
¿Quién dijo esto?
El libro está lleno de intermediarios, Salomón, le dijo una vez Orígenes, no se crea que es usted tan importante.
Ya se había dado cuenta el biógrafo de que su voz importaba poco, de que eran los otros los que contaban las historias, de que él mismo era uno de tantos intermediarios, y cuando recordó las palabras de Orígenes mientras escuchaba al dependiente de la Botica Nacional pensó que quizás también su propia historia tenía un lugar en el libro:
se imaginaba a alguien preguntándole:
¿Cuál es tu historia, Salomón?;
y cuando intentaba ensayar la respuesta, las palabras se le mezclaban con la voz de aquel hombre que llevaba una bata blanca manchada
¿de sangre?
¿de pintura?
¿de sangre?

que bien podía ser la misma bata manchada que décadas antes usó el Flaco Zambrano cuando entraba en la Botica Nacional huyendo de los Guardias Blancos y que le entregaba la dependienta para hacerlo pasar por su ayudante,
la misma bata que usaron, tal vez, otros tantos Enfermos,
o Pescados,
o Perspectivos,
o Chemones,
o lo que fueran.
El libro es un continuo hablar, Salomón, le decía Orígenes;
y Macedonio no dejaba de hablar:
el biógrafo se había presentado en la Botica Nacional con la intención de comprobar las historias de Zambrano, Eliot Román y Orígenes, y se encontró con aquel Macedonio que tenía, quizás, una intensa necesidad de hablar, una soledad honda, una cierta desesperación en el trazado de las historias:
Salomón le dijo que estaba haciendo una investigación sobre los estudiantes en los años setentas, y que muchos de ellos le habían mencionado aquel sitio, que quería hablar con la boticaria de aquella época, si era posible,
Si es posible, dijo;
no quería decir: Si aún vive.
Macedonio le contó que llevaba varios años como encargado de la botica, y que él mismo había conocido a Amalia Pastor muchos años antes;
¿Antes de qué?;
Antes del día de hoy, le dijo;
y quizá entonces fue cuando escuchó las palabras:
A mi madre la perdí hace años;
¿quién dijo eso?
y volvía Macedonio a dar un rodeo:

empezaba diciendo:
Eso no lo dije yo, lo dijo ella, y a ella la conocí antes de conocer a su madre, que se llamaba Amalia, ¿verdad?, porque primero conocí a la hija, que tardó varias semanas en decirme su nombre, pero luego un día me dijo:
Lida,
así se llamaba, y se sigue llamando, la botica es de ella, se la dejó su madre.
Y Estiarte Salomón de inmediato recordó a la muchacha de la historia del Flaco Zambrano: Lida era Lida Pastor, la hija de la boticaria que dejaba entrar a los Enfermos;
En el libro todos se conocen pero nadie lo sabe, le decía Orígenes;
y era cierto.
Al sol de hoy yo me encargo de la botica, le dijo Macedonio, antes trabajé en una fábrica, y antes de eso en otra fábrica, y antes de eso en un hospital, y antes en una estación de radio y antes en un periódico;
por seguir la corriente Salomón le preguntó:
¿En qué sección?;
En la de limpieza, le respondió Macedonio, y a veces hacía algo de electricista y de mecánico, porque antes de eso estuve en un taller mecánico también;
y se dio cuenta el biógrafo de que el boticario era algo así como una estatua, que estaba de pie detrás del mostrador y que no movía los brazos al hablar, que casi no se movía nada en él: un poco los ojos, un poco las cejas y la frente, y la boca, que arrastraba las palabras cuando Macedonio decía que conoció a Lida en el año setentaynoséqué porque él había tenido un accidente cuando era joven y venía a la Botica Nacional a comprar antibióticos y sueros y cosas para el dolor, porque le dolía mucho;

¿Qué le pasó?, le preguntó Salomón, pensando que tal vez tenía que ver con esa inmovilidad al hablar, o ese arrastrar de los labios en las palabras como si las llenara de saliva porque no había otra forma de que se deslizaran hacia los oídos ajenos:

Un accidente, le dijo, luego las cirugías y esas cosas que siempre salen mal, entonces terminé odiando a los médicos, y mire que ahora voy con bata blanca como ellos,

su investigación ¿de qué es?, le preguntó;

Sobre los Enfermos, le dijo el biógrafo, tratando de hacer un énfasis imposible en la mayúscula para evitar las confusiones,

y Macedonio:

Ella sabe mucho sobre los enfermos y sobre las enfermedades; y lo dijo sin hacer un especial énfasis en ninguna letra, pero Salomón no podía notarlo;

¿Y usted, Macedonio, sabe algo de los Enfermos?,

un énfasis repetido e imperceptible en la oralidad;

el boticario tenía más o menos la edad de Orígenes, de Eliot Román, de Isidro Levi;

Supe de una mujer, le contestó Macedonio, que empezó a toser en el año cuarentaydós, apenas un asomo rumoroso, me dijo una vez Amalia Pastor, yo no me lo estoy inventando, así me lo contó ella, ¿verdad?, me dijo que era una tía lejana, hermana o prima de algún otro familiar lejano, y nunca dejó de toser: cada vez la velocidad de la contracción de los pulmones y la diferencia de presión torácica y atmosférica era mayor: una tos más y más violenta que con los años le impidió estornudar, le impidió reír, le impidió decir palabras que llevaran las primeras tres vocales y redujo su vocabulario a las palabras que llevan las últimas dos: hay un retrato suyo en la casa, lejos de la puerta del patio interior para evitar una neumonía: aparece tosiendo una larga *O* con los ojos cerrados y la lengua a medio salir pegada al labio inferior y cubriendo los dientes como si ofreciera en una almohadilla carnosa la posibilidad de una joya; había perdido, me explicó Amalia Pastor, la costumbre que tenemos de colocar sobre la boca el puño cerrado o la mano abierta porque quizá se habituó a la velocidad de los espasmos,

y luego estoy yo, le dijo, yo también he estado enfermo, y tuve una suerte absurda, o una voluntad absurda, de meterme en trabajos donde se me hacía más evidente la enfermedad,

pero Amalia Pastor ya falleció, y ahora la botica es de Lida, y cuando volví, hace unos años, me dejó a mí de encargado porque ella tiene mucho trabajo con sus enfermos, a veces le ayudo porque trabajé en un hospital, pero ella los conoce, usted debería hablar con ella, aunque es verdad que a ella no le gusta hablar con nadie, a veces tampoco habla conmigo, pero aquella vez, cuando hacía semanas ya que nos conocíamos, cuando éramos jóvenes, me dijo un día:

A mi madre la perdí hace años;

pero luego un día fuimos a conocer a su madre,

y yo pensé que no hay hija que no pierda a su madre constantemente;

¿Eso le dijo Lida Pastor?, le preguntó Salomón;

Eso me dijo, y entonces vinimos aquí: yo ya había estado en la botica: siempre que estuve con ella era aquí, detrás de este mismo mostrador, y me había contado que aquí entraba mucha gente, que por las noches dejaban que se escondieran los estudiantes, pero esa vez entramos por la puerta de la casa:

al principio me pareció que entrar ahí era como echarse un rato a dormir en mediodía, ¿verdad?, después del pasillo de la entrada hay una sala amplia: de un lado los muebles son rojos, los sillones de terciopelo rojo, o de algo que se parece al terciopelo o al color rojo, y del otro lado los muebles son muy altos y cuando uno se sienta los pies le cuelgan sin tocar el suelo, y todo tiene un tacto pegajoso como de algo que estuvo ahí antes y ya no, como si a todo se le hubiera pegado una sombra húmeda y plastificada,

ahí es donde empiezan las pinturas,

o empiezan ya desde la pura entrada, pero está tan oscuro que no se les presta atención. La casa parece un museo, y las pinturas son lo que más lo atrapa a uno. Y los andamios: hay una especie de pasillo elevado por toda la casa, imagínese una segunda planta al pie de las pinturas, como si alguien estuviera reparando las paredes o los techos, pero luego uno descubre que lo que reparan son las pinturas. Más allá hay dos pasillos: uno atraviesa un patio interior lleno de matas verdes, y el otro atraviesa dos habitaciones. También ahí hay pinturas en los muros. Pero en los muros, no colgadas de clavos ni apoyadas en las paredes: pintadas sobre los muros: el marco pintado también, y todo el contenido. Después los dos pasillos se unen y hay más espacio y más luz. Un salón con algunos libros, el comedor, la cocina. Y al fondo la puerta del patio. Todo está lleno de pinturas. El patio es un parque enorme, lleno de árboles y de frutas tiradas en el suelo. Aquello no se acaba. No llegamos al final no sé si porque tuve miedo o porque ella tuvo miedo o porque la madre apareció detrás de nosotros cuando ya estábamos a medio camino por las baldosas azules y blancas que atraviesan el patio, ¿verdad?,

así fue, en aquel tiempo las cosas eran de ese modo.

Cuando Estiarte Salomón volvió a su casa después de pasar un par de horas con el boticario, encendió la grabadora y volvió a escuchar aquellas palabras arrastradas como culebras en un lodazal, recordó el olor a alcohol del trapo con el que Macedonio repasaba una y otra vez el cristal del mostrador con la mano zurda y la sensación que tuvo cuando por fin le vio la derecha que había tenido dentro del bolsillo de la bata blanca durante casi todo el rato de la entrevista:

una mano incompleta:

el índice y el corazón casi del todo amputados, y el pulgar, como si fuera una aleta, o el extremo inferior de una pinza de cangrejo, se cerraba con el anular y el meñique en un puño puntiagudo y aquello parecía, de alguna manera, la cabeza de un conejo;

recordó Salomón la facilidad con la que Macedonio le fue contando todo como si le tuviera una confianza de años, y que insistía una y otra vez en que debería hablar con Lida Pastor, pero que sería imposible.

Entonces el biógrafo empezó a transcribir las palabras del boticario conforme iban saliendo de la grabación:

Macedonio le dijo que Amalia Pastor había mandado que todas las pinturas o fotografías que había en la casa, las que colgaban de algún clavo, las que reposaban sobre algún mueble, las más pequeñas que yacían en algún álbum guardado en un cajón, se pintaran en la pared.

Él nunca supo el nombre del artista, pero imaginó un talento donde se encontraban dos virtudes:

sabía ser paciente, porque el mismo sujeto se encargó de todos los retratos, eso se notaba; y tenía la facultad de pintar como si llevara en la mano un bisturí;

Ahí está la historia de mi familia, le dijo Amalia Pastor a Macedonio;

Y empezó a contarme la historia de cada uno de ellos, de los antepasados y los cuadros. No me dijo, en cambio, por qué había hecho pintar las imágenes sobre la pared. Creo que había una razón poderosa, ¿verdad?, no un simple capricho, pero no me atreví a preguntarle, decía el boticario,

Aquél de allá, me dijo, es mi bisabuelo;

y Macedonio señalaba con la zurda alguna pared de la botica,

Era un cuadro con un hombre sentado en un sofá de terciopelo verde, ahí casi todo tenía algo que ver con el terciopelo, como si una especie de grandeza hubiera en ello, o de una memoria de cierta grandeza o de tiempos mejores, ¿verdad? El viejo estaba sentado, reclinado en el respaldo, y tenía un parche en el ojo derecho. Casi no le quedaba pelo y se le veían unas escamas descarapeladas en la cabeza llana, las arrugas de la cara parecían superpuestas, como si no hubieran estado ahí antes, y en la boca, con los labios muy pequeños, parecía que no había ni un solo diente, aunque la tenía cerrada. Al lado del sillón, como si hubiera un perchero donde quizás alguna vez colgaba un sombrero o un abrigo, había una bolsa de la que se extendía una pequeña vía tubular que llegaba hasta esa mano izquierda que tenía el gesto de un saludo o un cigarrillo, pero que en lugar de eso tenía una aguja clavada por donde entraba el suero, supuestamente porque, dijo la mujer, hacía tanto calor en los últimos meses que el bisabuelo estaba deshidratado,

Quizá se recupere en un par de semanas, dijo ella,

o algo parecido dijo,

uno piensa que esos retratos antiguos se hacen en un momento de bonanza, de bienestar, ¿verdad?, una especie de recuerdo lindo o amable en el que la vida está dibujada como voluntad de una herencia, de un decir la vida de antes, pero aquellos cuadros eran distintos: todos estaban enfermos, todos afectados por algo: antes de que Lida volviera de su excursión al patio pude ver a una mujer que, sin duda, llevaba una peluca; un hombre con una pierna de madera; un niño al que se le podía ver contagiado de polio; otro hombre que tenía un ojo de vidrio; una niña flaca, con estrabismo y hepatitis, y otros tantos evidentemente enfermos pero en un constante proceso de curación o convalecencia:

Son mi familia, dijo Amalia, sufren tanto;

y empezó a darme miedo, muchacho, entendí entonces por qué Lida Pastor me dijo que a su madre la había perdido muchos años antes. Entendí que los andamios que recorrían toda la casa como un balcón mal hecho eran para hacer esas curaciones a los cuadros. Entendí que había una intensa fijación por la enfermedad. No entendí nada más porque Lida volvió y nos fuimos y nada más. Quizás quiero recordar que aquella vez la madre me habló de sus enfermedades, aunque no sé si eran suyas o si eran las enfermedades de sus antepasados. Creo que hizo una lista de años o de meses y que cada uno estaba designado, como una especie de calendario hipocondriaco, con una enfermedad. Pero nos fuimos muy aprisa,

y entre ellas no hubo ni una sola palabra,

entonces yo ya había dejado la escuela de medicina, por el accidente y eso, ¿verdad?, y por todo lo que se prolongó la operación y la convalecencia, esas cosas, usted sabe, son largas y se estiran, una cuaresma entera o dos o algo así, y con el calor era todo más incómodo, pero yo seguí pensando en la casa y en las pinturas y en esa gente enferma y en Amalia Pastor, y como también pensaba en Lida, que dejó de aparecer en los sitios habituales, me fui acercando a la casa de la calle Colón,

no sé muy bien por qué lo hice,
el asunto es que fui, pero no me atreví a tocar el timbre la primera vez. Ni la segunda. Pero la tercera vez, cuando iba llegando, me di cuenta de que la madre venía por el otro extremo de la calle y no pude hacer nada para no cruzarme con ella:
me hice el distraído y pasé de largo frente a su puerta: Amalia Pastor caminaba despacio y aún le quedaba un trecho largo para llegar. Me contuve porque quería girar la cabeza, espiar qué hacía, y aunque apenas eché la mirada a un lado intentando ser discreto, como si así pudiera engañarala y ella se fuera a creer que yo pasaba de casualidad, siempre he pensado que ella me vio, que de lejos me vio los ojos hasta reconocerme porque cuando nos topamos y yo fingí naturaleza ella me dijo que la siguiera, que me iba a hacer un té,
pero yo no me tomé el té,
Está usted pálido, me dijo, tómese un té;
nomás me trajo una taza de agua caliente con azúcar y empezó a hablarme de las pinturas. Ahora que lo pienso, es posible que me confundiera con alguien más y que no supo, al menos en esa visita, que unos días antes estuve ahí con su hija. Quizá ni siquiera recordaba a su propia hija, o no me recordaba a mí con ella,
entonces me dijo:
Éste es mi tío Segundo,
Segundo así, con mayúscula, porque así se llamaba, pero también era su tío segundo, primo de su madre. Había enfermado en la infancia de una fiebre reumática de la que no se recuperó nunca, por eso estaba retratado en una silla de ruedas,
me contó la historia de la silla de ruedas. Del tío Segundo habló después:

la silla la habían traído desde el hospital. En aquel tiempo, me dijo, después de la Revolución, la familia estaba pasando por ciertos apuros económicos porque el abuelo había comprado un barco.

Un barco, sí. El abuelo creía en el fin del mundo y se compró un barco porque, dijo:

El fin del mundo va a ser una lluvia torrencial;

el barco, una panga de pescadores comida por la sal y atravesada de agujeros, lo habían metido al patio desde la parte trasera de la casa. Aquello ya no existía porque con el tiempo usaron la madera para reparar algunas puertas que la polilla se fue comiendo, para componer algunas sillas, la mesa del comedor, y algunos restos naufragaban por los rincones del patio,

había pasado mucho tiempo de aquello, dijo, y que ésa era la razón por la cual el abuelo Maximiliano estaba retratado, en el centro de una de las paredes de la sala, sujetando un timón como un capitán a toda vela. Aunque decía Amalia Pastor que le habían explicado que el barco no tenía timón, pero así lo retrataron,

el caso es que el barco ya no existía y la familia, en aquel tiempo, tenía poco dinero. El tío Segundo enfermó cuando tenía unos doce años y necesitaba, o decían que necesitaba, una silla de ruedas. Pero no había dinero. Entonces, el abuelo Max, que así le decían, sintiéndose quizás un poco culpable por el asunto del barco y por no poder comprar la silla de ruedas, se fue un día al hospital y regresó con el aparato;

El aparato, le decía él,
era una silla de ruedas
nuevecita,
flamante
y robada,

Amalia Pastor decía que el abuelo Max se robó la silla del Hospital Civil de la Cruz Santa, que luego de hospital fue hospicio, luego manicomio, luego cárcel, luego biblioteca, luego otra vez manicomio, después pasó a ser la Oficina General del Archivo Histórico, después teatro, y ahora, vacío por dentro pero con los mismos muros originales, es un estacionamiento público. En medio de todo aquello, usted lo sabrá, el edificio se inundó, se cerró en cuarentena durante dos años por un brote de meningitis, se incendió y se vino abajo el techo, restauraron el techo y se infestó de ratas, creció un árbol en el patio central y hubo que arrancarlo de raíz; dice Amalia Pastor que ella vio, desde el sótano, cómo las raíces bajaban y quedaban en el aire porque el árbol, que era una ceiba, empezó a crecer en la tierra que había entre la planta baja y el subsuelo, y luego lo rompió todo; más tarde el edificio volvió a inundarse y al final, un poco por descuido y otro poco por voluntad, todos los pisos se vinieron abajo para dejar lugar al estacionamiento público. Entonces ahí, cuando era el hospital, el abuelo Max se robó la silla:

me acuerdo muy bien de que Amalia Pastor me dijo que el hombre entró por la sala de urgencias ayudando a unos camilleros que llevaban a un muchacho al que habían atropellado:

no, el abuelo Max no había ayudado al muchacho luego del accidente, nada más se les acercó para poder entrar,

no, tampoco lo atropelló él,

ya adentro, cuando nadie le prestaba atención, yo sé muy bien lo que pasa en los hospitales, muchacho, que cuando ya uno está dentro nadie se fija, uno a nadie le importa; ya adentro, pues, se puso a buscar por los pasillos una silla de ruedas:

la encontró en una habitación, al lado de la cama de una mujer mayor:
la mujer estaba despierta, y el abuelo Max se acercó a ella y comenzaron a hablar:
Seguramente hablaron de Dios, me dijo Amalia. Cuando el abuelo Max quería embaucar a alguien siempre se ponía a hablar de Dios y del diluvio y decía que Noé era un visionario que soñaba con yates y prefiguró los zoológicos. Decía cosas como:
Dios se aburre porque está solo y se convierte él mismo en su propio enemigo y a la vez en su medio de salvación, en su asesino y su víctima: salva a los otros de su propia furia y les pide que piensen en él para no castigarlos;
le habló de eso a la mujer, y ella, que estaba sola, lo invitó a sentarse,
quizá creyó que era un cura o un misionero o algo,
es cierto que el hombre que sostenía el timón en el retrato tenía barba de misionero o de profeta: una espesa barba donde tranquilamente anidaría un ratón,
y como no había otro sitio donde sentarse que en la silla de ruedas, el abuelo Max se sentó ahí, y se quedó hablando con la mujer hasta que ella se aburrió y se fue hundiendo en el sueño. Entonces, el abuelo Max se acomodó bien en la silla, puso los pies en los estribos y, preocupándose por la peligrosa comodidad que se sentía en aquel aparato, se echó a rodar:
justo en el momento en que apenas se alejaba de la cama, entró una enfermera a la habitación. El abuelo Max se detuvo y se le quedó mirando a los ojos,
quién sabe cómo es que Amalia Pastor sabía todas esas cosas, o si se las habría inventado,
el caso es que la cara le cambió como si lo abrazara una sombra y de pronto era un hombre enfermo, casi moribundo,

al lado de su esposa o su madre o su hermana que se moría sin remedio. Tomó de la mano a la mujer, que era mucho mayor que él, y miraba a la enfermera como si le pidiera ayuda, como si esperara la salvación:

La cara, dijo Amalia Pastor, lo recuerdo muy bien, pero le digo que no hay manera de saber cómo lo supo ella, o si lo inventó, la cara, pues, se le puso gris, con el gesto de un simio viejo que pide perdón porque olvidó el truco, y los ojos, según ella, se le llenaron de lágrimas;

la enfermera se acercó a él, le puso la mano sobre el lomo, y le sobó esa tristeza profunda que era incurable porque no existía. Pero la enfermera no sabía eso, y le dijo al abuelo Max que los médicos hacían todo lo posible. Revisó el goteo del suero, las almohadas, el historial clínico y otras cosas y se fue diciendo que volvería luego:

entonces empezó la huida:

el abuelo Max salió de la habitación en su papel de simio lastimado y le pidió a un enfermero, haciendo señas porque no quería hablar, que lo llevara a la entrada. Comprobó que nadie le impediría la salida cuando el enfermero, sin rechistar, lo llevó por pasillos, saludando gente, incluso a la misma enfermera que entró en la habitación, y lo acercó a la puerta principal del hospital,

pero en la entrada había unos doce escalones y ninguna rampa:

así son los hospitales aquí: hay que estar sano para entrar, y muerto para salir, yo lo sé muy bien;

entonces, consciente de que levantarse y cargar la silla no era una opción, el abuelo Max echó su mirada de simio al enfermero y con la ayuda de unos cuantos visitantes del hospital lo cargaron con todo y silla para bajar los doce escalones. Pero hasta ahí llegaba la generosidad del sistema sanitario. Y el abuelo Max se quedó solo a la entrada del edificio;

de ahí en adelante se las arregló para atravesar el calorón de la ciudad: cruzó calles y avenidas, sorteó baches y desniveles, y dándose cuenta de que la gente le ayudaba, mal que bien, con los obstáculos más complicados, decidió no levantarse de la silla de ruedas y llegar así hasta la casa;

frente al portal, por fin, y aunque la calle estaba atestada de autobuses y coches y personas, se levantó, abrió la puerta y entró la silla;

le dio el aparato al tío Segundo, que en aquel tiempo no era tío de nadie, y se quedó más tranquilo;

ésa es la misma silla con la que estaba retratado, ya viejo, el tío Segundo Pastor;

luego me contó la historia del tío Segundo y de por qué estaba retratado con la silla de ruedas. El caso es que en el retrato original no había silla ni nada. El tío Segundo aparecía en un sillón de terciopelo verde. Nunca supe por qué casi todos los que estaban sentados se sentaban en un sillón de terciopelo verde. Pero cuando el retrato se pintó sobre la pared cambiaron el sillón por la silla de ruedas. Dijo Amalia Pastor que al tío Segundo le volvió un ataque de fiebre reumática y que el sillón verde no era tan cómodo como la silla de ruedas. Además, no era lógico que todos estuvieran sentados en el mismo sillón: en la casa sólo había una butaca como aquélla, y ya estaba asignada a alguien más;

eso dijo;

y también dijo que cuando el tío Segundo se aliviara de la fiebre lo pondrían en un sitio distinto, pero que a él le gustaba la silla de ruedas, y que había que agradecer el esfuerzo del abuelo Max: esa silla no podía estar por ahí arrumbada,

y por eso hubo que hacerle algunas reparaciones: una capa de pintura, una rueda nueva, el respaldo y el asiento necesitaban remiendos y se le agregó un cojín más cómodo;

me dijo que ella también había tenido fiebre reumática, pero que luego del episodio del nervio ciático ya no tuvo más problemas con aquello. Luego hizo otra lista larguísima de padecimientos suyos: se curaba de una enfermedad con otra. Me ofreció otra taza de té y se fue a la cocina, allá en el fondo de la casa, y ya no volvió. La esperé casi una hora antes de irme. Empezaba a oscurecer, y pensé que la puerta estaría cerrada con llave,

lo recuerdo hoy con el miedo de ayer:

tuve la sensación de que había alguien más en la casa:

me pareció que alguien estaba respirando trabajosamente detrás de la puerta de una de las habitaciones. Escuchaba, entre los sonidos de la calle y los pájaros que bajaban al patio interior de la casa, un cuerpo que se movía apenas sobre una cama: los ruidos de un viejo colchón, el roce de una tela o de un muslo contra otro muslo, o de una mano contra un muslo, yo qué sé;

me puse nervioso,

muy nervioso, como si no fuera a salir de ahí nunca, y mire usted, años después estoy aquí otra vez, porque me fui un tiempo, a mí lo que me importaba de verdad era Lida, y cuando dejé de verla dejé de venir, pero luego me di cuenta de que también me interesaban las pinturas y los enfermos, por aquello de que una vez quise ser médico, pero yo odio a los médicos, no sabe usted cuánto;

lo cierto es que en aquel momento me inquietaba ir a ver si la puerta estaba cerrada:

pensé de verdad que la puerta estaba cerrada,

que me había engañado, que el agua del té estaba podrida, que iba a volver con un palo o con otra taza de té o con un jarrito de leche para el té, porque me lo había ofrecido antes, pero yo nunca le pongo leche al té, yo nunca tomo té, ¿verdad?;

o pensé que podía volver con las llaves para abrir la puerta, o con un perro, porque se escuchaban ladridos, y pensé que iba a venir con un perro y me lo iba a echar encima y hasta creo que la escuché llamarme, desde el otro lado de la casa, pidiéndome que fuera, que la ayudara en alguna cosa, transplantar matas en el patio del fondo o abrir un frasco de mermelada o abrir la puerta del patio para echarme los perros encima y pensé tantas cosas que hasta llegué a pensar que iba a estar en la cama, con ese gesto de estar enferma siempre, pidiéndome que le hiciera algo: pensé que los ruidos de antes eran sus ruidos desnudándose: creo que escuché el sonido de la ropa cuando cae al suelo;

tuve miedo, y no sé bien por qué;

pero ella no volvió, y yo me fui:

y la puerta no estaba cerrada.

Eso fue lo último que transcribió Salomón:

se quedó pensando en los enfermos de Amalia Pastor, que ahora eran los enfermos de Lida Pastor y que nada tenían que ver con los Enfermos de Juan Pablo Orígenes y Eliot Román;

se quedó pensando en Macedonio Bustos, en el accidente, en la mano como una cabeza de conejo, en las palabras que el boticario atribuyó a Lida Pastor:

A mi madre la perdí hace mucho tiempo;

se quedó pensando Estiarte Salomón en todas las cosas que se pierden y que también son parte de la historia:

La trama absurda y necesaria, escribió otra vez.

Rectificación del despertar y de los sueños terribles. «En Hamelin, en Sajonia, el 20 de junio de 1484, el demonio, con la apariencia de un flautista, se llevó ciento treinta niños que nunca después fueron vistos» (Secc. II, Miembro I, Subsecc. II)

A veces amamos incluso
a quienes están ausentes
Filóstrato de Lemnos, *Epístolas*

I can't forget that I'm bereft/ Of all the pleasant sights they see,/ Which the Piper also promised me. [...] And just as I became assured/ My lame foot would be speedily cured, The music stopped and I stood still,/ And found myself outside the hill, Left alone against my will,/ To go now limping as before, And never hear of that country more!
Robert Browning, *The Pied Piper of Hamelin*

La dificultad de la escritura, le explicó una vez Isidro Levi, es creer que es uno el que hace el libro; pero son los otros, Salomón, los que ponen su voz, y es el libro el que nos hace a nosotros.

¿Cómo, entonces, darle cuerpo a la historia de Orígenes?

En el ahora no podemos resolver nada: siempre estamos tratando de corregir el pasado, pero el pasado, como el futuro, es intocable, le dijo Isidro Levi,

por eso escribimos, porque tenemos la esperanza de corregir lo que somos, lo que fuimos: sabemos que es imposible retocar el ayer, pero nos aferramos a dos cosas: la modificación del registro del pasado y el olvido de esa modificación: repitiendo el trabajo del escritor una y otra vez esperamos que por reiteración todo cobre realidad, todo se olvide o se ancle en la memoria; en este sentido la escritura y la oración son semejantes: el que se acerca a la oración, como el que se acerca a la escritura, Salomón, es alguien que sufre una pérdida, una constante pérdida que no se termina nunca;

¿Qué perdiste tú, Isidro?;

Yo perdí, para siempre, la capacidad de volver a perder algo: si alguien me dice que usted, Salomón, por ejemplo, ha muerto, yo no habré perdido nada porque no tengo en la mente una imagen suya: hay una voz que no dejaré de escuchar, una cierta presencia que no dejaré de sentir, pero que es la misma que percibo de los muertos: usted para mí no es diferente de ellos ahora mismo, incluso, como usted que me pregunta y me habla, hay los que ya muertos todavía me dicen cosas y es como si de verdad nadie nunca estuviera muerto, nadie nunca estuviera vivo,

imagínese que el mundo es una pared con una grieta:

yo sólo veo la grieta;

y Salomón le preguntó:

¿Cuál es tu primer recuerdo, cuál es el último?;

Isidro Levi le respondió que el primer recuerdo y el último eran siempre el mismo porque:

Lo primero es lo último que recuerdo;

luego le preguntó,

porque el libro es un constante preguntar:

¿Qué fue lo que unió a los Enfermos?;

Una música común, un delirio compartido, un rito secreto, la noción de que había que hacer algo ante lo que pasaba en el País, en la ciudad, pero quizá es que nunca supimos de verdad qué era lo que estaba pasando, le dijo Isidro Levi, nadie corrigió nuestros sueños, Salomón, y eran lo único que teníamos, y nuestro sueño fue no despertar durante mucho tiempo, o correr el peligro, toda la vida, cuando la edad nos traicionara, de volver a caer dormidos y seguir soñando que algo nos une, que algo hicimos, que nunca nos curamos;

¿Usted se curó, Isidro?;

La Enfermedad existe en el pasado, ahí estoy todavía Enfermo; hoy, en cambio, no sé muy bien qué decirle, Salomón; Eliot Román le dirá que la Enfermedad es incurable; no sé qué le habrá dicho Orígenes, pero el tiempo no es medicina para esto; algo escuchamos y nos fuimos detrás de una sombra pensando que aquello era la luz; nos quedó a todos, usted puede verlo, una cicatriz imborrable:

no nos mataron, no desaparecimos al otro lado del río, nos quedamos a medio camino tullidos del cuerpo y de la memoria y del corazón, abandonados porque no pudimos escuchar más esa música que ya nos había vuelto locos,

una música

que quizás no estaba hecha para nosotros,

y hubo odio, y virtudes, y porquería, le dijo Isidro Levi,

ésa fue una parte de nuestra historia:

descansamos en el error.

Entonces, Estiarte Salomón recordó que una vez Juan Pablo Orígenes le dijo:

La historia es una superstición aceptada y compartida;

y también dijo:

Creo que ahí hay algo que puede decirse solamente con la escritura;

y a él, a Orígenes, también le preguntó una vez:

¿Qué fue lo primero que recordaste, Juan Pablo?;

y la respuesta le llegó como un trance, como un rezo aprendido de memoria que se rasca mordiendo con las uñas la madera:

Recordé a mi madre, el dolor de mi madre, el olor de la enfermedad y la naturaleza de jaula de las habitaciones de los moribundos: ellos no pueden ir ya a ningún lado,

recordé la mano de mi madre, las dos manos, llenas de agujas y tubos y sueros, hinchadas desde las venas hasta las uñas: me tomaba del brazo y me decía No te vayas, Juan Pablo, no me quiero quedar sola,

recordé el alba, cuando algo muy querido se me rompió de entre las manos,

recordé que el amor es el recuerdo constante del amor; que no puede amar quien olvida; que el amor es una retórica callada que persuade sin hablar; que el amor es una retórica que se inflama en el hígado,

esto es el recuerdo: una maraña de palabras ahogadas en la boca, enredadas entre los dientes y la lengua, una vejez impía, una vejez de gárgola, una vejez de lepra y tosferina,

pura llaga,

esa muerte así, Salomón, con la lentitud de por medio, es un trabajo agotador para el que sobrevive, para el testigo de esa cosa lenta y llena de púas, usted no lo sabe,

recordé los libros de Eliot Román, y los trabajos que Eliot Román hizo para que el amor pudiera mantenerse en lo oscuro a pesar del miedo y la violencia;

¿El amor?, le preguntó Salomón;

Recordé, justo ahora, porque uno siempre recuerda en pasado, recordé, pues, que había una muchacha, no le estoy diciendo el nombre porque no lo recuerdo, usted sabe, Salomón, que nunca fui bueno con los nombres, la recuerdo a ella, pero no su nombre, y da igual: lo que importaba de ella no era su nombre porque quien sabía su nombre no podía verla dos veces;

¿Por qué?;

Porque todo era así, Salomón, uno corría peligro;

¿Ella era una Enferma?;

Ahí mismo la conocí, en la Enfermedad. Usted lo sabe, Salomón, a veces amamos lo que nos dan, y a veces lo que nos niegan. Y ella me lo negaba todo, hasta su nombre;

¿Y qué tenía que ver Eliot Román en todo eso?;

Eliot Román siempre metía las narices en todos lados, y aunque él no la conocía, estoy seguro de que estaba enamorado de ella. Yo siempre creí que él se había metido en el grupo para conocer muchachas, que no tenía conciencia política, esas cosas. Pero luego murió Eliot Román, y me sentí culpable;

Eliot Román no murió, Juan Pablo;

Eso dice la gente, pero me resulta difícil de creer, hace años que no lo veo.

Pero Eliot Román también tenía un primer recuerdo, y un último recuerdo, y un constante recordar que se le venía encima siempre y cada vez más desde que empezó a hablar con Estiarte Salomón:

El primer recuerdo:

la tía Norma,

cuando todavía era la tía Norma y no Norma Carrasco,

ella, durmiendo con los ojos abiertos y un libro sobre el pecho en la mecedora del patio, quizás yo tenía unos cinco años, decía,

al lado de esa imagen el sabor de un huevo tibio con sal el olor de la tierra mojada el calor vaporoso de un aleteo de lluvia el suelo desgajado de frutas abiertas y la tía Norma,

silenciosa porque el recuerdo es casi siempre silencioso,

me levantaba en brazos y me ponía sobre sus piernas y me daba en la boca un pecho porque quizás yo necesitaba una madre y quizás ella necesitaba un hijo,

y el último recuerdo:

Norma Carrasco en una fotografía pequeña en el periódico muchos años después del asunto de la Enfermedad, muchos años después de su desaparición, en una nota que recordaba todo aquello, en un mapa de fotografías con los contagiados, con los perdidos hijos de Orabá, y ella al lado de otras dos fotos atravesadas con una equis negra que le tapaba el rostro en la imagen a Juan Pablo Orígenes, o a uno que se le parecía mucho, o a alguien diferente pero que yo recuerdo muy parecido a Orígenes, decía Eliot Román, y en la otra fotografía Anistro Guzmán Zárate, que murió en la prisión poco después de que yo salí, con la barriga llena de repollo hervido y el cuerpo hecho pedazos como las frutas tiradas en la tierra del patio: las fotos tachadas eran de los muertos, o de los que se daban por muertos; las fotos sin marca eran de los desaparecidos, o algo así; nunca hubo una foto mía, dijo;

El último recuerdo que Eliot Román tenía de Norma Carrasco siempre lo llevaba a una fotografía perdida entre las páginas de algún libro,

y entonces Orígenes volvía a su último recuerdo:

Yo perdí mi libro, Salomón,

o alguien me lo robó, o fue que tal vez lo dejé olvidado en algún lugar cuando volví,

o es posible, también, que yo mismo lo haya escondido cuando tenía que hacerme pasar por Pablo Lezama y que ya no recuerde dónde lo dejé,

quizás enterré aquel libro que me dio Isidro Levi, y ya no hay manera de recuperarlo,

pero siempre he tenido la sensación de haberlo visto en algún sitio, como cuando uno cree que se encuentra con alguien en la calle, alguien a quien uno no espera volver a ver nunca, me pasaba mucho con la cara de Pablo Lezama:
creía que lo había visto en alguna calle, y lo perseguía, lo buscaba desesperado hasta que tenía frente a mí mi reflejo en algún cristal:
yo era mi asesino,
o pasa con cualquier otro, uno reconoce un gesto, un levantar de las cejas, un pelo desordenado, un caminar conocido, y se acerca y le toca el hombro y le dice un nombre que el otro es incapaz de reconocer y uno se da cuenta de que no son ellos, o de que casi son ellos:
si fuera un poco más alto, si no tuviera los ojos negros, si la boca no fuera tan grande, todo eso,
pero el libro, Salomón, a veces lo presentía en algún lugar, y lo buscaba, pero nunca lo encontré.
El libro es el cuerpo que le falta a mi memoria, le dijo una vez el poeta;
y Salomón sabía, o creía, que se trataba del libro de Robert Burton,
o del cuerpo de Pablo Lezama, enterrado, si todo eso era verdad, en alguna casa abandonada en la frontera del País.
¿Cómo fue que nadie te descubrió, Juan Pablo, cómo es posible que te hicieras pasar por otro hombre?;
Hay que ser silencioso y paciente, mirar mucho al suelo con los ojos de una vaca, obedecer siempre, que es lo que Ellos quieren, o lo que querían en aquellos años;
¿Cómo los convenciste de que eras Pablo Lezama, cómo los engañaste?;
y Salomón se iba creyendo cada vez menos la historia de la impostura:

Ellos ven lo que quieren ver, y entonces querían ver a Pablo Lezama; recuerdo que me preguntaron:
¿Qué pasó en la frontera cuando Pablo Lezama perseguía a Juan Pablo Orígenes, el Enfermo?,
y yo les respondía:
Pasó un viento frío como un cuchillo frío,
y Ellos se quedaban en silencio,
Pasó un viento frío como un cuchillo frío y un convoy de inmigrantes que aquella misma madrugada empezaba a cruzar la frontera sin saber que iban a encontrar sus cuerpos sin vida unas semanas después reventados a tiros por las mafias, eran más de setenta,
pasó un viento frío como un corazón frío y la madre de Juan Pablo Orígenes se moría irremediablemente,
eso les dije, Salomón, les dije: La madre de Orígenes, no les dije, nunca, Mi madre se estaba muriendo,
pasó un viento frío como un corazón frío y en Orabá los Enfermos estaban cayendo desde los helicópteros hasta el agua caliente y turbia de la Bahía de las Águilas, de donde ya no iban a salir nunca porque ninguno de ellos sabía nadar, porque tenían los pies amarrados a las manos y porque una piedra les crecía en el hígado y los hundía: quizá si abrieran los ojos podrían ver a través de la sal y la arena que el borde del agua estaba demasiado cerca de sus cabellos que casi flotaban entre la espuma que poco a poco se iba aquietando; quizá, cuando baja la marea, es posible ver las cabezas que se asoman como boyas que dibujan la distancia,
pasó un viento que una herida en la garganta calla un grito el último dolor de otra vida y el primero de tantos años sin nombre o con dos nombres pero sin más cara que la superposición de un recuerdo perdido y otro encontrado aquí donde ya no estamos; y no

hubo más, Juan Pablo Orígenes murió, ya te expliqué eso, Salomón, pero muchas veces yo he pensado esto:

¿y si un día despierto y me doy cuenta de que no soy Orígenes, y que soy, y siempre he sido, Pablo Lezama?

El porvenir es la repetición del pasado
Elena Garro

HAY QUE ACERCARSE CORRIENDO AL DESTINO, para que el pasado no nos alcance, escribió una vez Juan Pablo Orígenes.

Luego de horas de caminar por la ciudad con el pensamiento en tantas cosas, algo así como el instinto de una profunda decepción o un aviso de pena lo llevó a Salomón hasta más allá todavía, desde la calle Colón hasta la Plaza de Rosales a través del estrépito y el pellejo del asfalto, desde General Andrade hasta el Casino y desde el Casino subiendo por Obregón, donde siempre recordaba a su hermano, a la muerte de su hermano,

Todos tenemos cosas perdidas, le decía Isidro Levi;

qué triste recordar a los que queremos tanto sin poder desprenderlos de plano del abuso de su muerte, del quebranto y la vejación de su muerte, del robo que es la muerte hasta más no poder,

hasta la Plaza de la Revolución y el Café de la Puertas por cada ramaje entreverado en el griterío de la ciudad, por cada esquina encajada en el costillar de este sol que pega y encandila como una antorcha metida en los párpados y en la ropa el sudor piadoso un calorón bárbaro ondulaba el aire una quemazón de solazo y hervidura dejando el rastro de las zancadas de un puente a otro cruzando el Orabá como si aquello fuera un río selvático cuando

en realidad apenas es un chicotazo de agua turbia, una baba lenta que se atraganta en la barriga de la ciudad como una herida que mana prudente y que no prometió nunca la liberación que dicen debe dar la muerte,
qué triste ese pesar profundo y sin escaleras,
el lugar donde quedan las últimas palabras del amor y del odio,
luego, pues, Estiarte Salomón, quién sabe por qué,
tal vez por la conversación con Macedonio,
volvió a sentir lo que se siente cuando alguien pierde a lo más querido:
que cada vez estamos más lejos de los otros,
más lejos de los que quedan:
primero había pensado que su libro era un libro sobre la Enfermedad, cuando ya la memoria de Orígenes lo había conducido a todo aquello,
y se dio cuenta, incluso, de que si lograba hablar con Lida Pastor y ver las pinturas de las que le habló Macedonio, esa Enfermedad de los estudiantes se mezclaría con la otra enfermedad, la de Lida Pastor, la de su familia, la del hombre con la mano como una cabeza de conejo,
El libro de la enfermedad, pensó;
también a Macedonio le hizo la misma pregunta:
¿El primer recuerdo?
y con la incómoda confianza que le tuvo desde el primer momento le respondió:
Lo primero que recuerdo es un accidente,
y la primera vez que sostuve un pincel entre las manos, o entre los dedos de una mano;
lo último fue lo que me dijo Lida cuando volvimos a vernos:
me dijo:
Si yo te hubiera querido a tiempo tal y como tú querías, no te querría tal y como te quiero ahora;

eso me dijo, o eso quería yo que me dijera, y por eso me quedé,

usted no lo sabe, pero el asunto del andrógino se cumple en la vejez, es cosa de paciencia: cuando los dos son viejos y tienen ya el mismo sexo, quiero decir, que ninguno de los dos es de verdad el que fue en la juventud, pero ellos se reconocen todavía, entonces ya no hay diferencias e incluso es posible que lleguen a confundirse: se cambian los nombres entre ellos, se olvidan de sí mismos, él se pone la ropa de ella, ella la de él, y pueden pasar días así y no hay casi nada que interrumpa la confusión y la confusión se convierte en lo normal, lo habitual, y por eso deja ya de ser confusión: ahí es cuando ocurre lo del andrógino: los dos son el mismo, y cuando uno toca al otro en realidad se está tocando a sí mismo; yo sé que usted no lo entiende, pero cuando me pregunta por qué volví con Lida, yo le respondo que fue por eso, ¿verdad?, por el andrógino, y por las vacunas, me habían puesto tantas vacunas y antibióticos, y eso lo debilita a uno; pero sobre todo es que yo la extrañaba, y parece que ella también a mí.

Macedonio le explicó que los andróginos nunca llegaban completamente a la unidad porque la vejez les ganaba la carrera y antes de que las manos y los pies se les convirtieran en aletas como las de una tortuga y antes todavía de que se vencieran las barreras físicas del cuerpo de la pareja, uno de los dos se moría, y el otro, como un apéndice lejano, sobrevivía un tiempo más, no demasiado, porque lo que de verdad mata al andrógino es el aburrimiento, el silencio, la falta de conversación:

Usted puede ver, Salomón, que yo perdí unos cuantos dedos de la mano, pero a eso hay que sumarle todo lo que se pierde cuando se pierde una mano, o la completa función de una mano, y la lista es larga, he pensado mucho en ello: yo perdí un futuro posible, al principio, y luego todos los futuros posibles, pero luego perdí a Lida y eso fue lo más grave, porque ella siempre me encontró una utilidad, siempre con ella fui un hombre útil y completo, aunque me faltara casi entera una mano,

también eso lo perdí, pero a veces uno recupera lo que pierde o recupera algo muy parecido, y eso también me pasó a mí, le dijo Macedonio a Estiarte Salomón.

Quizás entonces el libro era la relación entre lo perdido y lo encontrado:

un libro sobre pérdidas;

Orígenes escribió:

El que ha perdido no ve la tumba, ve a quien ama, ve el recuerdo hecho carne, la consagración, la eucaristía de la memoria amorosa;

y Estiarte Salomón, que ya había dejado atrás las calles que más le dolían a su recuerdo, al recuerdo de su hermano mordido por la ausencia, no podía dejar de pensar en él y se le venía encima toda esa burocracia de la muerte:

A veces la muerte es un puro trámite, le dijo Orígenes una vez;

A veces lo único que nos queda, escribió Salomón debajo de las palabras del poeta, lo único que nos queda es lo que perdimos;

y así estuvo hasta que pasadas las mil de la tarde empezó a darle vergüenza la muerte, vergüenza la tristeza, vergüenza caminar tanto y pasar tantas veces por los mismos sitios sin ir a ningún lado, y recordó los versos de Isidro Levi:

Esquila su pena, su vergüenza/ del morir ajeno, porque el tiempo/ se lo va a comer crudo,/ despaciosamente y sin remedio;

Algo hay que decirle a los que sufren, es lo que nos enseñan siempre, le explicó una vez Orígenes;
pero a Salomón nadie nunca le dijo nada,
nada sobre Álvaro Salomón, que tiempo atrás ya veía las flores y los árboles desde el lado de las raíces,
y se quedaba pensando que la muerte y el crimen son algo que ocurre siempre en el pasado, pero no podía saber Estiarte Salomón que el libro, como decía Isidro Levi, es lo que siempre está a punto de escribirse, lo que siempre está a punto de suceder, lo que siempre viene al doblar la página, lo que, otra vez, es una continua pérdida:
la memoria perdida de Orígenes; la vista perdida de Isidro Levi; la tía Norma Carrasco, desaparecida como quienes marchan por el desierto; la esperanza de Eliot Román; la vida perdida o imaginaria de Pablo Lezama; los dedos perdidos de Macedonio Bustos y todo lo que podía perderse sin esos dedos; el ejemplar de *Anatomía de la melancolía* con los márgenes anotados por Juan Pablo Orígenes; el futuro perdido de los Enfermos y los hijos desparecidos de Orabá en aquellos años y en estos años y quién sabe hasta cuándo,
y entre todas esas cosas perdidas, y tantas otras más, Estiarte Salomón pensó en su hermano, perdido también, entre la lumbre del recuerdo,
entre la maleza de lo pasado, un berrinche negro y apretado, un áspero torcimiento de la carne de la memoria donde uno quiere siempre recuperar todo lo que va desapareciendo:
El libro de las pérdidas,
escribió,
la trama absurda y necesaria.

II

Cirugía

del griego: χεἰρ, «mano», y εργον, «trabajo»

Manipulación mecánica de las estructuras anatómicas

«Chirurgus fuerat, nunc est vispillo Diaulus; Cirujano había sido Diaulo, ahora es enterrador» Marcial

Y podemos percibir con claridad
una extraña educación de los espíritus,
como cuando sangra la nariz del muerto
ante la presencia de su asesino
Robert Burton

Síntomas o señales de la melancolía en la mente. «¿Por qué sangra un cadáver cuando se le pone delante el asesino, semanas después de que el asesinato se haya cometido?» (Secc. II, Miembro III, Subsecc. II)

Hacer historia es escribir en el cuerpo de los otros, le dijo Isidro Levi,

puras voces, Salomón, la historia está hecha de puras voces sin cara, sin cuerpo,

quisimos hacer historia con letras grandes y rojas en el cuerpo del País, y es que algunos de nosotros creíamos en la verdad como en un vocablo intocable, creíamos en la justicia, creíamos en muchas cosas, Salomón, cosas que ahora parece que ni siquiera existen,

o que yo no sé si alguna vez existieron, si alguna vez fueron posibles entre nosotros,

y todas las voces tienen el mismo sonido, el mismo eco, porque acaso los que hablan dicen lo mismo, porque vivieron lo mismo, porque son dueños de un mismo dolor,

lo ausente,

a veces no hay diferencia entre los desaparecidos: la memoria es una fosa común y nadie tiene nombre,

quizás en la calle hablan diferente unos de otros, pero en el libro todos hablan igual: en mi memoria todos tienen mi voz, o una voz muy parecida a la mía,

¿quién puede evitar, Salomón, que las voces que recordamos de los otros vayan perdiendo su individualidad, su marca personal, su estandarte único? Pocas cosas recuerdo yo de los años de la Enfermedad, mi memoria estaba en la memoria de Orígenes, y cuando él empezó a perderla, usted sabe, yo también fui dejando que todo se esfumara con él, y eso me parecía bien, me parecía justo. Dos veces se le esfumó todo a Orígenes, si no es que más. Dos veces, que yo sepa:

una vez cuando se fue de aquí, y otra vez cuando se le vino la edad encima. A todos se nos viene encima la edad, pero a él se le vino con rencor, con mucho rencor. Se puede envejecer, Salomón, no hay maldad en ello,

la vejez es tortuga, es elefante, y no hay nada de malo en eso,

pero envejecer así, sin acordarse de las cosas, sin terminar la vida o la historia que de la vida se va haciendo uno, eso, yo lo creo así, es un crimen. Volver a empezar todo, hasta lo que decididamente habíamos olvidado, por la razón que fuera, y mezclarlo sin sentido, porque usted lo ha visto, no tiene sentido, eso, Salomón, qué triste,

su madre murió cuando él se fue, y tuve que ser yo el que se lo dijera, mucho tiempo después, cuando por fin volvió. Créalo usted, hace unos meses, cuando empezó a agravarse pero todavía los momentos de lucidez eran mayores, tenía episodios de olvido, como si de pronto se instalara muy lejos en el pasado, como si nadie hubiera muerto en todos estos años, pero la mayor parte del tiempo era él mismo, el del presente, o el de algún presente posible; aquella vez, le digo, me llamó por teléfono y me pidió que le devolviera las cartas que me envió cuando estuvo lejos. Pero él nunca me envió ninguna carta. No sé si las habrá escrito, pero yo nunca recibí nada. Y las cartas que yo le escribí, porque eso sí lo hice, nunca se las envié porque no sabía dónde estaba él, no sabíamos nada de él, casi todos pensábamos que estaba muerto;

Y ahora es él, dijo Salomón, el que piensa que son ustedes los que nos están vivos;

No es que él lo piense, respondió Isidro Levi, es que él *sabe* que estamos muertos. Hay una diferencia: su memoria no es un descuido, es una nueva memoria. Lo he pensado mucho: lo que a Orígenes le pasa no es el olvido, sino la metamorfosis de la memoria, la reconstrucción. Algo sucede en su mente que no es que borre los recuerdos, sino que los reordena, los renombra, los reconvierte en algo distinto. Por ejemplo, yo le hablo a usted del libro de Robert Burton, que Orígenes conservaba casi como un cuaderno de notas, pero antes de hablarle de ello, le pregunto ¿qué sabe usted del libro de Burton?;

Orígenes, respondió Salomón, me dijo que el libro se lo dio usted la noche en que se fue de la ciudad, huyendo con la intención de cruzar la frontera. Dijo que ahí escribió todo lo que pensaba a lo largo del viaje y que de ahí salieron muchos de los libros que luego fue publicando. También me dijo que lo había perdido, o que lo enterró, o que se lo entregó a alguien, o que lo olvidó en alguna casa;

Resulta, Salomón, que yo no le di ese libro a Orígenes, y quizá no le di ningún otro libro. Pero sí lo recuerdo, años después, ya cuando volvió a la ciudad, cuando se metió en la Liga Comunista, cuando estaba enredado con el asunto de las madres de los desaparecidos y empezó a dar clases de filosofía en la Universidad, lo recuerdo, pues, llevando bajo el brazo el ejemplar en inglés de *Anatomía de la melancolía*, y le pregunté por el libro, y me lo mostró, lleno de anotaciones, y ahora viene usted y me dice que yo se lo di. Eso no es olvido, Salomón, eso es una nueva memoria.

En una ocasión, hablando del libro que supuestamente Isidro Levi le dio a Juan Pablo Orígenes, y de las cartas donde se le notificó la muerte de su madre, Orígenes le dijo a Salomón:

Decir la muerte es hacer que la muerte ocurra, repetirla hasta el cansancio del llanto y el dolor, otorgarla como un objeto contundente y lleno de espinas que se ha de tragar como un alimento que no puede rechazarse porque encierra en su pulpa la autoconciencia de la vida;

Orígenes no hablaba, predicaba;

y Salomón:

¿Tiene usted esas cartas, Juan Pablo?;

y Orígenes:

Fui un día a pedírselas a Isidro Levi, porque yo pienso que las cartas que uno escribe son de uno, y las que uno recibe son de quien las escribió, aunque esas palabras estén destinadas a nosotros. Eso creo yo: que las palabras que escribimos son nuestras, las que nos escribe alguien más, no: esas palabras son de los otros. Por eso fui a recuperar las cartas que le envié a Isidro Levi, y me dijo que yo nunca le había enviado ninguna carta. Estoy seguro de que las destruyó, no sé si tuvo miedo de la vigilancia del Estado o si de plano ya nomás le estorbaban. En ese tiempo el Estado nos vigilaba, no lo olvide, Salomón. Todo lo que Isidro Levi le diga al respecto es, sin duda alguna, una mentira;

Y ¿por qué habría de mentir?;

No lo culpo, siempre fue un cobarde.

Usted sabe, Salomón, estas cosas pasaban antes:

lo de Norma Carrasco, lo de Terán Domínguez, lo de Hernández Cabello;

¿Cuál es la verdad del caso de Terán Domínguez?;

Yo no lo conocí, dijo Orígenes, pero durante un tiempo todos supimos que era un traidor, que después de estar en la cárcel unos meses, luego de vivir huyendo de la policía y los militares y de otros grupos de izquierda o derecha o de lo que fuera, por fin volvió a la ciudad y se asentó, se casó con una muchacha que conocía de antes y consiguió un buen empleo. Por aquellas fechas hubo varias detenciones y desapariciones, algunos enfrentamientos, y muchos sospecharon que era culpa de Terán Domínguez;

¿Un traidor?;

Pero luego murió, y algunos hicieron averiguaciones;

¿Cómo murió?;

Sí, murió en un accidente en la carretera: salió volando por la ventanilla como quien se lanza desde lo alto de una torre en movimiento. Tenía veintiún años, un par de hijos. La muerte fue lo que nos abrió los ojos;

¿Por qué?;

Porque en la muerte se revela el secreto de los callados, de los que nunca dicen nada, imagínese usted a un muchacho que va a la escuela, saca buenas notas y se ríe mucho, un muchacho como tantos otros, o casi, y luego un día sus compañeros se enteran de que apareció muerto por ahí, que se pegó un tiro en la cabeza antes de cumplir los trece años, y entonces, sólo entonces, se enteran de que el muchacho sufría, de que tal vez lo reventaban a golpes en su casa, de que algo hondo, que a lo mejor no era tan serio, cobró en él proporciones animales, y ahora está muerto, y sólo entonces los compañeros saben qué le pasaba en la vida, porque era un callado y nada decía,

así fue con Terán Domínguez,

yo creo que así fue;

¿Terán Domínguez era un Enfermo?;
No, él estaba en otro lugar cuando pasó aquello, sobrevivió al jueves de Corpus, estuvo involucrado en estas cosas desde mucho antes. Cuando volvió, cuando creímos en su traición, venía siempre con un médico militar, joven pero mayor que él, que se casó con la hermana de la esposa de Terán Domínguez;
¿Quién era él?;
¿Su nombre?, no lo recuerdo, pero luego supimos que ni era médico ni era militar. Luego supimos que Terán Domínguez tuvo que ver con el asalto a un banco en no sé dónde, que habían sacado mucho dinero que la Liga usaría en no sé qué operaciones contra el gobierno, que capturaron a los compañeros y que el dinero no apareció nunca. El médico era de la policía secreta. Lo siguió a Terán Domínguez toda la vida, lo siguió muy de cerca hasta que tuvo tiempo y oportunidad para matarlo. Así hacían las cosas entonces,
de noche, siempre de noche;
Quizá fue de verdad un accidente;
Usted no sabe nada, Salomón.

¿Y SOBRE EL SECUESTRO de Hernández Cabello?;
Ahí empezó todo a salir mal. Ahí fue cuando apareció Pablo Lezama, le dijo Orígenes;
después de tantas horas de conversación volvía a aparecer el nombre de Pablo Lezama:
Todos lo conocían a Hernández Cabello, no le digo su nombre porque no lo recuerdo, quizás era Darío, o Humberto, o Santiago, no lo sé. Ya lo averiguará usted, Salomón. El caso es que a principios de aquel año, en las reuniones de los Enfermos, cuando empezaba el

surgimiento de la Liga Comunista, se planeaba algo grande, pero no estábamos preparados;

¿Qué pasó, Juan Pablo?;

Pasó que éramos muy jóvenes y muy pendejos, y no teníamos nada que hacer ahí. Quizás fue culpa de Eliot Román, aunque usted dirá que yo siempre le echo la culpa a él, pero yo creo que no, que eso es injusto porque Eliot Román ya había muerto para entonces. El caso es que habíamos planeado el levantamiento armado, así, de pronto, el Asalto al Cielo, el Ensayo de Insurrección, la guerra en todo el País, como si este País fuera un prado vacío donde es posible alzar las manos con palos y piedras y salir vivos de aquello; y un día aparece Pablo Lezama diciendo que venía de Ciudad Madera, o de no sé dónde, y que en la Liga Comunista estaban planeando el secuestro del político, que iba a hacer un viaje a Orabá y que nos tocaba a nosotros planear y ejecutar el asunto,

alguien dijo que era de fiar, y nunca supimos, nunca supo nadie, sólo yo, que era un traidor;

¿Cómo supiste que era un traidor, Juan Pablo?;

En la frontera, ahí todo se revela. El caso es que lo de Hernández Cabello salió mal. O no es que saliera mal, sino que nos estaban esperando, nos habían echado una trampa encima y caímos todos. Yo tuve suerte, porque era el menos experto y me tocó esperar en un sitio donde según te iban a traerlo, pero nunca llegaron, y al día siguiente supe lo que pasó, y por la noche me fui de la ciudad,

mi participación con los Enfermos fue poco trascendental, le dijo Orígenes;

y lo dijo como si le guiñara un ojo, como si alguien por ahí cerca los estuviera escuchando y tuviera que mentir o hablar a medias y con parábolas, y como si en el incompleto gesto del ojo mal cerrado se guardara la verdad no dicha de todas las cosas;

¿Fue entonces cuando Pablo Lezama te siguió?;

Fui a buscar a Isidro Levi para que me dijera si sabía algo, para decirle que me iba y para pedirle que cuidara a mi madre, que se estaba muriendo de cáncer. Me dio el libro de Burton, y le hablé del asunto, le dije que no se fiara de nadie, y me fui;

Yo hablé con Isidro Levi, Juan Pablo, y él me dijo que nunca le dio a usted el libro de Robert Burton, y que no conoce ni tiene idea de quién es Pablo Lezama, o de lo que pasó con Hernández Cabello;

¿Y qué querías que te dijera, Salomón?, cuando volví y tuve que convertirme en Pablo Lezama para que no me mataran ¿a quién crees que tenía que vigilar yo? Ellos, los que enviaron a Lezama, ni siquiera le conocían la cara, y me tomaron por él, y sospechaban de Isidro Levi, y tenían razón en sospechar de él, y yo tuve que vigilarlo de cerca y capotear que dos veces, en aquellos años, me ordenaron que lo matara;

empezaba a enredársele otra vez la memoria:

Yo soy yo, decía Orígenes, pero esto es así: yo volví y me confundieron con Lezama, o yo me hice pasar por él, y me dijeron: Lezama, tienes que hacerte pasar por Juan Pablo Orígenes, que era un Enfermo, y vigilar a Isidro Levi, que está entre los líderes de la Liga Comunista; y yo, Salomón, me hice un enredo: ahora era yo haciéndome pasar por otro que se hace pasar por mí pero que no soy yo, ¿usted entiende?, ¿cómo quiere que no se me confundan las cosas si he tenido que ser dos hombres toda la vida?; pero Isidro Levi sabe que yo no soy Pablo Lezama, y que mientras duró aquello

yo tenía que cumplir y mandar informes sobre él y sobre todo lo que pasaba en la ciudad para que no nos mataran;
¿Quién los iba a matar, Juan Pablo?;
Ellos, ¿quién más?, pero no nos mataron, o a Eliot Román sí, y a muchos otros, creo que a Virgilio Bátiz, y a los hermanos Santos, y sin duda mataron a Anistro Guzmán; a ellos los mataron, pero como yo me busqué la manera de sobrevivir metiéndome en la boca del lobo, entonces pude salvarme la vida;
Salomón sabía que aquello era ya el desvarío total, la fantasía más amplia de la vida de Orígenes:
ser, él mismo, su propio perseguidor,
pero ya sabía Salomón que aquello no era sino el delirio, la distorsión, la memoria envuelta en los pliegues del olvido o desplegada como un aluvión de palabras: ante el vacío, la conspiración; y Orígenes había consolidado en su memoria la conspiración nacional de una histeria que ordenaba los islotes que la memoria le iba dejando;
otra vez:
La memoria es la isla sin orillas, había escrito Orígenes;
y Estiarte Salomón, que ya sabía de alguna manera cómo funcionaba la memoria de Orígenes, o el olvido, o la memoria nueva que le hacía el olvido, supo que era el momento, como hubo antes muchos otros, de seguir el trazado de ese olvido memorioso, el rumbo que el propio Orígenes se planteaba sin voluntad, o con la voluntad ingobernable del desespero:
le preguntó entonces:
¿Cómo mataste a Isidro Levi, Juan Pablo?;
y Salomón sabía que todo esto era mentira, y le pareció que enunciarlo era meterse en un ramal de la memoria demasiado peligroso, que todo lo construido sobre

la intención de descubrir la verdad de la vida de Juan Pablo Orígenes pendía del hilo de aquel juego con la mentira ya enunciado y que no podía, quizá, revirarse y corregirse, y esperaba el desmoronamiento de la historia, el absurdo de la memoria del escritor, pero lo que no esperaba era lo que finalmente pasó, la revelación de que algunas cosas de la memoria de Orígenes, en algún recodo eléctrico de su cerebro, seguían intactas:

Nunca pude matarlo, le dijo, porque siempre tuve la sospecha de que, si lo mataba, entonces yo ya no era imprescindible, y tuve miedo, Salomón, de que todo se terminara. Así que seguí enviando informes, falsos siempre, y decía que no podía matarlo a Isidro porque me iba a conducir a los líderes ocultos de la Liga Comunista, porque me inventé que los peces gordos del movimiento estaban metidos ya en el gobierno, infiltrados, preparando el derrumbe del sistema, me inventé una cosa que se llamaba Ensayo de Resurrección, y me lo creyeron; pero entonces un día dejé de recibir órdenes, o mejor dicho, Pablo Lezama dejó de recibir órdenes: habían pasado muchos años, muchísimos años, lo de Hernández Cabello quedó atrás, los muertos y los desaparecidos ya no salían en los diarios, los presos salieron de las cárceles, domados y apaciguados, y la ciudad se ocupó de otras cosas.

¿Qué recuerdas de Norma Carrasco, Juan Pablo?;

Tenía el pelo largo y negro, una melena como un trapeador de petróleo que cuando yo era niño mi madre usaba para sacar brillo al piso, era un piso de baldosas rojas y brillaban como una ciruela roja cuando mi madre pasaba aquella melena negra y grasosa por el suelo, tenía los ojos oscuros, no alcanzo a ver en el recuerdo si eran negros como su pelo o de otro color nocturno, pero brillantes, muy brillantes,

era muy pálida, casi siempre parecía que estaba enferma, que tenía anemia, que le faltaba sangre, pero yo la tocaba y siempre tenía la piel caliente,

una vez nos escondimos en la Botica Nacional, en la calle Andrade, usted sabe, donde mataron a Eliot Román; habíamos andado por el centro de la ciudad haciendo grafitis, a veces era más como un juego, y con ella casi todo se parecía a un juego, pero luego se volvió muy seria; llevaba unos pendientes con una piedra verde, una turquesa o algo así, sonreía poco, pero abría mucho los ojos y cruzaba las manos sobre los muslos cuando se sentaba; a veces, si yo la estaba viendo fijamente, como ahora que la recuerdo, muy fijamente, y nadie más ponía atención, se levantaba un poquito la falda y me enseñaba los muslos, pálidos, con las venas turquesas como los pendientes, y la falda casi siempre era oscura, y tenía una mirada como de atravesarle el cuerpo a uno, fija y honda, y un collar con otra turquesa que hacía que uno le prestara atención al surco de las clavículas como si aquello fuera una cenefa bien cincelada,

el pelo largo y negro, volvió a decir Orígenes;

y parecía que iba a empezar otra vez toda la descripción de Norma Carrasco, la tía Norma de Eliot Román, pero entonces Salomón, que lo percibió al poeta con la vista muy fija, con la atención bien clavada en algo que había a sus espaldas, con un atisbo tembleque y desconfiado se dio la vuelta, queriendo dejar un ojo que vigilara a Orígenes y el otro para ver hacia atrás, por si las dudas, pero lo que hizo fue girar rápido y volver la vista al escritor y en ese instante logró divisar, sobre el estante de

la librería de la casa de Orígenes, un marco de madera
con la fotografía de una mujer:
se levantó Salomón y le preguntó al poeta:
¿Ésta es Norma Carrasco?;
Orígenes no respondió: parecía que tenía en la mano un
cuchillo manchado de sangre y a los pies el cuerpo
de Pablo Lezama, culpable y atrapado, paralizado y
silencioso;
Salomón le mostraba la imagen, que era exactamente la que
había descrito Orígenes, y que retrataba, él lo sabía, a
Aurora Duarte, esposa de Orígenes.
Esto es la memoria:
olvido en ojos durmientes:
la víctima que reconoce
a su asesino
en el espejo.

Desvarío, locura, frenesí, hidrofobia, licantropía, baile de San Vito, éxtasis. «He divagado tanto porque la imaginación es el instrumento de las pasiones, por medio de la cual actúan y producen muchas veces efectos prodigiosos» (Secc. II, Miembro III, Subsecc. II)

Ved aquí cuánto me he extendido por mi memoria buscándote, Señor; y no te hallé fuera de ella
San Agustín

ME DAN SENTIMIENTO ESOS ATEOS que creen en el alma, Salomón, porque en el fondo yo soy como ellos.

Hacía casi dos horas que estaban hablando por teléfono. Fue una suerte que Aurora Duarte no estuviera ahí para levantar el tubo del aparato y decirle a Salomón, como siempre, que Juan Pablo estaba cansado, que no podía hablar, que ya era suficiente, que ya concertarían una cita. Aurora no había aparecido en todo ese rato y la conversación seguía sin interrupciones: Orígenes era un surtidor que manaba historias y nombres y fechas y todo se mezclaba en un estanque.

Para entonces ya había comprendido Salomón que el método de la memoria de Orígenes residía en una suerte de elipsis o mezcolanza entre la realidad, la memoria, los libros, la imaginación y las quebraduras nerviosas.

¿Qué creer, qué cosas tomar como verídicas?

Entretanto, Orígenes no dejaba de hablar:

Me dan sentimiento los vuelos transoceánicos, Salomón, esa idea de atravesar el mar como si nada, como si debajo no hubiera tiburones o como si de la caída uno se fuera a salvar con un chaleco salvavidas y una bolsa para vomitar.

¿Ya sabe usted que Isidro Levi está planeando un viaje a Finlandia? Creo que ya está completamente loco;

¿No estaba muerto Isidro Levi, Juan Pablo?;

No me confunda, Salomón, muertos estamos todos,

me da sentimiento, decía Orígenes, que algunas personas crean en los viajes en el tiempo, en el cielo y en el infierno, en que los marcianos dominan el mundo o en que alguien domina el mundo o en que nadie lo domina. Hay los que no creen en nada, y eso me asusta más todavía. No creer en nada es como creer en algo de todas formas.

Había que escucharlo a Orígenes, tener paciencia, saber esperar el momento justo en el que la memoria se le retorcía en un camino lleno de piedras: tropezaba una, dos, tres veces, y al final soltaba un retiemblo, un redoble, un retumbo de palabras y cosas justo luego de decir:

Me da sentimiento su nombre, Salomón. Salmón. Salamón. Salón. Salsamón. Salmamón. Samalón. Salmasón. Salmonsón. Sansón. Me da sentimiento y me río mucho de usted a veces. No se lo diré nunca, pero con Aurora nos reímos mucho de su nombre. Su nombre es puro apellido. ¿Quién se llama Estiarte Salomón?, ¿en qué estaba pensando usted?;

y alguna cosa de entre todas ésas, o de entre muchas otras que pensaba pero que no decía, lo llevaba directo y sin escalas, por ese desierto de la memoria, a decir así, de sopetón:

Hoy, al despertar, ya había muerto alguien.

Era entonces cuando comenzaba la entrevista, la verdadera entrevista:

¿Quién murió, Juan Pablo?;

Pablo Lezama,

acaba de morir Pablo Lezama y justo recibí la noticia. Me lo contó Eliot Román: hizo pasar un libro por debajo de la puerta, un libro rojo y delgado que cabía por debajo de la puerta. Estaba lleno de notas y palabras tachonadas, frases conectadas con líneas de colores y círculos, y muchos grafitis en los márgenes. Entendí que lo que Eliot Román quería decirme es que Pablo Lezama acaba de morir. Pero lo que pasa a veces, Salomón, es que puede ser que alguien diga que está muerto y luego, a los días, uno lo ve tomando café por ahí, como si nada;

Entonces no ha muerto nadie, Juan Pablo;

Sindudamente que alguien sí murió hoy al despertar;

Quizás murió Eliot Román;

Eliot Román ya está muerto. Quizás murió Juan Pablo Orígenes. Quizás a Orígenes lo mató alguien. Pero si fuera así, yo no estaría hablando con usted: creo que yo soy Juan Pablo Orígenes;

Usted es Juan Pablo Orígenes;

¿Está usted seguro?;

Sin duda;

Creo que sí. Quizás me lo dijo Aurora. Yo me llamo Pablo.

Pero entonces todo volvía a ser un bucle, una espiral de ir y venir entre quién soy yo y quién es usted y por eso, a veces, Orígenes se dirigía a Salomón como si Salomón fuera alguien más, como si fuera uno de los Enfermos en los años de la Enfermedad, como si Salomón fuera Isidro Levi o Anistro Guzmán comiendo repollo hervido en alguna celda oscura y caliente, y le decía:

El repollo causa sueños molestos, y manda vapores negros al cerebro;

o lo trataba con la sospecha con que se trataba a los recién conocidos, a los que podían ser orejas de la policía secreta, a los que podían ser Pescados disfrazados de Enfermos o Perspectivos disfrazados de Enfermos, o Pescados disfrazados de Perspectivos disfrazados de Enfermos, o cualquier cosa que no estuviera de verdad contagiada por la Enfermedad. O quizá le hablaba como si Salomón fuera Eliot Román y le estuviera diciendo:

Juan Pablo, tienes que ir a escribir esto y lo otro en los muros de la Universidad;

y Orígenes le contestaba:

Le dejé un mensaje, pero creo que ella no lo entendió;

¿Ella?, ¿quién?;

Ella;

¿Aurora?;

Creo que se llama Aurora, o Alba, o que en su nombre hay algo que amanece, o algo que se parece al amanecer;

¿Qué mensaje le dejaste?;

Le escribí que nos veíamos esta mañana en la esquina de Andrade y Ordaz, pero no apareció;

entonces Orígenes le contó a Salomón que conoció a la muchacha en las reuniones con los Enfermos, en la casa del Calimán Morgan, a la vuelta de la esquina por la calle del Carmen, donde se reunían por las noches para discutir planes y beber y aguantar a Eliot Román que perseguía a uno y otro diciendo:

Tienes que leer este libro;

y todo aquello que puede pasar durante una noche en vela cuando todos creen que están al borde de la locura, o al borde de la revolución, que es casi lo mismo. Le contó que se habían encontrado después varias veces, que en el fondo del Café de las Puertas, donde por primera vez le tocó la pierna como si la pierna fuera una mejilla caliente, habían hablado de cosas sin importancia, y que ella vivía en una casa de la calle Colón. Le dijo:

No era posible encontrarnos así, en lo público, porque sabíamos que ya las cosas estaban por reventarse, que por cualquier lado la Enfermedad era una ampolla, y sospechábamos que los compañeros empezaban a interpretar los mensajes que yo le dejaba a ella y que de alguna manera iban a dar en emboscadas y callejones. Llegamos a pensar que alguien más, uno que no era de los nuestros, uno que no era yo, escribía esos mensajes en los muros de la ciudad, y nos jugaba el dedo en la boca. Tenía tantas cosas que decirle que hubiera escrito en cada muro, en cada casa, en todos los autobuses que van desde la Carretera Sur hasta la Carretera Norte atravesando la ciudad como bichos desesperados; le habría escrito en la cara de todas las estatuas, en el suelo de cada casa y en el asfalto de las calles; tenía tantas y tan pocas cosas que decirle que habría escrito encima del torrente lento del Orabá y en todos los árboles, en las hojas de todos los árboles, pero al final, lo que hice, lo que tuve que hacer, fue escribir en las hojas de los libros que me prestaba Eliot Román. Entonces ella buscaba los libros, o el mismo Eliot se los deslizaba por debajo de la puerta de la calle Colón o Escobedo y, a veces, cuando él estaba a punto de entregar un libro, se encontraba con el canto de otro apenas saliendo o asomando el hocico por debajo de la puerta, como un perro que olfatea a los visitantes. Eliot Román tomaba el libro, lo jalaba apenas con la punta de los dedos esperando que por la espalda no llegara un policía,

un Halcón,

un Guardia Blanco,

y cuando ya lo tenía y se lo metía en los pantalones, deslizaba el otro por el quicio pensando tal vez que quien pasara por ahí al amanecer seguro que podría ver el rastro del movimiento de los libros como un abanico dibujado en el polvo. Luego Eliot Román venía a buscarme, me daba el libro que llevaba entre las piernas, como si pariera ahí mismo todas las palabras y las letras, y se llevaba otro. No había continuidad en aquello. No había secuencia lógica, ni hilo de Ariadna. Y cuando a Eliot Román lo mataron a tiros, los libros se quedaron por ahí, en casa, o enterrados en el jardín bajo la ceiba y el arrayán, y nosotros ya no pudimos decirnos nada;

¿Dónde están esos libros, Juan Pablo?;

Ya no existen, o creo que ya no existen, o se los comió el tiempo. El tiempo termina por comerse todo. A usted también, Salomón, se lo comerá el tiempo. Ya lo verá usted, el libro es la ausencia de una memoria;

¿Qué memoria es la que está ausente, Juan Pablo?, le preguntó Salomón, esperando que Orígenes contestara lo que le diera la gana, como siempre hacía: a veces le decía:

Usted es poeta, Juan Pablo, ¿por qué empezó a escribir novelas a los sesenta años?, ¿qué cosa cambió en usted para que mudara de género?;

y Orígenes respondía:

Porque empecé a recordar cosas que me daban miedo, todos tenemos la misma memoria, Salomón, pero no todos tenemos la misma reacción ante los hechos de la memoria; usted, por ejemplo, reacciona a la memoria investigando, haciendo preguntas, grabando las palabras de los otros en ese aparato inútil y temerario; Isidro Levi, por ejemplo, reaccionó a la memoria quedándose ciego, no digo que se haya cegado voluntariamente, pero digo que está ciego porque la memoria le provoca una reacción así de grave: ya no ve nada, y todo lo que ve en el pensamiento lo ve siempre igual, arquetipos y esas cosas; mi madre, cuando la memoria se le vino encima, se murió de cáncer, pobre; la gente reacciona a la memoria de forma distinta, aunque la memoria sea, por sí sola, una misma cosa sin nombre, ¿me entiende, Salomón?

Así funcionaban las entrevistas con Orígenes: una pregunta cualquiera, sin importancia quizá, como:
¿Qué quiere beber, Juan Pablo?,
bastaba para que el escritor se soltara como loco hablando de que en los años de la Enfermedad bebían mucha cerveza, litros y litros de cerveza mala y caliente, y que por eso ahora lo obligaban a beber decenas de vasos de agua, y todo el tiempo tenía la barriga llena de agua y sentía que por dentro se le movía un gusano o un barco hundido o una rama de arrayán que el viento golpea.
Pero esta vez se quedó callado:
¿Cuál es la memoria ausente, Juan Pablo?;
apenas escuchaba la respiración a través del aparato,
un silbido distante, dificultoso,
y sin aviso, sin despedida ni preámbulo, alcanzó a llegarle a Salomón un golpe como si el tubo del teléfono cayera al suelo haciendo varias escalas en el viaje, como una piedra hacia el ojo del barranco, un tropezón en la alfombra; y escuchó pasos, no supo cuántos, y escuchó un arrastrar gordo y terroso, y algún crujido, o creyó escuchar algún crujido, y luego nada, y se quedó pegado al teléfono un buen rato esperando a que volviera Orígenes, pero no volvió; esperando a que alguien, quizás Aurora Duarte, levantara el aparato y preguntara:
¿Quién es?,
pero nadie lo hizo,
y Salomón trataba de escuchar algún indicio, la respiración fatigada del poeta, una tos que anunciara la explosión de un ventrículo, la aparatosa caída y la quebrazón de la cadera, el filo del diente que se encaja en el borde de la mesa de madera y arranca carne y encía y hueso y destapa el torrente que ahoga los gritos, o el habla

inconexa y lejana que proviene de las cavernas primitivas del aneurisma o la embolia, o el ronco batir de unas alas cuando se abre la jaula del pecho y nos llega la muerte en mitad de una mirada sin ojos, cualquier cosa, pues
menos el silencio,
ese silencio
de a lo lejos
una puerta que se cierra.

He huido tantas veces
de ciudades en las que nunca estuve,
que no puedo asegurar dónde he crecido
Jordi Virallonga

¿A DÓNDE SE FUE Juan Pablo Orígenes?
¿Quién encontró el cable estirado del teléfono como un mechón pendiente de una monstruosa cabeza, un rizo inmóvil en el suelo, y mirando a su alrededor como si aquello fuera una trampa mortal se llevó el aparato a la oreja como si un dios asesino o mensajero cualquiera esperase para dar las noticias que no pueden esperar a nadie, y al no escuchar nada, ni el suspiro ni la nota del canto final, lo aleja de su rostro y lo examina con precaución buscando la posibilidad de un rastro?
¿Quién?
Aurora.
Aurora Duarte colgó el auricular y se quedó quieta.
No había nadie en la casa: Juan Pablo no aparecía por ninguna habitación, y ella, que había pensado muchas veces en la muerte y en la soledad, después de colgar el teléfono em-

pezó a sentirse libre de un peso que había asimilado ya como parte de su cuerpo. Se sentó en el sofá de la sala, con las bolsas de la compra encima del regazo como un montón de hijos vegetales y guardados al vacío, y se quedó dormida, arrullándolos, o ellos arrullándola a ella con una frescura que prometía descanso y calma, como si no hubiera nada de qué preocuparse ahora, como si más tarde pudiera empezar a pensar en que quizá Pablo Orígenes estaba otra vez desaparecido.

¿Y Salomón?

Salomón se quedó el tiempo suficiente al otro lado del túnel del tiempo esperando tal vez el regreso de todo lo perdido, y sintió miedo, un miedo profundo y niño, cuando pensó en su hermano y en la posibilidad de su hermano, en la desarmada mano de su hermano levantando el teléfono en la casa de Juan Pablo Orígenes, ¿por qué?, porque los muertos pueden hacer esas cosas, entrar en la casa de la gente y abrir el refrigerador, saltar sobre la cama y responder al teléfono, y Salomón, que esperaba a Orígenes, y que ya tenía días pensando en el hermano desaparecido, temía escuchar la voz lejana de Álvaro Salomón, esa voz que debía ser como un chiflido que se escapa por la herida del pescuezo, una voz de flema y atragantadura en mitad de cualquier palabra, temía, pues, que esa mano que él no podía ver, levantara el tubo del teléfono y la memoria se dirigiera a él diciéndole:

Hermano;

y entonces, cuando alcanzó a escuchar la respiración sobre la bocina, esa estática pulmonar del silencio, presionó con el dedo el botón del aparato y cortó la conexión con el otro mundo: sintió, entonces, que había huido de pronto de toda su infancia.

¿Qué hizo Salomón cuando colgó el teléfono?

Se echó a llorar pensando en el hermano y en las cosas que se pierden cuando se pierde un hermano y en las razones que de repente tuvo para pensar que cuando Juan Pablo Orígenes dejó caer el aparato iba a ser Álvaro quien lo levantara y no una persona cualquiera del mundo de los vivos como por ejemplo el mismo Orígenes o ya fuera incluso Aurora Duarte o cualquier otro que no sería el fantasma de Álvaro Salomón. Pero él pensó justamente eso. Y quizá, por eso mismo, se dio cuenta de que los muertos no están sino a nuestro lado, muy cerca, soplándonos al oído.

Y no hizo más. No salió a buscar a Orígenes. Se quedó dormido en el sofá de la sala, con el teléfono desconectado por miedo a las visitaciones y arrullando el recuerdo del fantasma de su hermano, o el recuerdo arrullándolo a él, como si así escapara al menos durante un rato de la memoria y sus refugios humanos.

Yo soy el refugio de mi memoria, escribió una vez Juan Pablo Orígenes.

¿Dónde lo escribió?

En el libro de Robert Burton.

Y si Aurora Duarte hubiera puesto atención, porque en realidad no lo hizo, o si Estiarte Salomón, en lugar de esperar el puro aliento de Álvaro, lleno de plomo y pólvora, entendiera los sonidos que le llegaban de lejos, habrían recordado los dos que todo en la vida de Juan Pablo Orígenes tiene que ver con el libro.

¿Qué libro?

A veces una palabra nos devuelve la esencia de las cosas, escribió Orígenes.

¿Cuál es la esencia de las cosas?

Otra vez: el libro.

Y es que algo se le vino encima al poeta: el ir y venir de los imanes del pensamiento, las piedras atoradas en la vesícula de la memoria, cierta viscosidad eléctrica de las palabras que es inaudible pero que viaja desde la voluntad del decir y a través de un éter alfabético, el silencio arrancado de su alcurnia y traído a esta tierra sola y sin gente, algo poderoso y profundo que había salido de las palabras de Salomón, sin intención oculta, y que se transformó a lo largo del tendido eléctrico para que Orígenes escuchara el mensaje que le iba a cambiar, otra vez, toda la vida,

o todo lo que le quedaba de vida:

La memoria ausente;

y dejó caer el teléfono porque un relámpago atigrado le atravesó el cerebro,

Es el Alzheimer, diría Aurora;

Son las palabras, diría Orígenes;

Es el recuerdo, diría Salomón;

y se levantó Juan Pablo, porque estuvo sentado todo aquel rato que duró la conversación con su biógrafo, y se fue corriendo como corre el Orabá, es decir, con la velocidad del lodo y el sedimento, y tardó años en llegar a la estantería,

o le parecieron años, muchísimos siglos de caminata arrastrando los pasos por el desierto duro y seco de esta parte del País, como una peregrinación de piedra en piedra y hasta un lago muerto donde nada puede levantarse, donde no hubo ni águila ni serpiente ni lago sino un río que da la vuelta y se muerde la cola y nunca termina de llegar a ningún sitio: eso sintió, que fueron años,

Tantísimos años son el olvido, escribió una vez Orígenes;

y en la estantería se puso a pensar en la esencia de las cosas, ¿o en la ausencia?, en el libro, y a buscar el libro entre aquellos ojos verticales que se hacinaban ya sin cupo, sin esperanza de encontrar un mejor acomodo, y eligió uno al azar, quizás guiado por un instinto hondo y viejo, y le echó un vistazo sin encontrar lo que buscaba, o lo que necesitaba, o lo que tanta falta le había hecho estos años y sólo hasta ahora, hablando por teléfono con Estiarte Salomón, pero pensando que Estiarte Salomón era Eliot Román, sin saber por qué, había recordado el sentir de algo perdido que vuelve de pronto a nosotros:

el libro,

o el hijo,

o el hermano,

o ese recuerdo de una tarde en que fuimos felices o profundamente tristes,

y Orígenes se quedó un rato con el libro en las manos y no se había dado cuenta de que al sacarlo de su sitio el vacío entre los dos libros vecinos se cerró de inmediato como una boca llena de secretos, y vino entonces la memoria y le jugó una broma porque no supo dónde iba el libro que tenía en las manos: la mesa estaba lejos, y por eso intentó colarlo por algún sitio, pero el libro no se dejaba, y despacio, como quien se derrumba de sueño, fue doblando las rodillas y la cintura para dejarlo en el suelo con un poco de delicadeza: el libro se golpeó el lomo en una esquina y eso mismo fue lo que le dolió a Orígenes al inclinarse;

¿Qué viniste a hacer aquí, Juan Pablo?,

¿a quién buscas?;

sacó otro libro: lo abrió, olfateó el corazón vertical como si buscara un rastro conocido, y de inmediato lo cerró. Volvió a mirar el mar de libros: sin espacio: como si al sacar un libro se materializara de inmediato otro, y porque se había repetido la operación anterior sintió que había vuelto a empezar todo y que estaba en el mismo sitio y que no se movía nada a su alrededor. Pero en el suelo estaba todavía el primer libro:

Los libros son el tiempo, dijo;

y ya no dobló las rodillas ni torció la espalda: lo dejó caer desde arriba y azotó el libro en el suelo y de inmediato sacó otro. Y otro y otro y los iba tirando al suelo porque ninguno de ellos era el libro que estaba buscando,

porque Juan Pablo Orígenes estaba buscando *un* libro,

y a sus pies ya había suficiente leña como para quemarlo y que las llamas se tragaran todos sus gritos y los libros seguían cayendo como pasos de una multitud,

¿fueron esos los pasos que escuchó Salomón, los temidos pasos de Álvaro?,

a tirones arrastraba los libros de las estanterías al suelo: le caían encima de los pies, le golpeaban las rodillas, le subía el agua al cuello de todas las novelas que hablaban del mar, le sepultaban las arenas de todos los desiertos de Egipto, le herían las balas y los cuchillos y las plazas llenas de gente de todos los libros que iban cayendo a montones sobre el suelo a su alrededor con un barullo de voces que le hablaban desde lo que él creía que era el olvido, como si quisiera sepultarse de pie en la biblioteca desordenada, como si el griterío le calmara los miedos,

fue por eso que había libros en el suelo cuando llegó Aurora,

Es el Párkinson, le decía siempre Aurora, se te caen las cosas de las manos;

Yo no tengo Párkinson, diría Orígenes;

No, el Párkinson te tiene a ti, es que no te acuerdas;

Yo no tengo problemas con la memoria;

No, la memoria tiene problemas contigo, la memoria se ha olvidado de ti;

¿Te has olvidado, Juan Pablo, del libro que buscas?;

pero antes de morir ahogado en los mares de Homero y en los ríos de Conrad, allá al fondo, detrás de otros tantos libros, vio el canto que buscaba, subiendo como por una escalera las letras del nombre, y tuvo la esperanza de que ahí iba a encontrar su memoria.

¿Qué memoria perdiste, Juan Pablo, qué hondo pesar?

Después de meses de hablar con Salomón, de escuchar las preguntas y las interrupciones, de acostumbrarse al deschongue de la conversación y al regreso sobre la memoria así como el Orabá regresa sobre sí mismo, así como toda la ciudad es regreso, repetición de sí misma y de su historia, Juan Pablo Orígenes se hizo a la costumbre de escuchar preguntas, de preguntarse a sí mismo, de hablarse y responderse a veces, de insultarse como muchas veces quiso insultar a Salomón, de hablar en voz baja para que Ellos, nadie, lo escuche, para no correr peligro, para que alguien le responda o le mienta y vivir más tranquilo o inquieto hasta que llegue de una vez y para siempre el fin del mundo. Se acostumbró, pues, a preguntar, y las preguntas, una tras otra, le explicaban más de sí mismo que cualquier respuesta:

¿Qué memoria perdiste, Juan Pablo?;

La memoria del libro;

Y ¿cuál es esa memoria?;

entonces Orígenes abrió el ejemplar viejo y lleno de papeles, reconoció el olor del tiempo y los años añejos, comprobó que la escritura estaba incompleta y supo que ahí tenía que seguir escribiendo para recordar lo que el óxido le estaba robando.

Echó el ejemplar del libro de Robert Burton en un maletín, dejó la montaña de libros desparramada ya por el derrumbe, le costó no hundirse en aquel volcán de

repente emergido entre los muros, y salió de la casa antes de que Aurora Duarte volviera, pero sin pensar que ella estaba a punto de volver:
no era de ella de quien estaba escapando,
¿de quién?

Lo primero que le dijo Aurora Duarte cuando lo llamó por teléfono fue:
¿Dónde está Pablo?;
y como no reconoció la voz de ella, como no sabía de qué se trataba ni cuándo ni en qué momento el sueño se le había roto, el sueño de estar dormido y no tener ninguna pérdida, el sueño donde no se busca nada y somos libres,
y como finalmente el nombre de Pablo, dicho así, a secas, no le sonaba conocido, Salomón abrió bien los ojos y pensó, porque fue lo último que se le quedó encajado en el pecho, en el corazón profundo de toda su familia, pensó, pues, en Álvaro,
pero Álvaro está muerto,
Álvaro estaba muerto desde hacía tiempo,
y la voz de Aurora Duarte repetía:
¿Dónde está Pablo?
Era de noche ya, y la noche era lo que le confundía el tiempo a Salomón,
entonces, con el sabor del sueño en la boca, la sed y la sequedad de la sed, el cuello adolorido en la contorsión del cansancio y el teléfono en la mano con la voz de Aurora Duarte que no sabía dónde estaba Juan Pablo Orígenes, que quizás nunca supo dónde estuvo Orígenes toda su vida, quiso decir en voz alta el nombre de su hermano,

Álvaro,
pero colgó el aparato y apenas un momento después recibió la llamada de Bernardo Ritz, que tampoco sabía dónde estaba Orígenes, que también había hablado con Aurora Duarte, y que tampoco parecía muy preocupado;
lo cierto era que el poeta estaba desaparecido:
la ausencia presente,
y Salomón volvió a pensar en su hermano;
una vez Orígenes le dijo:
A lo que más miedo le tengo, Salomón, es a desaparecer. Usted no lo entenderá todavía, o apenas sabrá algo porque seguro que ha visto por la ciudad las fotos de esos ancianos que se pierden en la calle, que salen un día y no vuelven nunca, y las familias que van poniendo fotos en blanco y negro de esas caras con los ojos que perdieron el norte hace mucho, los números de teléfono y esas frases estúpidas de las señales particulares: que si tienen un lunar, o si son calvos, o si les tiemblan las manos o si cualquier cosa para reconocerlos, pero ¿cómo los van a reconocer los desconocidos, si ellos mismos no se reconocen, si ya no reconocen a sus familias, si no saben ni de dónde salieron? Siempre me pregunto si acabaré como ellos, congelado y roto en una fotografía mala, con la peor cara que tenga, y solo, perdido, y que cuando la gente me vea piense:
¿Será aquel viejo que se perdió?,
y yo seré aquel viejo, pero nadie me va a encontrar. Usted puede ver esos letreros, nadie se detiene a leerlos: pasa la gente al lado y los va leyendo poco a poco, de ida ven la foto, de vuelta leen Se busca, de regreso ven algunos números, luego algunas señas, y así se pierden de la información, porque no les importa, y así se pierde uno,

porque el olvido es guardar los pedazos de una misma cosa
en lugares diferentes. Tengo ese miedo, Salomón, un
miedo como para no salir a la calle;
y en ese momento en que Bernardo Ritz le decía que lo estaban buscando a Orígenes, se imaginó sus fotografías en las calles de Orabá, donde el mismo poeta se veía, como en un espejo petrificado, sin reconocerse.

Una multitud de accidentes diversos que causan la melancolía: la muerte de amigos, pérdidas, etc. «Tu llegada me ha reanimado tanto como me afligió tu partida» (Cicerón a Ático, Epístolas, Libro 12)

Si todo se ha de ir, ¿por qué llegaste?
Rubén Bonifaz Nuño

EN RECORDANDO nos encontramos como si el tiempo no hubiera pasado, pero luego supimos que sí pasó y nos había hecho mucho daño. No es que tuviéramos cicatrices, es que nosotros mismos éramos la cicatriz, nosotros mismos éramos la cosedura de la herida,

éramos la costra, endurecida y vieja, ya sin sangre.

¿Cuándo pensó eso?

Cuando cruzando el umbral herrumbroso de La Ceiba vio todo lo que su memoria ya le había borrado o le había ocultado o nunca le quiso contar en estos últimos años,

¿o meses?

¿Adónde fue Juan Pablo Orígenes?

A buscar el futuro de un pasado nuevo:

Hay gente, le dijo una vez a Salomón, que busca un nuevo destino a partir del pasado que ya se forjaron; hay otros, continuó, que saben que primero hay que cambiar el pasado, y luego ver a dónde los lleva en el futuro.

¿Cómo fue que Orígenes llegó hasta ahí?, ¿cómo se llega a donde nunca estuvimos?

Hay que perderse, Salomón, le explicó algún día, hay que perderse para siempre. Y eso da mucho miedo.

No supo cómo dio con La Ceiba. Se le mezclaban las palabras de Salomón, las de Aurora, las que él mismo leía, las que había escrito o las que escuchaba por la calle o en el Sin Rumbo durante las entrevistas: todas las palabras del mundo, de toda la gente, podían ser sus propias palabras,

quizás a él ya no le quedaba ni una sola palabra suya.

La memoria puede ser una enfermedad, escribió una vez.

Somos la cicatriz, escuchó.

De lejos le llegaban los ecos, como si alguien hablara pero sin dirigirse a él.

Entonces se dio cuenta de que escuchó aquellas palabras, que no las había pensado él, que no eran suyas:

algo estaba fuera de su sitio, quizás él mismo.

Se había perdido, desde la llamada telefónica con Estiarte Salomón hasta la Plaza de Rosales por las calles de Orabá, y se detenía en cada muro, en cada poste del tendido eléctrico donde hubiera un cartel, temiendo ver su cara retratada de golpe, pensando que alguien lo buscaba, que alguien iba tras él, que tenía que escapar porque el tiempo se le venía encima. ¿Quién podía buscarlo, si apenas hacía unas horas que salió de la casa, solo? Quizás había pasado más tiempo. O quizás hacía años que había salido de otra casa y se metió en una vida que no era la suya y aquéllos a quienes ya había olvidado lo estaban buscando, o lo buscaron durante un tiempo y él nunca lo supo. ¿Cómo saber, pensaba Orígenes, que somos quienes creemos que somos, o quienes nos dicen que somos, o quienes queremos ser? Y no iba a ningún lugar especial: iba de cartel en cartel buscando su cara, el espejo del retrato, que es lo que queda de nosotros cuando no estamos, lo que los otros, si quieren, conservan de nosotros para no olvidarnos del todo, un retrato de, quizá, cuando era más joven, con aquella cara y aquellos gestos, algo más de pelo, la barba crecida, menos carne, menos hundidos los ojos, menos caídos los párpados, estático y no tembloroso como le temblaba la mano cuando pasaba el dedo por debajo de las señas particulares que describían a los desaparecidos de Orabá, que son muchos, que son inacabables, que están muertos casi todos, que no volverán nunca la mayoría, que los buscamos tanto, los extrañamos tanto, los esperamos, como si hubieran salido a dar un paseo igual que Juan Pablo Orígenes salió por las calles de la ciudad sin avisarle a nadie, sin decirnos nada porque acaso creímos que no había de qué preocuparse,

pero siempre hay alguna cosa de qué preocuparse,

no iban buscando nada ellos, ninguna cosa específica, ni la libertad ni la muerte, como Orígenes, que ya estaba pensando que no recordaba la última vez en que se vio en un espejo y que quizá, mira tú qué cosa, no iba a reconocerse en aquellos retratos, y por eso leía y sopesaba las señas particulares, las señas de identidad, los lunares y cicatrices, y se palpaba la cara y el pecho, la barba o el pelo o el color de la ropa, y se miraba de arriba abajo, se buscaba en los bolsillos, se frotaba las manos como si una capa de líquenes le pudiera cubrir algún secreto, buscaba reconocerse en ellos, en todos los desaparecidos, pero no se encontraba, o nadie lo buscaba a él, o nadie había empezado, todavía, a extrañarlo.

Carteles y más carteles: ahí es donde la gente está perdida, iba pensando.

Y es posible que en el fondo Orígenes se dirigiera a algún sitio, o que el instinto lo llevara de un cartel a otro, desde la Plaza de Rosales hasta el Malecón, por encima del Orabá que fluye como una baba lenta, un arrastrar de hojas verdes todavía, un esfuerzo lleno de lodo y mierda, y más allá, hasta la calle Colón, ¿o Escobedo?, por donde, sin saberlo, pasó de largo frente a la Botica Nacional, y más allá, frente al cancel enorme y siempre abierto del Cementerio Civil de la calle Leyva Solano, las casas que fueron cárceles hace años, las casas que fueron teatros o cines que se quemaron o bibliotecas abandonadas y sin libros ni lectores, hasta llegar, de pronto y porque reconoció que algo le retumbaba en la memoria más reciente, al umbral de La Ceiba.

Ya estaba dentro cuando se puso a pensar en el camino:

Uno nunca piensa en el camino mientras anda, le dijo a Salomón una vez, hasta que nos detenemos en algún punto es cuando somos conscientes del andar.

Y eso hizo él.

Pero lo interrumpía esa voz lejana, reconocible, que decía, o que dijo una vez y él seguía repitiendo en la voz interior:

Somos la cicatriz.

¿Quién dijo aquellas palabras?

Allá, en una de las mesas retiradas lo vio:

fue Eliot Román.

¿No estaba muerto?

Eso le preguntó cuando se acercó:

¿No estabas muerto tú?;

como si el pasado fuera una condición revocable,

y como nadie lo esperaba a Orígenes, como nadie lo había visto de lejos ni pensaron que jamás volvería a sentarse con ellos, se echaron a reír. Él también se rió, con más angustia que gracia, porque no entendía nada. Estaba ahí, de pronto, en medio del pasado que emergía en aquella mesa del bar, entre la música y las botellas.

Se reían y lo miraban reconociéndolo, buscándole en la cara el gesto conocido de aquel Juan Pablo Orígenes al que hacía tanto tiempo que no veían:

El no verse es lo que hace al tiempo, escribió Orígenes una vez, el no verse es lo que hace la sensación del tiempo en el cuerpo; hay que hacer el tiempo en el cuerpo, eso es la edad;

y quizás para comprobar que no estaba muerto, que seguía entre los vivos aunque la vida lo hubiera destrozado, aunque el tiempo le hubiera pasado por encima, Eliot Román dijo:

¡Que estoy muerto, dice la momia!;

y se echaron a reír otra vez. Y Orígenes, que también se reía, un poco más libre ya, sintió el sonido de su risa como el de la carcajada de una momia del cine, llena de polvo y bacterias, llena de plagas y desierto.

No es que la edad arañe el cuerpo, quiso pensar, o quiso decir, es que el tiempo nos va marchitando los ojos; pero no dijo nada más.

Entonces Eliot Román estaba vivo.

Sintió Orígenes una especie de tranquilidad inquieta: tranquilidad por saber que el otro estaba vivo, y que, por tanto, él también, vivo de verdad y vivo en el recuerdo presente de los otros; inquieta porque no entendía aún por qué nadie lo había buscado, por qué nadie lo visitaba, por qué se sentía tan condenadamente solo.

Pero estaba ahí, entre los vivos, donde Eliot Román estaba sentado al lado de Javier Zambrano, que estaba sentado al lado de Isidro Levi, que no podía estar seguro, porque era ciego, pero que estaba sentado al lado de Salvador Rubín, que no estaba sentado al lado de nadie y que terminó por ofrecerle la silla vacía a Orígenes.

Sintió que regresaba a algún lugar querido.

Pensó que la Enfermedad seguía latente en ellos. En alguien, al menos.

Eso fue lo primero que pensó al sentarse:

¿Seguía viva la Enfermedad?

Quizá ya tampoco sabía qué era la Enfermedad.

Quizá se acercó porque quería preguntarlo.

Pero ellos ya estaban hablando de otras cosas, y se puso a escuchar, alegre, o lo más alegre que pudo, en medio de la confusión que todavía le nublaba el pensar.

¿De qué hablaban los Enfermos?, le preguntó una vez Estiarte Salomón;

Estoy a punto de recordarlo, Salomón, pensó Orígenes, porque recordar es vivir dos veces, ¿no?, ésta es la segunda vez que vivo mi pasado.

Estamos hablando de la enfermedad, escuchó, y el corazón se le erizó como un animal lleno de agujas;

La Enfermedad, pensó Orígenes, que no ponía atención a las caras, y que no sabía quién decía qué cosas;

Piedras en el riñón, dijo Salvador Rubín, presumiendo y señalando con el índice el hígado, porque sin saber pensaba que ahí estaban los riñones, los dos.

Orígenes, petrificado como los riñones de Rubín, o como algo que flotaba en el vaso vacío de los riñones de Rubín, volvió a sumirse en el descontrol: él ya no estaba en su año, en sus setentaytantos años, en su presente del día de hoy cuando Estiarte Salomón le hacía una biografía y Aurora Duarte lo estaba buscando, enloquecida o despreocupada porque salió solo; no, Orígenes tenía entonces otro presente: el de la Enfermedad: si no era el presente de sus setentaytantos años, era el presente de sus años setentaytantos, era distinto.

Piedras enormes, de carbón, decía Salvador Rubín, en unos años, dice el médico que no, pero yo lo sé, van a ser diamantes. Están ahí, fermentándose amarillas las piedras;

Y te van a rajar la panza, le dijo Eliot Román, de lado a lado, con una sonrisa que no te va a caber en la cara y te va a quedar en la barriga; o te la rajan los diamantes o te la raja el médico para jubilarse de una vez;

Quizás hablan en clave, pensó Orígenes.

Pero es que siempre hablaban de lo mismo. O casi siempre. O muchas veces cuando había una noticia de valor, como aquel día en que a Salvador Rubín el médico le dijo:

Tiene usted piedras en el riñón;

o como cuando alguien se moría, entonces hablaban toda la tarde de la muerte, de los muertos, de los libros sobre la muerte o de las canciones y las películas, pero sobre todo de los muertos que conocían o conocieron; o como cuando Isidro Levi volvía de algún viaje y contaba todo lo que no había visto, porque Levi, ya se sabe, estaba ciego desde hacía años, y entonces todos recordaban viajes, o añoraban viajes nunca realizados, o especulaban sobre la posibilidad de un día viajar lo suficientemente lejos como para que el destino no les permitiera regresar vivos; o como cuando no tenían nada de qué hablar y se contaban las mismas cosas de siempre que leían en los diarios, que veían en la televisión, o le contaban a Isidro Levi lo que él no podía ver y que ellos veían en la televisión, en la calle, en las fotografías de los periódicos llenos de sangre y cuerpos sin cabeza,

La violencia que nunca se va, decía Levi;

y se quedaban callados como estaba callado ahora Juan Pablo Orígenes porque seguía sin entender cómo es que hablaban de la Enfermedad diciendo que uno tenía piedras en los riñones, diamantes, pues, o que Isidro Levi estaba ciego:

Salvo los ojos, estoy bien, me he caído un par de veces, pero no fue nada grave, decía;

y Orígenes, que para recordar el pasado tenía que imaginar, lo imaginaba a Isidro Levi tanteando las paredes, olisqueando los obstáculos, levantando demasiado la pierna para evadir un escalón que se quedaba corto en la estirada y precipitaba el trancazo seco, el costalazo y un pujido como de clavarse un cuchillo en la barriga,

de pronto pensó en el nombre de Pablo Lezama cuando pensó en la palabra cuchillo.

Eliot Román, en cambio, estaba destrozado:

dijo:

Estoy destrozado.

Les recordó que todavía estaba alojada en la cadera una bala que le impedía caminar con certidumbre, una bala que lo convertía en una especie de eterno funambulista, una bala como una cuerda floja, una bala, en fin, dijo Eliot Román, que lo hacía caminar como cuando llevaba los pantalones llenos de biblioteca,

así decía él:

Vengo lleno de biblioteca;

cuando llevaba los libros de la Biblioteca Ambulante de los Enfermos metidos en los pantalones, caminando como un pato desesperado que pierde el autobús si no se apura, aunque Eliot Román no había visto nunca un pato.

Una bala como un montón de libros, pensó Orígenes.

Los médicos dicen que no puede extraerse, que está ya cubierta de hueso por encima y por todos lados, que ya es más mía la bala que casi todos mis dientes, porque también me arrancaron los dientes a puñetazos aquella vez cuando luego del disparo, cuando sané, esposado a la cama del hospital, me llevaron a la celda;

y se sacaba la dentadura postiza, completa, porque le gustaba hacer la demostración, y se le hundía la boca al fondo de la garganta, se tragaba los labios y era otro, le cambiaba toda la cara, las cejas y los ojos se le venían abajo como en un derrumbe y clavaba la mirada en la mesa porque sabía, tenía en mente esa cara suya, ese espectáculo de ser otro que él veía cada noche antes de dormir, y echaba la dentadura falsa en el vaso de cerveza: el gas carbonatado subía y rodeaba las falsas encías, se colaba entre los recodos dentales, se hacía la espuma en la superficie como en una playa visitada por la resaca, y Eliot Román, para no estar demasiado tiempo así, metía los dedos en el vaso y se los mojaba de cerveza sacando los dientes que se volvía a poner, y al ponérselos era como si se pusiera una máscara,

la máscara con la cara de Eliot Román,

ojos, boca, lengua, comisuras,

y Orígenes se espantó, le dio asco, y no quería tomarse su cerveza,

¿o es que no podía porque el médico, algún médico, quizá le había ordenado:

No más alcohol para usted, Juan Pablo?;

y sólo por eso, por no hacer caso al médico, si es que había uno, aunque médicos hay por montones, le dio un trago amargo a la cerveza que tenía cerca, un trago de después de tantos años quizás, y el ardor y la acidez le doblaron el cuello para tragar, y le lloraron los ojos, no supo si por añoranza o por atragantadura;

mientras, Eliot Román abría y cerraba la boca para ajustarse la máscara de los dientes, un sonido de reloj, un mordisco al aire.

Isidro Levi, sin decirlo, daba gracias por la ceguera. Salvador Rubín, que no bebía cerveza, sino ron, en un vaso alto y lleno de hielos, se había puesto la mano sobre la boca y la nariz, como si un hedor espinoso se le viniera encima. Javier Zambrano, que siempre comprendía a Eliot Román, se reía solo.

Orígenes seguía sin hablar. Y el resto seguía sin preguntarle nada.

Ya todos habían escuchado ésa y todas las otras historias de Eliot Román, que contaba su vida entera dos o tres veces cada tarde, y Zambrano, que no quería que el otro empezara de nuevo, le solapó sus palabras, se las dejó ir como un botellazo en la cara y se metió en la conversación sobre la enfermedad:

Javier Zambrano padecía vértigos.

Padezco vértigos, cada día es peor, dijo.

Luego de un problema de artrosis, los meniscos lo obligaron a estar en cama, o sentado, un tiempo parecido a la eternidad:

Los años de la postración, decía él.

Un día, cuando por fin pudo andar, el volver a la estatura de más de un metro noventa le procuró mareos, vómitos, una especie de miedo a volar, interminables migrañas y un dolor de espalda por andar encorvado tratando de reducir la estatura que, además, parecía no detener su crecimiento:

cada vez que se encontraba con Isidro Levi o con Eliot Román, les decía:

Esta mañana me di cuenta de que durante la noche crecí dos centímetros,

los pantalones me quedan más cortos, los calcetines no me suben ya de los tobillos, las camisas me llegan a los codos, las gafas se me incrustan en las orejas,

mira, decía, cada vez tengo que poner la cerveza más lejos para no agarrotarme el brazo;

y estiraba la extremidad hasta la mitad de la mesa, donde cualquier otro llegaba sin ningún problema.

Eliot Román, que era meticuloso y obsesivo, calculó una vez que Javier Zambrano debía medir, seguramente, más de ocho metros.

Isidro Levi estuvo de acuerdo, y se imaginó a un monstruo con el cuerpo enorme y la cabeza muy pequeña. Nunca más volvió a pensar en Javier Zambrano de otra manera: aquella imagen fue sustituyendo a la que el olvido de la vista le borró.

Y Orígenes, que prestaba atención con numerosas dificultades, esperaba el primer silencio colectivo para soltar una pregunta que llevaba atorada en la garganta desde que se sentó:

cada vez que alguno empezaba a hablar, un instante antes, Orígenes soltaba la botella y apuntaba con el índice allá lejos, adonde estaba la mirada perdida de Isidro Levi, o a algún otro lugar misterioso, y abría la boca un poquito, apenas lo justo para que nadie se diera cuenta o a nadie le importara o cualquier cosa distractora sucediera con mayor trascendencia y Orígenes cerraba el puño alrededor del cristal y con la boca de la botella se cerraba a sí mismo la boca,

como si nada hubiera pasado.

¿Cuántas botellas había bebido ya?

Entonces todos decían:

Salud;

pero aquello era un mareo, un esponjoso ruido;

Salud;

y su salud no era otra cosa que el saldo deudor que resulta de la lucha con el tiempo.

Un hacerse el tiempo.

¿La enfermedad?

No, la enfermedad, a estas alturas, tenía que ser otra cosa que nada o muy poco tenía que ver con la salud o con el cuerpo o con la Enfermedad en la que pensaba Orígenes, que estaba más lejana todavía, aunque él, en silencio, pensaba otra cosa.

El cuerpo se va acabando, dijo Salvador Rubín, se va pudriendo y se acaba. Pero hay otras cosas que quedan, o queremos creer que hay otras cosas que quedan. Es difícil creer en los finales, en el final de las cosas;

La vista tiene un final, dijo Isidro Levi, y todos se quedaron callados.

Hablaba poco Isidro Levi, pero casi siempre era irrebatible porque casi siempre hablaba de la ceguera,

o de la escritura,

y de las dos cosas sabía muchísimo.

Fue en ese silencio largo después de la ceguera cuando Orígenes despertó del sopor de la cerveza, de las quién sabe cuántas cervezas que se había bebido ya, y se atrevió, sin puño ni dedo ni mueca a preguntar, directamente, si Pablo Lezama no iba a venir:

¿Lezama no viene?;

¿Quién?, dijo alguien;

Lezama, Pablo Lezama, dijo;

ni Javier Zambrano, ocupado en el infinito crecer de su cuerpo, ni Eliot Román, acariciando en secreto esa bala de su andar a tropezones, pero diciendo en voz alta a modo de broma:

Pablo LesAma,

ni Salvador Rubín, pensando que un día sería millonario, Diamantes amarillos, pensaba; ninguno de ellos, pues, había conocido nunca a alguien que llevara el nombre de Pablo Lezama y cada uno se quedó callado sin saber qué decir.

Orígenes esperaba. Mirando a Isidro Levi, esperaba.
Y fue que en los ojos de Isidro Levi, perdida ya esa inocencia de los ciegos, esa falsa inocencia de algunos ciegos, Orígenes encontró una especie de respuesta incomprensible, o de reproche, o de petición incomprensible.
¿No viene?, volvió a decir, como si le importara poco;
pero la mirada de Isidro Levi ya no fue la misma.
Quizás Isidro Levi ya no era el mismo.
Entonces, Salvador Rubín, que odiaba los silencios, o que tenía ya una curiosidad por aquello, le dijo:
Hace unos días vino un amigo tuyo, se apellidaba Estiarte, o se llamaba así, no sé, pero nos preguntó lo mismo, nos preguntó si sabíamos quién era el tal Pablo Lezama;
Yo no lo conozco, dijo Orígenes;
LesAma, volvió a decir Eliot Román, Pablo LesAma;
y Orígenes siguió bebiendo, avergonzado de la mirada profunda, esa mirada como la herida del costado de Cristo que Isidro Levi le echaba encima sin ningún peso, una mirada hiriente pero vacía, una mirada con sustancia pero sin materia, una mirada como un oscuro rayo de sol;
¿A Salomón o a Lezama?, le preguntó Javier Zambrano;
El muchacho aquél, Estiarte, quería saber cosas sobre los Enfermos, le dijo Eliot Román, ¿qué sabe nadie sobre los Enfermos?;
Yo sé que García Morgan amaneció enfermo hoy, dijo Salvador Rubín;
¿Enfermo cómo?, le preguntó Eliot Román, ¿enfermo de las convicciones?, ¿enfermo del cerebro?;
Me dijeron que hoy por la mañana no recobró la conciencia;
Eso es la verdadera Enfermedad: no recobrar nunca la conciencia, dijo Eliot Román;
No, quiero decir que fue una embolia o algo cerebral;

Justamente, se le reventaron las convicciones. Ahí es donde está la Enfermedad, porque cuando uno es tan firme en las convicciones es que se le suben a la cabeza y se revientan como un balazo;

¿García Morgan era un Enfermo?, preguntó Orígenes en su cabeza con la voz de Estiarte Salomón, como si él mismo fuera Estiarte Salomón entrevistando a los otros Enfermos o como si él mismo fuera, otra vez, dos hombres,

¿Cuándo fuiste dos hombres, Juan Pablo?,

o como si él mismo, Juan Pablo Orígenes, rompiendo el orden de las cosas y del tiempo, fuera el que hace las preguntas, el que anota secretamente lo que otros Enfermos dicen, o decían, en estos y en otros años de la Enfermedad, cuando era el que no es nunca él mismo, el impostor, el infiltrado, algo así;

Hablé con su familia, dijo Rubín, está en el Hospital Civil, esperan a que se despierte;

y seguía pensando Orígenes por su cuenta sin prestar atención a lo que decían los otros, o haciendo como que pensaba en García Morgan, o tratando de ponerle una cara, alguna, quizá, de las que vio en el recorrido por la ciudad, en las fotografías de los desaparecidos, porque de verdad que no recordaba a nadie que se llamara García Morgan,

o es que la mirada transparente de Isidro Levi le incomodaba, le acusaba de algo, y tal vez sentía que lo miraba de esa manera no por estar ciego, sino por haber dicho en voz alta el nombre de Pablo Lezama, el desaparecido Lezama, como los desaparecidos de la ciudad de Orabá en los años de la Enfermedad y los desaparecidos de hoy, en estos años,

estos años de ¿qué?, ¿quién nos está matando ahora?, ¿quién nos está robando a la gente?, y Orígenes, que estaba metido en la voluntad del recordar, esa caminata por los desiertos de la memoria, pero sin poner un orden a nada, sin doblegar al olvido, escuchó en voz alta la palabra desaparición, y por un momento pensó que él mismo la había enunciado,

pero no,

otro más era siempre el que hablaba,

otro más que no era él:

apenas alcanzó a escuchar a pedazos las palabras porque el ruido y el alcohol ya estaban borboteándole en las orejas como un bullicio lleno de ámbar y miel:

Desapareció, dijo alguien;

y Orígenes puso atención, y quiso recordar las fotografías de los desaparecidos que vio en el camino antes de llegar a La Ceiba por si era útil saber de quién hablaban,

¿o es que quizás hablaban de él?,

¿o es que quizás hablaban de Lezama?;

y entre el barullo alcanzó a escuchar que a Eliot Román lo crió una hermana de su madre, que la hermana de su madre se llamaba Norma Carrasco, que Norma Carrasco era la hija menor y que después de que los padres de Eliot Román se fueran de la ciudad, fue ella quien se hizo cargo de él. Escuchó que Norma Carrasco nunca tuvo hijos y que trabajaba haciendo la contabilidad de una pequeña tienda de licores y tabaco. Alcanzó a escuchar que Eliot Román dijo:

Siempre quise llamarla Mamá, pero nunca me atreví.

El alcohol los había perjudicado ya, a todos, menos a Isidro Levi, que no bebía nunca, y cada palabra, sobre todo las de Eliot Román, cobraban el sentido de la confesión, y aunque para Orígenes aquello se asemejaba a las revelaciones más inesperadas, el resto conocía las palabras de Eliot Román casi de memoria.

Escuchó también, mientras veía al mesero con dedos de vidrio, dedos de botellas vacías, infinitos dedos de cristal oscurecido, ir y venir por entre las mesas y la música, escuchó también, pues, que Norma Carrasco, que era unos veinte años mayor que Eliot Román, estaba enamorada de su sobrino:

Siempre creí, dijo Eliot Román, que estaba enamorada de mí: había algo en su forma de hervir el agua para el café, algo en la forma de despertarme por las mañanas para ir a la escuela cuando era pequeño, algo en la forma de malcriarme, que sólo he visto en los primeros días de los enamoramientos. O eso creo. O eso creía entonces. O eso creo ahora que debí creer entonces, pero no lo sabía. En su momento nunca lo supe de verdad.

Y dijo que cuando comenzó su participación con los Enfermos fue ella quien le dio las dos maletas verdes, fue ella quien le dio dinero para los primeros libros, fue ella quien, a diferencia de muchos compañeros, y les echó la mirada del reproche a los que estaban en la mesa, leía los libros de la Biblioteca Ambulante de los Enfermos. Fue ella quien escuchaba los ensayos de discurso de Eliot Román y también ella, alcanzada ya por la Enfermedad, llegó a componer algunos de los grafitis que luego, en lo clandestino de la ciudad, Juan Pablo Orígenes escribía en muros y autobuses:

¿Te acuerdas, Juan Pablo?, le dijo;

y Orígenes dijo que sí, pero no se acordaba.

Fue ella, pues, quien un día, cuando Eliot Román estaba en la cárcel luego del tiro que le dieron en la espalda, quizá buscándolo, quizá reclamándolo, quizá tratando de reunir dinero para pagar la fianza, todo aquello que él nunca supo, ella, pues, la tía Norma,

desapareció.

Pero esto no lo supo Eliot Román hasta que meses después salió de la prisión:

Entonces volví a la casa, dijo, y la tía Norma ya no estaba.

Norma Carrasco nunca volvió a aparecer, escuchó Orígenes.

Yo también estaba enamorado de ella, lo supe entonces, dijo Eliot Román.

Y Orígenes, que ya había olvidado el nombre de Norma Carrasco y la historia que acababa de contar Eliot Román y que ya había olvidado casi todo lo que estaba ocurriendo en ese mismo momento, así, de pronto, pensó que él también estaba enamorado de ella.

¿De quién, Juan Pablo?

Y no supo decir un nombre.

No supo pensar un nombre.

No supo por qué Isidro Levi le encajaba los ojos en la cara. No supo por qué Eliot Román estaba con la cabeza agachada como si alguien se hubiera muerto. No supo por qué de pronto Javier Zambrano y Salvador Rubín estaban en silencio ni supo tampoco que ellos estaban pensando en Norma Carrasco, porque la habían conocido, y en que también, alguna vez, se habían enamorado de ella,

y no supo que pensaban en su cuerpo, que esculcaban la memoria para dibujar aquel cuerpo casi olvidado y que, como casi siempre le pasaba a Orígenes, en esta ocasión ellos también tenían que recurrir a la imaginación para componer aquella imagen perdida en la memoria,

no supo cuántas cervezas había bebido ya, pero supo, eso sí, que no podía quitarse de la cabeza la idea de ella.

¿De quién, Juan Pablo?

No supo que Isidro Levi seguía pensando en Pablo Lezama.

No supo nada y se levantó, como un tigre enjaulado y viejo, sin gracia ni prisa, y se fue sin decir una palabra.

Quizás iba al baño, pero llegó a la calle.

Luego tampoco supo cómo había llegado a esa esquina donde había un teléfono público que él sostenía y que intentaba establecer una conexión quién sabe con quién.

Esa noche, dijo Javier Zambrano, cuando pasó aquello, me acuerdo que a mí me arrestaron cuando volví a la casa, en la madrugada. Me estaban esperando, y me sacaron de la cama y ni me dieron tiempo de nada. Pero como me dormí con los zapatos puestos, al menos no me sacaron descalzo. En el calabozo había unos que iban casi desnudos;

pero Isidro Levi lo interrumpió:

No, Javier, tú ibas descalzo, cuando llegaste al calabozo yo ya estaba ahí, me encontraron en la esquina de Madero y Corona, ya casi llegaba a mi casa, y tú llegaste nomás con los calcetines blancos, mojados y mugrosos, y pisabas con el canto del pie porque estaba todo lleno de porquería, algunos se meaban ahí mismo, y luego Anistro Guzmán te prestó un zapato, estuviste unas dos horas diciéndole que te prestara un zapato, que él tenía dos, que esto y lo otro, y como él tenía unos zapatos caros, bostonianos, negros, no quería quitárselos, pero después de un rato te dejó uno y estaban los dos parados, cada uno en un pie y con el otro en el aire, como pájaros;

No, los bostonianos eran míos, y yo le presté uno al Anistro, y eran blancos con ribetes negros, me acuerdo;

y Salvador Rubín:

No, yo llegué más tarde, y ya los vi así a los dos, no supe de quién era qué, pero sí me acuerdo que Isidro estaba peleándose con un borracho porque le robó los cigarros, no me acuerdo si se los robaste tú a él o al revés;

Yo se los robé, estaba dormido y los tenía a un ladito;
¿Y a ti cómo te agarraron?, le preguntó Zambrano a Rubín;
Yo estaba en otro lado, no me tocó lo de la rectoría que ustedes hicieron, nosotros andábamos en la Escuela de Economía, y ahí nos cayeron;
Ustedes los Pescados siempre estaban en Economía, dijo Eliot Román;
porque Salvador Rubín no era, nunca había sido, un Enfermo, Rubín era Pescado, del Partido Comunista, una cosa distinta, muy distinta;
Luego en la mañana, dijo Isidro Levi, llegaron al calabozo los guardias, eran como las cinco de la mañana y pidieron a dos que ayudaran a traer el desayuno, y fuimos Eleazar y yo, Eleazar había llegado antes todavía, fue de los primeros que agarraron;
No, dijo Rubín, fueron tú y el Anistro Guzmán;
Me acuerdo, dijo, Zambrano, que llegaron con una olla enorme que apestaba a muerto;
Repollo hervido, dijo Isidro Levi;
Nadie quería comer, pero el Anistro, que llevaba semanas metido ahí, pegó dos saltos en un pie y empezó a comer como desesperado;
Al único que no agarraron fue a Orígenes, ¿no?, dijo Zambrano, no me acuerdo de él ahí, pero los bostonianos eran míos;
¿Se fue?, preguntó Isidro Levi, que quizá sentía en el aire el peso de una respiración menos;
Se levantó y no ha vuelto, dijo Eliot Román, ustedes quejándose del repollo hervido y yo me estaba muriendo en la calle porque la puerta de la botica estaba cerrada;
Pero no te moriste, dijo Rubín;
Pero otros sí se murieron, dijo Eliot Román.

Todo lo que ha sido pensado
de acuerdo con la misma obsesión
tiene un sentido
Jean Baudrillard

ERA EL ÚNICO que se había mantenido, como él mismo decía, en plena lucha.

Era, sin duda, el que tenía más cicatrices de todo aquello que les pasó, y al que le resultaba más complicado olvidar, porque el que tiene cicatrices vivas no puede sino residir siempre en el pasado, porque lo otro, el presente, tal vez resulta insoportable.

Eliot Román tenía dos cicatrices que le llenaban el cuerpo, y que lo hicieron, sin duda, un hombre diferente. No diferente al resto, sino diferente a él mismo, al que habría sido de no ser por las heridas: la bala encajada en el hueso enorme de la cadera, que le impedía caminar con normalidad, y la ausencia de Norma Carrasco, que lo alejó del amor, porque lo condujo a estar siempre pensando en el amor.

Siempre creyó que aquello era el porvenir de un pasado que nunca vivió o que ahora, después de los años, elegiría no vivir, y que le fue dado como un destino intocable, como un futuro que fue perdiendo conforme otros pasados iban entrando en su tiempo sin que él pudiera defenderse, en su cuerpo, en la memoria del destino que nos vamos inventando cada vez:

El que piensa en el amor no es el que ama, le dijo una vez Isidro Levi.

Siempre, cuando estaban solos, hablaban de estas cosas.

Y Eliot Román le contestó: Cállate, Isidro.

Pero Isidro Levi le había escrito un poema a Eliot Román, o escribió un poema pensando en Eliot Román que pensaba, siempre, en Norma Carrasco. Cuando estaban borrachos, en La Ceiba, o incluso antes, en los años del Sin Rumbo, o en la casa del mismo Isidro Levi, Eliot Román le decía:

Dime mi poema, Isidro;

y entonces, en los primeros años leyendo y, después de la ceguera, diciéndolo de memoria, Isidro Levi le recordaba a Eliot Román el dolor de lo perdido: «Pero llega el día y un incendio/ inexplicable nos obliga/ a huir desesperados,/ conservando únicamente la esperanza/ de haber dejado en el estrépito/ de par en par la puerta», y Eliot Román, que ya estaba doblando las rodillas desde que se hacía el silencio previo a la palabra, se echaba a llorar, callado como un deudo de sí mismo, hasta que llegaban los versos finales que él mismo enunciaba en voz baja:

«en tu lugar bajo las sábanas/ que no la quise despertar/ por no perturbarla/ con el llanto de un espectro».

Luego, Eliot Román se iba de cualquier lugar donde estuvieran y no aparecía durante días.

Seguía viviendo en la misma casa, en la calle Riva Palacios, donde vivió toda la vida con Norma Carrasco, lejos de los padres que hacía tanto tiempo se habían ido a cruzar la frontera y nunca volvieron,

¿cuánta gente ha cruzado esa frontera?, ¿cuántos han quedado en el camino?,

y entre ellos los padres de Eliot Román, los dos, que se fueron juntos y, si murieron, murieron juntos, o si vivieron una vida larga y lejos de la familia, la vivieron juntos, y juntos la imposibilidad de volver al origen, donde un hijo dejó de esperarlos cuando comprendió que el regreso de ellos implicaba la separación con la tía Norma.

Y nadie querría nunca separarse de la tía Norma.

Ya no tenía la esperanza de que un día ella llegara, con la misma llave que abría la misma cerradura, joven y aparecida como un espectro, venida de una prisión o de la frontera, adonde se habría ido para buscar a su hermana y al padre de Eliot Román, o a escapar de Ellos, los que le pegaron el tiro en la espalda y lo metieron en la cárcel, o es que se fue buscando ese futuro que nadie nos vino a ofrecer y hay que perseguirlo allá lejos, donde nunca estamos; y él fue perdiendo esa esperanza de que ella volviera, limpia y sin distancia, sin desierto encima, porque un día se le ocurrió calcularle la edad y se dio cuenta de que había pasado ya demasiado tiempo y no quería pensar en ella así, arañada por los años,

como él.

Se le venía encima entonces el pensamiento de que era más viejo que todos los que murieron prematuramente, en los años de la Enfermedad, o poco después, y de que él era una especie de padre para ellos, un padre que ya no podía cuidar de sus hijos, y que, por consecuencia, era más viejo que Norma Carrasco porque estaba convencido, aunque durante mucho tiempo lo negó, de que estaba muerta.

No se culpaba a sí mismo.

Culpaba al gobierno.

Eliot Román culpaba de todo al gobierno:

de la muerte de algunos amigos, y de otros que ni eran amigos ni sabía quiénes eran; de la crisis económica; de la estafa de los sindicatos; de la bala en la cadera; de la ceguera de Isidro Levi, que vino muchos años después y que nada tuvo que ver con la Enfermedad ni con el gobierno; del olvido de la memoria de Orígenes; del cáncer, la cirrosis, el precio altísimo de los cigarrillos, las mafias y el narcotráfico y las muertes que eran consecuencia del narcotráfico y sus guerras; de las antenas de transmisión y el ruido de los autobuses; de los niños atropellados; de los perros de la calle; de tantas otras cosas que podían ocurrírsele en una larguísima lista,

y de la muerte de Norma Carrasco:

ya no los culpaba de la desaparición, eso era, resignado lo decía, cosa del pasado:

hacía años que los culpaba ya,

definitivamente,

de la muerte.

Y de su tiempo en la cárcel, que habría precipitado, dice, la desaparición de la tía Norma porque, estaba seguro, ella llegó demasiado lejos buscándolo. A veces, en la bisagra de la borrachera, culpaba a los Enfermos, culpaba a la Botica Nacional, que tenía la puerta cerrada cuando quiso entrar a resguardarse, y culpaba a la Biblioteca Ambulante de Libros Izquierdistas porque por llevar los libros metidos entre la ropa no pudo correr con libertad como los demás que se salvaron aquella noche, o que al menos acabaron en el calabozo y sin un tiro en la espalda y una tía desaparecida.

A veces la culpa era del pasado.

O siempre.

¿Quién podía culpar al futuro, lejano y desconocido; o al presente, inasible e inconexo?

Como llevaba propaganda de los Enfermos el día en que fue herido y arrestado, pasó varios meses en la cárcel, donde, dice, intentaron matarlo dos o tres veces.

Eso dice.

La primera vez le metieron una culebra en la celda, pero escuchó el cascabel, contaba. Aunque Javier Zambrano siempre le señalaba la estupidez de matar a alguien de aquella manera cuando los desaparecidos se contaban a puñados y sus muertes eran más sencillas, más brutales.

La segunda vez, dijo, le dieron una paliza, pero sobrevivió porque lo dieron por muerto antes de tiempo:

Si hubieran seguido dándome, decía, no lo estaría contando ahora;

la tercera vez lo atacó otro preso, armado con una navaja, pero había varios Enfermos en el patio, y no llegó a herirlo;

la tercera vez trataron de envenenarlo,

la tercera vez dejaron de darle de comer,

la tercera vez le pusieron clavos en la sopa,

la tercera vez fueron vidrios en la sopa,

la tercera vez lo metieron en un cuarto sin ventanas y con las luces apagadas y alguien lo hizo correr de un lado a otro torpemente y le decía cosas en latín,

la tercera vez quisieron hacerle la ley fuga, pero no podía arrancar la carrera y se cayó unos pasos adelante, dice que todos se rieron de él;

y había tantas terceras veces que ya nadie le creía a Eliot Román que alguna vez alguien, dentro de la prisión, tratara de matarlo,

pero algunos, cuando por ejemplo Estiarte Salomón hizo preguntas al respecto, refrendaron el asunto de la golpiza, el asunto con la navaja en el patio, e incluso se contaba el rumor de que algunos muchachos habían muerto en las celdas mientras comían;

Estiarte Salomón, por su cuenta, trató de verificar las historias,

pero los que escuchaban a Eliot Román cada noche desde hacía más de ¿cuarenta?, ¿cincuenta años?, ya no le creían.

¿Quién le cree a Eliot Román?, preguntaba Estiarte Salomón a los entrevistados.

Al salir de la prisión unos meses después, y tuvo mucha suerte de salir vivo, lo echaron a la calle, sin más, y no como a tantos otros a los que les decían que iban a llevarlos a sus casas en una patrulla, y luego ya nunca aparecían. Tuvo suerte, afirma, de que nunca ocupó un lugar de mando entre los Enfermos. Era el loco de los libros. Nada más.

Y el único que, por haber sido herido, salió fotografiado en el periódico con el nombre completo.

Dicen que al salir de la prisión, allá en los confines de Orabá, cuando iban andando los muchachos para tomar un autobús que los llevara al centro, se les acercaba una camioneta vieja, como de un jornalero, y les ofrecía llevarlos:

el que se subía a ese carro no volvía a ser visto nunca.

Dicen que era un policía de la secreta que se llevaba a los muchachos a la Bahía de las Águilas.

Dice Eliot Román que cuando él salió no había nadie. Y regresó a su casa en autobús.

Pero a Norma Carrasco no la volvió a ver.

Había hablado por teléfono con ella una vez, desde el hospital, y ella vio cómo se lo llevaban cuando apenas las heridas de los disparos iban cerrando. Hizo una denuncia oficial de su desaparición cuando volvió a casa y no la encontró más, pegó carteles en las calles, se unió, brevemente, al grupo de madres de hijos desaparecidos, pero la tía Norma no apareció ni viva ni muerta.

Así pasa. Los desaparecidos son los que no están. Ni vivos, ni muertos. Ausentes, y nada más, eso decía el gobierno.

Dejó la Escuela de Economía. Fue profesor de matemáticas hasta que consiguió un trabajo en el Sindicato Obrero Estatal, y Eliot Román se pasó el resto de su vida dando discursos. De vez en cuando aparecía por las oficinas del Ministerio de Justicia y preguntaba por la denuncia de la desaparición de Norma Carrasco. La denuncia se perdió unos años después, y renunció a la búsqueda oficial, primero, y luego a la personal.

Tiempo después reconocería que estaba obsesionado con Norma Carrasco, no con su búsqueda.

Era distinto.

Seguía creyendo que el Estado era una gran conspiración. O es que nunca dejó de creerlo. Escribía notas en el periódico local donde despotricaba contra las grandes empresas, los grandes sistemas políticos, los grandes sistemas criminales. Escribía mal, y nadie lo leía.

O casi nadie.

Ni él mismo.

A veces, durante un tiempo, intentaba colar en sus notas algún mensaje encriptado a los Enfermos, a la Liga Comunista, a Norma Carrasco, pero nunca supo si alguien los entendió.

¿Quién entiende a los que están solos y no conocen ya a nadie?

Durante el día era un tipo que casi no hablaba, que pasaba mucho tiempo solo, que pensaba poco porque pensar era cansino, y sólo había dos cosas que le sonsacaban la lengua:

las multitudes y la cerveza.

A veces venían de la mano. A veces bebía solo y hablaba solo, en su casa. A veces iba bebido a las concentraciones del sindicato y escupía mientras hablaba, mientras decía palabras como «control», «corrupción», «espionaje», «libertad», «cortina de humo» y otras. A veces hablaba largo y tendido en las mesas de La Ceiba sin dejar que nadie más dijera una palabra. A veces bebía tanto que no podía hablar. A veces sabía que nadie lo escuchaba, y entonces alzaba la voz hasta los ventiladores del techo, o hasta el techo, si no había ventiladores.

Pero le había pasado como a todos, o como a casi todos: aquel tiempo de la Enfermedad se le iba quedando cada vez más lejos, como un óxido que ya no es invasión sino naturaleza de los huesos, inherencia de la carne, y aunque seguía pregonando que él nunca se curaría de la Enfermedad, que él siempre estaría pensando en lo perdido, en lo robado, en Norma Carrasco, cada vez estaba más harto del pasado y pensaba menos en el futuro.

Sabía muy bien, como escribió Isidro Levi, que el final de la historia es la histeria.

Y cada noche, después de los encuentros en La Ceiba, acababa eufórico, solo en su casa, quebrando platos y rayando las paredes, saltando en las camas, en los sofás, escuchando música o cantando en voz baja para no despertar a los vecinos, y luego mandaba a los vecinos a que se fueran todos a la mierda, y escarbaba en el pecho del recuerdo como un perro de la calle lleno de hambre y de sed hasta quedarse dormido.

Y por la mañana, con las ojeras hasta el suelo, le daba los buenos días a todos sus vecinos, educado, cordial, peinado, como un señor serio que no mata una mosca.

Su destino no tiene nombre
Es el presente mismo
George Perros

SU CARA me preocupa,
le dijo Orígenes a Eliot Román,
y miraban los dos la silla vacía donde había estado sentado Salvador Rubín, que se levantó un momento y se alejó de ellos como si quisiera esconderse;

Su cara me preocupa,
insistió,
yo creo que en cualquier momento hace una locura;
Cada mañana se muere alguien, le dijo Eliot Román, y él nos trae las noticias. Siempre anda diciendo:
Hoy se murió César Alvarado; anoche se murió Humberto Peraza; esta mañana falleció Martín Alcántara; y luego recita las causas: infarto, ahogamiento, esclerosis; lo sabe todo sobre los que se mueren,
a esta edad empiezan a morirse todos los amigos, dijo Eliot Román;
Nuestros amigos empezaron a morirse desde que éramos niños, no es la edad, es la ciudad, le respondió Orígenes;
y Eliot Román sabía que aquellas palabras no iban cargadas de un sentido figurado, que aquello era la verdad, la pura verdad.
Me preocupa, insistió Orígenes.
Desde que estaban en La Ceiba, Orígenes ya sintió una especie de rechazo hacia Rubín, una especie de incomodidad por la forma de sostener el vaso o el cigarrillo, la forma de hablar o de quedarse callado, las piernas cruzadas o la lista de nombres de muertos conocidos, como si se pasara el día visitando las funerarias o leyendo las necrológicas,
Hay gente que lo hace, le diría Eliot Román;
pero no supo Orígenes precisar qué era lo que le había molestado de Salvador Rubín antes, en La Ceiba, y qué le molestaba ahora en el Sin Rumbo, luego de que el mismo Rubín y Eliot Román lo encontraron a él en la calle, de pie al lado de una cabina telefónica y con el auricular en la mano, sin monedas, pensando que hablaba con quién sabe quién, perdido y medio borracho, y se lo llevaron a otro sitio a cenar y a seguir bebiendo.

Hasta aquí lo recordaba todo.

O casi todo.

Lo anterior no era una escena ocurriendo en el momento, sino un recuerdo despedazado y recompuesto por la mañana.

Un recuerdo despedazado.

Todos los recuerdos son nuestro despedazado porvenir, escribió una vez.

¿O eran los sueños?

¿Dónde estás, Juan Pablo?

Se había despertado en un sofá, adolorido todo el cuerpo y deshidratado, con el amargo sabor en la boca seca, el sabor de haberse comido un puñado de clavos oxidados, el sabor de una duda profunda y el miedo de descubrir que aquello no era su casa.

¿Qué es lo último que puedes recordar, Juan Pablo?, escuchaba en el fondo de la resaca la voz de Estiarte Salomón.

Caminó tratando de reconocer la casa y supo, o sospechó, que el dolor del cuerpo no le venía de haber dormido en el sofá. Algo más había en aquel dolor que tenía que explicarle cómo llegó ahí, qué pasó después de que viera, a lo lejos, que Eliot Román y Salvador Rubín se acercaban a él.

¿O fue un sueño?

Él mismo dudaba de sus recuerdos.

Es culpa de Salomón, habrá pensado Orígenes, culpa de Salomón esta desconfianza del recuerdo.

Pero había cosas que sí recordaba, o que estaba seguro de que sí recordaba, o que podía evocar haciendo un esfuerzo, quizás escribiendo o leyendo o contándole a alguien todas las cosas que se le venían encima desde adentro como un llanto, como si la memoria brotara con la fuerza de un llanto incontenible tal y como

ocurrió cuando Salomón empezó a hacerle preguntas sobre la vida pasada y los Enfermos y Pablo Lezama, todo aquello.
Pablo Lezama.
¿Estaba en la casa de Pablo Lezama?
¿O es que ya no recordaba su propia casa y, en lugar de ver a lo lejos a Eliot Román y a Salvador Rubín, vio a Aurora Duarte y a Estiarte Salomón que lo venían a buscar?
¿Por qué pensaba en ellos si precisamente lo que más recordaba de la noche anterior era que quería escaparse de todo?
Hubo una noche anterior
en el principio de todo.
Y una escapatoria, o dos, o varios pasos queriendo apresurar una carrera que ya la edad no permitía.
La vejez alarga las distancias, escribió un día.
Entonces Juan Pablo Orígenes escuchaba las palabras:
Y tiempos vendrán, que alguien había soltado al aire como quien deja escapar el alma,
quizá porque Salvador Rubín, cuando volvió de una breve ausencia en la que fue a sentarse a otra mesa donde conocía a alguien, vino a decir:
Me acaban de enterar de que César Alvarado Bórquez se murió ayer;
y se quedaron callados todos:
Eliot Román porque siempre tuvo simpatía y buena amistad con Alvarado; Orígenes porque no lo conocía o no lo recordaba o hacía tiempo que creía que ya estaba muerto y la muerte siempre es algo serio, pero morirse dos veces es dos veces serio; y Salvador Rubín porque el que da la noticia de la muerte no puede sino aceptar su destino de mensajero:
¿Quién va a venir a avisarles cuando me muera yo?, les preguntó;

Nadie, le dijo Eliot Román, y no nos vamos a enterar nunca; y siguieron callados, bebiendo.

Caminaba por la casa ajena tratando de recordar o inventar la noche anterior o de reconocer los objetos ajenos; pensaba que detrás de alguna puerta se encontraría con Aurora, y fue viendo que poco a poco las cosas cambiaban, y la casa, que en un principio, aunque desconocida, era acogedora, estaba rota por todos lados: descoyuntada: lleno de hoyos el techo, de cosas quebradas los estantes y más allá, unos pasos más allá, rayadas las paredes con frases escritas o palabras sueltas o grafitis como las paredes de Orabá en los tiempos de la Enfermedad o en los tiempos de ahora o en los tiempos de Pompeya antes del Vesubio, pero rayadas con leyendas que le parecían familiares, que le parecían suyas, como si aquello fuera una versión a escala de su pasado Enfermo, lejano, pero fue que en la cocina, allá al fondo, a donde llegó luego de verse las manos heridas, vio sentado a la mesa, sin camisa, al mismo Eliot Román.

No, Juan Pablo, no estás en La Ceiba, ni en el Sin Rumbo, ni en tu casa: es la casa de Eliot Román, que desayuna sin camisa con la puerta abierta del patio echándole encima el aliento fresco de la mañana, un aliento que poco a poco será la bocanada gorda y sudorosa del mediodía de Orabá, un mediodía para morirse derretido y sin perdón de nadie.

Se miraron de lejos y quizás entonces Orígenes empezó a recordar, o a inventar el recuerdo con la ayuda de Eliot Román, sentados los dos en la mesa de la cocina mientras la resaca los iba matando desde adentro.

¿Hace cuánto que no bebía?

Lo repiensa hasta el cansancio, hasta el recansancio y la migraña, pero la memoria nos viene del pasado, no va hacia él, y no podía Orígenes viajar en el tiempo, o no se podía, al menos, viajar en lo que el tiempo hace en nuestro cuerpo y en el cuerpo de nuestra memoria.

Pero quería intentarlo, sentado a la mesa de la cocina de la casa de Eliot Román, antes todavía de que ninguno de los dos dijera una sola palabra.

Conque sigue los pasos hacia atrás sin orden aparente o volviendo al comienzo de todo o a uno de los comienzos posibles porque acaso todo esto ya encontró las ramificaciones de un árbol que confunde con los brazos las raíces:

Orígenes quería hablar con el recuerdo,

¿imposible?,

quería hablar con los personajes que aunque existen en el ahora y en la realidad que lo rodea es en el recuerdo en donde han sembrado las dudas: es ahí donde le interesan,

¿imposible hablar con el recuerdo, con las personas del recuerdo así como algunos dicen que hablan con los muertos?, ¿no es lo mismo?

Pero resultó ser más fácil hablar con Eliot Román, que había estado muerto en la memoria y que ahora que Orígenes descubrió que estaba vivo es como un fantasma, como hablar con un fantasma venido del pelaje brumoso de la memoria, del pasado donde otros siguen muertos y quién sabe si algún día despertarán para venir a cambiarnos, de golpe, nuestro futuro.

Pero entonces, ¿y si el futuro no existe?

Y fue Eliot Román quien le contó lo que pasó durante la noche anterior:

le dijo que:

habían salido ellos dos de La Ceiba, Román y Salvador Rubín, porque Isidro Levi y Javier Zambrano se habían ido y antes, mucho antes, se había ido él, Juan Pablo

Orígenes, y en la calle se lo encontraron, al lado de una caseta de teléfono público, en una esquina, solo y desorientado, y se fueron los tres al Sin Rumbo a cenar y a seguir bebiendo,

en el Sin Rumbo fue donde Salvador Rubín les habló de la repentina muerte de César Alvarado Bórquez, a los sesentaidós años de edad, y entre los tres reconstruyeron su historia:

Eliot Román recordó que siempre hablaba de beisbol; Salvador Rubín contó un viaje que hicieron juntos al norte, cerca de la frontera, donde César, borracho como un lémur, acuñó la palabra «amodio», que Rubín no comprendió hasta que el propio Alvarado Bórquez le dijo:

Es el amor y el odio juntos, ¿no entiendes?;

pero Salvador Rubín no entendía;

Eliot Román sacó del bolsillo oculto de la memoria el apodo de Alvarado: el Indio, y dijo que el Indio decía que no se puede escapar de la infancia; Salvador Rubín recordaba una borrachera tras otra, y luego el transplante de riñón, la convalecencia, las nuevas fuerzas venidas de la carne,

Juan Pablo Orígenes asentía a todo y se reía y no decía nada porque no recordaba nada de César Alvarado hasta que en un momento de silencio se atrevió a decir:

Escribimos buenos grafitis con el Indio;

y Eliot Román aprobó la moción, y dijo que el Indio había sido un buen Enfermo, pero Salvador Rubín, que casi se atraganta con el trago de ron, se opuso:

El Indio, dijo, no era un Enfermo, era un Pescado, como yo;

y se hizo el silencio.

¿Qué pasó entonces?

Cuando moría alguien conocido, Salvador Rubín lo convertía en el testigo de sus historias más ocultas, de aventuras incomprensibles para los otros, de confidencias y secretos que sólo pueden hacerse públicos tras la muerte del implicado, cuando ya nadie podría verificar los hechos.

Quizá fue aquello lo que, profundamente metido en el ojo de la memoria, le incomodaba a Orígenes de la presencia y la existencia en el mundo de alguien como Salvador Rubín: esa complicidad inventada con los muertos.

Porque tenía que ser inventada, no podía ser real que siempre tuviera algún secreto común con los recién fallecidos, ¿no?, lo habló con Eliot Román, o Eliot Román se lo propuso a él, como una especie de problema a resolver.

Entonces, hablando de César el Indio Alvarado Bórquez, Salvador Rubín explicó historias iniciáticas de la juventud, mitos fundacionales del Partido Comunista en Orabá, aventuras inverosímiles durante viajes que hicieron ellos dos a ciudades donde nadie los conocía, enfrentamientos con los Perspectivos, con los Maderistas de Ciudad Madera, con los Enfermos, con los Guardias Blancos y la policía secreta, y confesó, sí, porque era una especie de confesión, que fueron ellos quienes descubrieron a aquel policía infiltrado como estudiante y que lo echaron de la escuela y que fueron los Enfermos quienes lo encerraron en un salón de la Escuela Central Preparatoria y lo torturaron hasta casi matarlo, pero que él y el Indio trataron de evitar el crimen,

y en el interior de la voz secreta que nadie oye, Juan Pablo Orígenes le preguntaba a Salvador Rubín, o quería preguntarle, si aquel policía infiltrado entre los estudiantes se llamaba Pablo Lezama,

pero no lo hizo, y siguió escuchando junto a Eliot Román las historias y los cuentos de una inventada, o al menos dudosa, complicidad entre Rubín y el Indio Alvarado hasta que él mismo se atrevió a decir que Alvarado era un Enfermo y Rubín lo negó, indignado, y Eliot Román negó la negación, y empezaron a discutir y el más sorprendido de todos era Juan Pablo Orígenes, que había pensando toda la noche que Salvador Rubín era un Enfermo como ellos y acababa de descubrir apenas que no era sino un Pescado del Partido Comunista.

Lo demás estaba emborronado entre el tiempo y sus mechones, entre la sospecha y un pálpito del tamaño de un animal monstruoso que es puro corazón y sangre, en las palabras que había dicho ¿quién?, ¿el Indio Alvarado?,

Y tiempos vendrán;

pero nadie podía escuchar al Indio porque ya estaba muerto,

o lo escucharon hace mucho, cuando el pasado todavía seguía creciendo en el puño cerrado del alma o es que empezarían a escucharlo justo ahora cuando ya no podía hablar sino desde el recuerdo de sí mismo,

y trataban de encontrar el camino o las respuestas o las preguntas necesarias para entender qué pasó durante la noche, cuando vieron el rostro de Salvador Rubín hinchándose como una fruta que se pudre demasiado rápido,

cuando iban por las calles del centro de Orabá, secas y llenas de polvo, tropezando en cada esquina,

cuando la cerradura de la puerta de la casa de Eliot Román se movía de un lado a otro evadiendo la llave,

o buscaban en el ruido de los platos que lanzaban contra las paredes alguna palabra suelta que les aclarara el asunto,

porque Eliot Román, los ojos un relinchar salvaje, se fue directo a la cocina y volvió con un montón de platos que puso en el suelo: él mismo lanzó el primero contra la pared y Orígenes le siguió sin preguntar nada porque había una necesidad de desfogue, de saciar la violencia que había empezado antes, ¿cuándo?, ¿minutos antes cuando pasó lo de Salvador Rubín?, ¿o años antes, cuando la Enfermedad fue abatida y ellos tuvieron que tragarse la voluntad y el orgullo?; luego fueron los vasos, reventándose en una lluvia de vidrio, y luego cualquier cosa que hubiera a la mano, aunque no se rompiera: bastaba el lanzamiento, el disparo, la fuerza desbocada, hasta que Orígenes tomó un libro, porque ya le hervía la sangre, y Eliot Román lo detuvo y le dijo:

No, los libros no;

y se quedaron los dos viendo las páginas del volumen;

Los libros no;

y de repente estaban cansados, de repente más serenos, como si toda la vida se les hubiera gastado en un suspiro,

y lo siguiente que se les viene a la mente no es un remanso, sino un tropel de palabras:

empezaron a rayar las paredes, a escribir en las paredes de la casa como si aquello fuera el libro o como si fueran las paredes de Orabá, de las calles de Orabá y aquella noche fuera el resumen de todos los años que duró la Enfermedad:

llenaron la casa de Eliot Román con grafitis, con las palabras de los Enfermos que eran las palabras contra el Estado, contra los Pescados, contra los Perspectivos, a los que también llamaban Chemones, contra los Guardias Blancos, contra el Capitalismo, así en mayúsculas, contra la Injusticia, la Pobreza, la Violencia, ejerciendo ellos mismos esa violencia porque creían, y lo creían firmemente, que no había otra forma de enfrentarse al Mundo,

entonces alguno de los dos escribió las palabras, otra vez, repetidas porque escribirlas era acallar el recuerdo de la muerte, que quizás algún día escribió el Indio Alvarado en algún grafiti:

Y tiempos vendrán;

o eso es lo que ellos recordaban,

¿qué tiempos?, ¿quién es el dueño de las palabras de los Enfermos?,

y una y otra y otra vez repasan los dos la conversación salida del pasado de un odio compartido que pervive en el presente con todo y sus ruidos de fondo el vaso que golpea la mesa el fuego que enciende el cigarrillo los pasos que van y vienen sobre el suelo de madera del Sin Rumbo otras voces lejanas que quizás, sí, quizás alguna de ellas pudo haber dicho en algún momento:

Y tiempos vendrán;

casi como un recuerdo que se evoca sin querer pero sólo se puede escuchar el lazo anudado en la garganta carraspeando el tambor de los dedos en la mesa el corazón palpitando en las sienes de la cafetera que silba como un tren que nunca llega o nunca se marcha o el sonido de una música de fondo en que los coches y las guitarras relinchan con la misma bravura pasma de los relojes al mismo tiempo alguien ríe una carcajada seca quizás una interferencia de todo aquello cuando por fin en la calle vacía unos pasos más allá de la puerta del Sin Rumbo,

aquel sótano negro y lento,

la discusión con Salvador Rubín agarró monte y se fue andando hasta el lugar donde las pasiones no soportan la calma del cuerpo y:

¿quién fue el primero?,

uno dio a otro un empujón, porque uno le puso al otro el índice muy cerca de un ojo de la cara, y empezó todo así, como empieza cualquier cosa trascendental, como si nada, como si todo fuera normal,

¿quién fue el primero?,

alguien dijo:

Los Enfermos estaban locos, eran puros locos, nunca pensaban, nunca tuvieron ideas;

Y otro:

Los Pescados eran tibios y miedosos, nunca entendieron que en este País las cosas no se pueden hacer con manifiestos y discursitos;

y sabían los tres que en el fondo del pozo de la memoria todos aquellos muchachos que de alguna manera querían cambiarle la cara al mundo, cada uno con sus ideas, cada uno con su forma de entender las cosas, eran un puñado de enemigos cuyo odio se había apaciguado con los años:

Los Pescados no podían ver a los Enfermos, los Enfermos y los Chemones se odiaban a muerte, los Maderistas estaban demasiado lejos de todo, los sindicatos obreros iban cada uno por su cuenta y entonces alguien escribió en algún muro de la ciudad las palabras que empezaron una guerra:

Ahorcaremos al último Chemón con las tripas del último Pescado;

quizá fue el propio Orígenes quien lo escribió, en aquellos años,

y en estos, en las paredes de la casa de Eliot Román, después de lo que pasó afuera del Sin Rumbo, un par de calles más allá, con Salvador Rubín gritando y diciendo que los Enfermos aquello y esto otro, que habían matado a no sé quién, que estaban locos, y que ellos dos, Eliot Román, Orígenes, estaban todavía locos,

y de pronto Salvador Rubín era violento y alto y los ojos se le llenaron de noche y de alcohol y gritaba más y los tres, en medio de un terreno baldío o en el malecón o en una esquina medio deshabitada o quizá llegando a la Plaza de Rosales,

donde en aquellos tiempos habían pasado tantas cosas, justo frente al edificio antiguo de la Universidad,

A veces el presente necesita de los lugares del pasado para echar hacia delante en sus andares y sus destinos, escribió una vez Orígenes;

ahí, pues, se empujaban y se gritaban y quizás al principio Orígenes quiso mediar, impedir la violencia, impedir que se toparan como animales y les pedía que bajaran la voz, pero a él, poco a poco, se le fue subiendo encima el coraje de las cosas que Salvador Rubín decía sobre los Enfermos, que eran las cosas que un Pescado decía sobre él y sobre Eliot Román y sobre sus amigos, y le ganó el bulto del odio para dar un paso y enfrentarse él también a las palabras de Rubín

mientras,

a la mañana siguiente,

en la mesa de la cocina de la casa de Eliot Román, Orígenes, fume y fume, atestiguaba cómo el pasado crecía y crecía como una ceiba, y reconocía, en el dolor de los que se saben culpables de algo, que habían hecho una cosa indecible, porque todo se le vino encima como una aparición, como Eliot Román se le fue encima a Salvador Rubín, como él mismo se le fue encima:

Eliot Román, con una mirada habitada de tigres, le lanzó el primer golpe directo al hocico: una quebradura de cabeza, un torcimiento del pescuezo, una lágrima que nadie vio, un escupitajo de sangre,

y quizá fue que pensó que con eso se iba a callar, que bastaba aquel esbozo de violencia para ajusticiar los decires de Rubín sobre los Enfermos, sobre el Indio Alvarado, sobre Norma Carrasco,

porque cada vez que Eliot Román escuchaba a alguien hablar de los Enfermos de esa manera, o de aquellos tiempos difíciles y quizá demasiado verdes, demasiado inmaduros, demasiado jóvenes en los que pasaron tantas cosas

de las que uno puede arrepentirse, pensaba que hablaban así de Norma Carrasco, que decían que ella estaba loca, que ella se merecía lo que le pasó, que cada pueblo tiene el gobierno que se merece, porque era bien sabido hasta dónde llevaban las diatribas contra los Enfermos:
alguien terminaba diciendo:
Lo que les pasó a esos muchachos, se lo andaban buscando;
y Eliot Román no soportaba que alguien dijera esas palabras, por eso, antes de que Salvador Rubín tuviera tiempo, le tapó la boca de un puñetazo,
y pensó, porque así pensaban los Enfermos, que con eso bastaría,
pero el Pescado le respondió con un chicotazo de la mano cerrada en la mandíbula y Orígenes vio cómo Eliot Román escupía la dentadura que horas antes, en La Ceiba, se había sacado de la boca para enseñarla y meterla en un vaso de cerveza:
la cara le cambió por completo y cada vez que Salvador Rubín le daba un puñetazo se encontraba con la encía, babosa y sangrante, dura y resbalosa, y la piel de los labios y la barbilla era una sábana de carne que se estiraba como una capa o una trompa de elefante:
así empezó todo,
así empezaban los tiempos que vendrán, como diría el Indio.
A Eliot Román la cojera no le ayudaba ni a hacer fintas ni a eludir ni a echarse para atrás porque la inflexible pierna atornillada por la bala en la cadera nomás lo mantenía en pie recibiendo guantazos como un costal que pende de un hilo, y Salvador Rubín, embravecido por el primer golpe más que por las palabras, empezó a reírse mientras le pegaba y le buscaba la nariz, que apenas se tapaba con las manos el otro como si fuera lo último que le quedara en la cara porque quizá, sin

dientes que tirarle, Rubín pensó que la rotura de la nariz acabaría con la pelea,

Orígenes miraba la escena como si él no tuviera nada que ver, como si lo repentino no le concerniera, como si él fuera el réferi inútil de una pelea sin reglas, como si nada de eso tuviera que ver con él, hasta que se dio cuenta de que la cojera de Eliot Román era un seria desventaja, un impedimento para que el pleito fuera justo,

y fue entonces

que lo llamó la sangre,

la pulsión de la Enfermedad,

a socorrer a un compañero en manos de un Pescado, y se fue acercando, poco a poco, a la retaguardia de Salvador Rubín:

el golpe le dio en la oreja: lo propulsó hacia un lado, lo dejó mareado, le sacó de la órbita donde estaba a punto de vencer a Eliot Román y, como pudo, vio a Orígenes que tembloroso y lento se le fue encima quién sabe de qué modo hasta que los dos cayeron al suelo:

el cuerpo de Orígenes aplastando el cuerpo de Salvador Rubín,

y Eliot Román, con la boca que le colgaba hasta las rodillas, embotado en la paliza y el alcohol, se acercó a patear a Rubín, y Orígenes rodó por el suelo, y recibió algún par de patadas en el camino, y Eliot seguía pisoteando al Pescado, que se hizo un bulto tratando de cubrirse la cabeza, y Orígenes rodando llegó sin querer hasta donde estaba la dentadura de Eliot Román, llena de sangre y babas, de tierra y basura, abierta de par en par como una caverna, y sin pensarlo la agarró y rodó de vuelta a donde estaba Salvador Rubín, porque ya no podía levantarse, o no quería, o la edad no se lo permitía, y creyó que había en ello algo de estrategia, algo de imposible agilidad, y con la dentadura de Eliot Román en las manos empezó a morderle el cuello a Rubín, la cara, los nudillos que le cubrían la cara, la oreja donde antes le había dado el único puñetazo que pudo, y arriba Eliot Román seguía lanzando patadas y golpes y se reía cuando vio a Orígenes con la dentadura falsa mordiéndolo a Rubín, atenazándole el pescuezo como un perro de presa, hasta que se acercó a él y lo ayudó a levantarse:

entre los dos, ya de pie, y Rubín todavía en el suelo, le pegaron, lo tundieron hasta que ya no podían, le dejaron la boca hecha un aspaviento hasta que les aventó, como pudo, una mirada que era un rebaño manso, y cerró los ojos, y perdió la conciencia.

¿Quién se resiste a la violencia cuando creemos que ya no nos queda nada?

Se cansaron, trataban de recuperar el aliento, quisieron correr, pero ya no podían. Un par de calles más allá se sentaron en una banca, porque el aliento se les iba del alma, y las manos y los pies les dolían, y eran, cuando pasó un convoy de la policía patrullando las calles más tranquilas de Orabá, un par de viejos que tomaban el fresco en la calle, nada más:

Si hubiéramos tenido estos disfraces en aquellos años, Juan Pablo, le dijo Eliot Román, nos habríamos escapado siempre;

¿Nos están buscando?, le preguntó Orígenes;

No, a nosotros ya no nos busca nadie, ésos no buscan a nadie, van dando vueltas nomás, tratando de no encontrarse con los otros;

¿Quiénes son los otros?;

Ya sabes, le dijo;

y Eliot Román le quitó de las manos la dentadura postiza, llena de tierra y piedrecillas, de hojas secas y papeles, vacía la boca imaginaria de aquellos dientes, con algunas gotas de sangre, quizá de Salvador Rubín, y le escupió gordo y ruidoso y la frotó como si fuera a salir un genio, pero no salió nada, y se la puso en la boca y le volvió la cara suya de siempre, y por fin pudo verlo de frente Juan Pablo porque le daba miedo la cara sin dientes, y sintió el sabor de la sangre y de la tierra y el amargo dulzón de la victoria,

Ya sabes, volvió a decirle, con más claridad;

pero Orígenes no sabía nada: las manos las tenía raspadas, los pies entumecidos, los ojos llorosos, el corazón saltón como un sapo, le temblaba el Párkinson en las rodillas, le temblaba la memoria, que no terminaba nunca de ordenarse, y pensó, o recordó quizá, que una vez había escrito en algún lado:

El recuerdo de mañana, que aún no tengo, ya me asfixia;

y se fueron caminando, entre las calles de Orabá, hasta la casa de Eliot Román:

Ahí nadie nos va a encontrar, le dijo;

y se quedaron callados,

pero Orígenes, que todavía sentía la consistencia de la carne, el pálpito en las sienes, se quedó pensando, sin decirlo en voz alta:

Entonces sí nos buscan.

Tan fieros accidentes pueden producir la necesidad y la penuria. «El recuerdo de todos ellos es aún vivo y entrañable, y así les seguimos amando muchos años después, aunque hayan muerto» (Secc. I, Miembro II, Subsecc. III)

Para aliviar el arpón que la vida
nos clavó desde los astros
Hugo De Sanctis

Mis cosas totalmente perdidas
son aquellas que, al perderlas yo,
no las encuentran otros
Antonio Porchia

HAY COSAS QUE UNO PIERDE para siempre,
¿verdad?,
y por más que las busque no van a aparecer jamás,
esas cosas no las perdimos realmente: sabemos dónde están, pero como no están donde nosotros creemos que debería ser su sitio, entonces las damos por perdidas, por ausentes,
pero están ahí, en algún lugar, y son irrecuperables; son las cosas que están perdidas para nosotros;
luego están las cosas que desaparecen un día, de pronto un fogonazo y ya no están, y nosotros nunca las encontramos, y no las encuentra nadie más, y ésas son las cosas que están perdidas para sí mismas, porque no están con nadie,
le dijo Macedonio Bustos a Estiarte Salomón.
¿Y Orígenes?, se preguntó el biógrafo,
¿está perdido sólo para nosotros, o también para él mismo?

Salomón se había imaginado al poeta escondido en el refrigerador desconectado en el fondo de la botica, como en el tiempo de los Enfermos, como le había explicado el Flaco Zambrano, esperando el momento en que todo pase para volver a salir y escribir grafitis por las paredes de Orabá,

todavía no sabe por qué se le ocurrió irlo a buscar en la Botica Nacional,

pocos minutos después de empezar a hablar con Macedonio, echando vistazos por encima del hombro del boticario para ver el refrigerador, escuchó que arrancaba el compresor con todos sus ruidos, una tos eléctrica y mineral, y pensó en Orígenes muerto de frío y descoyuntado de todas las articulaciones,

Morirse de frío en Orabá, la muerte más absurda;

volvió a pensar en Álvaro, que no se había muerto ni de frío ni de calor, y trataba de seguirle el hilo al boticario que le decía:

Yo quería ser cirujano;

y Salomón escuchaba el crujir de los huesos de Orígenes, la tos sofocada de los pulmones fríos, una súplica de ayuda, un juego de niños que tiene el final que ninguno espera,

Yo quería ser cirujano, volvió a decirle;

y el biógrafo pensó en inventarse una excusa para saltar el mostrador y abrir la puerta del aparato, sacar a Orígenes de ahí y llevarlo de vuelta a su casa,

imaginaba que usaría la silla de ruedas del abuelo Max, que estaría, sin duda, en la casa de Lida Pastor, para arrastrarlo por las calles calientes y mal asfaltadas,

o quizás sería una escena más: que el mismo Macedonio se acercara a abrir la puerta del aparato sin saber que al hacerlo iba a caer sobre sus pies el bulto congelado del cuerpo de Orígenes,

entonces Salomón le diría, viéndole la cara desencajada:
Es un poeta,
está perdido,
se le olvidan las cosas;
pero lo que de verdad pasó en aquel momento fue que Salomón le dijo a Macedonio:
Creo que el refrigerador hace un ruido descompuesto;
y no hizo falta más para que el boticario, como si nada, abriera y cerrara la puerta que estaba un par de pasos detrás de él para decir que no pasa nada, que el aparato es viejo y escandaloso, cosa que Estiarte Salomón entendió como: no pasa nada, aquí no hay un poeta sin memoria que cree que es un Enfermo en los años setentas y que se llama Juan Pablo Orígenes aunque cree que a veces se llama Pablo Lezama,
y cerrando la puerta Macedonio volvía a decir:
Yo quería ser cirujano;
¿Dónde estás, Juan Pablo?, pensaba Salomón, que sacado del trance, con una especie de perdido interés, le preguntó a Macedonio:
¿Y qué pasó?;
y Macedonio le enseñó la mano que parecía una cabeza de conejo:
El accidente, y luego pasó que odié a los cirujanos, o es que odié a uno, pero es lo mismo, la carne es la carne;
Las pérdidas, pensó Salomón;
Pero será que cuando uno busca una cosa que se le perdió, encuentra otras que son nuevas, y así fue que me encontré yo con Lida la primera vez, le dijo el boticario,
si quiere le cuento:
yo abrí los ojos y tenía la mano envuelta en vendas, como un puño de boxeador antes de ponerse los guantes, ¿verdad?, nada más sobresalían los dedos morados y gordos,

pero todo se veía limpio; entonces no me dolía tanto y no parecía tan grave. Fue que a los días de eso empezó a dolerme de verdad: tenía como un corazón en la mano, adentro de la venda o del puño o en la palma que estaba hinchada y entre las costuras y las líneas de la mano aquello era una parrilla de carne apretada y oscura: unas palpitaciones que cada vez eran más rápidas, y luego esa agua amarillosa, una especie de grasa, ¿verdad?, que sale de las heridas, y hubo que volver a las esperas en los hospitales públicos para ir de un lado a otro llenando formularios y contestando preguntas, para escuchar que los primeros auxilios y la mala sutura y quizás es demasiado tarde, pero yo no sabía para qué: ¿tarde para qué?,

le decía Macedonio;

y Salomón sabía muy bien de lo que hablaba, y Orígenes, si estuviera escuchando, diría:

Yo sé muy bien de qué habla usted;

pero entonces Salomón ya pensaba en el sopor de los analgésicos, el vapor caliente de las heridas y la entrada silenciosa de la infección, las brasas de los alcoholes y antisépticos, el peso de la podredumbre de una herida con rumbo a la necrosis porque Macedonio le iba haciendo la lista de hechos de su historia, y sabía de la espera en las salas de espera, de los hospitales llenos de heridos y enfermos, de la necesidad de escribir formularios y esperar turnos y ventanillas y una parafernalia que alrededor de todo aquello parecía ajena, las camillas amontonadas en las salas de urgencias, las mujeres pariendo en los pasillos, el llanto de los recién nacidos mezclado con el llanto de los deudos,

y Salomón pensaba en su hermano, otra vez:

Tenía que doler tanto, Álvaro, todo tenía que haber dolido tanto;

pero Macedonio seguía y seguía:
El médico casi dormido, demasiado joven o demasiado viejo, que me veía la mano y me la movía de un lado a otro como si el dolor fuera un puro cuento, como si estuviera componiendo un juguete roto; y luego estaban las enfermeras: cortando las suturas viejas que ellas mismas habían hecho antes, o algunas que se parecían tanto a ellas, no sé; exprimiéndome la carne para que escupiera sus venenos, todo eso que se pudre en las heridas mal cuidadas, con esa mirada de regaño por no protegerme de la mordida de algún microbio; a mí me llevaba el diablo y ellas se quejaban de tener que volver a hacerlo todo otra vez,
¿sabe usted con qué facilidad viene un tipo y le dice a uno: Hay que amputar la mano?,
y yo le dije: ¿Toda la mano?,
Casi toda la mano, me dijo,
y luego precisó:
Amputación parcial del pulgar, el índice, el corazón,
¿cómo es una amputación parcial, Salomón?, yo no llegué tan lejos en la Facultad de Medicina para que me explicaran eso de las amputaciones parciales, ¿a usted le parece que esto es parcial, o que parcialmente esto es una mano?;
así levantaba Macedonio la extremidad como el títere de un conejo, o de algo que se parece a un conejo, un cráneo que conserva las orejas, el movimiento de la boca, una lengua sin uña, una mirada sin ojos;
Lo peor vino después, le dijo, lo peor de todo: la cirugía, esa promesa de que todo tiene remedio con el cuchillo, y yo, ¿verdad?, que quería ser cirujano, me lo creí: poco después de la amputación vino un médico que me conocía de la Facultad y me ofreció una solución de veras milagrosa,

y a mí, que aún tenía el dolor de los dedos perdidos
Lo que perdemos nunca deja de dolernos, escribió una vez Juan Pablo Orígenes
y a mí, pues, continuó Macedonio, me convenció la posibilidad de recuperar los dedos.
Aquello sacó a Salomón de un aparente aburrimiento:
¿Un transplante?, le preguntó al boticario;
No, mejor todavía: mis propios dedos me iban a crecer otra vez, como la cola de una cachora, como la carne de un reptil, le dijo.
El médico le había dicho a Macedonio que una cirugía experimental le devolvería la mano:
¿Como si fuera magia?, le preguntó;
Como si nunca la hubiera perdido, le contestó el médico.
De todo se enteró después de la operación, porque antes, todavía embotado en el dolor y las drogas, no llegó a comprender lo que estaban a punto de hacerle:
le abrieron en la panza una rajadura como una boca enorme sin dientes y le metieron ahí la mano recién cercenada por el bisturí: el hueso raspado, la carne bien abierta, un espacio un poco por debajo del hígado, por delante de las tripas, sin aire que se pudra ni agua envenenada: ahí, cosida al interior del cuerpo, la mano de Macedonio Bustos empezaría a crecer y a recuperar su forma desde los huesos hasta las uñas.
Estiarte Salomón se le quedó viendo como si aquello fuera un cuento imaginado, una broma sucia o una enloquecida teoría, pero entonces Macedonio se abrió la bata, y detrás de la bata no llevaba más que unos pantalones cortos, y pudo ver Salomón la cicatriz alargada de una grieta forzosa abierta a pulso y sangre, más o menos en diagonal al espinazo, y al lado el boticario ponía la mano horrible simulando que entraba y salía de su propio cuerpo:

¿Lo ve?, le decía, así lo hicieron: me metieron la mano en la barriga, me esposaron a mí mismo, me dijeron que me iban a crecer los dedos y ¿usted ve dedos aquí?;

y le acercaba la mano a la cara, la mano que ahora le parecía a Salomón un muñón mal cosido:

Dos meses, dijo el boticario, me explicaron primero que iban a ser dos meses nomás para recuperar los tres dedos; luego fueron tres: Uno por cada dedo, y lo decía el médico como si tuviera que reírme, y luego cuatro, y hasta seis, y yo sentía cómo me iba creciendo algo en la barriga, cómo me aruñaba las tripas una cosa que se movía como un hijo, o como dicen que deben moverse los hijos en sus camas o en los vientres de sus madres:

anduve así, con la mano metida en el cuerpo, con la otra arrastrando el pedestal del suero y las medicinas, caminando por los pasillos del hospital, y tenía la sensación de que algo se me iba a reventar por dentro, ¿verdad?, una cosa así como un tirón, como un peso, porque le dicen a uno que es bueno caminar para que se vaya el dolor, hasta que un día hay que entrar otra vez al quirófano y ahí ya uno no sabe qué es lo que le están haciendo, ¿verdad?,

¿le han operado alguna vez a usted, Salomón?,

y Salomón se quedaba callado sin saber si creer o no lo que Macedonio le estaba contando, sin saber si debía seguir buscando en otros escondites de la Botica Nacional a Juan Pablo Orígenes;

Uno sabe que salió del quirófano, o que estuvo ahí alguna vez, porque le queda una cicatriz, ¿verdad?, pero una cicatriz como ésta lo sigue a uno toda la vida, a veces hasta parece que la piel se me quedó más amarilla, por el yodo y esas cosas; el caso es que al salir aquella vez, al despertarme, tenía otra vez dos manos, o algo parecido a tener dos manos porque en realidad, cuando me quitaron las vendas y las gasas, el gesto del médico era el de alguien que cultiva un tubérculo, una zanahoria, y cuando arranca la planta encuentra nomás una raíz podrida y ponzoñosa:

apenas muñones: ni hueso ni carne ni uñas, muñones en lugar de los dedos, y el médico, feliz, me decía:

Alégrese, puede usted hacer una pinza;

el hijo de su madre me había prometido una mano y al final me dio una pinza de carne, una tenaza de cangrejo;

Una cabeza muerta de conejo, pensó Salomón, pero no lo dijo en voz alta;

Después de eso uno ya no puede ser médico, uno ya no puede ser cirujano; no volví nunca a la escuela de medicina, ¿para qué?, y anduve yendo y viniendo por un montón de trabajos en unos cuantos años, ya se lo conté el otro día, fueron muchas vidas en poco tiempo, hasta que me encontré un día, cuando trabajaba en un taller mecánico, con el doctor Aragón, ¿le dije el nombre, verdad?, el doctor Aragón fue el que me encajó la mano en la barriga,

yo limpiaba el taller, hacía mandados, lavaba los carros, le daba de comer a los perros que cuidaban los patios y poco más, y un día vino con su coche el doctor Aragón y me reconoció, aunque nunca supe si me reconoció por la cara o por la mano, y me hizo un montón de preguntas y me trató como si estuviera enfermo,

a veces me parece que siempre que uno habla con un médico, aunque sea amigo nuestro, nos está tomando consulta, nos está buscando las enfermedades, ¿verdad?,

el caso es que a las semanas volvió y me dijo que si yo quería podía conseguirme un trabajo más adecuado a mis habilidades, yo tenía una escoba en la mano y él dijo:

Más apto para sus habilidades,
yo creí que se estaba burlando de mí, pero me dijo que sabía que siempre quise ser cirujano y que podía conseguirme algo semejante,
semejante a ¿qué?, tenía que haberle preguntado yo, pero inmediatamente me dijo:
Algo que tenga que ver con la dignidad del cuerpo humano,
eso dijo,
y yo, que en aquel tiempo a lo mejor seguía anestesiado, le hice caso a eso de la dignidad del cuerpo humano, sonaba bonito, yo qué sé;
¿Por qué le hiciste caso, Macedonio?, preguntó Salomón;
Porque los médicos son los que según vienen a aliviarnos,
y yo necesitaba alivio, ¿verdad?,
yo necesitaba salvarme en los otros, algo así, ¿verdad?,
esto pasó cerca del año ochenta, algo así como por aquellos años, porque unos diez antes había sido la operación, cuando todas las cosas de mi vida comenzaron a serme ajenas:
uno puede acordarse muy bien de cuándo nació, pero estas cosas de la cirugía se me enredan y a veces tengo la sensación de que nací así, de que siempre he estado así, ¿usted no?

Yo creo que las cosas que nunca hemos tenido también son cosas perdidas, le dijo.
Orígenes seguía perdido, y la visita de Salomón a la Botica Nacional no lo llevó a ninguna averiguación útil:
aunque la vida de Macedonio Bustos y de Lida Pastor seguía interesándole como parte del libro que pensaba escribir, o que debía estar escribiendo, o que, a decir de Bernardo Ritz, el burócrata, no debería estar escribiendo,

Salomón se había dado la vuelta por ahí con la esperanza de que en el delirio de la memoria Orígenes estuviera metido en algún lugar.

Volvió a la Enfermedad, pensaba Salomón,

y seguía escuchando la voz de Aurora Duarte que lo hacía responsable de aquello, y quizá la conversación con Macedonio le confirmaba la posibilidad de un hecho así:

Macedonio volviendo a las planchas del anfiteatro,

o como decía él:

A algo parecido a los anfiteatros;

y le dijo:

Era una funeraria,

ahí me llevó a trabajar el tal doctor Aragón diciéndome cosas sobre la dignidad del cuerpo humano; hay gente que no sabe lo que dice, ¿verdad?,

como les dijo a los dueños que yo tenía conocimientos médicos, terminé haciendo de todo ahí: la gente no sabe qué es lo que pasa con los cuerpos de sus familiares en esas habitaciones:

yo mataba a los muertos, Salomón, y luego tenía que hacer todo lo posible para devolverlos a la vida, o a algo que se pareciera a la vida.

Entonces Salomón escuchó la voz de Macedonio, demasiado suave para hablar de aquellas cosas, demasiado dulce como para decir:

Primero hay que buscarles la yugular,

usted no lo sabe, Salomón, pero a los muertos les sangra la nariz,

yo creo que es porque ahí mismo se acuerdan de lo que es morirse cuando uno les clava un tubo afilado en algún lugar indebido, como si aquello fuera otra vez la muerte, y por eso uno debe buscarles la yugular y drenarles, desde ahí, lo poco que les queda,

en eso no hay nada de dignidad,
¿o usted cree que es muy digno que a uno le saquen el cerebro y se lo guarden en la barriga junto a las tripas y que lo entierren así, como si aquello fuera una mano a la que le faltan dedos?,
al principio me preguntaba si el cerebro de los muertos crecería así, como se supone que debieron crecerme a mí los dedos,
pero ya no lo creo,
a uno le explican que hay que comer bien, que hay que hacer ejercicio y mantener una buena imagen propia, limpia y elegante, dormir bien y todo eso, cuando uno se dedica a trabajos como éste, le dijo Macedonio a Salomón, que sólo así es posible soportar las exigencias de ser lo que somos y hacemos,
pero cuando a uno empiezan a enseñarle y le dicen, por primera vez, «El proceso de embalsamar un cuerpo íntegro comienza de la siguiente manera»,
uno se queda pensando en el cuerpo íntegro y en lo contrario del cuerpo íntegro, y yo, no sé si el resto de la gente, pero yo sí, me quedé pensando en mi cuerpo, y en que quizá si me embalsaman un día no lo harán como se hace con los cuerpos íntegros,
yo creí que no comprendía el asunto de la dignidad, aquellas palabras del doctor Aragón, que el problema era mío, pero fue cuando conocí a Lida Pastor que me di cuenta de que el asunto era otra cosa: que si yo era embalsamador, o como quiera usted llamarlo, mi trabajo era acabar de cerrar los cuerpos para entregárselos, ya por completo, a la muerte,
y de la muerte no se escapa nadie,
pero cuando conocí a Lida, y conocí la historia de su casa y su familia, entonces encontré que si era cierto que yo

nunca había sido un cirujano de verdad, gracias a ella, para bien o para mal, llegaría a serlo:
el cirujano rescata la vida, la recompone, reúne los miembros arrancados, los órganos podridos los revive, ¿verdad?, pero todo tiene un precio: cuando uno pasa por una cirugía no vuelve a ser el mismo, hay algo ya en nosotros que no es nuestro, que no vino con nosotros al mundo,
a veces lo agradecemos, porque la vida es lo único que conocemos y quién quiere averiguar si la muerte es mejor,
pero a veces el remedio es peor que la enfermedad,
y sin embargo uno se empeña en matar la muerte,
pero eso es una pura ilusión, y las ilusiones nos hacen felices, ¿verdad?,
lo que buscamos es que parezca que siguen vivos, eso lo aprendí de Lida,
le estoy hablando de las pinturas, no de los muertos,
pero es quizá lo mismo, le dijo Macedonio.
Entonces le explicó a Estiarte Salomón, abrumado, es decir, lleno de bruma en esa nebulosa discursiva de un ir y venir por la memoria sin mayores reglamentos que los chispazos de recuerdos de ideas, que un día, mientras todavía estaba en la convalecencia de la primera herida, aún antes de la cirugía de amputación y del falso milagro de la encarnación de la mano, así de pasada, por casualidad, sin intención de ninguna otra cosa más, entró en la Botica Nacional a comprar antibióticos y analgésicos y gasas y lo que fuera necesario para mantener sana la herida,
cosa que a la larga no funcionó,
y ahí, detrás del mostrador,
Aquí mismo donde estoy yo de pie, le dijo;
estaba una muchacha con el pelo negro y la boca muy grande,
y ahí donde estaba de pie Salomón,

Ahí donde está usted, ahí mismo, estaba yo, pero con la mano herida;

y allá detrás, en aquella pequeña habitación donde hoy no hay nada, había entonces una mesa donde Lida Pastor empezó a destejer la mano de momia de Macedonio porque, le dijo, ella podía curarle la herida:

Me dijo que ella podía curarme, y uno escucha lo que necesita que le digan;

y Macedonio se distraía, para no verle la cara a la muchacha, encontrando formas entre las manchas de sangre de las vendas hasta que apareció la carne lastimada y entonces de ahí también apartó la vista,

luego el alcohol, los ardores, las manos de Lida Pastor esculcándole la herida, y aquellas palabras que decían:

A mi madre la perdí hace muchos años;

como si presagiara la pérdida de los dedos,

aquellas palabras dichas justo antes de llevarlo a Macedonio a conocer a Amalia Pastor, cuando descubrió por primera vez el asunto de las pinturas:

A veces me confundo y no estoy seguro si la conocí a Lida antes del accidente o después, dice Macedonio,

pero es que quizá no importa, porque lo seguro es que después de la cirugía dejé de verla,

el pelo negro hasta la cintura, la boca grande y sin labios;

hasta que un día, años después, quién sabe cuántos años después, apareció en la sala de la funeraria una mujer que entró sin reparos cuando él estaba terminando de maquillar el cuerpo de un hombre que se había matado en un coche:

al principio no la reconoció, llevaba el pelo corto y la cara arrugada, no era una muchacha, tenía la voz más oscura y en lugar de verse seria se veía triste, pero no la reconoció en ese momento ni en las posteriores visitas, porque volvió varias veces después, ni entendió tampoco qué estaba haciendo ahí ella, sin ese miedo que normalmente dan los cuerpos muertos, sin arrugar la nariz por el olor del formol y la carne, ni entendió por qué arrastró una silla hasta donde él estaba y le dijo:

Que parezca que estoy triste, pero que nadie pueda pasar por alto que todavía estoy viva;

y cerró los ojos.

Macedonio dudó un momento, pero algo como un profundo instinto le acercó la mano al rostro de ella y empezó a maquillarla:

un par de líneas bajo los ojos, una capa opaca y rojiza en los labios, una sombra gris sobre los párpados, y nada más,

Lida Pastor abrió los ojos como si estuviera recién despertando, se levantó, agarró una bandeja de metal y se miró en ella como en un espejo, le sonrió a Macedonio, que todavía entonces no sabía que era la misma muchacha de la Botica Nacional, y se fue de ahí.

Volvió una semana después:

Que sepan que estoy triste, que no se olviden de que estoy viva, le dijo.

Y las líneas que Macedonio le trazó sobre el rostro ya las tenía dominadas en el pulso como si estuvieran dentro de sus manos, como nervios extendidos sobre los nervios de ella:

la cara de ella en la mano de él,

en la mano buena,

la que le quedaba: la zurda.

Aquello se volvió un ritual, un hábito, una presencia constante pero silenciosa en la sala funeraria:

llegaba la mujer, la maquillaba, se iba sin decir nada, sin dejar ni su reflejo en la bandeja donde se corregía el pelo o los pendientes,

y Macedonio se fue aprendiendo la cara de Lida Pastor sin saber que aquella mujer era Lida Pastor,
sin que ella supiera que él era Macedonio Bustos:
tenía la idea de que la gente no lo reconocía por la cara, sino por la mano, y se inventaba guantes, bolsillos, escondites para mantener a raya esa mano incompleta que lo amenazaba de muerte:
muchas veces se despertó de un sueño en el que la tenaza del cangrejo le apretaba el pescuezo hasta la asfixia, hasta la sangre, hasta la quebradura de la tráquea,
y durante un tiempo, no se lo dijo a nadie, adquirió la costumbre de atarse la mano incompleta a la pata de la cama para que en la noche, desprevenido, no pudiera traicionarlo,
pero si Macedonio se guardaba la mano de los demás, tampoco aquella Lida Pastor, más grande, iba a reconocerlo por la cara, y siempre que volvía le decía lo mismo:
Que sepan que estoy triste;
Un maquillaje para recordar lo vivo, pensaba Macedonio;
hasta que un día se ausentó, y la ausencia, extendida en las semanas, hizo creer a Macedonio que ella no volvería nunca:
pero entonces no sabe cuándo, y sin hacerlo deliberadamente, le tembló la mano cerca del rostro que, sobre la plancha metálica, le devolvió una mirada que se parecía, en algo, a la mirada de ella:
el mapa de un territorio conocido, el mapa de un rostro,
el rostro de aquella mujer que dormía para siempre en la mesa de preparación y que en nada se parecía a Lida Pastor terminó con un preocupante parecido a ella:
le limpió la cara y volvió a empezar, pero no salía nada diferente a aquel rostro que, se dio cuenta, empezaba a añorar,

y se encontró entonces con el hábito de dibujar, sobre el rostro de los muertos que iban llegando a su mesa, el rostro de la mujer, los trazos simples, la boca rojiza, los ojos como un zarpazo:

ensayaba en ellos el recuerdo que tenía de ella:

cicatrices o arrugas que se abrían como párpados la boca un portal cerrado de dientes en la frente una forma dormida del estupor como si nada pudiera alterarle el gesto pero al mismo tiempo todo se le quedaba encima las cosas profundas y animales ocultas por una superficie en aparente silencio.

Se quedó grababada la imagen de ella en los utensilios, una memoria gráfica evocada cuando colocaba sobre cualquier otro rostro la punta de un lápiz o de un pincel:

más de una vez se atrevió, frente al espejo de su casa, a buscar en su propio rostro el rostro de ella,

y lograba encontrarlo después de mucho esfuerzo, después de muchas líneas trazadas, tantísimas capas de maquillaje, incontables gestos, como quien descubre entre la edad el recuerdo del que fue hace tantos años:

entonces se quedaba mudo y se esforzaba por emitir algún sonido, un gruñido al menos, pero terminaba arrancándose la cara de Lida Pastor con la mano hasta que lo único que quedaba era el ardor de un arañazo, la irritación de los ojos, la lástima,

quizá fue en aquellas noches cuando Macedonio empezó a pensar en el asunto del andrógino, con la cara de Lida Pastor en su cara, hasta que un día se puso a hablarle al espejo como si le hablara a ella,

como si le hablara al pasado,

como si se resignara a convivir día a día con el pasado,

como si tuviera la intención de dibujar sobre la herida su cicatrización,

como si el rostro fuera un muro sobre el cual grabar las rayas del tigre del tiempo,
hasta que un día, quizá meses después, volvió a escuchar esos pasos que se acercaban sin el pasmo y la lentitud cabizbaja que algunos ofrecen a los muertos como respeto y obediencia,
y era ella, que volvía
como si de verdad nunca se hubiera ido.
Fue entonces cuando Macedonio descubrió que ella era Lida Pastor.
O un poco más tarde,
después de que ella le preguntara su nombre, o algo así, y él respondiera, quizá porque no escuchó bien la pregunta:
Yo quería ser cirujano;
Todos queríamos ser alguien alguna vez, le dijo ella, quizá tú podrías curar a mis enfermos.
Y entonces lo supo, porque al salir de la funeraria Lida Pastor lo guió por las calles de la ciudad hasta la Botica Nacional, que estaba cerrada, y él esperaba ahí, como un pálpito, como un brote de repentina germinación, la presencia de aquella muchacha que en la memoria no había envejecido pero que era, quizá ya no podía negarlo, la misma mujer cuyo rostro maquillado se había aprendido de memoria:
dentro de la casa, en la enorme sala con muebles de terciopelo rojo,
o de alguna cosa que se parece al terciopelo o al color rojo,
Lida Pastor le dijo a Macedonio Bustos:
Éstos son mis enfermos, tú podrás ayudarlos.
Y entonces volvió a ver las pinturas y supo que era ella y que también a ella la había mordido el tiempo,
como a él le había mordido la mano
alguna fiera invisible,

y se quedó callado Macedonio:
no le dijo nada,
no le dijo, por ejemplo:
Mira, ésta es mi mano, soy yo, o yo era aquél que ahora es esto;
en cambio, fue ella la que empezó a hablar y le dijo:
Éste es mi abuelo, lo pintaron hace unos quince años, ya se le han caído todos los dientes, tenía una sonrisa luminosa. Esa mujer que se asoma por un balcón es mi madre, murió muy joven, después de una tormenta se le empezó a caer el pelo. Allá está mi primo, hace años que no sé de él, le duele el hígado, se puede ver, mira, tiene la piel amarilla. De este lado están las hermanas de mi padre, a la mayor le rompimos la pierna accidentalmente, moviendo aquel mueble. A la menor le gustaban los peinados extravagantes, hace unos meses una araña empezó a vivir en su melena, temo que un día la mate de una picadura. Ése de ahí es el hermano mayor de mi padre, el polvo le arruinó la nariz, y tiene un clavo hundido en un ojo.
Los dolores y los padecimientos de aquellos enfermos eran los que el tiempo y el desgaste les habían provocado a las pinturas,
ya lo sabía Macedonio:
la humedad que se filtraba con las lluvias, el golpe de algún mueble en la pared, la polilla que surcaba los muros y sus cuerpos, la vejez del edificio;
Viven luchando contra el tiempo, le dijo Lida Pastor, como todos nosotros, y nadie sale ileso de esa lucha.
Macedonio reconoció apenas las imágenes:
también a ellos los había ido mordiendo el tiempo, también a ellos les pesaban los años y tenían arrugas y se les caía el pelo, y se dio cuenta de que aquello que ocurría con Amalia Pastor, aquella fijación por las pinturas y la enfermedad, la había heredado la hija, Lida, como

si heredando la casa, la misma casa al lado de la Botica Nacional, también fueran con ella los hábitos y ciertas ocupaciones que ahora, en aquel tiempo del reencuentro, Macedonio empezaba ya a comprender:

cuando la vio por primera vez en la funeraria algo reconoció en ella, algo familiar: y había pensado que sin duda era la cara, los ojos, la boca grande y sin labios lo que de alguna manera le recordaba a aquella Lida Pastor más joven, pero lo que en realidad vio Macedonio y que no supo reconocer en el momento era el rostro de Amalia Pastor:

cuando maquillaba a Lida al lado de los muertos de la funeraria, al lado de los ojos de estatua de los muertos, y cuando se aprendió de memoria su rostro y lo dibujaba encima de cualquier otro rostro, incluso del suyo, en realidad estaba dibujando una forma suya del lejano rostro de Amalia Pastor:

Lida se había convertido en su madre,

o en algo parecido a su madre, habría dicho Macedonio,

y comprendió que el trabajo que Lida Pastor le pedía:

Alguien debe cuidar de mis enfermos, le dijo;

no sería el de repintar lo desgastado, ni el de sanar lo herido:

no sería un restaurador, sino un verdadero cirujano que observa y no reconstruye, sino que amputa y sustituye, agrega, implanta, sutura, fabrica prótesis, injerta carne y tejidos no para sanar los dolores y la crueldad de las edades, sino para extender la existencia de los muertos que viven en nosotros porque ellos son los que nos dan existencia con su padecer:

Un cirujano, dijo en voz alta;

y Salomón lo escuchó.

Lo que no dijo en voz alta Macedonio en aquel momento en que Lida Pastor le ofreció una taza de té y se fue por el pasillo oscuro y tardó horas en volver, fue su nombre:

eso ocurriría tiempo después,
siempre había tiempo después.
Del trabajo, el decaimiento y los procesos sin fin se hizo fiel devoto:
aquellas imágenes que envejecían, enfermaban, se amputaban, perdían ojos y dientes, eran como él: él era como todos ellos.
Pocos días después empezó a pintar.
Sabía que a Lautaro Pastor le hacía falta un ojo de vidrio; a su mujer, Mariana Vasco, le hacía falta una dentadura postiza; a Guillermo Hernández Pastor una pierna de palo y una muleta. Una peluca elegante para Estela Varela, la madre de Amalia Pastor. Decidió, sin embargo, que comenzaría con Eusebio Jiménez Pastor, retratado en un campo que una vez fue verde y ahora era un desierto, luego quizá de algún paseo de caza junto a un par de mastines que con el tiempo, tal vez, le habían devorado todos los dedos de la mano izquierda. Él sabía cómo curarlo de aquella amputación. Empezó la incisión en el costado. La mano incompleta ya tenía un destino:
dentro de unos años, pensó, tendrá los dedos completos.

El fuego es una razón en sí mismo
Hugo De Sanctis

CADÁVER ES LO QUE NO se está en pie,
un espejo del futuro.
¿Y si Orígenes está muerto?, pensaba Salomón.
Se había olvidado por completo del poeta mientras escribía todo lo que Macedonio Bustos le contó.
El libro de la enfermedad es el libro de las pérdidas.

Yo también perdí algo, y quizá por eso también estoy enfermo, escribió Salomón al comienzo del libro.

A veces el escritor cree que el mundo empieza a meterse en el libro, le dijo una vez Isidro Levi, pero también pasa que el libro empieza a meterse en nosotros: quizá de esto último nos damos cuenta demasiado tarde.

¿Cuándo y de qué manera Macedonio y Lida Pastor se le metieron al libro entre las costillas como una cuchillada violenta?,

¿cómo y en qué momento desapareció Juan Pablo Orígenes, persiguiendo quién sabe qué cosas?

El libro es un motivo en sí mismo:

imaginó el cuerpo de Orígenes sobre una plancha metálica, desnudo; al lado, en otra mesa, toda su ropa, y sobre la ropa el ejemplar desparpajado del libro de Robert Burton, con todas sus notas en los márgenes y lleno de papeles sueltos injertados como miembros nuevo, como ramificaciones que se pierden al crecer, y podría verlo ahí, al libro, quizá mojado por el agua de una lluvia leve, porque siempre pensamos que las cosas se mojan por la lluvia y no por un charco primigenio que se estanca en la calle o la pequeña corriente que fluye al lado de las aceras o una rueda de orines a los pies del muerto,

mojado el libro, pues, y borradas muchas de las palabras del poeta,

y sentado al lado de la mesa donde está el cuerpo de Orígenes, Macedonio Bustos, en su calidad de embalsamador, con el instrumental preparado y esa hipodérmica gigante que se le clava a los muertos para matarlos, buscándole con el tacto de la mano de cangrejo las arterias del cuello o de la ingle,

eso pensaba Salomón, cuando escribía.

Así se unen los personajes del libro, pensó Salomón.

Habría que unir la memoria de los personajes,
una cirugía,
un grafiti con todos sus nombres;
El accidente de la memoria, le dijo una vez Orígenes, es el libro:
donde todo se une o se separa.
Y aquí,
en este momento del libro de Salomón,
todo empezaba a unirse y a separarse:
la trama y la urdimbre.

No quiero ser como soy, no puedo ser lo que era. «Sus fuerzas residen en nuestra fantasía, como la gravedad de una enfermedad en los pensamientos del enfermo» (Secc. II, Miembro IV, Subsecc. VII)

Uno se consume de pasión pero se alimenta de obsesiones
La obsesión es la forma alimentaria de la pasión
Jean Baudrillard

El régimen engendra a sus enemigos,
¿no es así?;
lo escribió una vez en un muro de la Universidad, en los primeros años de la década de mil novecientos setenta, una década que iba a cambiarle la cara al mundo, como la anterior, o como la anterior, o como la anterior a ésa, o como la posterior, o como ésta, en la que vive ahora y donde pesan todos los años del mundo y de la historia del País que se llevan encima del lomo como una joroba insoportable que obliga, pensó, a la mansedumbre,
¿no es así?
No le habían cambiado la cara a nada. Al final, la ciudad de Orabá seguía siendo la misma. Muchos de los que vieron aquellos años seguían siendo los mismos. El gobierno seguía siendo el mismo. El dolor seguía siendo el mismo. Apenas algunos rostros habían cambiado, pero sólo porque el tiempo desnuda a la carne.
Si no hablo del presente,
le dijo un día Juan Pablo Orígenes a Estiarte Salomón,
Si no hablo del presente, no tengo futuro,
¿entiende?

nadie se acuerda ni de los muertos ni de los desaparecidos después de un tiempo; ¿quién entonces va a acordarse de lo que nosotros hicimos, o de lo que quisimos hacer?,

¿quién se acuerda, por ejemplo, de que una vez, cuando huían de una emboscada de la policía, desde la Plaza de Rosales hasta el fin del mundo, se escucharon tiros y un par de estudiantes cayeron muertos?, ¿quién se acuerda de que la policía y la prensa hicieron la inmediata acusación: Se mataron el uno al otro?, ¿quién se acuerda, pues, de las horas y los días ocultándonos en el Cementerio Civil de la calle Leyva Solano, en las casas abandonadas del centro, en las orillas del Orabá?,

nadie se acuerda, Salomón,

hay una historia que es la nuestra, la que nosotros vimos, la que nos puso aquí, quién sabe dónde, en este País donde estamos, todo roto por todos lados, medio muerto, medio vivo, medio enfermo, y luego vienen otros, con los años, y nos cuentan cómo fue todo, y nos dicen que estábamos locos y que éramos jóvenes y estúpidos y que ahora estamos todos acomodados y blandos, muy cerquita de la muerte, porque aquello no fue más que puro berrinche y pendejada, capricho e inmadurez.

¿Quién va a decirle a usted, Salomón, cómo es su vida?, ¿quién?, y luego viene usted y me dice estas cosas, usted no sabe nada:

los que no vivieron la historia creen que tienen el derecho de ser objetivos,

y Juan Pablo Orígenes colgó el teléfono.

Estiarte Salomón se quedó esperando algo más, pero el tono del aparato le resolvió la espera.

Apenas caía la tarde del día siguiente a la noche en que supuestamente Juan Pablo Orígenes había desaparecido luego de ¿cuándo?, luego de la llamada telefónica en la que tal vez alguna cosa profunda despertó de su sueño y lo motivó a salir.

O bien: podía hacer caso de las palabras de Aurora Duarte:

Se lo llevaron, dijo, vino alguien y se lo llevó.

Pero no se lo había llevado nadie, o no le habría llamado por teléfono. Entonces, nomás colgar, Estiarte Salomón tenía que decidir entre avisar a Aurora y a Bernardo Ritz, que lo buscaban a Orígenes, o quedarse callado suponiendo que estaba a salvo, donde estuviera, y que si le había llamado era porque quería seguir hablando, porque podía seguir hablando.

Y no se lo dijo a nadie.

Se quedó toda la tarde y toda la noche sentado al lado del teléfono. Sonó tres veces: la primera y la última vez era Bernardo Ritz: le preguntó si sabía algo de Orígenes, y Salomón mintió, y le preguntó, como si todo lo demás no le importara, cómo iba la biografía del poeta. La segunda llamada la hizo Aurora Duarte, y le preguntó lo mismo, y él le mintió de la misma manera.

Seguía rondándole la mente el fantasma del hermano, o la idea triste de que aquellos a los que queremos tanto, al morir, se convierten en fantasmas y espantan y rondan los panteones y caminan por la noche transparentes y nos ponen en el hombro la mano para recordarnos que un día, quién sabe cuándo, también nosotros vamos a morirnos.

Y mientras tanto, más allá lejos, en la calle Riva Palacios, cuando Orígenes cortó la llamada tratando de averiguar cómo es que recordaba los números del teléfono de Estiarte Salomón, el poeta escuchó que desde la distancia Eliot Román le decía que no había que hablar con nadie, que tenían algo que hacer, y que lo iban a hacer ellos dos solos.

Orígenes pensaba en Salvador Rubín,
en la cara desparpajada de Salvador Rubín.
Fue lo primero que hicieron juntos Orígenes y Eliot Román, y a ratos le daba miedo pensar que todavía hubiera algo más por hacer.
La casa se oscurecía rápidamente, aunque afuera todavía la luz mojaba la tierra.
Tenemos que buscar los libros, le dijo Eliot Román;
¿Qué libros?;
Los libros de la Biblioteca Ambulante de los Enfermos;
Tus libros, le dijo Orígenes;
Eran los libros de la tía Norma, hay que recuperarlos;
y Orígenes escuchó, como ya siempre lo haría, la voz de Estiarte Salomón preguntando:
¿La tía Norma era una Enferma?,
pero no dijo nada en voz alta.
En cambio, Orígenes quería mostrarle a Eliot Román su libro, el libro de Robert Burton, donde escribió, alguna vez, las cosas que hoy ya no recuerda.
Pero no lo hizo:
Antes hay que saber qué dice el libro, pensó,
tampoco tiene que leerlo, basta con que lo vea, que sepa que quiero encontrar los libros de Norma Carrasco, que sepa que voy a ayudarle, se iba diciendo mientras se acercaba a la habitación desde donde la voz de Eliot Román se escapaba como un chiflido: lo vio sentado al borde de una cama cortándose las uñas de los pies con un cuidado especial y depositando los restos en un pequeño frasco de cristal con etiqueta:
la pared contraria a la cama estaba llena de estanterías con frascos y cajas de distintos tamaños, una suerte de biblioteca de objetos, un gabinete de coleccionista, o algo así pensó Orígenes, y Eliot Román se quedó mudo,

clavada la vista en Orígenes como si le hubieran sorprendido enterrando una maleta llena de libros de los Enfermos:

el aire empujaba un ¿Qué haces?, ¿qué es esto?, en la boca de Orígenes, pero Eliot Román se apuró, medio desnudo, a explicarle alguna cosa sin importancia, y se dio cuenta en medio del intento que no podía salirse de aquello sin contar la verdad, sin explicar con certezas y justificaciones qué era todo eso,

y la verdad era ésta:

cuando estuvo en la cárcel, en aquellos años lejanos, perdió los dientes; eso ya lo sabían todos, pero le explicó más: había una fila larga, larguísima, de presos, todos estudiantes: había Pescados, Perspectivos, sobre todo Enfermos, algunos que no pertenecían a ningún grupo, uno que otro que no era ni estudiante; la fila era para pasar a las celdas: se dio cuenta de lo que sucedía en el inicio de la línea cuando faltaban unos veinte muchachos para que llegara él: un grupo de militares o policías o lo que fueran recibía a los estudiantes con dos o tres trompadas en la cara,

Directo al hocico, le dijo;

entonces ya los hacían entrar, medio despedazados, más derrotados todavía. Cada dos o tres muchachos cambiaba el tipo que daba los golpes porque, cómo no, les dolían las manos de tanto guantazo, y cuando llegó el turno de Eliot Román no pudo ni levantar la vista para ver quién le pegaba cuando el primer golpe, en la boca del estómago, le dobló el cuerpo y le abrió la boca, la de la cara, para recibir el segundo y definitivo puñetazo que lo tiró al suelo:

apenas pudo abrir los ojos, que le dolían como si los tuviera en el hocico al momento del golpe, cuando debajo de su cabeza, llena de tierra y sangre, divisó un diente, amarillento y sucio, que brillaba o pulsaba como un órgano vivo y, como si fuera un instinto, sin pensarlo de ninguna manera, con los labios en trompa sorbió el diente al interior de la boca llevándose en el camino más sangre y más tierra como si fuera aquello una reacción no pensada, como si fuera algo suyo que no quería que le robaran, como si fuera un libro de la biblioteca de los Enfermos, o porque en el fondo, alguna vez, con ese diente bien colocado dentro de la boca le había mordido suavemente un pezón a Norma Carrasco,

la tía Norma,

y Eliot Román se llevó el diente a pesar de las arcadas y de la mezcla asquerosa:

Algo así como un pollo muerto adentro de la boca, le dijo a Orígenes;

y cuando llegó a la celda, hacinado con otros tantos muchachos, echó todo al suelo, un suelo mugroso como de tamarindos podridos, le dijo, por el hedor ácido y el tacto pegajoso, y rebuscó entre los pies de los otros el dichoso diente: cuando lo encontró y lo tuvo en la mano como una joya recuperada de entre la mierda, fue buscando con la lengua el vacío nuevo, la encía sangrona donde estuvo el diente:

se sentó, miró el marfil sin elefante, una extirpación limpia, sin tejidos, y volvió a rebuscarse en la boca, pero no encontró ningún hueco:

¿Cuántos dientes tiene uno en la boca?, preguntó en voz alta allá en la celda, como si no estuviera en la cárcel, como si no le hubieran pegado un tiro en la espalda que todavía le dolía, como si no llevara en la cadera la bala, como si Norma Carrasco no estuviera desesperada, buscándolo, sin respuesta ni vacíos en la dentadura, en la mano la pieza solitaria, Eliot Román concluyó, con alivio pero con susto, que el diente no era suyo,

y aun así lo guardó: De alguien será, pensó, alguien tiene que guardar las cosas que se pierden.

Luego, cuando lo interrogaron, entonces sí le reventaron la cara y perdió un par de dientes: tirado en el suelo, resoplando, repitió la operación: sorbió las piedras dentales y casi se las traga: un ahogo profundo, un atorarse la respiración. Después pasó aquello de la golpiza, cuando intentaron matarlo, según cuenta, y los cuatro o cinco dientes que perdió los recogió al despertar, con las manos, porque la boca la tenía ruinosa y apenas podía moverse. Eso dijo.

Le quedaron pocos dientes en pie, una fachada apenas que hacía que la cara no le cambiara demasiado, pero le nacieron nuevos gestos, nuevos sonidos bucales, un chiflido al pronunciar ciertas palabras que procuraba evitar por vergüenza, y como parecía ya un viejo, estropeado por los golpes y el hambre, a veces le bastaba sonreír para que lo dejaran en paz.

Eso dijo.

Y cuando salió de la cárcel se llevó en el bolsillo unos doce dientes, y en la boca otros tantos estaban a punto de caérsele:

Las encías, le explicó Eliot Román a Juan Pablo Orígenes, se me estaban pudriendo, o algo así, porque a las pocas semanas de estar de vuelta en casa los demás dientes se me empezaron a caer: a veces mientras comía se me soltaba alguno que luego chocaba con otro, más o menos débil, y entonces terminaba escupiendo los dos.

Con el tiempo, Eliot Román fue al dentista y le llevó todas las piezas: como joyas en un retazo de tela negra se los ofreció y no supo el médico si se trataba de un intento de pago, de una arrebatada ofrenda o de una petición enloquecida.

Era lo último:

Eliot Román le pidió que le hiciera una dentadura con sus propios dientes.

El médico, sentado con las manos sobre una barriga cetácea, se acercó al borde de la mesa, lo miró a él por encima de las gafas de ver de cerca, miró los dientes a través del cristal, y saltaba por encima de la montura para ver a Eliot Román y para ver los dientes en el centro de la mesa:

No es posible, le dijo;

pero se puso unos guantes, y mientras le hablaba y le explicaba las razones, iba armando la curvatura de los dientes en la mesa:

se dio cuenta de que le sobraba un colmillo:

el diente que Eliot Román había sorbido cuando lo recibieron en la cárcel, el diente que pensó que era suyo y que resultó ser de alguien más, quién sabe quién.

El dentista se le quedó mirando sin entender lo que pasaba, con el diente en la mano y viendo la boca abierta del paciente, y no quiso saber más.

Después de aquello Eliot Román guardó todos los dientes, la dentadura completa, en un frasco de cristal: veintinueve piezas, y entre ellas había cinco caninos.

Mientras buscaba dónde guardar el frasco entró en la habitación de Norma Carrasco:

Pasé días enteros aquí, le dijo a Orígenes, y Orígenes comprendió que estaban, en aquel momento, en la que había sido la habitación de la tía Norma;

al final, luego de esculcar los cajones de la ropa, el armario y cualquier lugar donde pudiera, quizás, encontrar una nota de la tía Norma que se le hubiera pasado por alto y en la que explicara su ausencia, Eliot Román encontró, debajo de la cama, una caja de madera labrada que nunca antes había visto:

dentro de la caja había:

un rosario de hueso, un montón de cartas con una letra indescifrable y plegadas hasta una mínima expresión geométrica, fotografías de Norma Carrasco desde la infancia hasta la edad adulta, una lista de nombres de gente que Eliot Román nunca conoció, monedas viejas y pesadas, algunas joyas de oro y piedras, y en una bolsa de plástico negra y pequeñísima, una gasa de algodón añeja y doblada como las cartas, y dentro de la gasa un pedazo de carne o cartílago o caucho animal esponjoso y negro, una especie de nudo de tripas, un hueso reblandecido,

¿Qué era?, le preguntó Orígenes;

Un ombligo, respondió Eliot Román, mi ombligo, que ella guardaba entre sus cosas, no sé por qué; pero entonces entendí la necesidad que tenía yo de guardar los dientes: me venía de ella.

Entonces le mostró los frascos llenos de recortes de uñas, fechados y ordenados, o de motas blancas y quebradizas de caspa, y cajas de zapatos llenas de pelo: en unas el cabello era más largo, ondulado, evidentemente provenía de la cabeza; en otras era un pelo grueso y corto, recto, como púas de un animal violento, y evidentemente era pelo de la barba; había un frasco donde flotaba, entre un agua ambarina, una piedra del tamaño de una nuez, De la vesícula, le explicó; había también un trozo de carne, una especie de serpiente sin ojos, o un pedazo de serpiente donde no había ni ojos ni boca, El apéndice, le dijo, y se señaló la cicatriz; y al lado de ése había dos frascos más: uno con dos balas en el fondo de un pozo lleno de un agua rojiza y brillante, y otro, seco, con un algodón sobre el cual descansaba el ombligo de Eliot Román.

Pensó Orígenes que lo siguiente por ver sería asqueroso, que quería irse de ahí, que Eliot Román estaba enfermo de alguna otra cosa que no era la Enfermedad,

pero no había más que ver,

no había otra cosa más

que puros restos.

Supo Eliot Román que había que explicar las razones de aquella colección: quizá vio en el rostro de Orígenes la máscara de una falsa comprensión, de una voluntad de abandono tras una falsa voluntad de complicidad, y trató de componer el asunto:

Es por el ombligo, le dijo, me di cuenta de que las cosas que vamos perdiendo las perdemos completamente. Hablo de las cosas que perdemos en el roce con la vida. También fue por los dientes: por alguna razón no los quise perder, eran míos, como era mío el ombligo, como era mía la tía Norma, o el recuerdo de ella, o algo así, ¿entiendes?, no quería dejar todo eso tirado por ahí: son las cosas que uno va perdiendo conforme se adapta al mundo: hay que cortarse el pelo, afeitarse, cortarse las uñas, sacarse el apéndice para ser una persona normal y salir de la casa todos los días por la mañana y saludar a los vecinos, pero yo no puedo desprenderme de eso, Juan Pablo, yo estoy ahí, en esa basura que nadie quiere.

Algo parecido a la vergüenza le punzó la garganta a Eliot Román, y Orígenes se dio cuenta de que él sentía, a la vez, pena ajena y propia, complicidad encumbrada en la necia voluntad de reunir los pedazos de uno mismo como si los guardara de alguno que quisiera robárselos,

o como si fuera necesaria una especie de arqueología para no olvidar, finalmente, quiénes hemos sido.
Estaban de pie, los dos:
uno al lado de la cama, casi desnudo,
y el otro en el umbral, silencioso,
y ya se habían decidido a buscar los libros
de la Biblioteca Ambulante de los Enfermos.

Yo lucho por una memoria sin nostalgia; algunos llaman a eso olvido,
le dijo una vez Orígenes a Estiarte Salomón.
Y Salomón, que había estado buscando al poeta por las calles de Orabá, en el Sin Rumbo, por ejemplo, y en los linderos de la casa donde vivía con Aurora Duarte, volvió a su casa al final y llamó a Bernardo Ritz para preguntar si había noticias, si Orígenes había aparecido.
Pero no hubo respuesta.
Llamó a Aurora,
y Aurora le dijo:
Es culpa suya;
eso dijo:
Es su culpa que Pablo volviera a pensar en la juventud cuando los años se lo están comiendo vivo,
es su culpa que aquellas ideas volvieran a rondarle la mente, eso le rompe el corazón a cualquiera,
es su culpa, sin duda, que Pablo volviera a creer en la Enfermedad y en los Enfermos,
es su culpa que el otro día, por la mañana, me dijera que quería ver a Isidro Levi o a Eliot Román,
es su culpa que por las noches hable y tenga pesadillas,
es su culpa, Salomón, que Pablo no quiera comer, que no quiera ducharse, que se comporte a veces como un

adolescente, que no se afeite o no se lave los dientes, que quiera llevar el pelo largo, que me cuente cosas que no hizo o cosas que sí hizo o que se pase el día respondiendo preguntas que nadie le hace,

es su culpa que haya desaparecido,

y colgó el teléfono.

Salomón no le dijo que unas horas antes había hablado con Juan Pablo Orígenes. Tampoco pensaba decírselo a Bernardo Ritz.

Y no sabía por qué.

Luego, ya bien entrada la noche, volvió a sonar el teléfono y Salomón pensó otra vez en su hermano al otro lado del cable que conecta la imposibilidad de la comunicación con los ausentes:

En el desconocimiento, cuando sobreviene la sorpresa, pensamos que el mundo nos mira, le dijo una vez Orígenes;

pero no era así,

El peso del mundo es mayor que la mirada, le dijo Isidro Levi;

y antes de escuchar la voz de Álvaro, Estiarte Salomón escuchó la voz de Orígenes, susurrando, y se lo imaginó oculto bajo una mesa, hecho una bola, en una habitación oscura:

le dijo:

Había una alcantarilla en el centro del patio interior del edificio de la Universidad, en la Plaza de Rosales; usted no lo sabe, Salomón, una vez nos quedamos Isidro Levi y yo encerrados en aquel pozo a oscuras durante dos días y dos noches, o algo así, porque alguien nos echó el grito y nos abrió la alcantarilla y nos metió y nos dijo:

No salgan de aquí hasta que yo vuelva,

y era un conserje de la Universidad y aquel día habían matado a un par de estudiantes, o a cien, usted no lo sabe, y nos quedamos atrapados ahí, y si alguien nos encontraba se iba a acabar el mundo, Salomón, ¿usted sabe lo que es que se vaya a acabar el mundo?; no, no lo sabe usted que aquel hombre cerró la alcantarilla y nos dejó ahí y escuchamos todo el barullo de la tarde: los gritos que iban y venían por los salones y las oficinas y los corredores,

usted no lo sabe, Salomón, lo que se prolonga se desgasta;

y escuchaba el biógrafo como si la voz de Juan Pablo Orígenes cumpliera un destino de distancia, un acercamiento ya imposible pero necesario: una confesión o un testimonio,

y por alguna razón lo imaginó leyéndole las notas garabateadas en los márgenes del libro de Robert Burton,

pero Orígenes decía:

Y hubo disparos, y más gritos, y nunca hubo silencio: es mentira, Salomón, que luego de la muerte viene el silencio, o que luego de la violencia viene el silencio: lo que vino fue un agua fría y sucia, enrojecida apenas, que empezó a correr por los huecos de la alcantarilla donde estábamos Isidro Levi y yo, esperando que nadie nos matara, que nadie quisiera matarnos, que ya nadie tuviera ganas de matar a nadie al menos esa noche en que el agua caía enrojecida y salada por la sangre y el sudor y las lágrimas y nosotros, Salomón, quedamos empapados en aquel riachuelo que se escurría cuando empezaron a lavar la sangre de los muchachos muertos,

y nos imaginábamos una pira, un monte hecho de cuerpos,

y hacía frío, pero era verano, porque aquí siempre es verano, pero la muerte siempre es fría o siempre conduce al frío, o eso es lo que uno cree, y el agua caía encima de nosotros y tuvimos que esperar a que volvieran a abrir la Universidad un par de días después para que aquel hombre volviera y nos dejara salir, muy temprano en la

mañana, con las piernas y los brazos agarrotados, hambrientos, llenos de miedo, Salomón, porque cuando se abrió la alcantarilla creímos que nos habían encontrado Ellos, hasta que oímos su voz que decía:
Muchachos, soy yo;
y era él, y nos dio agua, y nos sacó de ahí, y nos dijo que nos fuéramos, que dejáramos la ciudad, que no nos metiéramos en estas cosas, que nos iban a matar;
¿Dónde estás, Juan Pablo?, le preguntó Salomón;
Estoy con Isidro Levi en aquella alcantarilla, nunca salí de ahí, o salimos demasiado tarde: Isidro salió ya ciego, y yo me quedé ahí, o algo así;
y en lugar de insistir en que le dijera dónde estaba, en hacerle saber que Aurora estaba preocupada, que Bernardo Ritz lo estaba buscando, que creían que estaba perdido, Salomón, movido por un instinto quizás egoísta, quizás encaramado en la dinámica enloquecida de los actos de Juan Pablo Orígenes, le dijo:
¿Qué pasó con Pablo Lezama, Juan Pablo?;
y la comunicación se cortó.

ELIOT ROMÁN HABÍA QUITADO todas las cosas de la mesa de la cocina y extendió, porque no encontró nada más, hojas de un periódico viejo que fue uniendo con cinta adhesiva hasta conseguir un enorme pliego:
Aquí está Orabá, dijo en voz alta, como si Orígenes, que estaba más allá, lejos de la mesa, en la habitación donde Eliot Román guardaba todo lo que una vez perdió, pudiera escucharlo;
La Ciudad de Orabá,
con su río, que también se llama Orabá, con sus calles chuecas y sangradas;

y encontraba Eliot Román la palabra sangre en alguna nota del periódico, y la palabra Orabá en otro lado, y una foto de un puente por donde pasa el tren que lleva en el lomo a los que vienen de lejos y van más lejos todavía porque quieren cruzar la frontera, allá en el extremo del País; y fue rotulando entre la maraña de noticias viejas y actuales el mapa de la ciudad donde buscarían, a partir de esa misma noche, porque había prisa, muchísima prisa, la Biblioteca Ambulante de Libros Izquierdistas de los Enfermos.

Cuando se acercó Orígenes, poco después, dijo:

La isla sin orillas;

y Eliot Román aceptó el nombre y buscó, entre las palabras impresas, las que conformaran el nombre del mapa:

en una nota sobre un accidente automovilístico en el que habían muerto dos personas encontró la frase «sin vida» y encerró la palabra «sin»,

en una nota sobre un cadáver encontrado en un canal de riego, envuelto en una manta colorida, decapitado y con «signos evidentes de tortura» seleccionó la palabra «orilla» y agregó una «s»,

sin mayores problemas y sin prestar atención a la nota encerró en otro círculo el artículo «la», y remarcó la primera letra para convertirla en mayúscula,

la palabra «isla» costó más: no aparecía por ningún sitio: ni en los anuncios clasificados, ni en la sección deportiva, ni en la nota policiaca donde había cuerpos que rezumaban sangre y quemaduras de balas, ni en los horóscopos, que Norma Carrasco leía en voz alta todos los días tomando el café por las mañanas, y tomando el café por las noches, para comparar si habían tenido razón las predicciones, anotando en un cuaderno los fallos y aciertos para algún día hacerlos llegar en una carta a la redacción del diario quién sabe con qué intenciones, y Orígenes, que tenía poca paciencia y quería empezar ya, le quitó el rotulador a Eliot Román y escribió en uno de los márgenes la palabra «isla», en mayúsculas, y la frase estaba completa.

Empezaban ya el mapa de la búsqueda de los libros de la Biblioteca Ambulante.

Eliot Román señaló el primer punto del mapa:

El edificio de la Universidad en la Plaza de Rosales, dijo;

Orígenes se quedó callado, pensando que Eliot lo había escuchado hablar con Salomón;

Ahí, le dijo Eliot Román, señalando un punto arbitrario del plano, hay una alcantarilla en el centro del patio interior, ahí puse una vez media docena de libros en una bolsa del mercado, venía de una clase o algo así y de pronto aparecieron unos tipos haciendo preguntas a los estudiantes en la plaza, iban sin uniforme, y luego empezaron a esculcar a los que pasaban, yo llevaba los libros en la mochila y, antes de salir, los metí en la alcantarilla;

a Orígenes le temblaban las rodillas, estaba seguro de que Eliot Román lo había escuchado, que le haría una reprimenda por hablar con Salomón, que lo echaría de la casa, y lo único que se le ocurrió decir fue que no tenía cigarrillos:

Eliot Román le dio uno,

Orígenes pensó en la posibilidad de que los libros estuvieran en la alcantarilla cuando Isidro Levi y él pasaron días escondidos ahí:

Todo estaba muy oscuro,

y lo dijo en voz alta, y se asustó cuando Eliot Román le dijo:

No, lo mío fue después de lo de ustedes;

a Orígenes le temblaba el cigarrillo en la mano, el humo era una taquicardia delatora;

Me lo contó Isidro Levi, le dijo, lo del encierro en la alcantarilla; y hubo calma:

Los Enfermos lo saben todo sobre la Enfermedad, pensó Orígenes.

La segunda marca en el mapa estaba muy cerca de la primera:

La Plaza de Rosales, dijo,

debajo de una de las baldosas detrás del quiosco: una noche la levanté, cavé un poco para hacer sitio, y puse ahí unos cuantos ejemplares, se convirtió en un escondite habitual: metía y sacaba libros y algunos compañeros conocían el lugar exacto, dijo,

y unió los dos puntos con una línea.

De ahí saltaba hasta la Escuela Central Preparatoria, donde había dos o tres lugares en los que había escondido libros: en el jardín principal, una madrugada huyendo de la policía; en un cajón de un escritorio de algún aula, pero ese lo dio por perdido; en una maceta con un rosal seco, en uno de los extremos del patio.

Recordaron, casi al mismo tiempo, al policía que algunos habían descubierto infiltrado entre los estudiantes:

lo recordó Eliot Román, que lo supo de cerca,

Orígenes apenas si recordaba las palabras de Salvador Rubín y las historias de complicidad con César Alvarado, el Indio; poco más sabía él;

Eliot Román dijo:

Era mentira lo de Rubín, al policía lo descubrió un Enfermo que se llamaba Mariano Escápite, y según lo que yo escuché, fue él quien propuso la tortura, y algunos decían que fue él mismo el que lo mató;

Mariano Escápite, dijo Orígenes;

Estudiaba en la Escuela de Economía, conoció a Salvador Rubín, se odiaban por alguna cosa que no sé, y Escápite estuvo fuerte con nosotros, luego desapareció,

yo creo que lo mataron, o eso creímos todos, como cuando te fuiste tú;
y Orígenes lo miró a los ojos, y en los ojos había una súplica, una petición tristona y de pronto amigable, pausada, un:
Por favor, cuéntame más;
Cuando te fuiste, le dijo Eliot Román, todos creímos que te habían matado; los que se metieron en el secuestro aquél cayeron todos, nunca supimos qué pasó, todo empezó a salir mal después de aquello;
el rostro de Pablo Lezama se le apareció a Orígenes dibujado sobre su propio rostro, mezclados los dos como si fueran uno solo porque acaso, en verdad, Pablo Lezama y Juan Pablo Orígenes eran un mismo individuo;
de la Escuela Central Preparatoria, Eliot Román saltó, quizá por asociación, al Número 23, el bar donde los Enfermos y otros estudiantes se reunían como si nada estuviera pasando en el mundo:
En el baño, dentro de la cisterna de un retrete, dos libros envueltos en plástico, dijo, pero el Número 23 ya no existe,
y lo cruzó con una equis;
Orígenes, que seguía pensando en las cosas que despertaron con las entrevistas de Estiarte Salomón, dijo en voz alta:
Nada existe, ahí fue donde conocimos a Pablo Lezama;
quizá de alguna manera tenía la esperanza de que Eliot Román conociera la historia y le ayudara a ordenar los hechos, pero solamente escuchó la voz de Eliot mezclada con la de Salomón:
¿Quién es Pablo Lezama?;
Un traidor, dijo Orígenes, y los dos se quedaron en silencio;
Traicionó a los Enfermos, fue él quien nos metió en lo del secuestro;
y a Eliot Román se le abrieron los ojos de búho: no conocía la historia,

Y ¿qué pasó con Lezama?;

Yo lo maté, dijo Orígenes, y se sintió más Enfermo que nunca, más Juan Pablo Orígenes, menos Pablo Lezama, y le contó todo a Eliot Román:

o todo lo que él recordaba,

o todo lo que él creía que recordaba:

Lo maté en la frontera, porque me fue siguiendo, era un infiltrado, luego me escondí, crucé la aduana en la cajuela de un coche, volví y pensé que se había acabado todo, pero la policía vino y me encontró y yo les dije que era Pablo Lezama;

Eliot Román se sentó,

Y como yo era Pablo Lezama, dijo Orígenes, me dijeron que tenía que seguir de infiltrado: me creyeron la mentira y me mandaron a vigilar a los Enfermos que quedaban, o a los de la Liga Comunista o a quién sabe quién; me dieron en un papel el nombre de Isidro Levi y dijeron que tenía que entregarlo al ciego; conocí a Aurora y nos casamos, luego me hice pendejo durante años, me hice viejo, escribí mucho, ya nadie se acuerda ni de mí ni de Pablo Lezama, pero yo lo maté, y cuando lo maté era de noche;

Eliot Román se levantó, sirvió dos vasos de agua, le dio uno a Orígenes, los dos se sentaron y, después de un rato, le dijo:

Juan Pablo, cuando te fuiste ya te habías casado con Aurora.

Alguna razón profunda y poderosa había en todo aquello para que Eliot Román considerara que lo más peligroso de las palabras de Juan Pablo Orígenes no fuera la confesión de un asesinato, sino la confusión del tiempo:

si aquello no estaba bien anclado, lo de Aurora, entonces nada más en esa historia era fiable;

El porvenir es un retroceder veloz hacia la muerte, escribió una vez Isidro Levi;

y Orígenes vio el mapa sobre la mesa: las letras desparramadas sobre el papel, los libros de los Enfermos desparramados por la ciudad, su memoria desparramada por el olvido, o al revés, y leyó una y otra vez varias palabras sueltas tratando de encontrar una explicación, una respuesta, un nombre o la fecha de su primer encuentro con Aurora Duarte, alguna cosa que, por favor, le devolviera el orden cronológico de los recuerdos,
pero no supo qué decirle a Eliot Román.

Sospecho que mi vida
es lo que no recuerdo
Jordi Virallonga

HURGAR EN LA MEMORIA es tantear la ceguera de los otros, escribió Isidro Levi.
El pasado es una casa oscura donde entramos a ciegas y solos porque nadie nos puede ayudar a recordar lo que nosotros mismos, una vez, borramos y dejamos en silencio:
Orígenes se había ido a la habitación tratando de recordar a Aurora Duarte: últimamente les creía más a los otros que a su propia memoria: a Estiarte Salomón, que le fue revelando los nombres de los que no estaban muertos de verdad; a Eliot Román, que le habló de la Botica Nacional y de Norma Carrasco; y se dio cuenta de que antes de que apareciera Salomón con sus preguntas y su biografía y sus aparatos de grabación, el bordón de su memoria no era otro que la misma Aurora:
todo lo que recordaba de sí mismo le venía del eterno monólogo de Aurora, un hablar sin término, un decir siempre, un siempre rehacer las cosas de la memoria:

Tengo que recordarte las cosas, Pablo, porque si no, todo se te olvida, le decía;

y él le daba las gracias, le preguntaba cosas con la vergüenza de un niño que hablándole a la maestra le dice Mamá,

fue entonces que en la memoria, no supo si porque empezaba a recordar él mismo o si se estaba otra vez inventando los recuerdos, vio de reojo a Aurora tomar el libro de Robert Burton que él había llevado en el viaje a la frontera, donde había escrito esa larguísima carta imposible, y guardarlo en el fondo del librero, detrás de un montón de libros que ya no tiene presentes, escondiéndole el único relato fiable de su vida,

y comenzó a construir una historia posible, imposible, probable, en la que el traidor no era Pablo Lezama y él no lo había matado y la delación de aquel asunto del secuestro de Hernández Cabello era cosa que correspondía a Aurora Duarte, como si ella fuera la infiltrada, como si ella se hubiera metido en su casa y en su vida para conducirlo definitivamente a la ruina y al olvido,

hizo un esfuerzo grande y no logró recordar cómo fue que conoció a Aurora al volver de la frontera: supo, de golpe, que la respuesta estaba en las notas escritas en el libro de Burton: empezó a revisar las páginas al azar, lleno de espanto y desesperación, y luego comenzó por el principio y encontró, anotado al margen del prólogo que Demócrito Junior firmaba y dirigía al lector, el nombre de Aurora, junto a unas palabras que, con seguridad, estaban destinadas a ella:

Decir tu nombre, para que nunca estés sola;

no había fecha ni gesto que lo ayudara a establecer una referencia temporal, pero estaba seguro de que podía considerar que las primeras páginas del libro marcaban el comienzo del viaje a la frontera: entonces Aurora estaba antes de todo, entonces ella sabía que él se había ido, ¿lo buscó?, ¿la buscó él mientras estaba lejos?, ¿qué hizo ella todos esos años de ausencia?,

se acercó al teléfono y volvió a marcar los números de Salomón, que pulsaba como si le fueran saliendo de los huesos de la mano, por sí solos, y cuando el biógrafo levantó el auricular, de golpe, Orígenes le dijo:

¿Cuándo me fui, Salomón?;

y no escuchó cuando al otro lado del cordel Estiarte Salomón encendía la grabadora, pero sí escuchó cuando le preguntó:

¿La fecha, Juan Pablo?, debió de ser a principios del año setentaycuatro, poco después del Ensayo de Insurrección, usted lo sabe, le respondió;

No, Salomón, dígame qué estaba pasando en esos días, quién era yo, si estaba con Aurora, si de verdad me fui;

pensó Salomón que aquello era ya el colmo del malestar de Orígenes, que estaría perdido quién sabe dónde y que era un milagro que todavía lo recordara a él y su número de teléfono;

Usted conoce el libro, Salomón, el libro de mi vida, usted lo está escribiendo, revise y dígame, en qué año maté a Pablo Lezama, en qué año me mató él a mí, cuándo me fui a la frontera, cuándo conocí a Aurora. Porque si es cierto lo que dice Eliot Román, que yo ya estaba casado antes de irme, entonces yo no soy el que creía, ni maté a quien yo creía;

se dio cuenta Salomón de que en las palabras de Orígenes residía la revelación de su escapada: o bien había hablado con Eliot Román, o bien estaba completamente loco y perdido, hablando con los muertos:

¿Cuándo hablaste con Eliot Román, Juan Pablo?;

Hoy, o ayer, le dijo;

¿Entonces Eliot Román no está muerto?, le preguntó Salomón, con la intentona de que la respuesta le ofreciera alguna certeza sobre el paradero del poeta;

No, Salomón, Eliot no está muerto, quizá no se murió nadie, quizá ni siquiera Pablo Lezama está muerto;

y la tarántula del miedo se le echó en la cara a Orígenes al reconocer que si la memoria lo engañaba, también la vida lo pudo engañar, y colgó el teléfono antes de que Salomón pudiera decirle nada más.

El biógrafo, cuando se dio cuenta de la interrupción en la llamada, salió de su casa y se dirigió a La Ceiba para encontrar a Isidro Levi o a Javier Zambrano o a Eliot Román y quizá, si había suerte, al mismo Juan Pablo Orígenes; pero luego de atravesar el centro de Orabá y partir a machetazos el calorón de la tarde, encontró que no había llegado nadie todavía.

Ahora todos están vivos, Salomón, y quizá soy yo el que está muerto, le había dicho Orígenes.

Cómo es posible, pensaba el biógrafo, que la memoria se tuerza tanto, que lo vivido cueste tanto de diferenciarse de lo soñado, o de lo imaginado, o de lo perdido; cómo es posible que tan velozmente se pierdan las cosas que nos han hecho la vida, que nos dicen nuestra propia vida; cómo es posible no reconocer lo que a los otros les resulta obvio, lo que nos parece innegable, lo que está ahí afuera sin lugar a dudas.

La memoria, escribió una vez Orígenes, se construye con el olvido y la imaginación, lo demás es pura mentira, lo demás es lo que nos traiciona;

nunca supo Salomón

cómo interpretar esas palabras.

El primero en aparecer fue Javier Zambrano, que agachaba la cabeza siempre bajo las lámparas altas y los ventiladores de techo, bajo los marcos de las puertas y las farolas de la calle, y que se sentó en una mesa apartada, solo y tratando de no mirar directamente a Estiarte Salomón porque lo recordaba de las preguntas incómodas sobre los Enfermos y porque pensaba que querría saber sobre lo de Salvador Rubín,

pero Salomón, que no lograba salir de la memoria de Orígenes, que seguía metido en el tejido cerrado y prieto de los recuerdos del escritor, se sorprendió cuando el Flaco Zambrano le dijo que un par de noches antes, al salir del Sin Rumbo, a Salvador Rubín le habían dado una paliza:

Al principio, le dijo, pensamos que había sido un robo, o que se peleó con algún borracho, aunque Rubín no estaba para pleitos; y luego fui a verlo al hospital y lo encontré hecho pedazos: le habían pateado la cabeza, le rompieron como veinte costillas, le tiraron todos los dientes y tenía la cara y los brazos tupidos de marcas de mordidas, como si lo hubiera atacado un perro, o un montón de perros;

y los dos pensaron en el Arroyo de los Perros, o en la leyenda del Arroyo que bajaba del monte lleno de perros rabiosos que se comían a la gente, y pensaron que quizá ya venía la época de lluvias y todo eso;

Pero no fue un animal, le dijo Zambrano, el médico decía que eran mordidas humanas, por el arco de la dentadura; lo patearon y lo mordieron y nadie entiende cómo es que se le puede hacer eso a alguien; Rubín está inconsciente, y no sabemos todavía qué fue lo que pasó.

Salomón le preguntó por Eliot Román, y el Flaco le dijo que estaba muy preocupado, que cuando supo lo que pasó le llamó para ver si estaba bien: el mesero de La Ceiba le había dicho que se fueron de acá juntos él y Rubín, y pensó que quizá también a él le habían dado una paliza, pero Eliot Román no respondía al teléfono y no aparecía por ningún lado:

Yo creo, dijo Zambrano, que es un secuestro, usted sabe cómo está la cosa en la ciudad, pero no tenemos más noticias del asunto;

¿Y Salvador Rubín, cómo está?, le preguntó Salomón;

Los médicos dicen que hay que esperar, pero parece que se va a morir,

quizá no hoy,

pero dicen que se va a morir.

Eliot Román, sorprendido por el rumbo de la memoria del escritor, se quedó en la cocina terminando el mapa de la búsqueda de la Biblioteca Ambulante:

trazó la telaraña sobre el papel tratando de lograr una prisa que les permitiera pasar por encima del río del olvido y sus maneras y salir esa misma noche a empezar la búsqueda:

fue descartando muchos de los lugares porque sabía ya que no existían, que en cuarenta años el cuerpo de la ciudad había cambiado, que el tiempo le transforma la cara a todos, y pensó en su cara sin dientes, en la cara mordisqueada de Salvador Rubín, en la cara de viejo perdido de Orígenes, en la cara dulce y sin miedo de la tía Norma, y se limitó a aquellos lugares a los que ellos dos solos podrían tener acceso sin complicarse la vida más:

dos casas en el centro de la ciudad: una en la esquina de las calles Martínez y Francisco Robles, donde los Enfermos guardaban armas, panfletos y planes de insurrección, y donde conoció, entre otros, a Teófilo Cabezas, a Javier Zambrano y al mismo Juan Pablo Orígenes;

otra en el barrio de Almada, por donde pasaba, siglos antes, el Arroyo de los Perros, y donde conocieron a algunas muchachas, Enfermas como ellos, las primeras en acercarse al movimiento: Martina Terrazas, Carmen Sanabria, Lidia Castro,

la Plaza de Rosales, donde ya dijo que se emplazaba la policía siempre que los estudiantes tomaban el edificio de la Universidad; la Plaza de la Revolución, con sus fuentes y su estatua que se asoma entre el agua; la Plaza de Santa Margarita, el estacionamiento del Hotel San Lucas, la esquina de General Andrade y Francisco Corona, donde había un terreno baldío en aquellos años y ahora, quién sabe desde cuándo, había una casa de paredes blancas y un consultorio de dentista; la Botica Nacional, en la calle Colón o Escobedo,

la antigua terminal de autobuses del centro de la ciudad, abandonada ya, un esqueleto concreto y desvalijado, sin carne y sin luces,

luego trazó una línea sinuosa que atravesaba la ciudad de Orabá tal y como el río Orabá la atraviesa, y esa línea la cruzó, a su vez, con los veintidós puentes que salvan el río de un lado al otro y, abusando de la mala memoria, de la noción de saber más o menos dónde sí y dónde no podía él haber estado escondido o corriendo, solo o acompañado, durante la noche principalmente, en las orillas del río hace unos cuarenta años, señaló varios lugares donde habría enterrado más y más libros.

Ahí se acababa la ruta.

Pensó Eliot Román en hacer una lista del acervo de la Biblioteca Ambulante de los Enfermos, pero se había cansado de no salir a la calle y quería esa misma noche empezar la búsqueda.

La búsqueda no está en el mapa, escribió una vez Isidro Levi.
Y entonces, los dos salieron a la calle cuando se oscureció el mundo en Orabá.

Aquellos que se obsesionan con un misterio
no son los más adecuados para resolverlo
Cyril Connolly

Y sin embargo puede
soportar el peso inexorable
de lo que no existe
Roberto Juarroz

Nadie se fija en dos viejos que llevan una pala, le dijo Eliot Román;
Nadie, repitió Orígenes.
Lo repitió durante aquella madrugada en que salieron los dos a perseguir los libros enterrados de la Biblioteca Ambulante de los Enfermos, y lo dijo después, es decir: ahora, en el recuerdo, volviendo a hacer que el presente se suceda, como si el pasado fuera siempre hoy:
El libro es lo que ocurre en el pasado, escribió;
y luego:
Nuestro pasado es mi presente;
y lo escribió en una hoja de papel que terminaría por agregar al ejemplar del libro de Burton:
ya no había más espacio en los márgenes, pero el libro seguía creciendo: después de aquella noche cuando pasó lo de Salvador Rubín, Orígenes volvió a escribir de la misma manera en que lo hizo, por primera vez, durante el viaje a la frontera,

y lo primero fue copiar todos los grafitis que hicieron en las paredes de la casa de Eliot Román aquella noche de violencia y borrachera,
la mano le temblaba, y la caligrafía, a veces, le parecía la de otro.
Nadie, volvió a decir en voz alta;
como si la fórmula hiciera la realidad,
como los magos que de tanto decir una palabra la borran de la cara del mundo o de la memoria de la gente o de algún libro:
eso lo había aprendido de su madre,
¿o de Aurora?,
tenía el recuerdo de una mujer que leyendo un libro tachonaba el nombre de algún personaje una y otra vez según iba apareciendo,
¿por qué?,
porque los odiaba, o no quería verlos,
quizá recuerda a su madre diciendo:
Es que no quiero ni verlos;
y luego el gesto de rayar la página,
y libros y libros con algún nombre, un puñado de nombres, imposibles de leer,
¿o era Aurora quien lo hacía?,
y se la imaginaba borrando el nombre de Pablo Lezama, o su propio nombre, de los libros de la casa,
¿Qué palabras quieres borrar de tus libros, Juan Pablo?;
Todas las palabras que dicen mi nombre, o todas las palabras que son nombres o todas las cosas que pueden nombrarse.
Nadie se fija en dos viejos;
iban él y Eliot Román,
pero al evocar el recuerdo Orígenes los pensaba jóvenes, como si el tiempo se echara atrás y los personajes de la

memoria siempre tuvieran el cuerpo de una juventud que ya no iba a regresar,

recurría al pasado porque el presente era una especie de nube, un marasmo, un dejarse llevar:

Todo tiene que ser pasado para poder enunciarlo, para poder pensarlo, para poder aprehenderlo; el presente es la arena, el pasado es el río, escribió Orígenes, que trataba de recordar en silencio, sin hacer mucho ruido porque ellos dos, en su búsqueda, iban por la madrugada,

en silencio para que la ciudad de Orabá, tendida en el sofoco de la noche, no se despertara y los viera caminando por las calles del centro, cerca ya del Mercado, cada uno con una pala y Eliot Román con un mapa y él, Orígenes, como si fuera un nuevo Eliot Román de aquellos años, con el ejemplar del libro de Robert Burton metido entre los pantalones.

¿A dónde iban?

El destino final de la noche era la Plaza de Rosales, en el barrio de San José,

donde años antes corrían despavoridos los Enfermos; donde hubo una vez, siglos antes, aquel palo altísimo que llamaban La cruz del perdón, donde se abrazaban los que iban a ser fusilados, donde los Enfermos, ninguno, pudo encontrar indulto, donde bajaba hasta el río Orabá, desde lejos, el Arroyo de los perros; donde no quedan ni los árboles originales ni el kiosco original, que se llevaron lejos a quién sabe dónde, donde no queda nada de los estudiantes, aquellos otros y más lejanos, que buscaban también alguna cosa que nunca tuvieron y que tal vez, en medio de la guerra de la Revolución, o poco tiempo después, se parecían tanto a estos otros estudiantes Enfermos, que tampoco nunca encontraron lo que habían perdido.

A la Plaza de Rosales, le había dicho Eliot Román, y lo decía como si aquello fuera el corazón de la Enfermedad;
así lo dijo:
Vamos a ir al corazón de la Enfermedad;
pero Orígenes pensó en un tumor:
El corazón de la Enfermedad es un tumor,
que palpita lento y gordo y lleno de sapos;
y el recorrido empezó mal cuando llegaron a una de las casas donde los Enfermos se escondían y encontraron que aquello lo habían convertido en un banco:
Era aquí, dijo Eliot Román;
la fachada les echaba encima una luz de colores,
Creerán que venimos a robar, le dijo Orígenes;
Aquí ya no hay nada,
y lo dijo Eliot Román como si ese *aquí* fuera un lugar oscuro adentro de su cuerpo;
se dieron media vuelta, tristes, pero todavía con esperanza.
Después, el recuerdo de esa larga caminata lo tendría metido en el cuerpo, como pasó también con la pelea con Salvador Rubín, y cada dolor y cada achaque le traería al presente lo que había pasado,
o todo lo que iba pasando, esa mezcolanza de tiempos:
recordaba, por ejemplo, cuando le dolían los pies, que después de aquella casa convertida en una sucursal bancaria caminaron por el centro de la ciudad dando vueltas y vueltas porque aunque Eliot Román sabía con exactitud la dirección del siguiente escondite, ningún edificio coincidía con la memoria:
Era una casa blanca, le decía, y tenía ventanas que daban a la calle, y las ventanas las teníamos siempre cerradas y tapiadas con maderas y cartones para que nadie nos viera adentro, y hacía un calorón del diablo, y ni un chiflido de viento nos refrescaba el pescuezo;

y Eliot Román le contó que en aquella casa habían planeado el asalto de una oficina de correos donde robaron cajas llenas de timbres postales, un poco de dinero, la única arma que compartían dos guardias de seguridad y un costal de cartas que nunca llegaron a su destino:

Entonces tú todavía no estabas Enfermo, Juan Pablo, le dijo, pero después nos escondimos en esa casa durante unas semanas cuando recién entraron a la ciudad los Guardias Blancos.

Iban despacio,

como el calor que hunde a la ciudad de Orabá en el soponcio del verano,

como la memoria de Orígenes,

como el recuerdo de la tía Norma,

o como la tía Norma en el recuerdo, porque en los recuerdos todo se mueve con la lentitud de los sueños, como si nada fuera a tocarnos, como si nada pudiera alcanzarnos nunca;

y no dijo nada más Eliot Román,

pero echó a andar la rueda de la memoria y, aunque no se lo dijo a Orígenes, se acordó de que un día vino la tía Norma, cuando entonces todavía él la llamaba tía Norma, y les llevó comida a él y a los muchachos, pero se hizo de noche y se quedó a dormir porque era peligroso salir a la calle a esas horas,

y se fue a dormir con él en un cuarto donde dormían unos cinco o seis Enfermos, y aunque hacía un calorón la tía Norma echó encima de los dos una sábana grande que apestaba a cigarrillos y sudor, y por alguna razón Eliot Román no podía dormir, pero se hizo el dormido, acostado bocarriba al lado de la tía Norma que luego de un rato se acostó de lado y le puso un brazo encima del pecho, y se movió toda la noche como una culebra, como si estuviera sola en la cama, como si el fantasma de aquella sábana sucia y rota se hubiera tropezado y no pudiera levantarse del suelo y en un momento, cuando ya Eliot Román era parte de aquel movimiento, cuando trataba de evitar las patadas y los codazos, los manotazos en la nariz y los empujones con la cadera, acabó él sobre el lado del corazón y ella, bocarriba, con la derecha de él por dentro de la camisa y sobre un pecho desnudo: el centro de la palma aplastaba apenas el pezón, y nunca supo Eliot Román si él mismo había metido la mano en la camisa de la tía Norma o si fue ella quien se la puso ahí para el resto de la noche,

ninguno volvió a moverse,

a la mañana siguiente ella dejó de decirle hijo,

porque le decía hijo aunque fuera su sobrino,

y comenzó a llamarlo Eliot,

y él, desde entonces, comenzó a decirle Norma.

Eliot Román lo recordaba esto sentado al otro lado de la mesa de la cocina, frente a Orígenes, revisando papeles y pensando en Norma Carrasco,

en el cuerpo de Norma Carrasco,

y se miraba la palma de la mano tratando de recordar cómo se sentía la dureza de un pezón o la suavidad de un pecho.

Y Orígenes estaba todavía pensando en la posibilidad de haber conocido a Aurora Duarte en esa casa que no encontraban, donde se escondieron de los Guardias Blancos, o en la casa anterior, de la que no recordaba nada, y que ahora era un banco:

había pensado que siguiendo a Eliot Román por su ruta de la Biblioteca Ambulante terminaría por recordar esas cosas que en las conversaciones con Estiarte Salomón se le confundían:

imaginó, por ejemplo, que en una de esas casas, cavando ellos dos como si fueran jóvenes, desenterrarían el cuerpo huesudo de Pablo Lezama,
un puro resto de persona, un rompecabezas,
y entonces recordaría, porque en el fondo tenía una pálida esperanza, que él no mató a Pablo Lezama, que no mató a nadie, que volvió de la frontera sano y salvo, que nunca fue un hombre doble, que nunca fue un Enfermo,
o recordaría que en una de esas casas durmió al lado de una muchacha que se llamaba Aurora y que, por la mañana, al despertarse siglos después, nunca se había separado de ella,
y que ella no había borrado su nombre de ningún libro,
y que ahora lo estaba buscando, pegando carteles con su cara por los muros de la ciudad porque lo echaba de menos.
Pero el recuerdo, que no le permitía a Orígenes saberlo todo, sí le permitía imaginarlo todo:
¿Qué es real, Juan Pablo, qué es mentira?;
y escuchaba de lejos el eco de la voz de Estiarte Salomón:
¿Encontraron la casa?;
No.
O tal vez sí, pero es posible que Eliot Román no la reconociera, como a veces no reconocemos a alguien de quien el tiempo nos alejó una vez;
y entonces era Orígenes quien tomaba el papel de Salomón y le preguntaba a Eliot Román en la memoria:
¿Nos perdimos?;
y Eliot Román le respondía:
Quizá recordé mal la dirección;
y siguieron caminando, porque la noche la hacen los que caminan: si nadie camina, no hay noche, decía Isidro Levi.
El presente es una laguna quieta, escribió Orígenes, una quietud donde no pienso más que en lo que ya pasó.

Después de un par de horas de dar y dar vueltas por los mismos lugares llegaron a la Plaza de Rosales y se sentaron en una banca:

algo había cambiado, o pareció durante un momento que algo había cambiado en ellos:

Orígenes tenía sueño, quería largarse, quería volver con Aurora, quería no ver más a Estiarte Salomón y seguir creyendo que Eliot Román, Isidro Levi y el resto estaban muertos. Quería seguir sin recordar ni una sola letra del nombre de Pablo Lezama, sin sentir ni un solo síntoma de la Enfermedad,

el puro cansancio y nomás.

Pero Eliot Román seguía pensando, o parecía que seguía pensando.

¿En qué?

En la tía Norma, en los libros enterrados, en Salvador Rubín.

Quizás en ese momento, cuando la euforia inicial se les había debilitado un poco, pensó que habían cometido una barbaridad, que estaban locos, que de verdad tenían razón los que decían que estaban locos.

Orígenes pensó que Eliot Román iba a ponerse a llorar cuando metió la cara entre las manos.

La noche de Orabá se extendía sobre ellos como alguna vez se extendió sobre Orabá el Arroyo de los perros, desbordado cauce animal que arrasaba con todo lo que estuviera en pie, y entonces, confundido por el fracaso y la memoria, Orígenes vio la pausa como el final del viaje, como un momento de duda, como una claudicación definitiva,

pero fue en ese momento, cuando tenía la cara hundida entre las manos, pero mirando a través de la rendija de los dedos, que Eliot Román se levantó y le dijo:

Hay que cavar ahí;

le señaló un lugar a unos pasos de donde estaban:

debajo del puente, donde la plaza se acercaba en una esquina al estadio universitario de fútbol, encontraron que la porción de tierra señalada en el mapa seguía ahí, maquillada por algunos arbustos y algunas flores,

Hay que empezar a cavar, le dijo Eliot Román.

Muchas veces, en la corretiza para escapar de la policía o de otros estudiantes, los muchachos agarraban rumbo al centro de la ciudad, donde se metían en las casas o se subían a un camión o se perdían entre el gentío, pero otras veces iban en sentido contrario, al poniente, y entraban en el estadio, que tenía la puerta siempre abierta: corrían al pie de las gradas y se metían en los túneles que llevaban a los vestidores,

ahí, casi siempre a oscuras, tanteaban los pasillos para salir por detrás de la portería al campo de juego, y entonces arrancaban corriendo por el centro del campo, o por la banda, como extremos velocísimos que ningún defensa alcanza, hasta el otro lado de la cancha, donde se abría una reja para llegar al destartalado gimnasio de boxeo, donde dos muchachos, muchas veces, se peleaban sin guantes escuchando las apuestas que se apuraban desde abajo, y por ahí, saliendo por la puerta que daba a la calle, cruzaban el malecón dando saltos, esquivando a los coches, para bajar a la orilla del río y perderse entre los sauces y las iguanas a lo largo de la ribera,

¿Se lo contó Eliot Román, o lo recordó él mismo?;

pero Orígenes ya no estaba tan convencido de que quería cavar, o de que quería recuperar los libros de la Biblioteca Ambulante, o no recordaba que apenas unas horas antes estaba muy convencido de hacerlo,

ya no sólo la memoria de los hechos se le afectaba, sino también la memoria de la voluntad, el recuerdo de querer ciertas cosas y el de querer hacer ciertas cosas y por eso se le confundían los deseos, se le confundía la intención de ir a cavar y recuperar los libros y de no hacerlo, de volver a casa o de seguir perdido, de hablar con Salomón o mandarlo a la mierda,

pero vio a Eliot Román clavando la pala en un pedazo de tierra dificultosamente como si de nuevo le hubiera brotado la Enfermedad, como un ataque de repentina locura, como si aquello fuera la última esperanza de toda la vida:

y así volvió a cambiar todo:

no recordaba Orígenes cuánto le había tomado al otro cavar uno, dos, tres agujeros profundos rompiendo los rosales y la hierba cuando escuchó el grito y vio la mano levantada que le enseñaba, sí, un rectángulo podrido de tierra que se sacudía en el aire como un libro viejo que uno tira por la ventana:

era el primer volumen rescatado:

algo se le prendió dentro a Orígenes, alguna cosa que se había echado a dormir:

se olvidó de Salvador Rubín, de Aurora Duarte, del cansancio y la memoria misma, y se fue acercando a Eliot Román y vio, dentro de aquel pozo, tres o cuatro libros más: como pudo se metió en aquel pedazo de tierra y clavó la pala.

Nadie se fija en dos viejos que llevan una pala, volvió a pensar.

Desbarataron aquel pequeño jardín y encontraron dos escondrijos más:

en total habían rescatado

¿cuántos?

doce libros.

Sentados en la tierra, agotados, bebieron.

¿Habían bebido?

La resaca le recordaba, como los dolores del cuerpo, que luego de acabar con la tarea, Eliot Román, pletórico, se sacó de entre los pantalones, como cuando se escondía libros y decía:

Vengo lleno de biblioteca;

una pequeña botella de ron, o whiskey, o tequila, y le dijo:

Vengo lleno de borrachera;

y bebieron el alcohol caliente en medio de la noche caliente bañados en sudor y moscas y zancudos, y descansaron y se mostraron los libros el uno al otro y los abrían con cuidado de no estropearlos más, como si se tratara de un delicado insecto, y luego de un rato Eliot Román le dio la botella a Orígenes, que se la metió en un bolsillo, porque entre los pantalones y la barriga llevaba el libro de Robert Burton, y Eliot se metió todos los libros, llenos de tierra, de humedad y hongos, de gusanos y de palabras viejas pero ahora rejuvenecidas, entre las ropas como lo hacía en los años de la Enfermedad, como aquel día en que le metieron quién sabe cuántos tiros en las piernas y la espalda:

Voy lleno de biblioteca, dijo y sonrió de la manera más honesta que sus dientes falsos le permitían;

se levantaron y llegaron al centro de la plaza, como si aquello fuera el centro del mundo, y caminaban como si Salvador Rubín les hubiera dado una paliza a ellos.

Ahora, recordado aquello, Orígenes y Eliot Román repasaban las páginas terrosas y desmoronadas de los libros de la Biblioteca Ambulante:

notas en los márgenes, Orígenes encontró tal vez algunas suyas, otras cuya caligrafía no reconoció; panfletos entre las páginas y páginas arrancadas y páginas imposibles de leer y otras tantas que seguramente provenían de otros libros y recortes de periódicos y dibujos y papeles

emborronados y coincidieron en que los libros mejor conservados estaban debajo de aquella baldosa al pie del kiosco en el centro de la plaza:
Eliot Román le había dicho:
Debajo de una de estas baldosas hay libros, estoy seguro;
y Orígenes creyó en sus palabras.
Hasta entonces Eliot Román aún no le había mentido.
Aún.
Pero les costó tanto levantar la baldosa:
eso lo recordaba Orígenes porque le dolían las manos, porque casi se arrancan las uñas, porque en algunas páginas de esos libros, ocultos bajo el suelo de la plaza, se encontraron con una nota en la que alguien, no supieron quién, explicaba el asunto del policía secuestrado en la Escuela Central Preparatoria, no muy lejos de ahí, y Orígenes había alcanzado a leer las palabras:
Y le arrancó las uñas de las manos y de los pies;
¿o esto lo pensó mientras levantaban las baldosas?
Ahí debajo, sin mayor protección que la piedra, había una mochila casi intacta y, dentro, otro montón de libros.
Eliot Román sabía, o quería saber, o recordaba con cierta debilidad, que en uno de esos libros, o dentro de la mochila, había llevado consigo una fotografía de la tía Norma,
dejó caer la losa en el suelo y casi le aplasta los pies a Orígenes, se apresuró a sacar la mochila y a vaciarla ahí en el mismo agujero donde estuvo escondida unos cuarenta años, y de entre los libros conservados como dentro de un sarcófago cayeron papeles sueltos, lápices, cigarrillos viejos, y una foto de cuerpo entero de Norma Carrasco:
sentado frente a Orígenes al día siguiente, Eliot Román, en la mesa de la cocina, veía la fotografía,

pero lo que de verdad estaba viendo era a la tía Norma:
en aquellos años dejó de decirle tía, pero en el fondo siempre enunció, para sus adentros, el parentesco, antes de decir en voz alta el nombre,
(tía) Norma;
y pensaba que cuando ella decía su nombre:
Eliot,
de verdad quería decir:
Hijo,
y así eran felices, o algo parecido a la felicidad.
Ahí mismo, aquella noche de la búsqueda, cuando Eliot Román encontró la mejor fotografía de cuerpo entero que se conservaba de la tía Norma,
de pie al lado de un barandal, con una falda blanca que le llegaba a la mitad más ancha de los muslos, una blusa que quizás era azul o verde, y en la mano una raqueta de madera, extendida casi hasta el suelo, el cabello suelto hasta los hombros, la sonrisa pequeña y los ojos detrás de una gafas oscuras,
ahí mismo, por gracia del hallazgo, Eliot Román se puso de rodillas,
Orígenes volvió a pensar en la posibilidad del llanto,
pero Eliot Román estiró un brazo, se apoyó en el otro y sacó del fondo del pozo un puñado de cigarros viejos y medio rotos, torcidos y amarillentos, sin filtro, y le dio uno a Orígenes y se pusieron a fumar, sentados en la orilla de aquella tumba, como si nada pudiera pasar afuera de la memoria.
De alguna manera se habían dado cuenta de que no los une la idea de la Enfermedad, sino la idea de que algo les hace falta a cada uno.
Los une la pérdida.
Los une lo que hace falta.

Y ahí sentados, Orígenes sintió que recuperaba años, bravura,
fuerza, y lo abordaron unas ganas intensas de escribir en las paredes de Orabá,
y Eliot Román, que no podía dejar de ver la fotografía de la tía Norma, que no podía dejar de desear que el pasado volviera a esta tierra, porque el pasado, se lo había dicho mucho Isidro Levi, el pasado está en otro lugar, sigue ocurriendo allá lejos, donde ya no estamos; entonces él, que sentía el dolor de la pérdida como una cosa de todos los días, buscó sentarse de tal forma en el suelo que ni él mismo ni dios ni la tía Norma ni Juan Pablo Orígenes pudieran ver la inusual erección que le crecía entre un libro de poemas de quién sabe quién y un libro de discursos de quién sabe cuándo que llevaba metidos en los pantalones.

El dolor no nos sigue: camina adelante
Antonio Porchia

El pasado es lo que vive en nosotros, escribió Orígenes.
Se le habían abierto otra vez las heridas a la Enfermedad,
una cirugía de extirpación,
una purga
que en lugar de expeler los venenos vuelve a meterlos en el cuerpo, en la carne toda, una dolencia súbita, una especie de recordación que les mostraba dónde están, todavía latentes, las cicatrices,
y ellos mismos eran cicatriz,
ellos mismos eran la herida.
Para Eliot Román todo se cerraba en la imagen de Norma Carrasco:

se pasó el día entero rebuscando por toda la casa aquella raqueta de madera como si se tratara de otro ejemplar más de la Biblioteca Ambulante.

A veces lo que nos queda de los que se fueron es un pedazo de nada, un juguete roto, un par de gafas ciegas, los zapatos o un abrigo heredado de cuerpo en cuerpo y que nadie usa por no ahogarse en el calorón de la ciudad, y nos agarramos a esos objetos como si en ellos hubiera el rastro de los nuestros, como si la memoria, de la que siempre desconfiamos, fuera borrándolos de la mente pero se materializa en esos objetos encarnando en ellos la viva imagen de los ausentes.

Las tumbas, esa última cicatriz, pueden ser tan necesarias cuando no nos queda ya nada.

Para Juan Pablo Orígenes hubo, en cambio, más revelaciones:

en el regreso por las calles del centro encontró en una pared un espejo de su cara: una fotografía en blanco y negro con su imagen: el miedo de estar desaparecido, el miedo de perderse: siempre pensó que los desaparecidos no se enteraban de su estado, que los desaparecidos estaban muertos o ciegos o cansados o dormidos o lejos de todo y que por tanto no podían saber que estaban desaparecidos,

pero él,

en cambio,

sabía de su condición:

Sólo se está desaparecido para los otros, escribió, nunca para uno mismo;

pero ya no estaba seguro de ello.

Arrancó el cartel, que además tenía su nombre y el nombre de Aurora Duarte y un número de teléfono. Pero quizá lo que le extrañó más de aquel cartel, que llevaba hecho bola en un bolsillo, es que era el único que encontró desde el camino de la Plaza de Rosales hasta la casa de Eliot Román.

Ni un cartel más. Ni una cara. Ni un espejo estático.

Se había imaginado ya la posibilidad de un ejército de cientos de caras suyas reproducidas en las paredes de Orabá, vigilando, esperando una orden para dar un grito o morder a los paseantes,

pero estaban solos:

él y su fotografía.

Más tarde, ya en la casa, revisando los libros que habían recuperado, tratando de salvarlos de la humedad y del tiempo, volvió a leer aquellas palabras:

Y le arrancó las uñas de las manos y de los pies;

pero el resto del texto era casi ilegible,

un enredo de líneas y roturas, un escupitajo de sombras y germinaciones,

haciendo un esfuerzo logró reconstruir, en algún rincón, un nombre, o algo que se parecía a un nombre, pero él no estaba seguro de si se lo estaba inventando o si de verdad estaba ahí, y por eso le enseñó a Eliot Román el descubrimiento,

y Eliot Román leyó en voz alta:

Mariano Escápite;

¿Quién es?, le preguntó Orígenes;

Era un Enfermo, dicen que fue él quien mató a aquel policía infiltrado en la Escuela Preparatoria, aunque tampoco se supo si de verdad era policía o si nada más era un oreja,

dicen que le hicieron un juicio luego de aquello, que algunos compañeros no estaban seguros de que aquel muchacho al que mató, si es que lo mató, fuera un policía, y dicen que lo juzgó a Mariano un tribunal de Enfermos; yo no estuve ahí, creo que ya estaba en el hospital;

¿Y cómo fue el juicio, quién ganó?, le preguntó Orígenes;
No sé, pero ya no se supo más de Mariano Escápite,
yo creo que lo mataron: en aquel tiempo empezó la matazón, los asesinatos sumarios, y si no nos mataban los Guardias Blancos, nos íbamos a matar entre nosotros,
pero yo creo que a él lo mataron los nuestros,
o se fue de aquí y no volvió nunca.
¿Cómo es que los que nos matan son los nuestros?, quería preguntarle Orígenes, pero se quedó callado pensando en Pablo Lezama,
en la tumba y la muerte lejanas,
¿Cómo es que nos hacen un juicio?
si la muerte no conoce
ninguna justicia.

Desde hace tiempo no te veo más que en sueños
Ernesto Cardenal

TÚ NO ME RECUERDAS, Y YO NO TE RECUERDO A TI, pero siento que algo tuyo se me quedó prendido en algún lugar y nunca se apagó, le dijo Juan Pablo Orígenes
a Aurora Duarte;
cuando ya la noche y el alcohol habían arrinconado a Eliot Román en la habitación de la tía Norma y se puso a hacer inventario de todo lo perdido y todo lo recuperado y podía estar tranquilo y solo, desnudo y solo con la fotografía de la tía Norma, como quería estar desde que la encontró, invocando el recuerdo familiar y sus entresijos, convocando a los fantasmas de las noches del estío más lejano, olvidándose de la búsqueda porque el buscar no es sino la pausa necesaria para que

el presente tenga sitio, Orígenes volvió a meterse debajo del escritorio donde estaban descansando de su resurrección los libros Enfermos, porque ha de ser un trabajo cansado la vuelta a la vida, ha de ser un insoportable grito, un oscuro viaje,
y ahí
debajo de aquella sombra
el poeta soñaba con cavernas y guerras justas y necesarias,
y tenía el teléfono en una mano y el cartel con su fotografía sobre el regazo como un hijo recién parido y viejo, él mismo su propio hijo lejano, y fue pulsando uno a uno los números del teléfono de Aurora Duarte hasta que el largo tono de la espera, ese marasmo del no saber si hay alguien en el mundo, se cortó de pronto con una voz ronca de mujer, irreconocible pero cierta,
irreconocible porque él no recordaba sino el pasado de la voz de Aurora,
cierta porque era ella la única que podía responder, la única que podía buscarlo, la única a la que Orígenes podía hacerle falta,
Me haces falta hasta cuando estás aquí, le decía Aurora, si me hicieras más falta, no me faltaría nada;
le gustaba hacer juegos de palabras;
y escuchó su voz
venida desde el agua de la memoria
pero antes de que las palabras de ella cobraran algún sentido, Orígenes le dijo:
Me hace falta el pasado, Aurora, y lo estoy buscando;
y a través de un lloro como un pájaro herido, Aurora Duarte le preguntó:
¿Otra vez, Juan Pablo?;
y ella también escuchó a lo lejos el llanto oscuro y perezoso del poeta, un ruido de cansancio o decepción, de duda

o resignación, al que siguieron las palabras que persiguen la disculpa, el perdón de los deslices:

Yo no lo puedo evitar, Aurora, a mí me arrastra el tiempo; yo quería ser como toda la gente que se duerme y sueña y al despertar se olvida de lo que sueña, pero tú sabes que a mí lo que se me olvida es la vida y lo que recuerdo son los sueños, yo no quería pero no pude evitarlo, salir de donde estaba y volver al pasado, donde ya no te recuerdo o donde no te conocí o donde tú no estabas y me traicionaste, Aurora, me vendiste completo y sin reservas, como si te hubiera hecho daño, mucho daño,

y quizá lo hice,

y lo siento mucho, Aurora, porque no me acuerdo de cuándo te conocí, de cuándo nos vimos por primera vez, de por qué siento a veces que es tu culpa que yo no pueda recordar nada;

y al otro lado del cordel, en la entrada del laberinto, Aurora Duarte escuchaba a Orígenes y sus reproches y el llanto se le secó en los ojos porque acaso aquello lo vio o lo sintió como un cuchillo clavado en el pecho,

quería gritarle, pero nunca se habían gritado y había una especie de deuda impagable, una especie de cordialidad madura que le atoraba el grito tras la lengua como si fuera incapaz de defenderse de la infamia, de la acusación absurda porque ella sabía, pero Orígenes no,

nadie lo sabía,

que si tenía el poeta derecho de acusarla de alguna cosa,

cualquier cosa que hubiera hecho durante toda la vida que vivieron juntos,

nada tenía que ver ni con el olvido ni con la memoria ni con la traición que él le achacaba,

otra forma de la traición habría de ser,

pero estaba segura, ella, de que Orígenes no tenía noción alguna de aquello, y por eso, mientras él seguía echándole la culpa de alguna cosa indefinida, sabiendo que no estaba muerto y sospechando que no corría peligro, volvió a decirle:
¿Otra vez, Juan Pablo?,
¿otra vez todo eso?;
y ya no estaba llorando Aurora, ya no tenía la voz ronca de los que recién salen del ensueño,
sino la voz suave de toda la vida, la voz suave del recuerdo perdido que Orígenes reconoció como la voz que él amaba y que, al mismo tiempo, lo reprendía porque se dejaba engañar por el recuerdo, cansada de siempre lo mismo y de tener que buscarle arreglo a sus delirios,
y dicho esto, sin más preámbulo
fue ella quien colgó el aparato
y lo dejó al otro, sin saberlo, hablando solo:
Habla solo, como siempre, ya volverás,
le dijo Aurora Duarte
a la ausencia de Juan Pablo Orígenes
que ya se diluía en la distancia.

III

Appendix

Lo que se desarrolla a partir del cuerpo

Lengua

del latín antiguo *Dingua*

Órgano del habla y la alimentación

¿Qué lengua puede bastar para hablar de todos?

«Todos sus sentidos se ven afectados, piensan que ven, oyen, huelen y tocan lo que no está, como se probará en el siguiente discurso»

(Secc. III, Miembro I, Subsecc. I)

Ésta es mi lengua materna,
la que me permite entender a mis asesinos
Imre Kertész

La forma de la salud está contenida en la mente del médico. «[...] hay médicos predestinados para la curación de un determinado hombre o determinada enfermedad» (Secc. I, Miembro IV, Subsecc. II)

Mejor que no preguntes si es tu sombra
la oscuridad que te persigue
Francisco Alcaraz

La piel de la historia es una fábrica de amputaciones, injertos, maquillaje,
a veces los que quedan vivos traicionan a los que ya no pueden hablar, a los muertos, a los desaparecidos.
¿De quién es la voz que habla aquí?,
¿quién cuenta la historia de nuestro pasado?
Isidro Levi le dice a Estiarte Salomón que nuestra historia y nuestro pasado son dos libros diferentes, y que el segundo es imposible de leer, imposible de reconstruir, porque sus palabras se van borrando con la muerte de nuestros amigos, de nuestros enemigos, de tantísimos desconocidos que participan y pasan a nuestro lado, silenciosos, a cada instante;
Tome usted, por ejemplo, aquel asunto del secuestro, le dijo Isidro Levi,
yo me enteré de aquello como casi todos los demás, desde lejos, porque todavía no tomaba partido por ningún grupo de estudiantes, todavía no me reconocía en los síntomas de la Enfermedad, pero dicen que entonces fue cuando todo empezó a torcerse,
yo creo que es poco decir eso:
¿una ausencia que no sucedió es lo que nos torció el destino?,

ya antes habían muerto algunos muchachos, ya antes había desaparecidos, ya antes siempre pasaban cosas como ésas:
¿cómo es que no se había torcido nada si ya había más desaparecidos que otra cosa?,
esta ciudad tiene en el nombre la retorcedura:
si usted quiere, Salomón, encontrar el principio de todo, su libro tendría que ser largo como el desierto,
Recomenzar siempre nos lleva a un camino distinto; eso lo escribió Orígenes en un poema, ¿no le parece una ironía?,
yo renuncié a contar esas cosas porque creo que la vida no me va a alcanzar ni para averiguar lo que de verdad pasó,
empiece usted a escribir y no se detenga, y que a su muerte alguien más continúe su libro, no creo que haya otra manera:
esto es un País demasiado grande, demasiado bruto y bravo, demasiado País, no hay remedio,
déjeme que le cuente una cosa, Salomón, yo no nací ciego, usted lo sabe; yo vi un mundo que ya no puedo ver, y el mundo que vi ya no existe ahora, ¿entiende?, así es como fueron las cosas, y en ese entonces alguien convenció a Teresa de que la ceguera me podía hundir: le hablaron de la depresión, de la tristeza, del miedo, de tantas cosas que yo ni siquiera pensaba; y ella creyó que aquel pesar era posible, y me llevó a una especie de grupo de Alcohólicos Anónimos para ciegos,
ciegos y anónimos, hágame usted el favor,
y fuimos un día y hablé con otros ciegos y los escuché hablar, y a mi lado se sentó uno que nació así, que nunca en su vida vio nada: ni una sombra ni un destello, y me dijo que él siempre había querido ser escritor,
me dio sentimiento aquel hombre,

quizá tendría mi edad, y yo supuse que a él, como a mí, alguien le leía en voz alta, y se lo comenté y me dijo que no, que jamás nadie había leído para él,

le pregunté, entonces, cómo es que quería ser escritor, y me dijo:

Es que pienso mucho, se me ocurren muchas cosas en la cabeza,

y no volví más a esas reuniones,

yo detesto la política, y detesto las metáforas políticas, pero aquello que me dijo el ciego, Salomón, es un ejemplo de cómo sería un libro sobre la Enfermedad:

uno aprende a confiar o a desconfiar en lo oscuro de la ceguera: yo puedo estar hablando ahora mismo y a lo mejor usted no está aquí, o no me escucha, o estoy solo frente a un espejo y nunca voy a enterarme, o esto es el puro recuerdo mío y nada más, y me conformo con decir en voz alta el nombre de usted para creer que alguien me escucha,

El libro es confiar en que alguien nos escucha, eso también lo escribió Orígenes,

yo me enteré del asunto del secuestro a la mañana siguiente:

las notas de prensa explicaban que un grupo de estudiantes Enfermos había emboscado el convoy que acompañaba al político Hernández Cabello de camino a un acto de campaña; a los estudiantes los llamaban indistintamente Enfermos, terroristas, comunistas, izquierdosos, y otras cosas; no recuerdo los detalles, pero hubo arrestos desde aquel momento hasta los dos días siguientes,

luego, esa misma tarde empezó a moverse entre los estudiantes un nuevo número del diario *Caminar*, que lo editaban los Enfermos con un par de mimeógrafos que se robaron de alguna escuela, y decían que aquello había sido una emboscada y acusaban a la policía o a otros grupos de estudiantes de haber infiltrado la organización:

empezó entonces la paranoia, el ajusticiamiento interno, el desorden,

no sé si hubo testigos del incidente, y es probable que las declaraciones de los detenidos estuvieran sujetas a los principios de los interrogatorios científicos, como los llamaron en aquel tiempo: la tortura, quiero decir,

el diario *Perspectiva*, de donde manaban los llamados Perspectivos, y que fue usado también por otros grupos de estudiantes opuestos a los Enfermos y, más tarde, también opuestos entre sí, hizo un breve eco de aquel hecho para demostrar que los Enfermos eran una facción violenta y que ese no era el camino a seguir,

el panfleto *Madera*, de la Liga Comunista, se adjudicó la autoría del secuestro y amenazó con intentarlo de nuevo: exigió la liberación de los compañeros arrestados y propuso la captura de otros miembros del Estado para canjearlos por los presos políticos,

los libros de texto de hoy en día no abundan en el asunto, ni lo mencionan siquiera. Los periódicos locales han abordado el tema desde distintas perspectivas a lo largo de estos años; los estudiosos de historia escribieron tesis doctorales; algunos sobrevivientes contaron su experiencia desde la distancia de los años y la comodidad:

los rumores los echan a andar los que quedaron vivos, sin decir si de verdad participaron en aquellos años de revoltura y muerte, o adjudicándose más responsabilidades de las reales porque acaso ya no se les promete ningún castigo, porque la Enfermedad está erradicada y ya a nadie le importa nada,

todo esto, Salomón, en un par de días o de noches que ya duran cuarenta años, ¿lo ve?, a mí me explicó Orígenes que él no llegó a enterarse de lo que realmente pasó: me dijo que estaba en la casa a la que tendrían que llevar a Hernández Cabello y que, pasada la medianoche, como los compañeros no aparecían, abandonó la casa y fue, dijo, a ver a su madre enferma; a la mañana siguiente se enteró de lo que había pasado y esa misma noche tomó un autobús hacia el norte con la intención de cruzar la frontera, lo demás parece delirio,

pero luego uno se da cuenta de que todo es delirio, Salomón:

usted puede creerle a quien usted quiera, pero no es posible hacer un libro honesto si lo escribe ya de entrada creyéndole a alguien, poniéndose de un lado y de otro no,

de aquello, que tampoco nosotros mismos entendimos en ese momento, se derivó que los Enfermos buscaron traidores, orejas, infiltrados en el seno del grupo: se agravó la paranoia y comenzó la búsqueda del traidor:

los primeros sospechosos fuimos los nuevos,

yo era un nuevo en aquel entonces, poco después del secuestro fue cuando me les acerqué, recién contagiado,

y a los nuevos nos interrogaron casi como si fuéramos culpables, pero como el misterio había sucedido antes, y habría que tener noticia de planes, nombres y lugares, no tardaron en echarle el ojo a otros miembros del grupo,

decían que aquello era como un cuerpo que se estaba pudriendo por algún lado,

un cuerpo al que le sobraba un apéndice,

un cuerpo con un órgano envenenado,

les gustaban esas metáforas,

pero a mí, se lo digo otra vez, Salomón, no me gustan las metáforas políticas,

y sin embargo me parece que las uso tanto,

entonces empezaron a sospechar de un muchacho que se llamaba Vicente, de apellido Rochín, o Rocha, o Rodríguez, o Romero, o Rochero, o algo así,
no sé quién le puso el dedo,
lo marcaron, y empezaron a fijarse en él, y cada cosa que hacía se interpretaba como el gesto de un traidor, de un policía, de un espía,
eso es lo que nos hace la paranoia:
vemos conspiraciones en todos lados,
y cada día se esparcía el rumor de que Vicente Rochín había hecho tal o cual cosa en determinada fecha y que aquello podía interpretarse como una incriminación, un error, la causa suficiente para echarle la mano encima y hacer como hacían Ellos,
así les llamábamos:
Ellos,
y eran el Estado o la policía o el ejército o vaya a saber usted quiénes,
y ese *como hacían* Ellos, le digo, no era otra cosa que el llamado interrogatorio científico,
dicen que fue Mariano Escápite,
eso es lo que dicen, yo no sabría decir si es cierto,
que Mariano Escápite dio la orden, o azuzó a los compañeros, o proporcionó la información contundente para que un día, cuando pasaba por enfrente de la Escuela Central Preparatoria, cerca de la Plaza de Rosales, usted sabe, Salomón, entonces fue que ahí lo agarraron y lo tundieron y todo madreado lo encerraron en un cobertizo de la escuela y de ahí, eso sí lo sabemos, de ahí no salió vivo,
hay quienes dicen todavía, yo no, que escucharon los gritos de Mariano Escápite que decía:
Ese apéndice hay que amputarlo;

pero el Flaco Zambrano me confesó una vez, tiempo luego de que apareciera muerto Vicente, que lo llamaban el Pulpo, me confesó, pues, que una vez alguien le dijo, quién sabe quién, ya no lo recordaba, o ya no lo recuerdo yo, que Mariano Escápite siempre le tuvo un rencor al Pulpo, que se la pasaba diciendo que a ese cabrón le tenía una idea, y no sé qué otras cosas,
finalmente apareció muerto,
usted no tiene la facultad de imaginarse, Salomón, lo que le hicieron a ese muchacho,
porque creían que era un policía, que él sabía dónde estaban los compañeros arrestados luego del intento de secuestro de Hernández Cabello, que sabía qué les estaban haciendo en los interrogatorios,
y la tortura, dicen, fue puro rencor,
y el cuerpo, que todos lo vimos, Salomón, casi no tenía forma humana,
una mano la tenía deshecha, la carne apenas embarrada en los huesos porque, dicen, le echaron un buche de ácido en la zurda,
la otra mano, creo que era la derecha, no apareció nunca,
yo no sé, Salomón, cómo alguien puede hacer esas cosas,
lo veo claro en la memoria, y aun así se me emborrona todo,
el recuerdo es como un poema hecho pedazos,
al menos el mío,
un poema que nadie puede escribir,
y durante un tiempo el cuerpo del Pulpo Rochín fue la manera de escarmiento de los Enfermos, y de los contrarios de los Enfermos, y de muchos otros,
pero apenas era un muchacho que caminaba por la calle,
y luego alguien descubrió, o llegó a la conclusión, de que él nada tenía que ver con el asunto del secuestro,
dicen que Mariano Escápite le dio un tiro en la cabeza,

dicen que lloraba mucho y que dijo el nombre de su madre,
en esos momentos uno piensa que se debe decir el nombre de la madre, o es el único nombre posible, ¿no?
yo lo habría dicho, si fuera el caso,
pero el caso fue que no se supo con certeza cuáles fueron los motivos para culpar de traición al Pulpo Rochín, estaba la gente muy confundida, había mucho miedo, y a alguien se le ocurrió que ni con las peores torturas el Pulpo aceptó ninguna acusación y que eso y la prisa por matarlo evidenciaban que el que estaba actuando sospechosamente era el propio Mariano Escápite,
empezaron a buscarlo, porque con la muerte de Vicente Rochín hubo desbandada y los estudiantes estaban escondidos,
Mariano Escápite era un muchacho como todos, como cualquiera, flaco y con la camisa siempre por fuera del pantalón; venía de algún pueblo de la costa y hablaba cantando, y estudiaba en la Escuela de Economía; creo que al principio fue muy amigo de Salvador Rubín, pero luego se pelearon, porque Rubín siempre se peleaba con todo mundo,
lo encontraron a Escápite pocos días después, dicen que estaba borracho,
otros dijeron que acababa de soltarlo la policía, sepa usted que no todos los arrestos eran legales, y se lo llevaron al mismo lugar donde habían torturado al Pulpo Rochín, y lo sentaron en la misma silla, que todavía estaba manchada de sangre,
yo creo que él sabía lo que iba a pasar,
o creía saberlo, pero se equivocó, porque le hicieron un juicio, como el que le hicieron al Pulpo, y yo ya no sé más, Salomón, sólo sé que nunca volví a saber nada de Mariano Escápite,

unos dijeron que lo habían matado, otros que lo vieron en
la cárcel después, otros que se fue a cruzar la frontera,
pero yo no volví a verlo nunca, y si lo tuviera enfrente
de mí ahora mismo, tampoco podría verlo,
si usted fuera Mariano Escápite y me estuviera apuntando
con un arma, yo no podría saberlo,
no digo que debamos vivir en el presente, yo en el presente
soy un ciego y veo bultos que no se mueven pero que
parece que pueden moverse: yo intento vivir siempre
en el pasado: ahí es donde puedo ver lo que me rodea,
o algo que se parezca un poco a lo que ahora me rodea,
¿lo entiende?,
yo, como muchos,
sin pasado no tengo presente.

¿Qué hora es ésta,
qué yerba crece en nuestra juventud?
Antonio Gamoneda

Estábamos muertos y podíamos soñar
Paul Celan

RECOMENZAR SIEMPRE NOS LLEVA a un camino distinto,
había dicho Isidro Levi
citando a Juan Pablo Orígenes.
Todo empezaba con la poesía y luego aparecieron los Enfer-
mos y luego apareció Pablo Lezama y luego apareció
Eliot Román con la desaparecida Norma Carrasco y
poco a poco vinieron la Botica Nacional con Lida Pas-
tor, que todavía no terminaba de aparecer, y Macedo-
nio Bustos y sus dedos desaparecidos y más tarde la

muerte de Vicente el Pulpo Rochín y el juicio Enfermo a Mariano Escápite que también, para redondear la historia, estaba desaparecido.

Y en medio de todo, un día hablando por teléfono, desapareció el propio Orígenes, como desapareció Eliot Román y apareció medio muerto Salvador Rubín en una calle cerca del Sin Rumbo.

De vez en cuando Salomón volvía a llamar a Aurora Duarte para preguntarle si sabía algo de Orígenes, volvía a llamar a Bernardo Ritz, volvía a ver la tumba de su hermano en el Cementerio Civil de la calle Leyva Solano y esperaba que alguien le preguntara:

¿Cómo murió tu hermano, Salomón?,

tal y como él preguntaba a todo el mundo por las muertes y las vidas de otros,

a lo que él respondería:

Mi hermano murió

arañando los últimos alientos con el desespero de los que se ahogan,

sin gritar y sin pedir socorro, sin decir la última palabra, sin escuchar un grito de precaución que alguien más, quizá, soltó en el último momento,

sin saber que se moría, sin darse cuenta de que pronto se le terminaba la vida;

¿cómo saber qué sienten los que se mueren en el momento mismo en que se mueren?

Por más esfuerzos que hacía, Salomón era incapaz de saber, o de escribir, que no es lo mismo pero que es muy parecido, lo que su hermano pudo sentir justo en el momento en que le robaban la vida,

porque de eso no había duda,

nadie podía negárselo:

le habían robado la vida.

Pero como era habitual, Salomón quiso dejar de pensar en Álvaro porque el recuerdo de su hermano empezaba a aparecer como un fantasma en las páginas que estaba escribiendo sobre la vida de Juan Pablo Orígenes, de los Enfermos, de Orabá,

luego se preguntaba si Álvaro no era parte de todo aquello,

si los espectros forman parte de este mundo, o ya nos son por completo ajenos y sólo tienen la facultad de persistir como recuerdos.

A veces queremos creer, Salomón, le dijo una vez Isidro Levi, que nuestros muertos son nuestros y de nadie más, que no pertenecen ni siquiera a las circunstancias de su propia muerte, y eso es lo que se llama consuelo,

y hay quienes no pueden vivir sin ello,

aunque para hacerlo haya que engañarse un poco.

Y tenía razón Isidro Levi.

Pero entonces, en medio del recuerdo, Salomón recibió una llamada de Macedonio Bustos,

repentina como un disparo,

y otra vez pensó en Álvaro,

y el boticario/pintor/embalsamador lo citó en la Botica Nacional ese mismo día cerca de la hora del cierre porque quería mostrarle algo;

Lida Pastor, pensó Salomón,

que por alguna causa seguía creyendo que en ella se condensaba una especie de respuesta, que ella sabía qué pasó con Eliot Román, o qué pasó con Norma Carrasco o qué pasó de verdad con Juan Pablo Orígenes y Pablo Lezama:

si es cierto que ella formó parte de los Enfermos, o de la vida de los Enfermos, o de alguna cosa que tenga que ver con ellos o con la Liga Comunista y aquellos tiempos en la ciudad de Orabá, cuando la Botica Nacional y

su casa eran un lugar común para los muchachos que querían salvar el pellejo,
si es verdad, pues,
si es cierta o creíble la verdad,
necesitaba hablar con ella,
por eso arrancó, luego de ver la hora, rumbo a la casa de Lida Pastor, porque estaba convencido de que Macedonio lo iba a dejar entrar para ver, primero, las pinturas y luego, tal vez, a la mujer,
una pintura más ella misma,
y hablar y descubrir lo que de verdad había sucedido entre ellos y los Enfermos en aquellos años.
La calle Colón,
¿o era Escobedo?,
estaba ya oscura, casi vacía, lenta como el río que a esas alturas de la ciudad no se escucha correr, lenta como el tiempo, como los pasos de Estiarte Salomón que cuando llegó a la Botica Nacional, esperando ver a Macedonio en la puerta, con las luces apagadas o casi apagadas, se encontró con que todavía pululaban dentro los clientes y que el cierre del negocio estaba aún lejos.
Se quedó afuera, fumando, y a través del cristal saludó al boticario.
De espaldas al local escuchó que la puerta se abría y que una voz lo llamaba:
Muchacho, pase, lo estamos esperando.
No supo Salomón si tirar el cigarro, seguir fumando hasta acabárselo o dar una última calada para entrar soltando el humo apenas en el umbral de la botica porque esas palabras:
Lo estamos esperando,
lo convencieron de que nunca estuvo cerca de adivinar lo que de verdad iba a ocurrir en esa visita.

Adentro de la Botica Nacional estaba Macedonio, que le ofreció un cigarrillo a Salomón como en señal de que se le permitía fumar ahí o porque lo vio tirando el que traía antes de entrar, casi entero; y estaban otros tres hombres, más o menos de la edad de Macedonio, alguno que quizás era mucho mayor, acomodados en sillas al otro lado del mostrador de la botica.

Cuando Salomón cruzó hacia aquel espacio y se sentó en la silla que le indicaron, como si se la estuvieran guardando, escuchó que Macedonio bajaba la cortina de hierro que los aislaba de la calle y echaba la llave para encerrarlos a todos en la botica:

algo parecido al miedo le atravesó el cogote.

Entonces uno de los viejos abrió el refrigerador donde días antes Salomón había imaginado escondido a Juan Pablo Orígenes y fue sacando botellas de cerveza que repartió entre cada uno de los asistentes,

porque eran asistentes, aquello era como una reunión,

y mientras abrían las botellas y daban los primeros tragos, Macedonio acercó a cada uno de ellos uno de esos pedestales de metal que se usan en los hospitales para sostener en alto la medicación de los enfermos,

enfermos así, con minúsculas,

y del mismo refrigerador fue sacando bolsas como órganos artificales hinchados de líquidos ambarinos y turbios que luego, con cuidado, colgaba en cada uno de los pedestales:

estiraba el cable tubular que tenía una aguja en el extremo opuesto que se encaja en alguna vena de la mano:

cada uno de los presentes fue conectado,

a Salomón le pareció extraño pensar en ellos de esa manera: *los presentes*, y los veía hechos de puro pasado,

entonces Macedonio abría la llave y comenzaba el goteo,

luego se fue a los estantes llenos de cajas de medicinas y, echando miradas a los hombres que vigilaban la entrada del líquido en sus venas, como si calculara Macedonio Bustos qué humor tenían, qué carencias, qué dolencias, iba eligiendo cajas de pastillas y botellas de jarabes que repartió entre ellos hasta que llegó al lugar donde estaba sentado Estiarte Salomón y le dijo:

¿Y usted qué quiere, muchacho?, tenemos de todo;

pero Salomón no respondió, y Macedonio le acercó otra cerveza,

Los otros enfermos, pensó el biógrafo.

Quiso preguntarle a Macedonio por Lida Pastor, pero se quedó callado escuchando las primeras conversaciones:

uno dijo que de camino había encontrado a cuatro, no, cinco que colgaban de un puente,

Como higos, dijo, reventados y negros como higos picados por los pájaros,

y no había llegado nadie todavía y uno tenía que pasar por debajo, casi agachando la cabeza, aunque estaban muy alto como para que uno se fuera a dar en la mollera, pero pensando, eso sí, que se nos podían caer encima en cualquier rato,

y la mayoría apuraba el paso si iban caminando, y los carros ni se detenían ni bajaban la velocidad, y alguno que otro, me fijé, se paraba a lo lejos como vigilando, como esperando a ver si averiguaba algo, y al final le sacaban la vuelta al asunto,

y como estaba todo solo y no había casi ruidos, se escuchaban crujir las cuerdas, y yo me acordé de cómo crujían las cuerdas de las pangas amarradas en el muelle cuando vivía en Las Águilas y mi familia le hacía la lucha a eso de vivir de la pesca,

un crujir despacioso, eso era;

y como Salomón tenía cara de no entender nada, Macedonio le explicó:

Es que mataron a unos, y los colgaron del puente, ya sabe, lo de siempre;

Lo de siempre, repitió Salomón;

Todos los días hay higos desparramados,

volvió a decir el mismo viejo, con la boca que era una herida horizontal en la cara, el pelo blanco, la frente barbechada de años y calores, las manos temblorosas, como las manos de Juan Pablo Orígenes, temblorosas siempre,

higos, dijo, matan higos y los cuelgan del pescuezo, y la palabra higo se parece tanto a la palabra hijo;

Pero el miedo no dura lo que dura un día, dijo otro.

Los muertos no duran lo que dura la muerte, le había dicho una vez Orígenes a Salomón, la muerte dura siempre, los muertos duran lo que dura el recuerdo, y el recuerdo pervive hasta que uno se muere, o se vuelve loco, o algo parecido.

Había pasado horas larguísimas escuchando a los Enfermos, aquellos muchachos que querían cambiar el País hace cuarenta años y hasta ahora se dio cuenta de que siempre le estaban hablando del pasado, de lo que no fue, de lo que pudo haber sido, de ellos mismos, de una ciudad de Orabá muy diferente a esta de hoy en día, y ahora, de pronto encerrado en la Botica Nacional, con Macedonio Bustos y aquellos viejos desconocidos que se medicaban ahí mismo y pedían pastillas y jarabes como si eso fuera la barra de un bar, ahí, pues, en unos pocos minutos, le habían empezado una descripción bastante precisa de lo que hoy en día estaba pasando en Orabá:

Aquí lo que pasa es que nunca se resolvió el pasado, le dijo Orígenes una vez;

Aquí lo que pasa es que no hay futuro, decía uno de los viejos de la Botica Nacional;

Aquí lo que pasa, le dijo Isidro Levi en otra ocasión, es que cada uno vivió en un País distinto y nadie se puso de acuerdo.

Pero no tardó demasiado en darse cuenta Salomón de que estos enfermos también podían hablarle del pasado:

del mismo pasado del que le hablaban Orígenes, Eliot Román o el Flaco Zambrano:

Guadalupe era albañil en aquel tiempo, Salomón, le dijo Macedonio, por eso lo invité a usted a que viniera, él sabe algo de lo que a usted le interesa;

y todos se quedaron callados mirando a Salomón con la fijeza de los cuervos, con esos ojos casi apagados y grises, con la pupila que lleva rumbo a la blancura peligrosa de la muerte y el glaucoma, el aliento entrecortado cubierto por la mascarilla de oxígeno que había empezado ya a circular entre ellos y que Salomón tuvo que rechazar al menos un par de veces, y que ellos, todos, alternaban con el cigarrillo que encendían nomás acabarse el anterior,

se quedaron esperando alguna respuesta de Salomón:

viéndolo ellos con las agujas encajadas en las venas de las manos, como si estuvieran en un hospital, con la piel verde y delgada, con el olor pulcro de las heridas que se pudren en la limpieza, con la esperanza química de los que ya no tienen esperanza, con la conciencia de que el cuerpo, por sí solo, no marcha,

una mirada, pues, que alternaba la vergüenza y el orgullo,

Yo conocí a esos muchachos, dijo Guadalupe Ordaz, yo los vi muchas veces, y los escuché dar discursos, agitar a los obreros con palabras que nadie entendía, con nombres de gentes que nadie conocía, con una especie de esperanza de que nosotros dejáramos el trabajo para irnos con ellos a hacer una revolución o algo así que quién sabe qué era,

y echaba la mirada a los otros para que confirmaran con un gesto lo ridículo de aquello,

de tanto moler, dijo, de tanto ir y venir y decir aquellos muchachos tantas cosas, pero quién sabe de verdad por qué, les hicimos caso,

muy tarde nos enteramos de que les decían Enfermos, de que estaban locos, de que mataban gente,

pero nosotros fuimos porque de verdad que estábamos mal, de verdad que no hay derecho y que no había entonces ningún amparo, y nos agitamos, nos pusimos firmes, pero no sabíamos en qué nos estábamos metiendo, y acabamos mal, muchos de nosotros.

Cada vez que Guadalupe hacía una pausa metía la boca y la nariz en la mascarilla de oxígeno que se había quedado él y que ya no compartía porque acaso el recuerdo le robaba el aliento, porque la memoria era un trabajo agotador, porque ahí estaba, como una cura bendita, el pasado que todavía no olvidaba:

Y a estas alturas recordar es un lujo, decía Guadalupe;

A estas alturas recordar es un peso, decía Orígenes;

A estas alturas recordar es innecesario, dijo una vez Aurora Duarte.

Para Guadalupe Ordaz, albañil en el tiempo de los Enfermos, recordar era síntoma de estar todavía con vida.

Le explicó a Salomón que durante meses los estudiantes iban y venían por los campos agrícolas, por las zonas pesqueras, por las obras en construcción, por las pocas fábricas que en aquellos tiempos había en Orabá, sacudiendo a los trabajadores para que se rebelaran, para que se unieran a ellos, para que fueran parte de la insurrección:

Así decían ellos: insurrección, dijo Guadalupe,
yo no quería meterme en esos asuntos, iba jodido, como todos, pero salía al paso, como casi todos, y no quería negocios turbios, pero mi primo, Agustín, que le decíamos el Gato, se convenció de aquello, se contagió, pues, y yo me metí en el asunto según porque iba a cuidarlo,
uno siempre quiere cuidar a los suyos,
pero nos salió mal el negocio,
yo estuve en la cárcel unos años, y al Gato lo esfumaron de la faz,
no volví a verlo, y nadie lo buscó:
nomás los estudiantes salían en los periódicos, nomás los de la universidad, los que decían las palabras grandes y los nombres extranjeros, los que tenían carreras en la escuela o los que escribían bonito,
nosotros, como siempre, éramos peones,
peón de peón, dijo,
y echaba un respiro gordo, una bocanada profunda desde la mascarilla de oxígeno, y se miraba la vena atravesada por la aguja pensando en su primo Agustín, tocándose la mano como si tocara la mano de su primo, esa mano esfumada, como él dijo, de la faz del mundo:
nadie nos buscó a nosotros, nadie nos puso etiquetas: en la cárcel ellos eran presos políticos, nosotros nomás éramos presos, ¿lo entiende?, ellos tenían ideas, nosotros teníamos delitos,
más de uno de los que yo conocía quiso matar a más de uno de aquellos muchachos cuando estuvimos en la cárcel, fíjese lo que le digo, por ajustar cuentas, por puro orgullo,
o por puro dolor y desespero,
estábamos muy solos,
salieron ellos y nosotros nos quedamos detrás,

salimos, es verdad, ¿quién lo niega?, pero quién sabe cuánto tiempo más después de ellos,
y luego a mi primo no lo buscó nadie ni aparecía en las listas de los desaparecidos, y yo volví a ser albañil, y ellos, dígame usted, ¿qué fue de ellos?:
ahí están, los culeros, mírelos, en los partidos políticos, en los gobiernos, como si no hubieran matado una mosca,
yo sé que creían que estaban haciendo bien,
pero nosotros, o algunos de nosotros, también lo creímos.
Macedonio ya se había acercado a Guadalupe, le había puesto la mano en el hombro y le ofreció, en la palma abierta de la mano, una cápsula que el albañil tomó sin preguntar y se pasó con un trago de cerveza:
A veces le falla el corazón, dijo el boticario;
El corazón no me falla, dijo Guadalupe, lo que me falla son los pálpitos.
Cuando se le calmó el pulso y Macedonio se había alejado un poco hacia los estantes con cajas de medicinas buscando alguna cosa, Guadalupe se apartó la máscara de oxígeno y le dijo a Salomón, con un hilo de voz:
Me dijo Macedonio que usted tuvo un hermano; ¿de qué se le murió?, ¿sabía usted que él también tuvo un hermano?, se le murió de suicidio, ¿y el suyo?;
y lo dijo como si quisiera que el boticario no escuchara,
Una bala perdida, respondió Salomón;
Ninguna bala se pierde, muchacho, le dijo Guadalupe,
le aseguro que la de su hermano la encontraron en alguna parte metida:
perder un hermano, o un primo, que a veces es lo mismo,
es un ahogo que no se le va nunca a uno del pecho;
y sintió Salomón que se le venía una trompada encima, una cosa honda y sin bordes,
algo así como *el viento animal del porvenir,*

algo así como el pasado que se hincha en la garganta,
una cebolla que le crecía en el pescuezo
gorda de lágrimas y ardores,
el recuerdo turbio de la muerte precisa, la muerte con nombre y apellidos, la muerte real, no como la muerte escrita de algunos libros, puro cuento y habladuría, tampoco la muerte idealizada que se asume como un fenómeno, algo con plumas y ceniza y volutas qus representan ideas del entendimiento de que la vida es esto y lo otro y todo se acaba para todos, no, esa muerte no, sino una muerte inacabada, incompleta o a pedazos, como sin terminar, una muerte a mitad de camino de ser muerte, una muerte que duele y que es la muerte de los otros, nunca la nuestra, la de los otros a los que queremos tanto, la muerte muerte, el acabarse la compañía y la presencia, el acabarse todo de los otros en nosotros, el apagarse la voz y el cuerpo, el imposible abrazo, el imposible crecimiento y la imposible ocurrencia de las promesas de un futuro compartido, la muerte añeja que vuelve a nosotros cada tanto tiempo como una añoranza y un lloro, como un dolor que no desaparece nunca porque tiene su ancla, su espina inolvidable, clavada en la nada,
y al final, Salomón, agotado por el pensar de la muerte del hermano,
se puso la mascarilla de oxígeno que le extendía Guadalupe,
y dejó que Macedonio, que lo vio afectado, le conectara una vía de suero
mientras le decía:
Somos lo que odiamos, muchacho,
yo también odio esto,
y lo dijo señalando el suero,
pero no puedo vivir sin ello.

La idea de salud sólo se adquiere con la enfermedad
G. C. Lichtenberg

ESCRIBIR ES JUGAR CON EL TIEMPO de los otros, decía Orígenes siempre como enunciando un mantra,
los otros que están más allá, y que nos vigilan,
y que preguntan, así nomás como al vuelo de un pájaro, sin vergüenzas, sin preocupaciones:
¿Por qué se siente usted con el derecho de hablar de los recuerdos de otra gente?;
y Salomón, que había vuelto a ellos porque no podía volver a nadie más, no supo qué responder; quiso decir que la escritura rasga la piel de la Historia, en mayúsculas; que era necesario hablar de ciertas cosas; que la escritura cambia al mundo, que la verdad cambia al mundo, que algo puede cambiar al mundo,
pero se quedó callado porque ninguna respuesta, le pareció, iba a ser suficiente;
Hay palabras que son suficientes para nosotros, Salomón, le había dicho Orígenes, pero que jamás nos atreveríamos a poner a disposición de los demás, ahí donde esas mismas palabras, tan valiosas para uno, dejan de tener fuelle o, todavía peor, adquieren un sentido opuesto al que tenían para nosotros;
y para seguir sin hablar, Salomón agarró la máscara y se la puso sobre la boca y la nariz, y cerró los ojos para respirar,
el otro brazo se lo sostenía Macedonio, mientras le conectaba la vía del suero en la vena azul:
no se había acostumbrado, todavía, al filoso tacto de la mano incompleta del boticario: la zurda era la habilidosa, la

que encajaba la aguja, la que ajustaba el gotero, la que sacaba del frasco las pastillas y del envoltorio las cápsulas; pero era la diestra, la mano como una cabeza de conejo, la que le agarraba el brazo mientras le inyectaba el suero, era la palma donde caían, al liberarlas, las píldoras que ofrecía a los visitantes,

la pinza del cangrejo, un tacto de arrastre, de lastre, de piel de pescado o de lagarto o de pez que sueña con lagartos, pero era una mano con una fuerza inesperada: siempre lo iba a recordar: el primer apretón de manos que se dieron con la derecha aquella noche cuando por primera vez Salomón se puso la máscara del oxígeno y aceptó, sin oposición, sin meditarlo nada,

Porque así se hacen las cosas que necesitamos, le dijo una vez Eliot Román;

aceptó, pues, el suero que le inyectó en el brazo el boticario; un apretón de manos con el que sintió que alguna barrera se había caído, algo que ya no lo separaba de Macedonio y que le otorgaba una cierta confianza, una complicidad encarnada en los pliegues, en la dureza de aquella carne renacida de la carne.

Con los ojos cerrados, mientras Macedonio conectaba a los demás asistentes a sus respectivos sueros, a sus respectivas curas, Salomón escuchaba las palabras de todos aquellos que habían hablado con él hasta entonces; no era un recuerdo: los escuchaba como en las grabaciones que iba guardando de cada una de las entrevistas; escuchaba, por ejemplo, que Isidro Levi le decía:

Escribir sobre el pasado es muy fácil, Salomón, uno echa la mirada hacia atrás y sabe lo que pasó; y si no lo sabe, pregunta, investiga; y si no hay respuestas, inventa. Pero escribir sobre el presente es distinto: entonces pueden pasar dos cosas: ser completamente superficial, ser un mirón, un cronista que hace una mera enumeración; o bien, ver en el presente lo que se puede ver del futuro, y descubrir lo que puede pasarnos de aquí a uno, diez, cincuenta años. Escribir sobre el presente es, en verdad, escribir sobre el futuro. Es muy fácil equivocarse;

y quería Salomón explicarle a los enfermos, a estos nuevos enfermos, que él creía que hablar de los recuerdos de otra gente era hablar de sus propios recuerdos, pero se dio cuenta, otra vez, del error.

Cuando abrió los ojos ya todos estaban bebiendo: por la boca las cervezas y por las venas el suero, y fumando y hablando de cualquier cosa, y Macedonio, de pie frente a él, le ofrecía una botella con la mano incompleta: se dio cuenta el boticario de que Salomón se le había quedado viendo fijamente, y sin esperar ninguna pregunta le dijo:

Después de un tiempo, Lida empezó a coserme guantes; cuando arranqué con el asunto de las pinturas, ¿verdad?, como un regalo o como una forma de pago, porque yo todavía no trabajaba aquí en la botica: me trajo una caja con dos guantes de tela: me pareció una barbaridad; ella todavía no se acordaba de mí, pero yo sí me acordaba de ella, y me dio un par de guantes. Yo había estado trabajando toda la tarde y tenía las manos sucias y estaba sorprendido por la burla, porque me parecía una burla, y me llevó a que me lavara las manos para probármelos. La seguí por la casa, era la primera vez que iba más allá de la sala, y cuando tuve limpias las manos ella misma sacó un guante, el izquierdo, y me lo puso, y sacó el derecho y me lo enseñó, lo estiró como si fuera un animal muerto o la piel de un animal muerto, y me di cuenta de que aquello no era una broma: el guante tenía la forma de mi mano, ¿se imagina?, muchacho, con un guante normal me hizo un guante especial para mí, con las distancias y las anchuras apropiadas, y me lo puse, y aunque me quedaba un poco ajustado, le di las gracias, y me los llevé a casa. Ella sabía, porque una vez me vio así, que en la funeraria yo no podía usar guantes, y que las manos me apestaban a formol porque así, sin nada, yo tenía que meterlas en los cuerpos de los muertos: me enfermé de brucelosis, de hepatitis, de paludismo, de tifoidea, de salmonelosis, y quién sabe de qué más, ¿verdad?, porque yo metía las manos en los muertos, porque no podía meter las manos en los guantes, y las traía siempre oliendo a formol, a alcohol, a desinfectante, y ella lo sabía, y creo que por eso me regaló los guantes,

pasó mucho tiempo después de que dejé la funeraria para que se me fuera el olor a muerto, dijo Macedonio, ahora tengo una colección de guantes de todo tipo, y en mi cumpleaños Lida siempre me regala un par nuevo;

Me gustaría conocerla, dijo Salomón, hablar con ella sobre el asunto de los estudiantes,

dijo estudiantes, no Enfermos;

A ella ya no le gusta mucho recibir visitas, dijo Macedonio, está enferma, casi no sale.

Salomón quiso decirle que la había visto, de lejos, esa misma noche, cuando él doblaba la esquina de la calle Colón, con rumbo a la Botica Nacional; que la vio entrando por la puerta de la casa, que estaba al lado de la puerta de la botica, y que pensó que estaría ahí con ellos. Pero no le dijo nada porque Guadalupe Ordaz se metió en la conversación pidiéndole a Macedonio otra cerveza:

ninguno de los asistentes se levantaba de su silla, el único que se movía por el local era el boticario, arrastrando su pedestal con el suero, yendo y viniendo con las cervezas, los jarabes, las pastillas, las inyecciones, y le explicaron a Salomón que una vez, borrachos, se habían levantado todos a buscar cervezas en el refrigerador, pastillas, algo para comer, y entre el ir y venir terminaron enredándose las vías, los conductos tubulares del suero y la sangre: un laberinto, una especie de baile, y aquello acabó como una telaraña química, y el suero dejó de fluir y algunas válvulas se reventaron y hubo un desorden resbaloso en el suelo y fue necesario desconectar a cada uno para resolver el lío; desde entonces, le dijeron, el único que se movía por la botica era Macedonio;

y mientras el boticario reponía las cervezas, Guadalupe Ordaz hablaba con Salomón:

El dolor lo transforma a uno, lo hace más paciente; hay que saber esperar, pero a veces, de esperar se muere uno, ya lo aprenderá usted, la vida no es más que un cuarto oscuro, y nunca vemos nada;

¿Por qué hacen esto?, le preguntó Salomón, y fue otro, de los que antes no habían hablado demasiado, uno que se llamaba David Pruneda, el que le dijo:

Yo trabajaba en una oficina del gobierno, era conserje, limpiaba tres pisos en una sola jornada todos los días, y de pronto, como si no hubieran pasado cuarenta años, la escoba pesaba una barbaridad, los trapos eran de fierro, todo pesaba una barbaridad, yo mismo, y ya no pude más, y si antes era como si no existiera, como si nadie se fijara en mí, luego ya jubilado uno se convierte en una pura nada: me dolía todo, me dolían los platos por lavar, me dolían la cama y las sillas y cualquier gesto que hacía con la cara o con el cuerpo, y uno va al médico y nada se resuelve, estar viejo no tiene cura, estar viejo es no tener nada, es no estar enfermo, pero como si uno lo estuviera; entonces conocí a Macedonio esperando por la cita en el consultorio de la seguridad social: fui a reclamar porque las medicinas no me duraban nada: me las daban para un mes y me duraban dos semanas, a lo mucho tres, y no había manera de reponerlas antes: pero es que el dolor no tiene calendarios, muchacho, y Macedonio me invitó a venir, yo fui el primero;

entonces Macedonio lo interrumpió para seguir:

Luego entre los dos fuimos buscando más gente: estar solo es una mierda, y así se fue formando el grupo, así nos conocimos;

Aquí tenemos lo que nos hace falta, dijo Guadalupe;

Si nos faltara algo más, ya no podría faltarnos nada, dijo Martín Altamirano, que casi siempre estaba callado;

¿Sabía usted, muchacho, que en las instrucciones de los productos de limpieza le explican a uno cómo hacer las cosas?, quiero decir, que en las instrucciones uno lee y dice que hay que usar un trapo o un cepillo, o que hay que repasar tantas veces, o que hay que ponerse de rodillas y esas cosas; yo estoy seguro de que es nomás por joder, por apaciguarlo a uno, por romperle el lomo: fíjese nomás que antes, en las instrucciones de esos productos, ponían la figura de una mujer de rodillas limpiando el suelo, como si no existieran los trapeadores; eso es puro sometimiento, puro cansancio para domesticar a las masas, dijo David Pruneda;

Y luego en las medicinas, dijo Guadalupe Ordaz, ahí ponen que hay que tomarse una pastilla cada ocho horas, o cada doce, pero yo siempre acabo necesitando dos, y eso, quién sabe, a lo mejor es para que uno se muera antes, o para que uno quiera morirse antes, ¿no cree?; yo fui el último en llegar, y no estaba convencido del asunto, pero mi cuerpo fue más fuerte que yo;

así le había dicho una vez Orígenes a Salomón:

Mi memoria es más fuerte que yo;
y Salomón, que sentía el líquido recorriéndole las venas, le quiso preguntar a Macedonio, otra vez, por Lida Pastor, por las pinturas, por los Enfermos, los otros muchachos Enfermos, pero David Pruneda volvió a cortarlo:
Lo que dicen de que un día las máquinas van a controlarnos, como en las películas y eso, no es más que puro consuelo de tontos: ya estamos esclavizados por las máquinas, pero las máquinas son otra cosa distinta de lo que uno se imagina: los hospitales públicos, el matrimonio, los partidos políticos, la burocracia, todo eso, muchacho, es la máquina, sálvese si puede, están en todos lados;
¿Quiénes?, le preguntó Salomón;
Las máquinas, le estoy diciendo yo, mire: Macedonio sabe muy bien de eso, mírele la mano, pregúntele, uno entra en un hospital y sale siendo otro: mi hermana, que tenía cáncer, se murió de una transfusión que no le pusieron: yo iba cada tercer día a dar sangre, sangre mía que le ponían a ella, cada tercer día, le digo, aquello era rutinario, y la rutina es cosa de las máquinas, y un día, con la sangre que me habían sacado y todo, no sé qué pasa con la sangre que no le meten a nadie, se ha de pudrir, seguramente, el caso es que alguien se equivocó, alguien se durmió, y ese día no le pusieron la transfusión, y se nos murió dormida esa misma noche: la rutina, entiéndalo bien, es cosa de las máquinas;
Hay gente que son máquinas, dijo Guadalupe Ordaz, o se hicieron máquinas en algún momento;
Y hay gente que maquina, eso también pasa, dijo Altamirano;
Usted mismo, le dijo Pruneda, ¿ya se preguntó por qué hace lo que hace?, ¿o es que escribe nomás por puro reflejo?, eso también puede hacerlo una máquina; quiero decir:

que eso puede hacer que usted sea una máquina, hay un peligro en eso, ¿no cree?;

Lo que pasa con las máquinas, dijo Guadalupe, es que uno se acostumbra a pensar que las cosas no tienen vísceras, y entonces pasa que alguien se muere y resulta que siempre sí había vísceras, que siempre sí había corazón y dentros, ¿entiende?;

La verdad es que no, le respondió Salomón;

Pues mire, muchacho, le dijo Pruneda, una máquina engendra máquinas, ¿lo ve?, una máquina nomás se relaciona con máquinas, ¿entiende?, eso es la burocracia, cuando uno empieza a trabajar ahí hay que pedir permiso hasta para hacer lo que a uno le mandan hacer, ¿entiende?, por eso estamos aquí: nosotros ya estamos domados desde hace muchos años, domados como perros domados, como animales que arrastran una carreta: ¿le ha visto los ojos a uno de esos caballos de carreta?, llega un momento en que después de muchos años, si usted le quita la carreta, no sabe hacer el camino, va demasiado ligero: eso somos nosotros: necesitamos esto,

y le señalaba el suero, las pastillas que estaba a punto de tomarse,

necesitamos esto, continuó, como a ese caballo le hace falta la carreta, así de fácil, ¿lo ve?;

Uno que ha vivido tantas cosas, Salomón, le dijo Macedonio más sereno que los demás, uno que ha visto ir y venir tantas cosas ya sabe qué es lo que va a pasar en el futuro, y en este futuro no va a pasar nada: usted ve a los muertos por la calle, ve las cabezas colgando de los árboles, ve las corruptelas, los fraudes, los abusos, todo eso, Salomón, y luego escucha a los muchachos más jóvenes, más jóvenes que usted, que dicen que hay que hacer una revolución, que se siente que ahora las cosas sí van a cambiar: ¿sabe usted cuántas veces hemos escuchado eso?, aquí no va a pasar nada:

puede que nos roben a los hijos y a las hijas, que nos roben las casas, la salud o la vida, y si quiere y me apura hay quienes dicen que nos pueden robar los mares y los petróleos, el futuro y el pasado, pero en verdad esas son cosas que nunca tuvimos; nosotros, usted nos ve aquí, nunca tuvimos futuro, pero en este País no va a haber guerra ni revolución ni nada:

no la hubo cuando parecía posible, cuando aquellos muchachos se mataron por nada, esos a los que usted busca, y eso fue porque ya empezaba en aquellos años a ser el mundo como es ahora: pura isla, puro atolón: a nadie le importa nada, o no importa lo suficiente como para matarse, o ya ni siquiera es posible matarse por alguna cosa de las ideas,

se queda uno hecho nada, una pura nada; y luego dicen que es un futuro que no nos merecemos, pero ¿quién sabe?, esperamos que algo pase, pero no hacemos otra cosa que esperar,

no vamos a hacer nada, muchacho, Ellos se van a acabar el País, van a arrasar con todo hasta que no quede nada, y tendremos que empezar desde el fondo del pozo donde nos dejen. Van a hacer una sangría lenta: primero esto, luego aquello, y al final no queda ya nada. Nomás nosotros, secos, chupados, flacos, y vendrán los perros y nos comerán porque ellos también van a tener hambre,

y esto es lo que se van a comer,

y le enseñó la mano incompleta, la mano amputada y crecida en las tripas, la mano como una cabeza de conejo podrido poco a poco durante siempre, durante toda la vida;

se hizo un silencio profundo y largo,
y Salomón pensó:
El apéndice amputado,
lo que siempre está haciendo falta,
lo que ya nunca se tiene;
y pensó en la espera:
Nosotros ya no esperamos nada, le habían dicho los enfermos;
y pensó en el suero entrando en las venas azules, todo era vena, todo era azul, un azul de hospitales,
el País como un apéndice, o la historia, o los Enfermos, o estos enfermos mamando del suero y los jarabes,
En el pozo nos vamos a quedar, le dijeron, en lo más profundo; y la invocación de un nuevo futuro no va a ser cosa repentina, le dijo Pruneda, no va a ser un volcán, así de pronto salido de la tierra;
Va a ser como una mano que crece cosida al estómago y las tripas, dijo Salomón en voz alta, arrepentido de decirlo nomás escuchar sus propias palabras;
Así mismo, dijo Guadalupe:
una cosa que sale de lo más hondo, pero que se queda en el camino, incompleta, que no acaba de germinar,
pero como si nada hubiera pasado, como si el accidente, todo esto que está pasando hoy mismo, lo que alguna vez pasó antes, tanta amputación y tanta muerte, no hubieran ocurrido nunca, o como si nomás hubiera ocurrido en los libros, un puro escupitajo de memoria, y nada más,
se lo digo, que nos vamos a quedar sentados todos, esperando a ver qué pasa, con el suero entrándonos en las venas, ¡Venga usted y escoja su suero!, el que más le sirva, el que más le cure lo de cada día, el que le cuente lo más interesante o lo menos aburrido, y que no se acabe, por el amor de dios, ese suero, esa química de

la mente, que no se apague, porque al final, cuando
despertemos, vamos a ver que nunca pasó nada:
el futuro es empezar otra vez, ya veremos cuándo,
pero aquí mismo,
y el pasado es un fantasma que se olvida pronto,
porque hay que apurarse a alcanzar el destino,
hacerlo con lo que ha quedado
de aquellos días en que nada, de verdad nada, pasó.

IV

Hígado, linfa, bilis, médula

Del latín *Medulla*

Parte esencial de las cosas, la entraña, lo más oculto

«Dicen, en efecto, que hay tres constituciones de los cuerpos humanos: una por la que se mantienen sanos, otra por la que enferman y la tercera, intermedia, por la que creen estar sanos pero están a punto de caer en dolencias y peligros por cierto poder destructor que ya está dentro de sus cuerpos» Dioscórides

Casi nadie está hecho
tan solo con lo propio
Roberto Juarroz

Es aún, otra vez, la cal
el hueso frío en nuestras manos,
la médula negra de la policía
Antonio Gamoneda

Contra el dolor por la muerte de los amigos o, por otra parte, contra los vanos temores, etc. «[...] los estudiantes aplicados se ven afectados normalmente por gotas, catarros, reumas, caquexia, bradipepsia, ojos enfermos, piedra, cólicos, indigestiones, estreñimiento, vértigo, flatulencia, consunciones, y todas las enfermedades que proceden de estar demasiado tiempo sentados» (Secc. II, Miembro III, Subsecc. XV)

Ella come por rabia, come por decepción, come por amor, come por pena. Come por modestia, orgullo y nostalgia. A bocados salió del vientre de su madre. En la tumba, cuando no le quede otra cosa, se comerá el ataúd y los clavos
Elías Canetti

RECUERDA,
tú que dominas la mente y la materia
y que puedes hablar con los muertos,
recuerda
que Lida Pastor tenía diecisiete años,
alguna vez. Que había cerrado la puerta porque estaba detrás del mostrador viendo a los ojos que apenas brillaban en lo oscuro del único muchacho que entró esa noche. Que tenía todavía muy vivo el recuerdo del primer estudiante que se metió en la casa huyendo de la policía o de otros estudiantes o de quién sabe quién. Que nunca supo su nombre. Que eso fue ¿cuándo?, ¿tres, cuatro años antes?
Le hacía gracia: a esos muchachos les decían Enfermos y para esconderse, para encontrar salvación y amparo, se metían en una farmacia.

Como si buscaran la cura de un veneno.
Como si de verdad buscaran algo.
Una vez le contó a Macedonio Bustos, años después, cuando Macedonio se fue a vivir a aquella casa de la calle Colón y empezó a trabajar como encargado de la Botica Nacional, le contó, pues, que muchas noches, cuando su madre no la dejaba dormir porque vivía con las horas volteadas y a media noche le hacía el desayuno, y cuando el tío Liberato Pastor caminaba por la casa buscando el origen de algún ruido insoportable que tenía seguramente metido en la cabeza, ella abría la pequeña puerta que comunicaba la enorme sala de la casa con la bodega trasera de la botica y se dormía ahí, como emparedada y lejos de todo, aislada entre los dos muros que separaban y unían la casa y la botica, y que una noche de esas escuchó un ruido metálico, un retorcerse de cuerpos, una respiración agitada:
apenas al otro lado de la puerta que daba a la botica volvió a escuchar un borboteo de aire, un silbido de flauta rota y pensó, quizá porque siempre le aturdían los males de su madre y del tío Liberato, que aquellos ruidos eran los mismos que él buscaba: despacio abrió la puerta y salió a la botica y algo empezó a moverse en un rincón, recogiendo las extremidades y metiendo la cabeza entre las rodillas, una cabeza melenuda y negra y silenciosa, y ella se quedó viendo a aquel muchacho, que estaba llorando, como cualquiera se queda viendo a una araña monumental que se repliega:
pero había un lloro entrecortado y vergonzoso, o una tos ahogada entre las manos, o quizás el cansancio de haber llegado corriendo atrabancado con el Jesús en la boca y el Diablo en el cuerpo; quizás el miedo a la muerte y todos sus mitos:

la prisión, la tortura, la despaciosa muerte de los rebeldes, el empalamiento,
decían que se hablaba de esas cosas, que aquello les pasaba a los estudiantes,
y por eso, Lida, que conocía la ternura y la compasión porque aprendió a tenérsela a sí misma cuando su madre y su tío dejaron de prestarle atención, le puso sobre la rodilla una mano pálida como una nube vacía, sin lluvia, y el muchacho, que no era mucho mayor que ella, levantó la mirada y vio entre lo oscuro otra cosa más oscura que la noche, hecha de ojos y piernas, de sonrisa y paciencia, y no se dio cuenta de que ella ya había cerrado la puerta con llave, de que nadie más iba a entrar, de que estaba a salvo, y de que ella, como muchas veces, o como la mayor parte del tiempo cuando recorría el patio de la casa y las habitaciones, estaba casi desnuda.
Eso le contó a Macedonio;
se lo contaba cada tanto tiempo como si no se lo hubiera dicho nunca, como si él lo olvidara,
o como si a él no le doliera que ella hubiera amado a otros muchachos antes o después que a él, como si él no tuviera memoria, como si él no fuera el que fue, el único que la veía durante el día:
ella misma se lo había dicho:
A ti te quiero cuando es de día;
como si el amor de los otros no fuera para él una herida,
como si la herida no fuera para él lo más parecido al amor,
como si de verdad el tiempo, en vez de empeorar las cosas, las remediara.
Pero no había remedio,
recuerda,
que Macedonio,
una vez,

cuando él era el muchacho que Lida Pastor más amaba, cuando todavía los dedos de la mano estaban en su sitio y ninguna cosa filosa le reventó toda la medicina que le quedaba por estudiar, todos los cuerpos del anfiteatro y todos los cortes quirúrgicos que le quedaban por delante, cuando aún asistía a la Facultad de Medicina, cuando por las noches Lida Pastor lo citaba siempre en la Botica Nacional y le dejaba la puerta abierta y las luces apagadas, cuando lo llevó a conocer a su madre y le dijo:

A mi madre la perdí hace muchos años;

y entró en la casa y encontró las pinturas tatuadas en las paredes, y esperaba a que volviera Lida Pastor y su madre, que apareció de entre los arrayanes y los mangos reventados por la tierra del patio y le explicó la naturaleza de aquel museo,

recuerda que una vez

un día,

cuando despertó muy temprano, solo en la mañana de la botica y sin ella a su lado, atravesó la puerta pequeña que comunica con la casa y la buscó por las habitaciones, por la cocina, los baños, el patio, sin encontrarla, y entonces se acercó a la habitación del fondo, allá detrás donde a fin de año crecen las nochebuenas, y el resto del tiempo espinan las bugambilias y los guamúchiles, y despacioso como el verano fue metiendo la cabeza en aquella oscuridad

así como se iba metiendo en el recuerdo inventado, en todos los recuerdos inventados o corregidos de su pasado,

entonces alcanzó a divisar

sentado frente al espejo

a un hombre con vestido que se dibujaba en la cara la cara de una mujer,

o la cara de Amalia Pastor,
o lo que Macedonio recordaba que era la cara de Amalia Pastor, la madre de Lida, la madre que había perdido hace muchos años, la madre que hablaba de las pinturas y que curaba a los enfermos de la estirpe,
un hombre que se parecía muchísimo a Lida, o a Amalia, o a las dos, y que no se dio cuenta de que Macedonio Bustos, en aquel tiempo un muchacho, lo estaba viendo desde la puerta abierta de la habitación:
se echó para atrás como si pisara descalzo entre las ramas espinosas de los árboles más espinosos, y cuando creyó que nadie desde dentro, es decir, aquel hombre, desde dentro de la habitación, ya no podía verlo, salió disparado hecho una bala loca hacia la puertecita que comunicaba con la botica y que había dejado abierta de par en par en la sala de la casa, justo debajo del retrato de una mujer,
que ahora le parecía un hombre,
que se llama Elvira Pastor, le habían dicho, y que había enfermado de una depresión grave dos o tres décadas antes del nacimiento de Lida Pastor,
salió por la puerta de la botica hacia la calle, sin todavía encontrar por ningún lado a la muchacha, y se fue a la Facultad a tomar las primeras clases del día:
quizá fue por el susto que algunos pensaron que iba borracho,
pero aquella mañana, en el anfiteatro, frente al cuerpo de un muchacho que había muerto, dijeron, de un balazo en el costado, y que llevaba meses metido ahí bajo los cuchillos de los estudiantes, acartonada la piel, endurecida la piel como si fuera un tubérculo rancio, Macedonio vomitó, lloró y dijo, entre arcadas, el nombre de Lida Pastor.
Yo siempre creí que había fantasmas en esa casa, le dijo a Estiarte Salomón.

Recuerda,
tú,
que no sabes lo que falta,
que nunca supiste encontrar en el pozo la luz, que nunca tuviste calma,
recuerda
que de niña, cuando las cosas deben ser simples y el dolor es el recuerdo de una caída, un juguete roto, un regaño de los padres, Lida Pastor conoció otras cosas:
el mundo tenía otro orden, o tenía otros límites, o se acababa en un punto distinto, o había una palabra dicha en la voz de alguien que, entonces sí, era Amalia Pastor, que paseaba por el patio de la casa entre los árboles de arrayán y la monstruosa ceiba, esa mano con las uñas anaranjadas y sin recortar, entre las gallinas y los pollos que correteaban dando saltos como si soñaran con volar, y que quizá lo lograron un día porque desaparecieron de pronto en una nube de plumas, y cuando Amalia se acercaba a ella, a su hija a la que habían llamado Lida, que jugaba tirada en el suelo arrastrándose entre los gusanos que iba sacando de la tierra con un tenedor, le tocaba el pelo con una mano vaporosa y le decía:
Vete a dormir, es muy tarde;
pero Lida Pastor veía en el cielo, entre las ramas de los árboles, allá en el fondo, el sol encendido y quemante, una lumbre cegadora, y su madre, con cara de no haber dormido nunca, se alejaba flotando entre las plantas, espantando sin querer a las gallinas que picoteaban el suelo,
recuerda,
que luego, la hija metía los gusanos en una cazuela y se iba a la cocina, se subía en un banco para alcanzar la estufa y encender el fuego: entonces veía el retorcerse

de aquellas vísceras de la tierra y escuchaba, o creía escuchar, el crujir de un espanto, de una muerte sin remedio: desde lejos quizá cocinaba alguna cosa dulce o inocente, si uno no supiera lo que de verdad hacía; y con el tenedor y la delicadeza de un meñique devolvía al interior de la cazuela a los gusanos que intentaban salirse escalando las paredes del recipiente,

buscando salvación,

y cuando ya ninguno se movía y flotaban en una especie de licor caliente y amargo los echaba en un frasco de cristal, lo cerraba y lo guardaba en la habitación del fondo del patio, donde ella dormía.

La infancia de Lida Pastor fue así, y fue corta.

Recuerda

que un día se enteró de la muerte del tío Liberato,

que vivía con ellas desde siempre, que tenía los mismos ojos que ellas dos, ligeramente rasgados, oscuros y con un glaucoma enterrado en los más hondo, germinando poco a poco, que algún día brotaría como una flor gris y opaca que trae consigo la ceguera y los bultos difusos y las sombras,

el tío Liberato Pastor, hermano de Amalia, ocupaba una de las dos habitaciones en el centro de la casa, escuchaba música por las tardes y leía los diarios por la noche porque así, decía, a la mañana siguiente podía recordar el origen de todas sus pesadillas,

escuchaba ruidos por la casa, voces o ladridos o el timbre de la puerta o el timbre del teléfono o las manos de alguien que esculcaba algún cajón donde él había escondido alguna cosa, y se pasaba horas a veces buscando el origen de aquellos desórdenes, sin nunca encontrar nada,

nada que aliviara la urgencia,

¿de qué?,

al principio, cuando Lida era pequeña, el tío Liberato, que siempre quiso ser ingeniero y construir puentes, pasaba mucho tiempo con ella en el patio enorme de la casa, construyéndole castillos y barcos con puertas y despojos que encontraban en el tejabán del fondo, esa caseta con techo de lámina donde el sol entraba por redondos agujeros de luz, pequeños soles que caían verticales atravesando las telarañas, y donde se guardaba todo lo que nadie quería,

y por eso, por los juegos y los barcos encallados en el patio, la sonrisa grande y recta como una mazorca de maíz, las historias inventadas y todo lo demás, Lida Pastor condescendía con el tío Liberato cuando él buscaba el origen de aquellos ruidos y lo ayudaba a perseguir, a esculcar, a vigilar los rincones de la casa esperando la revelación de algún secreto,

mientras tanto, Amalia Pastor parecía cada vez más un espíritu: la veía poco, casi no hacía ruido, era apenas un estornudo en algún rincón, una cuchara removiendo el pozo de la taza de café, un apartar las ramas del suelo al caminar y, poco a poco, el tiempo un hachazo en la inocencia, cuando la escuchaba a la madre andar por el patio, cuando reconocía algún arrastrar de pasos, ella misma decía, en voz alta y sin levantar la mirada:

Vete a dormir, es tarde;

y cuando Lida levantaba la cara para mirar a su madre, ya no había nadie,

o es que nunca hubo nadie,

alguna gallina que había visto un fantasma,

recuerda, pues,

que un día, tiempo después, supo que el tío Liberato había muerto,

que en un de repente se había marchado así como si nada,
sin decir ni una palabra,
y así de la misma manera la madre despertó de su sueño de andar caminando por la casa como un espectro y se llenó de una congoja y una tristeza de profundas raíces que le cambió hasta la cara: se le envejeció el cuerpo, pero se notaba más alta, se le endureció la voz, pero le creció el cariño, se le empezó a caer el pelo a mechones pero la mirada se le llenó de brillo, se escondió durante semanas luego de la muerte del tío Liberato pero al aparecer cantaba por toda la casa:
fue entonces, como un arrebato, y con la ayuda de la hija, que bajó de las paredes de la casa todos los retratos de la familia:
uno a uno fueron reuniéndose en la habitación que fue del tío Liberato a la espera de alguna cosa que Amalia Pastor planeó mientras duró su encierro de luto en la habitación del fondo del patio:
La muerte se parece tanto a esa gente
que sin conocerlo a uno, le da un abrazo, le dijo Amalia a Lida Pastor;
y la hija no quiso el abrazo de la madre,
porque quizá ya empezaba a pensar en la muerte.
Recuerda,
que luego vino el pintor,
El artista, decía Amalia;
y cada tanto tiempo uno de los cuadros aparecía pintado sobre la pared, con todo y el marco labrado, como si los muros fueran grandes lienzos de piel de donde emergían las caras y la manos de los personajes de la familia de Amalia y Lida Pastor,
que también era la familia del tío Liberato,
que en paz descanse,

y que siempre que Lida Pastor veía el retrato del tío Liberato sentía que algo le hacía falta: sentía la ausencia como algo presente, y pensó, llegó a pensar, que si ella no estaba en un retrato era porque todavía no estaba muerta:

Lida Pastor había sacado la conclusión de que la gente que vive en los retratos ya no está con nosotros:

¿Dónde están?, le preguntó una vez a su madre;

¿Quiénes?, le dijo ella;

Los que están en los cuadros, ¿dónde están?;

y las dos echaron un vistazo a la casa, repleta ya de retratos que no colgaban de las paredes sino que se encarnaban ahí mismo, en la piel misma de la casa: la estirpe familiar habitando los muros como un ejército de fantasmas que había sitiado el espacio y la memoria:

Están muertos, le dijo;

le sobó la cabeza, como siempre lo había hecho antes de decirle Vete a dormir, y siguió andando por la casa como si buscara la salida.

Lida Pastor supo entonces que si ella no estaba en uno de los retratos, y ciertamente no había uno solo de ella, ni una fotografía, nada, si ella no estaba ahí, era porque todavía estaba viva. Tuvo la certeza también, sin embargo, de que el tío Liberato ya estaba muerto sin remedio,

sin cura,

porque la muerte de verdad no tiene cura,

recuérdalo,

que con los años, aunque en la casa sólo vivían ellas dos, las paredes se fueron poblando cada vez más: la madre revisaba los álbumes de fotos, repasaba los papeles empolvados, buscaba nombres, fechas, descripciones, y llamaba de nuevo al pintor para hacer el retrato hablado de un nuevo habitante de la casa: algún día ya no iban a caber más, o sería necesario pintar los cuadros en los árboles, como jaulas imposibles sin pájaros posibles, como frutas con ojos que nunca maduran,

que nunca podrían vigilar

a Lida Pastor mientras jugaba a recordar al tío Liberato, dibujando en cada árbol de la casa un rostro mal tallado sobre la corteza y escondiéndose para que no la encontrara la madre

que se empeñaba en trazar con palabras el rostro olvidado de la familia: detallaba rasgos, arrugas, vestidos, escenarios y sombras, y cuando tenía un nuevo retrato llamaba al artista, se sentaban en el salón, y se peleaban en silencio porque Amalia Pastor le decía:

Albino Pastor Antunes tenía la voz aguda como un tenedor raspando un plato, una mirada buscando algo en el fondo del cajón de la mesa de noche, el andar de un pato cojo y nunca sonreía salvo cuando alguien le hablaba de la Compañía de Luz y Fuerza, a la que culpaba de su calvicie y de la electricidad estática que erizaba el carácter de su esposa;

¿No tiene una foto?, le decía el pintor ya sin esperanza, porque la conocía de tiempo largo y con mucha maña;

Se la acabo de describir, le decía Amalia Pastor;

y entonces el pintor, más resignado que dispuesto, se echaba sobre el lienzo de la pared y empezaba a pintar unos ojos, unas manos, un fondo lleno de cables y postes del trazado eléctrico para justificar el esbozo de una sonrisa, y cuando al cabo de un rato volvía, Amalia Pastor admiraba el avance, daba instrucciones, gritaba, aprobaba, reñía al artista, le llamaba insensible genio talento inacabable grandísimo tonto, y cuando el retrato estaba terminado le ofrecía un vaso de agua, que el otro siempre rechazaba, y le daba algunos billetes.

Afuera,

Lida Pastor, que casi siempre estaba afuera de todo, al margen, como si ninguna cosa tuviera nada que ver con ella, pisando los arrayanes que el viento y los pájaros tiraban al suelo, buscaba en la corteza de un árbol un nudo que fuera una boca o un ojo o una oreja a partir del cual empezar, ella misma, otro retrato del tío Liberato:

la imagen que en el centro de la sala ofrecía el rostro del tío Liberato nunca le gustó: tenía la cara más suave, la boca más pequeña, y estaba retratado en el patio, sentado al lado de algunas macetas con flores, con un libro abierto sobre las piernas, y no caminando por ahí, entre las habitaciones de la casa, como ella lo recordaba, buscando el origen de algún ruido irreconocible o construyendo barcos y castillos en el patio, donde ella jugaba; no entendía cómo si su madre era tan exigente con el artista que hizo los retratos, este, el que quizás era el más importante de todos, era tan impreciso, tan sin detalles, con tan poca alma,

y era el más importante porque Amalia Pastor dejó de pasear por el patio, entre los árboles y las sombras rayadas de las palmas, para sentarse durante horas frente al retrato de Liberato Pastor, su hermano, como si hablara con él en silencio, como si esperara un gesto o un descuido, como si ella misma fuera a aparecer detrás de su hermano, en los árboles allá al fondo del retrato, como si se diera cuenta, por fin, de que Liberato Pastor estaba ahí, fijado en el tiempo, y no deambulando por la casa buscando lo que no existe, y entonces correspondiera que también ella, Amalia, la hermana, dejara de andar por el patio como por un limbo y se quedara fija también en un momento del tiempo, en un espacio verdadero, porque su hija, que crecía como los árboles, estaba viviendo entre dos mundos, entre dos fantasmas: uno en la casa, como humo, como un ruido de puertas y cajones, y otro, ella, en el patio, como hierba, como viento que crece entre la hierba,

y quizá

por eso mismo

ya no le decía:

Vete a dormir, es tarde;

y todos los días, desde la muerte del tío Liberato, Amalia Pastor iba a la habitación de su hija y la despertaba con una voz de pájaro enfermo, porque así era su esperanza, un pájaro enfermo, y le decía:

Mira, Lida, despierta;

y le enseñaba en la palma de la mano un huevo tembloroso que pronto la obligaba a formar un cuenco con los dedos para que no se cayera, mientras el corazón interior y sin plumas empujaba el cristal blanco que lo separaba de este mundo:

Lida Pastor se despertaba, muchos días, al mismo tiempo que se despertaba dentro del cascarón el aleteo todavía pálido y lento de un porvenir, como si cada día fuera nacer, como si amanecer fuera romperse el huevo, como si todo esto lo pensara también su madre:

porque ella pensaba que su madre, desde la muerte del tío Liberato, era otra persona, una que ella nunca antes había conocido, pensaba que el cascarón de Amalia era su hermano, o algo así, porque para Lida era como si antes de la muerte del tío Liberato no hubiera tenido madre, como si no la hubiera conocido nunca, como si por fin Amalia Pastor encontrara, sin querer, aquello que el tío Liberato buscó durante tanto tiempo y que nadie nunca supo qué era,

un huevo abriéndose en un cajón,
un aleteo inesperado,
pero recuerda,
que todavía Lida Pastor seguía escondiéndose,
que sentía que las pinturas, que iban envejeciendo poco a poco, la vigilaban; que muchas veces, por la noche, atravesaba aquella puerta que lleva de la sala a la botica y se dormía al otro lado esperando a los muchachos que corrían despavoridos por la calle, porque ella misma quería correr despavorida por la calle, lejos de su madre que roncaba en la profundidad calurosa de la cama compartida y que, por eso, cuando alguno entraba en la botica para esconderse, mientras se tardaban tanto en encontrarse la boca, ella le iba contando lo que otros muchachos le habían contado sobre las escapatorias, las carreras, las marchas, los encontronazos con la policía o con otros estudiantes, y así los hacía hablar, y así se enteraba de las cosas que ocurrían ahí afuera, y así, luego por la mañana, ella desaparecía por esa puerta que une la botica con la casa, sin despedirse, sin decir nada,
como su madre cuando decía:
Vete a dormir;
como el tío Liberato cuando murió,
sin una sola palabra en la lengua,
y ella se iba también
por la puerta pequeña de la botica,
a esperar que llegara la noche,
recuerda,
que esa era la misma puerta donde Estiarte Salomón creyó que Juan Pablo Orígenes podría estar escondido,
la misma puerta que atravesó Macedonio Bustos una vez, cuando buscaba a Lida y se encontró con un hombre

desconocido que se dibujaba en su boca la boca de una mujer que podía ser Amalia Pastor,
la misma puerta tras la que Salomón fijaba la vista cuando Macedonio le encajaba en la vena azul del brazo azul la aguja y la vía del suero,
la misma puerta que Eliot Román, un día, le mencionó a Juan Pablo Orígenes cuando estaban fabricando el plan para entrar en la casa de Lida Pastor y recuperar los libros que ahí había enterrado una vez:
¿Cómo entraste?, le preguntó Orígenes a Eliot Román;
Hay una puerta pequeña entre la botica y la casa, luego hay que buscar el patio y tantear por los árboles: un arrayán, un mango, un guamúchil al fondo, la ceiba en medio de todo, le respondió, ahí están los libros;
¿Nadie te vio?;
Ella me dejó entrar, pero no sé si me vio enterrar los libros, ¿nunca estuviste ahí?, ¿nunca la conociste?, le preguntó a Orígenes;
Me acuerdo de que una vez conocí a una muchacha, y que dormí en una hamaca entre dos árboles, pero tenía el pelo corto como un muchacho, y era pequeña y grande como un niño que habla como un adulto, pero más no recuerdo,
yo sé que hay cosas olvidadas que resurgen, pero no sé pensar más,
le dijo Juan Pablo Orígenes a Eliot Román;
y se quedaron pensando, como si no hubiera tiempo,
en esa gente que ya no existe, pero que todavía es alguien.
Recuerda, haz memoria,
haz la memoria,
que venga el tiempo a destrenzar la historia, que vengan la memoria y sus gentes, ¿qué venga la memoria?, ¿qué cosas nos dice para engañarnos?,

recuerda,
haz
memoria
tu destino
y recuerda
que un día hay que hacer lo posible para salir del mundo
y entrar en la casa de Lida Pastor,
y recuperar los libros de los Enfermos.

Me acostumbré a la idea de saberlos callados
bajo tierra
José Barroeta

La pena humana, durmiendo, no tiene forma;
si la despiertan, toma la forma de quien la despierta
Antonio Porchia

No olvides
que siempre hay un pasado
que se repite sin saberlo en el futuro,
no olvides
que antes de morir, como cualquier otro,
el tío Liberato Pastor había sido muchas cosas,
o dijo que había sido tantas cosas,
pero que sobre todo fue intermediario:
entre los enfermos y la cura,
entre los Enfermos y la ocultación,
entre los enfermos recuerdos de la familia y su recuperación
del dolor y el daño de las edades,
entre la mentira y el pasado,
entre la madre y la hija,

entre la hija y la infancia,
entre Carlos Ciriaco, magistrado, anarquista, exiliado, y sus destinatarios: el hermano, los compañeros de lucha y Berenice:
recuerda:
que cruzó el País de norte a sur y volvió a cruzarlo de sur a norte varias veces, cuando era muy joven y todavía no terminaba la Revolución y ya había empezado la Cristiada,
llevando las cartas que decían el odio, o el amor, o el odio otra vez, desde la ciudad de Orabá hasta Heroica Nogales, en la frontera norte, y de vuelta hasta los predios donde se juntaban sin tocarse las ciudades de Orabá y Guasachi y más allá, donde la Sierra Madre se parte en Aguaprieta, y luego hasta la costa del Golfo, donde existió una ciudad que se llamaba Rosario, y que desapareció con el tiempo:
Como desaparecen algunas personas también desaparecen algunas ciudades, decía el tío Liberato;
y salía
desde Orabá,
esa perla amarilla como un diente amarillo,
hacia el norte más norte del País donde rebuscaba por entre las calles de las afueras a una mujer que conoció expresamente para cumplir una parte del rito de la correspondencia: en una casa le abrían la puerta y él ya sabía el camino desde la entrada hasta la habitación de la mujer, que lo esperaba sin saber bien el día en que iba a llegar, y a veces estaba lista y a veces no, pero como fuera, el tío Liberato entraba en la habitación, se levantaba la camisa, que llevaba siempre por fuera del pantalón y se sacaba un hatillo de cartas remojadas en el sudor del viaje que la mujer recibía, al

principio con asombro y luego ya con naturalidad, y que iba extendiendo sobre una mesa al otro lado de la habitación mientras el tío Liberato se acostaba en la cama sin quitarse los zapatos:

cubría cada una de las cartas con un paño de algodón y les pasaba por encima la plancha caliente hasta que las arrugas del papel desaparecían casi por completo; mientras las cartas se enfriaban, la muchacha se quitaba la ropa y una por una se pasaba las cartas por el cuerpo: el pelo, los pechos, el pubis, las piernas, y cuando terminaba, volvía a doblarlas y acomodarlas tal y como estaban cuando el tío Liberato se las entregó;

se despedían sin hacer nada más, y el tío Liberato salía de la casa con rumbo a una cantina que se llamaba El brazo roto: ahí entregaba las cartas, le daban un nuevo encargo y salía con rumbo al sur, que era su norte, por entre la polvareda del desierto y la Sierra Madre, y hacía la primera escala del viaje en Guasachi, donde dejaba un puñado de cartas en manos de la familia de la esposa de Carlos Ciriaco; luego llegaba de vuelta a Orabá, donde descansaba y entregaba otro tanto de correspondencia en la Botica Nacional, que pertenecía a Ángel Martín, hermano del Licenciado Ciriaco, y desde ahí hasta Aguaprieta, donde empezaba lo difícil:

en cada ocasión el destino era diferente,

el destino de las cartas,

y el del tío Liberato,

que tenía que averiguar en dónde, esta vez, se reunía el grupo clandestino al que Carlos Ciriaco enviaba sus cartas desde el exilio: de casa en casa iba buscando una ventana que ofreciera en el poyo una vela roja encendida: si no había vela, seguía buscando, si la vela estaba apagada, tenía que volver más tarde, si la vela estaba encendida entonces el tío Liberato tocaba la puerta y lo hacían pasar a una habitación donde cinco o seis hombres, siempre los mismos, lo interrogaban, lo registraban, le hacían jurar con la mano puesta encima de un libro que hablaba del pan o que tenía la palabra pan en el título, y entonces podía sentarse, contar las noticias sobre la situación de Carlos Ciriaco, y beber agua,

al final le pedían las cartas y lo dejaban ir,

le entregaban un puñado de panfletos para que los repartiera por el País, decían, y el tío Liberato los usaba en el camino para encender fogatas o limpiarse el culo,

luego había que salir hacia el sur, por los caminos de la costa, evadiendo las ciudades donde la guerra todavía estaba viva y matando gente, esculcando a los viajeros, cobrando impuestos revolucionarios, para llegar, por la noche después de muchas noches, al pueblo que se llamaba Rosario, donde el tío Liberato tenía que entregar las últimas cartas que llevaba siempre metidas entre la camisa y el pantalón, para que nadie se las viera en el camino, y porque no podía separarse de ellas:

no estaban ni firmadas ni destinadas: la pura fecha en una esquina del sobre, y ni siquiera el lugar de procedencia,

pero él sabía que la mujer se llamaba Berenice,

porque el tío Liberato, desde luego, leía las cartas,

y las copiaba con la mejor caligrafía posible porque, más que enterarse de los asuntos entre Carlos Ciriaco y Berenice, lo que el tío Liberato quería era quedarse con las cartas originales:

leerlas era un mero efecto secundario de la escritura y la copia,

y a cada uno le entregaba las copias que él iba haciendo,

quizá nunca se enteraron del engaño quienes enviaban y recibían las cartas, y él conservó las originales como también conservó algunos panfletos del grupo anarquista, o la fotografía de Berenice cuando, finalmente un día, aquello se acabó.

Sabía que la mujer se llamaba Berenice y que estaba casada y que el Licenciado Carlos Ciriaco había llegado a Orabá procedente de Rosario porque su familia se enteró del asunto y le tenía miedo al Comandante,

el Comandante era el marido de Berenice,

y Carlos Ciriaco acabó estudiando Derecho en el Colegio Rosales,

se hizo magistrado y se hizo anarquista y fue miembro del Partido Liberal Nacional y fue expulsado de ahí como luego sería expulsado del País, con todo y su familia, pero seguía escribiéndole cartas a Berenice,

y el tío Liberato era el encargado de hacerlas llegar: la buscaba por los lugares públicos de Rosario y, cuando la veía de lejos, se sacaba las cartas de entre el pantalón y la camisa, húmedas del sudor de su cuerpo y del sudor del cuerpo de algunos caballos, arrugadas por el polvo de tanto camino y tanta sierra, y se acercaba a ella para entregárselas, tratando de que nadie viera nada, en la calle, en el mercado, en el malecón alguna tarde, como fuera posible:

nomás verla, empezaba a seguirla,

le habían dado una fotografía para reconocerla,

la única fotografía que de ella había conservado Carlos Ciriaco, y que no podía guardar consigo porque ya se había casado él también,

una foto en la que aquella mujer aparecía con el vestido de novia,

apenas se le veía la cara:

La cara amarilla como si tuviera hepatitis, decía Liberato Pastor cuando contaba la historia;

él llevaba la fotografía siempre consigo durante el viaje, y la mantenía a resguardo en una caja de madera labrada, oculta debajo de la cama en los tiempos de espera entre un trayecto y otro,

Carlos Ciriaco nomás podía ver la imagen en las ocasiones en que el tío Liberato aparecía por Heroica Nogales y llegaba a El brazo roto, donde se sentaba solo, pedía una cerveza que casi siempre estaba caliente, y esperaba:

entonces venía un hombre, el enviado de Carlos Ciriaco, que le entregaba el paquete con la correspondencia y le pedía la fotografía:

Carlos Ciriaco, en otra mesa, venido clandestinamente al último punto de contacto entre los dos países, al borde del abismo de la frontera, transportado en el interior de un ataúd a la ida y a la vuelta porque los muertos eran lo único que tenía libre tránsito en aquel tiempo, veía el intercambio de la fotografía:

se emocionaba, le brillaban los ojos, se le erizaban todas las gallinas del corazón,

y esperaba:

el enviado se levantaba de la mesa del tío Liberato, que debía esperar todavía un instante más mientras aquel hombre se acercaba a varias mesas a saludar a los borrachos para luego llegar de pasada a la mesa del Licenciado Ciriaco y deslizarle la fotografía tratando de disimular el gesto,

cosa innecesaria porque nadie prestaba atención, innecesaria porque todo el mundo podía darse cuenta de la mueca de la entrega,

y pocos minutos después Carlos Ciriaco se metía la fotografía en el bolsillo, se levantaba de la mesa y se iba para el baño de la cantina,

tardaba mucho casi siempre,

y el tío Liberato, que todavía no era tío de nadie, esperaba bebiéndose a tragos cortos su cerveza caliente,

hasta que Carlos Ciriaco volvía del baño, sudando como si acabara de matar a alguien a manotazos, y se sentaba otra vez en su mesa,

el enviado, que seguía de borracho en borracho saludando, se acercaba al Licenciado y otra vez invocando un imposible disimulo tomaba la fotografía, se iba directo a la mesa del tío Liberato, y se la devolvía,

entonces empezaba el viaje de ida hasta Rosario, en la costa del Golfo, y de vuelta hasta Orabá, en la orilla del río Orabá, cerca del Pacífico, a la altura del Trópico de Cáncer, y empezaba el Licenciado su propio viaje, desde una ciudad llamada Heroica Nogales hasta otra ciudad llamada solamente Nogales, separadas por la frontera, adentro de un ataúd, serio como si estuviera muerto y amortajado como si lo hubieran cosido a tiros para que nadie se asomara a verle el rostro y pudiera reconocerlo,

siempre pensaba en eso el tío Liberato, en la muerte como un disfraz, o en un muerto escribiendo cartas, o en la resurrección del licenciado Carlos Ciriaco cada vez que llegaba a su destino.

Luego se cumplían las distancias y el tío Liberato le entregaba a Berenice las cartas de Carlos Ciriaco, sudadas y remojadas en un olor de días y cuerpos, y ella, pero esto él no lo sabía, cuando encerrada en el baño de su casa leía las cartas, se las acercaba al rostro aspirando hasta lo más hondo como si aquello fuera el cuerpo de Carlos Ciriaco y no el sudor agrio del tío Liberato,

el mismo sudor que una vez, dormida, aspiró Amalia Pastor, la hermana pequeña del tío Liberato, cuando él volvió durante la noche de uno de aquellos viajes:

no lo olvides:
que el tío Liberato
una vez
se pasó un par de días por el puerto de Rosario recorriendo los lugares habituales donde siempre, en cada uno de sus viajes, había encontrado a aquella mujer de la que Carlos Ciriaco estaba, o estuvo durante algún tiempo, enamorado desde la distancia del norte y los desiertos, desde su frontera y su ataúd,
y la buscó sin poder averiguar nada sobre ella, pero como su encargo era encontrarla a como diera lugar, se quedó ahí pensando cómo resolver el asunto:
cuando se acababa la tarde se le acercó una mujer a la que nunca había visto durante los viajes previos, y ella le dijo que Berenice estaba convaleciente de un embarazo malogrado y que descansaba en una habitación del convento porque su marido el Comandante estaba fuera de la ciudad,
recuerda
que cuando aquella mujer se iba, el tío Liberato la tomó del brazo y le pidió ayuda: no la soltó hasta que llegaron, ella con la mirada ahorcada por el susto, a una calle sola, haciéndose ya la noche, y él se le acercó mucho a la cara para decirle algo parecido a un secreto: que le ayudara a entregar las cartas a Berenice, que lo ayudara a acercarse a ella tan cerca como estaban ellos dos ahí mismo en aquella calle en medio de la noche.
Entonces la mujer le explicó que no había manera de entrar en el convento sin levantar sospechas: él era un extraño, todos se iban a fijar; además, Berenice se pasaba el día en la habitación o en la capilla, daba algunos paseos por el patio, por la huerta, pero era imposible encontrarla sola: si él entraba, alguien terminaría por contárselo

al marido, y las instrucciones de Berenice eran que el mensajero volviera a contarle a Carlos Ciriaco aquellas circunstancias,

pero Liberato Pastor no quería volver sin entregar las cartas, porque entonces, en el siguiente encuentro con el Licenciado no tendría ninguna carta de Berenice que entregarle y sin cartas de Berenice no había manera de comprobar que el tío Liberato cumplió el encargo y así no le pagaban,

había que resolver el asunto:

iban caminando juntos, o la verdad es que ella iba caminando rumbo a su casa y el tío Liberato la seguía preguntándole cosas, pidiéndole ayuda, diciéndole que no podía volver sin entregar personalmente las cartas,

y levantaba el dedo índice cuando decía:

Personalmente;

pero ella seguía caminando por delante y él seguía siguiéndola por el camino de tierra y sentía que las cartas se le encajaban en la barriga por las esquinas dobladas del papel y que cada vez aquello se ablandaba más con el sudor y que si no se las sacaba de encima iba a terminar borrándoles la tinta,

pero ella no quería saber nada del asunto:

la única responsabilidad de la mensajera, desde que Berenice cayó enferma, era hacerle algunos mandados, limpiarle la habitación, rezar a su lado, estar con ella cuando venía a verla el médico y nada más, acababa de conocerla y fue el mismo marido de Berenice el que un día, por la calle, le hizo el encargo de atender a su mujer; le pagaba bien, pero ella le caía mejor, tenían casi la misma edad, pensaba que podrían ser amigas,

Puedo disfrazarme de médico, le dijo Liberato;

pero el médico era amigo del marido de Berenice,

Puedo hacerme pasar por soldado, dijo él;
Eso quizá, dijo ella cuando llegaron a la puerta de su casa;
vivía sola, en una casa que era nada más que un cuarto que alquilaba casi afuera ya de la ciudad, y quizás ella pensó que él quería resolver el asunto en el camino, que vería que no había manera y que agarraría camino otra vez para devolverse al norte,
pero el tío Liberato, como si aquello no fuera ajeno, entró antes que ella y se sentó en la cama,
entonces le dijo:
Ya se nos ocurrirá qué hacer;
como si ella tuviera que ver en el asunto,
y se quedaron así un rato:
ella de pie en el umbral de la puerta y él sentado en la cama como si la esperara para acostarse juntos, pero en verdad agotado por el viaje y todavía pensando en cómo iban a hacerle para entregar las cartas,
hasta que ella cerró la puerta y todo se quedó oscuro:
fue entonces cuando escuchó por primera vez el nombre de la mujer, dicho entre el arrastrar de los pies sobre la tierra y el caerse silencioso del vestido y el tintineo de la hebilla del pantalón y los grillos y los pájaros nocturnos: aquel cerrarse la puerta fue contundente como una decisión, un acuerdo silencioso y falsamente inesperado:
se habían visto esa misma tarde un montón de veces por el malecón:
ir y venir el uno y el otro buscando una cara que ella no conocía y que él no encontró, viéndose a los ojos tantas veces, pensando el uno que algo malo pasaba, pensando la otra que quizás era él a quien debía reconocer,
Es él, pensaba;
o:
¿Es él?;

y el tío Liberato iba convenciéndose de que debía dejar de verle las piernas a esa mujer, los ojos las manos la boca el pelo que se le iba encima de la cara constantemente, porque sabía que su deber era buscar a Berenice, entregar las cartas, recoger la nueva entrega y volver al norte,

fue entonces que ella se atrevió, diciéndose desde adentro:

Y si no es él, ya será;

cosa que el tío Liberato no logró comprender ni cuando el cuerpo de ella se creció en lo oscuro, la lengua se le hizo un helecho lleno de esporas, de cosas por nacer, la voz un carnaval

cuando le decía, entre una cosa y la otra:

Pero sí eras,

y si no es él ya será, pero sí eras,

ya será, si no es él,

pero sí;

y el tío Liberato no entendía nada,

hasta que al amanecer, cuando apenas entraba un chicotazo de luz por algún lado, y el tío Liberato se fumaba los cigarros que le robó a la mujer, se acordó de su nombre, primero, y pensó que si algún día tenía una hija iba a ponerle ese nombre,

y era muy fácil volver a escuchar en la memoria su voz,

la voz de ella,

diciendo:

Lida;

y el tío Liberato, que sabía que si un día tenía una hija no iba a ser con esta Lida, pensó, en segundo lugar y mirando entre lo negro que ya tomaba forma, que ya sabía cómo se iba a acercar a Berenice ese mismo día:

echó el cigarro al suelo de tierra y se acercó a unas perchas que colgaban de la pared frente a la cama como personas colgadas pero sin cuerpo, sin profundidad,

y fue midiéndose los vestidos de aquella mujer que se llamaba Lida,
que dormida era silenciosa,
que dormida era más sencilla que una nube,
hasta que encontró uno que casi le llegaba hasta el suelo,
un vestido,
y supo que tenía que esconderse la cara, aunque la verdad es que la cara del tío Liberato se parecía mucho a la cara de Amalia Pastor, su hermana, y ya con el vestido puesto nomás tenía que quitarse el bigote, enrollado en un bucle hacia arriba en las comisuras, y la barba, que apenas le brotaba como un hormiguero,
Lida seguía durmiendo y Liberato Pastor, ya con el vestido puesto, el pelo cubierto por un montón de pañuelos, sudando como un puerco y con todavía el bigote trenzado sobre la boca, se le quedó mirando a ella, que dormía bocabajo muy cerca del suelo:
entonces, la mujer que se llamaba Lida,
como la hija que quizás un día podría tener el tío Liberato,
fue sintiendo la cosquilla de una tela que le rodeaba la espalda y las piernas como un canto suave antes del peso del cuerpo del tío Liberato que se le acostó encima, vestido de mujer,
y ella despertó
pero abrió la boca y no los ojos,
y pensó que aquello fue como despertarse adentro del dormir, adentro del sueño:
no abrió los ojos hasta que el tío Liberato acabó de zarandearle las caderas y se retiró y se quedó de pie al pie de la cama y ahí fue cuando lo vio ella, las piernas a través de la falda, y pegó un grito nacido del espanto hasta que terminó de reconocerlo y comprender lo que había pasado:

Ya podemos ir a buscar a Berenice, le dijo él;
y aquella Lida pasó del susto a la risa un rato después porque de verdad el tío Liberato parecía una muchacha con bigote, y ella misma lo ayudó a afeitarse y a fingir con trapos unos pechos pequeños y más o menos redondos,
Me gustaría que fueran más grandes, le decía el tío Liberato;
y ella se echaba a reír,
como si jugara con una hermana menor o con una hija,
como si aquella felicidad fuera posible para siempre, o como si hubiera existido siempre,
y hacia el mediodía salieron a la calle con rumbo a Berenice que ya empezaba, seguramente, a rezar un rosario por el hijo que se le murió al nacer,
A veces llora, le decía Lida al tío Liberato, porque se le murió el hijo, y a veces llora porque el hijo no era de aquel señor que usted conoce;
entonces,
recuerda,
que al final no fue difícil entregarle las cartas a Berenice:
caminaron por la ciudad como si fueran a hacer cualquier cosa sin importancia, y al llegar al convento entraron sin miramientos en la capilla: ahí estaba Berenice, hincada, con la cabeza metida entre las manos, las cuentas del rosario colgando como una tripa reseca, el susurro interminable de las avemarías, y el tío Liberato se le puso al lado haciendo como que sabía rezar, y cuando ella lo reconoció abrió tanto la boca en una especie de sonrisa incontenible que el tío Liberato pudo verle las treintaidós pequeñas piezas de sustancia blanca y marfileña de las que tanto hablaba Carlos Ciriaco en sus cartas,
Berenice se metió los sobres debajo de la falda, y aunque lo intentó, el tío Liberato no logró verle los muslos, pero

tuvo en mente pedirle algo para atestiguar que él había cumplido con la entrega:
no había cartas porque Berenice no las había escrito, y sin cartas, le decía Liberato, no hay paga,
ella, pensándolo apenas un poco, le pidió que volviera al día siguiente para darle las cartas que responderían a las palabras de Carlos Ciriaco, las escribiría esa misma noche:
Otro día más vestido así, le dijo el tío Liberato a Lida en el camino de vuelta;
y ella se reía,
y se preocupaba,
pero no sabía muy bien por qué,
ella se preocupaba,
quizá porque a pesar de que la situación en el pueblo era tranquila se sabía que por ahí cerca, detrás de cualquier cerro, estaba la guerra, que había incendios, emboscadas, encontronazos, torturas,
no era el tiempo de los Enfermos, pero se parecía mucho.
Tampoco el segundo encuentro con Berenice fue difícil:
otra vez atravesar el pueblo, entrar con Lida en la capilla, hincarse al lado de Berenice y tratar de verle los muslos, cosa esa sí complicadísima, mientras se sacaba de debajo de la falda las cartas que contestaban a las palabras de Carlos Ciriaco,
y de vuelta al norte,
sabiendo que el olor de las piernas de Berenice se iba a perder en el camino porque nomás salir de ahí el tío Liberato se metió las cartas entre la barriga y los calzones, y creía que era su responsabilidad, al llegar a Heroica Nogales, devolverles frescura a las cartas, lisura al papel, aroma al envoltorio,
no era complicado,

lo difícil era volver en medio de tanta guerra y tantos bandos contrarios que no sabían bien quiénes eran los enemigos y quiénes los amigos:

Lida se quedaba muy preocupada, sabiendo con seguridad que no se volverían a ver, y fue ella, con insistencia, quien lo convenció de que hiciera el viaje de vuelta todavía vestido de mujer:

el tío Liberato agarró camino al norte con la falda azul, casi gris, de la muchacha, pero con sus propias botas, y con los rebozos amarrados a la cabeza, sin bigote y sin barba, hablando poco para no levantar sospechas y sacándole la vuelta a cualquier ciudad o pueblo o iglesia o escuela que se pudiera divisar a lo lejos,

por no saber,

por si las dudas,

porque andaban por todos lados

agarrándose a tiros

los unos contra los otros,

y la única pistola que jamás tuvo entre sus manos Liberato Pastor la había regalado en uno de esos viajes, luego de que un día casi mata a un conocido:

el mismo Carlos Ciriaco le dio la pistola, un viejo revolver reumático, agarrotado, más martillo que pistola, más marro que lumbre: eso le había dicho, que estaba muy maltratado y que no servía, que se lo llevara nomás como medio de precaución:

A veces basta con que se vea, le había dicho;

y luego de varios viajes de ir y venir con la pistola, que más bien era un bulto, un estorbo encajado en el vientre y en la ingle, al lado de las cartas, un día, en una de las escalas, se sentó a comer en la mesa de una cantina y un tipo que conocía de aquellos ires y venires se le sentó delante para acompañarlo,

el tío Liberato había puesto la pistola sobre la mesa, era su costumbre, y el tipo le preguntó por ella, le dijo que era un arma bonita, pero el tío Liberato le aseguró que no disparaba,
el otro no le creyó,
el tío insistió,
no le gustaba discutir, le gustaba demostrar:
empuñó el arma, la levantó y con la cuchara en una mano y la pistola en la otra presionó el gatillo,
con la boca hizo un gesto, el ruido de un falso balazo
que no se escuchó por el estruendo del disparo
que fue a estrellarse en la pared del fondo, llevándose el grito de la mesera, el color de la piel del hombre sentado frente al tío Liberato, la firmeza de la mano del tío, y dejando un regusto a pólvora en la comida
que temblaba en la cuchara
que el tío Liberato no soltaba ni se llevaba a la boca ni lograba devolver al plato,
cuando le regresó el color al cuerpo dejó el arma en la mesa y se la regaló al otro, como si así le borrara de la cara el susto de haberlo casi matado,
por eso, cuando iba atravesando el País vestido de mujer, el tío Liberato andaba desarmado,
pero iba recordando a Lida,
Y a veces el recuerdo es un arma, decía el tío Liberato;
entonces,
el recuerdo de Lida,
que lo acompañó al anochecer por las calles de la ciudad, porque quería despedirlo, porque quería que no se fuera, porque le gustaba verlo andar con el vestido y las botas y se reía silenciosa, tapándose la boca, apretando mucho los ojos, y porque quería, sobre todo, llegar por aquel rumbo donde antes hubo una escuela y ahora no

había sino puro abandono, y quedarse ahí un momento con el tío Liberato, que la abrazó contra la pared y la besó, como si aquella boca fuera la boca brillosa y limpia de Berenice, le alzó la falda y él se levantó la suya, y se despidieron casi sin hablar,

casi,

porque al tío Liberato se le escapó decirle, casi como si hubiera ensayado las palabras, pero sin de verdad pensarlas en toda su extensión:

Así con esta luz te pareces a mi hermana;

ella se quedó meditando mucho en esas palabras,

él no;

y cuando llegó, semanas después, a la ciudad de Orabá, que no era heroica ni era nada, sino un sofocón de verano en medio del invierno, un puñetazo en la boca del estómago del País, ya era de noche y se metió despacio en la casa que para entonces ya compartía con su hermana Amalia, que dormía en la habitación del tío Liberato sin saber cuándo iba a volver, y que despertó a medias con el ruido de la puerta y el armario de la ropa,

porque el tío Liberato quería quitarse el vestido,

y en medio del sueño,

o de alguna cosa llena de recuerdo y esperanza,

Amalia dijo en voz alta:

Mamá;

y el tío Liberato, que también extrañaba a su madre, y que sabía que su hermana la añoraba más, le dijo:

Sí, soy yo, duérmete, es tarde;

y así vestido y apestoso, con el País en el cuerpo, en el sudor y en la cara la tierra y el miedo de todos los caminos y el cuerpo de aquella mujer del puerto de Rosario, el tío Liberato se acostó con su hermana,

que creía que quien se acostaba era su madre,

y durmió tranquila,
pero no durmió tranquilo el tío Liberato,
y cuando se despertaron, con el cuarto hecho el resumen del viaje del tío Liberato en un rebaño de olores, Amalia volvió a recordar que su madre estaba muerta,
y sintió que estaba sola en el mundo,
recuerda:
sola en el mundo,
como el tío Liberato, que también se sentía solo durante el resto de viajes que hizo desde Orabá hasta Heroica Nogales y desde ahí hasta Rosario, en la costa del Golfo, vestido de mujer al ir y al volver,
y cuando se encontraba con Lida volvían a despedirse de pie, con las faldas levantadas, en el muro de aquella escuela derrumbada para siempre,
hasta que un día lo mandaron llamar a la Botica Nacional, que era donde le indicaban las instrucciones del viaje, y se encontró con Carlos Ciriaco en persona, en lugar de su hermano, Ángel Martín, y el tío Liberato pensó que se había dado cuenta de que las cartas que le entregaba eran falsificaciones,
la noticia, sin embargo, era otra:
el Licenciado Ciriaco ya no padecía el exilio, y volvió con su familia a Orabá, pero en aquellos meses había muerto el hermano,
al tío Liberato le pareció que cuando el Licenciado decía el nombre de su huermano lo hacía con cierto desprecio,
pero lo importante era que Carlos Ciriaco había regresado
que no quería hacerse cargo de la botica, que era el negocio del hermano
y que Berenice también había muerto
en el intento de otro embarazo,
entonces ya todo se resolvía en eso:

la muerte,
y no había más,
la muerte o la soledad:
ni viajes ni cartas ni levantarse la falda para decirle adiós Lida
la muerte, pues,
y el tío Liberato recordó a su madre,
que no tenía los dientes blanquísimos,
que no recibió ni envió ninguna carta nunca,
y alejándose ya del recuerdo, porque el recordar le hacía daño, decidió que habría que buscarse un trabajo, o algo, una ocupación,
Se acabaron los viajes, dijo así nomás, al aire,
pero Carlos Ciriaco, que volvía a Orabá otra vez como magistrado, que estaría viajando constantemente a Aguaprieta a reunirse con el grupo anarquista, volvió a decirle que no quería nada con la Botica Nacional:
Eso es puro capitalismo, dijo en voz alta;
había pensado cerrarla, venderla, abandonarla, pero al final decidió que la mejor manera de pagar los servicios de tantos años del tío Liberato era dársela a él,
Liberato Pastor, sorprendido, pensó que se volvería rico,
Carlos Ciriaco pensó que se quitaba un peso de encima:
con la botica iba también la casa, enorme, que se estaba cayendo a pedazos, que se quedaba en medio del centro de la ciudad, donde el Licenciado ya no quería estar, porque esa parte de Orabá le recordaba mucho a aquella parte de Rosario donde conoció, muchos años atrás, a Berenice,
y porque en el fondo todo eso era parte de una historia burguesa o aristócrata o bien acomodada que no servía de mucho para ser anarquista, con todo el pasado pintado en los retratos de terratenientes y usureros y que en su momento le valió la exclusión del Partido Liberal

Nacional; pero ahora que volvía de un exilio ganado mediante desesperados gestos y escaramuzas para recuperar el visto bueno del Partido, no podía tolerar aquel lastre de la familia,

y muerto el hermano, el vínculo se rompía,

a cambio, porque aquello no iba a ser de puro regalo, el tío Liberato le daría a Carlos Ciriaco el terreno donde estaba su casa: una tierra pelada y distante, más allá del río Orabá, donde se acababa todo, donde se terminaba la ciudad, donde empezaba la lejanía y nadie más quería vivir,

donde los habían dejado a él y a Amalia Pastor sus padres,

y donde ni el tío Liberato ni su hermana querían vivir,

por eso dijeron que sí, que aceptaban el cambio,

o lo dijo sólo el tío Liberato, pero pensando que hablaba por los dos,

sin saber que en unos años la familia del Licenciado Carlos Ciriaco, al morir él, se echaría encima una fortuna cuando la ciudad, inesperada, empezara a crecer hacia más allá del margen norte del Orabá,

pero el tío Liberato, que siempre quiso ser ingeniero y que siempre había renunciado a las cosas que más quería, aceptó la Botica Nacional, la casa que se estaba cayendo y aceptó también que Carlos Ciriaco se llevara la colección de fósiles que guardaba Ángel Martín en la habitación del patio,

el tío Liberato nunca había visto un fósil, y aquello le importó poco, pero Marina, la esposa de Carlos Ciriaco, tenía una pulsión coleccionista que le fue heredada de su padre, un alemán emigrado que se llamaba Norbert, y que ella misma heredaría a los hijos que engendró con el Licenciado Ciriaco,

ella, en casa, siempre lo llamó Licenciado,

así eran las cosas,
y el tío Liberato, junto con Amalia Pastor, se mudó a la casa de aquella calle que no se llamaba, en aquel tiempo, ni Colón ni Escobedo:
encontraron camas, sillones, platos todavía por lavar como si apenas alguien se acabara de levantar de la mesa, fotografías, sábanas colgando de las cuerdas del patio, armarios llenos de ropa, zapatos, fruta pudriéndose en el suelo del patio, y las paredes de toda la casa llenas de cuadros que retrataban a la familia de Carlos Ciriaco que los miraban callados desde sus altares.
Empezaron juntos a llevar la Botica Nacional,
que luego heredaría Lida Pastor,
porque el tío Liberato se empeñó en que se llamara Lida,
y como Amalia ni tenía intención de tener un hijo ni tenía la congoja de elegir un nombre, lo dejó al tío Liberato llamarla como quisiera,
y en esa misma botica, décadas después, cuando Lida Pastor era una muchacha que se parecía tanto a aquella mujer a quien el tío Liberato no volvió a ver jamás, de rodillas frente a un Enfermo, casi desnudo como ella, Lida Pastor le pasaba por encima de la cabeza el arco ancho de una falda que caía hasta el suelo guardándole las piernas y el torso flaco: el vestido era largo y poco ceñido, y luego de contarle completa la historia de los viajes del tío Liberato de una punta a otra del País, le decía a aquel muchacho:
Así nadie te va a atrapar;
y lo ayudó a levantarse, lo llevó a la entrada alisándole los pliegues de la falda, echándole sobre la cara la melena, abrió la puerta y lo empujó hacia la mañana de Orabá que el muchacho atravesó sin que nadie se fijara en él, sin que nadie supiera que era un Enfermo, hasta

que llegó a la casa de estudiantes en la calle General Teófilo donde vivía,
y algunos de los compañeros, que lo estaban buscando desde la noche anterior, anunciaron que el Flaco Zambrano apareció,
por fin,
sano y salvo,
vestido de mujer.

TODOS ESTABAN CALLADOS, como si nunca hubieran tenido voz,
como si nunca en la vida hubieran sido sino cuerpos pintados sobre telas,
los cuadros ya estaban aquí cuando Amalia Pastor y el tío Liberato llegaron a la casa: nadie se los llevó, nadie se preocupó por ellos hasta que un día el tío Liberato, pensando en la hermana, se pasó la tarde arreglándole la cara a la pintura de una mujer sentada en un sillón de terciopelo verde para que se pareciera, según él, a la madre de los dos, que murió joven,
o eso le había dicho él a ella,
pero el tío Liberato tampoco tenía presente la cara de su madre, porque había pasado ya mucho tiempo, y lo que hizo fue copiar la imagen de la fotografía de Berenice, la mujer a la que escribía Carlos Ciriaco,
y Amalia no se enteró,
o ambos hicieron como si nadie se enterara, como si todo fuera así desde siempre,
y él fue cambiando todas las pinturas de ahí en adelante: burdamente les hacía más grandes los labios, más pequeños los ojos, les ponía más pelo para hacer menos ancha la frente,

Nos acostumbramos a ellos,
y ellos se acostumbraron a nosotros,
le dijo Lida Pastor a Macedonio;
y Macedonio se lo contó a Estiarte Salomón,
que le pedía siempre una oportunidad para conocerla a Lida, pero siempre había una excusa, un inconveniente, cualquier cosa:
Hay cosas del pasado, decía Macedonio, que resurgen con el tiempo como una semilla olvidada y que nos recuerdan que quisimos ser otros y que nunca fue posible; esos recuerdos vuelven como vuelven algunas personas, o desaparecen como desaparecen algunas personas, ¿verdad?,
y no hay más, a veces no hay más, Salomón; comprenda usted, el asunto es, decía Macedonio, que fue idea de Lida lo de que los estudiantes se vistieran de mujeres para escapar de la policía, o para escapar de otros estudiantes, aunque quizás en el fondo fue idea del tío Liberato y, a su vez, fue idea de aquella muchacha que se llamaba Lida, ¿verdad?, porque siempre hay un antecedente, un antes de todo;
¿Estás seguro de que fue así?, le preguntó Salomón;
Seguro no, pero así me lo contaron; eso es la historia, ¿no?, lo que le cuentan a uno; o eso creo yo, creo que lo que nos cuentan es lo que pasó, porque no hay más; yo quisiera saber más, pero no se puede, como también quisiera tener la mano completa, y eso tampoco se puede, ¿verdad?; yo creo en una historia cuando me la cuentan con sentimiento, con emoción, cuando me la cuenta quien la sufrió, llorando; así es como yo creo en la historia, ¿y usted?;
y Salomón no supo qué responder,
pero volvió a formular una pregunta:

Y entonces, el abuelo Max, la silla de ruedas, el barco, los padecimientos, las historias de la familia pintada en la pared, ¿son inventos?, ¿no existen?;
y Macedonio respondió, quizá refiriéndose a alguien en concreto, quizá refiriéndose a Lida Pastor, o a él mismo, o al abuelo Max:
Sí existe, pero no es nadie,
o eso decía ella y yo nunca le entendí,
pero yo le pregunto a usted: ¿qué son los recuerdos si no los hacemos palpables?,
la familia de ellos existió, pero no en esta casa, eso es seguro, se lo digo como si lo supiera, como si fuera cierto y yo no conociera otra cosa en el mundo: aquí no vivieron, pero vivieron en algún lugar, con su silla de ruedas, su araña en la cabeza, su barco en el patio, ¿quién va a reconocer que tiene un presente compuesto a partir de dos o tres o infinitas mentiras?, a veces uno se da cuenta de la mentira, se lo digo porque lo sé, uno se da cuenta, lo descubre, pero comprende que es mejor lo otro, el no decirlo, o más todavía: el seguir diciendo la mentira, sostenerla, ¿verdad?, para que nadie se muera del susto;
¿Qué susto?, le preguntó Salomón;
El susto de aceptar lo que nos duele, respondió Macedonio, como aceptar que alguien a quien queremos tanto se murió ya, eso duele mucho, usted lo sabe, Salomón, usted bien lo sabe y no lo puede negar;
Y ¿cuál es la mentira que dejas vivir tú, Macedonio?, le preguntó Salomón;
el boticario, cerrándose la bata, le contestó:
Si te lo digo, muchacho, Lida se me muere del susto.

Estar contigo, o recordar que estoy contigo, parece lo mismo, o casi lo mismo,
pero no lo es,
recuerda,
a veces, mentir es abrazar la memoria,
lo único que tenemos;
le dijo Macedonio a Lida Pastor
cuando por fin, después de tantas preguntas, Estiarte Salomón decidió irse a buscar a quién sabe quién.
¿A quién buscaba?
Al Flaco Zambrano, para preguntarle por el asunto de los vestidos,
a Aurora Duarte, para saber si había noticias sobre Orígenes,
a Bernardo Ritz, pero no supo por qué tenía que hablar con el burócrata,
o algo así le había dicho Salomón a Macedonio, o algo así creyó escucharle hablar porque le pidió el teléfono de la botica para un par de asuntos: ésa fue la primera vez, pero poco a poco en los siguientes días, que no serían muchos, la Botica Nacional se convirtió en algo así como la oficina del biógrafo de Juan Pablo Orígenes:
dos o tres veces le mencionó a Macedonio el nombre de Orígenes,
le contó algunos elementos de la historia, le habló de los libros, pero el boticario no tenía conocimiento de nada de eso, y por la simple compañía, o por la cautividad de un escucha que además era atento, Macedonio aceptó la presencia constante de Salomón,
que por su parte tenía un plan bien establecido que pensó durante días, que habló, y esto no se lo dijo a Macedonio, con el Flaco Zambrano:
en nomás saber la historia del tío Liberato, de los vestidos de los Enfermos y de lo que Lida Pastor tuvo que ver con

eso, fue Salomón a buscar a Zambrano para corroborar los hechos: ya había escuchado que algunos estudiantes se vestían de mujeres para escapar de la policía, pero nunca conoció a ninguno que lo hubiera hecho o que lo contara así nomás por las buenas, y había en la historia algún indicio que lo hizo pensar que quizás aquel muchacho del que le habló Macedonio Bustos fuera el Flaco Zambrano, y en la comunicación telefónica el Enfermo le concedió la verdad al asunto y le dijo que si quería saber más que lo esperaba en La Ceiba ese mismo día:

pero en La Ceiba no estaba Zambrano ni Isidro Levi, y Salomón, que no esperaba ver ahí a Eliot Román, porque lo consideraba aún desaparecido, como a Orígenes, se sentó a esperar.

Cuando pasada una hora no aparecía nadie, le preguntó al Zurdo, el camarero, que llevaba diez botellas vacías en cada mano, si lo había visto al Flaco, o a Isidro, o a alguno de aquel grupo, y el Zurdo, que sabía todo lo que pasaba en La Ceiba y en sus alrededores, le dijo que todos se habían ido a la funeraria porque Salvador Rubín había fallecido:

así se lo dijo:

El Chavara Rubín se nos falleció hace un rato, o fue que se enteraron hace un rato de que se murió anoche, eso no lo averigüé;

y se alejó de la mesa de Salomón diciendo en voz alta:

Se nos murió el Chavarón;

como si fuera necesario esparcir la noticia,

y Salomón, que no fue a visitar a Salvador Rubín al hospital después de aquel asunto del asalto y la paliza que le dieron, sintió eso que se siente cuando alguien que conocemos se aparta de este mundo:

la vergüenza de haber sido,
y el dolor de ya no ser,
y se levantó para preguntarle dos cosas al Zurdo:
¿Dónde estaban velando el cuerpo de Salvador Rubín?;
porque era su cuerpo lo que se velaba, no a él,
eso es la muerte, ¿no?,
no ser el que fuimos,
y la otra pregunta era:
¿Quién les avisó a Zambrano y a Levi de la muerte de Rubín?;
porque Salomón recordaba lo que Eliot Román le explicó una vez: que Salvador Rubín se había erigido como el que anunciaba todas las muertes en La Ceiba, y porque recordaba las propias palabras de Rubín:
¿Quién va a avisarle a la gente cuando me muera yo, Salomón?;
y el Zurdo le respondió fácilmente a las dos preguntas: le dio una dirección y un nombre: la dirección la conocía Salomón, y el nombre le sonó tristemente familiar: Ricardo Rubín:
El hijo del Chavarón, le dijo el Zurdo;
y Salomón salió de La Ceiba con rumbo a la funeraria,
pensando que la herencia de nuestros padres va más allá de todo lo que uno se imagina.
Se empezaba a consumir la tarde en Orabá, donde todo se consume, donde todo se hace ceniza y resurge y vuelve a quemarse, cuando Estiarte Salomón llegó a la casa funeraria. Se fue caminando porque no estaba lejos, y porque desde la desaparición de Orígenes pensó que caminando por la ciudad podría, quizás un día, verlo andando por las calles, perdido con la mirada perdida, lejos de todo, lejos de sí mismo y su pasado, que tal vez sea la única manera real de estar lejos de uno mismo,
Estar lejos de nuestro propio pasado, algo así le había dicho Isidro Levi;

pero caminando por las calles de Orabá Salomón no encontró a Juan Pablo Orígenes como alma en pena que se desgasta en el sudor y el ruido: lo que encontró, en cambio, fue el rostro petrificado del poeta en un cartel pegado en una pared del Mercado, su nombre en la tinta borrosa de la impresión, las señas particulares que pretenden lo individual que nos define: calvicie, barba, altura con desgarbo como de una culebra parada, falta de equilibrio y balbuceo, ojos oscuros mas no negros, dedos amarillos de nicotina, temblor de manos, cara larga como de pediatra viejo que sonreía a los niños con una jeringa en la mano, pies planos, boca seca, voz grave pero casi siempre callado, y Salomón se dio cuenta de que en la misma pared del Mercado donde alguien, quién sabe quién, había puesto aquel cartel, había un grafiti con pintura roja, letra temblorosa y estirada hacia arriba y la derecha, que decía:

El mercado es el único lugar para la realización de nuestras identidades;

y estaba escrito precisamente en la pared del Mercado de Garmendia, y alguna cosa le rebotó en la memoria, le saltó como un sapo profundo que viene con la lluvia, y le recordó, tal vez, las palabras de Eliot Román,

se preguntó Salomón si aquella escritura estaba fresca o si llevaba décadas ahí, si la habían escrito los Enfermos del pasado o si hoy se empezaba a rebelar un nuevo brote de contagio, de lejano contagio, o la manifestación de una eterna latencia:

La Enfermedad no se ha curado nunca, le había dicho Eliot Román;

y Salomón arrancó de la pared el cartel con el rostro de Orígenes, que en la fotografía se apreciaba más joven, de manera que lo llevaba doblado en el bolsillo cuando por fin, pasado un rato sudoroso y lento, llegó a la funeraria donde el cuerpo de Salvador Rubín esperaba pasar la noche para agarrar rumbo al cementerio a la mañana siguiente:

se quedó afuera un rato, esperando que apareciera alguien,

quizá Teresa llevando del brazo a Isidro Levi; o quizás el Flaco Zambrano, vestido de mujer; pero entendió que la gente estaba dentro y empezó a subir las escaleras de la entrada hasta que el alcohol de los algodones se le pegó en el fondo del paladar como un sabor a muerto, a medicina inútil, a llaga, y pensó en los detalles, casi siempre innecesarios, que daba Macedonio Bustos cuando hacía el resumen de su vida y contaba sus labores en aquella pequeña funeraria familiar,

pero Salomón tenía que entrar en la sala donde estaban velando el cuerpo de Salvador Rubín, no por respeto sino por necesidad, por la prisa de hablar con Zambrano, y lo vio al Flaco allá sentado al lado de Isidro Levi, tomando café con otros hombres que trataban de no reír demasiado alto:

la muerte de Salvador Rubín era una tragedia, sí, y una tragedia inesperada e injusta, violenta y salvaje, pero todo se desgasta, se lo había dicho muchas veces Isidro Levi:

Lo que se prolonga se desgasta;

y a veces el tiempo no es lo que uno se imagina, y las cosas ocurren como una avalancha y la gente no se da cuenta de que está en un funeral contando chistes, hablando del clima o de un partido de fútbol,

de cualquier cosa, menos de la muerte,

no es una negación, es un hecho más normal de lo que uno cree, siempre y cuando uno no sea el deudo,

y se quedó apartado Salomón, dando la vuelta por la sala para que de lejos lo viera Zambrano y le hiciera una seña para acercarse: no quería evidenciar que estaba ahí por puro interés, y la ola de fieles, doloridos o indemnes, lo fue llevando por entre los sillones y las mesas y las puertas hasta el recinto lleno de flores donde estaba la caja de madera que guardaba el cuerpo de Rubín: con la tapa cerrada la gente se acercaba y ponía la mano sobre la cubierta y las flores y veían la fotografía del Chavarón para quedarse con esa idea y no con la que su familia ya se iba a guardar para siempre:

la cara quebrada por los pómulos y la mandíbula, los ojos cerrados y boludos como ciruelas rojas reventadas, la boca sin dientes y las encías negras, esa última sonrisa de cadáver cuando todavía estaba vivo, el quejido de la voz, ronca y suplicante, de cuando creían que por fin iba a despertar,

pero no despertó,

y justo cuando Salomón pasaba por enfrente de la fotografía enmarcada con la cara más joven y sonriente de Salvador Rubín sintió que detrás suyo un cuerpo se inclinaba hacia un lado como si llevara camino al desmayo:

era el hijo de Rubín, Ricardo, que estaba sentado en la primera fila de aquel teatro mirando sin descanso la fotografía de su padre: cuando Salomón se puso frente a él le tapó la visión y el muchacho se inclinó hacia un lado para seguir viendo la imagen:

como si quisiera borrarse la verdadera imagen que se hinchaba ya debajo de la tapa del ataúd,

y pensó Salomón en los cuadros de la familia de Lida Pastor y en la necesidad de una forma de absolución que se cifraba en la conservación de una imagen dulce, sin sufrimiento o en la posibilidad de una perpetua convalecencia, devuelta quizás a un estado inocente que más que darle calma a ellos, nos la diera a nosotros, pensó en su hermano, que seguramente había pasado por una sala como esa, y más no quería pensar, y siguió caminando porque vio en los ojos del hijo del Chavarón lo mismo que se veía en los ojos del propio Salvador Rubín cuando preguntaba, en broma pero en serio:

¿Quién va a avisarles a ustedes cuando yo me muera?;

y cuando Salomón, guiado por la misma ola de deudos que lo puso entre el padre muerto y el hijo vivo, volvió al vestíbulo donde había visto a Isidro Levi y al Flaco Zambrano, se topó de frente con él, con el Flaco, se saludaron en silencio, formando las palabras con la boca pero sin emitir ni un sonido, cerrando un poco los ojos cuando se estrechaban las manos, como si eso fuera el luto y, pasándole una mano sobre el hombro, Zambrano se llevó a Salomón a donde estaban los viejos amigos de Salvador Rubín bebiendo café y hablando de cualquier cosa menos de Salvador Rubín:

los saludó a todos y se quedó callado, escuchando lo que los demás hablaban: casi hace el gesto de poner sobre el brazo del sillón su brazo para que viniera Macedonio a ponerle la aguja del suero que adormece la prisa y los ardores,

y el gesto le preocupó, y se dio cuenta de que nunca había preguntado qué era aquel suero,

y aunque ya estaba sentado con Zambrano y los demás, quería levantarse y volver a la Botica Nacional para preguntarle a Macedonio qué era aquello que todavía le circulaba por las venas, pero entonces era Isidro Levi el que le hablaba preguntándole cómo se había enterado, qué noticias tenía de Orígenes, de Eliot Román, y Salomón volvió al mundo en el que su razón de estar ahí, en el velorio de Salvador Rubín, era la de hablar con el Flaco y sonsacarle algunas respuestas:

le hizo unas señas para salir a fumar, y salieron ellos dos solos:
en la calle, como si estuvieran en cualquier otro lugar donde no se hubiera muerto nadie, hablaron del asunto: omitiendo numerosos detalles, Salomón le explicó la teoría de los Enfermos vestidos de mujer y la Botica Nacional y Lida Pastor,
y mientras Salomón hablaba, el Flaco Zambrano iba negando las cosas:
No, yo no me vestí de mujer,
no, a mí no me pasó eso,
no, es puro invento;
pero cuando Salomón mencionó sus visitas a la Botica Nacional, su reciente relación con Macedonio Bustos y la posibilidad de encontrarse con Lida Pastor, al Flaco Zambrano le cambió la cara: se puso serio pero a la vez ligero, como un niño, y ahora sí calculando lo que decía, porque antes no lo estaba haciendo, le preguntó a Salomón:
¿La has visto?;
y Salomón:
¿A quién?;
A ella, a la mujer;
No, todavía no, tengo que convencer al boticario, o él tiene que convencerla a ella, no sé;
y la voz y el gesto le cambiaron al Flaco cuando empezó a hablar como si fuera otro, como si algo de pronto se le hubiera revivido en el espíritu:
Le voy a decir una cosa, Salomón, que tiene que quedar entre nosotros: vamos a hacer un acuerdo: yo le digo todo lo que pasó si usted me ayuda a encontrarme con ella;
¿Con Lida Pastor?, le preguntó;
Sí, con ella, yo creí que ya se habría muerto, porque hace mucho tiempo que me paso por la botica de vez en cuando

y nunca la he visto: nomás está el tipo ese al que le falta una mano, y que si uno le saca plática se suelta todo desbaratado hablando de pinturas y de muertos y de quién sabe qué más pendejadas; yo quiero verla a ella: es cierto lo que le contaron, es cierto que a lo mejor yo fui el primero que se vistió de mujer, es cierto que estuve ahí muchas veces y que ella tuvo algo que ver con los Enfermos, pero ese cabrón no tendría por qué saber nada del asunto;

¿Lida Pastor era una Enferma?, y sintió Salomón que le estaba haciendo esa pregunta a Juan Pablo Orígenes;

Yo se lo cuento, le dijo Zambrano, si usted me ayuda a encontrarla a ella: usted se va a pasar todo el día por ahí, y cuando la vea, si la ve, porque yo sigo creyendo que está muerta, así lo siento, si la ve, Salomón, háblele de mí, y me organiza una reunión con ella, ¿de acuerdo?;

pero Salomón, que no veía ganancia en el asunto, una especie de usufructo que fuera directo a las páginas de su libro, como si fuera un mercenario, como si de verdad no le importara ninguna otra cosa, como si más allá de las escaleras y el sabor a alcohol que no se le iba de la boca no estuviera muerto Salvador Rubín,

entonces le dijo al Flaco Zambrano:

Y ¿qué me puede decir usted de los Enfermos que no me haya dicho ya nadie más?;

el Flaco se sorprendió del gesto de Salomón, y encaprichado con la idea de volver a ver a Lida Pastor después de quién sabe cuántos años se aventuró, sin pensarlo mucho, para decirle a Salomón que había una cosa que él sabía y que no se la había dicho a nadie:

Yo sé una cosa que nadie le ha dicho a usted, yo sé qué pasó con el Pulpo Rochín y con Mariano Escápite, ¿se sabe la historia?;

el cigarrillo se le quedó a medio camino de la boca a Salomón: ya no sabía si alguna vez le preguntó a Zambrano sobre el asunto del Pulpo Rochín y de Mariano Escápite, y no sabía si se lo estaba inventando o qué, si lo había negado alguna vez, mintiendo, o si le dijo que no lo sabía, mintiendo también, o si mentía ahora y se lo iba a inventar todo para que él lo ayudara con lo de Lida Pastor,

pero el Flaco, que resultó ser más diablo que los otros, al menos en ese momento, le dijo:

Mariano Escápite está vivo, y está en Orabá;

no hizo falta más para que Salomón estrechara el acuerdo con el Flaco y se pusieran de acuerdo para que cada uno hiciera alguna cosa:

Salomón iba a pasar el mayor tiempo posible en la Botica Nacional esperando a que Lida Pastor apareciera por algún lado,

y se la imaginó entrando a la botica a través de la pequeña puerta de la bodega del fondo,

o bien, pensaba en cómo convencer a Macedonio para que lo dejara entrar en la casa y hablar con ella,

y mientras tanto, el Flaco Zambrano se comprometía a contarle la historia de la participación de Lida Pastor en la Enfermedad y la historia de Mariano Escápite,

pero quedaba una cosa por hacer:

¿Quién va a buscar a Orígenes?, le preguntó Salomón al Flaco;

Usted no se preocupe por Juan Pablo, ha de estar muerto ya, como el Chavarón, no se puede hacer nada;

el Flaco tiró el cigarrillo al suelo, se despidió, y entró en la funeraria,

y Salomón se quedó afuera,

esperando,

sin saber si debía regresar a la sala a despedirse de Isidro Levi, pero sobre todo para volver a ver al hijo de Salvador

Rubín y reconocerse en esa esperanza del olvido, o reconocer una parte de su pasado en aquella imagen del hijo esperando olvidar la última cara del padre, pero entonces,

como espiando por la comisura del ojo, agrandado el mundo por el repentino nacimiento de una lágrima que se estancó en el párpado, Estiarte Salomón creyó ver, allá lejos, al otro lado del boulevard y los carros que iban y venían automáticos,

el caminar tartamudo de Eliot Román:

al principio pensó que era un engaño de las sombras, o un engaño del deseo, que es casi lo mismo,

pero como aquel cuerpo se alejaba despacioso, con la zozobra de los barcos gordos y pesados cargados de esclavos o de cosas robadas, y pudo verlo durante largo rato esconderse en lo oscuro de la calle Carranza, no logró soportar la duda y se aventó a cruzar la calle esquivando a los carros que venían zumbando a la velocidad del grito, y cuando llegó a la esquina donde lo había visto aquel cuerpo apenas alcanzaba la esquina siguiente y se detuvo porque él se detuvo y porque si de verdad era Eliot Román no quería todavía alcanzarlo:

quería averiguar a dónde iba, qué estaba haciendo ahí, por qué estaba desaparecido, dónde estaba Orígenes, y aunque alcanzarlo era trabajo fácil decidió seguirlo de lejos, muy de lejos, porque aquel hombre caminaba más lento que el verano de Orabá, o que el río Orabá, o que cualquier otra cosa de Orabá que no fuera la muerte:

Aquí la muerte es veloz, le había dicho Isidro Levi;

y Salomón siguió caminando por Carranza, con rumbo norte pero de este lado del Orabá, entre la gente que salía del trabajo y que iba a sus casas, como si a él nada le preocupara, pero en verdad se le revolvía en la mente la idea de que si en algún lugar era posible encontrarse con Eliot Román debido a una cierta lógica de los acontecimientos y el porvenir, ese lugar más apto sería el funeral de Salvador Rubín,

entonces, contrario a lo que había dicho el Flaco Zambrano, Orígenes podía estar vivo si Eliot Román estaba vivo,

si aquel cojo de unos metros adelante era, en efecto, Eliot Román,

y por eso lo seguía, por Carranza primero y luego, unas calles más abajo, doblando hacia el poniente por Izábal, como si fuera buscando alguna cosa por el suelo, la mirada siempre hacia el suelo hasta llegar a la esquina y levantar los ojos para ver el tren de luces y ruedas que cruza la calle: más allá seguía, otra vez la mirada al suelo, por la calle Corona hasta topar con la calle Riva Palacios y ahí lo supo Salomón, sin lugar a dudas:

Un cojo que vive en Riva Palacios es Eliot Román;

y esperó a verlo acercarse a la casa antes de alcanzarlo definitivamente cuando sacaba del bolsillo del pantalón el manojo de llaves para abrir la puerta y justo en ese momento Salomón dijo su nombre en voz alta a unos pasos de él:

Eliot;

y el hombre se congeló, se volvió estatua, se enderezó como si le fueran a meter un tiro en la espalda y quisiera recibir a la muerte con el pecho levantado,

entonces volvió a escuchar:

Eliot;

y sin reconocer la voz se giró despacio para encontrarse con el rostro de Estiarte Salomón que le decía:

Todos creen que estás muerto.

Perder viejos amigos íntimos
es un punzante dolor que dura siempre
Julio Torri

Los que están muertos no hacen promesas,
Salomón,
ellos ya no pueden cumplir ningún deseo, ellos ya no esperan nada, y yo todavía tengo deseos y todavía puedo cumplir los deseos de los otros, ¿le basta esto?;
le dijo Eliot Román mientras abría la puerta pensando que Salomón iba a irse, esperando, porque era un hombre que todavía albergaba esperanza, que el biógrafo de Juan Pablo Orígenes no le pidiera lo que le pidió:
¿Puedo entrar?;
y Eliot Román le dijo que no, pero el muchacho ya estaba a su lado y la puerta ya estaba abierta y el cojo de la Biblioteca Ambulante de los Enfermos, que tenía ganas de llorar desde que se enteró de la muerte de Salvador Rubín, empezó a darle vueltas al asunto: si Salomón entraba en la casa se iba a encontrar con Orígenes,
¿Qué deseos son ésos?, le preguntó Salomón, que puso la mano en la puerta y le dijo:
tenemos que hablar;
y Eliot Román, que no quería hablar, sintió que la puerta se abría y que Salomón le ganaba el paso entrando en la casa hasta perderse en lo oscuro,
cuando lo encontró, encendiendo las luces de todas las habitaciones de la casa porque la noche se metía por cualquier rendija, descubrió cada una de las habitaciones vacías: temía encender una luz y encontrar a Orígenes al lado de Salomón, pero lo que veía era el vacío, los frascos de su habitación, donde coleccionaba todo lo

perdido, los grafitis en las paredes, algunos platos rotos que no habían levantado y allá, en la cocina, ante la puerta del patio, Estiarte Salomón, solo, tratando de leer las palabras escritas en los muros, tratando de descubrir el significado de todo aquello,

pero de Orígenes ni sus luces, nada: no apareció por ningún lugar de la casa.

Entonces Eliot Román sacó dos cervezas del refrigerador, le dio una a Salomón y se sentaron en la mesa de la cocina, con la puerta abierta del patio, viendo cómo empezaba a caer una llovizna de agujas,

mientras Eliot Román se preguntaba dónde estaba Orígenes,

mientras Salomón se preguntaba dónde estaba Orígenes,

mientras Juan Pablo Orígenes se mojaba bajo la lluvia tenue de Orabá, que nutría al río Orabá y revolvía su torrente, y empuñaba en la mano una temblorosa lata de pintura con la que terminaba apenas de escribir, con letras chorreadas por el agua y el mal pulso, en la pared blanca de una casa abandonada en la esquina de Obregón y Tenorio, como si estos años fueran aquellos años lejanos de la Enfermedad:

Yo soy el lugar donde vive un desaparecido;

y apenas terminar de escribir la frase, queriendo encerrarla en un óvalo enorme, se dio cuenta de que la lata de pintura estaba vacía: agitó el cilindro metálico esperando escuchar algún mensaje oculto y sintió el peso hueco de todas las palabras que escribió aquella noche: sabía que era hora de volver, pero no sabía a dónde:

Las palabras y su peso hueco, eso es lo que nos queda, había escrito una vez Orígenes pensando en el vacío posterior al libro, en el vacío posterior a la escritura, que es lo que sustituye al vacío previo: ese dolor sin nombre en el inicio de la escritura que a lo largo de las páginas va cobrando peso, ojos, bocas, voces, y que termina siendo una persona conocida, un duelo personal, algo cercano y poderoso que nos abandona cuando abandonamos el libro;

por eso había escrito en aquel muro:

El lugar donde vive un desaparecido;

El que desaparece tiene un destino que desconocemos, y eso es lo que llamamos ausencia, había escrito también muchos años antes, en algún margen del libro de Robert Burton;

pero ahora quería irse de ahí, y no sabía a dónde:

en su lista mental de posibilidades no se enumeraban lugares a los que regresar, sino personas,

y cada persona implicaba un porvenir diferente,

personas que son como posibilidades del destino:

volver con Aurora Duarte, volver con Eliot Román, volver con Estiarte Salomón, volver con quién, no adónde, eso era lo que se preguntaba Juan Pablo Orígenes que ya se resguardaba de la lluvia debajo del puente cercano a la Plaza de Rosales, en el mismo lugar donde él y Eliot Román habían encontrado los primeros ejemplares de la Biblioteca Ambulante de los Enfermos, donde trataba de asociar una palabra a cada uno de los destinos posibles, una palabra que pudiera penetrar en el corazón de sus dudas para que le diera la respuesta, la elección de su destino:

Eliot Román: Búsqueda;

pero no podía dejarlo así, en una sola palabra, y agregó:

Infinita;

pensó en todos los libros que había que recuperar todavía, los agujeros que debían cavar, el peso que debían cargar, el dolor de las articulaciones, de la espalda, de saber que aquella búsqueda era, a fin de cuentas, la postergación

de alguna cosa desconocida: buscar para no esperar o para alejarse de la espera o para romper el ritmo rutinario de la vida de viejo postrado que lleva a la muerte, o cualquier cosa para hacer mientras algo pasa,
mientras ¿qué?,
¿Qué destino esperas, Juan Pablo?, se preguntó como si le resonara dentro la voz de Salomón,
¿qué es lo que se puede postergar a estas alturas?,
nada,
a estas alturas la búsqueda es pura necedad, necesidad de hacer algo, lo que sea, ¿cuál irreverencia, cuál guerra, cuál injusticia, quién cree todavía en esas palabras?,
la biblioteca no importa, lo que importa es buscar, y eso no se acaba nunca,
pero uno siempre se muere antes,
antes de encontrar nada;
Estiarte Salomón: Recordar;
o reunir los pedazos de la memoria, lo que va quedando, tal vez esa es otra forma de la búsqueda, pero más bien es una especie de negación, un volver a suceder o experimentar las cosas, revivirlas, volver a pasar las cosas por el corazón, volver a sentirlas: el recuerdo no es la nueva ocurrencia de las cosas, sino la constante sensación de su paso por nosotros,
cuando uno lo que quiere es no volver a ningún lado en donde ya estuviera antes, en donde fuimos otros que ya no somos porque hemos ganado en lentitud y en dolores, en achaques, en tristeza,
recordar es un puro látigo;
Aurora: Espera;
espera a que pase el tiempo y que sea benévolo, que la muerte nos encuentre tranquilos, y no nos caigamos de hocico en el plato a la hora de la comida, en mitad del día,

fulminados
por el repentino trueno del aneurisma,
esperar,
como si hubiera algo para nosotros en algún lugar,
como si antes de llegar a odiarnos el uno al otro fuera a venir la muerte,
que para eso ya vino tarde, ya nadie la espera para resolver el problema de la compañía, de la rutina inquietante de la compañía,
si yo te viera ahora, si tú me vieras ahora: somos el que el otro ama solamente cuando no estamos juntos, pero ahora, después de tanto y antes de lo último, quién va a querer separarse, quién querría seguir unido;
todos los destinos, en cierto momento de la vida, son el mismo: ya nada nos salva el corazón, ya nada nos va a conceder un perdón que nunca, en verdad, fue necesario;
una palabra,
que penetre en lo imposible, en ese cambiarle a uno la vida cuando ya le queda a uno tan poca vida,
porque se sabe cuando el morir está cerca, uno lo ve ahí: casi siempre nos dicen que tiene alas, o que es pura ala, puro aleteo, pero eso a mí me recuerda a algo vivo, o a algo que se aferra a lo vivo, y el morir tiene otros gestos, porque viene lento y tarda, o es un chicotazo de una rama verde que se nos parte en el hocico, y no nos enteramos de nada, pero se atora en el pescuezo o en la última forma de los ojos y en lo último que pueden ver;
Orígenes vio el final de la lluvia desde debajo del puente y no alcanzó a decidirse por nada:
escuchaba el andar del Orabá ahí cerca, como un bullicio de árboles sacudidos por el viento y la corriente, como el relato de una navegación imposible, pensando más en la oquedad de las palabras, de sus propias palabras, en

la falta de peso real de todo lo escrito, y queriendo que ese peso del cuerpo vacío se llenara con algo, lo que sea, cualquier cosa que abarrote el alma, y decidió que ni el recuerdo ni la espera son medios suficientes para paliar el vacío, decidió no volver ni con Estiarte Salomón ni con Aurora Duarte:

agarró camino ya sin pensar en nada hacia la casa de Eliot Román,

en la calle Riva Palacios,

como si llevara la mente emborronada de nubes, tachonada de pájaros,

iba Orígenes

hacia donde Eliot Román se terminaba una cerveza sentado en la mesa de la cocina viendo lo que queda después de la lluvia, frente a Salomón, que le enseñó la fotografía de Orígenes con las señas de identificación que había encontrado en un muro del Mercado:

Eliot Román le dijo que no sabía dónde estaba Orígenes, y no mintió porque él mismo estuvo pensando en ello todo el rato; entonces Salomón le habló de la muerte de Salvador Rubín, le preguntó por qué no había ido al funeral y Eliot Román, dándole un largo trago a la cerveza recién abierta, con ese lloro que se junta entre los ojos y la nariz en las atragantaduras heladas y que disimulaba el lloro real por la muerte del Chavarón, se quedó callado un momento antes de decirle:

Al funeral de ese Pescado yo no voy;

y se puso a toser con violencia, para no llorar,

o para esconder que de verdad lloraba,

y como se dio cuenta Salomón de que no iba a encontrar respuestas ahí, se acabó la cerveza y se levantó, pero no notó la prisa que tenía Eliot Román de que él se marchara, y le dijo que volvería a visitarlo, que si sabía algo de Orígenes le llamara, que era una pena la muerte de Rubín, que era una pena todo, que debería aparecerse algún día por La Ceiba, que Isidro Levi y los demás estaban preocupados, que pensaron que lo habían matado el mismo día en que alguien, quién sabe quién, atacó al Chavarón, que diera señales de vida, que se cuidara mucho, y Eliot Román, tratando de acabar de una vez la conversación, le dijo:

A La Ceiba ya no voy: hoy fui después de varios días, y mire usted de lo que me entero, mejor ya no aparezco por ahí, no vaya a ser que se me muera alguien querido; es una promesa, esas cosas pasan.

DICEN QUE EL VENENO que no lo mata a uno de golpe

lo vuelve loco,

que había caballos antes, quién sabe cuándo, que se comían una hierba, una mata que crecía arrinconada en el desierto y que se parecía mucho a la verdolaga, esa planta que a veces, cuando era niño, mi madre me mandaba a buscar en los baldíos para hacer una sopa cuando no había qué comer,

sopa de verdolagas,

y esa hierba parecida, pero de fundamento distinta, cuando se la comían los caballos se volvían locos, creo que la llamaban gatera, y arrancaban a correr desaforados hasta que encontraban un barranco por donde aventarse,

a veces decían lo mismo de la adormidera, antes, mucho antes de que pasara lo que ahora pasa, usted ya sabe,

pero esto no es veneno, Salomón,

tampoco es la cura:

esto es nada más que un hábito, véalo así, un hábito que despierta lo dormido o que duerme lo despierto,

un espejo, véalo así, como si fuera un espejo;
le dijo Macedonio a Salomón mientras le conectaba la aguja del suero:
desde calles antes de llegar a la Botica Nacional, casi nomás salir de la casa de Eliot Román, Salomón sintió un mordisqueo en el brazo en torno a la vena que la manga de la camisa ocultaba en el interior justo del pliegue del codo: un tropel de mordidas que no se ubicaban en la piel, en la superficie, sino en lo más hondo, en el camino subterráneo de las venas y las arterias, en el subsuelo de la carne, un hilo trenzado de hormigas que, de pronto, más o menos a la misma hora que en días pasados, le empezaba a subir por el brazo hasta que se le instalaba en la cabeza y la comezón, esa desesperación de las uñas, explotaba como un ejército de piojos hambrientos.
Estaban solos:
ni uno de los enfermos había aparecido ese día:
Es la lluvia, le dijo Macedonio, nos pasamos todo el año esperando a que lleguen las lluvias y al final cuando están aquí nos quedamos adentro de la casa, oyendo cómo se caen las nubes, y todo lo que pensamos que haríamos con la lluvia queda postergado: ni paraguas ni baños al aire libre ni charcos ni nada: escuchar nomás,
y cancelar los planes para ese día,
porque llueve,
porque por fin llueve,
aquí pasa, Salomón, que la lluvia afecta a los enfermos, les descose las coyunturas, se les mete entre la piel y los huesos porque ya no tienen carne, o nunca la tuvieron, y la humedad los estropea, parece que tienen lepra, que tienen pelagra, y alguno que otro parece un lobo, parece que tiene lupus, que se les aloja en la cara una

mariposa enorme de humedades, y se les cae a pedazos la piel, que es su única carne;

se dio cuenta entonces Salomón de que Macedonio no le hablaba de los enfermos que venían a la Botica Nacional, sino de los enfermos de la familia de Lida Pastor, petrificados en las paredes:

Por ejemplo, dijo Macedonio, Atilio Pastor Terrazas era uno de los más sanos, tenía problemas en los huesos, alguna quebradura, algún raspón en las rodillas, un hombro dislocado, siempre soñó con jugar al fútbol y sus sueños eran vívidos, punzantes, intensos: soñaba con campeonatos y un pasto liso y verde como una pradera, pero volvía con las espinillas heridas y casi siempre agobiado por la derrota,

sus sueños eran veraces y crueles, y su talento, incluso ahí, era limitado,

pero un día de lluvias torrenciales el agua se filtró por la pared y Atilio Pastor, que se llamaba igual que su padre e igual que su hijo, empezó a sudar hasta por la ropa, y la piel se le afectó, y hubo que hacerle peladuras, como si fuera un tubérculo al que le sale piel encima de la piel, y maquillarlo un poco para que no sufriera y esperar a que las lluvias no fueran tan crueles como sus sueños;

Salomón abrió la cerveza que le había dado Macedonio al llegar cuando empezó a sentir el suero hinchándole las venas; volvió a decirle al boticario que necesitaba hablar con Lida Pastor, que ella tenía información útil para su libro, que quería hacerle una entrevista,

pero Macedonio le dio una respuesta que no se esperaba:

Está de luto, no es posible ahora;

y Salomón le preguntó:

¿Por la muerte de Salvador Rubín?;

Yo no sé quién es ese, le respondió Macedonio, pero no, es por la muerte del tío Liberato, que falleció un día como hoy, y ella siempre se pone de luto cuando es el día de la muerte del tío Liberato, y a veces cuando es el aniversario de la muerte de su madre; ¿quién es Salvador Rubín?;

Un Pescado, le dijo Salomón, del Partido Comunista; ¿cómo murió el tío Liberato?;

Eso es una cosa muy personal, muchacho, pero lo que le voy a decir es lo que pasó después de la muerte de Liberato Pastor, y usted, que está ahí sentado, no lo va a creer:

¿Se acuerda de Lida Pastor yendo a la funeraria a que la maquillaran?, ¿se acuerda de que la maquillé yo mismo?, ¿y que después de la primera vez fue muchas veces más hasta que me pidió que viniera yo a hacerme cargo de sus enfermos?,

pues aquella primera vez, cuando vino ella y me dijo esas palabras que no se pueden olvidar sobre la vida y la tristeza, aquel día, pues, era el funeral de Amalia Pastor: el tío Liberato llevaba ya varios años fallecido y aquel día fue el día en que Lida se quedó sola en el mundo y me volvió a encontrar a mí; se sorprenderá usted de la coincidencia, de que a mí, precisamente, se me encargó la tarea de preparar el cuerpo de Amalia Pastor,

yo no sabía quién era, fue otro cuerpo más, había muchos siempre, y luego hubo más, cada vez había más cuerpos y eran cuerpos distintos, muertes distintas: al principio eran muchos ancianos, muchos niños, yo me enteraba de sus muertes por los informes: deshidratación, fallos cardiacos, atropellamientos; pero luego empezaron a cambiar las cosas, hablo de la ciudad, empezaron a cambiar las cosas en la ciudad, y

llegaban muertos violentos, apuñalados, balaceados, hechos pedazos,
pero el cuerpo de Amalia lo recuerdo muy bien, aunque era otro cuerpo más, porque fue cuando apareció Lida Pastor y me pidió que la maquillara,
¿se da cuenta?, eso es el destino, no tiene otro nombre,
Lida me decía que el destino es cuando el pasado se hace futuro, y yo le creo, siempre le creí lo que me decía, usted no sabe, Salomón, las cosas que era capaz de decir, sobre todo en aquellos años, cuando hablaba más, cuando estaba más encendida,
pero lo que yo sí creo, Salomón, es que esos caballos locos veían en los ojos de la mente cosas que no podían entender, veían a otros caballos que no estaban ahí con ellos pero que una vez sí que estuvieron en el mundo, ¿me entiende?, recordaban a los ausentes, y a lo mejor eso era insoportable, porque es posible que nunca antes hubieram pensado en los ausentes,
y por eso se mataban,
pero aquí está usted, haciendo lo mismo, y no se va a matar por ello porque usted sí entiende que lo que vemos con la mente es el recuerdo,
y el recuerdo es una cosa necesaria,
si no, ¿por qué vuelve?

RECUERDA,
esto no pudo ser de otra manera,
fue por la mañana y la niña estaba en la escuela, porque un tiempo sí fue a la escuela y trató de ser una niña normal como todas y de no morder a los compañeros y de no morder a la maestra y de no morder los lápices,
pero mordía los lápices para no morder a nadie,

el tío Liberato le explicó que así debía hacer cuando tuviera ganas de morder a alguien,

y fue de esta manera, sin esperárselo, que al volver de la escuela Lida Pastor encontró la casa sola, y no era poco común, pero también la botica estaba sola, y eso era más bien una preocupación,

por eso fue por la casa buscando, diciendo en voz alta el nombre de su madre, el nombre de su tío, sin respuesta, y entró en la habitación del fondo del patio, que era suya, y no había nadie, y entró en la otra habitación del patio, que era de su madre, y no estaba ahí, y esa noche, sin saber si alguien llegaba o no, sin saber si alguien volvía o si se había quedado sola en este mundo, se quedó dormida, por primera vez en su vida, en la cama de su madre,

recuerda,

que Lida Pastor no escuchó los pasos, el arrastrar de la silla, el puchero del lloro y la queja, la puerta de golpe abierta, el balanceo necesario e infinito crujiendo en las vigas, el golpe de la silla al caer y el golpe del cuerpo al caer, el grito ahogado y el grito rotundo, poderoso, lejano,

porque ella no estaba en casa cuando aquello pasaba,

y tampoco pudo ver el nublado brillo de los ojos, la dificultad de subir y de bajar, la contundencia del nudo mojado y la lentitud del corte, el cuerpo de uno abrazando el cuerpo del otro y la incapacidad de sostenerlo en vilo y el breve, brevísimo momento en que las dos caras se juntaron frente a frente: los cuatro ojos abiertos o cerrados, las dos bocas de un imposible último beso y de inmediato la cara de uno rozando todo el cuerpo del otro al caer, el golpe de una cabeza en el suelo y el gesto de dolor ajeno y el torcimiento de un tobillo

y la lucha inútil
que hacen los vivos
por despertar,
por salvar a los muertos,
y es que Lida Pastor,
recuerda,
no estaba ahí cuando pasó aquello,
y lo que pasó es que a la mañana siguiente no se despertó en la cama de su madre, sino en su propia cama, sola, acurrucada como si el frío fuera posible aquí, y aunque era día de escuela no vino el tío Liberato a despertarla, y cuando llegó a la cocina encontró a su madre,
o a un fantasma que se parecía a su madre,
haciendo el desayuno,
por primera vez,
con todas las ventanas de la casa cerradas, con todas las cortinas cerradas, todo lo que tuviera luz hecho a un lado, ni el sol ni las lámparas alumbraban aquel desayuno que parecía cena, y fue en mitad de aquello, acabándose el café con leche que siempre bebía en una taza de peltre, que su madre, enronquecida la voz, le dijo:
Tu tío Liberato ya no está con nosotros;
y Lida Pastor no entendía qué significaban esas palabras:
lo entendió un día, semanas después, cuando su madre mandó hacer el retrato del tío Liberato en la pared de la sala,
recuerda,
La muerte,
dijo la madre de Lida Pastor,
es cuando alguien se va y no vuelve;
recuerda.

[…] cuando el ron repite,
nos da el coraje para volvernos asesinos
Derek Walcott

Hay días en que la noche no termina,
y se estira para que algunos puedan acabar lo que nunca empezaron,
o para que no les falten horas para cumplir, en los sueños, las promesas que no le hicieron a nadie,
o porque la noche, en su frescura, único bálsamo posible en esta ciudad al borde del trópico, es el lugar donde puede buscarse el perdón de las usuras cometidas en el calorón del día,
hay noches largas,
y por eso, porque Orígenes entró silencioso en la casa de Eliot Román luego de dar vueltas por el centro de Orabá viendo los grafitis que había hecho él mismo, volviendo a contagiarse, volviendo a Enfermarse, como si aquellas palabras las hubiera escrito otro pero fueran pensadas para él, para encenderle el corazón a él, para devolverlo al tiempo bravo de los años de la juventud brava, por eso, porque Orígenes había encontrado alguna cosa perdida hace muchos años y entró sigiloso a la casa cuando Eliot Román se había quedado dormido de borracho sobre la mesa de la cocina, con la puerta del patio abierta y el fresco secándole el sudor que se encharcaba debajo de su cara mezclándose con las lágrimas y la espuma, poniéndole la mano en el hombro, una mano transparente de fantasma, le dijo:
Tenemos que salir;
y Eliot Román apenas movía la cabeza,
Tenemos que salir a la calle;

entonces se despertó, trató de enfocar la mirada en el rostro de Orígenes y antes de preguntarle dónde había estado le pegó un trago caliente a lo que quedaba de cerveza en una de las botellas cercanas,

amargándose el gesto por el sabor, escuchó a Orígenes que decía:

Te vi hablando con Salomón, y lo seguí, se metió en la Botica Nacional y ya no salió, apagaron las luces y ya no salió, algo está pasando;

Eliot Román volvió a hacer el esfuerzo de preguntarle adónde había ido, qué había hecho durante la tarde y la noche, pero pensó que antes tenía que notificarle que Salvador Rubín estaba muerto y que era culpa de ellos dos y de nadie más, o de ellos dos y de la memoria Enferma, que se acababa todo, que había bebido y había llorado, que extrañaba mucho a la tía Norma no como la mujer de la que se había enamorado en algún momento pasado sino como tía a secas, como la tía Norma, que todo, sí, otra vez todo, se acababa, que se fuera, que había llorado incluso en presencia de Salomón, pero que no se dejó ver las lágrimas de verdad:

Me puse a toser mucho;

fue lo único que alcanzó a decir, porque volvió a llorar,

y Orígenes, que no sabía que Salvador Rubín había muerto, empezó el gesto de ayudarlo a incorporarse y una vez que Eliot Román volvía a la verticalidad Orígenes se fue a traerle otra cerveza,

empezaron a beber, en silencio, sosegándose los dos, porque en cada uno de ellos había exaltación y desespero,

hasta que luego de la quinta cerveza, y los quién sabe cuántos cigarrillos, cuando iba a empezar a hablar Eliot Román, más sereno, lo interrumpió Orígenes antes de empezar y le dijo:

Todavía tenemos que ir a la Universidad, la alcantarilla, los libros de la biblioteca, podemos ir hoy mismo;

y Eliot Román, que todo el tiempo tuvo la noción de que Orígenes era un títere, un monigote al que la falta de memoria lo hacía obedecer órdenes sin más, dejarse llevar como por el río, de repente se sintió como si le hubiera dado vida a un gólem:

en los ojos de Orígenes había un muchacho joven al que se le había muerto la madre de cáncer, de soledad y de cáncer; había los ojos de un muerto que no tiene nombre; había prisa, mucha prisa por hacer algo, cualquier cosa; había gritos hondos e interminables, había palabras huecas que se lleva el viento y palabras pesadas como piedras, hundiéndose en la tierra; había rabia y amigos muertos, primos muertos, hermanos muertos, recuerdos azotados en lo más oscuro del dolor; había hambre y necesidad y urgencias, y había voluntad, por sobre todas las cosas había muchísima voluntad,

y Eliot Román, que por un momento tuvo miedo de los ojos de Juan Pablo Orígenes, le dijo:

Voy al patio a que me dé el aire;

pero en realidad tenía miedo de ofrecerle la espalda al poeta, y fue así, en su hesitar, que Orígenes lo tomó del brazo y le dijo:

Vamos mejor a la calle;

y en apenas parpadear y sacarse las nubes de los ojos Eliot Román ya estaba con Orígenes caminando por la calle rumbo al Mercado,

porque iban con rumbo fijo:

aquello no era un paseo:

Orígenes iba hablando, y le explicaba a Eliot Román que tenían que seguir con la búsqueda, que había que sacar todos los libros de sus escondrijos, que era responsabilidad de ellos dos, que no podían abandonar, que aquello sería una tarea a realizar con el último aliento de sus vidas:

Es el paroxismo de la Enfermedad, dijo Orígenes, la cúspide de nuestra condición, y es lo que acontece para que el contagio vuelva a latir: aunque no estemos nosotros tiene que estar en alguien más: mira la ciudad, Eliot, mira el País, los que somos como tú y como yo somos necesarios, indispensables;

y mientras Orígenes echaba su discurso y decía cosas a las que Eliot Román no ponía atención, el Cojo tenía el estómago revuelto y quería vomitar, y no dejaba de pensar en el asunto del gólem,

ese monstruo,

imaginaba a Orígenes con una palabra escrita en un papel metido debajo de la lengua desde aquella noche en que pasó lo de La Ceiba, lo del Sin Rumbo, lo del Chavarón,

ahora lo llamaba así, por el nombre cariñoso con que los amigos lo nombraban, un nombre que él nunca utilizó porque siempre sintió un profundo desprecio por Rubín, pero ahora, como está muerto, como él mismo lo mató, le hablaba con cariño como si fuera un hijo, porque eso son los muertos, ¿no?, se convierten en nuestros hijos, son débiles, sufren tanto, han sufrido tanto, y ya no pueden ser de nadie porque, al mismo tiempo, son de todos,

y quería detenerse Eliot Román y doblar el cuerpo y echar por la boca todo lo que le dolía, todo lo que le causaba dolor y angustia y remordimiento, la congoja de haber llegado al extremo de las cosas,

Pero es que estábamos borrachos, quería decir:

quería decirlo en voz alta:

Estábamos borrachos;

pero no podía hablar con la boca tan seca y el corazón en el pescuezo, y muy en el fondo, en alguna habitación mental, buscaba la memoria de esa noche: una manera de expulsar la culpa, de echársela a Orígenes, tal vez: ¿quién dio el golpe mortal?, ¿quién le hundió el pecho con una rodilla?: trataba de imaginarse a Orígenes, inconsciente y automático, atizando sin piedad al Chavarón, pero en cada golpe que estimaba definitivo, estaba siempre su mano, y no la de Orígenes, su pie, y no el del otro,

entonces se detuvo Eliot Román y dobló el cuerpo y apoyó las manos sobre las rodillas como si lo abordara el mareo y no se dio cuenta Orígenes, que siguió caminando y hablando como si fuera solo desde un principio, desde siempre, hasta que a unos pasos más adelante, quizá fue que dejó de escuchar el desacompasado caminar del Cojo, se detuvo y se giró hacia atrás y lo vio ya hincado y con las manos en el suelo fresco por la llovizna y echando por la boca el desespero y la ruina, la bilis y la dentadura, el rencor y el amor propio,

pero la culpa no,

la culpa no salió,

y Orígenes se quiso acercar a ayudarlo pero le dio asco: vio los dientes falsos de Eliot Román arrastrados sobre la mugre, los dientes que él tuvo en su mano hace quién sabe cuántos días, cuando pasó lo de Rubín, y entonces sintió que había una especie de huella conectora entre sus manos y la dentadura y con un cosquilleo se frotó las palmas sobre los pantalones como si se limpiara la amargura, la acidez que se escurría por la acera, una asquerosa presencia imaginada en las manos:

vio a Eliot Román levantarse con dificultades, todavía mareado, tambaleándose más que de costumbre, buscando algún lugar donde sentarse y entonces fue que Orígenes se le acercó, cuando el Cojo estaba ya a unos pasos de la mancha, cuando se cercioró de que estaba limpio, y lo tomó por debajo del brazo para enderezarlo y que le diera en la cara el fresco de la noche, y como si nada hubiera pasado, como si nadie se hubiera muerto, le dijo:

Tus dientes están en el suelo;

y Eliot Román contestó:

Déjalos, tengo otros en la casa, quiero irme;

y caminaron en sentido contrario a la dentadura de Eliot Román y dieron vueltas y revueltas para encontrar un lugar donde sentarse tranquilamente y, como si se tratara de una casualidad, llegaron a la Plaza de Rosales,

que de verdad no estaba lejos,

y ahí se sentaron y Eliot Román cerraba y abría los ojos tratando de recuperarse mientras Orígenes le veía la cara transformada y destruida por la falta de dientes:

cuando Eliot Román levantó la mirada y se dio cuenta a ciencia cierta de dónde estaban, lo primero que vio fue, entre los árboles de nim que alguien trajo de quién sabe dónde y que todavía escurrían el agua de la lluvia, lo primero que vio Eliot Román fue, pues, un grafiti de letras rojas escrito en la fachada de la Universidad:

Los sistemas políticos son narcisistas por excelencia;

de pronto se quedó serio Eliot Román, como si el tiempo se hubiera echado hacia atrás, y levantó la mano para señalarle a Orígenes aquellas palabras, y le dijo, todavía con el sabor ácido en la boca:

¿Y eso?;

No sé, le dijo Orígenes, mintiéndole porque él mismo había escrito aquellas palabras, es lo que te estoy diciendo desde antes, Eliot, le dijo, que hay otros Enfermos, quizá más jóvenes, que todo está regresando y nosotros estamos vivos, que tenemos que hacer algo;

pero Eliot Román aún tenía en la boca el sabor de la muerte del Chavarón Rubín, en la boca que le colgaba como un bigote de carne,

y ante la sorpresa no sabía qué responderle a Orígenes, no sabía cómo entender aquellas palabras, pero sobre todo no sabía cómo entender la aparición de aquel mensaje, su repentina luz roja, su inexacta precisión, su anacrónica existencia,

entonces Orígenes, que no quería verle la cara a Eliot Román, le preguntó si se sentía mejor, le señaló el portón abierto de la Universidad, le ofreció un cigarrillo que, en un momento, Eliot Román babeó por completo con esa boca de morsa sin colmillos, y como el Cojo le dijo que sí, que se sentía mejor, Orígenes lo apuró para que se levantara y se acercara con él al edificio universitario:

ahora el monigote sin voluntad era Eliot Román, que se dejó llevar, que subió los escalones con la dificultad de siempre y un poco más, porque el mareo no terminaba de desaparecer, y Orígenes, que lo llevaba del brazo como a un abuelo, lo sentó en una banca dentro ya del patio interior del edificio y le dijo:

Aquella de ahí era la alcantarilla;

y Eliot Román sabía de qué le hablaba pero no quería entenderlo, no quería saber nada de eso, no quería estar ahí, no quería mezclar el recuerdo del Chavarón Rubín con el recuerdo de Norma Carrasco,

y eso era lo que le estaba pasando,

que se sabía culpable de la muerte de Rubín y se sentía culpable de la desaparición,

y la desaparición era lo mismo que la muerte,

de Norma Carrasco,

a pesar de su silencio, Orígenes fue al centro del patio y echó un vistazo al interior de la alcantarilla, a sus bordes, a la cuadrícula trazada por las láminas de metal, y se agachó hasta ponerse de rodillas, con un dolor de viejo que no pudo evitar, para meter los dedos de las dos manos en los agujeros y levantar la tapa haciendo un esfuerzo por encima de sus capacidades:

un peso oxidado que cedió poco a poco a sus jalones y que apartó más bien arrastrando hasta que el hueco quedó abierto frente a él con unos pequeños escalones de piedra que conducían al fondo de la cloaca,

echó una mirada a Eliot Román, que parecía un pato con el pico reblandecido, y le dijo:

Voy a entrar;

y entró, con grandes esfuerzos, como si no tuviera miedo, como si aquello no le recordara al episodio que pasó ahí dentro con Isidro Levi, décadas antes, mojados en esa mezcla fría de sangre y agua, y tenía reparos en mirar hacia arriba porque pensó que vería a Eliot Román,

como en aquellos años vieron al conserje de la Universidad,

echando la tapa de la alcantarilla sobre su cabeza,

pero cuando puso los pies en el suelo nada pasó: silencio, puro silencio a su alrededor,

y empezó a buscar entre las paredes y la mierda los libros que alguna vez escondió ahí Eliot Román:

arrastró con las manos lodo y hojas mojadas, piedras y basuras, y cuando los espacios de las paredes de aquel cilindro lleno de muescas se agotaron, empezó a rebuscar en el suelo, entre el olor a podrido y los zancudos revoloteándole en los ojos, entrándole en la nariz y en las orejas, y después de un rato, vencido, pero sin querer salir de ahí vencido, se resignó a escalar de vuelta hacia arriba pensando ya cómo iba a resolver aquella derrota:

tal vez había algo ahí en el fondo,
pero él no lo iba a encontrar,
de lejos le pedía direcciones a Eliot Román, indicaciones de dónde, en qué escondrijo, podían estar los libros, pero como no escuchaba nada, trató de salir rápido porque se le vino a la mente que quizás el Cojo se había ido:
pero no:
Eliot Román seguía ahí, hecho pedazos, manso, damnificado como si lo hubiera atropellado un ciclón y, sin decirle nada, se sentó en el borde de la alcantarilla con los pies colgando hacia el interior del hueco pensando en qué hacer para devolverle a Eliot Román la intensidad que él le había contagiado en días anteriores,
su mirada se perdió en la bóveda del edificio, y como si quisiera demostrar que él también tenía esperanza, se levantó y caminó por todo el patio interior hasta que encontró otra alcantarilla, más pequeña, taponada con hojas que arrastró la lluvia, y más allá otra, igualmente estancada con basura y hojas sueltas:
Ahí no hay nada, dijo Eliot Román, como si estuviera vencido por alguna fuerza que le pesaba en el lomo, o en la boca, y que le estiraba el rostro descompuesto,
o como si lo supiera con total certeza,
y como si no lo escuchara, Orígenes apartó los despojos de una de las alcantarillas, levantó la tapa, que apenas tenía el tamaño de una baldosa, y metió la mano:
así, tirado en el suelo, envuelto en barro el cuerpo, escuchó otra vez la voz de Eliot Román que le decía de lejos, con la boca hecha una piltrafa sin dientes:
Ahí no hay nada, vámonos;
pero Orígenes metió el brazo hasta el hombro entre aquellas humedades negras y cuando sintió que la mano agarraba un objeto geométrico, con la solidez más propia de

las cosas vivas que de las piedras y los ladrillos, empezó a tirar y pudo moverlo un poco: pensó, casi sin esperanza, que aquello podía ser algo,

y siguió tirando y tirando hasta que el objeto salió del fondo sedimentado de la alcantarilla como un hijo que nace del lodo materno de los otros mundos y, todavía tirado en el suelo, pero ya bocarriba y cansado, Orígenes alzó aquel bulto como un trofeo rescatado del fuego:

Eliot Román, con todavía el amargo sabor de la muerte en la boca, abrió mucho los ojos cuando vio aquello y vio que el tiempo se detenía y que Orígenes, ahí tirado y ya con el fardo en el pecho, no se levantaba: se acercó a él, sin dejar de sentirse agobiado por el mareo y con el corazón erizado como un gallo peleón, y vio aquella mochila apretada y llena de mugre y se la arrebató de las manos al poeta y con mucho trabajo se sentó en el piso a su lado:

abrió la bolsa el Cojo y encontró dentro un puñado de libros a los que apenas se les podía leer el título en la portada, varios ejemplares destrozados de los periódicos de los Enfermos y la Liga Comunista, dos cuadernos de notas envueltos y retorcidos y reblandecidos, y lo fue acomodando todo en el suelo entre él y Orígenes para examinarlo con calma:

la cara de sorpresa de Eliot Román hizo que Orígenes le preguntara, mientras trataba de sentarse a su lado:

¿No recordabas este escondite?, es un hallazgo;

pero no es que Eliot Román no recordara el escondite, no es que la memoria se le hubiera borrado como a Orígenes: es que él no había metido nada en esa alcantarilla, nunca, estaba casi seguro de que la memoria no le fallaba, y sin embargo esos libros eran suyos, eran ejemplares de la Biblioteca Ambulante de los Enfermos, libros que

él había robado, que había prestado, que había leído y conservado y que no recordaba, que no sabía dónde habían quedado, que él no había escondido en aquella alcantarilla:
¿Quién los escondería?, le preguntó Orígenes;
no quería Eliot Román abrir los libros porque tenía miedo de destrozarlos, tenía la cara transformada, la boca hundida sin dientes, y con esfuerzo le dijo a Orígenes que abriera la otra tapa, que metiera la mano y que rebuscara para ver si había algo más:
el poeta vio que al cojo se le empezaba a olvidar lo que fuera que lo hacía débil, aquello que lo detenía, que lo hacía lento en la lucha, porque Orígenes pensaba que esto era una lucha, o una forma de la lucha, y se apuró a acercarse, casi a gatas, hasta la otra alcantarilla y levantó la tapa y metió el brazo hasta el fondo como en la primera y removió el cochinero de hojas y lodo y sintió en la punta de los dedos el roce de un filo que sin lastimarlo le avisó de que ahí dentro había algo más: o aquello era otro descubrimiento o le estaba palpando la dentadura a una rata enorme: pero Orígenes no se asustó y se estiró más hasta alcanzar el objeto y arrastrarlo hacia afuera:
otra mochila que lleva ahí, quizás, unos cuarenta años:
desde su sitio, Eliot Román le dijo que se la entregara, y Orígenes lo hizo y fue el Cojo el que la abrió y fue sacando más libros y más cuadernos de notas y en el fondo de la bolsa palpó algo frío que lo hizo retirar la mano asustado:
Orígenes volvió a pensar en una rata, pero Eliot Román volvió a meter la mano y lentamente sacó de la mochila
una pistola
negra y espesa
pesada como un piedra

y con la mirada de alguien que reconoce en los ojos a otro a quien hace años que no ha visto, se le vino encima y de golpe un llanto profundo e infantil, más intenso que el llanto por la muerte del Chavarón Rubín, y Orígenes pensó que otra vez estaba derrotado el Cojo, pero Eliot Román, abrazando la pistola contra su pecho, después de un rato de reconciliación y reconocimiento, miró a Orígenes y le dijo:

Esta pistola era mía, me la robé yo, la traía siempre encima y un día se la entregué a mi tía Norma, y luego nunca la volví a ver;

supieron entonces los dos que si aquella pistola era la misma que Eliot Román le dio a la tía Norma, aquellos libros que el Cojo no había ocultado, los había escondido ella antes de desaparecer,

antes de esfumarse para siempre de este mundo,

antes, quizá, de morir:

Esto no lo escondí yo, dijo Eliot Román, lo escondió ella;

y seguía llorando sin parar, abrazando la pistola, acariciándola como si acariciara a la tía Norma, como si el tambor del arma fuera el pecho caliente de la tía Norma, la mejilla, el dorso de la mano,

como si acariciara el pasado,

o la carne de un pasado

que ya había perdido para siempre.

La melancolía mejora la comprensión del hombre más que ningún otro humor. «Algunos tienen miedo de ser quemados, o de que el suelo se hunda bajo sus pies o les trague rápidamente, o que el rey les llame a juicio por algo que nunca han hecho, y que serán ejecutados con toda seguridad» (Secc. III, Miembro I, Subsecc. II)

Y el alma se dirige al cuerpo
que la hirió de amor
Strozzi el hijo, *Epigramas*

A VECES, LA MARCHA DE ALGUIEN QUERIDO
es un alivio de la dependencia,
¿Para qué quiero tener hijos si tú eres como un hijo?;
le decía siempre
Aurora Duarte
a Juan Pablo Orígenes;
todavía no empezaba a extrañarlo, pero continuamente se echaba a llorar y no sabía si era porque le hacía falta esa presencia ausente, ese bulto desmemoriado de los rincones o porque el consuelo también implicaba una suerte de culpa:
como si ella hubiera provocado
la cuarta desaparición de Orígenes.
A veces pensaba que el alivio sería encontrarlo sentado como siempre en la habitación llena de libros quemándose en la punta de todos los cigarrillos que por olvido se iba encendiendo hasta que no le cabían más ni en las manos ni en la boca ni en el cenicero,
entonces:
iba y venía varias veces por la casa buscando su rastro:

un cigarrillo mal apagado echando los fantasmas del humo;
dos, tres, cuatro libros abiertos y desparramados en distintas habitaciones: Orígenes hacía así: tomaba un libro y lo abría en algún punto que le interesaba y para que se mantuviera abierto, en lugar de un atril o un artificio específico, le ponía sobre cada lado al libro un peso enorme: abría el libro y en un lado ponía una piedra y en el otro ponía un pesado cenicero de vidrio donde dejaba, claro, un cigarrillo encendido; y en otro libro que abría de par en par como una ventana,
Porque los libros son ventanas, decía el poeta;
le ponía en cada ala,
Porque también son como pájaros, decía;
y entonces, pues, ponía sobre cada ala del libro un objeto contundente, casi un arma mortal, como por ejemplo una taza llena de café, una estatuilla de hierro, el teléfono que terminaba cubriendo toda la página del libro y que cambiaba por otro cenicero lleno o por un libro cerrado,
Hay libros cerrados que abren otros libros, decía Orígenes;
y nadie le entendía, pero hablaba de esto, de su sistema de apertura de libros, hasta que se decidió por el sistema de ceniceros y piedras que traía del patio para mantener abiertos por la casa hasta doce libros; y porque el médico le dijo que caminara, Orígenes iba abriendo libros y encendiendo cigarrillos y caminaba por la casa de un libro a otro, de un cigarrillo a otro hasta que se le olvidaba a dónde iba si acaso ya había cruzado los ríos del mundo subterráneos o había bajado del barco del gaviero mudo o si venía desde los países que siempre están cambiando de nombre en el este o si llegaba recién a una ciudad con nombre de culebra, todo esto en los libros, todo este caminar por las palabras de los

otros en los libros, porque a partir de un tiempo para acá, recordaba Aurora, para él no había diferencia entre los que había dentro de los libros y lo que había afuera de ellos,

y ya perdido o cansado se aparecía por el patio, donde Aurora se apartaba de él para leer, y de lejos Orígenes sentía que aquello era como una especie de lectura diferida, como si a través de ella le llegara a él algún influjo mientras en silencio la observaba leer, o ya de plano, agotado y sin rumbo entre las lecturas, se quedaba viendo por la ventana los ruidos de la calle o buscando alguna cosa que se le había perdido,

pero Aurora, ahora lejos de él, seguía buscando su rastro de libros y cigarrillos encendidos o de grifos abiertos, luces, televisores iluminando la tarde en diferentes habitaciones, puertas y ventanas abiertas como si alguien estuviera siempre a punto de volver,

aunque al final nadie volvía,

y a veces Aurora Duarte estaba segura

de que el alivio no era otra cosa que la ausencia.

Su ausencia.

Si lo que se extiende se desgasta, entonces la prolongación de la ausencia de alguien a quien esperábamos puede provocar que su llegada y su presencia nos resulten incómodas, escribió una vez Orígenes.

Aurora ya había dado por muerto a Juan Pablo cuando desapareció rumbo a la frontera, y ahora, otra vez, pensaba o esperaba el mismo desenlace:

saberlo muerto, y que apareciera en cualquier momento.

A veces la muerte es la solución de una incógnita.

Cuando Orígenes empezaba, después de las primeras visitas de Salomón, a hablarle a ella de los tiempos de la Enfermedad, enloquecido y eufórico, ella siempre le decía:

A mí no me interesan los Enfermos, Pablo;
y él se quedaba callado, se iba a la pequeña biblioteca casera y abría libros por todos lados.
Estando lejos cambia la concepción del tiempo: los muertos siempre murieron ayer, no llevan años, décadas, muertos: murieron apenas ayer:
a veces Aurora estaba tan ocupada en sus cosas, que eran diferentes de las cosas que ocupaban a Orígenes, y cuando de pronto lo volvía a ver deambulando por la casa como un oso mal rasurado, se sorprendía porque tenía rato pensando en él como se piensa en los muertos,
y en los muertos se piensa de una manera especial:
como si estuvieran lejos, pero no pudieran volver; como si estuvieran cerca, pero no pudieran tocarnos:
Yo también estuve lejos, aunque nunca me fui de aquí, le decía Aurora a Orígenes;
Tú no sabes lo que es irse, le respondía Orígenes, irse es no quedarse en ningún lado y no ser nadie en ningún lado, irse es no estar para nadie y que nadie esté para uno, irse es perder los papeles y perder la memoria, irse es extrañarte y no decírtelo, Aurora, irse es no saber volver o no poder volver o no poder quedarse, irse, Aurora, eres tú y yo y nosotros juntos porque si ninguno de nosotros se va, no estaríamos juntos;
y a Aurora Duarte se le anudaba en la garganta la congoja antes de decirle a Orígenes:
Estás queriendo siempre echarme de vuelta mis palabras, echarme entre las patas de los caballos, Pablo;
y se iba de donde estaban juntos, porque había que hacerlo así, lo creía ella, para no separarse de verdad y para siempre.
Y ahora te fuiste otra vez, le decía Aurora al recuerdo de Orígenes.

La primera vez que el poeta desapareció, todavía no era poeta ni era nada:
apenas un muchacho de menos de veinte años que se unió a los Enfermos porque sabía escribir en pocas palabras lo que ellos no podían escribir ni en una página:
dejó de verlo así de pronto cuando empezó a andar con los Enfermos y a pintar grafitis por la ciudad y a invadir los edificios de la Universidad y otras cosas que hacían los estudiantes:
en aquel tiempo ella todavía estaba en la Escuela Central Preparatoria y él ya había entrado en la Facultad de Filosofía,
fue averiguando Aurora Duarte, de pregunta en pregunta y de persona en persona, que Juan Pablo Orígenes era un Enfermo, y decidió, quizá porque lo quería o quizá por torpeza, pero no tanto por convicción, unirse ella misma al grupo:
Aurora Duarte estaba enferma,
pero de otra cosa distinta a la Enfermedad,
fue así que lo encontró después de la primera vez en que Orígenes se le desapareció como un ánima, como un espectro imposible.
En la Enfermedad, la participación de Aurora nunca fue demasiado comprometida:
se iba enterando de algunos de los planes, iba a algunas de las reuniones, a las marchas y las manifestaciones, y llegó a acompañar a Orígenes por las noches de Orabá en la escritura de las palabras incendiarias y rojas que sangraban por las paredes: más de una vez ella misma escribió en algún muro, más de una vez, cuando ya lo oscuro era el nombre de todas las cosas, se iban caminando por el malecón y saltaban el parapeto y recorrían la orilla del Orabá hasta que las cosas volvían

a tener nombre y forma con la luz de una mañana que ya anunciaba el calorón del mediodía,

una vez, pasado cierto tiempo, cuando ya empezaban las corretizas y los palos y la policía perseguía a los muchachos aunque no fueran Enfermos ni estudiantes ni fueran nada, una vez, y esto lo recuerda muy bien Aurora Duarte, salieron corriendo de la Plaza de Rosales los dos,

casi todo en aquellos años empezaba o terminaba en la Plaza de Rosales,

y atravesando las calles del centro por un lado del Santuario y por otro lado del Mercado de Garmendia, sacándole la vuelta a las patrullas y los milicos, Orígenes recordó que alguien, quizás el Flaco Zambrano, le dijo que en la calle Colón o en la calle Escobedo había casas que dejaban la puerta abierta y donde era posible esconderse del peligro,

no supo Orígenes por dónde iban, o no lo supo muy bien, pero vio a lo lejos la puerta de un negocio, una tienda de zapatos o una farmacia y arrastrando a Aurora Duarte de la mano se metieron los dos en la Botica Nacional y se escondieron detrás del mostrador esperando que nadie los hubiera visto,

nunca supieron

que sí los vio alguien:

desde la pequeña puerta entreabierta que conectaba la Botica Nacional con la casa de la familia de los Pastor, la hija, Lida, se asomaba entre las sombras iluminadas por las luces de la calle para ver cómo Juan Pablo Orígenes, a quien ella no conocía, le metía la mano por debajo de la ropa a Aurora Duarte, también desconocida, y la desnudaba como se desnuda a lo más querido, como si le quitaran de encima las espinas y las armas y ella, Aurora, hizo lo mismo con Orígenes y fue ella, entonces, la que sin saber nada sobre los ojos de Lida Pastor se le echó encima a Juan Pablo pensando tal vez que el lugar donde se acaba el mundo es el mismo lugar donde empieza el mundo.

La segunda vez en que Orígenes desapareció,

cuando Aurora creía ya que el destino es una cosa que se busca y se recupera,

la segunda vez ocurrió después del asunto mal solucionado de un secuestro o de un intento de secuestro del que ella no sabía nada,

ni siquiera supo que se había ido:

fue Isidro Levi quien se lo dijo,

y a ella le dolió tanto que Juan Pablo fuera a verlo a él antes que a ella,

conque le guardó un rencor a Isidro que le duró toda la vida, hasta que se quedó ciego, porque a los ciegos, pensaba Aurora Duarte, no se les puede odiar,

pero hizo todo lo posible por averiguar dónde había estado, a dónde se había ido, si se lo llevaron preso, si lo habían matado o si alguna cosa grave le pasó porque Isidro Levi nunca le explicó el asunto del viaje sino hasta mucho tiempo después, años después, cuando ya casi volvía a Orabá Juan Pablo Orígenes,

y lo que ella hizo para encontrarlo no lo hubiera hecho nadie,

Nadie, pensaba Aurora,

pero no se lo decía a Orígenes, sino que se lo decía a Isidro Levi en el pensamiento, como parte del rencor o como reclamo añejo,

Nadie, volvía a pensar Aurora,

cuando por fin volvió aquel muerto de sus amores, aquella ausencia de los años, cuando volvió a moverse la estatua del recuerdo como si de pronto volviera a la vida todo lo perdido, es posible,

ahora lo piensa así,
es posible,
que ya no lo extrañara.
Por eso
la tercera vez
cuando la desaparición no fue física sino de una naturaleza más inasible pero quizá más dolorosa,
siempre pensaba en contarle todo lo que había hecho para encontrarlo aquella segunda vez, cuando lo creyó muerto, cuando lo dio por muerto como muertos estaban tantos otros muchachos:
pensó decirle todo lo que hizo para seguir creyendo en un principio que lo recuperaría o que al menos recuperaría un cuerpo o los restos de un cuerpo que fue suyo y que ya no iba a ser de nadie,
quería decírselo cuando él se empezaba a inventar el pasado, cuando le contaba cosas que nunca habían ocurrido y ella, sin saber la verdad de todo, creía que eran confesiones, que eran verdades dolorosas que la edad le obligaba a echar fuera del cuerpo porque se le iban pudriendo dentro,
y ahora
cuando desaparecía Orígenes por cuarta vez,
por cuarta y quizá definitiva vez,
estaba segura de que debió decirle todas esas cosas:
que debió decirle, por ejemplo, que antes, mucho antes de hablar con Isidro Levi y de enterarse de que Orígenes había huido luego del intento de secuestro de Hernández Cabello, se apareció por la cárcel para hablar con algunos estudiantes presos,
quería averiguar cosas, quería hacer preguntas,
como Salomón hoy en día,
pero a ella la motivaba una fuerza mayor que la curiosidad,

y se hizo pasar por la hermana de Anistro Guzmán Zárate, que comía todas las mañanas y todas las tardes y todas las noches kilos y kilos de repollo hervido:

lo vio en la sala de visitas de la prisión y le preguntó si sabía algo de Orígenes,

pero Anistro no sabía nada, o no quería decir nada, o llevaba tanto tiempo en la cárcel que ya no le importaba nada más que el repollo hervido y los cigarrillos y que algún día lo dejaran salir de ahí para abandonar la escuela y abandonarlo todo y montar un negocio de venta de repollo hervido,

cuando Aurora fue a verlo y le llevó un paquete de cigarrillos, él no supo decirle nada,

pero sí le aconsejó que fuera a hablar con Javier Zambrano, o con los hermanos Santos, porque no sabía que estaban muertos, o con Ricardo Zaragoza, porque tampoco sabía él que también estaba desaparecido, o con Mariano Escápite, o con quién sabe quién en la casa de estudiantes de la calle General Teófilo, donde, se dice, empezó a esparcirse el germen de la Enfermedad,

y Aurora los buscó a todos y no encontró a nadie,

ni noticias de ninguno ni de otros,

y los pocos que eran de confianza, los pocos que hablaban con ella así nomás al vuelo de un pájaro, de pasada y sin comprometerse, le decían que dejara de preguntar, que ellos no querían saber nada, que no podía detenerse la lucha porque uno de ellos hubiera caído, cuando ya tantos habían caído,

pero Aurora Duarte pensaba que debía detenerse todo:

la lucha, el mundo, los pájaros,

y se sintió traicionada, abandonada, como si ni ella ni Orígenes hubieran nunca existido, como si nada hubieran hecho por la Enfermedad, por el contagio de la Enfermedad,

y escuchaba que la lucha debía seguir, que estaban cerca de lograr algo ya finalmente y por último, aunque nadie sabía qué cosa perseguían ya,
o nadie quería decírselo,
o a nadie le importaba,
en aquel tiempo se hablaba del fin de la Enfermedad y del nacimiento de la Liga Comunista, pero ella ya no quería meterse en ningún asunto de aquellos y se le ocurrió, luego de muchos andares y de mucho pensarlo, la idea final para encontrar a los que no querían hablar con ella, a los que se escondían y podían saber algo de Juan Pablo Orígenes:
bien sabía que a los únicos Enfermos que pudo ver, que pudo entrevistar,
y cuando pensaba en entrevistas pensaba en Estiarte Salomón y no le gustaba la palabra,
a los únicos, pues, fue a los que estaban en la cárcel,
y decidió entonces Aurora que para poder hablar con los Enfermos o con los Pescados o con los Perspectivos o con los que fuera, tenían que estar en la cárcel,
y empezó Aurora,
con todo el dolor de su corazón,
pero con la esperanza de recuperar algún resto de Juan Pablo Orígenes,
a delatar a los muchachos.
¿Cómo empezar a descubrir a los Enfermos si ella misma no sabía encontrarlos para que le explicaran qué había pasado con Juan Pablo, qué había pasado con el secuestro?
Se le ocurrió así de golpe
que delatando a los Enfermos recuperaría a Orígenes,
pero es verdad que no pensó, en aquel primer momento, cómo iba a delatarlos.

Si supieras, Juan Pablo, lo que he hecho para recuperarte, le decía ya después del regreso;
y Orígenes, olvidado ya de sí mismo, nunca supo interpretar aquellas palabras.
Y fue el propio Orígenes quien, sin saberlo, le dio la respuesta necesaria a Aurora:
los grafitis,
las palabras que el poeta Enfermo iba escribiendo en los muros de Orabá y que eran mensajes sin destino o con todos los destinos posibles:
los grafitis serían el medio por el cual Aurora Duarte conduciría a los Enfermos a la boca del lobo, a las entrañas del animal:
salió un día a la calle cuando la noche era más noche que nunca y con una sola lata de pintura roja en la mano, la misma que siempre usaba Orígenes, escribió en un muro del Cementerio Civil de la calle Leyva Solano:
El contagio tiene la puerta abierta en el 28B;
le tembló el pulso después de la escritura, y se arrepintió, pero no cambió ni una sola letra,
luego escribió unas palabras en una hoja de papel con la máquina de escribir de su padre y la dejó en el parabrisas de una patrulla de la Guardia Blanca:
se fue a dormir pensando que todo cobraría sentido y que al día siguiente tal vez podría descubrir el paradero de Juan Pablo Orígenes,
habría soñado con él, que volvía de entre la lumbre del desespero y la violencia, que resucitaba de entre los desaparecidos y los condenados, que se olvidaba del mundo y la Enfermedad,
pero aquello tardó semanas:
se enteró, por los rumores que corrían entre los estudiantes que no eran ni Enfermos ni Pescados ni eran nada, pero

que también tenían miedo, que también corrían peligro porque los Guardias Blancos no hacían distinciones, se enteró, pues, de que hubo una redada gorda en la casa de estudiantes de la calle General Teófilo durante una reunión de los líderes del grupo, que algunos murieron tratando de escapar, que los otros cayeron presos, que los estaban interrogando y que había torturas, más asesinatos y mucha paranoia,

que se había tratado de un acto de traición y que los nuevos líderes, porque ya los había, de inmediato algunos muchachos se alzaron como nuevas cabezas del grupo, que ellos, pues, estaban buscando al traidor:

la sangre de Aurora Duarte se detuvo un momento en su cuerpo: un pálpito de ballena, largo y ruidoso, lento y lleno de músculo, y preguntó quién había sido, de quién sospechaban:

algunos le dijeron:

Vicente Rochín, el Pulpo, dicen que fue él;

y ella no quiso averiguar más: a los pocos días se fue a la cárcel con comida y cigarrillos a ver a los muchachos que quedaron vivos, y que eran muy pocos, porque quería sacarles información sobre Orígenes:

seguía haciéndose pasar por la hermana de Anistro Guzmán Zárate y lo veía a él primero y él pensaba que Aurora se había enamorado, que cuando saliera de la cárcel iban a estar juntos, que a ella también le gustaba el repollo hervido,

pero luego ella hablaba con los otros muchachos y les preguntaba cómo estaban y les daba comida que se escondían entre los pantalones y cajas de cigarrillos y una especie de falso consuelo, de esperanza perdida, pero ninguno, ni uno solo de ellos sabía dónde estaba Juan Pablo Orígenes o qué había pasado con él o por qué habían dado con ellos y de pronto, de estar escondidos cayeron tan fácilmente en una redada,

o por qué Aurora andaba averiguando aquello,

pero ninguno sospechaba de ella porque en el fondo, en la miseria en la que todos estaban metidos en aquellos años, uno por uno fueron creyendo que Aurora estaba enamorada de ellos, de cada uno y de todos, y ya de vuelta a las celdas y los patios de la cárcel hablaban de ella como si fuera algo suyo, como si cada uno poseyera una parte de su futuro o de su pasado, y se peleaban, se inventaban historias, celosos, olvidados ya de la Enfermedad, porque se daban cuenta de que afuera de la prisión existía la posibilidad de una vida ajena a esto, de un ritmo perdido que, creían, iban a recuperar y que, en realidad, muchos de ellos jamás encontraron.

Regresaba sola y sin ánimos Aurora, pensando que ya Orígenes flotaba hinchado en la Bahía de las Águilas, y no volvió a pintar ni un grafiti, no volvió a mezclarse con los Enfermos ni con nadie más y se quedó esperando lo que creyó, o sabía de alguna manera, que nunca llegaría,

Si supieras, Pablo, decía en voz alta;

y ahora, cuando Orígenes había vuelto y desaparecido por cuarta vez, Aurora pensaba en su regreso, luego de ¿cuántos?, ¿cinco años?, como si el tiempo no hubiera pasado, como si el tiempo no los lastimara con sus uñas, como si todo se hubiera detenido para ella mientras él, quién sabe dónde, seguía vivo y olvidando:

la tercera vez, cuando la memoria le empezó a jugar malas pasadas al poeta, Aurora lo sorprendía debajo de la mesa del escritorio, con todas las luces apagadas y una linterna o una vela peligrosamente encendida al lado del libro de Robert Burton, recordando en esa escritura añeja los tiempos de la Enfermedad, o los tiempos de la ausencia o cualquier tiempo en el que ella no existía,

y por eso volvió a intervenir:

nunca fue una mujer pasiva, nunca se dejó llevar sin meter las manos, y entonces, no mucho tiempo antes de que apareciera por primera vez con sus preguntas Estiarte Salomón, Aurora escondió el libro de Burton porque era eso lo que lo acercaba a Orígenes al pasado y lo alejaba de ella,

y lo escondió porque pensaba que esa muchacha de la que él hablaba ahí no era ella, o lo sabía, o lo sospechaba, porque en el libro había una muchacha, estirada cuan largo el espinazo y casi siempre triste, y nunca quiso decirle a Orígenes que ella, secretamente, iba leyendo las notas que él escribió en el libro de Burton y que se encendía de una rabia vieja e imposible ya porque tenía un coraje hecho de celos por aquella muchacha a la que Orígenes, según lo escrito, entregaba libros con más y más notas al margen mediante la ayuda cómplice de Eliot Román,

también empezó a odiar a Eliot Román,

y por eso ahora, porque ella no recibió nunca ningún libro anotado al margen, cuando Juan Pablo desapareció por cuarta vez, movido por el dolor del pasado o por el dolor de la vejez y la muerte, cuando ella se dio cuenta del desorden de libros al llegar esa noche antes de todo, se puso a buscar el ejemplar de *Anatomía de la melancolía* justo ahí, en el sitio donde ella misma lo había escondido años antes, y cuando vio su falta, cuando descubrió que Orígenes lo había encontrado y que se había marchado de la casa, pensó que iba buscando a aquella muchacha, a la que ella seguía imaginando joven aún ahora, y decidió, porque el coraje lejano le volvió al cuerpo, que pondría por la calle algunos cuantos carteles con la cara de Orígenes esperando de verdad que nadie lo encontrara porque ya no estaba segura de querer que volviera a su lado.

Muchas veces se preguntó, mientras caminaba por las calles de Orabá, por qué no había quemado aquel viejo libro y, con él, toda la memoria inútil que de un pasado que la expulsaba.

Pero sé que seguirán creciendo cabellos y locura en su esqueleto
Óscar Paúl Castro

HAY GENTE QUE CREE QUE EL MUNDO es tan pequeño que cuando descubren la muerte piensan que son los únicos capacitados para hablar de ella;

le decía Eliot Román a Orígenes, con la boca hecha un trapo, cuando volvían a la casa en la calle Riva Palacios luego de encontrar el revólver que perteneció primero a un policía que resguardaba tal vez una oficina de correos y luego al propio Eliot Román y luego a la tía Norma Carrasco, desaparecida.

Pero qué lenta es la muerte cuando se la espera, qué veloz y fulminante cuando nadie la sospecha, qué tristes los que sueñan con la muerte y despiertan cada mañana intactos y sin las heridas que la pesadilla les había prometido;

recitó en voz alta Orígenes, como si con eso respondiera a las palabras inquietas de Eliot Román, que se quedó callado como si aquello fuera otro de los brotes de locura memoriosa del poeta,

en la noche, el rolde de la luna brillaba más que la luna, y los dos viejos, uno sin dientes y el otro sin memoria, iban caminando por las calles de Orabá con el corazón más encendido que nunca, más rebelde y más Enfermo, y le dijo Eliot Román a Orígenes:

La tía Norma había leído todos los libros de la Biblioteca Ambulante; la tía Norma hacía el mejor café del mundo; la tía Norma atravesaba el patio cantando; la tía Norma siempre quiso ser madre y nunca tuvo hijos;

y poco a poco, conforme recorrían las calles del centro de Orabá y llegaban a la casa de Eliot Román y atravesaban el salón y las paredes llenas de grafitis y platos rotos y se sentaban en las mecedoras del patio cada uno con una cerveza y se encendían los cigarrillos y Eliot Román se ponía la dentadura postiza de reserva que tenía los dientes amarillos y a la cual, quién sabe por qué, le faltaba un canino, mientras enumeraba la lista de cosas que hacía la tía Norma, fue pasando a hablar, pues, poco a poco, ya no de la tía Norma, sino de Norma a secas, de Norma Carrasco que primero era mujer y luego fue tía y luego dejó de ser tía y era sólo Norma, la mujer:

Norma Carrasco, dijo Eliot Román, tenía los ojos negros, la piel pálida y el cuello largo y fino como una rama tierna de arrayán;

y Eliot Román, habitado por la añoranza y con la confianza de que todo lo que le dijera a Orígenes iba a quedar desordenado en su memoria, empezó a hacer la historia de su vida con Norma Carrasco:

Después de aquella noche en que vino conmigo a la casa donde nos escondíamos los estudiantes, cuando desperté con una mano en su pecho, cuando dejó de decirme hijo y yo dejé de decirle tía, Norma Carrasco me daba un beso cada vez que nos veíamos:

cada vez el beso se acercaba más a la comisura de la boca, cada vez era más lento y se demoraba el contacto entre las orillas de las dos bocas, te lo digo, Juan Pablo, que muchas veces, cuando ella se me acercaba lenta a la cara yo pensaba que estaba esperando que me diera la vuelta para encontrarle la punta de la boca y que dejáramos de ser familia para siempre,

yo suponía que si algo así pasaba entre dos parientes uno automáticamente deja de ser sobrino y tía, eso pensaba yo, pero tenía veinte años, Juan Pablo,

el caso es que un día, me acuerdo bien que era sábado y que yo no salí porque la cosa estaba fea, nos quedamos los dos en la casa, solos todo el día, y eso no pasaba desde hacía muchos años, y cuando se nos acabaron las palabras, Juan Pablo, porque tú lo sabes, hay momentos en que las palabras se le acaban a uno, entonces, pues, cuando nos quedamos sin habla, pero luego de hablar largo rato, luego de decirnos muchas cosas sobre la Enfermedad y sobre la vida y sobre quién sabe qué más, Norma Carrasco se levantó de esta misma mecedora donde estoy yo, porque yo estaba ahí donde tú estás sentado, y se fue al cuarto caminando muy despacio, o yo lo recuerdo todo muy despacio, porque a lo mejor en el recuerdo las cosas suceden con lentitud, y eso es algo que yo agradezco, que no se me esfumen así de pronto, y se fue a la habitación, pues, y dejó la puerta abierta,

yo no veía nada, pero siempre se escuchaba, cuando alguno se iba a su cuarto, que la puerta se cerraba, son muy ruidosas las puertas en esta casa, y ella, esa vez, la dejó abierta, yo lo escuché así, y como no regresaba, porque yo pensé que nomás iba y venía, se me hizo raro aquello, y como no queriendo la cosa, así sentado como estoy, fui arrastrando la mecedora hasta quedar en medio del umbral de la puerta, desde aquí mismo donde estoy, con un ruidajo de tierra y fierros arrastrándose, y pude ver, allá en el fondo del pasillo, donde está la habitación de Norma Carrasco, donde ahora duermo yo, que ella estaba sentada en la cama, con la espalda muy recta y la cabeza volteada para acá, para el patio donde yo estaba, como esperando o vigilando a ver qué hacía yo, Juan Pablo, y a lo lejos la puerta abierta de su habitación y la puerta abierta del patio, y muy lento todo, o es que lo recuerdo todo con la lentitud con que el recuerdo me permite, o la lentitud era real y era algo que yo tenía que comprender

pero nunca supe qué era

no lo sé todavía, yo creo que no lo sé, Juan Pablo,

y me quedé un rato como una estatua, viéndola que no dejaba de mirar para acá, pero que tampoco venía, y me levanté, Juan Pablo, fui caminando y el pasillo era más largo que toda la casa, y cuando entré en la habitación ella seguía mirándome o mirando a través de mí, allá al fondo del patio, y me dijo, sin echarme a mí los ojos, sin mirarme, que apagara la luz:

lo supe tiempo después:

en lo oscuro éramos dos gentes sin nombre: ni tía ni sobrino ni parentesco que valga: en lo oscuro estábamos solos, pero juntos, y en el día, al menos al principio, no se hablaba de aquello,

como si las palabras sobre eso, sobre el amor, pues, estropearan aquello que se parecía tanto al amor y que, quién sabe, era otra cosa;

entonces Eliot Román giró la mirada hacia donde estaba Juan Pablo Orígenes, que estaba callado desde hace rato, poniendo atención o ignorando sus palabras, y así, en un de pronto

lo vio muerto,

inmóvil, detenido en el tiempo como el recuerdo de la tía Norma en aquella pintura de la memoria lejana, un aura el recuerdo, una especie de brillo sobre la piel de las cosas memoriosas, pero él, Orígenes, sentado en la mecedora que ya no se movía, con la enésima botella de cerveza a punto de caérsele de la mano, la boca abierta y los ojos, eso fue lo que más le preocupó, medio abiertos o medio cerrados, como se quedan los muertos cuando se mueren de repente, que no les da tiempo ni de cerrar los ojos, o como si quisieran morirse así, viendo el mundo al que ya no pertenecen, así, pues, con Orígenes inmóvil y muerto en la silla, Eliot Román de pronto se dio cuenta de la edad que tenían y de que haciendo lo que hacían en cualquier momento se podían morir de verdad:

se le acercó a la cara al poeta, tratando de escuchar algún sonido, le quitó de la mano la botella de cerveza y no hubo resistencia ni reacción,

Eso es lo que nosotros somos, pensó Eliot Román, resistencia y reacción;

nunca dejaba de pensar, el Cojo, en la Enfermedad,

y pensó en cómo descubrir si Orígenes estaba definitivamente muerto, porque le hablaba en voz baja cerca de la boca, como si fuera a besarlo, como si fuera su boca la boca de la tía Norma, y le decía:

Despierta, Juan Pablo, vuelve a la vida;

pero el poeta no respondía: lo tocaba por el hombro o por la muñeca como si le buscara el pulso, cosa que Eliot Román no sabía hacer, y le daba pequeñas sacudidas para despertarlo, pero Orígenes no reaccionaba:

Una embolia, pensó Eliot Román, se le subió al cerebro la cerveza;

Desperta, Juan Pablo, regresa a este mundo, le decía;

y tenía miedo de tocarlo más, de sacudirlo con fuerza porque a lo mejor, quién sabe, podía hasta romperle el perscuezo, miedo de hablarle más alto, más fuerte o más grave porque pensó que podía reventarle los tímpanos, que le sangrarían las orejas, y se acordó, quién sabe de qué modo, de que en un tiempo se usaban los espejos para verificar la muerte:

lo dejó ahí, porque pensó que a esas horas de la madrugada no iba a aparecerse en su patio ningún animal carroñero, y se fue al interior de la casa a buscar un espejo que pudiera usar para ponérselo debajo de la nariz:

mientras iba y venía por las habitaciones de la casa tratando de no hacer ruido, pensó que si Orígenes estaba muerto, como él creía, entonces tendría que hacer algo con el cuerpo:

no podía llamar a una ambulancia, o a la policía, no confiaba en nadie, no confiaba en que no pensaran que él podía haberlo matado, que relacionaran la muerte de Orígenes y su desaparición con la muerte de Salvador Rubín, con el desorden y la pistola de Norma Carrasco,

Ya mataste a dos, se repetía Eliot Román en la cabeza;

pensó en esconder la pistola, volver a enterrarla o, quizá sería mejor, en enterrar a Orígenes si se comprobaba su muerte:

entonces fue que salió de la habitación con un enorme espejo ovalado con el marco de madera oscura que apenas podía cargar estirando los dos brazos en toda su largura y se acercó al cuerpo muerto de Orígenes dificultosamente: no encontraba la manera de meterle entre la boca y la nariz el grueso marco del espejo de manera que si aún respiraba pudiera percibirse el vaho del alma en el cristal, pero mientras aquello pasaba, y mientras se imaginaba cavando en la tierra dura del patio para

esconder el cuerpo de Juan Pablo Orígenes como si se tratara de un montón de libros viejos,
y quizás eso era Orígenes:
un montón de libros viejos y enterrados, pero nadie se lo había dicho,
en eso, pues, en tratando de acomodar el espejo cerca de la cara de Orígenes pero con cuidado de no echárselo encima como un balde de agua congelada, Eliot Román le dio un golpe con el borde del marco en el mero hocico, un golpe suave pero que seguramente a un vivo le dolería, y la cara del poeta se contorsionó como si pudiera sentir dolor, y los ojos se le abrieron y se escuchó un ronquido largo y vivo, un ronquido que no puede ser de un muerto porque era un ronquido hondo que apestaba a cigarro, y el poeta se llevó la mano a la cara, cerrando los ojos y la boca, para sobarse el dolor del golpe que ya empezaba a escurrir un hilo de sangre en el centro del labio superior,
No estás muerto, cabrón, le dijo Eliot Román;
como si aquello le rompiera sus planes de entierro, pero alegrándose porque en el fondo la aventura de la búsqueda de la Biblioteca Ambulante seguía en pie,
Orígenes se acomodó en la mecedora y siguió durmiendo, sacando la lengua para lamerse la sangre que le escurría por la boca, sorbiéndose entero el labio sangrado, y Eliot Román dejó el espejo en el suelo un momento:
alguna cosa se le había ocurrido:
se devolvió a la cocina y sacó una silla al patio: la puso justo enfrente del poeta y en la silla acomodó el espejo para que se mantuviera en pie y no se cayera,
alrededor de la silla donde Orígenes estaba sentado hizo un círculo con las botellas de cerveza vacías, como si fuera la escenografía de un aquelarre, y lo dejó así, parapetado

todo en aquella disposición, esperando que al despertar Orígenes se diera cuenta de que no estaba muerto, por si las dudas, o para que su reflejo le hiciera compañía, o por nomás hacer la broma o hacer el tonto o porque estaba borracho,

y se fue a la habitación de la tía Norma

a hablar con su recuerdo.

Y en el recuerdo,

donde la vida sigue siendo un destello,

un pájaro que cruza el cielo por la noche,

donde Norma Carrasco, casi siempre triste por alguna cosa desconocida, le daba dinero a Eliot Román para que comprara libros para su Biblioteca Ambulante, ahí, donde los hechos son una parte de memoria y una parte de invención, el Cojo veía el desarrollo del pasado como una sombra proyectada en las sombras:

la tía Norma entraba en la habitación de Eliot Román cuando era de noche, con la luz apagada y un silencio de cosa seria, entonces, de pie al lado de la cama se levantaba la bata hasta por encima de los pechos, como si se la fuera a quitar, pero sin quitársela, y se acostaba al lado de su sobrino, que se hacía el dormido siempre, y ella se ponía sobre la cabeza la bata, tapándose la cara pero destapándose el cuerpo, con los brazos recargados en la cabecera de la cama y entonces, como si aquello fuera un acuerdo no hablado, porque eso era, Eliot Román se giraba hacia ella y fingiendo que aquello era un movimiento natural y no un forzado gesto que pretendía una especie de sonambulismo amoroso, se ponía sobre ella, que apretaba los ojos y abría las piernas y no se quitaba de la cara la bata porque acaso así, con esa frontera, con ese velo que la convertía en una especie de fantasma, Norma Carrasco no era la tía Norma, y cuando Eliot Román acercaba su boca a la boca de ella en el justo momento en que todo era una niebla, un ciclón de lodo y ruido, se besaban por encima de la tela, a través de la bata empapada en saliva que era casi una membrana que tantísimas veces le metió en la boca Eliot Román intentando que la lengua le alcanzara el corazón y la tía Norma se ahogaba como aquella vez cuando en lugar de sentir sobre su rostro el rostro de su sobrino sintió a cada lado de su torso los mulsos hincados y un peso muy hondo que le entraba como otrora la lengua articulada de Eliot Román que todavía no era cojo pero que ya dejaba de ser sobrino al menos por las noches de aquellos días en que lo visitaba la tía Norma hasta que el cansancio les quitaba el pulso y él se acostaba de lado en la cama viendo en sentido contrario a la puerta y ella se bajaba la bata hasta cubrirse de nuevo el cuerpo entero ahí mismo en la cama para levantarse ya vestida y mientras salía de la habitación y caminaba por la casa hasta su propio cuarto sentía en el vientre, justo en el comienzo del sexo, la humedad de la saliva que se quedaba impregnada en la bata y se dormía así, sin quitársela, apretándola entre las piernas como si apretara contra su cuerpo la cara de Eliot Román,

no se conocieron el cuerpo de ninguna otra manera,

y por la mañana, mientras la tía Norma preparaba el desayuno, él trataba de imaginarse su cuerpo debajo de la ropa, un cuerpo que nunca había visto al amparo de la luz, o que no recordaba haber visto, y que cobraba forma en una mezcla de cuerpos imaginados de innumerables mujeres con las que Eliot Román nunca jamás estuvo porque solamente en toda su vida la única mujer fue la tía Norma, y siempre que Eliot Román la recordaba, lo único que podía evocar eran esos momentos oscuros, sin cara, o con la cara tapada por la bata de dormir llena de saliva y gritos ahogados y se daba cuenta de que pocas cosas supo de la tía Norma a lo largo de sus vidas juntos,

pocas cosas de ella, de lo que de verdad pensaba y creía, lo que de verdad sentía:

¿Qué tanto podemos saber de los otros, decía el Cojo, si el corazón lo tienen como una puerta cerrada?;

quería Eliot Román reconocer en el recuerdo ciertos gestos que desde la infancia o la adolescencia le revelaran que ya entonces la tía Norma estaba enamorada de él: alguna ocasión en que, por ejemplo, se dieron un baño juntos, al lado de la pileta del lavadero, pero que no sabe si es un recuerdo o un deseo de la memoria; otra ocasión en la que tal vez evocando más con la boca que con los ojos del recuerdo siente que de muy pequeño la tía Norma le dio el pecho como si lo amamantara, cuando todavía sus padres no se iban de Orabá, o quizás, y esto es lo que más curiosidad le produce, lo que más lo ha inquietado siempre, una vez cuando estaba jugando entre los árboles y escuchó un ruido de voces en la habitación del patio,

casi todas las casas viejas del centro de Orabá tenían habitaciones en el patio, entre los árboles y la tierra,

y se asomó por la ventana y vio a su padre, cuyo rostro casi no recuerda, acostado sobre su madre, de quien tampoco guarda memoria alguna, pero siempre que le venía a la mente aquel borroso paisaje a través del cristal de la ventana, la mujer que él recuerda tenía la cara de la tía Norma,

o el olvido le hacía ponerle esa cara,

y a su padre le ponía su propio rostro,

o el rostro infinito de un hombre desconocido,
y seguía preguntándose Eliot Román, presintiendo allá en el patio la presencia de Juan Pablo Orígenes durmiendo la borrachera enfrente de un espejo que lo confirmaba como un ente de este mundo y no como un fantasma, seguía preguntándose, pues, sobre las cosas que sabía o no sabía de la tía Norma:
¿Cómo desapareció?, ¿quién se la llevó?, ¿dónde la dejaron?
Hay cosas en la vida, Eliot, le decía Orígenes, que nunca logramos averiguar y que se quedan así nomás, como una pura pregunta que siempre va a dolernos en el centro del corazón.

Ayer y hoy son ya el mismo día en mi corazón
Antonio Gamoneda

¿Y SI RECUERDO LO QUE NUNCA viví?;
Eso es la memoria, Salomón, la memoria es el punto intermedio entre la realidad y el deseo,
pero la evocación, ese traer a nuestro lado a los fantasmas del pasado, no se da por la incidencia de la palabra: se trata de una fuerza sensorial: la evocación está en los sentidos, no necesariamente en la palabra escrita; por eso, si Orígenes perdió su ejemplar del libro de Burton donde anotó cosas de su pasado, no significa que dejaría de recordar o que comenzaría a olvidar, y tampoco se le vino encima la memoria cuando usted empezó a visitarlo, Salomón, hubo, en el principio de todo, una sensación, una cosa sentida en la piel o vista con los ojos o algún olor que le trajo, así de golpe, no la imagen, sino los restos de las imágenes de un pasado que

estaba ya hecho pedazos y mal guardado en su cerebro; alguna sensación, no lo olvide, Salomón;
le dijo Isidro Levi,
pero ninguno de los presentes sabía ni quién era Isidro Levi ni quién era Juan Pablo Orígenes:
estaban en la Botica Nacional, aunque eso no podía saberlo el escritor ciego: le habían dado una cerveza y la botella fría que siempre mantenía agarrada con la mano para no perderla en la oscuridad sin fin de la mesa le hacía creer que estaba en La Ceiba,
cosa rara porque él dejó de beber tiempo atrás,
sí sabía, sin embargo, que aquellos que lo escuchaban y que de vez en cuando le hablaban sin la ceremonia con que otros lo hacían no eran ni el Flaco Zambrano ni Eliot Román ni mucho menos Salvador Rubín, que ya estaría, pensó, en trance de convertirse en fantasma.
Estiarte Salomón se lo había llevado ahí diciéndole que iban a La Ceiba; alguna especie de experimento, alguna trampa memoriosa tramada; estaba sentado al lado de Isidro Levi, ya con el brazo conectado a la vía del suero, haciéndole señales a Macedonio para que no le pinchara el brazo al escritor,
y así, porque entre ellos el discurso es siempre una cosa inconexa, Macedonio se soltó a hablar como si conociera a Orígenes y estuviera hablando de él, pero en verdad hablaba de otras cosas:
Quizás es que uno elige perder el control sobre lo que va inventando,
quizás es que las cosas crecen cuando uno duerme, crecen en nosotros, quiero decir, o crecen a partir de nosotros, ¿entiende?, y se nos escapan: yo una vez tenía el recuerdo de un dolor, ¿verdad?, del mismo dolor de cuando el accidente;

y enseñaba los dedos Macedonio,
pero Isidro Levi no podía ver aquella mano incompleta,
y seguía hablando el boticario:
El dolor de lo que se pierde, quiero decir, el cuerpo también sabe de esas cosas, ¿no lo cree?, si a uno le duele cuando extraña a alguien que se ha ido o que se ha muerto entonces también le duele alguna cosa que le han separado del cuerpo, es lo mismo, lo que duele es la separación, ¿verdad?, pues a mí me volvió a doler la separación mucho tiempo después, cuando ya estaba trabajando en la botica, y durante días no se me largaba el dolor, y una noche, ya de madrugada, cuando no aguantaba las punzadas, me vine para aquí y empecé a tomarme lo que encontré;
y todos sabían de lo que estaba hablando, menos Isidro Levi, que creía que hablaba del alcohol, y que seguía escuchando atento:
Y apenas así se me fue el dolor, y ya ve usted que ahora no puedo desconectarme esto; yo creo que a veces es con la muerte como recuperamos a alguien que perdimos hace muchos años, y quizás eso le pasó a Amalia Pastor, o algo así parecido a un luto muy profundo, pero al revés, ¿me entiende?, algo así tuvo que haberle pasado y por eso las pinturas, los arreglos y todo eso; una cosa así me explicó Lida, tiempo después, y yo también lo creo de esa manera,
o quizás es que uno no inventa las cosas, sino que ya estaban ahí, y nunca fue posible controlarlas; también eso pudo pasarle a Lida Pastor cuando luego, un día, después de que yo la conociera y después de que yo me perdiera por un tiempo, murió su madre, ¿verdad?;
Yo creo, dijo David Pruneda, que hay que beber y que hay que dejar en paz a los muertos;

Cuando era niño y trataba de comprender la idea de la muerte, dijo Salomón, que cuando le entraba el suero en la sangre se sentía más libre, imaginaba, continuó, qué sentiría yo si un día mi hermano, así de pronto, se muriera; y pasó que un día se murió y yo pensé que era culpa mía por haberlo pensado;

Beba, muchacho, le dijo Pruneda;

Evocar la memoria tal y como se invoca el recuerdo de un muerto querido, dijo Isidro Levi, eso es lo que siempre hemos querido: queremos que vengan limpios, inmaculados, pero vuelven fantasmas porque ahí, en el pasado, ellos siguen muriendo infinitamente; eso es la memoria: sacamos de su lugar los hechos del pasado, y los queremos traer aquí como si nada hubiera mellado sus cantos, y eso no es posible;

Beba, señor, le dijo Pruneda;

Tener nostalgia de lo que un día perderemos es ya el colmo, dijo Isidro Levi, es esa misma idea de que debemos de prescindir de algo nuestro para que no nos afecten los actos de los demás;

La cirugía es como la memoria, dijo Macedonio, no cura, transforma, o se transforma ella misma o nos transforma a nosotros, porque de verdad es que estamos enfermos;

A veces los enfermos son los más sanos, dijo Isidro, que se refería quizás a la Enfermedad, escrita así, con mayúsculas;

La memoria no es una enfermedad, es una institución, y todas las instituciones deberían hundirse, dijo Guadalupe Ordaz, que había estado callado, tal vez nervioso por la invasiva presencia del ciego Isidro Levi;

se hizo un silencio que casi permite escuchar el goteo de los sueros, y Guadalupe siguió:

Que se acabe la burocracia, muchacho, que se muera todo eso; no le estoy hablando de las personas, no le deseo mal a nadie, pero esa chingadera de las oficinas y los trámites hace que las personas dejen de ser personas, eso debe acabarse,

y la memoria es una cosa que se parece mucho a la burocracia: la memoria es puro trámite, puro papeleo,

usted puede verlos a todos esos, muy dignos los cabrones, muy propios, puro corrupto la mayoría, quieren robar y matar pero no soportan que uno, uno que según no es nadie, los llame ladrones y asesinos, y se indignan y nos mandan matar por eso, como si los criminales fuéramos nosotros: lo único que hacen es protegerse en la memoria de los otros, proteger su imagen, como si les valiera de algo;

Bebe, Guadalupe, le dijo Pruneda;

y bebieron en silencio, hasta que se acabaron los sueros y las pastillas y las cervezas.

Cuando Salomón llevó de vuelta a Isidro Levi atravesando las ya vacías calles del centro de Orabá, el ciego le dijo:

Yo conozco los ruidos, muchacho, soy ciego, no pendejo, la próxima vez que me traiga, si no hay música, al menos que me inyecten algo a mí también;

y Salomón no respondió, sorprendido.

De regreso a su casa se le vino una imagen a la que no le había prestado mucha atención en su momento: ya estaba acostumbrado a ver que Macedonio no llevaba camisa debajo de la bata de boticario y nunca preguntó por qué ni le dio importancia, pero aquella noche, cuando llevó a Isidro Levi, en algún momento se dio cuenta de que tampoco llevaba pantalones.

Estoy a punto de encontrar mi presente, Salomón, dijo Orígenes;
lo había vuelto a llamar por teléfono en las horas de la madrugada,
¿Cuál es tu presente, Juan Pablo?, preguntó el biógrafo;
Estamos buscando los libros de los Enfermos para hacer que emerja otra vez el contagio;
y Salomón, que sospechaba de qué libros hablaba Orígenes, se interesó más por el plural de la búsqueda:
¿Tú y quién más?;
Yo y Eliot Román, le dijo, no estaba muerto, nomás estaba perdido, pero yo lo encontré y estamos desenterrando los libros de la biblioteca, alguien está escribiendo grafitis por la ciudad, como yo lo hice hace años, ¿no lo ha visto?, están por todos lados, fíjese bien, Salomón, la lucha vuelve a nuestras calles;
¿Dónde estás, Juan Pablo?;
Estoy donde el destino me va a encontrar, Salomón, donde se hace realidad el pasado,
a nosotros no va a decirnos nadie qué tenemos que leer o dónde o cómo o en qué momento; vamos a fundar nuestra Biblioteca Ambulante porque Ellos lo que quieren es un elefante muerto; Ellos lo que quieren es una cárcel, sus sueños son una cárcel monstruosa y las cárceles se anclan en la tierra como los edificios, pero nuestra biblioteca, Salomón, va a ser libre y va a correr por las calles y a lanzarse por los puentes y a nadar por el Orabá como nosotros cuando éramos niños,
la biblioteca, muchacho, eso es lo que queremos, ese es nuestro presente;
dijo Orígenes,
y colgó el teléfono.

NO SE OLVIDE USTED, Salomón, de que los nombres no son más que palabras, que lo que importa es lo que la gente hace y que pueden hacerlo llamándose de una forma o de otra; pero recuerde que nosotros creímos que había que cambiarnos el nombre porque la policía nos buscaba, nos perseguían, y así, a lo mejor, porque no nos conocían la cara, así, pues, nos salvábamos de la muerte,

le dijo Javier Zambrano, una noche en La Ceiba,

si usted busca hoy a un hombre que se llame Mariano Escápite no lo va a encontrar, porque ese nombre nomás existe en el pasado lejano de los Enfermos; existe, sin embargo, el hombre que usó ese nombre una vez, y que quizá fue más listo que nosotros en aquel tiempo y es más listo ahora, o más aprovechado, más oportunista, más complejo,

cuando la Enfermedad menguaba, a los nuevos líderes se les ocurrió el único plan posible a ejecutar con tan pocos elementos: había que Enfermar desde dentro al Estado, había que ser un virus verdadero, porque nos dimos cuenta de que una plaga no éramos, lo vimos ya luego del asunto del 16 de enero, cuando el secuestro;

¿Participaste en el intento de secuestro?;

No, directamente no; yo no sé bien qué pasó entonces, pero se decía que era una trampa, que cuando iban acercándose al carro donde iba el político, una especie de convoy, esto pasó cerca del Puente Negro, ya sabe usted, vieron que encima del puente, justo en medio, sobre el centro del Orabá, había un tipo solo, de pie, mirándolo todo; esto me lo dijeron en la cárcel; creo que me lo dijo Anistro, que se murió poco después ahí mismo, intoxicado yo creo de comer tanto chingado repollo hervido,

eso no se puede hacer, Salomón, es puro veneno,

el caso es que había un cabrón parado ahí, como un águila, y eso debió de darles mala espina a algunos porque no se habló de nadie vigilando las calles desde arriba del puente, usted sabe que lo mismo pasó en Las tres culturas, desde lo alto de una iglesia, pero nosotros todavía no sabíamos aquello, y cuando los muchachos aparecieron en la calle, insisto, Salomón, así me lo contaron, salieron los Guardias Blancos y los Halcones y quién sabe quién más, y ahí mismo, en unos minutos, todo se fue al carajo;

¿Qué pasó luego?;

Pasó que muchos desaparecieron, otros acabaron en la cárcel, alguno que otro apareció flotando en el Orabá o en la Bahía de las Águilas, eso no es ningún secreto, aunque nadie hable abiertamente del asunto o aunque sí lo hagan, da lo mismo, nada tiene ya remedio, no lo tenía desde entonces,

y lo que se le ocurrió a los nuevos líderes empezó como una especie de castigo para Mariano Escápite y siguió luego como un plan maestro de dominación del Estado y acabó siendo la misma mierda de siempre:

a los días de aquello, Escápite señaló al Pulpo Rochín como el cabrón parado en medio del Puente Negro,

la gente tenía mucho odio, tenía rencor y miedo, y esa es una mezcla peligrosa, Salomón, y el pobre Pulpo acabó pagándola sin de verdad tener culpa de nada; pero esas cosas casi siempre salen de las sombras y los compañeros sospecharon que Mariano Escápite se equivocó o que actuó de mala fe o lo que sea, y le encomendaron una tarea que era como un fusilamiento, pero él aceptó, y empezó a convencer a otros de que esa idea de infiltrar el Estado con Enfermos era la mejor manera de ganar la guerra,

porque esto, decía el Mariano, era una guerra,
y muchos creímos en eso, en la idea de la guerra,
pero hubo otros que dejaron de creer,
dijo Javier Zambrano,
y así empezó la verdadera historia de Mariano Escápite;
¿Qué fue lo que hizo él después?, le preguntó Salomón;
Eso, muchacho, esa información se la tiene que ganar usted diciéndome qué averiguó sobre Lida Pastor: si usted no me dice nada, hasta aquí lo dejamos;
y Salomón, que sospechaba que en aquella historia había algo que le faltaba a su libro, le dijo a Zambrano:
Hace unos días la vi, yo iba llegando a la Botica Nacional y ella estaba ahí, con una muchacha más joven que nunca había visto;
se quedó pasmado el Flaco Zambrano:
¿No está muerta entonces?;
No, le respondió Salomón;
pero no le dijo que aquella vez, cuando fue a la casa de Eliot Román después del sepelio del Chavarón Rubín, cuando el Cojo se quedó dormido por la borrachera y la pena, dormido y lloroso como un niño que extraña a su madre, se dio una vuelta por la casa y entró en la habitación que una vez fue de la tía Norma, cosa que él no sabía, y encontró los frascos y las cajas donde Eliot Román guardaba restos de su cuerpo: no supo cómo se le ocurrió de pronto en ese mismo momento, porque ya había hablado con Zambrano, pero se llevó una caja pequeña llena de cabellos: en su casa, antes de salir al encuentro con el Flaco aquel mismo día, metió unos cuantos mechones oscuros en un sobre y eso fue lo que llevaba en la mochila cuando Zambrano le dijo:
Si usted no me confirma un encuentro con Lida, no le voy a contar nada más;

y Salomón sacó aquel sobre y se lo entregó y le dijo:
Un día llegué a la Botica Nacional y estaba ella, una muchacha joven le estaba cortando el pelo, el boticario no estaba, y le hablé de usted, me dijo que le diera esto, que ya luego el destino diría;
Zambrano tomó el sobre como si aquello fuera el cuerpo delicado de Lida Pastor, y abrió la pestaña para echar un vistazo al interior: los ojos se le llenaron de noche y de caballos negros como la noche y mirando a Salomón le preguntó:
¿Son de ella?;
Sindudamente, le dijo el biógrafo de Orígenes, y de inmediato quiso sacarlo de aquel trance:
¿Sabías, Flaco, que Eliot Román está buscando y recuperando los libros de la Biblioteca Ambulante de los Enfermos?;
¿Y ahora quién lo ayuda?, le preguntó Zambrano, sin dejar de ver los mechones oscuros, metiendo apenas los dedos en el sobre, como si aquello fuera, quién sabe, la boca de Lida Pastor;
Estiarte Salomón se quedó callado y confuso, no sabía si el Flaco estaba hablando de Lida Pastor o de Macedonio o de Eliot Román o de qué:
los dos detenidos en el tiempo, como estatuas,
como recuerdos inmóviles:
uno por el tacto de los cabellos de Lida Pastor, que no se atrevía a sacar del sobre,
el otro por la revelación de que posiblemente los libros de la Biblioteca Ambulante eran un fraude,
parte de un ciclo que Eliot Román echaba a andar cada tanto tiempo, ¿era eso lo que le estaba diciendo el Flaco Zambrano?,
el ruido de La Ceiba los sumió más en el silencio y, sin levantar la vista de los mechones de pelo de Eliot Román

que Javier Zambrano creyó que pertenecían a Lida Pastor, le dijo a Salomón:

Cada año Eliot Román rescata los libros enterrados de la Biblioteca Ambulante, lo hace desde tiempo atrás, no sé cuánto, y cada año embauca a alguien nuevo para que le ayude, alguien que no se ha enterado de la trampa: rescatan los libros, se emborrachan, juegan a los Enfermos, escriben en las paredes y luego, cuando se acaba el asunto, él mismo vuelve a enterrar los libros y se busca a otro incauto; yo mismo lo ayudé, y el Chavarón, que en paz descanse, y también Isidro, y alguna vez, creo, hace muchos años, cuando recién empezó, hasta el mismo Orígenes cayó en el juego; luego hubo otras gentes que no conozco o que no recuerdo, y yo creí que esta vez era usted el que le estaba ayudando;

Orígenes es quien le ayuda, le dijo Salomón;

pero el Flaco Zambrano no respondió,

Y Mariano Escápite, ¿le ayudó alguna vez?, preguntó el biógrafo, sintiendo el engaño como una traición, como un retorcimiento de la trama;

Escápite es un nombre repetido tan pocas veces que parece que no hace nada, pero siempre está por ahí, haciendo alguna cosa jodida, le dijo;

y antes de que pudiera decir nada más Salomón, el Flaco Zambrano se levantó de la mesa y se fue al baño con el sobre lleno de cabellos de Eliot Román,

pero él creía que eran cabellos de Lida Pastor,

y se fue al baño, pues,

como lo hiciera mucho tiempo antes

el licenciado Carlos Ciriaco

cuando el tío Liberato Pastor le llevaba a la cantina llamada El brazo roto la fotografía de Berenice.

No pueden sacarse de la mente los temas en los que menos quieren pensar. Prefieren escribir sus ideas a hablar y, por encima de todo, les gusta la soledad «Trincavelli tenía un paciente que quería suicidarse por temor a ser ahorcado, y durante tres años seguidos no se le pudo convencer de que no había matado a ningún hombre» (Secc. III, Miembro I, Subsecc. II)

Porque el paisaje de nuestra sangre
y de nuestra barbarie
sigue siendo el mismo:
un mar que abrasa bajo un sol que ahoga
José María Micó

Recuerda,
lo más hondo es lo invisible
que sentimos cada día,
la entraña de las cosas, le dijo una vez
Norma Carrasco a Eliot Román;
y el Cojo se lo iba repitiendo a Orígenes aquella noche,
cuando volvían a recorrer de madrugada las calles de Orabá escribiendo en las paredes palabras rojas y temblorosas, buscando más y más libros, bebiendo una cerveza tras otra, ya calientes, que llevaban en una mochila donde echarían los libros rescatados cuando se vaciaran las botellas;
Lo más hondo;
repetía Orígenes,
que ya cansado por la caminata, los cigarrillos y el tintineo de las cervezas vacías se comportaba como un eco.
Esto es lo que les pasaba:

salían por la noche porque es así en lo oscuro donde los seres lentos y antiguos se confunden con las sombras y al inicio llevaban en el pecho un movimiento poderoso, un vigor juvenil, un alma en vilo alzada por encima de las cosas como una fruta pendiente de la rama que pendula encima de nuestras cabezas y que no podemos, ni saltando, alcanzar; salían así, encendidos, y poco a poco se iban agotando:

empezaba a toser Orígenes; cojeaba más y más Eliot Román; caminaban más lento, se quejaban de sus dolores, se rendían más pronto; a Eliot le dolía la nueva dentadura vieja, esos dientes guardados en una caja que tuvo que sacar y ponerse porque los otros, los dientes buenos, como él decía, se quedaron tirados en alguna calle del centro de Orabá; y Orígenes, ya casi borracho, se olvidaba poco a poco de lo que estaban haciendo, y le preguntaba al Cojo constantemente:

¿A dónde vamos?;

y Eliot Román le decía:

Vamos al pasado, Juan Pablo;

y el poeta no sabía si reír porque aquello era una broma o si preocuparse porque era una trampa: cada vez pensaba más y más en Pablo Lezama.

Vamos al pasado, volvía a decir Eliot Román;

Y al pasado sólo van los que están heridos, decía Orígenes;

y el camino seguía persiguiéndolos, y ellos seguían y seguían empujando la noche,

encaminados hacia la orilla del Orabá, andando ya por un lado del parapeto del malecón, buscaban algún punto por donde bajar a la ribera:

Ahí hay puñados de libros, le dijo Eliot Román, hay una biblioteca que es como un jardín, pero como un jardín salvaje, lleno de espinas y palabras duras, Juan Pablo, el mayor escondite después del patio de la casa aquella donde está la Botica Nacional;

¿Cuándo vamos a ir ahí?, le preguntó Orígenes;

pero Eliot Román ya iba midiendo entre la noche las distancias y las proporciones de aquel jardín imposible que tenía retratado en la memoria como una selva de palabras que crecía entre los dos sauces serenos que estaban ahí desde que ellos eran niños,

y el Cojo entonces empezó la tarea de topógrafo improvisado decidiendo los puntos específicos donde iban a cavar o midiendo con pasos las longitudes como cuando en la calle marcaban con dos piedras la portería de un fugaz y eterno partido de fútbol en los lejanos siglos de la infancia,

empezaron a cavar:

entre piedras y raíces oscuras como vísceras fueron sacando más y más tierra hasta que uno de ellos, quizá fue Orígenes, quiso pegar un grito que tuviera la hondura que no tiene el río Orabá y apenas consiguió un quejido anciano, y se alejó del agujero en la orilla y se acercó el otro, cojeando, con la pregunta entre los dientes falsos:

¿Qué encontraste?;

como si fuera posible encontrar otra cosa que no fueran los libros que iban buscando,

o piedras simples y raíces simples,

y Orígenes le dijo, entrecortada la voz y tanteando algún lugar donde sentarse:

Un cadáver,

ahí hay un cadáver;

cada uno pensó en su propio pasado,

o en sus propios muertos,

que es casi lo mismo:

los dos se quedaron a un palmo del agujero como si no quisieran asomarse al interior de aquella boca terrícola porque uno, Eliot Román, pensó en el cuerpo de Norma Carrasco, en la posibilidad de su cuerpo y en la insostenible idea de que cuando pensara en el cuerpo de ella tendría que pensarlo cambiando la palabra cuerpo por la palabra cadáver,

y el otro, es decir, Orígenes, temeroso de las traiciones y las emboscadas, pensaba en el cuerpo petrificado de Pablo Lezama:

él había golpeado con la pala el marfil del cráneo, o lo que él creía que era un cráneo o un fósil del cercano y lejano cuerpo del traidor y de pronto se situó en la frontera, donde el crimen fue posible y necesario, en aquella casa abandonada donde uno de los dos,

él o Pablo Lezama,

mató al otro,

sin remedio ni esperanza,

entonces ninguno de los dos quería acercarse demasiado al agujero, pero Eliot Román, que en el fondo sabía bien lo que podía encontrarse en aquel páramo de la ribera, aluzó con la linterna el fondo del pequeño pozo y divisó, sin demasiados problemas, la cabeza de un animal,

acaso un perro,

o una gigantesca iguana,

y se sintió más tranquilo porque no era la tía Norma

y porque él no pensaba en Pablo Lezama:

Es un animal, dijo, y clavó la pala para que se asomaran los ojos muertos por encima del borde de tierra sin desprenderse todavía del pescuezo;

Orígenes no se tranquilizó hasta que Eliot Román cubrió el agujero y le señaló otro lugar donde cavar.

Estuvieron así un rato hasta que se cansaron de no encontrar nada, de clavar la pala y no sacar más que tierra y olvido,

y para mantener el ánimo, porque ya se habían acabado las cervezas y se les venía encima el aviso de la resaca, Eliot Román empezó a hablar de los años de la Enfermedad, de los años de los sindicatos, de la tía Norma y de unas cuantas muchachas Enfermas que formaron su propio grupo rebelde; de un partido de fútbol en el Estadio Universitario cuando un par de tipos armados bajaron al campo; de la Liga de Madres de Desaparecidos, que buscaban a sus hijos después de toda aquella guerra sucia y donde él militó para buscar a Norma Carrasco:

No se puede hacer nada sin hablar, decía Eliot Román;

y empezaba el recordatorio, el memorial de la juventud:

Llegaban y se metían a las clases, ahí mismo en la Escuela Central Preparatoria, eran mayores que nosotros y recitaban párrafos enteros de Afanasiev; yo en aquel tiempo no sabía quién era Afanasiev, pero aquellas palabras tenían un sonido hondo, como si no fueran palabras y fueran el puro dolor, el puro coraje por las cosas del País: en aquel principio yo pensé que el tal Afanasiev era mexicano, porque hablaba de cosas muy parecidas a las que pasaban aquí, o así lo hacían hablar aquellos muchachos, y pensé que se llamaría Pedro o Juan, pero luego me enteré de que era ruso, y la verdad es que sentí una decepción; el caso es que así fue como me acerqué a ellos, Juan Pablo, y el primer trabajo que me dieron, cuando aún no había Enfermedad ni había Liga Comunista, pero algo había, algo muy espeso, lo primero que yo hice fue cargar y guardar los libros que ellos leían, o que decían que leían, porque luego me di cuenta de que no salían de los mismos discursos de siempre, y mi segundo trabajo me lo inventé yo mismo: les busqué más libros, les busqué más palabras que dijeran aquel dolor, y fundé la biblioteca, que en ese tiempo no era ambulante todavía,

yo fui uno de los primeros Enfermos, Juan Pablo;

y seguían cavando y de vez en cuando alguno de los dos se detenía y llamaba al otro porque entre las profundas dentelladas de la excavación aparecía un bulto que resguardaba dos o tres o cuatro libros increíblemente bien conservados dentro de la membrana de una bolsa de plástico, o dentro de la piel podrida de una vieja mochila, pero los libros, y esto no lo había pensado antes Orígenes, se veían tan bien conservados, como si el tiempo no hubiera rasgado las palabras de su interior:

Para destruir un libro, dijo Orígenes, hace falta anular cada una de sus palabras, una por una, porque quemando el libro no se hace nada si ya lo leyó alguien: el que lee se convierte en el libro, y el libro pervive;

Están vivos, decía Eliot Román, nuestros libros están vivos;

y rescataba de entre las páginas de algún volumen, como si conociera la ubicación exacta, una fotografía de la tía Norma, y se la enseñaba a Orígenes y el poeta, tratando de inclinarla de alguna manera para que un chorro lejano de luz le mostrara la imagen de Norma Carrasco, le decía al Cojo, sin de verdad haber visto nada:

Era guapa;

y Eliot Román decía:

Ella me enseño a leer;

y se quedaban callados, como aquella vez en La Ceiba cuando Orígenes volvió al mundo y los encontró bebiendo y Eliot Román habló por primera vez de la tía Norma, o por última vez, o por enésima vez, y cada uno se quedó pensando, en silencio, en el cuerpo desaparecido de la tía Norma,

y así de repente los dos querían dejarlo todo y volver a La Ceiba, emborracharse escuchando música, aquella música que adormece a las bestias, que cura todos los males,

¿estaban pensando en la música o en la cerveza?,

volver a La Ceiba, donde lo único que flotaba entre el éter y el ámbar era el Zurdo, el camarero, con las manos llenas de botellas vacías, llenas de babas y cerveza caliente, y vestido impecablemente de blanco:

Siempre quiso ser enfermero, les explicó una vez el Flaco Zambrano;

Pues aquí viene a curarnos a todos, diría el Chavarón Rubín,

que en paz descanse,

que se murió ya;

y esa imagen del rostro de Salvador Rubín despedazado a patadas y mordidas se les vino encima y los devolvió, porque era la misma imagen de la culpa y el desenfreno, a la tarea de su búsqueda:

querían imaginarse una música que les llegaba desde lejos, desde La Ceiba quizá, pero no los alcanzaba ni el chapoteo sereno del Orabá, ahí a unos pasos de ellos,

y por eso, porque el silencio los acercaba al recuerdo, Eliot Román dijo en voz alta:

Tú te acordarás de aquella vez, Poeta, cuando se armó el deschongue en la casa de estudiantes de la calle General Teófilo, apenas habían llegado los Guardias Blancos, esos cabrones que vinieron de quién sabe dónde a jodernos la vida,

estábamos reunidos, dijo, y alguien llegó corriendo a dar el aviso de que las patrullas ya estaban ahí, a la vuelta de la esquina,

había que hacer algo, porque recién habíamos asaltado algunas oficinas del gobierno y teníamos armas y dinero y panfletos y los libros, Juan Pablo, estos mismos libros en aquel tiempo eran tan peligrosos,
¿te acuerdas?,
tú estabas ahí,
tú fuiste el que dijo que había que resguardar los libros,
ya otros se habían preocupado por las armas, que eran valiosas y necesarias, sin duda, pero tú dijiste:
Hay que salvar los libros;
y me acuerdo muy bien de que empezaste a revolver el montón de libros que había en una mesa, como si buscaras algo, y que los abrías, revisabas las palabras como si las leyeras en chinga, de volada, así nomás por encima, y fuiste agarrando, ahora no me acuerdo, dos o tres libros y te los metiste entre los pantalones,
como lo hacía yo
cuando iba lleno de biblioteca,
y me gustó tu gesto, y yo quise hacer lo mismo,
y por eso cuando llegó la policía a reventar la puerta,
en aquel tiempo uno sabía que en la policía estaba el crimen,
cuando llegaron, pues, nosotros éramos los únicos pendejos que quedábamos en la casa,
tú, yo y el Anistro Guzmán,
¿te acuerdas, Poeta?;
y Juan Pablo Orígenes, como si un fogonazo le alumbrara la memoria, o algún camino perdido de la memoria, vio con claridad aquel recuerdo, con la claridad con que se ven las cosas cercanas y puras, las cosas que más queremos,
o las que más odiamos,
las que nos hacen daño,
o las que no tienen ningún remedio,

como por ejemplo decir el recuerdo de Pablo Lezama, claro y profundo pero enredado en los ramales del tiempo, y el recuerdo de Aurora Duarte, amplio y duradero pero herido por la incomprensión del olvido y los detalles,
y recordó Juan Pablo Orígenes aquella tarde en que los Enfermos salieron corriendo de la casa y ellos tres,
Eliot Román, Anistro Guzmán Zárate y él mismo,
se quedaron rezagados en la casa por la distracción de los libros o por estupidez o por imprudencia o porque no se les ocurrió bien qué hacer en aquel momento:
y fue recordándolo aquello,
mientras escuchaba en el fondo de la noche no la música de La Ceiba, sino la voz de Eliot Román narrando los hechos según cómo él los había visto, o según el modo en que los recordaba, o de acuerdo a la manera en que se los iba inventando conforme los olvidaba:
Eliot Román decía:
El que llegó corriendo para avisar fue el Anistro Guzmán, en aquel tiempo estaba gordo y cualquier ejercicio lo mataba, luego en la cárcel se puso flaco hasta que se murió;
y Orígenes recordaba:
Busca los libros, no puedes dejar que Ellos los encuentren y los lean;
¿por qué?, porque en esos libros que los Enfermos leían y se aprendían de memoria, Orígenes escribía las palabras escondidas y pulposas que le dedicaba
¿a quién?,
a Aurora Duarte,
que en aquel tiempo ya era una Enferma,
y que leía las palabras de Orígenes en aquellos libros que le hacía llegar con la ayuda de Eliot Román, que lo que creía que hacía era comerciar no con el amor sino con las ideas, con la Enfermedad:

Eliot Román estaba convencido de que lo que Orígenes le hacía llegar a Aurora muchacha era materia de instrucción anarquista, comunista, guerrillera,
pero Orígenes escribía en los márgenes de los libros las palabras que querían decirle a Aurora alguna cosa sobre ellos dos, o sobre el miedo, o sobre la ausencia,
y estaba seguro de que en algún momento, aunque casi nunca escribió su nombre en aquellas páginas, en algún momento, pues, se le escapó entre tanta palabra el nombre verdadero de Aurora, y por eso quería recuperar los libros, que los policías no los encontraran para que no la encontraran a ella,
por eso se tardaron tanto, por eso no salieron corriendo como los otros, por eso escucharon los golpes en la puerta, atrancada con sillas y muebles para que no entraran los Guardias Blancos,
por eso escucharon, como señal de que la cosa se ponía fea, la rotura de un cristal y un sonido de fuga:
Anistro Guzmán fue y vino de la habitación a la sala de la casa y explicó, nervioso y lleno de temblores, que les estaban tirando con cebollas:
¿Te acuerdas, Poeta, que nos tiraron con cebollas?, decía a lo lejos Eliot Román;
mientras Orígenes recordaba sin esfuerzo, como si de pronto la memoria no fuera un peligro o un problema:
cebollas,
gases lacrimógenos,
y el humo espeso empezaba a subir las escaleras,
y escucharon que más y más vidrios se quebraban por la casa, y se tiraron al suelo, y pensaron que los iban a matar,
iban a bajar las escaleras, pero el gas venía subiendo agarrándose de las paredes, y se regresaron,
Anistro Guzmán resoplaba como un cetáceo,

Eliot Román, al que todavía no le habían metido ningún tiro en la espalda y las piernas, era ágil y se adelantó a todos para meterse en la cocina porque ahí guardaban armas, entre las cazuelas, pensando que lo último que les quedaba era morir matando,

pero en la cocina, que tenía la puerta entreabierta, encontraron al Flaco Zambrano,

con el torso desnudo y con los pantalones a la altura de las rodillas

meando una camiseta,

meando copiosamente, abundantemente como si se fuera a morir deshidratado después de aquello, salpicando a todos lados y haciendo un charco a sus pies, mojándose las manos y el pantalón y los pies y, en primer lugar, la camiseta que tenía en una mano,

lo primero que se escuchó fue la voz gorda de niño de Anistro Guzmán:

Loco, en la cocina no se mea, mira qué cochinero;

y la mirada del Flaco Zambrano,

que años después explicó que estaba dormido cuando avisaron de la redada y que se levantó con las primeras cebollas y los primeros vidrios rotos,

la mirada, pues, recuerda Juan Pablo, era una especie de castigo o de burla para Anistro Guzmán que no entendía, o no sabía, que lo que estaba haciendo a lo mejor le salvaba la vida;

Loco, hay que ser menos austrohúngaro, dijo Anistro;

¿Te acuerdas, Poeta, que ahí aprendimos que un trapo empapado en orines puesto sobre la cara contrarresta los gases de las cebollas?, decía a lo lejos Eliot Román, en este presente de excavaciones y evocaciones;

y Orígenes recordaba que el Flaco Zambrano les explicó el asunto, que el Anistro tuvo asco, que el suelo de la cocina estaba encharcado y amarillo, un amarillo profundo de hepatitis, y que ellos dos, él y Eliot Román, se quitaron las camisetas y se bajaron los pantalones;

La historia se cuenta despacio, escribió Orígenes una vez, pero en su momento sucedió todo en un suspiro;

intentaron también ellos mear sus camisetas, mientras veían al Flaco Zambrano que se subía los pantalones y se amarraba el trapo mojado por encima de la nariz y la boca y pisaba el charco mientras salía y les gritaba que se apuraran, que los iban a matar,

y Anistro, que al principio no estaba muy convencido del asunto, también se quitó la camiseta y se bajó los pantalones,

pero ninguno de los tres, con las prisas, soltaba el chorro,

se miraban unos a otros, escuchaban los gritos de la policía, escuchaban los golpes en la puerta, los vidrios rotos, el humo que se empezaba a colar por debajo de la puerta que Anistro cerró bien y cubrió con un trapo la rendija inferior, para tener más tiempo,

pero no salía nada,

ni un chisguete,

ni una gota,

y con los pantalones a la altura de las rodillas Eliot Román se acercó a abrir el grifo del fregadero gritando en voz baja:

Inspiración, inspiración;

y con las piernas más o menos abiertas flexionaba las rodillas y se sacudía el miembro como en una ridícula danza de la lluvia y se miraban entre ellos y no pasaba nada en aquella fracción mínima de tiempo y estaban seguros de que el Flaco Zambrano sindudamente ya se había escapado por la azotea,

pero para llegar al tejado tenían que salir de la cocina,

y afuera de la cocina estaba lleno todo de gases,

y no podían mear, y seguían con los pantalones abajo y a Eliot Román se le ocurrió, porque estaba convencido de que no había manera,

A mí se me ocurrió, Juan Pablo, ¿te acuerdas?, le decía;

se le vino la idea, ya ni modo, de subirse los pantalones y empapar la camiseta en el charco de orina que había dejado el Flaco Zambrano:

No había otra opción, dijo;

y Orígenes hizo lo mismo y se volvió a meter los libros que se había sacado cuando se bajó los pantalones y se puso de rodillas junto a Eliot Román para mojar su camiseta y cada uno buscaba adueñarse de un pedazo de charco, de aquel charco esparcido por el suelo de la cocina, y se empujaban el uno al otro tratando los dos de mojar la camiseta lo más posible, y el único que no se acercó y seguía con los pantalones a la altura de las rodillas era Anistro Guzmán,

¿Te acuerdas que no quiso acercarse, que le dio asco aquello?, decía Eliot;

y ya empapadas y amarillas las camisetas se las pusieron en la cara, como si fueran dos bandidos, y le echaron un último vistazo al Anistro, una mirada de pena porque no le habían dejado ni un restito del charco, ni un chisguete de salvación, y abrieron la puerta y salieron y el gordo Anistro se quedó ahí, con los pantalones abajo haciendo flexiones con las rodillas y sacudiéndose el miembro como lo hizo antes Eliot Román, sabiendo que no iba a ser capaz de soltar ni un chispazo amarillo,

el amoniaco necesario,

entonces fue que Eliot Román y Juan Pablo Orígenes subieron las escaleras al tercer piso entre el humo de las cebollas y los vidrios rotos y los gritos de la policía y

salieron a la azotea del edificio esperando que no hubieran llegado Ellos por ahí,
el sol en lo alto, amarillo como el charco de orina del Flaco Zambrano, les deslumbró los ojos y la nariz:
adentro, entre el gas de llorar y las prisas, no sintieron el olor impregnado en las camisetas que llevaban encima de la cara, pero al salir, con el calor y los vapores, se empezaron a ahogar y trataban de jalar aire por debajo de la tela, con la boca abierta y la nariz,
desde el techo de la casa de estudiantes saltaron al edificio trasero, y de ahí a otro y recorrieron por encima de las azoteas toda la cuadra hasta que se metieron por una ventana abierta a una casa donde una familia se resguardaba del ruido y de las balas perdidas,
y atravesaron la casa y bajaron hasta la calle y no pensaron que Anistro Guzmán Zárate se había quedado atrás hasta que luego de correr en dirección poniente, todavía con el torso bichi y las camisetas mojadas encima de la cara, llegaron a la casa de la madre de Orígenes y se escondieron hasta el día siguiente;
¿Te acuerdas, Poeta?, le decía Eliot Román, que al otro día nos fuimos a mi casa a buscar a la tía Norma y que llevábamos puestas las camisetas, ya secas pero todavía apestosas, y que fue entonces que supimos que al Anistro lo arrestaron ahí mismo, que decían que lo encontraron en la cocina con los pantalones abajo y masturbándose o haciéndose algo él mismo en su cuerpo, llore y llore resoplando como un animal perdido, ¿te acuerdas?, no volvió a salir de la cárcel nunca porque dijeron que era uno de los líderes del grupo,
y se murió ahí, tiempo después.
Recuerda,
la muerte es lo más hondo.

¿Te acuerdas, Poeta, que creíamos que lo más hondo era la injusticia?,
¿qué es lo más hondo ahora?;
El olvido, dijo uno;
La ausencia, dijo el otro;
y echaron los libros recuperados en la mochila, borrachos porque ya no había más cerveza, buscando en algún lado al espectro del Zurdo con las manos llenas de botellas llenas para pedirle una cerveza como si estuvieran en La Ceiba,
pero estaban entre los sauces llorones a la orilla del Orabá,
donde el pasado eran aquellos libros que no había borrado ni el tiempo,
y volvieron al malecón para irse caminando hacia el Estadio Universitario donde, dijo Eliot Román, estaba la última escala de la búsqueda
antes de entrar
definitivamente
en la Botica Nacional.

Desaparecer, así nomás, sin que nada quede de uno, ni un rastro, ni un eco, yo creo que es imposible,
dijo Eliot Román,
mientras buscaban a tientas el picaporte de la puerta del gimnasio de boxeo para entrar de una vez al Estadio Universitario donde los esperaban, desde la eternidad de los tiempos Enfermos, o quizá desde tiempos menos lejanos, más libros y más recuerdos;
Ni la tía Norma, Juan Pablo, desapareció de este mundo sin dejar rastro:
yo soy su rastro, su eco, yo creo que nosotros somos hijos de quienes nos recuerdan, dijo;

y Orígenes le respondió, mientras atravesaban el umbral de la puerta reventada a martillazos:
La evocación de una memoria es como un parto, o algo así;
y Eliot Román ya no dijo nada más.
Se encontraron de frente con el cuadrilátero a oscuras: un eco de puñetazos y sangre de cuando en otros años iban ahí, después de ver al equipo de fútbol de la Universidad, implacable en sus trazos sobre el pasto, y se sentaban entre los borrachos, ellos mismos bebiendo las cervezas que el tiempo calentaba, a gritar y apostar por uno y otro peleador que luego, a cierta hora de la noche, se quitaban los guantes y se rompían el alma con la libertad y la violencia que el dinero les compraba,
ahí, en silencio todo, se le ocurrió a Eliot Román, porque no había prisa para nada, subirse al ring por entre las cuerdas destensadas y viejas del perímetro y andar hasta una esquina donde esperó que Orígenes hiciera lo mismo:
le costó más al escritor la subida y se arrastró, como un lagarto que sale de entre el pantano, por encima de la lona del cuadrilátero y por debajo de la primera cuerda, y luego de levantarse se buscó la esquina opuesta a la de Eliot Román:
en la oscuridad apenas se podían ver las caras, apenas ellos mismos eran más que la sombra de un recuerdo, y escucharon, sin habla que mediara entre ellos:
Primer Round:
se fueron acercando al centro con los puños en alto como si hubieran escuchado una campana imaginaria y los gritos del público y las apuestas rodando de mano en mano y de boca en boca por el suelo mojado y espumoso y fue el Cojo quien lanzó el primer golpe lento como un bostezo que Orígenes alcanzó a esquivar con

un movimiento de la cabeza para recomponerse como un resorte oxidado y lanzar su primer golpe en franca dirección a la mandíbula de Eliot Román:

se movían con calma, a la manera de los negros relámpagos que nadie ve en las madrugadas tormentosas del trópico, y fue entre golpe y golpe, empezando a mantener un ritmo constante pero que no los cansara, que Eliot Román, como siempre, empezó a hablar con el recuerdo o sobre el recuerdo o evocando los restos de un ruido lejano que se percibía en el pasto verde anochecido ahí al otro lado del cuadrilátero, y habló, Eliot Román:

de que hubo una vez un partido de fútbol en la época en que el estadio se llenaba de gritos y goles,

Cuando éramos jóvenes, decía;

y en aquel tiempo los que corrían por el campo también eran jóvenes,

Hoy se les puede ver todavía por ahí, decía el Cojo, y esquivaba un gancho al parietal;

y era cierto:

podía vérseles en prados más lejanos y más secos, ellos también estarán más secos, más quebradizos, porque parece que se los van llevando fuera de la ciudad para que nadie los vea, y hoy se pueden ver cansados percherones y llenos de barrigas canosas, pero es posible percibir todavía la finta añeja, el amago bien grabado en la memoria del cuerpo, el gesto cincelado de un cabezazo a gol, una lenta barrida que arranca el pasto y los años y levanta la cal con la que pintan esos campos que son pura cosa silvestre y puro recuerdo,

es cierto que todo lo que una vez pasó en este mundo, sigue todavía pasando, pero más lentamente, más lejos,

y siguió hablando el Cojo:

Se les ve que fueron jóvenes y que pudieron quebrarle la cintura a cualquiera en aquellos años, cuando el estadio se llenaba de voces, decía Eliot Román;

y Orígenes lo escuchaba en silencio, tratando de que no le partiera el hocico en un descuido,

entonces contó Eliot que una vez, cuando apenas el crimen dividía su monopolio estatal, cuando empezaban a circular por el desierto y hacia la frontera la gente y la violencia, en un partido de fútbol tan importante como un vaso de cerveza, hubo un balón altísimo:

Un contragolpe matón, dijo Eliot Román;

una avanzada del equipo visitante que se lanzó con su mejor delantero hacia la puerta y se topó, ni modo, con aquel defensa cabezón y aguerrido que se llamaba Moisés y que atropelló hasta la inconsciencia al muchacho aquel que seguramente tenía en los ojos la portería y no divisó el cuerpón del otro que se le fue encima:

quedaron los dos en el pasto como si se les hubiera ido el conocimiento y entre que el árbitro, al otro lado entero del jardín, se acercaba trotando para marcar la falta y la probable expulsión del defensor, aparecieron desde la grada dos locos enfurecidos hinchas de los visitantes que se apostaron en torno al cuerpo de Moisés como si fueran a hacerle algún reclamo,

o como si estuvieran preocupados por su salud,

pero entonces fue que uno de ellos sacó una pistola:

Ahí en medio del campo y entre tantísima gente que los veía, dijo Eliot Román, ahí, Juan Pablo, sacaron una pistola y lo tenían desamparado a los pies a aquel cabrón; me acuerdo que decían que al equipo ese lo pagaba un mafioso, eran cosas que se decían;

entonces, entre el bullicioso griterío del campo concentrado en aquellas cuatro figuras, dos de pie y dos echadas en el pasto, apareció desde el mediocampo corriendo aquel perro de presa que se apellidaba Morgan o Melitón y con la viada de la carrera despejó con patada contundente el cuerpo de uno de los pistoleros:

Un patadón de sacarla del campo, dijo el Cojo;

pero cuando aquel tal Morgan o Melitón sacó del eje terráqueo al aventado que amagó sin balón al Moisés, pudo ver que caía, pesada entre la hierba, el arma:

Quizá no la vio nadie más que él, dijo Eliot Román;

y siguió corriendo hasta pasar por detrás de la puerta de los visitantes y meterse en los vestidores y salir por las gradas entre el barullo de la gente hasta la entrada principal del estadio por donde agarró a correr como alma que lleva el Diablo primero por la Plaza de Rosales y de ahí por el Santuario hasta la calle Colón o Escobedo desde donde siguió sin parar, uniformado y todo, sin acabar el partido, y se perdió en el centro de Orabá donde quizá se subió a un taxi para desaparecer de la faz porque aquella patada al mafioso podía costarle la vida,

y al decir la palabra «vida» Eliot Román cambió la estrategia de la pelea y le tiró un gancho al hígado a Orígenes que no supo cubrirse y que terminó por doblarlo como si hiciera una obligada reverencia: se echó unos pasos para atrás y se le subió, con el ahogo, un enojo colorado y una rabia punzante:

cuando se recuperó, a medias, se fue sobre el Cojo conociendo su ventaja y fintando un golpe al cuerpo le atizó en la cara con el crujir de la dentadura y un respingo hacia atrás que lo dejó mareado un rato,

había una especie de empate, y parecía que se tranquilizaban un poco, que seguían hablando entre los recuerdos de aquellos partidos de fútbol donde entre rabonas y chilenas de

algún greñudo que pasó de largo frente a la Enfermedad porque no le quitaba el ojo a la pelota, ellos se metieron de cabeza en la puerta de su destino:
un destino pesado y triste,
un destino de agobio y soledades:
Aquel muchacho, Melitón o Morgan, dijo Eliot Román, aquel que salió corriendo luego de patear al pistolero, desapareció, Juan Pablo, pero dejó un rastro:
todo lo que desaparece deja un rastro:
es imposible borrarse del mundo;
y Orígenes, que vio que Eliot Román se iba enojando cada vez que él le esquivaba un golpe, se echaba para atrás con un miedo que le crecía como un temblor en las rodillas y en las manos, y escuchaba la voz de Aurora Duarte diciéndole:
Es el Párkinson, Pablo;
pero en lo que él pensaba, además de en que Eliot Román no le partiera la cara, porque parecía que eso era lo que el Cojo quería, lo que Orígenes pensaba, pues, era el rastro: lo que los desaparecidos de este mundo dejan cuando se marchan, y la voz de Estiarte Salomón preguntándole:
¿Qué rastro dejó en este mundo Pablo Lezama?;
No me pregunte sobre Pablo Lezama, Salomón, lo único que recuerdo es lo que quise olvidar, esto no es más que una majadería de la memoria;
le respondía Orígenes al recuerdo, mientras iba caminando hacia atrás, un poco de lado, para que Eliot Román, que seguía sin callarse ni un momento mientras trataba de pegarle, no pudiera alcanzarlo,
cansado de escuchar preguntas, de echarse hacia atrás a cada rato, porque acaso su manera de responder siempre había sido una cosa parecida al repliegue, a esa táctica

que pretendía seguir para que Eliot Román no volviera a darle un puñetazo en aquel cuadrilátero vacío donde todo, hasta el recuerdo, era de una lentitud insoportable, Orígenes le dijo al Cojo:

¿Qué es eso que queda de los desaparecidos, Eliot?;

y Eliot Román se detuvo un momento en su avanzada, como si la pregunta fuera una orden, un alto al fuego, como si Orígenes fuera capaz de preguntar, de interesarse por el descubrimiento de alguna cosa verdadera y no sólo de las cosas simples que se le olvidaban en el día a día: ¿Dónde está el baño?, ¿Dónde está el café?, ¿Dónde están los cigarros, Eliot?,

¿Qué es el rastro?, volvió a preguntar Orígenes;

Las cosas que nos dan y que nosotros conservamos, dijo Eliot Román;

Orígenes pensó en los innumerables rastros que el Cojo guardaba en aquella habitación de su casa, en los libros que él mismo había escrito, en los objetos que la gente le daba a Isidro Levi en la calle porque creían que eran suyos por estar tirados en el suelo cerca de él, en la tumba sin marcas de Pablo Lezama, en las notas al margen del libro de Robert Burton: rastros que vamos dejando y que señalan nuestro paso por el mundo,

y entonces:

Segundo Round;

gritó Eliot Román con un cigarrillo en la boca mientras se lo encendía:

Orígenes vio una especie de luciérnaga que le revoloteaba en la cara a su contrincante al hablar, un hilo de humo entrecortado por la cojera del movimiento y pensó que, aun quemándose un poco, sería más fácil encontrarle la nariz con un puñetazo:

La busqué, dijo Eliot Román, hasta donde nunca estuvo;

y le explicó que hubo en aquel tiempo una Liga de Madres de los Desaparecidos de Orabá:
Las pancartas eran larguísimas, dijo el Cojo, porque no querían usar ni abreviaturas ni siglas:
Así habla el gobierno, decían;
y es cierto, Juan Pablo, la burocracia habla en siglas para que nadie entienda nada: entonces uno se encuentra con una noticia en el periódico que dice que el FJN se reúne en el marco del HAC con los representantes del PFNE para atestar que el PEPN propició la disolución de la PDMP por razones adecuadas al futuro de la PN; y en el fondo de esto uno nunca se entera de que nos están jodiendo la vida en siglas,
o de que se la están jodiendo a alguien,
por eso las madres de los desaparecidos hacían pancartas larguísimas que desenrollaban en la Plaza de Rosales, ahí afuera, ya sabes, y daban sus discursos y repartían sus panfletos,
ellas eran el rastro, Juan Pablo, de sus hijos desaparecidos,
nosotros somo lo que resta de nuestros ausentes;
Las cosas que nos dan los muertos y que conservamos como algo vivo y profundo, había escrito una vez Orígenes;
Eliot Román le explicó que se había acercado a las madres de los desaparecidos para buscar a la tía Norma:
Yo no era su madre y ella no era mi hijo desaparecido, pero me dijeron que me ayudarían a encontrarla; eran como un ejército, dijo Eliot Román, también algunas de ellas, después de tanto ruido y tanto salir en los periódicos criticando al gobierno y a la policía y al ejército, salieron perjudicadas:
supe, tiempo después, que dos de aquellas mujeres que conocí habían desaparecido y que aparecieron luego muertas, Juan Pablo, también a ellas las mataron; esa

es la magia en este País: ahora estás, ahora no estás, ahora estás, pero muerto;

¿Quién las mató?, le preguntó Orígenes, hipnotizado por la luz del cigarrillo que le bailaba en la boca a Eliot Román como un cocuyo prendido en lumbre;

Ellos, dijo el Cojo, y le atizó un guantazo sin guante en la mandíbula:

Primera caída del poeta;

y desde la lona, con los brazos abiertos en cruz, Orígenes le escuchó a Eliot Román:

Eran un ejército, esas mujeres, Juan Pablo, hicieron más que nosotros y en menos tiempo, pero estaban desprotegidas, no tenían dónde esconderse, no podían salir corriendo, no podían vestirse de mujeres, no iban armadas, y después de aquellas muertes la cosa se disolvió, para entonces tú ya no estabas aquí:

tú ya estabas muerto para nosotros;

mientras se levantaba sin ayuda, el poeta le preguntó:

¿Los Enfermos fueron un ejército alguna vez, Eliot?;

Yo creo que no, dijo el Cojo, siempre anduvimos desperdigados y sueltos, cada uno corriendo por su lado para salvar la vida,

ahora ya ninguno corre,

todos son estatuas;

y le lanzó otro golpe al mentón que apenas pudo esquivar el poeta para decirle, mientras se le aventaba encima con una combinación que había pensado todo el rato, que había que recuperar al ejército de los Enfermos:

Si los desenterramos a todos, si los sacamos del agua de la bahía, si les componemos el cuerpo despedazado, como en aquel libro que leí hace mucho, Eliot, tendríamos un ejército de Enfermos, de recuerdos violentos, de gente a la que ya no se puede matar, piénsalo, dijo, un ejército imposible, un ejército con todos los muchachos muertos: Enfermos, Pescados, Chemones, Perspectivos, Maderistas, Comunistas, Madres de los Desaparecidos, Madres del Amor Hermoso, Madres de los Traidores Hijos de Puta que ya no van a traicionar a nadie, Anarquistas varios, Futbolistas Anónimos, Boxeadores Ilegales, Asesinados Diversos del Crimen Organizado, Albañiles y Obreros Arrastrados por la Enfermedad, Exiliados e Impostores, Falsos Estudiantes y Orejas, Policías y Halcones, Guardias Blancos, Jornaleros y Pescadores, Hijos que Nunca Conocieron a sus Padres Enfermos, Hijos que Nunca Nacieron porque sus Padres y sus Madres Murieron Antes, Perros y Gatos, Vagabundos y Borrachos, Todos, Eliot, todos los que están muertos y que nosotros desenterremos como un tesoro, todos ellos serían nuestro ejército;

y en la pausa del pensar en aquellas ideas del poeta, Eliot Román bajó la guardia: el cigarrillo encendido a punto de apagarse le marcó el camino a Orígenes que le soltó la trompada directo al centro de la cara pasando por encima del tizón encendido que se despedazó en la mano del escritor y que le cayó sobre el rostro al Cojo unos segundos antes, casi lo que dura un parpadeo, de que el hueso de la mano de Orígenes le encontrara el hueso de la nariz:

cayó de espaldas Eliot Román y Orígenes se le fue encima:

Segunda caída,

Tercer Round:

los dos en la lona del cuadrilátero, Orígenes de rodillas sobre Eliot Román como si hubiera saltado desde la tercera cuerda, como en el recuerdo de aquella noche en que mató a Pablo Lezama, o en que recuerda que mató a Pablo Lezama, de rodillas dentro del hoyo de la tumba, sobre el pecho del traidor, atizándole la cabeza contra la tierra, agarrándole de los pelos y enloquecido perro rabioso encajándole las rodillas en el esternón; pero ahora, entonces, de rodillas sobre Eliot Román, un golpe tras otro en la cara, no ya como la noche de Pablo Lezama sino como la noche de Salvador Rubín, y Eliot Román, sin poder hacer gran cosa para defenderse, alcanzó a encajarle una rodilla en la entrepierna a Orígenes, quizá fue más una reacción de dolor que una estrategia, pero el poeta, doblado por la mitad del cuerpo como un armadillo, quedó inmóvil sobre Eliot Román que con esfuerzo se lo quitó de encima como si fuera un bulto y con más esfuerzo todavía rodó hasta una orilla para ayudarse con las cuerdas a levantar el peso de su propio cuerpo para acercarse, cojeando más que nunca, al cuerpo torcido y tendido de Juan Pablo Orígenes:

amagó una patada, como la de aquel muchacho Morgan o Melitón, o Melitón Morgan, y vio la reacción en el poeta, que se encerró en su cuerpo como una piedra, y vio la imagen, ya muerta pero viva en el recuerdo, del Chavarón Rubín,

y una tristeza culpable le impidió completar el gesto:

dificultosamente y adolorido, Eliot Román se sentó al lado de Orígenes, y le palmeó la espalda mientras le decía:

Último Round:

se acabó, Juan Pablo, perdiste, perdimos todos, esto es una mierda, aquí ya no hay nada;

y Orígenes, todavía sofocado por el rodillazo, se fue incorporando para pedirle a Eliot Román un cigarrillo,

fumaron los dos, en silencio, pensando cada uno en sus cosas:

Eliot Román pensaba en las madres de los desaparecidos, en aquellas relaciones que mantuvo con esas mujeres que buscaban a sus hijos, y le dijo a Orígenes:

Yo las quería a todas, Juan Pablo, a todas aquellas madres que no tenían hijos ya, yo quería ser hijo de alguna de ellas, quería ser su sobrino, y lo único que pude hacer fue irme a la cama con un par de ellas, y que dejaran de tratarme como a un muchacho; a veces, buscando, encontramos lo contrario de lo que queremos;

Orígenes, que apenas podía toser cuando abría la boca para hablar, hizo una pausa lo suficientemente justa y alargada que le permitió, apenas con el suspiro de la voz de un fantasma atorado en la garganta, decir:

Pero es la memoria un vicio, Eliot, y la memoria está siempre donde no la buscamos;

no se dijeron más hasta que se terminaron el cigarrillo y el Cojo, apoyándose en Orígenes para levantarse, le dijo:

Vámonos, Juan Pablo, aquí no hay nada importante.

Hablo, pues, de la muerte, y además me muero
No se puede pedir más honradez
Miquel Martí i Pol

CUANDO UNO EXTRAÑA A ALGUIEN, Salomón, a alguien que es ya irrecuperable, nos damos cuenta de una cosa terrible y definitiva:

que casi nunca, antes de que hubieran desaparecido, los habíamos extrañado de verdad;

¿quién le había dicho eso?

Nomás despertar, el biógrafo se acercó a la mesa y se puso a escribir: escuchaba voces, parlamentos de un larguísimo diálogo lleno de personajes y nombres enredados, canciones viejas evocadas con una tonada pero sin letra, y trató de escribirlo todo, así, en desorden, como fuera viniéndole, más que por la necesidad de la escritura, por la necesidad de recordar qué había pasado la noche anterior:

Siempre está uno queriendo saber qué fue lo que pasó antes, qué fue lo que nos trajo hasta aquí, le había dicho Orígenes una vez;

y Salomón suponía, al menos, que ese desorden le venía de la noche,

¿de anoche?,

le dolía todo el cuerpo, desde adentro hacia afuera: tenía punciones en los brazos y en el cuello, le ardía la cara como si lo hubieran arrastrado por el asfalto, como si lo hubieran torturado en una prisión de aquellos años de la Enfermedad: vomitó varias veces, se le reventó algún mínimo vaso ocular, tenía en la boca un sabor a petróleo, a cera quemada,

Cuando uno extraña a alguien, escribió;

tal vez se lo dijo Juan Pablo Orígenes, pero por alguna razón escuchaba la voz de Macedonio Bustos,

y siguió escribiendo, sin saber de quién eran aquellas palabras, o si se las estaba inventando él mismo:

Nos quedamos tristes, muchacho, por no haberlos extrañado antes de que se hubieran muerto;

recuerda, Salomón,

¿quién te hablaba entre la bruma del evocar,

cuando no podías dormir y tampoco podías estar despierto,

cuando el recuerdo de tu hermano, perdido él en el otro mundo donde ya nadie envejece, te atormentaba como una rueda de la fortuna que no se para, que no nos deja bajarnos aun cuando ya nos hartamos de ver, vuelta tras vuelta, que el dolor es el mismo y que nada más cambian los nombres?,

¿es así?,

El gobierno es el mismo, otra es la sangre, escuchó y escribió Salomón desde la voz ronca y profunda, casi ensayada, de Guadalupe Ordaz;
¿también él estaba ahí, en el recuerdo?,
Todos están en el recuerdo, Salomón, le había dicho una vez Orígenes; todos están ahí, conviven y caminan juntos, y nosotros nomás los vemos, como en una película, no podemos tocarlos: el libro es la habitación donde todos coinciden: el libro es el limbo: ahí se encuentran los que siempre estuvieron ausentes.
Entonces situó su memoria, el discurrir de su memoria, en el espacio de la Botica Nacional: aparecieron ahí, como fantasmas que rondaban la página, Macedonio Bustos, Guadalupe Ordaz y David Pruneda:
uno flaco y sin una mano, otro flaco y sin familia, el otro también flaco y empuñando una cerveza: siempre llevaba David Pruneda una botella de cerveza en una mano,
y como Salomón no dejaba de escribir, la memoria no dejaba de hacerse en la escritura:
venían serios, los enfermos, como si alguien se hubiera muerto:
Martín Altamirano, dijo Pruneda, se lo llevó la chingada;
y Salomón pensó en Salvador Rubín y sus constantes necrológicas habladas,
Tenía algo en los huesos, dijo Guadalupe Ordaz;
Y en el páncreas, y en el hígado un puñado de alcohol seco, y en los ojos el glaucoma, y sarro en los dientes, y el corazón lento, muy lento, que a veces se le ponía tan rápido que se nos volvía loco aquí en medio de la botica y se ponía a bailar: como loco se ponía a bailar, dijo Macedonio;
Salomón pensó en todo lo que a él le dolía,
Se rompió algún hueso, dijo Pruneda, y fue el acabose, ¡salud!;
¿Quién era Martín Altamirano?, preguntaba Salomón;

Uno que ya se murió, le dijo alguien;
¿Dónde lo entierran?, preguntó Macedonio;
Da igual, dijo Pruneda, ¿quién quiere ir a escuchar pesares y resignaciones?, puro teatro y nada más;
La resignación es la renuncia al derecho de que algo nos duela para siempre, escribió Orígenes;
¿o lo dijo?, ¿también él estaba ahí?,
pero los enfermos seguían hablando un barullo que no adormece sino despierta, un ruido que se parece más a la lumbre que al mar, un griterío de estadio, y Salomón, confundido entre los espasmos de la memoria, se convenció de que él también debía ser parte de aquel festín de voces:
entonces escribió, o dijo, o escribió que dijo:
Eso me dijeron a mí cuando se murió mi hermano: me dijeron que había que resignarse;
Eso es lo que le dicen a uno, que hay que conformarse y ya, como si uno no tuviera en el pecho un ahogo; y a su hermano, muchacho, usted lo dijo, lo mataron, es distinto: Martín se murió, no había remedio, pero a su hermano lo mataron y a usted le recomiendan resignación, por salud, eso dicen, para no amargarse la vida, pero es que nos quieren dóciles, blandos, quieren que uno duerma, tranquilamente, al lado de su asesino, dijo Pruneda;
Fue un accidente, eso dijeron, respondió Salomón;
¿Y usted se lo creyó, muchacho?, puro apaciguamiento, pura burla: las balas perdidas no llevan a ningún origen, y en cambio, a diferencia de las personas que se pierden, las balas sí encuentran un destino, y el destino era su hermano, perdóneme usted, le dijo Pruneda, y luego, en voz un poco baja y con la boca de la botella muy pegada a su boca dijo: Salud;

Lo quieren convencer a uno de que en el fondo todo tiene una razón de ser, de que por algo pasan las cosas, y luego preguntan: ¿En qué andaría metido aquel muchacho?, como si las víctimas tuvieran la culpa de haberle pisado la cola al animal; y luego nos dicen que es por nuestro bien que nos están partiendo el hocico, dijo Guadalupe Ordaz;

A veces la escritura, le dijo Orígenes un día, es una conversación que uno tiene hoy con el recuerdo de ayer; te lo explico, Salomón: escribir es posible solamente después de los hechos, y esto es muy triste, porque uno, cuando es escritor, no tiene capacidad de reaccionar ante la vida: uno tiene que esperar, asimilar, comprender, y entonces, cuando la memoria nos visita como un fantasma, sólo entonces es posible hablar con ella; pero es una pura anacronía la escritura: usted está escribiendo un libro sobre algo que pasó hace cuarenta años, ¿por qué no llegaste antes, Salomón?, ¿por qué no naciste antes, cuando había que escribir este libro?; ninguno de nosotros había sido capaz, en aquellos años, de decir nada valioso sobre el asunto, y ahora a todos se les llena la boca de palabras importantes y llenas de savia, pero yo tengo la sensación de que no son más que palabras podridas, oxidadas, llenas de líquenes; eso es la escritura:

un hablar muy tarde con lo que hace años nos partió el corazón,

y aunque hubieras llegado antes, Salomón, ni una sola palabra habrías podido escribir;

tal vez esto era lo que le estaba pasando a Estiarte Salomón: un hablar hoy con el pasado, como si fuera posible rectificar las muertes, las ausencias, las dificultades anteriores con la voz del ahora; como si alguna de aquellas voces pudiera responderle; y quizás él mismo usaba las palabras de los otros, o su recuerdo de las palabras de los otros, para responderse y no quedarse solo,

y por eso seguía escribiendo, como quien visita en el cementerio la cruz que marca el lugar donde se entierra no solo una vida, sino lo compartido con esa vida:

Quieren obligarnos a visitar la tumba de alguien a quien tanto queremos pensando que están muertos por su propia culpa, porque no supieron ser buenos, porque no pudieron alejarse del mal, porque quién sabe con quién se juntaban y en qué andaban metidos, dijo Pruneda y gritó, otra vez: ¡Salud!, y la cerveza que tenía en la mano era un pozo sin fondo;

recuerda, Salomón,

esto es el sueño: la mitificación parcial del pasado, un convertirse la memoria en leyenda personal, y nadie que esté despierto puede hablar de los sueños con fundamento,

No podemos escribir un libro vivo, dijo Orígenes, pero podemos escribir un libro que sangre, un libro que se le esté muriendo en las manos al que lee, que se nos muera a nosotros al escribirlo;

¿Y Martín Altamirano?, volvió a preguntar Salomón a los enfermos de la Botica Nacional;

Martín vive donde todos los muertos viven: en el recuerdo; y luego vivirá donde todos los muertos olvidados viven: en su nombre nada más; y luego se morirá de verdad, cuando ninguno de nosotros quede para recordarlo, dijo Macedonio;

Algún rastro habrá dejado, dijo Salomón, pensando en Orígenes;

Los rastros no los dejan los muertos, dijo Macedonio, los hacen los vivos, los encontramos nosotros, ¿quién quiere dejar rastros de sí mismo, quién está pensando que esto o aquello que uno hace es materia de un asunto que sucederá en un futuro?;

¡Salud!, volvió a gritar Pruneda;

Yo lo vi en su casa a Martín, dijo Guadalupe Ordaz, lo visité hace unas semanas, cuando se fue del hospital: no quería morirse ahí, quería morirse en su casa, porque él ya sabía que se estaba muriendo, porque morirse y estarse muriendo es distinto: él se estaba muriendo, y eso se sabe, y es lento, aunque los médicos le dijeran otra cosa: le dijeron, por ejemplo, que si se quedaba en el hospital ellos se hacían responsables de su dolor, pero si se iba, su dolor sería nomás suyo; y se fue, era muy suyo Martín;

Así son los médicos, dijo Pruneda, vienen y le dicen a uno: Usted no se va a morir, no corre riesgo, alégrese: le salvamos la vida, pero le vamos a poner una bolsita de plástico para que pueda mear ahí de ahora en adelante, ¿verdad, Macedonio?, ¡Salud!;

Verdad, Pruneda, ¡salud!, respondió el boticario;

Y Orígenes, ¿no estaba enfermo?, se preguntó Salomón, que recordaba que durante las primeras entrevistas al poeta, cuando empezaba a patentarse la confusión memoriosa, le hablaba de una enfermedad que no se escribía con mayúsculas, una enfermedad parecida a la que sufrían los asistentes a las noches de la Botica Nacional, una enfermedad que no era ni el olvido ni el recuerdo:

Isidro Levi siempre mencionó el Alzheimer, pero por más que Salomón investigó, nunca pudo verificar el diagnóstico,

Javier Zambrano le habló de la melancolía, pero él nada supo nunca sobre el libro de Robert Burton o sobre las estampas confusas de la memoria del poeta,

Eliot Román le hablaba, solamente, de la Enfermedad con mayúsculas,

y Aurora, que quizás era quien mejor conocía a Orígenes, hablaba del Párkinson, del temblor de las manos, del temblor de los recuerdos y de la voz, pero tal vez era más un efusivo coraje, una tristeza recriminada,

y entonces recordó Salomón que en medio de la noche, esa noche confundida por el suero y las medicinas, por el alcohol y las conversaciones de los enfermos de la Botica Nacional, el teléfono lo despertó de aquel sueño hondo y lo llevó, por las calles de Orabá, caminando por lugares distintos por donde iban, sin que él lo supiera, Juan Pablo Orígenes y Eliot Román rescatando los libros de la Biblioteca de los Enfermos, hasta las puertas del Hospital Civil, junto a la antigua Facultad de Medicina,

donde una vez Macedonio Bustos le abrió el pecho a un cuerpo desconocido, y le abrió el vientre, y sintió que estaba violando algo más íntimo que el alma, algo más hondo que lo profundo del alma, cuando tuvo entre sus manos el corazón, la matriz, el hígado, los dentros del cangrejo y entonces Salomón, asociando las palabras, volvió a pensar en aquella llamada telefónica en la que Aurora Duarte le decía:

Estoy sola, ¿puede venir a buscarme?;

y él fue, y ella estaba en la sala de espera, trasnochada y herida por la mordedura de una floración carnívora, de una enfermedad silenciosa y lenta que tuvo que confesarle a Salomón para que él la llevara a su casa, donde Orígenes, los dos lo sabían, no iba a estar:

Tengo cáncer,

le dijo Aurora Duarte,

y me estoy muriendo;

¿Lo sabe Orígenes?, fue lo único que se le ocurrió preguntar a Salomón, como si todo en este mundo tuviera que pasar por el filtro del poeta;

¿Qué va a saber él, si cada vez me llamaba por un nombre diferente?, le dijo ella; lo sabe, Juan Pablo lo sabe, hijo, pero ya se le habrá olvidado, y eso importa muy poco;

nunca había sido tan amable con él: le llamó hijo, se apoyó en su brazo, se mostró débil: la enfermedad es, en cada uno, un desastre diferente:

en Orígenes, la memoria;

en Eliot Román, la búsqueda;

en Macedonio, el odio, que es una forma de la dependencia;

en Isidro Levi, la tristeza;

en el Flaco Zambrano, la añoranza;

en los estudiantes de Orabá, la rebeldía;

en Salvador Rubín, la muerte;

en Lida Pastor, la familia, que es el ilegible diagnóstico de lo que somos;

en Aurora Duarte, lo vulnerable;

¿y en ti, Salomón, cómo se manifiesta la enfermedad?

La llevó, desde el Hospital Civil hasta la casa donde ya no vivía Orígenes, al menos por el momento, en un taxi. Casi no hablaron hasta que ella lo invitó a entrar en la casa y le ofreció una taza de té:

se le vino encima el recuerdo de aquella conversación con Macedonio sobre la primera vez que entró solo en la casa de la familia Pastor: el ofrecimiento de una taza de té, la ausencia de Amalia Pastor, los apurados ruidos, pero ahí, en la vieja casa de Aurora Duarte y Juan Pablo Orígenes, no pasó nada de aquello:

volvió ella con la bebida y se sentaron en la sala, como si fueran un hijo visitando a su madre,

a su madre enferma,

Es el páncreas, le dijo ella, mientras le ofrecía en un pequeño recipiente el azúcar, y sonreía al decirlo como sonríe quien nos dice:

No te vas a morir, te han salvado, pero vas a tener que llevar una bolsita en la cintura para que puedas mear;

¿Hace cuánto que lo sabe?, le preguntó Salomón;

Eso es igual, uno casi siempre se entera tarde cuando tiene cáncer;

¿Y el tratamiento?;

Yo ya tengo una edad, le dijo, y se tocaba el pelo encanecido, voy porque me duele, no porque me vaya a curar;

Salomón estaba callado: no podía decir nada ni sostenerle la mirada ni hacer otra cosa que ser un bulto que escucha, un Orígenes cualquiera, aunque con algo más de memoria,

¿cierto?,

¿En dónde sentimos la memoria, Juan Pablo?, le preguntó una vez Salomón al escritor;

En todo el cuerpo: hay una parte del cuerpo para cada parte de la memoria, y cuando uno es muy viejo y ya no hay cuerpo, tampoco hay sitio para la memoria; si uno no se acordara de la juventud, la vejez no sería lo que es, puro riesgo; no es que hablemos de la memoria, Salomón, es que hablamos con la memoria, le dijo Orígenes;

Tráigamelo de vuelta, le pidió Aurora, como si le diera una bofetada suave;

pero Salomón no comprendió sus palabras, y ella volvió a decirle:

Tráigamelo de vuelta, no quiero morirme sola, tráigame a Juan Pablo de vuelta, hijo; es cierto que él no tiene a nadie en el mundo, pero yo tengo menos porque lo único que tengo es a él;

por primera vez sintió Salomón que algo de verdad serio estaba pasando: algo que no fuera una consecuencia, como la muerte de Salvador Rubín, consecuencia de alguna cosa que él todavía desconocía; sino algo serio como causa, como fuente, como eje de todo esto que le estaba sucediendo a Orígenes, a los Enfermos de Orabá y a los enfermos de la Botica Nacional, y pensó, como si aquello fuera una especie de nodo ordenador, que el cáncer era el comienzo de todo:

Esto sí es real, lo demás es humo, escribió Salomón, esto es el fuego, lo demás somos nosotros;

Somos lo que queda de lo que no pudimos ser, escribió una vez Orígenes,

la ligera nervadura que nos conduce al pasado de lo posible que se rompió y no creció en nosotros;

¿Qué es lo último que quieres recordar, qué porvenir será tu pasado?;

A veces hacemos cosas en el ahora, Salomón, pensando en cómo será nuestro futuro si se cumple su cometido; y luego, cuando todo fracasa, añoramos aquello que no fue sino lo imposible, sabemos que hubo una derrota, un incumplido plan, algo que nunca conseguimos pero que está presente en la memoria de nuestros futuros posibles, le dijo Orígenes;

¿Quién es el humo, Juan Pablo?;

pero esa pregunta, enunciada sólo en la escritura y en la voz de la escritura interna, no la escuchó nunca Juan Pablo Orígenes, y la contestó el mismo Estiarte Salomón, escribiendo sin parar aquella mañana,

¿cuántas preguntas habrá escrito Salomón y contestado él mismo, sin mediación de los personajes?,

El humo del incendio son los Enfermos, y los otros enfermos, y Salvador Rubín, muerto, y su hijo que lo extraña y quiere olvidar su rostro último, y la pierna casi inútil de Eliot Román, y la desaparición de Norma Carrasco, y las pinturas de Lida Pastor, y la voz de David Pruneda, perfumada de cerveza siempre, que decía algo sobre los que tienen una jaula en el pecho y dentro de la jaula un pájaro muerto;

y cuando Salomón le preguntaba a Pruneda:

¿De dónde saca usted esas frases?,

Pruneda le respondía:

Son refranes viejos, muchacho, viejos y lejanos, de donde yo nací, ¡salud!;

y el humo es el rencoroso amor del Flaco Zambrano por una muchacha perdida en el tiempo, la ceguera de Isidro Levi y toda su escritura sin puertas ni ventanas, y la mano incompleta de Macedonio Bustos, que sostenía una hoja con los nombres de los Enfermos que Salomón había entrevistado, y otros nombres inventados, y decía:

A este cabrón lo conozco yo;

¿A quién?, preguntaba Salomón;

Pero se apellidaba Sambrano, no Zambrano, ¿no se habrá equivocado usted, muchacho?; le dijo Macedonio, o a lo mejor no es el mismo, ¿verdad?,

todos los días de aquel año, o cada tercer día, al menos, dijo Macedonio, sonaba en medio de la mañana el teléfono de la botica y me preguntaban si conocía a ese tipo, a ese Javier Sambrano, pero yo no lo conozco, Salomón, ni lo he visto en mi vida;

¿Quién llamaba?;

Era un banco, el Banco Nacional de Nosequé, pero el único banco con el que yo tuve comercio fue con el banco de sangre, Salomón, cuando la cirugía;

¿Y te cobraron intereses?, le preguntó Pruneda,

¡Salud!;
entonces Estiarte Salomón compuso la historia según como el recuerdo se lo permitió, y en la historia había un banco que llamaba constantemente a la Botica Nacional para preguntar por un Javier Sambrano que vivía en tal sitio y que había pedido un préstamo: el Flaco, escribió Salomón, no había pagado el importe y, en cambio, anotó como referencia a la Botica Nacional,
O habrá dicho que éste era su teléfono, dijo Macedonio;
encabronado hasta la médula, el boticario se fue a buscarlo en el barrio aquel que está cerca de la Ciudad Universitaria y cuyas calles tienen puros nombres izquierdosos: Marx, Engels, Lenin, Platón, Pitágoras
Yo siempre quise vivir en la calle Lenin, le dijo una vez Eliot Román a Salomón;
y cuando llegó Macedonio aquello era un baldío, un puro terreno baldío, seco y solo nomás,
se fue buscando por las casas vecinas hasta que le abrió la puerta de la casa que estaba justo en frente del baldío un hombre alto y flaco, con una nariz cósmica, que le dijo que no conocía a nadie que se llamara Javier Sambrano, y Macedonio regresó a la botica y nunca más volvió el banco a llamar,
estaba seguro Salomón de que aquél era el Flaco Zambrano, de que el asunto se lo había inventado él mismo, y recordó, con el pulso de la escritura, que es como se recuerda lo hondo con la honestidad necesaria, una llamada telefónica:
en algún momento de la noche, después de la confesión de Macedonio, el biógrafo lo llamó a Zambrano y le preguntó por el asunto: le encontró en la voz una tristeza como un mechón de pelo de Lida Pastor, y el Flaco le dijo que sí a todo:

Sí, él había pedido el préstamo y dio como referencia la botica; sí, pensaba que Lida reconocería su nombre y vendría a buscarlo; sí, todavía la extrañaba; sí, un día vino Macedonio a su casa a preguntar por él, y él le dijo que nunca había escuchado hablar de Javier Sambrano; sí, entonces empezó a pensar que Lida Pastor estaba muerta;

El humo de las cosas pasadas, escribió Salomón;

pero entonces el Flaco Zambrano le preguntó cómo iba la investigación, cómo iba el asunto de encontrar a Lida Pastor y organizarles una reunión, y Salomón, que seguía con la intención de conocer la historia de Mariano Escápite, le dijo lo que Orígenes le había contado, ¿esa misma madrugada?, sobre el asunto de los libros de los Enfermos y la Botica Nacional:

en algún momento Orígenes volvió a comunicarse con él y le explicó los planes:

Estamos recuperando la Enfermedad, Salomón, primero fue el Ensayo de Insurrección, hace años, décadas, cuando éramos jóvenes; luego vino el Ensayo de Resurrección, que es lo que estamos haciendo: recuperar los libros, recuperar las palabras que siempre nos hicieron falta, y pronto, cuando terminemos, vendrá el Ensayo de Redención: el final de todo, el relevo, y usted, muchacho, usted es el relevo;

entonces Orígenes le pidió a Salomón que los ayudara a entrar en la Botica Nacional, en la casa de la Botica Nacional, para desenterrar los libros que siglos atrás había escondido ahí Eliot Román,

Usted conoce a esos locos que van de noche y se inyectan, usted tiene que ayudarnos, muchacho, le dijo Orígenes;

y Salomón se lo contó al Flaco Zambrano, y él, convencido de que ese era su momento, le dijo al biógrafo del poeta que él también iría,

Primero quiero saber lo de Mariano Escápite, le dijo Salomón;
Mañana mismo, le respondió Zambrano;
y así quedaron.
Recuerda,
tú,
que tienes fe en la palabra escrita,
que crees que lo que has escrito tiene el mismo peso que los gritos y las palabras dichas desde el centro oscuro del alma,
recuerda,
que Orígenes decía:
El libro que hace falta, el que siempre hemos necesitado, es el que se escribe en la calle:
un libro vivo
que se esté muriendo,
que sangre;
y al final de aquella llamada telefónica con el escritor, en medio de la noche o en plena mañana mientras se hacía en la escritura la memoria, la nueva memoria del nuevo futuro de la Enfermedad, Orígenes le dijo a Salomón:
Estoy convencido de que la reencarnación existe pero que es imposible que lo sepamos porque siempre, cada vez, reencarnamos en nosotros mismos y nuestra vida es siempre la misma cada vez y tenemos siempre los mismos recuerdos: no sé cuántas veces en la eternidad he recordado esto que te estoy contando, Salomón, pero había una rueda y enfrente de mí estaba yo mismo y abrí apenas los ojos y el otro apenas abría los ojos y nos vimos y en ese momento supe, Salomón, que todo está en el recuerdo:
ahora empieza, Salomón, la reencarnación de los Enfermos, quizá ya pasó antes, pero volverá a suceder, escríbelo, es el tiempo hoy;

¡Salud!, gritaba Pruneda a lo lejos, también desde el recuerdo;
y aunque Salomón quiso hablarle a Orígenes de Aurora, del cáncer, del sufrimiento, se quedó callado y le dijo que sí, que él los iba a ayudar,
todo parecía manado del sueño, o del recuerdo, que es casi lo mismo,
Pero esto pasó de verdad, decía siempre Orígenes;
¿Qué fue lo que pasó de verdad?;
Que hubo muerte y desesperación y un río de lodo y un arroyo de perros y una locura sin nombre o con nombres infinitos,
pasó que el tiempo se emborucó en Orabá,
porque aquí todo regresa sobre sí mismo;
y Salomón, aquella mañana, salió a la calle a buscar al Flaco Zambrano para conocer, por fin, la historia de Mariano Escápite.

Ahogaban a sus ancianos después de los setenta años para liberarles de los dolores que ocurren a esa edad. «Los sujetos afectados son casi innumerables y se encuentran desperdigados por toda la faz de la tierra» (Secc. IV, Miembro I, Subsecc. I)

Nuestros recuerdos son entonces de otro,
a quien apenas recordamos
Roberto Juarroz

LEJOS DEL LIBRO Y LA ESCRITURA, ese andamiaje del pasado reconstruido, del pasado rehecho como un dibujo que continuamente se borra en la tierra, Macedonio Bustos se despedía de los enfermos de la Botica Nacional recordándoles que tenían que ir a la tumba de Martín Altamirano algún día, que el cementerio era un sitio solitario, que de vez en cuando podrían mudar la reunión de la botica al camposanto, y se comprometió a llevar los sueros, las pastillas y los jarabes,

quedaron así, de acuerdo, y David Pruneda, tambaleándose, dijo que él llevaría las cervezas,

Guadalupe Ordaz, que no era afecto ni a los cementerios ni a la muerte, acaso porque la llevaba rondándole como un calor insoportable desde hacía ya varios meses, aceptó la propuesta porque le tenía un cariño a Martín, y porque estaba convencido de que es necesario dejar que pase un tiempo después de la muerte para luego ver el sepulcro con la intención de tal vez reconocer y entender el carácter definitivo de algunas pérdidas, un influjo, sin embargo, pesado y brutal como la vida misma:

Hace falta saber dónde están los muertos, decía siempre, por eso hay que enterrarlos; haría falta amarrarlos bien ahí abajo, que no salgan nunca, y, aun así, salen.

Cuando la botica se quedó sola, Macedonio entró en la casa para buscar a Lida Pastor:

la reunión se había alargado demasiado cuando Salomón, novato de la química y los paliativos, se puso delirante hasta la palidez: hubo que esperar a que más o menos se enderezara, que abriera bien los ojos, que respondiera algunas preguntas, que se hiciera responsable de sí mismo para echarlo a la calle y que, como dijo Guadalupe Ordaz, si se muere, que se muera afuera,

Macedonio se apuró a hacerlo tragar más química, y en un momento Salomón llegó a tener tres bolsas de suero, una conectada en el brazo izquierdo, otra en el derecho y una más, porque fue idea de David Pruneda, en el cuello; como no reaccionaba, y Macedonio comenzó a preocuparse de verdad, a pesar de que a Guadalupe Ordaz sólo le interesaba que el muchacho no se muriera ahí mismo, y a pesar de que David Pruneda seguía metiéndole la botella de cerveza por el cogote y diciendo:

¡Salud!,

entonces, pues, como no reaccionaba, aquello terminó en un enredo habilidoso en el que Macedonio conectó los sueros de Pruneda y Ordaz al cuerpo de Salomón sin desconectarlos del cuerpo de los enfermos: una red de curación como si estuvieran todos juntos atados a la versión moderna de la milenaria ceiba magnética de Mesmer, compartiendo la medicina y la lenta consunción de los cuerpos, el resecarse de la sangre,

y se le ocurrió, a Guadalupe Ordaz, pero no lo dijo, que tal vez había alguna ley científica, que él desconocía, que ordenara que la vida fluyera de Salomón a él y la muerte

de él a Salomón: por el estado en que estaba el muchacho cuando se fue de la botica, Guadalupe creyó que aquello era posible,
mientras, Macedonio intentaba recuperarle la conciencia a Salomón mezclándole más y más química: ibuprofeno, tertazepam, metamizol magnésico, omeprazol, por si padecía del estómago, citrato de sildenafilo, clorfenamina, clorambucil, tacrina y subsalicilato de bismuto,
Que se lo trague con la cerveza, dijo Pruneda;
Hay que sajarle la carne y hacerle una sangría, dijo Guadalupe Ordaz;
pero ninguno de los dos se movía de sus sitios: sólo Macedonio iba y venía por los estantes y los cajones rebuscando cajas de medicinas y adivinando qué cosa y con qué nombre iba a despertar a Salomón de aquel sueño,
y en la preocupación escuchaba que uno, Ordaz o Pruneda, le decían:
A ver, déjame probar de eso;
y desesperado ya por los posiblemente irreparables daños inducidos a Salomón, Macedonio, como si lo moviera un instinto de resucitación, renunció a la ciencia química y empezó a soltarle bofetadas después de desconectarle todas las agujas y todos los sueros:
Salomón se despertó, arrancado de lo más hondo, cuando David Pruneda, emocionado por la situación, colaborando con bofetadas y tirones de pelo, le vació en la cara una cerveza fría gritándole, con su cara pegada a la cara de Salomón:
¡Salud!;
lo vieron irse caminando por la calle Colón, agarrándose de las paredes cada tantos metros, con la mirada clavada en el suelo ya por cuidado de no caerse ya porque no podía levantar la cabeza,

Se va a morir, dijo Guadalupe Ordaz;
y entonces, cuando ya no se le veía en lo oscuro de las calles sin luz, los enfermos se despidieron de Macedonio y se fueron,
por fin, pues, cuando la botica se quedó sola y saqueada, Macedonio entró en la casa para buscar a Lida Pastor:
La noche fue larga, dijo en voz alta;
en la sala de la casa, enorme habitación llena de polvo y recuerdos ajenos, Macedonio se detuvo a observar los retratos de la estirpe de los Pastor:
fue y vino atravesando el pequeño patio interior con la voz alta como los techos buscando que el eco le devolviera, en algún rincón, la presencia interrumpida de Lida Pastor:
Se murió Martín, dijo Macedonio;
y era la primera vez que lo enunciaba en voz alta: se le torció el tono hacia una infancia aguda y se acordó de la primera vez en que Martín Altamirano vino a la Botica Nacional:
Lo trajo David Pruneda, dijo y siguió hablando así, como para que Lida lo pudiera escuchar, mientras regresaba enfundado en la bata de pintor, que no era la misma que la bata de boticario, pero que se usaba para una función muy similar, y los enseres de trabajo y la escalera y se acercó a una de las pinturas para ponerse a trabajar, aunque tenía sueño porque ya entraba la madrugada,
pero aquel trabajo no podía retrasarse:
No se les puede dejar con los ojos abiertos, dijo, eso me lo enseñaste tú, ¿te acuerdas?,
me dijiste:
No, Macedonio, hay algunos de estos enfermos que no pueden tener los ojos abiertos;
y yo entendí que Domingo Pastor, primo lejano de tu tío Liberato, que se quedó ciego luego de un accidente en

una planta química donde fabricaban baterías para automóviles, no podía estar con los ojos abiertos en su retrato: según el diagnóstico no iba a recuperar la vista nunca, y por eso, en lugar de un vendaje temporal que hubiera que cambiarle de tanto en tanto, hubo que darle unas gafas de sol, de piloto de aviones, porque siempre le gustaron los aviones,

o, por ejemplo, el caso de Delmira Esparza, esposa de Gamaliel Pastor, que tenía ataques de migraña y le molestaban la luz y los colores brillantes, a ella había que abrirle y cerrarle los ojos cada día: aprendió a ver en lo oscuro porque nomás en las noches vivía despierta, dormía durante el día, y le fueron creciendo unas ojeras de carne colgante que le hinchaban la cara insoportable,

lo entendí, Lida, y sobre todo ahora, o hace unos días, cuando me decidí a empezar el retrato de Martín,

no sé por qué se me ocurrió lo suyo, ¿verdad?, yo creo que le presentí la muerte, a veces me la presiento a mí, y se la he presentido a otros, y pensé, aunque es posible que me equivocara, que haciéndole el retrato, como si le hiciera una doble curación, lo salvaríamos,

pero se murió Martín, que casi nunca decía nada, y por eso él es distinto a todos los demás retratados, porque estaba vivo y lo vi, lo conocí en vida, no como a los otros, que ni tú misma los conociste,

es verdad que conociste a tu madre, y al tío Liberato, y que ellos también murieron, pero te empeñas en convencerme de que siguen vivos, de que no se murieron y que andan por ahí, en algún lugar de la casa, o que regresaron, ¿quién sabe?, a aquel barrio que tú no conociste, donde vivían antes, cerca de los huertos de naranjos, pero no es lo mismo: de ellos no hubo retrato mientras estuvieron vivos: he decidido, hoy mismo, que es posible hacer el retrato de alguien vivo, que no sirve de mucho, ¿verdad?, pero que se puede, y que por eso fue que hace semanas, cuando Martín dejó de venir a la botica, que empecé su retrato,

ahora, ni modo, hay que cerrarle los ojos, a ver si un día despierta:

tú tienes esa esperanza, ¿no?, yo también puedo,

le dijo Macedonio Bustos al aire vacío de la casa esperando que el éter transmisor del movimiento planetario le llevara sus palabras a Lida Pastor, metida en algún rincón de este mundo,

o en algún rincón de la casa,

o en algún rincón de la memoria.

Siguió trabajando en el retrato de Martín Altamirano, con su silla de ruedas y su lumbago, con su mirada hacia dentro y su voz de cajón cerrado:

las habilidades de pintor de Macedonio, aprendidas sobre la marcha y con el tiempo, seguían siendo limitadas: había aprendido a maquillar en aquel trabajo en la funeraria, pero las imágenes de personas y objetos seguían haciéndolo sufrir: era capaz de transformarle la cara a alguien con algunos cuantos trazos de pintura y rubor, podía entristecer un rostro alegre o desesperar un rostro pacífico, pero hacer el cuerpo entero, o una silla, o un cigarrillo en una mano, eso, todavía le costaba enormidad,

por eso, en lugar de empezar un retrato nuevo para Martín Altamirano, y porque además en los muros de la casa, de toda la enorme casa de Lida Pastor, ya no había espacio para ningún retrato más, por más pequeño que se quisiera hacer, Macedonio eligió la imagen de alguien cuyo nombre nunca supo, o no recordaba, o fue olvidando rápidamente para poder convertirlo en el retrato de Martín Altamirano,

y, sin embargo, de inmediato encontró un parecido entre aquella desconocida mujer y el amigo muerto:

no le importaba la diferencia de sexos, nunca le importó desde que se hizo incondicional de la idea del andrógino, y en la nariz, en la serena espera, en las venas resaltadas de la mano, que él mismo había pintado, de eso estaba seguro, en la abundante melena que enmarcaba el rostro, Macedonio encontró los puntos cardinales del trazo de conversión para que aquella mujer, que se cansaba de la vida al lado de Gamaliel Pastor y por debajo de Sibila Rendón Pastor, se transformara en la imagen del Martín:

El dolor lo transforma a uno, decía siempre Macedonio;

y había llegado a la conclusión de que una persona retratada en las paredes de la casa, si sufría demasiado, terminaba por convertirse en alguien más,

Gamaliel Pastor, un pájaro negro en la familia, había sido sacristán toda la vida, pero siempre quiso ser cura,

le hacía gracia la palabra «cura» entre tanto enfermo,

pero nunca entró en el seminario porque también quería ser borracho y quería ser ateo, lo había dicho desde niño, según le contó el tío Liberato a Lida Pastor, que luego le contó todo a Macedonio;

el caso es que Gamaliel Pastor enfermó de cirrosis, saboteaba las misas siempre que podía y lo retrataron delante de un altar, con el cáliz consagrado espumoso de cerveza y la otra mano alzada como si fuera a hacer una eterna señal de la cruz pero con solamente el dedo corazón extendido en toda su largura; en un principio el tío Liberato le agregó un alzacuellos de sacerdote, pero fue Lida quien decidió quitárselo, dijo que le afectaba el bocio y que no podía respirar con comodidad,

en cambio, Sibila Rendón Pastor, que llegó a cambiarse el apellido Pastor por el de Pastora porque decía tener antepasados rusos y ahí existe la costumbre de adecuar el apellido al sexo de quien lo lleva, ella, pues, en cambio, situada por encima del retrato de Martín Altamirano, convivió toda la vida nada más que con una sola enfermedad: el lupus,

cuando se enteró del padecimiento, de la etimología del nombre y comenzó a mostrar en el rostro los eritemas de esa máscara de carnaval, volvió a plantearse un cambio de apellido: no era posible que con esa imagen facial de lobo arañado pudiera llevar el nombre de Pastora, no le parecía coherente,

mantuvo largas discusiones con Gamaliel Pastor, que siempre usaba citas del Antiguo Testamento para explicar las cosas que con palabras convencionales le parecían inexplicables: él pensaba que había palabras convencionales, desgastadas, que no sirven para explicar ciertas cosas, mientras que las palabras que logran escoriar el mundo, hacerle daño, casi siempre se encontraban en el Antiguo Testamento,

en esas discusiones entre Gamaliel Pastor y Sibila Rendón Pastora sobre la pertinencia del nombre y la enfermedad, él siempre le recordaba los versos de Isaías y Ezequiel, profetas, y la idea del Agnus Dei, y ella le decía:

No es el cordero el que quita los pecados, es el lobo, porque no deja testigos;

Martín Altamirano nada tenía que ver con la religión ni con la zoología como para incorporarse en imaginarias discusiones sobre el pecado y la muerte de un borrego, pero también era un enfermo, igual que todos los que estaban retratados, y por eso encontró su sitio ahí, cerca de aquellos dos.

Macedonio, cansado por el trajín de lidiar con Salomón y por el trabajo en el retrato de Martín y por hablar con Lida Pastor sin obtener respuesta, se fue buscándola por toda la casa:

por entre las hierbas y las plantas del patio interior; y por las dos habitaciones contiguas, donde había camas pero nadie dormía; por el comedor y la cocina, más allá, y en el baño que había al lado de las habitaciones: tocó la puerta, la llamó a Lida por su nombre y, como no escuchó nada, abrió: vacío; luego se volvió hacia la cocina y salió al patio: entre lo oscuro que manaba de los árboles y de las frutas tiradas en el suelo fue recorriendo todo el terreno, que se sabía de memoria, hasta que llegó al fondo, donde en otras épocas crecen las nochebuenas y ahora se espinan las bugambilias, y regresó hasta la habitación del patio, donde la puerta estaba entreabierta y la luz apagada:

convencido de la elusiva condición del recuerdo y de Lida Pastor, se metió en el cuarto y se sentó en el tocador, frente al espejo, encendió la pequeña lámpara que tenía a su derecha y se encontró de frente con su rostro,

creyó ver, entre las sombras y los bultos, que algo respiraba sobre la cama,

Pero también los recuerdos respiran, escribió una vez Juan Pablo Orígenes;

y Macedonio empezó a buscar, en su rostro, el rastro de Lida Pastor:

abrió un cajón de la mesa y sacó un pequeño cofre
lleno de artilugios de maquillaje.

Es la ausencia lo que hace nacer al pensamiento
José Luis Peixoto

NADIE LO DIJO, PERO todos alguna vez habían pensado en el curioso hecho de que en tiempos antiguos el Cementerio Civil de la calle Leyva Solano, y otros cementerios de la ciudad de Orabá, se habían construido allá lejos del barullo de la gente, y ahora, no tanto tiempo después, ya estaban aquí, rodeándonos, casi al lado de nuestras casas,

nadie lo dijo, pero todos lo habían pensado,

y lo pensó también Macedonio Bustos mientras iba caminando por entre las tumbas, cargado de enseres y cansancio, muy temprano por la mañana, antes del horario de abrir la Botica Nacional, porque en eso era muy puntilloso, buscando la tumba de Martín Altamirano:

fue Guadalupe Ordaz quien le averiguó la información, pero fue a Macedonio a quien se le ocurrió ir esa mañana, después de lo que pasó con Estiarte Salomón en la botica la noche anterior, cuando estuvo muy vecino del morirse, ir, pues, el boticario al cementerio, casi sin haber dormido y con un dolor de espalda inusual, a preparar la reunión que tendrían al día siguiente los enfermos:

cuando por fin encontró el sepulcro, simple y barato, de Martín Altamirano, abandonado como si se hubiera muerto hace siglos, lo primero que hizo fue fumarse un cigarro y encenderle otro a Martín, que había dejado de fumar hacía tiempo, por orden de los médicos,

Como ya estás muerto, ya no hay problema, ¿verdad?, le dijo Macedonio a Martín;

Macedonio siempre hablaba con los muertos,

siempre comprendía a los muertos, quizá porque pensaba en ellos todo el tiempo, y casi siempre, o muchas veces a lo largo de su vida, se enamoró de gente muerta,

dejó que el cigarro de Martín se consumiera, y le encendió otro mientras él instalaba el pedestal metálico de donde colgó una bolsa de suero, especialmente preparada para Martín, y estiró la vía tubular y la aguja buscando en el suelo un ojo de tierra, una herida en el concreto por donde clavarla para que las raíces y las piedras fueran conduciendo, hacia el cuerpo lento y herido, eso creía él, la medicina que Martín necesitaba,

luego siguió buscando por dónde colar las pastillas, las habituales de Martín, y pensó, porque no quería pensar en otras cosas más recientes, que aquellas cápsulas médicas serían semillas y que a la vuelta de unos años, quizás él ya no sería testigo del prodigio, nacerían árboles medicinales,

sintió que de alguna manera estaba sembrando algo parecido al árbol de la ciencia del bien y del mal, recordando las discusiones entre Gamaliel Pastor y Sibila Rendón Pastora,

se quedó un rato junto al sepulcro, pensando en que él mismo, como Martín, moriría pronto, y se dio cuenta, o reconoció por fin, que muchas veces fue la muerte lo que llegó a unirlo con algunas personas:

esa absurda relación con el doctor Aragón, por ejemplo, a quien Macedonio escuchó tantas veces, cuando lo visitaba en aquel sótano de los confines de la vida adonde él mismo lo envió a trabajar maquillando cadáveres, la retahíla de cirugías y experimentos humanos que encumbraría su carrera,

casi todos relacionados con revivir lo moribundo,

fue el doctor Aragón quien le operó la mano herida,
Cadáver es lo que tengo en la mano, decía muchas veces Macedonio, y es imposible disimularlo con maquillaje a este muerto;
fue, pues, el doctor Aragón quien le operó la mano y le consiguió el trabajo en la funeraria y lo visitó en varias ocasiones en aquel sótano bien iluminado,
Porque estos trabajos oscuros requieren mucha luz, decía Macedonio;
y las pláticas que se sucedían entre el maestro y el imposible alumno siempre versaban sobre la causa de la muerte del cadáver en turno, y en esto aprovechaba el doctor Aragón para dar cátedra, y luego, a partir de aquello, el médico agarraba viada para explicar las recientes cirugías, las fabulosas ideas de procedimientos que algún día pensaba inventar y las evidentes dificultades del sistema médico del Estado,
estrecharon una especie de amistad por pena o conmiseración que duró bien poco, porque las visitas del médico se fueron haciendo cada vez más espaciadas hasta que un día dejó de aparecer, luego de explicarle a Macedonio una operación en la que había participado él junto a un equipo de otros especialistas y en la que trataron a un bebé que había nacido sin suturas craneales y se vieron obligados a extraer la bóveda de la cabeza ósea para practicar las huellas de las fibras perforantes necesarias, unirlas con tornillos y volverla a colocar en su sitio para que el cerebro del paciente, así lo dijo él:
Para que el cerebro del paciente;
no se aplastara al crecer,
Una obra maestra de artesanía, dijo el doctor Aragón;
le salvaron la vida, pero el recién nacido, le advirtió el médico a Macedonio y a la familia, debía regresar cada tanto

tiempo para que se ajustaran los tornillos y, de esa manera, el tamaño del cráneo se adaptara al crecimiento cerebral,

Macedonio se imaginaba al niño no en la consulta de un médico, no en un hospital aséptico y blanco, sino en el taller de un mecánico, entre aceite y petróleo, y con un brusco ajustador de tuercas manipulándole el pensamiento,

después de aquella visita no volvieron a verse nunca: el doctor Aragón murió de una hernia en el cerebro,

y aunque nunca sucedió así, Macedonio se lo imaginó en su mesa de trabajo, en aquel sótano, desnudo y acabado, con la materia gris, valiosísima, reventada, y él, el preparador de muertos, el entrenador de muertos, como él mismo se autonombraba a veces, ajustando cuentas con el médico:

sin que nadie lo supiera, en secreto, le arrancaría los mismos dedos de la mano que le faltaban a él, esa mano quirúrgica y delicada, de pulso firme, y la extremidad incompleta, como una cabeza muerta de un conejo muerto, se la cosería al interior del estómago, como lo había hecho con él años antes, y así habrían de enterrarlo:

crecería de su sepulcro otro árbol, como el de Martín Altamirano, pero en este caso sería un árbol lleno de manos, le crecerían las uñas como espinas, y quien comiera de él, en lugar de envenenarse, moriría estrangulado,

lo pensó así Macedonio, muchas veces, pero nunca estuvo el doctor Aragón en su mesa:

los había unido la muerte,

y los había separado la muerte, como a todo el mundo,

así le había pasado al boticario desde entonces: con Lida Pastor fue igual: murió la madre y apareció la hija,

él siempre la sintió a Lida como a una hija, o como algo parecido a una hija,

no una hija suya, sino como alguien que no tiene la facultad de dejar de ser hija nunca.
Luego vinieron, a la vida de Macedonio, David Pruneda, Guadalupe Ordaz y Martín Altamirano:
también a ellos los había unido la muerte, o la cercanía de la muerte, o la inevitable posibilidad de la muerte ya próxima;
igualmente el morir los separaría;
¿y con Salomón?, ¿qué fue lo que los unió?
Encendió otro cigarrillo para él y otro para Martín, revisó que el suero bajara de forma adecuada a las entrañas del panteón, y abrió dos botellas de cerveza: una la vació sobre la lápida y la otra se la bebió a tragos largos, sintiendo en los ojos el lagrimear del gas carbonatado y de la tristeza de la muerte del amigo,
dejó los enseres ahí, para que al día siguiente los encontraran Ordaz y Pruneda porque él sabía, desde ese mismo momento, que no asistiría a la reunión pactada con los enfermos.

La vida no alcanza para olvidar,
pero tampoco para recordar
Roberto Juarroz

A VECES LAS COSAS QUE CREEMOS que son tan terribles
ocurrieron por estupidez y no por maldad,
le dijo el Flaco Zambrano a Estiarte Salomón,
y continuó:
Lo que le pasó a Mariano Escápite fue así: una parte de estupidez que luego hubo que ocultar con otra parte de maldad.

Habían acordado verse en La Ceiba aquella tarde, pero Salomón, enfermo por lo que pasó durante la noche química en la Botica Nacional, esa noche de la que recordaba apenas un barullo de voces desparramadas por las páginas de su cuaderno de notas, se fue temprano al bar, pidió algo de comer y, en la solitaria compañía de algún par de borrachos madrugadores en una mesa lejana, trató de sacarle plática al Zurdo mientras esperaba al Flaco Zambrano:

¿Tú nunca fuiste un Enfermo, Zurdo?, le preguntó Salomón;

y como no entendió bien la pregunta, el camarero, con las manos llenas de botellas vacías, le respondió:

Nunca pude ser enfermero, joven, pero este lugar es casi lo mismo que un hospital, aquí también cree la gente que se van a curar de algo, le dijo, y se fue a la cocina riéndose de alguna cosa que ya se le había olvidado;

por eso, cuando Javier Zambrano llegó a La Ceiba y se sentó en la mesa con Estiarte Salomón, el biógrafo de Orígenes ya se había tomado varias cervezas y tenía la lengua suelta, la mente apurada y la vergüenza escondida,

no tardaron mucho en entrar en materia, en las cosas que a los dos, a cada uno por su cuenta, les interesaba tratar; a esas alturas, ninguno estaba muy seguro cómo o por qué, ya se habían perdido mutuamente la simpatía, y sabían que se encontraban en una mera situación de intercambio:

Salomón necesitaba saber más sobre los Enfermos,

él mismo se sentía ya, desde hacía semanas, enfermo de alguna condición todavía sin nombre,

pero ya no estaba seguro de qué necesidad había de detalles, de precisión histórica, si el libro no se iba a publicar,

no al menos hasta que Orígenes apareciera,

Vivo o muerto, dijo Bernardo Ritz, el burócrata;

¿qué pulso lo seguía motivando a la escritura, qué urgencia para llevar a término el alumbramiento de la memoria?,
y Zambrano, por su parte, necesitaba saber algo sobre Lida Pastor,
pero no dejaba de preguntarse, él mismo, ¿qué iba a hacer cuando la encontrara?, ¿con qué verla, si con los ojos del ahora o con los ojos del recuerdo?, ¿iban a revivir el tiempo que ya los abandonó?, ¿iban a recuperar algo de lo perdido, de lo que ya es irrecuperable?,
Ninguno de nosotros sabría qué hacer con tanta libertad, le dijo una vez Juan Pablo Orígenes a Salomón, ninguno de nosotros sabría qué hacer sin ella;
y el biógrafo, fumándose un cigarrillo tras otro junto a Javier Zambrano, llamado también el Flaco, se le aventó a la yugular del asunto:
¿Quién era Mariano Escápite?, preguntó;
haciendo una pausa como si quisiera evadir el recuerdo, el Flaco vio entre los remolinos del humo el parpadeo de un ojo que ve hacia otras vidas y conoce la voz honda de lo lejano que todavía nos lastima, y empezó, entonces, a contestar las preguntas de Estiarte Salomón:
Era un muchacho hambreado que vino de un pueblo de la costa, quería estudiar economía, se Enfermó en el peor momento posible: cuando ya habían llegado a Orabá los Guardias Blancos; nunca volvió a aquel pueblo, muchos decían que estaba loco, y luego muchos lo dieron por muerto, le respondió,
y le devolvió la pregunta:
¿Has vuelto a verla?;
No, le dijo Salomón secamente, esperando que el otro siguiera con el relato;
Dicen, continuó el Flaco, que Mariano se metió con los Enfermos nomás por llevarle la contraria al Chavarón Rubín,

que era un Pescado, y que compartía habitación con él en la casa de estudiantes de la calle General Teófilo: algún pleito profundo se tenían entre ellos, pero eso, se lo digo de verdad, nunca lo supe,

nomás entrar en la Enfermedad, Mariano se convirtió en otro, o se convirtió en un Enfermo verdadero, el más Enfermo de todos tal vez, hizo cosas muy locas, peligrosas, quiero decir, a veces cosas inútiles pero peligrosas, y por eso, cuando se planeó lo del secuestro, él estaba escondido en alguna casa y no participó, y algunos creyeron que había sido el traidor,

porque había traidores, de eso no hay duda, Salomón, pero nunca de verdad supimos quiénes eran;

¿Por qué es tan importante lo de Mariano Escápite, por la muerte del Pulpo Rochín, por el asunto del traidor?, le preguntó Salomón;

Por eso, desde luego que sí, aquello nos pesó mucho a todos, lo mal que salió el Ensayo de Insurrección, el secuestro, y la muerte del Pulpo: yo lo conocí poco, pero no me convencía el asunto de que fuera un oreja, decían que era un jilguero, y yo nunca me lo creí; pero sobre todo lo de Mariano es importante por lo que pasó después, cuando ya no había Enfermedad, cuando la Liga Comunista encontró al mismo tiempo su apogeo y su ruina,

todo pasó muy rápido;

¿Qué fue lo que ocurrió después?;

Hay que ir despacio y en orden, le dijo Zambrano, de otra manera se me van a escapar las ideas,

dime, Salomón, ¿cuándo voy a poder verla?;

¿Qué pasó con lo del secuestro de Hernández Cabello?;

Yo no sé por qué salió mal, pero sí recuerdo que a los días, cuando se habló de nuevos secuestros para recuperar la libertad de los compañeros presos, Mariano apareció de inmediato haciendo preguntas, hilando historias, soltando hipótesis, y en aquel momento todo eso resultaba sospechoso, en todo había peligro,

se barajó la idea del traidor como si ya se supiera desde antes que aquello podía pasar, y había cuatro personas de las que se sospechó con fuerza: Vicente Rochín, Mariano Escápite y Juan Pablo Orígenes, dijo Zambrano;

¿Y el cuarto?, le preguntó Salomón;

una larga calada al cigarrillo, un hondo trago a la cerveza, una fugaz reflexión del Flaco antes de decir:

El cuarto era yo,

todos habíamos tenido algo que ver con los planes del secuestro, ya porque habíamos participado en pensar el asunto o porque algunos actuaron directamente, como Orígenes, pero de él luego se supo que estaba muerto, o desaparecido, que venía a ser lo mismo, y los compañeros lo exculparon;

¿Y tú lo exculpaste?;

Yo siempre he pensado que el traidor era él,

pero en aquel momento la cosa se centró en el Pulpo, en Mariano y en mí, y cuando Mariano apareció echándole la culpa a Vicente Rochín, todo se aceleró, lo agarraron, lo metieron en aquel cobertizo en la Escuela Central Preparatoria, y de ahí ya no salió vivo,

no me consta, Salomón, pero estoy casi seguro de que quien lo mató fue Mariano Escápite, aunque dígame usted cómo es posible encontrar un solo culpable cuando fueron varias las manos que lo torturaron hasta el cansancio,

lo que le hicieron al pobre Pulpo no tiene nombre,

nada que fuera recto le quedó en el cuerpo, nada que fuera sólido se le mantuvo con firmeza, nada hubo que no pudieran arrancarle, pero todo se hacía por los ideales, Salomón, nos guiaba un sentir poderoso, o creíamos que era así, en ese tiempo parecía que así era la vida, uno no podía quedarse con los brazos cruzados ante lo que pasaba, y sin embargo, ahora me parece que lo hicimos todo mal,

o al menos lo que le hicieron al Pulpo estuvo muy mal, lo que le pasó a otros, a muchos otros, es cierto que pudimos equivocarnos, pero no sé si aquella violencia era necesaria, la nuestra y la de Ellos,

yo creo que por eso necesito ver a Lida;

¿Qué pasó después?, le preguntó Salomón;

resoplando como si el recordar fuera un trabajo agotador, Javier Zambrano le respondió:

Quizá fue la prisa que tenía Mariano por acabar con el asunto lo que hizo que otros sospecharan de él, pero la verdad es que en esos momentos todo se movía por rumores, por habladurías, entrometidos que opinaban aquí y allá, Pescados y Perspectivos y Chemones que metían las narices, y cada vez desconfiábamos más y más de nosotros mismos,

alguien dijo que otro dijo que quién sabe quién, una muchacha que se llamaba Alba, o algo así, pues, alguien que yo no sé quién, aseguraba que Mariano era el infiltrado,

por eso el juicio,

y aquello ya fue la locura;

¿Quién dirigió el juicio?;

En aquel grupo estaba un miembro de la Liga Comunista, Eleazar Saldaña, y el resto eran Enfermos, gente de aquí, pero usted no los conocerá, poco después aparecieron muertos o ya nunca aparecieron o lo que sea que les haya pasado, y el único vivo de los que estuvo ahí, además de quien le está contando esto, es Isidro Levi;

¿El escritor?;

¿Usted conoce a otro Isidro Levi, Salomón?, el caso es que Isidro fue el único que defendió a Mariano, y aunque hubo quienes lo declararon culpable, fue el propio Mariano quien se ofreció, a modo de castigo, dijo, para un proyecto que Isidro había propuesto algún día en una borrachera, un plan estúpido y loco, demasiado lento para lo que todos queríamos al principio, y que nadie aceptó porque entonces lo que queríamos era ver cómo se prendía en fuego todo,

pero resultó que aquél era el momento adecuado, cuando ya se veía venir que todo se estaba acabando, que estábamos perdiendo la guerra,

eso era una guerra, Salomón, no lo dude;

¿Cuál era el plan de Isidro Levi?;

Usted tiene que comprender que Isidro siempre ha tenido un pensamiento enrevesado, un pensamiento de laberinto, de hacerse bolas, y se le ocurrió una cosa a largo plazo que la respaldó aquél que venía de la Liga Comunista:

infiltrar el Estado, ése era el plan de Isidro Levi,

se le ocurrió que como muchos Enfermos usaban nombres falsos y seguían siendo desconocidos para la policía y el ejército, me refiero a sus caras, Salomón, que en aquel tiempo no nos conocían ni la cara ni el nombre a muchos de nosotros, se le ocurrió, pues, a Isidro, que algunos podríamos dejar la Enfermedad, la Liga, seguir cada quien con sus vidas, deslindarse del asunto al menos en lo activo, y buscarse, poco a poco, un trabajo en el Gobierno:

Matar al monstruo desde sus vísceras, decía Isidro,

y Mariano se ofreció, y otros cuantos más, que quizá vieron una salida pacífica de todo aquello, un salvarse la vida;

¿Su nombre real no era Mariano Escápite?;

Yo supongo que ése era su nombre, pero, si le digo la verdad, no estoy seguro: uno no iba por ahí pidiendo identificaciones a los compañeros;
¿Cuál era tu nombre falso, Javier?;
Flaco, así me decían; yo no lo elegí, pero me lo quedé porque había otros veinte Flacos más, y así la cosa se esparcía, muchos de esos otros Flacos cayeron por cosas que hice yo, y alguna vez me buscaron a mí por algo que hizo otro;
¿Era habitual lo de cambiarse el nombre?;
Muchos lo hicieron, creían que una tontería así les iba a salvar la vida, y a muchos sí los salvó; luego, con los años, hubo otros que se cambiaron el nombre por completo para borrarse el pasado de la Enfermedad,
Mariano fue uno de esos,
otros, menos Enfermos, ahora hacen alarde de aquellos años, y sin embargo no estuvieron ni en el perímetro de lo peligroso, y presumen que fueron Enfermos o Pescados o cualquier cosa y la verdad es que no fueron nada, y tienen puestos políticos y se creen izquierdosos, pero no son más que corruptos, podridos desde adentro;
¿Cuál es el nombre de Mariano Escápite ahora?;
Eso, Salomón, no te lo puedo decir;
¿Y Orígenes?, le preguntó;
Yo siempre lo conocí como Juan Pablo Orígenes, pero yo no lo conozco de siempre, ¿me entiendes?,
fue entonces que le perdimos la pista a Mariano, y no lo volví a ver sino hasta mucho tiempo después, cuando ya se había terminado todo:
consiguió trabajar en un registro civil, primero, y de ahí fue escalando: no te imaginas, Salomón, hasta dónde pudo llegar aquel muchacho, siempre a la espera del momento en que la Enfermedad volviera a surgir;

¿Y qué pasó?;

Pasó que la Enfermedad no volvió nunca, y tampoco volvió ninguno de aquellos Enfermos que intentaron contagiar, desde adentro, al Estado: se quedaron ahí, cómodos, felices, resguardados; no fueron muchos, pero son más de los que uno suele creer,

tal vez es cierto lo que dice Eliot Román: que aquellos no eran Enfermos de verdad, que eran hipocondriacos, puros farsantes, que al final nos traicionaron a todos, porque eso es lo que dice Eliot, pero dese cuenta, Salomón: tanto Eliot como yo fuimos de esos Enfermos adormecidos por la burocracia:

es fácil acomodarse, y el miedo se le encaja a uno cuando se acomoda, cuando tiene hijos, cuando ya no puede correr, cuando uno se da cuenta de lo que de verdad pasó en aquellos años y de la cantidad de muchachos muertos,

nadie volvió a Enfermarse: o pasó que el Estado nos curó a todos, absorbiéndonos, o pasó que nosotros Enfermamos al Estado, pero que sus síntomas, la manifestación de la Enfermedad en ese cuerpo administrativo, no era lo que nosotros esperábamos;

y sin embargo, durante un tiempo conservó Mariano la intención de resucitar la Enfermedad, creo que fue el mismo Isidro Levi el que le dio nombre a aquel plan:

Ensayo de Resurrección:

hacer que la Enfermedad volviera a la vida, incubarla un tiempo y revivirla, y Mariano, te lo digo, Salomón, mantuvo la idea un tiempo:

hablé con él cuando por casualidad, una vez, nos topamos, y fue entonces cuando me enteré de lo que le había pasado, de su escalada en la burocracia, de su ir y venir por las oficinas como si aquello fuera su propia casa,

pero el Estado no es la casa de nadie, Salomón, eso cualquiera puede saberlo,
y al final, Mariano Escápite le vendió el alma al Estado:
se le olvidó todo lo que una vez había dicho, creyéndose cada una de sus palabras, como si aquello fuera una verdad incorruptible:
Mariano decía:
Estén donde estén nunca estarán a más de dos metros de un Enfermo;
o también:
Tenemos que hacer más Enfermos, contagiar, tener hijos, educarlos, que corran todos los días por la mañana y por la noche, que aprendan latín, ruso, coreano;
o incluso:
Los políticos y los burócratas son seres invertebrados;
pero fue que a él mismo la burocracia le ablandó el esqueleto de sus ideas, Salomón, a la burocracia no le afecta ni la indiferencia ni la ira: nuestra supuesta infección lo único que logró fue inmunizarlos, fortalecerlos, mire usted ahora cómo se extienden, cómo incuban bajo sus hocicos todo lo que tocan, mire usted de qué manera se expanden y se adueñan de todo: allá donde hay un grupo de personas unidas con una idea, silenciosamente se cuela la burocracia, se les mete entre los nervios y los apacigua, los domina, les proporciona un orden, una jerarquía, una serie de reglas que hay que seguir, compréndalo: uno no puede ser comunista si no cumple tal o cual lista de requisitos; y si uno no sigue esas exigencias entonces no es comunista, es otra cosa, pero luego esa otra cosa también tiene un nombre, y tiene unas reglas y unas siglas y una determinación casi biológica: anarquistas, anarcosindicalistas, anarcoindividualistas, librepensadores, socialistas,

reformistas, reaccionarios, radicales de cualquier especie, todos, Salomón, cumplimos un rito y un patrón impuesto por alguien más; Mariano decía que esto se llama la Teoría de la servidumbre:

el arte de vencer mediante la derrota,

el siervo albedrío,

tener la lengua prestada a lo que otros piensan,

vender humo,

y es entonces cuando nos dimos cuenta de que Ellos somos también Nosotros, o algunos de nosotros, Salomón, o que uno puede convertirse en Ellos según las circunstancias, porque la verdad es que cuando te hablo de Mariano Escápite, te hablo también de mí;

¿Tú fuiste Mariano Escápite, Javier?, le preguntó Salomón, como cuando le preguntaba a Orígenes si él era Pablo Lezama;

¿Cuándo voy a poder verla, Salomón, necesito hablar con ella?;

¿Qué es lo que tanto necesitas de Lida Pastor, Javier; qué quieres encontrar en ella?;

Mariano Escápite, dijo el Flaco Zambrano, quiso ver las entrañas del monstruo, y cuando estuvo dentro y ya no había marcha atrás se dio cuenta de que no había nada dentro del animal, que él mismo, y otros tantos, eran la entraña, lo más hondo:

ellos eran las vísceras, los nervios, el pensamiento del animal del Estado, nosotros, Salomón, nos convertimos en eso,

quizá no todos nosotros, pero muchos de los que sobrevivimos, y en ese tránsito perdimos algo de lo que éramos, de lo que una vez fuimos,

pero lo que yo fui en aquel tiempo, Salomón, el Flaco de esos años, puede que siga vivo en ella,

me hace falta saber cómo me recuerda Lida Pastor, si es que todavía me recuerda, a lo mejor usted se equivocó, Salomón, y en lugar de hablar de los vivos, tenía que haber hablado de los muertos;

Es en la memoria de los otros donde seguimos siendo los que fuimos antes de que la vida nos cambiara la vida, escribió una vez Juan Pablo Orígenes;

¿Tú fuiste Mariano Escápite?, volvió a preguntar Salomón;

Del registro civil, dijo Zambrano, Mariano pasó a la Oficina Municipal de Vehículos, donde aprendió muchas mañas y trampas; luego de unos años ahí, en diferentes puestos, pasó a la Dirección de Obras Públicas, y construyó puentes que no unían nada, asfaltó calles vacías, alumbró avenidas abandonadas, especuló con terrenos y licencias de construcción, y luego, porque así son las cosas en la burocracia, se mueven sin orden, sin relación causa-efecto, Mariano participó en la construcción de un museo que nunca se llevó a buen término, y de ahí pasó, como por arte de magia, al Ministerio de Cultura: organizó congresos, festivales, conciertos, se codeó con escritores, pintores, músicos extranjeros congregados en una orquesta local, dirigió una biblioteca y luego la clausuró él mismo, y al final, ya con la edad encima, lo fueron confinando cuando llegó el relevo de nuevos burócratas, que cada tanto tiempo brotan de las universidades públicas o privadas, que aparecen de la nada, que salen de debajo de la tierra, y Mariano se quedó, casi obsoleto, como un oficinista más, encargado de la contabilidad o de la intendencia o de las publicaciones del Ministerio,

y luego, quién sabe, irá a otro sitio, o se quedará ahí hasta que sea una estatua, un mueble más,

dicen que en sus años más boyantes tenía un mueble curioso en su despacho de la Oficina de Vehículos: una especie de aparador para los licores, y que cuando lo abría para sacar alguna botella, sonaba el himno nacional y aparecían unas banderitas con escudo y todo,

dicen que dejaba sonar todo el himno mientras bebía y que al terminar, cerrando las puertas del mueble, decía a manera de broma estúpida:

El himen nacional;

y soltaba una carcajada,

eso dicen, Salomón, de Mariano Escápite, usted crea lo que usted quiera;

¿Entonces, Flaco, qué era lo que tenía que esconder Mariano Escápite?;

Había soñado con una gran conspiración, pero con los años uno comprende que la conspiración no es otra cosa que el funcionamiento de la burocracia, un tren sin maquinista, un tornillo sin fin:

toda esa maquinaria funciona sin que nosotros podamos hacer nada porque nuestro propio actuar o nuestra pasividad la mueven a partes iguales, y en medio de la confusión y el ardor, en medio de la injusticia, uno tiene a quién echarle la culpa, pero nunca a quién cobrársela, porque la burocracia es una hidra, y nada más,

eso es la conspiración a la que tanto tememos: nosotros mismos;

¿Tú eres Mariano Escápite?, volvió a preguntarle Salomón, que ya pensaba, quién sabe si por la borrachera, la confusión o el resto químico de las drogas que Macedonio Bustos le metió en la sangre la noche anterior, que Mariano Escápite era Javier Zambrano, y que Pablo Lezama era Mariano Escápite y que todos juntos eran Juan Pablo Orígenes,

¿Tú eres Mariano Escápite?;

No, Salomón, le dijo Zambrano, yo nunca fui nadie, y es posible que usted conozca ya al hombre que antes se

llamaba Mariano Escápite y que al sol de hoy tiene otro nombre que yo no le voy a decir;
¿Por qué pensaste que Orígenes era el traidor?;
Es que uno no sabe qué hacer cuando nuestro pasado nos humilla, Salomón, ahora resulta que tengo una deuda con el banco y que no puedo pagarla, esa misma deuda que usted ya sabe, que no me sirvió para contactar con Lida, y de la misma manera incontrolada en que pedí aquel dinero, crecieron los intereses y voy y se me ocurre fundar una asociación de deudores porque no puedo pagar, como otros, y ahora tengo que organizar esas reuniones de mierda donde escucho las historias de la gente y tengo que enredarme con abogados y bancos y burós de crédito,
¿no le da risa?,
a mí me da risa, muchísima risa, hasta que me pongo a llorar de la estupidez,
a veces las cosas que creemos que son tan terribles ocurrieron por estupidez, por negligencia, y no por maldad; lo que le pasó a Mariano Escápite, a mí, a Orígenes, a Eliot Román, al mismo Chavarón Rubín, fue así, Salomón:
una buena parte de estupidez que luego hubo que ocultar con una pequeña parte de maldad.

Y cuando me encontré con los murmullos
se me reventaron las cuerdas
Juan Rulfo

A VECES LO QUE PASA ES QUE UNO RECUERDA PURAS MENTIRAS, y eso es lo único que uno sabe después, porque lo otro se le ha olvidado, pero esos murmullos de la memoria son lo que hace que uno siga presente en algún lado de esta vida,

cuando viniste al libro, Salomón, no sabías que de aquí ya nadie sale, como si fuera una tumba o un pozo lleno de gente que le jala a uno las patas o un pueblo lleno de muertos;

creíste en la esperanza,

y ahora ¿en qué puedes creer?;

Creo que estás hablando, Juan Pablo, y que todavía puedes decirme qué te pasó, qué hiciste en esos años, qué quieres hacer ahora, quién es Pablo Lezama, eso creo, que todavía puedes decirme alguna cosa;

Llega el momento en que uno ya no conoce a la gente, Salomón, y eso es el recuerdo: llenarse la tierra de bocas la sal de ojos las agujas de carne, eso es el recordar, un puro dolor lleno de nombres sin cuerpo;

¿Cuál era tu nombre en los tiempos de la Enfermedad, Juan Pablo?;

Los tiempos de la Enfermedad han vuelto, o nunca se fueron, nunca se terminaron, uno no se Enferma porque quiere, Salomón, uno se Enferma por cómo están las cosas en el País, uno se Enferma porque le han matado a alguien, porque uno abre los ojos y es como abrir una llaga, y la Enfermedad no es más que otro síntoma de otra cosa más enferma y más grande que yo no sabría decirle qué es;

Juan Pablo, tengo que decirte algo sobre Aurora;

Cuando la conocí, Salomón, supe que se llamaba Aurora, pero la verdad es que se hacía llamar de otra manera que ya no me acuerdo, ella estaba Enferma, y no sé si yo me Enfermé por ella o ella por mí,

en aquel tiempo nos queríamos como se quiere la gente que no sabe que se va a morir un día y se va a quedar sola,

es un quererse despreocupado,
yo le decía a ella:
Te quiero,
y ella me decía:
Te quiero,
y ahí se acababa el mundo, Salomón, ahí se partía la tierra por todas sus mitades, que han de ser muchas, pero entonces uno no lo sabe y hace planes, organiza el tiempo y el espacio, compra libros y los lee y escribe o juega a que escribe y nunca hace demasiado calor ni demasiado frío, y hay cerveza y noches y fumábamos unos cigarrillos muy pequeños que tenían el nombre de un poeta o de un pirata, y ella, que siempre ha sido ocurrente, escribía palabras en los cigarros y se fumaba las palabras:
escribía la palabra árbol, y se la fumaba,
escribía la palabra pecho, la palabra río, el nombre propio de Orabá, y muchas otras cosas y les iba prendiendo fuego y se las fumaba, y se reía como una muchacha loca, porque se veía que estaba feliz y a veces algunas formas de la felicidad tienen las formas de la locura, eso lo creo yo, Salomón, y una vez escribió mi nombre y se lo fumó entero, largamente, hasta que me hice cenizas;
¿Qué nombre escribió Aurora?;
Y yo, Salomón, en la frontera, o en algún lugar que tiene la condición de la frontera, que podría ser aquí mismo, cerca del río o del mar, o del trópico, porque todo es frontera aquí, pero son límites que no lindan con nada, sino con lo vacío y lo solo, yo, Salomón, te lo digo ahora mismo, una vez, escribí en un cigarro el nombre de Pablo Lezama, y me lo fumé con apuro para que de él no quedara nada;

Tengo que decirte algo sobre Aurora, Juan Pablo, algo muy importante;

Aurora, que en aquel tiempo me dijo que se llamaba Alba, que iba y venía con los otros muchachos Enfermos, nunca pudo irse muy lejos de su propio nombre: eso lo aprendí de ella, Salomón, uno no puede irse muy lejos de uno mismo, incluso del propio nombre: yo la buscaba a ella como Aurora y la encontraba como Alba, y ella me buscaba a mí, muchacho, me buscó tantísimo, y yo estaba perdido en algún lugar con el nombre de otro que era casi mi nombre,

y cuando me llamó no la escuché nunca, como cuando mi madre me llamó, y murió sola porque llegué tarde,

como llegué tarde también al alba, y el sueño de los hijos y la vida se nos había muerto a medio camino entre la distancia que hubo por medio del desierto largo y plano que estira y hiere la tierra,

pero no es la tierra la que queda herida, Salomón, somos nosotros;

Aurora está enferma, Juan Pablo;

Cuando volví, te lo digo de verdad, con la cola entre las patas, Aurora siempre me dijo que ya no quería saber nada de los Enfermos,

ella dormía como duermen los pájaros y los higos que se esconden de los pájaros, con un lazo rojo que los proteja del ataque y los eclipses;

Aurora se está muriendo, Juan Pablo, y yo creo que tú lo sabes, recuérdalo: el cáncer, los médicos, anoche estuve con ella en el hospital;

Mi madre murió de cáncer, Salomón, no sabes el dolor que hay en eso:

el dolor de ver el dolor, un puro pensamiento muy intenso que se convierte en carne, ¿cómo es posible que nos duela el dolor de los otros tanto como si fuera nuestro?, ¿cómo es posible que no nos duela, si los queremos tanto?, tú lo sabes bien, Salomón, tú tuviste un hermano, y sabes que eso es así, que el dolor de ellos es de ellos y de nadie más y que lo que uno siente es otra cosa, es como la muerte:

uno sólo siente la muerte de los otros, porque la propia dura lo que dura un pálpito,

se puede sentir la agonía, pero no la muerte misma, Salomón, y a uno, cuando está indemne de dolores y agonías, es la muerte y la agonía de los otros lo que le duele, una especie de telepatía, la única posible, ¿me entiendes?, yo sé que me entiendes,

hace días que me duele algo en el pecho, Salomón, en los riñones, en las muelas, y tengo mucha sed y no soporto la luz, y eso es que alguien se va a morir, no es la primera vez que lo siento;

Te lo digo, Juan Pablo, es Aurora, es ella la que ahora se está muriendo, tienes que ir a verla;

¿Por qué no te escucho, Salomón, por qué tu voz es como un hilo?, habla, muchacho, alza la voz;

Me pidió que te llevara de vuelta, Juan Pablo, que te encontrara y que te llevara de vuelta a casa, y sin embargo ha llegado a creer que estás muerto, y yo no le he dicho lo contrario, pero quiere que vuelvas, que la acompañes en los últimos días, yo creo que son sus últimos días, eso no lo dijo ella, pero lo creo yo, Juan Pablo, ¿me escuchas?;

A veces tengo envidia del futuro, Salomón, porque ahí ya pasó todo y porque creo que lo que nos hirió una vez no tendría ya que volver a suceder; pero lo que de verdad pasa es que estoy empezando a olvidarme de nuestro futuro, del mío y el de Aurora, porque teníamos un futuro, o algo que se parecía a un futuro posible, y eso se acabó un día, Salomón, cuando me fui y maté a Pablo Lezama, y cuando Aurora, que ya no se llamaba Alba, o ya no quería que yo la llamara así, se enteró de eso, de lo que hice, y entonces fue que se acabó nuestro futuro, Salomón;

¿Aurora conoció a Pablo Lezama?;

Lo conoció, Salomón, y yo he llegado a pensar que incluso lo extraña, o extraña la parte de mí que se murió con él, una parte de mí que se llama Pablo Lezama y que yo ya no puedo recuperar, que ya no recuerdo;

Tienes que volver con ella, Juan Pablo;

Volveré yo, no Pablo Lezama, cuando hayamos terminado nuestro ensayo final, Salomón, el Ensayo de Resurrección, cuando los Enfermos vuelvan a caminar sobre la tierra de Orabá, porque es cierto esto: uno tiene la esperanza de que los amigos muertos resuciten en el libro, que cobren una nueva vida, que nos sonrían en la distancia, que sigan hablando y bebiendo con nosotros, y para eso hay que recuperar los libros, invocarlos desde ahí, porque ahí están sus voces,

el problema del olvido no es que uno olvide a los demás, sino que ellos nos olviden a nosotros, Salomón, nuestro ensayo es para no olvidarnos de ellos, porque es cierto: escribimos para dejar de estar solos, para Enfermar a los otros, para invocarlos y que vuelvan a hablar desde sus tumbas:

es posible que los únicos que pueden hablar en el libro son los que están muertos, Salomón, el libro es su voz;

¿Y por qué no hablan todos, Juan Pablo?;

No es que no hablen, muchacho, es que no nos atrevemos a escucharlos: a lo mejor sus palabras nos hacen mucho daño, a nosotros, quiero decir, a ti y a mí, a Aurora y a

Alba, y por eso hacemos como que no los escuchamos; pero han hablado, eso no lo tengas por dudoso;

Tienes que volver, Juan Pablo;

Me vas a llevar con ella, Salomón, cuando se acabe todo esto: también a ella la resucitaremos para la Enfermedad, véselo diciendo, que lo sepa y lo recuerde.

Lo ha sido o lo será;
nada de presente hay en ella
Étienne de La Boétie

Tu cuerpo es una prótesis del mío
Jorge Ortega

DE ALGUNA MANERA SIEMPRE LA NADA tiene una continuación, un más allá de las cosas, un posible estar en otro lado y en otro momento; la nada no es el fin de nada, ni el lugar común de un nuevo inicio: la nada es la continuación de sí misma,

y Macedonio estaba hundido, desde hacía años, en los trabajos de la continuación, en la prolongación de lo que ya no existe:

Si te convierto en un recuerdo, ¿seguirás estando aquí?, le dijo Macedonio Bustos a la imagen de Lida Pastor;

nunca hizo un solo retrato de ella, porque era verdad que cada día, al cerrar la botica, volvía a hacer un retrato de ella:

fiel y pulposo carnicero el rostro exacto con sus profundidades y sus volúmenes, con sus años y sus faltas, más que imagen, estatua, más que estatua, reencarnación:

dos cosas hacía siempre cada noche Macedonio como un ritual inaplazable que le concedía el don del sueño:

recuperar el retrato de Lida Pastor, para poder dormir con ella,
y recordar las palabras que ella alguna vez le dijo, esas palabras sueltas que a uno se le quedan como un surco en la memoria, rebosado de semillas,
como cuando ella le decía:
Un día se hizo vieja mi madre y le crecía el pelo en las piernas y el bigote;
o, bien:
Los que se mueren son los que no pueden volver;
o, incluso:
Donde hay cuerpo está la muerte;
y necesitaba recordar las palabras porque un día, sin más, ya no sabía cuándo, Lida Pastor, parada en medio del patio debajo de las ramas altas del arrayán, como si le hablara a un dios exiliado a las bajas alturas de los árboles, o como si el mismo árbol fuera un dios vegetal de la amargura, prometió un voto de silencio,
nunca fue religiosa,
pero siempre pensó en dios,
no le importaron ni la penitencia ni la culpa, y es posible que solamente buscara el silencio por el silencio mismo:
Un día dejó de hablarme, Salomón, le dijo una vez al biógrafo de Orígenes, dejó de hablarme y yo tuve que hacerme a la idea de que no me odiaba, de que se quedó callada porque le dio la gana, o porque ya no tenía nada nuevo que decir, pero no porque me tuviera algún rencor o algún odio, porque eso me hubiera matado a mí, Salomón, y por eso mismo me fui haciendo a la idea de quedarme también callado, pero no pude, y tampoco podía hablarle porque no me respondía, y eso es muy feo, Salomón, y entonces cada vez que yo hablaba o le preguntaba algo a ella me contestaba yo mismo

con sus palabras, con las palabras que yo recordaba que eran de ella porque alguna vez se las escuché yo mismo de su propia boca; por eso cada noche he de acordarme de lo que ella me decía antes, cuando podía hablar, para que sus palabras de antes me contesten a mis palabras de ahora, ¿verdad?, y sigo encontrando respuestas, aunque es imposible que me acuerde de todo lo que alguna vez dijo,
es posible que sea verdad que me dio las palabras suficientes para los años que nos quedaban,
a veces nos sobran las palabras, Salomón,
a veces hemos dicho tantas veces lo mismo;
¿Sigue manteniendo todavía el voto de silencio?;
Como si estuviera muerta, muchacho, pero nada se puede hacer;
¿Recuerdas qué fue lo último que te dijo, Macedonio?, le preguntó Salomón;
y el boticario, sin hacer mucho esfuerzo, le dijo:
No tenía derecho de haberse muerto, eso fue lo último que le escuché, aunque no estoy seguro si fue lo último que dijo, y yo supuse que me hablaba de su madre, Amalia, o del tío Liberato, pero esa precisión la desconozco,
como desconozco tantas cosas de ella, o de mí mismo a veces, ¿verdad?,
la cosa era así:
yo le preguntaba algo como:
¿Dormiste bien, Lida?;
y como no me respondía, yo mismo contestaba algo que ella me dijo una vez:
En mis sueños sólo vivo yo;
y así el desayuno y así la vida,
desde hace mucho tiempo que yo hablo por los dos,
como si nomás hubiera uno de nosotros.

Lo que Macedonio no le dijo a Salomón en ninguna de las conversaciones que tuvieron fue que Lida Pastor también hizo un voto de castidad, y que además de quedarse callada se le quedó lejos, escondida por la casa cuando él la buscaba, enredada en las sábanas y las cobijas cuando dormían juntos, cubierta con capas y capas de ropa cuando él, luego de buscarla y perseguirla y corretearla enloquecido por el patio y las habitaciones como si aquello fuera un juego que disimulaba un coraje, una ponzoña viva, lograba alcanzarla y tirarla al piso, ya fuera en la cocina o en la tierra sobre los arrayanes aplastados por el peso de sus cuerpos o en la sala ante los ojos de toda la familia petrificada por el susto, e intentaba desnudarla prenda tras prenda hasta que el cansancio lo hacía desistir porque Lida Pastor iba enfundada en tantas capas que se ponía a llorar como una cebolla por los tirones y los gritos de Macedonio,

fue entonces que la vida le volvió a cambiar al boticario, pero esto no lo decía casi nunca, y no se lo dijo a Salomón, pero muchas veces pensó que se lo confesaba y que lloraba y que aquel muchacho preguntón también lloraba y que se abrazaban y que él dejaba de sentirse como un viejo amargado y violento que se sentía como un viejo solo al que nadie escuchaba,

pero no pasó así, y cada vez extrañaba más a Lida Pastor, aunque la veía como una presencia que rondaba la casa de un rincón a otro, que se pasaba el día viendo los árboles o los retratos de la familia, desperdigados por la casa, que lloraba sola y se hincaba en el patio raspando la tierra con un tenedor buscando quién sabe qué cosas enterradas,

Parece que uno entierra las cosas para olvidarlas, Salomón, pero uno siempre recuerda dónde las enterró, y en el

pensamiento siempre anda visitando esos páramos, y un día, cuando uno ya no puede con su alma, va y los busca y desentierra todo el pasado que hay bajo nosotros, como si aquello fuera una manera de volver a otros tiempos, le dijo Macedonio a Estiarte Salomón;
¿Qué pasado fue el que enterró Lida Pastor?, le preguntó el biógrafo;
Yo qué sé, muchacho, ni que la conociera de siempre;
pero Macedonio sí la conocía de siempre, o eso creyó cuando un día, después de tantos años de no verse, volvió a encontrarla en el vértice de la muerte:
había muerto Amalia Pastor, y él, en aquel tiempo cirujano de cadáveres, entrenador de difuntos, la tuvo en su mesa metálica para disponerla para ese destino desconocido que viene después del entierro,
siempre recordaría el momento en que un cuerpo nuevo llegaba a la funeraria:
Es una cosa tan oscura el cuerpo, decía Macedonio;
aquella mañana llegó una mujer, envejecida y pequeña, que había muerto, según el informe, por causas naturales,
nunca entendió Macedonio el concepto de morir por naturaleza, ese morirse por la pura incapacidad de seguir vivo, porque se cumplía una suerte de fecha de caducidad, porque se acababan las fuerzas o se apagaba algo como una lumbre que va consumiéndonos por dentro:
Nosotros somos la leña de ese fuego, y un día no somos más que cenizas, decía Macedonio;
pero fue que esa muerte natural, en medio de tantas muertes violentas, le dio a pensar que la gente todavía se moría por su cuenta, libremente, y no porque un puñado de balas le envenenara la carne:
intentó tantas veces reparar cuerpos despedazados por los tiros, caras que no podían volver a ser caras, que eran

una pura boca sin dientes ni lengua, abierta de par en par; intentó, también, recomponer a los desmembrados, a los decapitados, a los abandonados que sufrieron en vida y en muerte la mordida de los carroñeros, y esa muerte natural de aquella mujer le despertó algo, una cierta dignidad como aquella que mencionaba siempre el doctor Aragón, una especie de completitud del cuerpo y de los periodos del cuerpo, y se alegró de no tener que disimular una sutura en el pescuezo o un agujero en medio de la frente,

como siempre, como era su costumbre, se refería a la mujer por las causas de la muerte: nunca quiso aprenderse los nombres, no quería conocerlos ni guardárselos en la memoria porque creía que así no podría desprenderse de ellos nunca, y que al salir de aquel sótano se los llevaría consigo,

pero no pudo evitar leer el nombre de la mujer cuando empezó a desvestirla y vio que la vejez y la muerte le habían robado todo,

quizá para entonces ya había empezado a elaborar las ideas sobre el andrógino, pero nunca se le habría ocurrido que la transformación llegaría a tal extremo:

aquella mujer tenía cuerpo de hombre,

o es que era un hombre con cuerpo y nombre de mujer,

y fue por esa curiosidad que vio en el informe y leyó, primero en silencio y luego en voz alta:

Amalia Pastor,

y supo al enunciarlo que ese nombre lo conocía, y de inmediato se le vino a los ojos el recuerdo de Lida Pastor, aquella muchacha lejana de cuando él todavía tenía las dos manos casi completas, antes de aquella cirugía que le destrozó la destreza, o que le dio otra forma de destreza, y vio al andrógino en la plancha y le buscó los rasgos de Lida y lo que vio fue que tenía la mirada entreabierta de un Cristo crucificado, la boca era la herida del costado, y no vio, no pudo, encontrar algún rasgo de la hija, si es que todo aquello de la hija, la familia y lo demás, era cierto,

o si el nombre era cierto,

o si la muerte era cierta,

pero el andrógino estaba ahí, sobre la mesa, y le costó mucho llegar desde aquella confusión, la larguísima pausa en el trabajo y el no hacer nada, hasta el recuerdo de alguno que vivía en aquella casa antes de que él conociera a Lida Pastor, antes de que él apareciera por primera vez en la Botica Nacional, y lo supo no por las cosas que Lida le hubiera contado, sino por las cosas que Amalia, ahora muerta convertida en el andrógino, le explicó aquella vez cuando lo dejó entrar en la casa para ver las pinturas:

pudo recordar un nombre:

Liberato Pastor,

pudo recordar sus palabras:

Este es mi hermano, no tenía derecho de haberse muerto, le dijo Amalia Pastor;

el tío Liberato, muerto mucho antes de todo, antes de cualquier cosa, antes de que nada en lo que él pudiera haber participado en torno a la familia Pastor hubiera sucedido,

quiso pensar en el retrato de aquel hombre, cerró los ojos pero no pudo ver sino el rostro del andrógino,

quiso pensar las cosas con más calma, buscarle el entendimiento al asunto, pero había que trabajar, había que entregar el cuerpo, había que encajarle las monumentales agujas y vaciarlo de ese polvo venenoso que queda en el cuerpo, cerrarle las puertas y las ventanas, vestirlo y acostarlo en el sarcófago último y olvidarse de todo porque no tardaría en llegar otro cuerpo quizá destrozado,

¿fue ese momento cuando apareció Lida Pastor en su sótano?, ¿era el cuerpo que ella vio, desnudo y todavía sin manipular, el cuerpo del andrógino?,

ya no estaba seguro Macedonio de poder recordarlo,

fue entonces que tomó una decisión que afectaría más a Lida Pastor que a él, y aunque lo hizo sin saberlo, sin calcular aquel efecto, supo que estaba haciendo una cosa que no debía:

cuando terminó con el cuerpo del andrógino, lo vistió con ropas de hombre, le quitó el maquillaje y los escasos rasgos femeninos, le cambió el nombre en el archivo y lo envió directamente al cementerio.

Nunca supo por qué lo hizo de esa manera.

Tal vez fue entonces cuando apareció Lida Pastor y él escuchó las palabras:

Que parezca que estoy triste, pero que nadie pueda pasar por alto que todavía estoy viva;

y sin embargo él no la reconoció, nunca en el principio de todo pudo establecer la relación entre el andrógino y la mujer que cada tanto tiempo aparecía en la funeraria esperando velar el cuerpo de su madre,

un cuerpo que no apareció nunca.

Luego un día aquella mujer lo invitó a su casa y supo que era ella, la reconoció por las pinturas, porque el rostro y la estampa le habían cambiado tanto, y volvió a ver el retrato del tío Liberato, en el centro de una de las paredes de la sala, y reconoció en él los rasgos del andrógino:

se preguntó Macedonio, frente al retrato, qué cosa era el andrógino, cuál era aquí el engaño o dónde estaba el truco, o cómo es posible esta existencia más allá de uno mismo, y si se muere el cuerpo y la identidad continúa, cómo se sostiene en este mundo lo que somos,

pero sobre todo se preguntaba Macedonio qué era lo que de verdad había pasado con Amalia Pastor.

Recordaba las palabras de Lida la primera vez que ella, en la juventud, lo llevó a su casa:

A mi madre la perdí hace años;

pero lo cierto es que un día fueron a conocer a su madre,

¿y si lo que Macedonio conoció en aquel tiempo no fue otra cosa que la impostura?,

nunca se lo preguntó a Lida, nunca hablaron de aquello, y nunca descubrió lo que ocultaba aquel cuerpo.

Quizá fue por eso que Macedonio se convenció de que los votos de silencio y castidad de Lida Pastor no eran otra cosa que síntomas del advenimiento del andrógino,

o así quiso creerlo, porque lo otro era insoportable,

y así empezó a buscarla en él mismo, a buscar en su carne la carne de ella porque alguna trasmutación profunda estaba por ocurrir; así un día, muchos años después, cuando en la casa ya solamente se escuchaba su voz hablando por los dos, una madrugada de pájaros y frutas reventadas por el viento, solo en la habitación del patio porque Lida había adoptado ya la costumbre de dormir en la sala, cerca de su familia, Macedonio encontró frente al espejo al andrógino:

tal y como ocurrió después de las primeras visitas de Lida Pastor al sótano de la funeraria, cuando él dibujaba el rostro de ella en los cuerpos acostados en su mesa, o cuando luego, ya en su casa, frente al espejo, se buscaba con mucho esfuerzo y maquillaje las facciones de esa mujer todavía desconocida, así, pues, en esos tiempos, cansado de la soledad y el olvido, invocó una vez más al andrógino y volvió a dibujarse en su rostro el rostro de Lida Pastor.

Ya tenía sus palabras, y ahora tenía también su imagen.

Hasta que un día el rostro era insuficiente y las palabras no alcanzaban para encarnar al andrógino, y empezó, Macedonio Bustos, a usar la ropa de Lida Pastor.

¿Qué fue lo primero que te dijo Lida Pastor cuando volvió a hablarte?, se preguntó Macedonio pensando que la pregunta la formulaba Estiarte Salomón,

y se respondió él mismo:

Me dijo:

Heredé un vivo que vivía a través de su muerto;

pero una vez vencido el voto de silencio y habiendo empezado el proceso del andrógino, Macedonio extrañó el cuerpo de Lida Pastor,

¿Te conozco de siempre, Lida?, le decía Macedonio Bustos al espejo donde su cara empezaba a ser la cara de ella;

una vez le dijo a Salomón:

Su madre casi no la quería, fue el tío Liberato el que se hizo cargo de ella siempre, y la madre era más como una herida que como una madre,

muchas veces me dijo que su madre la veía como si quisiera retorcerle el pescuezo, o como si fuera hija de alguien más; a lo mejor algún día se lo dijo:

Eres hija de otra mujer que no debía ser yo;

pero eso, Salomón, no estoy seguro de recordarlo, pero vale decir que Lida Pastor sobrevivió a su propia madre;

y frente al espejo, Macedonio decía, nomás pintarse los labios de ese color de las entrañas de una pitahaya, esa fruta dulce y llena de espinas:

Yo sobreviví a ti, Lida;

Macedonio continuó con la nada, con la vida del tío Liberato que continuó con la vida de Amalia Pastor:

Macedonio continuó con la vida de Lida, aun cuando ella ya había muerto.

Porque Lida murió, o su cuerpo dejó de incendiarse cuando el andrógino, ese animal que es dos animales encarnados, mudó su alma al cuerpo de Macedonio que era también ya el cuerpo de Lida Pastor:

cuando hablaba él, hablaba ella, sin que mediara ningún intruso, sin que valiera ningún artificio; cuando se tocaba él mismo, era ella quien lo tocaba, y así fue que volvieron a encontrarse, como lo hace el andrógino, en la oscuridad del cuerpo, ese abismo enorme entre la piel y el vacío,

y cuando paseaba por la casa vestido con las ropas de ella, eran los dos los que paseaban, y fueron felices un tiempo porque quizá los recuerdos de ella empezaron a atormentarlo a él:

Ése es el castigo del andrógino, le había dicho una vez a Salomón, el andrógino recuerda la felicidad y el sufrimiento de los dos, ¿o no ha sentido usted en su propio cuerpo el dolor de otra gente a la que quiere tanto?, así es en el andrógino, muchacho, es la pareja en uno mismo;

y se lo dijo por teléfono, sin venir a cuento, la tarde de aquel día en que fue a visitar la tumba de Martín Altamirano, y también le dijo, planeando él alguna cosa todavía desconocida:

Venga usted mañana, le presentaré a Lida por la noche al cerrar la botica, pero a cambio necesito que me haga un favor, que atienda la botica por la tarde, porque tengo una reunión a la que no puedo faltar;

Salomón aceptó el trueque y se apersonó de inmediato en la casa de Eliot Román:

el Cojo, que le abrió la puerta, se asustó de verlo ahí otra vez, y porque sabía ahora, a ciencia cierta, que Orígenes estaba en la casa:

no quería dejarlo pasar,
pero apareció el poeta a sus espaldas y le dijo:
Déjalo entrar, Eliot, el muchacho viene para ayudarnos.
Salomón les contó el asunto de la botica, y les dijo que Macedonio no estaría por la tarde, que él mismo los dejaría entrar.
Cambiaron los planes: en vez de ir por la noche, irían por la tarde,
en vez de ir sólo Eliot Román y Juan Pablo Orígenes, iría también Salomón, que se guardó el asunto de que había invitado, también, al Flaco Zambrano.

V

Remembranza

Reunir los miembros

Del latín *Rememorare*

volver a la memoria

«¿Y por qué ando buscando el lugar en que moras,
como si allí dentro hubiera lugares?»
San Agustín, Confesiones, X, 17

Un libro con la huella de tu ausencia
Avelino Hernández

Si un hombre padece una enfermedad incurable, se puede matar, si es para su bien. «Esta enfermedad normalmente les acompaña hasta la tumba; los médicos la pueden suavizar, y puede permanecer oculta durante un tiempo, pero no pueden curarla, sino que se volverá de nuevo más violenta y aguda que al principio, y eso por cualquier mínimo motivo o razón» (Secc. IV, Miembro I, Subsecc. I)

Qué hermosas son las cosas que olvido
siempre alrededor de las otras que recuerdo
Francisco Meza

La noche y la oscuridad hacen atrevidos a los hombres
Robert Burton

¿Cómo te cuento esto para que no lo olvides nunca?,
mi enfermedad es el pasado, Salomón, mi enfermedad está hecha de pedazos de todo, de voces trozadas, de vacíos llenos de nombres que no coinciden con ninguna cara,
¿cómo te digo lo que es simultáneo sin recurrir a un orden arbitrario?,
no es posible, Salomón, soñar sin despertarse,
no es posible hablar tan quedo, cuando uno se quema por dentro,
¿cómo te digo todo esto para que tú también lo sientas?
Despierta,
vuelve, Salomón,
recuerda
que estaba Juan Pablo Orígenes en el patio de la casa de Eliot Román, desparramado en un equipal que crujía como

un esqueleto podrido, y veía su imagen duplicada en el espejo parapetado en una silla frente a él desde la última borrachera,
despierta
y recuerda
que en el espejo el poeta era un mudo con voz prestada, gesticulando sin sonido unas palabras que rebotaban en el cristal y se le quedaban lejos,
que tenía en las manos, abriéndolo y cerrándolo como si fuera una baraja de tarot, el libro de Robert Burton:
los márgenes anotados, los párrafos larguísimos subrayados, los papeles sueltos agregados entre las páginas como si el libro fuera un cuerpo al que le hacían falta injertos de piel, llanuras en las cuales tatuar el recuerdo y el olvido, porque el olvido, decía Orígenes, también necesita escribirse,
recuerda,
que en algún momento Orígenes dijo:
Los muertos y los desaparecidos nos dan la razón;
¿La razón de qué, Juan Pablo?;
pero no podía Salomón recordar la respuesta,
¿Cómo te digo esto para que no lo olvides, muchacho?,
para que nada se olvide,
ni la sombra ni el río ni el cuerpo enfermo de todos nosotros,
¿cómo te lo digo?;
recuerda:
era ya la noche entre los árboles del patio, la noche en que empezaron a hablar del Ensayo de Resurrección:
Todos los Enfermos volverán a este mundo, dijo Orígenes;
y alguien dijo el nombre de Mariano Escápite, alguien preguntó quién era Mariano Escápite, y otro alguien, ¿cuántos eran, cuántos estaban ahí?, dijo:
El que sabe de esas cosas es Isidro Levi;

y quizá fue Orígenes quien dijo:
Vamos a buscar a Isidro;
recuerda,
que al mediodía siguiente, que es el ahora, los recuerdos de anoche son una bruma, un desparpajado viento que arrastra las hojas de la memoria y todo lo que es olvido se llama desierto,
todo lo que no puede recuperarse se llama desierto,
recuerda:
que hubo un momento en que apareció, en la casa de Eliot Román, Isidro Levi, y que luego desapareció, y que hubo gritos, golpes y llanto, y que hoy, esta tarde, empiezan a revivir del limbo los Enfermos:
El Ensayo de Resurrección es lo que está por venir, dijo Orígenes;
y hubo la visitación de los fantasmas, o algo parecido a los fantasmas, eso que no se puede escribir, pero que se siente,
Despierta, Salomón,
despierta;
¿quién habla?,
Despierta,
le dijo Eliot Román;
y se le venían encima las imágenes de Isidro Levi con una bolsa de tela en la cabeza corriendo por las calles del centro de Orabá o entre los árboles de nim y las ceibas enrojecidas de la noche, con las manos estiradas hacia adelante y gritando y pidiendo ayuda o sentado y tranquilo viendo pasar la noche en un banco de la Plaza de Rosales,
o las paredes pintarrajeadas del Mercado de Garmendia y Juan Pablo Orígenes, de pronto ágil y alto como Javier Zambrano, escribiendo en letras y garabatos rojos los mensajes de los Enfermos,

pero no había pared tan grande para las palabras del poeta,
y estaba también la imagen de Eliot Román que en la vigilia le decía:
Despierta, Salomón;
pero que en el sueño, o en el recuerdo del sueño, iba gritándoles que se apuraran, que dejaran eso, que no iban a llegar a tiempo:
como un potro que tiraba de ellos
para que les llegue pronto el destino,
y las letras de Orígenes, estiradas y retorcidas a la vez en un solo hilo de pintura, se repartían por muros y puertas y ventanas de la ciudad, y Salomón alcanzaba a leer primero la palabra «justicia», y poco más adelante la palabra «necesaria»,
siempre habrá alguna palabra necesaria,
y más allá doblando la esquina de alguna calle que podía ser ¿Hidalgo?, ¿General Andrade?, leyó la palabra «crimen»,
no lograba, en el esfuerzo de despertar de alguna profunda pesadilla que se parecía tanto a la vigilia, a la noche anterior, descifrar el mensaje del poeta:
parecía que en los vacíos, en los espacios sin escritura, mientras cruzaban una calle o no encontraban una pared adecuada, Orígenes escribía en el pensamiento la frase, lo que le hacía falta al lector para comprenderla, y Salomón, que lo iba siguiendo de cerca, escuchó un sonsonete como un ahogo, como la voz de un niño que repite una oración para memorizarla:
La justicia sólo es necesaria cuando existe el crimen;
Despierta, Salomón, le decía, o él creía que le decía, a su lado, Eliot Román;
pero Eliot Román no estaba a su lado,
nadie estaba a su lado, sino el recuerdo,
y era un recuerdo espumoso, borracho y difícil,

pero lo que sí escuchó en la voz del Cojo, quizá luego de que Orígenes mencionara el Ensayo de Resurrección, quizás en el sueño o quizás en la vigilia, fue:
Venimos a ver al Chilo;
¿a quién se lo dijo?,
recuerda la calle, Salomón, recuerda las vísceras de Orabá, el imposible ruido de la corriente del río, el ruido de la voz de Orígenes diciendo como un rezo:
La justicia sólo es necesaria cuando existe el crimen;
o el ruido de la voz de Eliot Román:
Venimos a ver al Chilo;
o el ruido de Álvaro ahogándose en alguna parte muy negra de este mundo y todos los mundos y entonces los pasos arrastrados que venían por el pasillo de una casa hasta la puerta de la calle:
había una casa y una puerta y los tres congregados en el quicio como si se guarecieran del calor y el azufre, del azote de un viento caliente o de un calor sin viento,
recuerda,
un caminar,
el arrastre de algo más pesado que el cuerpo, un surco en la tierra o dos surcos barbechando el corredor de la memoria,
¿o era el cuerpo de Eliot Román el que alguien iba arrastrando?,
Despierta, Salomón;
recuerda,
un caminar por el pasillo de aquella casa ajena,
un caminar como el que reconocía Eliot Román cuando pensaba que el fantasma de la tía Norma se perdía por las habitaciones porque estaba oscuro y no hallaba la puerta; o como la respiración del último aliento que nunca escuchaste en la boca de tu hermano: cada roce era una bocanada irrepetible, cada paso era como si Álvaro

volviera a morirse; un caminar al fin como la escritura de Orígenes, que seguía repitiendo las palabras incompletas que escribió en los muros que se le atravesaron por el camino, sin darse cuenta, ¿quién se dio cuenta?, de que Teresa les abrió la puerta:

entonces sí, la voz de Eliot Román:

Venimos a ver al Chilo;

hacía quién sabe cuánto tiempo que habían dejado de llamarlo Chilo a Isidro Levi, pero en ese de repente tal vez se le vino la ocurrencia a Eliot y lo dijo así, como si tuvieran quince años, como cuando el Chilo era un muchacho que no estaba ciego y que se iba con ellos a jugar fútbol en la Plaza de Rosales, y quizás es que llamarlo así, como en aquella otra vida, lo hizo a él sentirse joven, lejos del presente y el corto futuro, cuando él mismo no cojeaba y podía corretear como un plebe loco detrás de la pelota,

pero entonces la voz de Teresa, que nunca tuvo simpatía por Eliot Román, diciendo:

Aquí no vive ninguno que se llame Chilo;

y a Eliot Román se le vino la edad encima, la cojera, la muerte de la tía Norma, la muerte de los amigos, las huelgas inútiles, las guerras inútiles, la vida entera inútil y lenta, demasiado lenta porque también era coja, y agachó la mirada como si Teresa no fuera la esposa de Isidro Levi, sino como si fuera la madre del Chilo, que todavía era joven, y que lo regañaba a él, que ya era un viejo,

Perdón, dijo Eliot Román, venimos a buscar a Isidro;

y es entonces que lo recuerdas, Salomón:

fueron de la casa de Eliot a la casa de Isidro Levi quién sabe a qué, pero es así que se explica esa sensación del ciego en torno a ustedes, esa mirada de estatua, con las pupilas perforadas que no siguen a nadie, pero que ven,

secretamente pueden vernos,

tienen en los ojos el olfato, en los dedos los ojos, ven como si no estuvieran ciegos o como si mintieran sobre la ceguera, o al menos eso pensaban de Isidro Levi,
recuerda,
que hay una voz que sigue diciendo:
Despierta, Salomón;
una voz de secreto, de no querer alzar la voz, de no querer despertar a otro que anda por ahí, pero sí a ti, Salomón, que duermes,
como quien no quiere la cosa, duermes, como si nada hubiera pasado, como si no recordaras a Eliot Román, afuera de la casa de Isidro y Teresa, diciendo:
Venimos a buscar al Chilo;
y el regaño de Teresa:
Aquí no vive ninguno que se llame Chilo;
y su medio cuerpo asomándose a la calle para verlos a los tres, y el cerrar la puerta y otra vez los pasos arrastrados y ese sentir la presencia de los muertos y por fin, a lo lejos, la voz de Teresa que decía:
Chilo, vienen a buscarte;
y entonces los pasos se multiplicaron hasta que Isidro Levi apareció en la puerta tomado del brazo de ella:
apoyado en el quicio, Isidro Levi preguntó quién estaba, los invitó a pasar, les deseó buena noche, les ofreció una sonriente mirada vacía, y entonces Orígenes, que había estado callado, que tenía las manos manchadas de pintura, que no quería mirarlo a los ojos al ciego, le dijo:
Vamos a hacer la resurrección;
Despierta, Salomón,
resucita del sueño y la nube donde esa voz que habla a lo lejos ya no es la de Teresa ni la de Orígenes, sino la de Eliot Román, que entre las cortinas carnosas de los ojos, entre el parpadeo de la resaca y la abulia, se ve allá

sentado a lo lejos, difuso como un recuerdo viejo, en nomás saliendo al patio de su casa, inmóvil y herido;
¿herido?,
atado y herido,
y entonces el asomo por encima de una barda del recuerdo de algún momento en que iba Salomón caminando con Isidro Levi tomado del brazo dando vueltas y vueltas como si fueran novios en la Plaza de Rosales, escuchando las palabras del ciego que decía:
A veces la máscara es más rostro que el propio rostro;
¿hablaba de Mariano Escápite, de Pablo Lezama, de Orígenes, de Eliot Román que de alguna manera y quién sabe todavía por qué terminó atado a una silla en medio de una muralla de cervezas?,
de la caminata a solas con Isidro Levi saltó la memoria hasta la caminata de los cuatro, luego de que Eliot Román le dijera al Chilo:
Vamos a dar un paseo;
y lo tomó del brazo y arrancaron a andar sin rumbo fijo y recordó Salomón que en un momento tuvo que detener a Orígenes que se le iba encima a Isidro con una bolsa de tela o una funda de almohada o un trapo cosido como un costal de papas para ponérselo en la cabeza:
Salomón alcanzó a detenerlo para que el ciego no los viera, y Orígenes le explicó que si Isidro no iba con ellos, lo llevarían a la fuerza: le mostró la bolsa, le dijo que era para ponérsela en la cabeza, para que no supiera a dónde iban,
Pero si es ciego, le dijo Salomón;
Yo no estoy seguro, a lo mejor es un engaño, dijo Orígenes;
y el poeta no soltó la bolsa en todo el camino y a ratos, cuando veía un gesto sospechoso en la mirada de Isidro Levi, amagaba con otra vez ponerle la bolsa en la cabeza,

en cada ocasión Salomón debía detenerlo,
pero Orígenes no dejó la bolsa,
sobre todo cuando Isidro le preguntó por Aurora Duarte:
¿Cómo está Aurora, Juan Pablo, hace mucho que no la vemos?;
y entonces Salomón comprendió la paranoia de Orígenes,
¿por qué los ciegos siempre hablan como si pudieran vernos?,
¿por qué nunca se acostumbran a hablar sin decir que ven?,
pero Orígenes fue dejando de pensar en los engaños de Isidro Levi y comenzó a pensar en Aurora Duarte:
ya no le costaba nada ir de un extremo al otro de la memoria y lo mismo daba ir caminando por el centro de Orabá o por el centro de la nada o en la orilla del huracán y las palmeras porque siempre había algún detalle, un objeto a veces familiar o a veces desconocido, que lo hacía pegar un brinco desde el presente espumoso hasta el pasado olvidado:
Aurora;
pensaba Orígenes,
Quiero ir a verla;
dijo en voz alta,
y se adelantó a todos torciendo el camino hacia la casa de Eliot Román para encontrar el rumbo a la casa donde vivía con Aurora, o donde vivió con ella tantos años, porque ya no sabía, o no pensaba en ello ahora mismo, si iba a volver,
recuerda, Salomón, que alguien dijo:
Si quieres le llevamos serenata;
Isidro Levi seguía caminando como un bulto, tropezando a ratos porque el Cojo lo arrastraba y le contagiaba el ritmo descompensado de su andar, y como supo, o intuyó, que estaban borrachos, se quedó callado hasta que llegaron, por fin, a la casa de Juan Pablo Orígenes y Aurora Duarte,

pero entonces Salomón se levantó del recuerdo y el dormir, del suelo caliente donde había quedado, a lo mejor borracho y lento, la noche anterior, y volvió a ver a lo lejos a Eliot Román, sentado en una silla del patio, amarrado como un ramo de cebollas:

Despierta, Eliot, recuerda:

que, en la casa de Aurora Duarte, Orígenes se dio cuenta de que no tenía la llave para entrar, y que se fueron de ahí en silencio escuchando las preguntas de Isidro Levi, que volvieron a la casa de Eliot Román y apenas ahí fue cuando Orígenes desistió de ponerle en la cabeza la bolsa para que no viera nada, y que ahí, sentados todos en el patio, alguien empezó a hablarle a Isidro de la Biblioteca Ambulante de los Enfermos,

Despierta, Eliot, decía Salomón, sin querer tocarlo, sin levantar la voz, pensando, quién sabe por qué, que el Cojo estaba muerto;

despierta,

haz la memoria de la noche,

cuando Orígenes te acusó de no querer mostrar los libros recuperados,

y el miedo se te encajó en la cojera como una hernia gigantesca cuando Isidro Levi, que lo sabía todo, dijo:

¿Has vuelto otra vez a tu biblioteca?;

y alguien, tal vez Salomón, que te sacudía en el presente amanecido diciéndote:

Despierta, Eliot;

alguien, pues, le explicó a Isidro Levi los planes del Ensayo de Resurrección, de la recuperación de los libros, del asalto a la Botica Nacional,

El Asalto al Cielo, dijo Orígenes;

El Asalto al Ciego, dijiste tú, soltando la carcajada más falsa del mundo;

recuerda,
que hubo pleito y griterío, que te duele todo el cuerpo y que quizá dijiste cosas que nunca habías querido volver a recordar,
que apareció, luego ya en medio del dolor y la cólera, el nombre de la tía Norma,
su nombre ya sin dulzura ni cuerpo,
su nombre sin nombre y sin ojos,
su nombre dicho incompleto como el nombre de una madre y luego completo como el nombre de un culpable, como en un juicio, como en una confesión,
recuerda,
que hubo gritos,
botellas aventadas al suelo y las paredes, empujones y escupitajos, mucha cerveza en medio de todo, ahogados en la cerveza y en la cerveza mojadas las palabras y los sentidos, recuerda, pues, que hubo una caída hacia lo oscuro del desmayo, y que al despertar ya no estaban ni Salomón ni Isidro Levi,
pero sí estaba Orígenes, de pie frente a ti, que estabas atado a una silla, torpemente amarrado a lo estático de la silla, y el poeta, Enfermo como nunca, preguntándote:
¿Dónde están los libros, Eliot?;
y un golpe, recuerda, otro golpe, algo más, una bofetada abierta la mano entera en el hocico, el llanto por la nariz y los ojos, el llanto y la sangre y el entumecimiento y las ganas de mearte encima y la incapacidad de no mearte encima y Orígenes preguntando:
¿Dónde están los libros?;
recuerda,
que Salomón te quería despertar en el presente de este ahora inasible diciéndote:
Despierta, Eliot;

que trataba de deshacer los nudos que, sí, lo recuerdas ya, él mismo hizo para atarte a la silla,
y luego, en aquel antes de ahora, recuerda:
la puerta a lo lejos abriéndose y cerrándose, los pasos que resultaron ser de Estiarte Salomón vuelto a la casa porque quizá se había ido un rato, pero vuelto sin Isidro Levi, que andaría corriendo como loco por las calles de Orabá con una bolsa en la cabeza, ahogándose o gritando o pidiendo ayuda, o sentado educadamente en algún banco de la Plaza de Rosales, donde dieron vueltas y vueltas antes de llegar a la casa, como si fueran novios, antes de que todos, incluso él, te exigieran:
¿Dónde están los libros?;
encabronados todos, desesperados porque no había respuesta, porque querían algo que creías que era tuyo y nada más tuyo, y de la tía Norma, de los dos pero de nadie más,
y en la cercanía de aquel otro momento, cuando volvió Salomón, no estaba Juan Pablo Orígenes, y fue que se acercó sin encender la luz del patio y pisó un charco bajo la silla, las botellas que se cayeron al suelo, el agua sucia de la tortura y el llanto y entonces es cuando alguien dice:
¡Que sea sangre y no cerveza!;
pero resultó, abriendo bien los ojos, que sí era sangre, a los pies de Eliot Román,
a tus pies esta sangre y esta lumbre transparente,
Despierta, Juan Pablo, escucha:
que están hablando Salomón y el Cojo en el proceso de la desatadura que tanto costó cuando Eliot se puso violento, cuando Isidro Levi de pronto y sin aparente maldad le preguntó:
¿Cuántas veces has vuelto ya a tu biblioteca, Eliot?;

y se puso fiera, leopardo, toro bravo, perro del Arroyo de los perros, animal grande y misterioso, violento como solamente en aquella noche con el Chavarón, más y más perro y hasta incluso lo mismo se le quitó la cojera y se le fue encima al mundo, al ciego, al pobre ciego poeta que no se enteraba de las cosas con precisión,

Despierta, Juan Pablo, ve y dile a Salomón que no lo libere, que lanzó vasos y botellas y madrazos, madrazos de golpes y madrazos de mentar, que cojeando y todo fue a darle un empujón a Isidro y en lugar de eso fue Estiarte Salomón el que se llevó la trompada y no hubo más que aquello para que de pronto y sin aviso, entre los dos, con el peor testigo del mundo a un lado, Isidro Levi, pues, los dos, Salomón y tú, lo tundieron al Cojo hasta que fue un bulto con desmayo amarrado en una silla,

y que fue por eso que le pediste al muchacho que se llevara al ciego, que lo devolviera a su casa, que Eliot Román estaba ocultando algo, que la violencia demuestra la ocultancia, que la mentira se revela en lo violento y quién sabe qué más cosas le dijiste, Juan Pablo, para que se llevara al ciego a otro lado,

dile, Juan Pablo, despierta y dile a Salomón que fue él mismo quien le reventó el hocico de un puñetazo al Cojo, que fue él mismo el que lo amarró, y que no puede ser él mismo el que lo suelte,

recuerda,

que le prometiste a Salomón, a cambio de la ayuda para entrar en la Botica Nacional, que le darías todos los libros de la Biblioteca de los Enfermos para que él escribiera, por fin, no tu libro, sino el libro de la Enfermedad, un libro que se llame, así le dijiste:

Ensayo de Resurrección;

díselo:
Recuerda, Salomón, esto y lo otro y todo aquello,
despierta del letargo de la química y la cebada,
recuerda los gritos que el dolor le hizo confesar a Eliot Román:
Los gritos también son confesiones, dijo Orígenes;
recuerda el llanto y el puchero, máscara la cara, máscara el llanto en la cara, y cuando en medio del llanto y la tortura que empezó Orígenes cuando fuiste a dejar por ahí a Isidro Levi, recuerda, se escuchó muchas veces el nombre de Norma Carrasco,
la tía Norma,
un nombre como una súplica,
un nombre como una derrota,
la confesión de una confesión,
lo nunca dicho ni una vez antes pero ocurrido en los tiempos de la Enfermedad cuando en la cárcel, recién curándose de las balas y los dientes arrancados, a Eliot Román se lo llevaron a un cuarto lleno de Guardias Blancos que le hicieron el amor como lo hacía en aquel tiempo el cuerpo policiaco de Orabá y del País, o quizás hoy mismo todavía, a punta de pistola y mano limpia hasta que de tanto lloro por tanto golpe y tortura Eliot Román, pobre, ciertamente pobre, dijo, como si quisiera gritar, el nombre de Norma Carrasco:
lo dijo primero como se dice el nombre de una madre, incompleto y con el apelativo de tía, y luego lo pulsearon hasta sacarle el apellido de lo Carrasco y lo demás y gritó Eliot Román su nombre:
Norma Carrasco;
y entendieron los milicos policiales que aquello era una delación y que Norma Carrasco era una Enferma de importancia y que había que ir a buscarla y encontrarla y sacarla del mundo en Orabá mismo,

y entendieron también Orígenes y Salomón que aquello fue el acabose del Cojo, que a lo mejor él no quería, pero como ahora, que es mejor decir que era entonces, la noche anterior al hoy en que Salomón intenta desatar a Eliot Román y Orígenes intenta impedírselo, anoche, pues, aunque no lo quería, confesó el Cojo lo inconfesable:

el nombre de la tía Norma dicho en voz alta muchas veces con después la continuación del verbo amar conjugado de variadas maneras; el nombre violento de la muerte violenta del Chavarón Rubín, y muchos yo-no-quería en alusión directa al asesinato y la delación; el nombre de otros Enfermos a su propia vez delatados, pero es posible que ya aquello no fuera más que la extenuación de la culpa y el desespero,

y, finalmente, que lo sacó del griterío a Orígenes pero no a Salomón, el baúl en el tejabán del fondo del patio donde estaban guardados los libros de los Enfermos,

y no supieron al principio si se murió diciendo nombres, o se quedó dormido, o lo desmayó el dolor,

porque es cierto que Orígenes, cuando no estaba Salomón de por medio, se lució con un manojo de torturas crueles y estúpidas como por ejemplo decir que después de las primeras bofetadas y las segundas bofetadas quiso quemarle los brazos con un cigarrillo pero fue que lo encendió y se dio cuenta de que era el último, y como no funcionaba, recuerda, ninguna posibilidad de quemadura, jalándole el pelo hacia atrás del respaldo le echó en los ojos un puñado de sal,

le pateó la cadera de la pierna coja, le habló en latín largo rato, o en lo que él sabía de latín: dos veces el padrenuestro a grito pelado y varios versos de Marcial y Catulo dichos como si cada palabra tuviera que dolerle,

le puso un bote de metal en la cabeza y le dio con un palo,
fue y buscó las cajas que guardaba en su habitación Eliot Román y lo hizo comerse mechones de pelo, recortes de uñas, le vació la caspa en la cabeza y se rió de él y cuando iba a hacer que se tragara aquel pedazo de cartílago envuelto en una gasa, el ombligo, pues, apareció Salomón, que había dejado por ahí a Isidro Levi, perdido tal vez como al inicio de todo se perdió el mismo Orígenes,
y el poeta le dijo:
¿Cómo te explico esto para que lo entiendas?;
Recuerda,
despierta,
porque hoy es el día de la resurrección,
el último día posible,
y Juan Pablo Orígenes fue trayendo los libros Enfermos cansado por los varios viajes de ida y venida hasta el fondo del patio y el agacharse en el baúl aquel y el encajarse en la barriga la culata y el martillo de la pistola de la tía Norma, que encontró ahí mismo, y que le ocultó a Salomón,
recuerda,
que en el bulto enorme de los libros sobre la mesa, Orígenes puso el libro de Robert Burton, anotado y crecido desde los adentros, y te dijo:
Éste
es
el cuerpo;
recuerda,
que tienes que contar esto como se escribe el olvido,
que los está esperando Macedonio en la botica,
y el Flaco Zambrano aparecerá en algún lugar,
recuerda,

que el tiempo se la come a Aurora, que hay en medio de todo esto la necesidad de un libro, que cada quien es para sí mismo lo más oculto, lo más lejano,
recuerda,
que el recuerdo es lo horrible y el olvido lo hermoso,
recuerda:
¿Cómo te cuento esto para que no lo olvides?

Obtendrá en respuesta una tumba
Francisco González Bocanegra

Comprender es ver en el presente el pasado;
Ya no existe la política, Guadalupe, lo que existe es la burocracia. No hay políticos, no hay personas, no hay nada, hay símbolos, lemas, firmas, procesos, sellos, ya no hay política, hay pura burocracia:
a los políticos, a los presidentes, se les puede cortar la cabeza, y antes, cuando esas cosas se hacían, todo buscaba un nuevo empiezo, pero con la burocracia no es así: se corta una cabeza y sale otra, y encima, Guadalupe, hay tanta gente, tantos amigos que comen de esa mano, que son esa mano, y no es que sean mala gente, es que ahí cayeron, a lo mejor sin querer, y las cosas que hacen, por sí solas, no tienen importancia ni maldad, pero júntalas todas y verás, pura locura,
no se puede hacer nada, Guadalupe;
dijo David Pruneda,
cuando ya el alcohol y la cebada le apretaban el cerebro con sus vapores;
comprender:
ver en el presente el pasado,

y trataba Guadalupe Ordaz de comprender la muerte de Martín Altamirano frente a su tumba en el Cementerio Civil de la calle Leyva Solano:
bien sabía él cómo había sido el último aliento de Altamirano, la última mirada de sus ojos, el definitivo borboteo de la garganta cuando ya no le quedaba en el cuerpo ni un restito de vida:
Ayúdame, Lupe, yo solo no puedo;
le había dicho Martín, y a él se le habían ocurrido tantas maneras, tantas formas distintas de hacerlo: escandalosas, llenas de vergüenza pública, ofrecidas al espanto de los transeúntes y las ambulancias, absurdas maneras de acabar con la vida de una vez, de golpe, de pronto y sin más, a la vista de todos, para dar una lección sobre el olvido y el abandono,
pero eso no era lo que Martín le había pedido:
Ayúdame, Lupe, a que sea rápido y que no me dé cuenta;
es cierto lo que dicen: que podemos imaginar la muerte, mas no podemos imaginar la agonía,
pero Guadalupe Ordaz no pudo cerrar los ojos aquella vez, y desde entonces ya no le hace falta imaginar ninguna agonía: la conoce de primera mano, la conoce de su propia mano,
Ni a esto nos ayudan, Martín, ni en esto último hay socorro;
le dijo, con el pensamiento, Guadalupe Ordaz a la tumba de Martín Altamirano.
Había llegado ya David Pruneda cargando los aparejos de la botica:
Me avisó Macedonio, le dijo a Ordaz, que pasara a recoger estas cosas, que tenía lumbago y que no podía cargar nada, que en un rato viene, que muy temprano se asomó por acá y que trajo quién sabe qué cosas, que ya las veríamos, ¿tú qué trajiste?;

No traje flores, son muy caras, dijo Guadalupe Ordaz, parece que las riegan con agua con gas;
¡Con cerveza!, dijo Pruneda, ¡salud por las flores!;
pero en el perímetro de la tumba de Martín Altamirano apenas encontraron tirada en la tierra una bolsa de suero medio vacía, y la aguja clavada en una grieta, y unas flores de plástico y nada más:
Se lo habrán robado todo, dijo Ordaz, así es la gente;
Me dio más suero, hay que ver dónde colgarlo, dijo Pruneda;
y buscaron, en las ramas cercanas de un guamúchil, dónde encajar la bolsa del suero como si aquello fuera el mobiliario de un hospital, o como si la savia del árbol fuera entrando en la vía tubular por las espinas y desde ahí atravesara la tierra y el tiempo hasta donde estaba el cuerpo quieto de Altamirano:
cambiaron la aguja y abrieron unas cervezas y se sentaron en otra tumba, frente a la tumba del amigo, oscuros,
Siempre te hemos tenido presente;
le dijo David Pruneda al sepulcro, o al nombre grabado en el sepulcro, y le dio un trago a la cerveza,
se quedaron los dos pensando que la eternidad sólo existe para los muertos,
o algo así se quedaron pensando largo rato, mientras aparecía Macedonio,
tal vez es cierto que las tumbas nos exigen silencio y reflexión, tal vez es cierto que uno, aunque no crea en nada, siempre cree en la seriedad de la muerte y sus lugares,
pero como se aburrieron rápido, porque el tiempo no era un bien que les gustara desperdiciar así, fácilmente, Pruneda le preguntó a Guadalupe Ordaz:
¿Lo ayudaste?;
y la mirada de Ordaz se le arrugaba como la boca se le arrugaba queriendo decir que sí, o queriendo aguantarse

las ganas de decir cualquier cosa, pero sin ponerse sentimental, sin mostrar lo que de verdad tenía encajado en el pecho:

Puro abandono;

dijo Ordaz, y aceptó el cigarro que le ofrecía Pruneda,

porque tal vez el humo le quemaba la pena, o le hacía menos difícil el poder tragársela ya de una vez.

Largo rato se les hizo la espera, y el boticario no aparecía, y fue Pruneda el que dijo:

Hay que ir probando a ver qué hay por aquí;

y sacó la bolsa con pastillas que le dio Macedonio,

¿Te dijo algo?, le preguntó Ordaz;

Que eran cosas para la tristeza, eso me dijo;

y Pruneda eligió una caja: se la acercó al rostro y fue alejando el brazo hasta donde ya no alcanzaba intentando leer el rótulo, pero no pudo,

le daba lo mismo, y se tomó dos con un trago de la cerveza,

Guadalupe hizo lo mismo, y se sentaron sobre la tumba de Altamirano, debajo de las espinas del guamúchil donde colgaron las bolsas de suero que, eso sí, les costó tanto meterse en el brazo:

Pruneda le buscó la vena a Ordaz y le hizo unos ocho agujeros en el dorso de la mano,

Ordaz hizo lo mismo y pensó, al quinto intento, que lo había logrado,

¿Y si no viene?, preguntó Pruneda;

Ya vendrá, dijo Guadalupe;

y luego de un rato, cuando Ordaz volvió a prestarle atención a las palabras de David Pruneda, escuchó:

Te lo insisto así como te lo he dicho ya antes: creer en las conspiraciones es como creer en Dios;

Y aun así seguimos creyendo en Dios, le respondió Ordaz;

Dios no lo quiera;

El problema es que no se puede contar o entender la cosa sin Dios, tampoco sin lo otro;
Ay, Dios, dijo Pruneda;
se quedaron callados otra vez, hasta que Ordaz le preguntó a Pruneda:
¿Y Macedonio?;
Yo creo que siempre no viene;
entonces Guadalupe Ordaz sacó del bolsillo del pantalón una bolsa de plástico y, haciendo un esfuerzo incómodo para no desconectarse del suero y del árbol de guamúchil de donde manaba la savia que le entraba en las venas, puso la bolsa extendida sobre el sepulcro de Martín Altamirano,
a la altura donde, calculó, debía estar la cabeza,
y recordó lo que Macedonio le había dicho:
Así nomás porque sí no va a ser, no creas que se va a dejar, se va a arrepentir a lo último, cuando le falte el respiro, cuando se esté ahogando, por eso es mejor dormirlo, que no se entere, le va a doler menos;
Lo que le duele es otra cosa, Macedonio, eso de lo que estamos hablando es el alivio;
y cuando el boticario le dio las medicinas para Martín, se las puso en una bolsa de plástico grande y transparente, y Guadalupe Ordaz le echó una mirada como un puñado de clavos porque entendió la maldad que le hacía, y ahora, frente a la tumba, escuchaba a Pruneda, ya borracho y medio dormido, diciéndole en voz alta al recuerdo:
¿Y esto era el mundo, Martín?;
a Guadalupe lo convenció el pensamiento de que la muerte de Altamirano tenía que ser plácida, porque su vida no lo fue, pero otra cosa era el pensamiento de su propia muerte y de la muerte de David Pruneda:
La muerte es lo último que nos queda por decir;

le dijo Ordaz a Pruneda, que ya cabeceaba como si soñara con un imposible partido de fútbol, que se caía de dormido, de maduro, que se balanceaba como los guamúchiles del árbol cuando corría un tantito de viento, que no pudo responder nada porque estaba triste y la tristeza le había comido la lengua, y como para suavizar la cosa, Guadalupe le dijo:

Lo feo no es la muerte, sino sus orillas;

A uno se le puede morir mucha gente, Lupe, dijo Pruneda, pero cada uno que se muere es como si fuera siempre el primero;

y se fue acostando sobre la tumba vencido ya por el sueño químico o por la vida o por la tristeza, y Guadalupe Ordaz, que pensó que en aquel momento se repetía un esfuerzo que lo acercaba más a su propia muerte, sintió también el golpe de la bebida y el tiempo y fue doblándosele el cuerpo hasta quedar tendido también, como Pruneda,

soñando con lo imposible:
que la muerte sea
una palabra
que fecunde el tiempo
y deje una huella imborrable.

Pues esa profunda tortura se puede llamar infierno cuando se siente más de lo que se puede decir. «[...] no hay lugar, ni fortaleza, ni mar ni tierra que pueda vindicar una ciudad, ella y todo lo demás se desvanecerán al final» (Secc. III, Miembro V, Subsecc. I)

En cada uno de nosotros gimen
los ahogados fantasmas que no fuimos
Nicolás Gómez Dávila

¿Qué pensó Juan Pablo Orígenes cuando vio sobre la mesa de la cocina, en la casa de Eliot Román, todos los libros recuperados de la Biblioteca Ambulante de los Enfermos?

Pensó, sin decir ni una sola palabra, sin dejar de pensar en otras tantas cosas, que la Enfermedad ya no existe en los Enfermos, que algún proceso de transmutación arrancó de los cuerpos las ideas y las puso en aquellos libros,

Porque en los libros queda la esencia de los que escriben, pero también hay algo de los que leen, decía Orígenes;

y llegó a la conclusión de que para lograr el regreso definitivo de la Enfermedad había que exprimir de los libros el contagio y esparcirlo por la ciudad, por el mundo, por la gente sana que no sabe que de verdad están Enfermos en algún lugar de sus cuerpos.

Pensó en la eucaristía.

¿Era católico?

Fue educado como católico en la infancia, pero nunca creció como un creyente ni como un practicante y, después de un tiempo, llegó a la idea de que Dios era un concepto.

¿Cuántas veces, a lo largo de su vida, pensó en Dios no como un concepto sino como un ser de la divinidad?

Tres veces.

La primera vez fue cuando su madre le explicó que su padre, muerto de una enfermedad de los pulmones, estaba, así lo dijo ella, en presencia de Dios.

La segunda vez, muchos años más tarde, cuando iba corriendo por la calle Colón o Escobedo y escuchó los disparos que, él creía, habían matado a Eliot Román: escondido en el portal de una casa le pidió a Dios que no lo encontraran a él, pero no pidió, en ningún momento, que no mataran a Eliot Román.

La tercera vez ocurrió cuando iba rumbo a la frontera por la estirada carretera del desierto, la falsa médula de la llanura, sabiendo de la enfermedad de su madre: le pidió a Dios que la cuidara.

¿Qué conclusión obtuvo de todo aquello?

Que la oración o el rezo, esa forma de hablar con Dios que tienen los creyentes, es la rotunda muestra de nuestra desconfianza hacia la omnipresencia, omnisciencia y omnipotencia divina. Si lo sabe todo Él, le decía Orígenes a Isidro Levi en tiempos lejanos, ¿por qué tengo que recordárselo?

¿Cuál fue la relación que encontró Orígenes entre la eucaristía y la Enfermedad?

A simple vista encontró que las dos palabras empiezan con la misma letra y que tienen el mismo número de caracteres, diez en total.

Con más reflexión descubrió que ambas palabras encierran un concepto de transición, un estado transitorio del cuerpo, y una condición iniciática:

hay una primera eucaristía y una primera enfermedad, y después de eso el cuerpo ya nunca vuelve a ser el mismo.

¿Qué hizo, después de pensar en la eucaristía y la Enfermedad, aquel mediodía en la casa de Eliot Román?

Primeramente pensó que ya no era momento de escribir más, sino que era momento de vivir la escritura como una profecía. Y luego rebuscó entre los libros de la biblioteca, que estaban sobre la mesa de la cocina, y encontró su ejemplar de *Anatomía de la melancolía*, lleno de notas y encartes agregados con los años: revisó las páginas con calma y seleccionó una, con dos notas breves escritas en el margen superior e inferior y arrancó la hoja. Llenó con agua un cazo y lo puso en el fuego de la estufa. Cuando el agua hirvió puso la hoja de papel entera y fue removiendo la infusión. Lo primero en borrarse fueron las palabras escritas de su puño y letra, y poco a poco el resto de las palabras de la hoja fueron desapareciendo. Una vez que el papel estaba casi deshecho, sirvió el agua en una taza y se la bebió sin azúcar. Pensó que había llegado el tiempo en que los actos borraran la escritura.

¿Pensó en ese momento que aquello era una suerte de forma laica de la eucaristía?

Eso mismo pensó, y se sintió más Enfermo que nunca. Pero también se sintió melancólico, y eso, tal vez, tenía que ver con el contenido del libro de Robert Burton.

¿Qué decían las dos notas escritas en el margen inferior y superior de la página con la que Juan Pablo Orígenes preparó aquella infusión?

La primera decía:

Yo siempre estoy ante la presencia de mi asesino;

la segunda decía:

El libro, como el desierto, es lo que no acaba nunca, pero apenas alcanza ese libro a hablar de unas cuantas personas a las que hemos querido y odiado tanto, y no hay geografía posible donde quepa tanto odio y tanto amor, ni aunque todo se pudra;

eso decían las notas.

¿Pensó en otros libros, que no estaban entre los ejemplares de la Biblioteca Ambulante de los Enfermos, con los cuales le gustaría hacer una infusión o bebida fermentada?

Sí.

Pensó, por ejemplo, en beberse toda la poesía de Isidro Levi, que estaba llena de ojos y de espinas; pensó también en los libros de Gil Paz, ese escritor desconocido y sin cara del que sólo hablaba con Isidro Levi; en un gigantesco tarro fermentado se bebería todos los libros de Fernando del Paso, y los de Daniel Sada; en pequeñas tazas delicadas todos los aforismos de Lichtenberg, de Gómez Dávila, de Porchia, las notas de Canetti y Valery; y un día, cuando la muerte se le acercara con decisión, se bebería en un vaso de piedra todos los venenos curativos de Dioscórides.

Quiso también beberse de un trago todas las copas de los árboles, toda la memoria de Orabá y del País y todas las cartas que nunca le escribió a Aurora Duarte, pero que las había pensado.

Luego solamente se quedó pensando en Aurora:

en que ella siempre tuvo una mirada lenta, la voz ronca y la piel morena, y ahora sólo podía recordarla con la piel como una neblina, la voz un cuchillo, la mirada una piedra en lo hondo de un pozo, más lenta todavía en el parpadeo y en el mirar, más lenta que la palidez o el verano: le veía entre la sonrisa garabateada la calavera,

así la veía en el recuerdo de ahora.

¿Qué le decía Aurora Duarte a Juan Pablo Orígenes en aquel recuerdo imaginado?

Ella le preguntaba:

¿Por qué volviste?, ¿por qué has vuelto, Pablo, si para mí ya estabas muerto?;
y Orígenes le respondía:
Porque este es el trópico de cáncer, que mata desde la entraña más honda, y no el de escorpión, que cura con su aceite el olvido;
y ella le dijo:
Qué pronto nos llegó el futuro, Juan Pablo, fui feliz unas horas y luego se me olvidó por qué fui feliz,
quédate ahí donde estás, Pablo, *hasta que la carne se te caiga de los huesos*, quédate y no vuelvas;
eso le dijo Aurora Duarte.
¿Qué pueden decirse dos personas que ya se despidieron tantas veces, que pensaron que cada uno de los adioses dichos antes eran definitivos y se encontraron, a la vuelta del tiempo, con que nada era definitivo; qué pueden decirse si ya no se conocen y a la vez no les queda nada nuevo por conocer del otro; qué pueden hacer juntos, si lo único que los unía era la distancia, la seguridad de la distancia, la posibilidad de la distancia, la necesidad de la distancia que entremedio de los dos crecía y crecía como el cangrejo entrañado en la carne y la memoria?
Pueden decirse, por ejemplo:
Siempre te he tenido presente;
Pero te fuiste;
Pero siempre te he tenido presente, Aurora;
Ahí, en el pasado, ya estoy sola, no me dejes sola también hoy;
eso pueden decirse.
¿Qué es lo que nunca podrían decirse?
Aurora le había dicho muchas veces ya:
A ti sólo te recuerdo como una ausencia;
y era capaz de cualquier reproche y cualquier reclamo,

lo que no podía decirle, porque aquello era el recuerdo y porque de cualquier manera no podría, es:
Me estoy muriendo, Juan Pablo;
y Orígenes ya no podía hablarle de otra cosa que no fuera la Enfermedad, tampoco podría decirle, como no pudo decirle a su madre tantos años antes:
La peor enfermedad es el cáncer, Aurora;
pero sí pensó en darle a beber una infusión con algunas páginas de algunos libros que, él creyó, la iban a curar de algo que él no sabía qué era, pero que tal vez le había dolido toda la vida.
¿Qué hizo después el poeta Juan Pablo Orígenes?
En el momento en que se terminó la primera infusión, arrancó varias páginas al azar de varios libros elegidos al azar y preparó un cazo más grande:
su intención era compartir la bebida con Eliot Román.
Pensó en lo que alguien había dicho sobre Mariano Escápite, que hay que expandir el contagio de la Enfermedad.
¿Estaba muerto Eliot Román, atado todavía a la silla, o se había dormido después de tantas horas de tortura y cansancio?
No lo supo Orígenes porque cuando se acercó a él para darle a beber la infusión, el Cojo no abrió los ojos, no se movió, no hizo ningún ruido. Entonces, viendo el espejo parapetado sobre la silla, donde la imagen de Eliot Román se repetía igualmente inmóvil y silenciosa, se le vino a la mente el gigantesco espejo de Gesell de las salas de interrogatorios en los tiempos de su regreso a Orabá, luego de la muerte de Pablo Lezama.
Pensó:
Pablo Lezama es más joven que yo, corre más rápido porque se mueve a través de los sueños y la memoria, porque se murió joven y sigue joven en la muerte y yo, que todavía

no me he muerto, soy un viejo que ya no puede correr,
y él, un día, va a terminar de alcanzarme,
porque a los muertos los recordamos vivos, donde reside su esencia, donde bullen todavía el rencor o la ternura.

Desparpajadamente pensó en todo eso, no como un discurso bien articulado, sino a manera de frases sueltas, cosas que se le venían a la mente como fogonazos, como islas sueltas que no están amarradas a la tierra y se mueven según se mueven los mares.

¿Fue por eso, por el recuerdo del gigantesco espejo de Gesell, que empezó a interrogarse a sí mismo de esta manera?

Sí. Y porque no tenía a la mano a Estiarte Salomón, que era el preguntador oficial, ni a Isidro Levi, que siempre tenía alguna pregunta por hacer, ni a Eliot Román, muerto o dormido, atado a la silla del patio.

¿Cuál fue la primera pregunta que se hizo a sí mismo Juan Pablo Orígenes?

Se preguntó si aquellos libros alcanzarían para Enfermar a todos los habitantes de Orabá, o a todos los del País, o a cuántos, porque de pronto le apetecía bebérselos todos él mismo y porque tuvo la noción de que eran pocos libros y que no serían suficientes para componer un ejército. Pensaba en un ejército de Enfermos.

¿Y sobre Pablo Lezama qué más pensó?

Pensó que ya no sabía si él mismo mató a Pablo Lezama, o si Lezama lo mató a él, o si él mismo era Pablo Lezama y Juan Pablo Orígenes era un muchacho que vino de la costa y que se murió demasiado pronto y que quería ser poeta, o si en otro tiempo, como los otros Enfermos, alguna vez él se cambió el nombre y empezó a hacerse llamar Pablo Lezama o Juan Pablo Orígenes. Pero pensó también que sentía en el cuerpo el peso de una muerte con nombre y apellidos, y que el crimen, sea como sea, estaba en su pasado. Porque ni el pasado ni la imagen del pasado importan, lo que importa, pensaba Orígenes, es lo que el pasado, o su imagen, han hecho en nosotros.

¿Por qué siguió Juan Pablo Orígenes arrancando páginas del libro de Robert Burton y echándolas en cazuelas llenas de agua y poniéndolas a hervir hasta que todas y cada una de las palabras iban desapareciendo?, ¿no había pensado en entregarle a Estiarte Salomón su ejemplar de *Anatomía de la melancolía* y todos los volúmenes de la Biblioteca Ambulante de los Enfermos para que él escribiera la historia de la Enfermedad?

Lo hizo así porque creía que el libro de la Enfermedad es el libro contado por la ausencia, y que había que hacer la ausencia en el libro para que luego viniera Estiarte Salomón a escribir su historia de los Enfermos.

El libro es el libro de la ausencia porque el libro es el objeto del recordar, y sólo se puede recordar lo que está ausente, sólo lo que al irse nos dejó una herida o una marca: eso es lo que llamamos recuerdo o memoria,

por eso, pensaba Orígenes, es que escribimos, para dejar de estar solos,

y es ésa la misma razón que lo movió a hervir el recuerdo y bebérselo todo:

para hacer en él la ausencia,

para hacer la ausencia en el libro,

para que la historia buscara su propio desvarío.

¿Qué pensó después, cuando soltó las amarras de Eliot Román y lo dejó en la silla y se fue rumbo a la Botica Nacional, donde estaba a punto de ocurrir el Ensayo de Resurrección?

Pensó:

Esto no es el final del libro: aquí es donde el libro continúa hacia un pasado que es también nuestro futuro.

Vendrá el día en que el pasado nos dará su más alto adiós
Jesús Ramón Ibarra

El ser y la nada estarían con ellos
David Toscana

Las paredes de la casa eran un tarot mal pintado.
¿Es que no recuerdas nada?
Eso recuerdo, Salomón, que las paredes de la casa eran el tarot.
¿Encontraste ahí tu pasado, Juan Pablo, o encontraste tu futuro?
Había los árboles del patio, donde ya empezaba a hacerse la noche, lenta como todas las cosas del verano, y había promesas hechas a los árboles como si los árboles fueran personas: tenían caras pintadas con sus ojos y sus dientes de la boca, tenían brazos extendidos como ramas llenas tupidas de la amargura verde de las frutas, y los árboles, también ellos, eran un tarot lleno de gente que sufría:
se les podía ver en el gesto que sufrían mucho,
y alguien, tal vez tratando de evitarles el sufrimiento, los hacía sufrir más todavía:
querer curar a los Enfermos es hacerles aun más intensa la Enfermedad.
A veces viene alguien a salvarnos la vida, Salomón, le dijo una vez Orígenes, y vienen sin saber que al tendernos la mano se van a ahogar con nosotros,
tú eres así, muchacho, te vas a ahogar conmigo.
¿Qué es lo último que recuerdas?

Ya estaba honda la madrugada en Orabá, enredada en el raudal de la memoria, intoxicada por la química y los sueros de la Botica Nacional,
era el día del Ensayo de Resurrección, o el día siguiente, o el año siguiente, ¿quién sabe qué día era ese en el que se despertaron agotados por el recuerdo Estiarte Salomón y Juan Pablo Orígenes?
¿Qué es lo último que puedes recordar?;
El sabor de la boca en la tierra,
el olor de los arrayanes pisoteados y los mangos que golpeaban el suelo al caer, cuando el viento movía las ramas de los árboles,
y un grito, creo que recuerdo un grito,
¿no lo escuchaste tú?, tú estabas aquí, ¿no lo escuchaste?,
¿qué recuerdas, Salomón, o es que no recuerdas nada?;
Cada recuerdo es una piedra echada encima de un muerto, había escrito una vez Juan Pablo Orígenes;
y trataron, en ese momento, de hacer la memoria,
piedra a piedra:
ahí estaba, recién llegado a la Botica Nacional, Estiarte Salomón,
pensando en la palabra «memoria» y en la palabra «desierto» y en la palabra «libro» como si fueran verbos, como si fueran personas vivas que le hablaban desde alguna profunda hondura, como si estuviera solo en este mundo pero acompañado en el recuerdo,
y sin embargo ahí estaba, también, Macedonio Bustos, que le dijo:
Tengo una reunión;
porque era así, era cierto que había pactado un encuentro con Guadalupe Ordaz y David Pruneda,
Mis enfermos, pensaba Macedonio;
y lo pensaba casi en la misma manera en que Lida Pastor pensaba y decía:

Mis enfermos;
cuando señalaba los retratos esparcidos por toda la casa,
pero era cierto, pues, que todos juntos iban a ver la tumba de Martín Altamirano:
Porque sin los muertos los vivos nos quedamos muy solos, le dijo Macedonio a Salomón;
y también le dijo que volvería en un rato, que no faltaría a su palabra, que volvería, pues, para por fin presentarle a Lida Pastor,
y que lo único que tenía que hacer él, es decir, lo único que tenía que hacer Salomón, era atender a la gente que llegara a la botica, surtir las recetas, sacarles plática un rato porque a veces todo lo que necesitan algunos es echar la platicada, contar sus cosas, curarse de sus cosas con el hablar, y que a la hora del cierre él vendría, o vendría mismamente Lida Pastor, y que ya se pondrían a hablar los tres;
Hay un día en que el libro encuentra el final de sus días, Salomón, le dijo una vez Juan Pablo Orígenes, y Salomón creyó que hoy era ese día;
hoy que era ya el ayer mismo,
el ayer de cuando el biógrafo lo vio cansado a Macedonio, o enfermo, o acongojado por alguna cosa que se convertía en un dolor del cuerpo, duro como una almendra, y le preguntó:
¿Qué tienes, Macedonio?;
Me duele la espalda, le dijo,
pero lo que Macedonio quería decir era:
Me duele el andrógino, muchacho;
y le dolía de verdad ese cuerpo que no era suyo, o que se agregaba al suyo desde la soledad y la memoria como si una transformación estuviera a punto de sucederse,
el cuerpo de Lida Pastor era lo que a él le dolía,

pero no dijo nada más y salió por la puerta de la botica hacia la calle y se metió por la puerta de la casa a la casa y un rato después escuchó Salomón que la puerta, que él no alcanzaba a ver desde donde estaba, volvía a abrirse y a cerrarse con el grito de:

Nos vemos luego, muchacho;

y se puso Salomón la bata manchada del boticario y no supo, nunca lo sabría, si las manchas eran de sangre o de pintura.

¿Esto es lo único que recuerdas?

¿Qué pasó con Eliot Román, Juan Pablo?;

Se quedó esperando la jubilación, le dijo el poeta;

¿Y el Flaco Zambrano?;

entonces hubo una pausa, un detenimiento largo y espeso porque de verdad Orígenes no recordaba la ausencia de Zambrano,

su ausencia ahora, en la madrugada de después de todo,

A veces nos damos cuenta de la presencia de los otros sólo a través de su falta, decía Orígenes;

pero ya podía recordar su presencia antes, la de Zambrano, su llegada a la Botica Nacional cuando él ya estaba ahí, conectado al suero milagroso y al oxígeno necesario:

cuando Orígenes llegó a la botica, desnochado y crudo, sediento y agotado por los trabajos del interrogatorio científico que le aplicó a Eliot Román, ahora considerado traidor, se sentó en una de las sillas de detrás del mostrador y Salomón, movido por una especie de inercia metida en las venas, fue y le ofreció una cerveza y le puso a un lado el pedestal metálico con una bolsa de suero y el poeta, sin saber nada de aquellas noches de los enfermos de la botica, estiró el brazo y se dejó medicar,

luego vino el oxígeno, que alternaba con el cigarrillo,

luego algunas pastillas, alguna inyección, más cervezas y una conversación que ninguno de los dos podía recordar,
fue poco después de eso cuando apareció el Flaco Zambrano haciéndose el disimulado, como si de casualidad pasara por ahí, como si la cosa no fuera con él, como si no le bullera dentro del cuerpo el nervio que guarda el recuerdo del amor,
y le brillaron los ojos a Orígenes porque pensó, sin decirlo en voz alta, que el contagio de la Enfermedad estaba volviendo, que el nuevo Ensayo estaba ya resucitando a los muchachos, que llegarían cubiertos de lodo y algas recién paridos por el fondo lechoso de la bahía,
porque él recordaba a Zambrano muerto, como antes recordó muerto a Eliot Román y a Isidro Levi,
y pensó que hoy era el día en que se acaba el olvido y vuelve a nosotros, a todos nosotros, lo ausente y lo perdido,
Hoy es el día, dijo Orígenes, en que la vida deja de copiar a la historia;
pero ni Salomón ni Zambrano le entendieron las palabras.
El Flaco sólo aceptó una cerveza, porque desconfiaba de todo, y no quiso que el biógrafo lo conectara al sistema químico de la curación,
pero se puso a hablar con Orígenes y preguntó sobre Eliot Román, y los dos hablaban del Cojo como si ya estuviera muerto, como si fuera un recuerdo, como si fuera él la primera ausencia del nuevo libro de la Enfermedad:
hablaron de él como ya antes algunos habían hablado de Anistro Guzmán Zárate, o de Terán Domínguez, o de la tía Norma Carrasco,
y decían, o pensaban, que el Cojo se habrá quedado llore y llore pensando en la tía Norma, pensando en lo que no tiene término, pensando que sólo es posible recordar lo ausente,

y la tía Norma es lo ausente para siempre,
y luego ya nada:
Eliot Román era un recuerdo, sus libros eran un recuerdo, como el recuerdo que guardaba el Flaco Zambrano de aquella ocasión en la que fue él mismo quien le ayudó al Cojo a rescatar la Biblioteca de los Enfermos:
todo se había repetido:
los lugares, los libros, el orden del viaje, las palabras, los grafitis escritos en los muros del Mercado de Garmendia y en los muros de la Universidad, las historias sobre la casa de estudiantes de la calle General Teófilo y la Escuela Central Preparatoria, las peleas de box y los partidos de fútbol, la Plaza de Rosales y la Plaza de la Revolución, los nombres repetidos de los Enfermos desaparecidos, las historias de la tía Norma y el Pulpo Rochín, el resumen de la Enfermedad que, para ellos, era el resumen de Orabá, repetido tantas veces del éxtasis a la agonía,
Lo que el libro dice ocurrió en realidad, dijo Orígenes;
pero Zambrano, creciéndole el cuerpo en la imaginación, pensaba en sus adentros en Lida Pastor:
siempre tuvo la idea, que más bien era una esperanza, de que los años no hubieran mellado su imagen, y ahora, a punto de encontrarla, llevaba días pensando en ella como se piensa en las estatuas.
¿Por qué hacía eso de la biblioteca Eliot Román?, le preguntó Salomón al Flaco;
pero Javier Zambrano dijo:
Hay que ir ya;
y de inmediato Orígenes se quitó del brazo la aguja y del rostro la mascarilla del oxígeno y se sacudió el letargo de las drogas y dijo:
Hay que ir ya;

¿A dónde había que ir, Juan Pablo, hacia dónde te lleva la memoria?
Es un desvarío el recordar,
un desorden el libro,
un arroyo de perros la memoria,
no hay manera de recorrerlo de principio a fin sin perderse, sin extraviar alguna cosa en el camino,
y así fue que Orígenes volvió, desesperado y roto, diciendo:
Despierta, Salomón;
y Salomón se había quedado dormido, entrándole en las venas el olvido, tembloroso como el poeta, tembloroso y con la memoria emborronada,
percibiendo un olor que le llegaba como un cuchillo de veneno o de amoniaco o de mierda,
y no supo de dónde le llegaba la peste, si del presente o del pasado.
Me da miedo cuando la vida copia a la historia, había dicho Orígenes una vez;
y luego dijo:
Yo no pensé que si resucitaban los Enfermos también iban a volver Ellos;
¿Quiénes, Juan Pablo, quién volvió?;
Ellos, Pablo Lezama, todos Ellos volvieron;
¿Qué es lo último que recuerdas?;
Un ruido de palas, un morder la tierra, un resoplar de cansancio, los mangos cayendo desde el cielo como bombas o como cuerpos de Enfermos tirados al mar, una cara desparpajada por lo vivido o por lo muerto, una cara, eso, Salomón, es lo que recuerdo;
¿Dónde está el Flaco Zambrano?;
Estábamos los dos cavando entre las raíces de la ceiba, eso me dijo Eliot Román: que debajo de la ceiba estaban los libros, Salomón, un acervo profundo y numeroso,

y yo me imaginé que íbamos a desenterrar libros y armas y muchachos Enfermos, un ejército, eso mismo:
me imaginé a un ejército enterrado en ese patio, y yo se lo decía al Flaco,
le dije:
De aquí saldrá el ejército de los Enfermos, que va a caminar sobre las aguas y el desierto;
pero el Flaco no me escuchaba, o yo sentía que no me escuchaba porque alguna cosa le acaparaba la atención;
¿Qué cosa, Juan Pablo?;
Yo qué sé;
¿Es que no recuerdas nada más?
Recuerdo el regreso de Pablo Lezama;
¿Y para qué iba a volver Pablo Lezama, para qué iban a volver los muertos?;
Para reventarme el cráneo con un disparo de carne y sombras:
lo vi, que venía hacia la ceiba con una pistola en la mano,
yo lo vi, Salomón, y su cara era como la mía, vieja y calavera, porque volver de la muerte ha de ser un cansancio grande,
y algo me preguntó, o algo me dijo, y el Flaco Zambrano ya no estaba ahí;
¿Qué más recuerdas?;
Que las paredes de la casa eran un tarot mal pintado,
puros retratos de gente enferma.
Empezó a hacerse la noche en los árboles del patio y en las frutas, una noche caliente y llena de zancudos, el viento era una nube de zancudos y moscas, un pulular de cosas que vuelan pero que no se ven, esto es el trópico: un sudor que no se seca nunca,
y luego todo en silencio, nomás los golpes de la pala y de los arrayanes y los mangos cayendo, reventados al golpear la tierra, es una tierra dura y seca, cuesta tanto abrir

un hoyo en esta tierra, cuesta tanto no hacerlo, cuesta tanto saber lo que hace falta,
y mientras encajaba la pala en las raíces de la ceiba, Juan Pablo Orígenes pensaba en Pablo Lezama, en la tumba abierta en aquella casa abandonada en la frontera,
y pensó que esta era también una casa abandonada, y que él mismo estaba cavando una tumba,
¿la tumba de quién?,
y sintió que él mismo era Pablo Lezama cavando una tumba para Juan Pablo Orígenes, un Enfermo que, como todos los Enfermos, se vistió de mujer alguna vez para escaparse de la policía,
¿Y si resulta que yo siempre fui Pablo Lezama?,
yo creí que había que domesticar al recuerdo como si el recuerdo fuera un animal salvaje, como si eso fuera suficiente para que no volviera nunca, meterlo adentro de lo más hondo, cavarle una tumba, alejarlo de este mundo,
pero tardarse cuarenta años en matarlo, eso, Salomón, eso yo no me lo esperaba,
¿y si yo era el que mataba Enfermos?,
¿qué más recuerdas, Salomón?;
y el biógrafo, con todavía la aguja pendiendo del brazo y la bolsa de suero ya vacía y un hilo de sangre apenas al nacer quiso recordar el sueño químico, o algo que se pareciera a lo que había pasado después de que los dos, Orígenes y Zambrano, cruzaron aquel umbral mínimo con el monumental esfuerzo de las corvas del poeta que le crujían en el agacharse y con el desproporcionado arrastrar del Flaco Zambrano que en cuanto vio la puerta pensó que no cabría, que aquella mañana, al despertar, se había vuelto a medir la estatura y se dio conciencia de que creció, ¿cuántos?, ¿tres centímetros?,

pero pasaron, por la garganta de aquella boca, hasta la casa de Lida Pastor,
y Salomón se sentó y se metió en la vena del brazo la misma aguja que Orígenes se había arrancado,
abrió otra cerveza, se colocó la máscara del oxígeno,
y no supo si el olor a muerto o a podrido estaba dentro de la máscara
o dentro del recuerdo,
o dentro de él mismo,
y se fue quedando dormido,
como si nada pasara en el mundo,
y su sueño fue nervioso y corto
como la vida de los Enfermos,
A veces hay cosas en los sueños que son la raíz profunda de algo que crece en el pasado, decía Orígenes.
¿Es que no recuerdas nada?
Haz memoria,
tú, que crees que la escritura es un hechizo,
que crees que contando lo que no pasó es posible explicar lo que se siente por lo que sí pasó,
tú que viviste en aquel tiempo
en que el olvido era posible y era agraciado,
cuando el olvido era una flor perpetua, un desierto plano y sin caminos,
el tiempo en que el olvido y *sus soldados son flores de madera,*
¿qué recuerdas?
Las paredes de la casa eran un tarot mal pintado,
una purga de la vida que les quedaba, de la vida que la cirugía les iba dejando en el cuerpo, ese cuerpo plano pero lleno de profundidades;
y lo siguiente, o lo anterior, fue la noche y la voz de Orígenes que le decía:
Despierta, Salomón;

un olor que se le mete a uno hasta la sangre, un olor que se va fermentando y que emborracha, un olor de cerveza caliente o de algo caliente que se pudre al enfriarse,
despierta,
y entonces llegaban las preguntas y la incertidumbre y la ausencia, eso sí, la importante ausencia de Macedonio Bustos:
¿Volvió Macedonio?, le preguntó Salomón al poeta;
¿Quién?;
Macedonio, el boticario, ¿volvió?;
Pablo Lezama fue quien volvió, Salomón, te lo estoy diciendo y no me escuchas, despierta, vuelve, ahí adentro, en el patio, está Pablo Lezama, enterrado con los libros de Eliot Román;
¿era posible que el recuerdo se hiciera carne?,
¿no era esto un ensayo de resurrección, un hacerse carne lo pensado?
Despierta,
recuerda:
que no se dio cuenta Juan Pablo Orígenes, mientras buscaba en el fondo de la tierra la memoria, no se dio cuenta, pues, de que el Flaco Zambrano se le fue alejando poco a poco y que dio un par de vueltas por el patio, más distraído en el recuerdo que atento a lo que de verdad pasaba:
fue recordando, por ejemplo, dónde ponía el primer pie en la barda del fondo del patio cuando pegaba dos o tres brincos y caía en el solar baldío de atrás de la casa,
pensaba en el mechón de pelo de Lida Pastor, fresco y nuevo como una hierba llena de leche y esporas, y que él no sabía que era, en realidad, de Eliot Román,
pensaba que en tantos años nada había cambiado demasiado, salvo las pinturas en los árboles,

o la ventana más o menos abierta de la habitación del patio,
donde siempre se asomaba una vieja cuando él cruzaba
a galope entre los árboles huyendo de la policía,
y en el mismo momento en que Orígenes seguía cavando sin
encontrar nada, el Flaco Zambrano vio entre las cortinas el asomo de una cara plana y cubierta de mechones grises que se ocultó en la espesura de la habitación
cuando él la percibió:
sus ojos vieron un cuerpo y un rostro desconocidos, pero su
corazón reconoció a Lida Pastor,
o a la posibilidad de Lida Pastor,
y entonces habría que preguntarle al Flaco Zambrano, que ya
no estaba aquí, que se había ido en algún momento sin
que nadie se diera cuenta, espichado por el miedo o la
culpa, habría que preguntarle, pues:
¿Qué es lo que puedes recordar?;
y Javier Zambrano diría:
Vi que se asomaba entre las cortinas, la vi despierta y viva,
la vi mirándome a mí, reconociéndome, recordándome;
¿Qué pensaste cuando viste a Lida Pastor?;
Lo que el tiempo nos dio, que no nos lo quite la carne, diría
el Flaco;
pero en realidad nada dijo, nada podía decir:
se fue despacioso hacia la puerta de la habitación, muy cerca
de donde estaba Juan Pablo Orígenes encajando la pala
en la tierra sin encontrar ni una sola respuesta, ni una
sola pregunta, y puso la mano sobre la puerta como si
pusiera la mano sobre el pecho de Lida Pastor,
y le costó un empujón nomás para abrir, pero le había costado
la vida entera llegar,
y adentro la vio, entre la luz y lo sombrío,
entre el pasado y el futuro,
entre el maquillaje y la carne,

y se le fue acercando y ella se le fue alejando como si le tuviera miedo, como si de verdad ya no lo reconociera porque los años son una mordida que no sana y que no endulza,
y, mientras, Orígenes había empezado a hablarle a Zambrano, diciéndole que a lo mejor habría que cavar en otro sitio, preguntándole si él creía que el árbol aquel era una ceiba o un tabachín o un guayabo,
preguntándole sin tener respuesta,
porque el Flaco Zambrano seguía acercándose a Lida Pastor, viéndole en los ojos la edad tanto como la oscuridad se lo permitía, y tratando de encontrar en las diferencias la identidad, la semejanza con lo imaginado, el recuerdo de aquella muchacha que él cree que alguna vez lo quiso tanto en una vida ya muy lejana,
pero no podía:
algo en la boca demasiado pequeña, algo en el desconcierto de la mirada o en las arrugas de la frente o en esa cara de sueño con los párpados a la mitad de los ojos y las ojeras hinchadas como si le hubieran dado una paliza o como si hubiera estado dormida durante décadas,
algo en el cuerpo y en los movimientos del cuerpo,
y algo, finalmente, en las manos:
comprendió el Flaco Zambrano que en todo esto había un engaño,
una trampa de la memoria o del amor,
pero entonces el andrógino se levantó de la cama,
porque el retroceso lo había llevado a sentarse en el borde, con las piernas abiertas y la falda por encima de las rodillas,
se levantó y se le fue acercando con los brazos abiertos,
la mano izquierda abierta en todos sus dedos,
la mano derecha como un conejo con el hocico abierto y podrido,

y el Flaco Zambrano dio un paso hacia atrás,
dos pasos,
¿Qué es lo último que recuerdas?;
Un golpe,
con el puño cerrado
en la boca abierta de la cara del andrógino,
una trompada gorda y malora porque el fantasma de Lida Pastor, que era lo mismo que el fantasma de Macedonio Bustos, que era lo mismo que el fantasma del andrógino, se le acercó al Flaco Zambrano con los brazos abiertos y el hocico en trompa ofreciéndole, o pidiéndole, un beso,
y entonces fue que Orígenes, metido en el hoyo donde por fin percibió el canto de un libro, o una bolsa de plástico o un cofre de madera o una mochila de cuero donde alguna vez en los años de la Enfermedad Eliot Román o alguien más escondió un puñado de libros, ahí pues, sin prestar atención al mundo de lo presente porque prestaba su atención al mundo de lo pasado, Orígenes no se dio cuenta de que el Flaco Zambrano salió de la habitación,
bufando un berrinche espumoso,
o un espanto triste y sin remedio,
y desapareció de la casa sin avisar,
sin decirle nada a los otros:
ni a Orígenes, que cavaba, ni a Salomón, que dormía,
y agarró rumbo por la calle quién sabe a dónde, herido por la traición, pero sobre todo herido definitivamente por la muerte de Lida Pastor,
por el saber de su muerte ocurrida quién sabe cuándo,
por su ausencia que era una ausencia ya consumada,
pero quedó en el patio de la casa, metido en los túneles del recuerdo, Juan Pablo Orígenes, sin saber que algo había

pasado ya en la habitación, sin saber otra cosa que el sueño de la resurrección de la Enfermedad,
¿Qué es lo que recuerdas, Juan Pablo?;
Que las raíces de la ceiba eran libros,
que las raíces son la Enfermedad, o que la Enfermedad está en nuestras raíces,
y luego unos pasos apurados,
y luego unos pasos lentos,
y a Pablo Lezama vestido de mujer como los Enfermos que se vestían de mujer para escapar de la policía;
¿Es lo único que recuerdas?;
Una sombra entre las sombras, entre lo oscuro de las sombras, y su cara enrojecida por la sangre de cuando lo maté asomándose hacia mí sin hablarme, sin decir una sola palabra porque el cuerpo de los muertos es mudo, nada puede decirnos su voz,
lo que nos habla de ellos es el recuerdo,
y nada me dijo aquel Pablo Lezama, pero yo lo reconocí;
¿Qué pasó ahí, Juan Pablo, qué hiciste?;
Yo maté mi pasado,
o mi pasado me mató a mí, Salomón.
¿Quién hay que pueda vivir sin recordar?
Lo vio llegar por la puerta de la habitación,
lo había visto abundar por el patio,
desde la ventana lo vio y algo en lo profundo del andrógino era capaz de recordarlo,
o así debía ser,
así era la naturaleza del monstruo doble,
tener los recuerdos de los dos, ¿no?,
eso había dicho Macedonio,
y cuando el Flaco Zambrano estuvo cerca suyo en la habitación, el cuerpo del andrógino tuvo un recuerdo venido de la parte que le tocaba del recuerdo de Lida Pastor,

pero luego del golpe salió corriendo Zambrano sin decirle nada a Orígenes que no vio, no pudo ver, que el andrógino se le acercaba tímidamente hasta que el poeta salió del pozo de los libros y lo vio de frente:
el vestido viejo y los pies descalzos,
el pelo corto y la cara pintarrajeada,
y así como la memoria doble del andrógino se manifestó ante la presencia de Javier Zambrano, así la memoria doble de Juan Pablo Orígenes se manifestó frente al andrógino, que había recogido del suelo la pistola de la tía Norma que Orígenes había llevado en la cintura y que tuvo que sacars de encima porque se le encajaba el martillo en la barriga cuando estaba cavando,
vio Juan Pablo el arma
y viajó en el tiempo hasta el presente,
levantó la pala con las dos manos y no le dio tiempo al otro, ni un poquito de tiempo, para cubrirse del golpe en la cara.
¿Es que no recuerdas nada más?
Salen los libros del pozo, y entra uno;
alguien habrá dicho eso alguna vez,
y Orígenes, cansado de su arqueología y de azotar aquel cuerpo, lo hizo rodar a Pablo Lezama hasta el pozo que había cavado debajo de la ceiba,
escuchó el caer de los mangos golpeando los tejados de lámina o las ramas de otros árboles o el suelo duro y reseco del patio,
escuchó disparos en el recuerdo,
y vio cebollas,
gases lacrimógenos echando una baba de humo,
entonces cargó los libros que pudo,
pero en el recuerdo el humo empezaba a cercarlo,
¿Cuántas veces pueden resucitar los muertos, Salomón?, le preguntaba Orígenes,

que en el patio, horas antes, escuchando los golpes del viento y las ramas de la ceiba y el crujir del cuerpo de Pablo Lezama, sintió la prisa de escapar:

se quitó la camisa y se bajó los pantalones y ahí mismo, frente a la tumba mal cubierta, hizo todo lo que pudo para mearla y ponérsela sobre la nariz y la boca y escapar de ahí con vida,

se sintió como Anistro aquella vez, o como un viejo Anistro:

a veces la incontinencia lo alcanzaba a medio camino por los pasillos de la casa, o dormido al lado de Aurora, y él le echaba la culpa a ella, o sentado mientras leía un libro con barcos o con muchachos que se bañaban en los ríos,

y ahora, flexionando las rodillas con los pantalones bajados y dando brincos y viéndole las piernas al muerto que tenía a los pies del árbol, Juan Pablo Orígenes no podía sino aguantar la respiración porque los mangos, o las cebollas, según él, seguían cayendo del cielo como un montón de pájaros muertos,

y en un de repente se le soltó el chorro, caliente y con evaporación nublosa al tocar la tierra, y el poeta intentando mojar la camisa porque ya sentía que se le escapaban las lágrimas, se mojó las manos y el pantalón y los zapatos y como aquello no paraba de manar, se puso la camisa en la cara para guarecerse, pero cuando quiso subirse los pantalones seguía meando largamente como un surtidor que no quita la sed sino las lágrimas y tuvo que esperar hasta que se secara el río lento y amarillo y se le ocurrió, quién sabe por qué, echarle el chorro al cuerpo, regarlo como a un árbol,

No llores;

decía Orígenes,

No llores;

hasta que se cortó el chorro y se subió los pantalones y agarró
los libros que pudo,
porque había que rescatar a la Enfermedad,
y entonces entró a la casa oscura por la cocina y se perdió y
no sabía cómo salir vigilado por tantos rostros ciegos
que lo miraban desde algún tiempo lejano y que no le
pudieron dar ninguna dirección,
fue y vino hasta que mucho después, quién sabe cómo, en-
contró una puerta abierta y apareció en la botica, donde
Salomón dormía,
donde algo había empezado horas antes,
o siglos antes,
y le dijo:
Despierta,
ahí adentro está Pablo Lezama,
yo lo volví a matar,
cuarenta años después lo volví a matar.

«Las partes del cuerpo afectadas por la superstición son el cerebro, el corazón, la voluntad, el entendimiento, el alma misma y todas sus facultades, todas las partes de que se compone: todo se cuaja de locura y delirio» (Secc. IV, Miembro I, Subsecc. I)

Amo las cosas que nunca tuve
con las otras que ya no tengo
Gabriela Mistral

Un país en el que sólo se respira por pura nostalgia
Elías Canetti

Lo primero afectado
es el órgano invisible de la memoria,
que se reblandece y circula por todo el cuerpo como una sangre espesa,
como una linfa que todo lo amarga desde el hígado hasta el espinazo.
Lo segundo es el olvido,
porque su síntesis será la nueva forma del recuerdo.
Lo último, que siempre volverá a ser lo primero, es el lugar donde la memoria se hace carne:
lo que algunos suelen llamar País,
y otros llaman Libro,
y otros dicen Dios.
Dime tú,
que estás obligado a renunciar al olvido,
que ves en lo oscuro lo hondo, la hondura
del libro, dime si eres capaz
de hacer la memoria:

entrar en la casa por primera vez y encontrar en los muros las pinturas, los rostros sin nombre o nombrados por la enfermedad,
dime si comprendiste ya
que la justicia sólo es necesaria cuando existe el crimen,
pero que entonces, una vez cometido el asesinato,
la justicia ya no es posible para nadie.
¿Qué se hace cuando la vida copia a la vida
de los otros?
Lo primero que reconoció fueron los rasgos familiares de Álvaro Salomón en el retrato de un hombre en el centro de una de las paredes de la sala:
el hombre, que podría ser Liberato Pastor, tenía una herida que le rodeaba el cuello cubierta apenas con un pañuelo,
los ojos rasgados como por la herida de una pequeñísima zarpa,
el pelo era demasiado corto y lleno de canas, pero para eso, lo sabía ya, siempre hay remedio,
estaba sentado en una de las sillas del patio, junto a las palmas y sus sombras rayadas en la tierra, inmóviles sin importar dónde estuviera el sol, y a lo lejos podía verse la habitación con la puerta entreabierta, los árboles de arrayán y la ceiba,
pero lo primero que reconoció Estiarte Salomón fueron los rasgos de su hermano,
y esa herida en el cuello, también propia de Álvaro, le vino a facilitar la semejanza:
Todo es semejante a todo si nos empeñamos en ello, le dijo una vez Isidro Levi;
¿Cuál es tu empeño, Salomón?
¿Cuál es el empeño del libro?
En la Botica Nacional le había dicho a Orígenes:
Espérame aquí, Juan Pablo;

y se lo dijo mucho antes todavía de encontrar la posibilidad del rostro de Álvaro Salomón, más bien se lo dijo cuando tuvo la intención de ir desde la botica, donde Orígenes lo despertó, desesperado y gritón, hasta el patio de la casa donde, supuestamente, estaría enterrado Pablo Lezama:
Vino a matarme, le había dicho el poeta;
pero lo que Salomón esperaba era la llegada de Macedonio en cualquier momento:
acompañado de Pruneda y Ordaz lo amarrarían a una silla como él y Orígenes habían hecho con Eliot Román,
¿qué torturas podrían inventarse ellos?,
entonces se fue acercando a la ceiba en medio del patio,
aquello se parecía tanto al retrato de Liberato Pastor,
pensando que iba a encontrar un cuerpo retorcido en un agujero
y que ese cuerpo podría ser el cuerpo de Pablo Lezama, macerado por el tiempo como una descomunal pasa,
o el cuerpo del Flaco Zambrano, para el cual no habría tumba posible,
o el cuerpo de Macedonio Bustos, que era el cuerpo doble del andrógino,
o alguien más inesperado todavía:
Eliot Román, acaso,
o Mariano Escápite,
¿o podría ser el cuerpo nunca encontrado de la tía Norma Carrasco?
¿o el de Juan Pablo Orígenes, y lo que Salomón vio en la botica había sido un espectro?,
cualquiera de ellos,
o todos juntos,
con la cara hecha un mango reventado, una fruta abierta por la mandíbula y los ojos,

una mano en el aire saliendo de la tierra y la otra metida en el boquete de la cara como si en el último momento de la vida un grito los obligara a comérsela,
entonces se imaginó Salomón el insoportable milagro de la resurrección de la carne:
contagiados todos de aquello que afectó a Macedonio,
una mano creciéndoles en la boca, metiéndoseles en la cabeza, señalándoles con los dedos del cangrejo hacia dónde había que apuntar la mirada, saliéndoles por la boca una lengua articulada, una lengua de zarpa, ungular y afilada en todas sus palabras, y así creciendo la mano hasta que no hubiera cabeza sino una mano con ojos y nada más, una mano como una boca, un helecho de carne,
y Salomón, aun sin llegar al patio, ya no sabía si sentir miedo o asco,
si al ver el cuerpo del supuesto Pablo Lezama iba a vomitar o a llorar o a pegar un grito hasta lo más alto de la ceiba,
si iba a poder mirarlo a los ojos,
porque los ojos los tendría mirando hacia dentro, donde le crecía la mano,
donde todo crece como una milenaria ceiba,
y al llegar al patio, pues, como si aquello fuera un viaje largo que sólo es posible en la inmensidad del libro, vio la ceiba, ese árbol nervioso que sostiene los cielos y los infiernos de Orabá,
y bajo la ceiba algunos libros desparramados, la tierra removida y abultada como en los sepulcros recién cerrados, o como uno se imagina que son los sepulcros justo al cerrarse sus puertas, o como un surco donde se siembra una semilla gigantesca,
pero nada más:
a la vista no había ni cuerpo ni herida ni muerte,

Pasar por el mundo sin dejar cicatrices, le había dicho una vez
Macedonio;
dio vueltas y vueltas por el patio, despacioso, sudando miedo,
en plena búsqueda no ya de un muerto, sino de un
herido,
y parece que los heridos son más terribles que los muertos
porque aún hablan, porque saben hacernos llegar sus
dolores, porque están apenas en el borde de morirse y
expelen gritos y vapores y eso debe ser peor que estar
muerto de una vez,
y Salomón fue hasta el tejabán del fondo, a la habitación del pa-
tio, a lo más lejano donde se enredan las bugambilias, y
no encontró nada,
o no encontró a nadie que se estuviera muriendo,
entonces:
o bien nada de lo que Orígenes le explicó era real,
o bien, bajo la ceiba había el cuerpo de alguien,
pero él, sindudamente, no iba a ponerse con averiguaciones,
fue así que regresó desde el patio hasta la Botica Nacional
donde esperaba encontrarse otra vez con Orígenes,
y echó un ojo por cada habitación por si acaso por ahí había
alguien muriéndose,
pero no fue así: salvo las personas de los retratos no había
nadie más muriéndose,
y nomás entrar a la botica se dio conciencia Salomón de que
el poeta no estaba ahí,
ni los libros rescatados llenos de polvo y años
ni una sombra de las cosas que habían hecho juntos
ni un recado o grafiti que le diera señas de un paradero o una
intención,
Los Enfermos tienden a unirse, le había dicho Isidro Levi,
pero siempre estarán solos;
y se dio cuenta, por fin, de que él estaba solo,

tal vez siempre había estado solo,
entonces se le venían las palabras del boticario diciendo:
Dime qué tienes,
aunque no tengas nada;
y las horas largas hablando del andrógino con esa violencia
con la que se habla de lo inalcanzable o de lo perdido,
de lo adorado que se ve solamente en la distancia,
Dime qué tienes, Salomón,
aunque no tengas nada;
no tener nada también puede ser una enfermedad,
la cura también puede ser una enfermedad,
volver al pasado y echarse a llorar en el seno del hermano,
también es enfermedad,
amar y no amar y no morirse y no quedarse y odiar o no
irse hasta donde nadie lo reconozca a uno pero donde
pueda haber alguna cosa, pequeña, mínima, que nos re-
cuerde una y otra vez quiénes fuimos, eso, sí, Orígenes
lo habría dicho, también es enfermedad,
la justicia es enfermedad de la injusticia,
la memoria es enfermedad en el olvido,
la ausencia de enfermedad no es salud, es otra enfermedad,
como también puede ser enfermedad quedarse en la casa,
cerrar la botica y todas las puertas posibles esperando a
que vuelva Macedonio diciéndole:
Dime qué tienes, Salomón;
o esperando a que vuelva Orígenes, o Lida Pastor, o quien sea,
y que al final no venga nadie y que al tercer día,
como en la resurrección,
Salomón reconociera, en uno de los retratos, a su hermano:
A veces recordar un solo gesto nos trae por completo a quien
queremos evocar, había escrito el mismo Orígenes;
pero esto no es así porque la memoria se edifique en tótems,
bellos u horrorosos monumentos del recordar,

sino porque eso es lo único que nos va quedando de los otros:
lo hermoso o lo grotesco, pedazos, trozos de lo que fueron para nosotros,
Cada quien elige el mobiliario de sus pesadillas, le dijo el poeta;
y ahí estaban las piedras de la memoria: piedras en la vesícula, en los riñones, en el cerebro,
las piedras de la enfermedad,
que cubren una tumba sin nombre o cuyo nombre sólo saben unos cuantos,
y por eso, al tercer día, cuando todavía llevaba puesta la bata del boticario,
viendo que nada florece de los muertos,
lo primero que reconoció fue el rostro de Álvaro Salomón en el posible retrato del tío Liberato:
luego ya no era una semejanza: era él, tal y como la muerte lo había conservado en la memoria,
esa muerte de la que tan poco sabía nadie,
porque parece que la muerte es a veces
una cosa sencilla que no tiene misterio,
pero lo primero, pues, al tercer día, después de esperar a Macedonio sin que alguien volviera a la casa o a la botica, después de darse cuenta de que la enfermedad, fuera cual fuera, ya lo había infectado, Salomón reconoció a su hermano en uno de los retratos de la casa,
Sólo el que está enfermo es capaz de reconocer la enfermedad, y nadie puede hablar de los sueños estando despierto, ¿verdad?, le decía siempre Macedonio;
y a Macedonio fue, precisamente, a quien vio Salomón en la cercanía del retrato de quien él creyó que era su hermano:
había la imagen de un hombre de pie frente a un librero: al principio pensó que tenía la mano metida en el chaleco

del traje a la manera de un Napoleón de los trópicos, con el bombín sudando a chorros y la cadena del reloj de un bolsillo a otro,
pero luego se dio cuenta de que la mano estaba injertada en la panza a la manera en que Macedonio, abriéndose la bata cada vez que lo explicaba para que fuera visible la cicatriz, tuvo metida la mano en la barriga durante quién sabe cuántos meses,
¿o habían sido años?,
entonces se preguntó, porque él no sabía nada de Eusebio Jiménez Pastor y de los dos perros que en el recuerdo le comieron una mano, se preguntó, pues, si Macedonio se habría hecho un retrato de sí mismo:
porque aquella imagen tenía todos los rasgos y los padecimientos de Macedonio Bustos: la delgadez en los huesos pero la barriga hinchada, la cara hundida y la mandíbula prominente, los ojos saltones y casi grises,
sin embargo había uno de los padecimientos que no era visible en el retrato:
el del andrógino,
que era la mayor enfermedad del boticario.
¿Cuál había sido la mayor enfermedad de Álvaro?
Y mientras lo pensaba Salomón, vestido todavía con la bata de Macedonio, iba caminando por la casa como por un hospital:
porque estaba rodeado de enfermos y porque él mismo era un enfermo,
y porque arrastraba el pedestal metálico del que pendía la bolsa de suero que ya era como un nervio extendido por fuera de su cuerpo, un nervio real, una elongación de sus padecimientos, heredados tal vez de Macedonio, o de Orígenes, o de todos a los que había ido conociendo desde que empezó la escritura del libro,

y el libro ya no le importaba,
¿había importado alguna vez?,
¿o lo importante era la Enfermedad?,
Lo importante es lo que mana del libro, le dijo Orígenes;
y alguna enfermedad había manado del libro,
o había estado manando de algún lugar, viniendo de algún lado, porque reconoció que él no podía ser el único enfermo:
los otros estaban ahí, a su alrededor, en las paredes de la casa:
entonces los vio a todos aparecer o resurgir o petrificarse en los muros quizá como en su momento los vio Liberato Pastor o Lida Pastor o Macedonio Bustos,
haciéndose carne la memoria,
y vio, por ejemplo, a David Pruneda con una botella de cerveza en lugar de la bolsa de suero, con la aguja entrándole el alcohol en las venas y gritando:
¡Salud!,
y después:
¡Pan y circo!;
y muy cerca de él, porque no podía ser de otra manera, porque algo en el destino los había acercado, estaba Guadalupe Ordaz hablando sobre las reformas de la ley en los tiempos más antiguos y en los más recientes del País:
sentado delante de un fondo en el que podían verse a lo lejos una central eléctrica y unas torres de alta tensión, con esa sonrisa de lagarto prehistórico, diciendo tal vez:
Le cortan la luz a uno para luego decirle que hay que mejorar las instalaciones y encajarle en el bolsillo otro impuesto o una subida en el precio de la gasolina o cualquier otra cosa loca de los dineros;
Guadalupe Ordaz,
David Pruneda,

que a lo lejos, en el Cementerio Civil de la calle Leyva Solano, dormidos o muertos de un golpe de calor, estarían esperando a que llegara algún día Macedonio Bustos con la cura imposible de todos los males posibles;

poco después se encontró Salomón con lo que, desde entonces y en adelante, él llamaría: el andrógino roto:

Juan Pablo Orígenes y Aurora Duarte

estaban en paredes distintas pero adyacentes: cada uno mi-raba en sentido opuesto al otro, de manera que para encontrarse habrían de recorrer el mundo entero:

la mirada de Orígenes salía de la sala por el patio interior, se perdía entre los árboles y saltaba la barda a la casa de al lado donde desaparecía definitivamente quizá con rumbo norte, hacia el trópico, hacia la frontera,

la mirada de Aurora Duarte entraba por el pasillo de las ha-bitaciones y, luego de perderse en los espejos y las tela-rañas, salía por la nave principal de la casa, la cocina, el comedor, hasta el patio, donde la esperaban los árboles de arrayán, las palmas, los mangos y la ceiba, mucho antes todavía de poder pensar en salir de ahí a buscar a Juan Pablo, donde sea que esté,

irrecuperable el uno para el otro porque Salomón no podía saber que Orígenes, días antes, había salido de la Botica Nacional convencido de que tenía veinte años y que acababa de matar a Pablo Lezama en la frontera:

escuchó que Salomón le dijo:

Espérame aquí, Juan Pablo;

y nomás desaparecer el biógrafo por la pequeña puerta que conectaba la botica con la casa, Orígenes salió a la calle con los libros metidos en los pantalones, lleno de biblioteca, como decía Eliot Román, y se fue por las calles de Orabá buscando la casa de su madre que se le moría de cáncer:

así era todo en el recuerdo:
después de matar a Pablo Lezama, se le moría de cáncer su madre,
pero ahora el trópico no era una lejanía
siempre imposible de atravesar,
y llegó a la casa donde Aurora, convencida ya de la total ausencia de Orígenes, no lo esperaba:
cuando se abrazaron como si hubieran recuperado del olvido lo más preciado, ella le dijo:
Volviste, Pablo;
y él le dijo:
Volví, Madre;
y nada más volvieron a decirse.
Después de ver en los muros de la casa a Orígenes y a Aurora, Salomón vio una mujer en una silla, atadas las muñecas a los reposabrazos, con una pierna en alto y escayolada, y vio ahí, en aquel retrato, a Eliot Román:
le hacía falta una dentadura postiza, y ya no estaba seguro si la pierna herida era la misma, pero como al fondo se divisaba una biblioteca más o menos vieja o más o menos conservada, Salomón concluyó que ahí, sin duda, estaba el espíritu del cojo de la calle Riva Palacios y de su Biblioteca Ambulante,
habría que colocar más libros,
y luego, al tiempo, quitarlos de ahí, porque era evidente que Eliot Román volvería otra vez, en cuanto le sanaran las heridas, a enterrar todos los ejemplares de la Biblioteca de los Enfermos porque sabía que en algún momento la reencarnación de la violencia,
de nuestra violencia,
volverá a ser necesaria;
y muy cerca estaba también el Flaco Zambrano, que seguía creciendo y creyendo, a pesar de todo, que el mechón

de pelo que Estiarte Salomón le entregó como una ofrenda era, de verdad, de Lida Pastor,
pero su estampa, imposible de controlar porque crecería de un cuadro a otro, de un retrato a otro invadiendo a los demás con su estatura, habría que mudarla algún día a uno de los árboles del patio:
a un arrayán alto y flaco y despeinado que crecía hasta las nubes;
luego encontraría Salomón a Isidro Levi y al Chavarón Rubín,
uno dando vueltas como loco en la Plaza de Rosales,
el otro dando vueltas en la cama de algún hospital,
y quizás algún día encontraría un retrato para Pablo Lezama o para la tía Norma Carrasco y para todos los otros desaparecidos de la Enfermedad,
pero a quien sí vio, con seguridad y lejos de todos ellos, fue a Bernardo Ritz, el burócrata con el que todo esto, sin aparente peligro alguno, comenzó:
se habría enterado ya de la muerte de Rubín y de que Orígenes seguía sin aparecer y de la enfermedad de Aurora,
y tal vez, al saberlo, abrió un cajón de su escritorio en el Ministerio de Cultura, donde ya habían cancelado la publicación de las obras completas de Orígenes, y en una página tachó dos sustantivos y una preposición que desde hacía cuarenta años se le habían atorado en el pescuezo,
Ensayo de Resurrección,
y luego abrió una pequeña puerta de un mueble con licores,
que también habría que colocar en el retrato,
y desde las entrañas metálicas de algún aparato viejo se escuchó que sonaba, desentonado y a compás lento, el himno nacional,
mientras salían unas banderitas tricolores, con escudo y todo, que no se podían apreciar claramente porque estaban ya muy quemadas, casi hilos de ceniza,

y estaría diciendo en voz alta:
El himen nacional;
con la boca abierta en una carcajada que se iba convirtiendo
en una tos que se iba convirtiendo en un ahogo:
ésa era la diferencia entre los enfermos de Estiarte Salomón y
los enfermos de Lida Pastor o de Liberato Pastor o de
Macedonio Bustos:
se habían unido, como el andrógino, con los Enfermos de
Juan Pablo Orígenes:
los enfermos de Salomón hablaban,
o habían hablado alguna vez,
y seguirían hablando hasta que se acabara el mundo o el País,
y por eso, para dormirlos o entretenerlos hasta el día de la resurrección, Salomón les leía fragmentos y notas de un
viejo ejemplar garabateado de *Anatomía de la melancolía*,
de Robert Burton, que encontró en el patio sobre la
supuesta tumba de Pablo Lezama:
se acercaba a cada uno de ellos, respetuoso, con su bata de
boticario, y les preguntaba:
Dime qué tienes,
aunque no tengas nada.

□

ENSAYO SOBRE LA INSURRECCIÓN

Escribir acaso sería, en el libro,
tornarse legible para cada cual
y, para sí mismo, indescifrable
Maurice Blanchot

¿De qué sirvió, entonces, la escritura?
Decía Juan Pablo Orígenes que el libro no es el destino de la escritura, sino la puerta por donde la palabra vuelve de su distancia milenaria.
¿Dónde ha estado alejada la palabra, Juan Pablo?
En la mente, decía.
En la boca, detrás de los dientes.
En el ojo, sea real o de vidrio.
En los otros, que han dejado de hablarnos.
No es una distancia de eras o de épocas, sino una distancia con el asunto del que hablamos, con la emoción, ahí donde el lenguaje se fractura, se comprime, deja de ser lo que era, deja de funcionarnos en su forma apacible, habitual, domesticada, y entonces nos vemos arrojados a un nuevo lenguaje, desconocido, a una manera otra de estructurar el mundo en el que ahora estamos.
Pero *la palabra*, dicha así, como un vocablo trascendental, no existe: es un modo de nombrar la voz como una cosa sagrada o venida desde un pasado remoto o desde un futuro agorero, y lo que al término de diez años ha significado la escritura no es sino que no hay palabra única, no existe esa forma pura de *la palabra* como un arquetipo o un fósil por descubrir,

es apenas un balbuceo
que vamos reacomodando en el orden en que la ficción
(escrita, hablada, pensada, imaginada)
nos permite recomponer la experiencia de una historia que cada uno ha vivido de manera diferente.
La escritura es lo que se extiende más allá del pensamiento, como el desborde de los ríos, desparramados en el territorio con la intención, parece, de tocarlo todo.
La escritura, si sirve, si de verdad llega a servir de algo, es una insurrección.

¿Hemos de preguntarnos si la escritura tiene un uso, una utilidad, si cumple una función entre nosotros?
¿Cuántas veces hemos escuchado a quienes dicen que la principal utilidad de la escritura es que carece de utilidad?
El ocio, el retraimiento, el distraído juego, la evasión, salirse del mundo insoportable, voluntariamente, sólo un momento.
Y también hay los que dicen que *utilidad* no ha de ser un concepto asociado al arte, que le induce una entraña capitalista, que industrializa la escritura, que la somete y que la asocia al consumo.
No sé cuántas veces me he preguntado por el engaño, la trampa que uno mismo se tiende, al elegir determinados libros, determinadas historias, determinados espacios, vivos o muertos, reales o imaginarios, solitarios o colectivos, una especie de trampa en la que caemos cada tanto tiempo y que nos reduce el mundo, su amplitud vagabunda y descontrolada, a *nuestro* mundo, un lugar seguro donde todo, incluso la muerte, el dolor, el miedo, tienen sentido y son aprehensibles dentro del relato que nos hacemos una y otra vez.
Esto como utilidad: escaparse, reducirse, simplificar lo que afuera de nosotros o en el interior mismo es desmesurado.

Tampoco sé si esta operación del lenguaje y los relatos puede ser definida con acierto como engaño o trampa.
No somos tan inocentes:
creemos en aquello que nosotros mismos edificamos.
Las palabras, como decía Orígenes, deshacen el mundo, y también nos deshacen a nosotros.

Pero entonces uno lee o, sobre todo, vuelve a leer lo escrito y lo leído y encuentra el futuro, o algo que se parece a un futuro que ya se nos quedó atrás pero que solamente nos puede llegar después del lenguaje, después del libro,
y hay un terror sin nombre, un miedo que lo inunda todo porque existe una posibilidad de haber visto el porvenir, de soñarlo con sus coordenadas y sus ruidos, con sus pulmones y sus dientes tirados por el suelo y sus desparpajos.
El miedo no por el porvenir mismo, sino por saber de antemano y no haber hecho nada para torcerle el rumbo.
Conocer el futuro
y no haber salvado a nadie.
Es verdad que a veces pensamos que la escritura puede ser un pronóstico, un vistazo echado hacia adelante.
¿Qué se hace, entonces?, ¿qué hacemos con la idea de que si escribimos siempre desde el pasado, terminamos dictando el porvenir?
Sabemos bien que no es verdad, pero al volver al libro encontramos señales de lo que el futuro fue entre nosotros en algún momento:
se murió la madre de Orígenes, pero no de cáncer,
se murió Eliot Francisco Román, con el cuerpo lleno de libros, pero no cayó a tiros ni corriendo,
se murió el Flaco Zambrano, con demasiada lentitud en el cuerpo,

se murió Lida Pastor, pero con otro nombre y en otro libro,
porque hay cosas que nos persiguen
y la escritura trae al presente
un pasado que está aquí
siempre
a punto de suceder.

No se trata de un ideal de reconstrucción o de restitución de todo lo perdido:
ahora creo que la escritura, el lenguaje, el libro, cuando de verdad buscan algo

> (porque es cierto que no siempre se escribe buscando, hay quienes creen que ya encontraron y entonces por eso escriben, porque creen que tienen la facultad de compartir el hallazgo, de enseñar, de revelar, pero nada saben, nada escuchan, nada les habla)

no es ni volver al pasado ni fundar un porvenir,
¿qué cosa, entonces?,
quizás el libro intenta
ser el lugar
donde ahora somos posibles.

Sucede que nos quedamos sin habla.
Un día, de pronto, alguien sale corriendo y no vuelve, y nos quedamos sin habla.
Es entonces, casi diez años han tenido que pasar para entenderlo, para acercarse a una posibilidad de comprensión, que la escritura revela su condición de imprescindible:
escribimos para regresar al mundo:
esta es la insurrección:
volver al mundo cuando se nos ha expulsado,

cuando los acontecimientos nos orillan, nos convierten en la orilla, porque somos nosotros mismos el margen;
luego, ya sea poco a poco o de una sola trompada, nos vemos arrojados al último espacio de la tierra firme, desplazados, arrancados del lugar donde estuvimos, e incluso ahí, en el límite lejano, sin drama ni épica, algo nos sigue empujando hasta que nada queda de nosotros aquí, donde estamos, donde estuvimos, donde ya no podemos ser.
¿No buscaban eso los Enfermos, volver a un mundo del que se sentían expulsados?
Escritura y Enfermedad son dos condiciones que se aproximan, o que se encuentran en el acontecimiento de la ausencia de lenguaje.
Porque, me parece, el mundo nos expulsa constantemente.
A todos, de una u otra manera.
No es esta una cuestión de elegidos, privilegiados, malditos o tocados por la gracia de un dios que no existe. A veces es una trágica embestida, un grito el paisaje; a veces pasan veinte años antes de darnos cuenta de que poco a poco se nos fue moviendo el margen más allá, y de repente lo vemos, con alguna claridad que no podemos expresar:
ya no estamos,
o ya no somos.
Alguna fibra mínima nos sostiene, o la mera creencia de que hay un hilo o un nervio que atado entre nosotros y el mundo nos permite seguir aquí.
Pero la rotura es inminente
o el lazo es ilusorio.
¿No era eso lo que intentaba la escritura de Orígenes en los márgenes del libro de Robert Burton, entrar en el libro, volver al libro, hacerse cuerpo en el cuerpo del libro?
Podría ser que en esto resida una forma de comprender a los Enfermos:

la insurrección fue, para la Enfermedad, el intento de recuperar el lugar perdido,
ese *ahí* de donde hemos sido expulsados.
Orígenes, entonces, escribiendo en la orilla de los libros, o en las paredes de la ciudad, es la expresión de un intento por regresar a algún lugar posible, es la búsqueda de refugio.
Porque nunca estamos en el futuro ni en el pasado, sino solamente, y siempre, bajo su amenaza, o bajo su anuncio, y lo único que hemos tenido es el lugar, un intersticio, el *ahí* donde podemos seguir siendo.

La escritura, como el lenguaje, nunca empieza, viene siempre desde algún lugar o desde alguna afectación o desde alguna presencia,
no se oculta,
la escritura viene desde alguna ausencia,
y se nos aparece, como un fantasma de nosotros mismos;
por eso creo que el libro es el medio por el cual resistimos contra la expulsión:
al principio solos, porque creemos que siempre hemos estado solos, pero después, con el tiempo, como sucedió con los Enfermos, vislumbramos aquí mismo, a nuestro lado, a los otros que también fueron lanzados al margen, y sólo cuando comenzamos a hablar entre nosotros, que es lo mismo que escuchar al libro que se hace en la colectividad, sólo entonces vemos
que lo que nos aproxima en esta orilla
es el acto conjunto de reescribir
como el libro de Orígenes, inyectado de palabras ajenas, a veces suyas y a veces de otros, que se suman a las de Robert Burton y a las de tantos más que, a su vez, están invocados en el libro,

porque el libro es un lugar
ese *ahí* donde crece lo que somos
donde hemos sido posibles
donde seguimos siendo con los otros.
La insurrección, como la forma en que regresamos de esa distancia milenaria al momento de la afectación, al lugar donde se quiebra el lenguaje, donde la emoción se entiende como una reescritura colectiva.

¿De qué sirvió, entonces, la escritura?
Esa era la pregunta, ¿no?
¿Hay respuesta?
Los Enfermos no regresaron de su expulsión,
los ausentes tampoco,
        (algunas pérdidas han sido definitivas)
pero son quienes siempre están volviendo
o se niegan a desaparecer sin dejar al menos una huella de su cuerpo en este mundo, una marca que señala el lugar
ahí
donde fue posible, es posible
todavía
ser.

Es decir,
el libro siempre ha estado aquí,
y nosotros siempre hemos estado Enfermos.

E, 10 años después

NOTA FINAL
EDICIÓN DEL DÉCIMO ANIVERSARIO

Son numerosos los acontecimientos alrededor de este libro en los diez años que han transcurrido desde su publicación. Hacer el recuento detallado sería imposible, o acaso demasiado extenso, pero creo que es importante pensar, ahora mismo, en algunos de los nombres que se han sumado a los nombres que recorren estas páginas.

La historia de este libro dura ya unos 16 años, desde los momentos iniciales en que Juan Pablo Orígenes y los Enfermos comenzaron su andadura en estas páginas. Sobre la factura inicial del libro, sobre los nombres involucrados en los primeros 6 u 8 años de escritura y el momento de su primera publicación, la nota agregada a las ediciones anteriores sigue siendo válida: sigo agradeciendo a todas aquellas personas que de una forma u otra colaboraron en la creación y en el comienzo del camino de este libro. Ahora, me parece, es pertinente un sucinto deambular por otros nombres, los que han acompañado los años que van desde aquel mes de marzo de 2014 hasta este próximo mes de marzo de 2024.

Nada de lo que ha sucedido en el transcurso habría sido posible sin la generosidad, la complicidad y el amor siempre demostrado hacia este libro por parte de sus editores, mis editores, Olga Martínez y Francisco Robles. Se nos quiebra la emoción porque el Paco no podrá ver estos ejemplares, que sabemos bien lo habrían hecho muy feliz. Qué diferentes son los libros cuando los leemos atravesados por nuevos padecimientos, por nuevos temores, por nuevas pérdidas. Durante todo el proceso de revisión de estas páginas, a las que no había vuelto desde la primera edición, no he podido sino leerlo pensando en el Paco, en la Olga, en lo que durante diez años o un poco más, gracias a este libro, al encuentro que este libro propició entre nosotros, hemos vivido juntos. Pero, sobre todo, a lo que ha sucedido a lo largo de este 2023, desde aquel día que es un antes y un después para muchos de nosotros. Mi vida como lector y como escritor, y casi cada aspecto a lo largo de estos diez años, ha sido posible gracias a que ellos me acogieron de tantas maneras posibles.

Quisiera detenerme sólo un poco en esto. Los personajes de este libro, y de los libros que he escrito después de este, tienen una, a veces inexplicable, voluntad gremial: se reúnen, se encuentran, se buscan, forman comunidades que a veces están en conflicto o donde se manifiestan los conflictos que los definen tanto como los ideales y las pasiones que los mueven: ya sean los Enfermos de Orabá o los enfermos de la Botica Nacional o las Rastreadoras o los borrachos que se reúnen en la Imprenta Salamanca, o la familia en torno a la madre muerta, los amigos, aunque escasos, que contemplan la paulatina desaparición de El Indio; todos esos grupos de personajes tienen la marca de lo que la Tribu Candaya representa para mí, y para muchos: el lugar donde encontramos nuestro lugar. Olga y Paco, Enfermos Rastreadores de libros, lectores y autores, familia y casa abierta, han ido adoptando por aquí y por allá a los que vamos extraviados, o expulsados, por el mundo. A ellos dos, todo mi agradecimiento.

Desde abril de 2014 hasta el mes de noviembre del mismo año, la ruta de presentaciones nos llevó a tantos lugares y a tantas personas: con Jorge Larrosa, en Barcelona, y una caminata que sigo recordando de tanto en tanto, desde el barrio de Gracia hasta la Gran Vía; con Roberto Valencia, en Pamplona, y una monja que a lo lejos se asomaba quizá por primera vez al mundo en la Plaza Recoletas; con Javier Moreno en Madrid, en otra caminata donde también iba Han Nefkens, mecenas de este libro, y Pablo Esguevillas, y donde hablamos sobre el andrógino; con Josep Duran en Badalona, en una librería que ya no existe, pero donde se forjó una amistad que sigue viva; con Miguel Sanfeliu, en Valencia, donde paseamos por El Cabanyal y hablamos sobre la historia como un mapa de cicatrices; con Josep Maria Nadal Suau en Palma de Mallorca, donde hablamos de Cristobal Serra y le dejamos el coche con una multa de aparcamiento; con Marco Sanz y Albert Rubio Costa, en Cerdanyola, donde viví 8 años, donde escribí todas las palabras de este libro, donde empezó toda esta historia; con Anna Tomás en Vilafranca, una y otra y otra vez y siempre, y con Rafa y Conchi y su inseparable compañía, y con Sonia, que silenciosa caminaba por la casa de Les Gunyoles en el mes de febrero de 2014 mientras corregíamos el libro; y otra vez en Vilafranca, poco más de un año después, en El Taronger, donde a los grafitis de los Enfermos les dio cuerpo David Ribas y donde estaban también tantos: Manuel Marín, David Yeste, Enrique Clarós, Carlos Gámez, Elías Gorostiaga, David Monteagudo, Alejandro Padrón, Ramón Torregrosa, Eugenia Vázquez y otros tantos que repitieron; con Joan Ignasi Elena en Vilanova, donde le dije que nunca me han gustado los políticos, y él no dejaba de preguntarme por qué; con Carlos Skliar en Sabadell, done también empezaron muchas cosas; con Miguel Serrano en Zaragoza, en un refugio antiaéreo donde empecé a sudar como si me hubieran echado una maldición; en Murcia, con Juan de Dios García, Óscar David López, Leonardo Cano y Miguel Ángel Hernández Navarro, en un calor de llovizna en julio y con 100 botellas de cerveza; en Canet, con Eliecer, Sonia, Pep, Blau, la tropa de los Clascá, y otros tantos involucrados no en una presentación, sino en el montaje de una obra de teatro basada en este libro. Luego vino la coedicón mexicana, esa aventura, gracias a la colaboración de Francisco Alcaraz, a quien siempre admiraré y que, tal vez sin saberlo, me dio las primeras clases de edición que jamás tuve. Y ahí, con Jesús Ramón Ibarra en Los Mochis, con Joel Flores en Tijuana, con Francisco Meza y Ronaldo González en Culiacán, con León Cartagena en Choix y en la Villa de Ahome, esa región enclavada en el paisaje de donde años después saldría el fantasma de Julia Pastrana para meterse en otro libro.

Sindudamente he de agradecer a libreros y libreras, críticos y lectores que han apostado por esta novela, y que de una forma u otra la han mantenido con vida. Cecilia y Miguel, que desde El LibreRío de la Plata, en Sabadell, han sido cómplices y amigos, aun en mis ausencias; Joan Flores Constans, que en La Central del Raval siempre mantuvo viva la Enfermedad; Damiá en Laie del CCCB, donde además firmé el primer ejemplar en Sant Jordi; Sara y Carmen, en 80 Mundos, en Alicante, mucho antes de que esos mundos comenzaran a dar vueltas y se unieran otros tantos; Julia y Pepito, en Antígona, en Zaragoza: quizá con esta nueva edición podamos resarcir que con la primera no estuvimos ahí; José Torres, de El Agente Secreto, en Úbeda, que cada tanto tiempo vuelve a contagiarse; Octavio Serret en Valderrobres; Rafa y Guillermo de Letras Corsarias, en Salamanca; Alejandro Badillo, Jaime Mesa y Luis Guillermo Ibarra, que en México le han dado un empujón al libro; Ricardo Baixeras, Juan Antonio Masoliver Ródenas, Ernesto Ayala-Dip, Matías Néspolo, Alberto Olmos, Elena Santos, Paqui Noguerol, Inma Aljaro, Juan Gómez Bárcena, David Pérez Vega, Mario de los Santos, Alfonso López Corral, Azucena Manjarrez, Ricardo Iván Paredes y Julio Hardisson, de Pliego Suelto,

Antón Castro, Xavi Ayén, Elena Hevia, Andrea Elvira Navarro, Carloyn Wolfenzon y Gustavo Faverón, Diego Sánchez Aguilar, Mónica Ojeda y Alejandro Morellón, Roberto Wong, Patricia Almarcegui, Sergio Galarza, Carlos Frontera, Aitor Romero Ortega y tantos más, que han compartido este libro de muchas maneras diferentes.

Y a mis viejos, siempre, Rodolfo Ruiz Cortés y Makamen Sosa Ponce, que llevaban libros de arriba abajo, regalándolos, vendiéndolos, propagando la Enfermedad, contagiando la insurrección, y que son parte fundamental de esta historia porque estos son sus espacios, sus relatos, los mitos fundacionales que me han legado y que marcan todo lo que he escrito siempre.

A todos ustedes, y a muchos más, les debo la posibilidad de seguir aquí, de esta manera. Pienso ahora en un par de versos de Joan Vinyoli que dicen: «De tantos que te precedieron/y ya no están, hoy eres el resumen». Eso es este libro, y eso soy yo, y somos nosotros. Y seguimos aquí, tanto como nos es posible, porque es verdad, lo sigo creyendo, que a veces los libros nos ayudan a sobrevivir.

Poble Sec, Barcelona
Invierno de 2023

Índice